余 斌／著

西南联大：

昆明天上永远的云

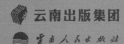

云南出版集团

云南人民出版社

图书在版编目（CIP）数据

西南联大，昆明天上永远的云 / 余斌著 . -- 昆明：
云南人民出版社，2015.8（2023.7 重印）
ISBN 978-7-222-13360-0

Ⅰ . ①西… Ⅱ . ①余… Ⅲ . ①散文集—中国—当代
Ⅳ . ① I267

中国版本图书馆 CIP 数据核字 (2015) 第 137406 号

责任编辑：刘　焰
助理编辑：李明珠
装帧设计：云南非鸟文化传播有限公司
责任校对：解彩群
责任印制：窦雪松

西南联大：昆明天上永远的云

XI'NAN LIANDA：KUNMING TIANSHANG YONGYUAN DE YUN

余　斌　著

出　版	云南出版集团　云南人民出版社
发　行	云南人民出版社
社　址	昆明市环城西路609号
邮　编	650034
网　址	www.ynpph.com.cn
E-mail	ynrms@sina.com
开　本	720mm×1010mm　1/16
印　张	24.75
字　数	340千
版　次	2015年8月第1版第1次印刷　2023年7月第1版第4次印刷
印　刷	云南新华印刷二厂有限责任公司
书　号	ISBN 978-7-222-13360-0
定　价	56.80元

云南人民出版社微信公众号

如需购买图书、反馈意见，请与我社联系
总编室：0871-64109126　发行部：0871-64108507　审校部：0871-64164626　印制部：0871-64191534

城市的文化地图（序一）

汤世杰

边地云南，二战中有两件大事，值得我们永世记取。一是滇西抗战，中国军民以三年多时间和十数万血肉之躯，与日军在怒江隔岸相持，最终发起反攻，全歼入侵之敌，惨烈悲壮，浩气长存。一件则关乎文化——各地的文人学子，齐聚战时的昆明，群贤毕至，如灿烂群星，辉映边城。他们在极艰难的条件下，传道、授业、思索、研究、写作、创造，培养了一大批学界精英，文化血脉借此得以传承延续，成就了后世难以企及的辉煌。前者为武，后者为文，一文一武，皆可歌可泣、可圈可点，专家、学者，对之考证、研究、阐发者众，至今，仍时有新著问世。

余斌教授关注的是后者，其所著《西南联大：昆明天上永远的云》[1]，以著者在昆明历时多年的寻访为线，以 20 世纪 40 年代居于昆明的文化人散落四方的住处为点，经纬铺撒开去，重现诸多文化人的寓所行止、日常起居，揭示当年昆明许多鲜为人知的文化风景，一如 40 年代战时昆明的文化地图，指引我们徜徉其间。眼光，是当代文化研究者的眼光，笔触则温润怀旧，如拊掌闲谈，满眼战时风雨、书生颜色，读来兴味盎然。

昆明是个奇异的移民城市，偏远也实在偏远。当年交通不便、道路滞涩，从北京、天津、上海、长沙到昆明，或一路步行，筚路蓝缕，辗转数省；或经由水路，绕道香港，风雨颠簸，都要吃些苦头。然时势所迫，数年间，仍有无数学人聚集于此。幸好当年的昆明，气度足够大，不仅包容、融合了各种思潮，还让各种思想以它们自己的方式，在这里生长、壮大、开花、结果。一所西南联大，因此造就了众多科技、人文精英，至今让人唏嘘感慨。有文章说，在美国某著名大学，出身于西南联大的博士、教授和研究人员，占到将近一半的比例。这数字相当惊人，是不是准确，我不好说，但我相信那个大体的估计，并无夸大。而当年的条件却极简陋、极寒碜。看来所有优秀的

【1】本书初版名"西南联大·昆明记忆"《文人与文坛》，此次修订增补版名《西南联大：昆明天上永远的云》。

文化成果,从来都不出在权贵之家,也与豪华别墅、妻妾如云无关。中国知识分子"价格"的低廉与智慧的超人,由此可见一斑。当年那些文化人,既无重点学科经费,也无专家补贴;既无藏书丰富的图书馆,也没有具备起码条件的实验室,躲警报、钻地洞是常事,坐趟马车上班,已属奢侈,却一边著书立说,一边殚精竭虑地思索,一边走访民间探索调查。衣食住行都极为艰苦,庶几只可维持温饱。比如住,那些文化先驱、学界巨擘,并不都住在西南联大校园,倒是见缝插针地散居于昆明僻街陋巷,有的为避战火、求清静,甚而远遁至今仍属远郊的城市边缘。所谓安定,也非有亭台楼阁,不过是临时租用的房子,或民宅、农舍,或古寺、旧庙,甚至是自建的简易房屋。据我所知,仅昆明北郊龙头村及其附近的棕皮营、麦地村、司家营、落索坡一带,当时就有中央研究院历史语言研究所、北京大学文科研究所、中国营造学社、清华文科研究所等几大研究机构和北平研究院社会研究所的工作站,租用当地的一些寺庙、祠堂,作为研究场所。在那里住过、工作过的著名人物,据一份不完全的名单所载,就有哲学家冯友兰、金岳霖,考古学家李济、梁思永,建筑学家梁思成、林徽因,政治学家钱端升,史学家傅斯年、顾颉刚、吴晗,语言学家李方桂、王力、罗常培,文学家朱自清、闻一多、陈梦家、光未然,音乐家查阜西、赵沨,等等。在昆明的大西门、文林街、青云街一带,如今看上去毫不起眼的一幢民宅,当年也藏龙卧虎,常有风云际会、高人出入。世事沧桑,人去楼空。那些房屋,或历经风雨,朽烂拆除;或遭遇改建,面目全非。尽管这些年来,人们对那些文化人的文化建树,已多有描述与探索,但那些留下过文气墨香的老屋,那批文化人当年的俭朴生活,在那样的环境中,他们究竟怎样过日子、做学问,怎样与当地人士相处,等等,却仍少有人去涉及。

余教授乃有心之人,从20世纪90年代起,赶在城市扩建、大举拆迁之前,以闲暇时光,不辞辛苦,走街串巷,远赴郊野,费心费力地四处寻访,每查实一处,便欢呼雀跃、行诸文字,以昭告世人。往往他前脚刚走,拆迁大军便汹涌而至,真让人有失之分秒,便将痛然错失无可挽回之叹。初见余先生那些短文,每每惊讶余先生有那样的雅兴,也叹服余先生有那样老到、简洁与干练,又无处不浸透他温润性情的文字。不久,那批文章陆续见诸报端,编者、读者好评如潮,便是意料中事——一个人,凡用心用功做的事,用了几分心、几分功，外人是一眼就能看出来的。随后，《云南日报》"文化周刊"记者，多次报道他们如何跟随余先生，前往探访抗日战争时期文化人在昆明的旧居。足见社会、读者，对余先生的此类写作有着怎样浓烈的兴趣。那时我想，如果按余先生的文章，将当年众多文化人的住所一一标记在昆明地图上，不就是一幅二战时期昆明的文化地图吗？这幅文化地图奇特、新颖，迄今为止，在别的地方、别的城市还没见过。一座城市，不能没有自己的文化地图。没有文化地图的城市，是缺乏底蕴的城市。余先生奉献的这幅文化地图，当然是历史绘制的，是当年客居昆明的文化人、知识分子与昆明民众一起绘制的，用他们的生命、智慧、血性与良知。余先生的功劳，在于他锲而不舍地寻微访幽、辛勤重访、校勘订正、考察标记，才使得这幅战时昆明的文化地图，得以完整如初地奉献给当今的读者。

"礼失而求诸野。"近年的云南，"文化地理散文"的写作风头正劲，许多作家、学者不畏岁月湮没、山路迢遥，踏遍山山水水、穷乡僻壤，搜寻探求云南的文化渊源，出版了数十部文化地理散文，一时蔚为大观。这些作品，出自一般被称为作家之手，也出自社会科学工作者、新闻工作者之手。像余先生这样，专心致志就近在昆明寻访的，却不多；或有，也止于市井里巷、风土人情，对西南联大时期的文化人生活，甚少触及。细细想来，余先生属意此事，前有多年的魂牵梦萦，继有占尽先机的天时地利人和，当是此项工作的最佳人选。

先生自幼长于昆明，青春年华，负笈远行，求学他方：20 世纪 80 年代初，远在塞上，所参与之《当代文艺思潮》发风气之先，挟雷携电，震荡域内；80 年代末回到家乡，作为学者、教授和文学理论研究专家，于教学研究之余，转而追寻 40 年代昆明的文化景观，先生此举，乃出于一个当代学者，对老一代学人不卑不亢、矢志不移精神的缅怀与景仰，下笔尽管温文尔雅，看似闲情，却有真性情流露，有真见解示人。对那批文化人在昆明生活的具体环境，先生尽心尽意地描述，不仅因为他本人就是"老昆明"，可借此展示他儿时的记忆，倒是有更深一层的动因。恰如法国人文地理学"年鉴学派"早期代表人物费弗尔在其《大地与人类的演进：地理学视野下的史学引论》一书中所说："地理环境无疑构成了人类活动框架中的重要部分，但是人本身也参与形成这一环境。"地理环境或空间，不只是一种自然的、与人无关的背景或舞台，人类在对某个地理环境做出最初的叙述后，便像烟云一般消散。事实上，它像空气一样渗透、弥漫在历史、文化和社会生活的方方面面，与人们每日每时的生产和生活息息相关。任何人，都会受到具体生活环境的影响，文化人当然也不例外。他们是文人，也是常人，也要吃喝拉撒睡，也有喜怒哀乐。他们能取得学术成果，既因为他们自己的天分，也因为这片土壤的滋养。如此，展示当年他们赖以生存的这片土地及其文化，意义就非同一般了。同样是这片土地，后来的情形，似乎并不怎么好。个中缘由，值得研究。如果读者从本书看到的，不仅是一些史实，还有一代中国知识分子的志向、敬业与辛劳，能给当代人以启示与借鉴，思考我们的教育，该如何改造；我们的文化事业，该如何建设；我们的社会，该如何发展，则幸甚，幸甚。

我所知道的余先生，乃儒雅之士、性情中人，说话做事，亲切平和，从不张扬，他的写作，无论是专著、论文，还是随笔、小品，皆自主独立，属于真正的生命性写作，绝不人云亦云，也从无吹捧粉饰，倒常于精微雅致之中，深藏智性的创见、善意的犀利与率性的独到。细品余先生这类文字，几乎从不见形诸外的"用力"之处，总是娓娓道来，行于当行，止于当止，自有他泊于自然的潇洒。这样的文字，与那些自以为可以横行天下称王称霸者，真乃天上地下。他所述的那些文化人在昆明的经历际遇，不管是乖僻怪异，还是中规中矩，也多随缘任运，如水流云在，很少"做意"之痕，甚而剑拔弩张之态。所记者，不管后来只是寻常书生，抑或终成旷世才俊，如今也多如已逝之水，但在余先生笔下，他们的书生意气、学问风格、脾气秉性，一如半个多世纪前边城昆明的江湖旧事，读起来仍滋味深厚，有血丝粘连，有豪气喷洒，带给我们的，是智者思绪的超然飘逸，人生甘苦的深长回味。这样一幅"文化地图"，不是一幅精美却苍白的纸质印刷品，斑斓驳杂，却鲜活跳脱，凸显出的，是那一代文化精英的人格魅力、血性与体温，有着沉沉的分量。一个城市，当然不止一幅文化地图。来日若要为当代昆明绘一幅新的文化地图，余先生已用自己的方式，标明了自己的方位，这就足够了。

留下来的不仅仅是记忆（序二）

朱霄华

　　余斌老先生的这本书，十多年前我就读过，当时一边读着，一边感动。我心里想，总算有人不辞辛苦，把西南联大那一段八年的往事挖出来了。不仅仅是挖出来，还挖得很深，算得上是掘地三尺，连根都刨出来了。刨根问底，做学问，写文章，要有这个精神。有了这个精神，才谈得上本事。所谓本事，就是盯住一个事情不放手，几十年只做一件事，即便再小的事，也可以做出大文章来。

　　西南联大八年，当然不是寻常小事。这个道理怎么说呢？不了解这一段历史的人，读完余先生的书，大抵上也可明白个大概。在这件事上，余先生是下了大功夫费了大力气的，他是从五十出头就开始注意这个事了，算起来，是在二三十年前。这些年，出了不少讲述西南联大的书，余先生的书算是比较早的一种。余先生那么早就关注西南联大，是不得了的事情。他关注西南联大，二三十年下来筚路蓝缕、刨根问底，还有一批这样那样的学者、专家也做这个事情，西南联大成了研究的热点，所以我说，这个事情了不起。余先生研究考证西南联大，不说先人一步，至少也可说是参与开风气之先吧。最近这十来年，西南联大的影响慢慢扩大，现在是连整个民国都热起来了，读书人，先要看民国那一拨人的做派、著述，才知道民国是中国文化史上一个承前启后的黄金时代。20世纪80年代根本不算什么，从文化上讲，顶多也只能算是启蒙，而且启的还是西方近现代的蒙，至于说到我们自己的传统，那是彻底断层了，讲承前启后，那真是无前可承，启后，谈不上，基本上也没有启出什么好风气来。因为搞现代化，一切都围绕着经济转，其他的，跟功利性的实用主义不沾边的，暂时放到一边，以后再说。你要是站到中间来，就想办法把你挤出去。这个是我们时代的一个价值取向的问题。

　　西南联大热，因为环境、气候、思想意识的关系，出现得有点晚。也不是有点，是太晚了。这个情况多少是令人感到遗憾和沮丧的。原因太复杂了。

30 年前我在云南师范大学就读,那时候进校,我连沈从文在西南联大教授写作课都不知道,更不用提穆旦、冯至、卞之琳、汪曾祺这些人了。当时只知道四烈士和闻一多先生。我报考中文系,是因为读了沈从文先生的《月下小景》和《边城》。读了以后,才知道汉语写作原来可以是这个样子的,可以不是高中语文课本上那个样子。至于陈寅恪、冯友兰、金岳霖这样的大儒,大学毕业了才知道一点点,但也仅限于他们的大名和逸事。以后接触到他们的学问,才猛然明白大学四年没有学好,真是损失惨重。这是个教训。为什么会生出来这样的感慨呢?原因就是那时见到的人几乎没有了解西南联大的,知道的人大多数都死了,而活着的或知道的,我想是因为被整怕了,知道了也不跟你讲,更不用说著书立说了。

余先生的这本书,初版时分为三个小单本,我见到的时间是 2003 年岁末,当时书刚出来,我一口气读完,吓了一跳。我说怎么有人对西南联大了解得这般详尽、如数家珍,那些大文化人仿佛一直都活着,就像他们一直都是作者的隔壁邻居一样。后来又想,一个人花费多年心血,又是考证,又是寻访,又是实地勘察,好不容易写了这样一本重要的书,又好不容易出版了,书出来以后却又为什么没有在全国产生相应的影响呢?这个现象我想了很久。我认为余先生的这些书是超前了。后来因为写了一篇小文在报上鼓吹,机缘一到,就见到了余先生。见到余先生后才知道他是昆明人,甫一出生,就跟西南联大的那些文人、学者住在同一座城市,也就是我们今天凭吊的那个五光十色的老昆明。那时候余先生都已经是快七十的人了,但是见面也没有隔代的感觉。交往深了,又才知道,余先生 20 世纪 50 年代毕业于四川大学。20 世纪 80 年代中国如火如荼的西方现代文化启蒙,余先生属于元老级的播火者那一辈,因为他当时是全国最新潮的文艺理论刊物《当代文艺思潮》的创办者和主事者之一。《当代文艺思潮》1982 年创刊,1983 年第一期发表徐敬亚的《崛起的诗群》,在全国文艺界引发了一场火药味浓烈的大讨论。之后,朦胧诗才算浮出水面,具有合法性。在此之前,北岛、顾城他们是处于"地下"的黑暗中的一群。

话扯远了,但也不算远。实际上,我想要说的是,在文化视野上,余先生是一位眼光并不限于时代的知识人,而且文化知觉极为敏锐。西南联大之于后世中国文化传承与教育的独特价值,他早就看到了。不仅仅看到、意识到，他还是一个行动派，立即全身心投入，他为此投入的时间和精力，可以说长年累月、耗时日久。看他后来写成的书，我估计他参阅的有关文献、书籍、史料，恐怕不下千万字。毕竟掌握的文献资料少了，拿不下来。因为余先生的这本书，在写作风格上是举重若轻的，是在场的，他是把自己整个地放进去了，人文的、情感的、审美的，乃至把对故乡老昆明的家园情怀与童年记忆统统投进去了，不是简单的资料汇总。像他这样的文风，我觉得既有学者的严谨，又有田野调查和文献考据的功夫，在文风上又有属于作家主体个性的一面，所以比较难写，不把材料先消化了，并做那么有深度的思辨、情感和记忆的强投入，是无论如何也写不出来的。

说到做学问的态度和文风，乃至于一个人的文化品格、学养、品性，还可以讲几句。我觉得余先生在这些方面跟他笔下走出来的那些人物是一脉相承的。像他这样的老派文化人，我因为出生晚了，见得不多。余先生话少，不管坐在哪里都身板挺直，这是只有在受过传统文化熏陶的旧派知识分子身上才能见到的一个标准坐姿。旧，不是贬义词，旧事物，故旧之交，老朋友，旧文化，让人感到亲切、愉悦和安慰。每次跟余先生见面，我都嗅到一种旧旧的气息，这种气息，同时也是民国一代文化人身上所特有的。读他们的文字，感觉他们身上也是这种气息。这种气息，在余先生的这本书里保存下来了，它们隐藏在字里行间，细心、敏感的读者，并不难捕捉到。我认为，这种气息不是哪个人想有就有的。想培育出这种气息，恐怕需要有过去那个特定的环境，那个特定的文化气场。一个字，养。一辈子都用文化养起来。一代又一代传习，耳濡目染，方才成就气息。我们在这半个多世纪里长大的这一代人，都不能说有文化了，不过从经典那里偷来了一点文化，看起来是肚子里面有一点东西，但还是算不得数。因为还没有吸收成为你身体的一部分，你一说话、一行止，就露馅了，呼出的气息不对。生命气息、文化气息、个性气质都不对。从民国过来，或者最迟在 20 世纪 50 年代成长起来的一拨人，跟后来的人不同，一望就望出来了。如有经验的老中医看人，一看就知道你有什么病、病因在哪里。在余先生的书里面，弥散着的是另外的气息，干净，纯正，不阿，不计得失，天下公心，昭昭然，朗朗然。写西南联大的书很多，但有余先生这个味道和情怀的就稀罕了。

今天我们已经知道，中国文化的体统在五四新文化运动的时候被狠狠地砍了一刀。"文化大革命"期间破"四旧"，又被狠狠地砍了一刀。这两刀砍下去，骨头断了，但是经脉还连着那么一两处，还有些气息。再后到了最近三十年，说不准经脉是不是完全断了，说气息弱了则大致不差吧。余先生书里面探访到的西南联大人旧居，在经历了三十多年的造城运动之后，如今好些只剩下旧地，旧居已少之又少，且难觅。要看的话，也只有在老照片上才能看到一点。所以，我看余先生的书，是当回光返照一类的东西来看的。西南联大的精神、老一辈人的学人风范，在今天活着的人身上是难得见到了。不过我最近看南怀瑾先生阐述传统文化的书，又有了一点信心。一半是信心，一半也是自卑。一边看一边觉得自己对老祖宗留下来的东西很无知，也很感慨，怎么老祖宗发明出来的高明智慧，在现在中国人的身上少之又少呢？我看到南先生在课堂上说未来的两百年，说地球人的文化命运是往中国这一边倒的，因为西方那一套不怎么灵了，再依着西方百年来的老路走下去，人类恐怕就要灭种。南先生掐指算算，说东方文化智慧，过两百年都不会衰竭。要不要信这个？我自己是信的。

佛经言"交臂无故"，是说这个世界变化快，每天、每时、每刻都在发生变化。《大学》里面说的是"苟日新，日日新，又日新"。我理解这句话的意思是，没有旧的支持，新的新不起来，也活不下来。余先生的这本书，算是旧版新出。我十多年前读，当真是醍醐灌顶，这次再读，算是温故知新，又有诸多感受。有关西南联大的研究可谓方兴未艾，一浪高过一浪，这是一件大好事。我觉得，在历经了半个多世纪的文化断层之后，我们这些后来人有责任和义务把中国文化业已微弱的那一口气接过来，使之发扬光大。

2015 年夏，于昆明丹霞斋

目　录
contents

学人与学府

文化与生活

学人与学府

昆明有条靛花巷

翠湖边的小巷是很多的，这里说的是靛花巷，就在丁字坡下首南侧，两三分钟就可走到水边。巷浅，不过二十多米，门牌只有四个，据传民国初期有位人称"王靛花"的老板在此操浆染业，是以得名。这名字取得好，抗战时期老舍在巷里住过一小段时间，后来在一篇散文中还专门为小巷写了几笔，说靛花巷虽不过是条"只有两三人家的小巷"，但"巷名的雅美，令人欲忘其陋"。

老舍住过的地方是靛花巷 3 号，这是一座三层楼的小院。别看院子小，在里面住过的大学者、大作家可不少。抗战初期，这里先是中央研究院历史语言研究所的驻地，后来是北京大学文科研究所和西南联大教授宿舍。

1938 年春，中央研究院史语所由南京经长沙、桂林迁来昆明，初驻拓东路，旋即迁入靛花巷 3 号。这史语所可不简单，当年清华大学国学研究院的四位导师，梁启超、王国维两位已作古，健在的陈寅恪、赵元任两位均被聘入此所，分任历史、语言两部主任。小小靛花巷等于半个清华研究院，实属美谈。

先说赵元任。这是一位享有国际盛誉的语言学大师，人称中国现代语言学之父，著名语言学家王力（了一）即出其门下。这位大师还是哲学家、文学家、物理学家、数学家和音乐家，1918 年他在哈佛大学取得哲学博士学位时才 26 岁，次年回到母校康奈尔大学当物理学讲师。1921 年英国哲学家罗素来中国讲学，这位哲学博士担任翻译。1925 年赵元任从欧洲归国后在清华大学教数学，第二年才在研究院教语言学。在 20 世纪 20 年代，赵元任谱写了许多歌曲，他那首《教我如何不想她》（刘半农词）一流行就是好几十年。还写了一些有关音乐的论文，如《中国派和声的几个小试验》。语言学著作就更多了，如《现代吴语的研究》《中国话的文法》《语言问题》等等，都被学界认为是不朽的。但诚如王力先生所叹，赵先生是中国学者，可惜他在中国居住的时间太少了。在靛花巷的时间当然更短，没多久即离昆赴美任教。赵元任在美国很风光，1945 年出任美国语言学会会长，后又任美国东方学会会长。

　　陈寅恪既是史语所研究员，也是西南联大教授，史语所一年后迁往北郊龙头村、棕皮营，陈氏仍住靛花巷。他在昆明时间长，名气又大，知道的人更多，流传的逸闻也多。据说陈氏对"十三经"不但大部分能背诵，且每字必求正解。不仅精通英文、德文、法文，还掌握蒙、藏、满、日、波斯、突厥、西夏、梵、拉丁、希腊等十多种语文，以此作为研究中国古代政治史、宗教史的手段。怪不得吴宓教授有这样的评语："谓合中西新旧各种学问而统论之，吾必以寅恪为全中国最博学之人。"陈氏的同学傅斯年更认为："陈先生的学问近三百年来一人而已！"

　　当时日本飞机常来昆明轰炸，警报一响，人们争先恐后往院子里的防空洞跑。陈寅恪住三楼，又有睡早觉和午觉的习惯，警报响了，住一楼的傅斯年怕陈寅恪听不见警报，加之陈视力弱、行动不便，总是连忙跑上三楼将陈搀扶下来送进防空洞。据说傅斯年是个大胖子，爬三楼也不轻松，能那样做绝非一般的关心，而是对陈由衷敬佩、爱护的表现。

　　傅斯年本人的学术成就与地位，较之赵元任、陈寅恪两位，尚不能等量齐观，但也是一位给靛花巷增辉添彩的人物。傅氏早年就读北大，与几位同学创立新潮社，任《新潮》杂志主编。这新潮社非同寻常，是我国新文学史上第一个大学生社团，得到陈独秀、胡适的支持，时任北大图书馆主任的李大钊也鼎力赞助，将红楼的一间房腾出来给他们做社址。《新潮》杂志配合《新青年》开展新文化运动，高举"文学革命"大旗，在文学创作上也有相当的贡献。由于新潮社的地位和影响，傅斯年成为五四运动中北大的学生领袖之一。运动落潮后傅斯年转向学术。1928年中央研究院历史语言研究所成立，傅斯年以专任研究员任所长职务。抗战末期任北大代理校长（校长胡适）及西南联大校务委员，1949年后任台湾大学校长。

　　作为史学家的傅斯年在学术上独树一帜，是中国现代史学史料学派的旗手，"史学便是史料学"是他的名言。殷墟发掘是20世纪30年代中国史学界的辉煌壮举，虽然具体挖掘由著名考古学家李济和古文字学家董作宾负责，但整个工作是由这位所长领导进行的。1935年国际著名汉学家伯希和去安阳视察殷墟挖掘情形，对出土文物之丰富深表惊叹。

　　史语所驻靛花巷仅一年，该所迁往北郊后，这里又住进了一些西南联大教授，其中有哲学系主任汤用彤，国文系主任罗常培，总务长郑天挺（北大文科研究所副所长、史学家，所长由傅斯年兼任），统计学家许宝䯄，研究英国文学的专家袁家骅，等等。这些教授都相当了得。汤用彤清华大学毕业后留美，1920年入哈佛大学研究院攻读西方哲学及梵文和巴利文，立志以新方法整理国故，弘扬中国传统文化，与吴宓、陈寅恪以此共勉，人称"哈佛三杰"。回国后在东南大学、南开大学、北京大学等校讲授西方哲学、中国哲学和印度哲学，1948年被选为中央研究院院士，1955年被选为中国科学院哲学社会科学学部学部委员。郑天挺是清史专家，参与整理明末清初的大内档案。20世纪40年代初在昆明撰写《清代皇室之氏族与血系》等论文，用大量史料证明满汉民族之间密不可分的联系，有力地驳斥了日本为占领我国东北而制造的"满洲独立论"。三校复员后郑天挺任北大史学系主任和北大秘书长，后调任南开大学副校长。许宝䯄先生也很不简单，但社会知名度不算高，别说一般市民，连学文科的知道他的人也不多。当年西南联大师生有个曲社（爱好昆曲的人的小团体），不定期聚会活动。许宝䯄是高手，会唱三百多出昆曲，每次聚会都少不了他，唱够了就在翠湖边找个馆子吃一顿。等结账，伙计还未算好许教授就脱口而出吃了多少钱，吃惊的伙计哪里晓得，这位客人是中国数理统计学的开创者和奠基人呢。许在剑桥深造，先后获哲学博士和科学博士学位，回国后就来西南联大，在我国首次系统地开设数理统计学课程。算个饭钱，那连小菜一碟都说不上了。

中文系的罗常培教授是北大毕业的语言学家，曾任中山大学教授和中央研究院历史语言研究所的专职研究员，与赵元任、李方桂合译瑞典高本汉的名著《中国音韵学研究》，后任北大和西南联大中文系主任。他带头调查云南方言和云南少数民族语言，1949年以后负责筹建中国科学院语言研究所，任第一任所长。罗是满族，与老舍是小学同学，西南联大请老舍来讲学就是由他负责联系和安排的，他住靛花巷，老舍来了也就住在靛花巷。

老舍是1941年秋天从重庆来的，当时任中华全国文艺界抗敌协会总务部主任，负责主持文协的日常工作，是大后方文坛的活跃人物。虽说是来西南联大讲学，文艺界的事也少不了要过问。他在靛花巷一住，来访的文坛名流真是络绎不绝，闻一多、朱自清、沈从文、卞之琳、杨振声、陈梦家、川岛、罗庸、魏建功等等，都是常客。如果说前几年史语所在的时候靛花巷像半个清华研究院，老舍一来，靛花巷倒又像文联、作家协会了。

老舍在靛花巷一住就是两个来月（中间去了一趟大理，在龙头村也住了一段），后来发表了一篇《滇行短记》，其中说了昆明不少好话。试看这一小段：

> 昆明的建筑最似北平，虽然楼房比北平多，可是墙壁的坚厚，椽柱的雕饰，都似"京派"。花木则远胜北平。北平讲究种花，但夏天日光过烈，冬天风雪极寒，不易把花养好，昆明终年如春，即使不精心培植，还是到处有花。北平多树，但日久不雨，则叶色如灰，令人不快。昆明的树多且绿，而且树上时有松鼠跳动！入眼浓绿，使人心静。我时时立在楼上远望，老觉得昆明静秀可喜；其实呢，街上的车马并不比别处少。

这段文字写出了这位大作家对昆明的第一印象，与北平（北京）对比的印象，他的赞美里不经意地储存了可贵的生态信息："昆明的树多且绿，而且树上时有松鼠跳动！"今天的树上还有松鼠吗？也还是能经常见到的。

住处就在湖边，常去散步是少不了的。"昆明的街名，多半美雅。金马碧鸡等不用说了，就是靛花巷附近的玉龙堆、先生坡，也都令人欣喜。"接下去专讲翠湖：

> 靛花巷附近还有翠湖，湖没有北平的三海那么大，那么富丽，可是，据我看：比什刹海要好一些。湖中有荷蒲，岸上有竹树，颇清秀。……
>
> 云南大学与中法大学都在靛花巷左右，所以湖上总有不少青年男女，或读书，或散步，或划船。昆明很静，这里最静；月明之夕，到此，谁仿佛都不愿出声。

"昆明很静，这里最静。"这就是当年的昆明、当年的翠湖。

老舍的遗憾是没能去西山，太忙了吧？怎么办呢？"在城内靛花巷住着的时候，每天我必倚着楼窗远望西山，想象着由山上看滇池，应当是怎样的美丽。"昆明人告诉作家："有雨无雨看西山。"作家验证，说此语"相当灵验"。但是："西山，只当了我的阴晴表，真面目如何，恐怕这一生也不会知道了，哪容易再得到游昆明的机会呢！"

我不清楚老舍再来过昆明没有，如果再来过（当然只能是"文化大革命"前了），他见到的翠湖还是像从前一样的静，他住过的靛花巷也照样在，只不过巷名改了，晓不得何年何月哪位主事将"靛"字读白转而写白，一锤"定"音，巷名变成了"定花巷"，与"美雅"的赞誉不相干了。语言学大师赵元任和语言艺术大师老舍两位如泉下有知，或许会相视莞尔一笑吧。

1998 年，这条湖边小巷彻底消失了。

语言学家罗常培

偶翻文史资料，见其中一篇的作者署名赵捷民，说曾在昆华中学教书，我一下子就来了兴趣。昆华中学是昆明一中的前身，简称"昆中"，那三角形的校徽我还戴过一年。这位赵老师我从未听说过，想必是很早的老前辈了。赵先生的文章[1]讲到西南联大中文系主任罗常培先生的故事，我有兴趣，就读。一开头说："罗常培教授，字莘田，北京人，满族，原姓爱新觉罗，后用一'罗'字为姓。"不觉哑然失笑。不是笑赵先生而是笑我自己，因为我对我的学生也这样讲过，后来读到罗常培的《自传》，是这样讲的：

> 1899年8月9日（清光绪二十五年己亥七月初四日），我生在一个没落的满族家庭。本族源出吉林宁古塔的萨克达氏，后裔分罗、老、苍三姓。有人因为我姓罗，怀疑我是爱新觉罗氏，其实我本是寒门衰族，和"胜朝贵胄"毫无关系。[2]

这可见以讹传讹的事还真不少。借此机会向我的学生做个订正。

不过赵捷民先生文章中关于罗常培在昆明的几件事都是亲见亲闻，我是信的。一是说西南联大中文系有个同学叫王鸿图，罗介绍他到曲靖中学教书，王后来找到一个挣钱多的位置即退了曲靖中学的聘，罗知道后大怒说："这哪里是王鸿图，分明是王糊涂，叫他非去曲靖不可！"但那个同学没听他的。又一则故事讲罗常培去中法大学（校址即今北门街昆三十中）讲演，讲话中批评了顾颉刚先生，说："顾颉刚先生研究古史，以为禹不是古代名人，而是一条虫子。当蒋委员长（蒋介石）问他，要找大禹生日为工程师节，他马上答复大禹生日是六月三日，于是六月三日成了工程师节。"于是听众大笑。

【1】赵捷民：《北大教授剪彩》，见《文史资料选辑》总108辑。
【2】《罗常培先生传记·自传》，见《罗常培纪念论文集》，商务印书馆1984年版，第405页。

顾颉刚是否讲过禹的生日是六月三日，不得而知，但罗常培在讲演中借题讽刺顾颉刚，我觉得还是很有可能的。顾是我国"古史辨"学派的创建人，也确实讲过禹是一条虫的话（但后来放弃了），在学界对其持异议者不乏其人。据说顾早年由欧洲学成归国，拜见老师章太炎。他强调一切事物必须亲眼看到才算真实可靠。章说："那么，你看到你的曾祖吗？"顾无言以对。[1] 我想，顾的某些说法属于矫枉过正，但对史料的可靠性持审慎态度，这是严肃的史学家所应坚持的，抓住别人一点疏虞做渲染讽刺则不必。顾颉刚在昆明北郊浪口村住过一段时间，写了一本学术性的《浪口村随笔》，我读过一点，里面的学问挺深的。

其实学人之间互相有些看法很正常。罗常培是著名的语言学家，尤擅音韵之学，这是学界公认的。但罗对现代文学有些看不上眼，部分教师、学生对他也有看法。但后来罗对现代文学的态度也有变化，他自己也写过两本散文（旅行记），一本叫《蜀道难》，一本叫《苍洱之间》，都在 20 世纪 40 年代出版。

《苍洱之间》记罗常培的大理之行。

据《自传》，罗常培对自己的大理之行是很看重的，认为在昆明时期，自己"在业务一方面的成就除了在联大中国文学系和北大文科研究所培植出些学生外，就是旅行大理三次，调查了十几种西南少数民族语言"。前两次都是去调查白族、傣族、独龙族、怒族、傈僳族、纳西族、苗族等少数民族语言，第三次主要是去编大理方言志。实地调查获得丰硕成果，专著《贡山俅语初探》（独龙族旧称"俅人"），论文《从语言上论云南民族的分类》《语言学在云南》《贡山怒语初探叙伦》等，都是在这一时期完成的。

我未专门学过语言学，这方面很外行，过于专门的文章读不懂，但有时也找点看看增长知识。曾有一位白族学者问我关于白语、汉语比较方面的问题，我说不懂（真不懂，不是客气）。这位友人其实已有看法，认为白语是从古汉语"变"来的，他举的若干例子我大多忘了，只记得一个"箸"（zhù）字，他说白族话不说"筷"而说"箸"。我答不上来，只晓得"箸"是古汉语词，《韩非子》里就有，《世说新语》也见过，当筷子讲，也写作"筯"。在现代，好些方言中还继续使用，成了方言词。还有一个"薪"，白语中将"柴"叫作"薪"，也有点古。我想，这样的例子肯定还可以举出一些。读罗常培 1941 年

【1】盛巽昌、朱守芬编撰：《学林散叶》，上海人民出版社 1997 年版，第 13 页。

发表的《现代方言中的古音遗迹》，这问题就能弄懂。罗 1943 年发表的《语言学在云南》也讲了这方面的问题。在云南，汉族与许多少数民族世代杂居，古汉语的某些词语融入少数民族语言，使用至今。而在现代汉语里却基本上不用了，只存留于个别方言之中，成为研究古汉语的活化石。白语属于汉藏语系，这种古汉语活化石大概能找到不少。但说白语从古汉语"变"来或待商榷，这里不再扯远。

罗常培在云南进行的少数民族语言调查，获得的活材料很多，因来不及一一整理，所以有的到 1949 年以后才成为研究成果出版，如与人合作《莲山摆夷语文初探》（傣族旧称"摆夷"），北京大学 1950 年出版。限于条件，《贡山俅语初探》在昆明还只是油印，1952 年才在北京《国学季刊》正式发表。罗常培历来重视汉语方言研究，专著《厦门音系》和《临川音系》在语言学界评价极高，都被认为是开创性的学术著作。他的《唐五代西北方音》是我国语言学家写的第一部探讨古代方言音系的著作（1930 年出版）。在昆明就地研究，写了《昆明话和国语的异同》（1941 年）。

提到昆明话，罗常培可能很早就有接触。据《自传》，罗读的北京市立第三中学，校长夏瑞庚就是一位昆明人。该校学生大多数是八旗子弟，家境贫寒而自由散漫，不肯刻苦学习，用功读书的只有两个人，罗常培是其中之一。他说那位夏校长"是个面貌很凶恶而心肠很慈善的人，非常同情贫寒的学生，对我尤其特别奖掖。我一生的转捩，他实在是一个重要的关键人物"。罗氏后来在众议院秘书厅速记科任"二等技士"，待遇优，工作轻，亲友羡慕，自己也有些踌躇满志。同事（都是速记员）中不少人受议员们不良作风的影响，把金钱和精力专注在吃喝嫖赌穿上面去。"我在同事里年纪最轻，刚一入社会就陷在这样一个圈子里，简直危险极了。正在坐着这一叶扁舟在惊涛骇浪里找不着方向的时候，眼前忽然现出一座灯塔——那就是我的中学校长夏瑞庚先生。"夏校长说他正处在"危险关头"，劝他不要住进同事的宿舍，不要同流合污，要在工作余暇多读书，积蓄学费，准备考文科大学。他听了校长的话，后来考上了北京大学文科中国文学门。

看来罗常培与昆明还是有缘分的。夏校长在北京，讲话大约也是国语，但一般而言，外省人讲国语都免不了带上些方言语音。推想起来，这位未来的语言学家或许早就注意到夏校长的昆明口音（"马普"）了。如今在昆明研究昆明话与国语的异同，应该是一件既方便又愉快的事。

罗常培在昆明六年，前后换过好几个地方。刚来住柿花巷（今人民电影院附近偏东北），后迁靛花巷，再后又疏散到龙头村。1944 年秋天，美国朴茂纳大学邀请罗常培去担任人文科学访问教授。接到北大校长蒋梦麟（也是西南联大常委）转来的电报后，罗常培考虑了很久。"当时反蒋的斗争已然尖锐化。一多、光旦等也劝我不要远离祖国。可是，我从中学时代就梦想出洋，因为经济压迫和家庭牵缠，直到 47 岁才得到这个机会，如何肯失掉呢！"罗常培在《自传》里这样讲，很坦率。但我想，可能还有一层，北大、清华的教授差不多都有留学背景（清华更甚），没留过洋，无形中便矮了一截，何况罗常培还是西南联大中文系主任（同时也是北大中文系主任），一种无形的压力，恐怕是存在的。"所以，我终于应聘了。"

罗常培 1948 年秋天回国，仍在北大教书，并兼任北大文科研究所所长。1950 年中国科学院成立语言研究所，他任所长。之后《中国语文》创刊，他任总编辑。1955 年任中科院哲学社会科学部委员（相当于今天的院士）。1958 年底逝世，享年 60 岁。

中国科学院院长郭沫若在公祭罗常培的会上说："罗常培先生是我国卓越的语言学家，二十多年来做了不少开创性的工作，并且培育了很多语言学工作者……为我国语言学事业做出了许多贡献。"[1]

---

[1]《罗常培纪念论文集》，商务印书馆 1994 年版，第 426 页。

从金岳霖跑警报说起

关于西南联大风情和西南联大人物的素描，汪曾祺写得多、写得好，影响也特别大。他在那篇很有名的《跑警报》里说到一位研究哲学的金先生，这位先生每次跑警报总提着一只很小的手提箱，箱里是一位女朋友写给他的情书。金先生视情书如生命，但有时也拿出一两封来给别人看，汪曾祺显然是得机会看过一点的，说信里"没有卿卿我我的肉麻的话，只是一个聪明女人对生活的感受，文字很俏皮"。没看过哪能说得这么具体？汪的这篇散文是 1984 年写的，金先生和他的女朋友是谁没点破，其实就是金岳霖和林徽因。这故事有韵味，流传得广。

但金岳霖跑警报除了情书，也还带过别的。数十年后金岳霖回忆，他的一份极重要的书稿就是在一次跑警报时丢失的。他跑到昆明北边的蛇山上躲着，席地坐在书稿上面。偏偏那次轰炸时间较长，天快黑了，警报解除后匆匆走出防空洞竟忘记带书稿，等他想起来回去找，已经找不到了。没办法，这部六七十万字的书稿只好重写，事实上是写新的。[1]

我不懂哲学，但知道金岳霖是一位了不起的哲学家。一般科普式的通俗哲学并不难懂，联系生活实际举几个浅显的例子，不全懂也能明白几分。而金岳霖的哲学思想不属此类，他在防空洞丢失后重写的书叫《知识论》，就是这种艰深的书，连大名鼎鼎的哲学家冯友兰看起来都感到吃力。冯在 20 世纪 80 年代中期写的一篇文章中具体讲到这本书，说金岳霖在西南联大教授"认识论"这门课程，写了一本讲稿，以后"逐年修改补充，终于成为一部巨著，即《知识论》"。接着说：

> 他（金）把定稿送给我看，我看了两个多月才看完。我觉得很

---

[1] 金岳霖：《作者的话》，见《知识论》，商务印书馆 1983 年版，距跑警报丢失原稿 43 年，距新写稿完成 35 年。

吃力，可是看不懂，只能在文字上提了一些意见。美国的哲学界认为有一种技术性高的专业哲学，一个讲哲学的人必须能讲这样的哲学，才能算是一个真正的哲学专家。一个大学的哲学系，必须有这样的专家，才能算是像样的哲学系。这种看法对不对，我们暂时不论。无论如何金先生的《知识论》，可以算是一部技术性高的哲学专业著作。可惜，能看懂的人很少，知道有这部著作的人也不多。我认为，哲学研究所可以组织一个班子，把这部书翻译成英文，在国外出版，使国外知道，中国也有技术性很高的专业哲学家。[1]

连冯友兰都说吃力（当然不排除谦虚的成分），一般人去读恐怕也就是白浪费时间了。我没敢读，只翻了翻书的前面和后面，知道金岳霖重写历时八年，到1948年才写完，也就是从昆明写到北京，两遍加起来共用时十多年。而出版拖到1983年。第二年（1984年）金岳霖辞世，总算在走前见到了自己的书。

20世纪50年代昆明一中的教师不少是西南联大毕业的。想不起是在什么课上听老师讲逻辑知识，举的例说"钱财如粪土，仁义值千金"这话不合逻辑，说"钱财"既等于"千金"，同时"钱财"又等于"粪土"，那么"仁义"也等于"粪土"。这个例子生动，几十年来一直记得，觉得学逻辑很有用，可以训练头脑，养成严密的思维习惯。读冯友兰怀念金岳霖的文章才晓得，这例子出自金岳霖。原版是：

> 金先生还有一种天赋的逻辑感。中国有一个谚语："金钱如粪土，朋友值千金。"金先生说，他在十几岁的时候，就觉得这个谚语有问题，如果把这两句话作为前提，得出的逻辑结论应该是"朋友如粪土"。这和这个谚语的本意正相反。[2]

逻辑是西南联大文学院一年级学生的必修课，我的那位老师肯定是听了金岳霖的课又再传给我们一点点。

【1】冯友兰：《怀念金岳霖先生》。

【2】冯友兰：《怀念金岳霖先生》。

　　金岳霖在昆明八九年，住的地方换过好几处。到昆明住过巡津街止园，时间不长即迁回昆华师范，也住过北门街唐家戏园，之后又疏散到北郊棕皮营。好在金岳霖一直是单身，搬迁倒不算十分麻烦。

　　关于金岳霖与林徽因的绯闻，如今已广为人知。抗战以前梁思成、林徽因家住北平北总布胡同的时候，金岳霖就住在梁家的后院。在昆明，金岳霖的住所也影子般地依附梁家两次，一次是巡津街止园，一次是龙泉镇棕皮营。这位哲学家在给美国友人的信中说过："我离开了梁家就跟丢了魂一样。"【1】

　　止园是私人宅园，在巡津街的尽头，即最南端，梁思成夫妇刚到昆明时即寄寓于此，但时间不长，后迁巡津街9号。据吴宓日记，梁家住止园时金岳霖也住在那里。吴在1938年3月11日的日记中记："是日……宓即随金岳霖至其所寓（巡津街底）之口园，访候梁思成君，夫人林徽因以病未见。"【2】吴宓日记记得极为认真、仔细，去何处访友都记了那里的门牌，这一次大约没记住是什么园，所以日记中画了一个方框，但注明在"巡津街底"，据此可知所指为"止园"无疑。止园今已不存，其位置我多次去巡津街探访，并向曾在此园居住过的友人晋国强先生的夫人杨莉莉女士和作家董保延先生探询，他们均肯定止园在巡津街尽头，并因此而名"止园"。吴宓的这一则日记证明，金岳霖在1938年初也以"巡津街底"的止园为寓所。可惜前几年旧城改造，巡津街拓宽打通，除了财政厅宿舍的那棵尤加利树，再找不到止园的任何遗迹了。

　　另一处是棕皮营。1938年底梁思成一家随中国营造学社迁北郊麦地村的兴国庵，第二年迁入一公里外的棕皮营三间房。而金岳霖也跟着在梁家三间房一边添盖了一间"耳房"。恰好林徽因在1940年9月给美国友人费正清（John King Fairbank）夫妇的信中留下了这一笔："这个春天，老金在我们房子的一边添盖了一间'耳房'。这样，整个北总布胡同集体就原封不动地搬到了这里，可天知道能维持多久。"【3】在梁家附近盖有自建房的还有中央研究院的史语所所长傅斯年，考古学家李济、梁思永，语言学家李方桂和西南联大政治学教授钱端升，他们几家的房舍也是林徽因设计的。

　　巡津街的止园消失了，幸好，棕皮营的梁家三间房及金岳霖的那间"耳房"还在。这几间房我找了五六年都未找到，只找到个大致位置。前年得梁从

【1】陈学勇：《〈林徽因年表〉补》，载《新文学史料》1999年第2期。

【2】《吴宓日记》第6册，生活·读书·新知三联书店1998年版，第320页。

【3】《林徽因文集》（文学卷），百花文艺出版社1999年版，第375页。

诚先生提供具体线索，才总算找到了。一看，老态龙钟，岁月沧桑。据瓦窑村（距棕皮营两三百米）的刘凤堂老先生介绍，在这三间房后面（东南角，相距十来米）原有一棵大茶树，有八百年了，可惜已死。这使我联想到一则传闻。据说金岳霖喜作对联，尤喜将朋友的姓名嵌入对联。战前梁思成、林徽因夫妇与金岳霖在北总布胡同住前后院，金为梁、林夫妇作一副对联："梁上君子，林下美人。"梁思成经常登高考察古建筑，的确是在"梁上"的君子，很贴切。如今林徽因闲步至房后的大茶树下，也真是"林下美人"。[1]其实除了这棵大茶树，距梁家三间房仅二十多米的金汁河边，树还有很多呢，当年林徽因经常顺着河堤去瓦窑村看一位老师傅制作陶器。

---

[1] 国家行政学院《北大与清华》记有金岳霖赠梁、林夫妇对联的传闻，但说地点为清华园，似不确。见该书下册第451—452页。

爱写日记的化学家曾昭抡

曾昭抡[1]是化学家，但文章也写得好，让人爱读。1939 年初曾昭抡去滇西做短期考察，写了一本七八万字的《缅边日记》，文化、文学价值都很高，1941 年出版，收入巴金主编的"文化生活丛刊"中。

这本书，既是日记也是游记。行程半月，"一路走，一路看，差不多每几公里都有笔记记下来"，举凡民族风土人情、自然景观，只要值得写的都不放过。而且还记下了详细的行程，由哪里到哪里，共行多少公里，连滇缅公路上很多地方的海拔高度都记下了，例如车家壁（村）和碧鸡关（山口），昆明人都很熟悉，但有谁留意、知道其海拔高度？这本《缅边日记》上有：车家壁海拔 1930 米，碧鸡关海拔 1990 米。到底是科学家，干什么都一丝不苟。

当然，我最感兴趣的还是这本书的人文地理内容。

前些年读《春城文化报》，见作家艾芜谈云南文化的一篇文章（是记者专访）引人注意。这位以《南行记》闻名的作家说云南文化是多民族文化，各民族都有自己的生活习惯和民情风俗，在长期的历史、地理演变中形成自己的文化传统。艾芜讲的这一点已是人们的共识，不算独到之见。但接着说的就不同凡响了，他指出 ："同时云南文化又是开放的。"

> 云南受外来文化的影响比较早，尤其是西南地区，我第一次南行时走这一路，就感受到了英国文化对那里的影响。那里靠近当时的英属殖民地缅甸，两边的交往很多，在解放前，姑娘们的穿着打扮就很入时了。而蒙自、思茅一带，则受法国的影响多一些……[2]

【1】曾昭抡（1899 — 1967），湖南湘乡人，清华出身，留美，1926 年获麻省理工学院科学博士学位。回国后历任中央大学、北京大学化学系教授、系主任。1932 年发起组织中国化学会，是我国化学科学研究工作的开拓者之一。新中国成立后曾任高教部副部长、中科院化学所所长，1955 年被选为中科院学部委员。1957 年降级下放武汉大学。

【2】张效民、陈慈：《艾芜和本报特约记者谈云南文化工作》，载《春城文化报》1991 年第 22 期。

这里所谓文化上的"开放"指接受西方文化比较早。据史料，云南第一所教会学校创立于 1895 年（设于路南县路美邑村）。1899 年云南武备学堂（后改名云南陆军讲武堂）成立，其附设之方言学堂专教外国语（日语、英语、法语），以为学生做留学之准备，这是云南第一所官办外语学校。同年，在报国寺电报局（今"仟村百货"背后）内成立了第一所英语学校，在圆通寺内成立了第一所法语学校（法国人吉里默办）。这些，都是清光绪年间的事了，比起东南沿海是要晚些，却也不算很晚。据此，艾芜所说英国文化在滇西，法国文化在滇南的影响，我认为是可信的。滇南我去过，只要沿滇越铁路仔细观察，尤其是蒙自、开远的一些建筑，法国文化的存在仍然历历可辨。1938 年西南联大文法学院在蒙自办学，不少师生的回忆都留存了这方面的记录。滇西我只走到大理、丽江，保山、德宏芒市那一线至今尚未涉足，不敢议论。读曾昭抡《缅边日记》[1]，其中一些记述恰可作为艾芜看法的补充和证明。

曾昭抡一行到了芒市，其时芒市仍属土司管辖。土司年幼，由其三叔方克光代行职权，人称方代办。这位方代办设宴款待，吃的七菜一汤，完全是中国菜。喝的可就不同了，是德国布勒门制的啤酒。"据说平常他宴客的时候，还常用老牌的'威士忌'酒奉客。"那天饭前所喝的茶是很好的中国茶。"饭后一大杯咖啡，使着由腊戌来的白糖。用来盛咖啡的壶，是一把富有艺术气味的黑色瓷壶。像这样的生活，真可以算是十足的近代化了。"

这位土司的叔叔穿什么？"他见我们的时候，是穿着一套浅灰色香港布的西服，可是上面没有打领带，下面穿的是一双中国布鞋。有一次在街上遇见他，看他身上仍穿着西装，头上却戴着一顶俄罗斯帽形状的蓝缎绣花帽子。"

在芒市，一般百姓住的是茅草顶房，土司和他的弟兄们住的是洋房。"这种房子，是用青砖或者木料盖成，上面盖着白铁顶，有点像牯岭的洋房一样。"还用汽车。曾昭抡这样概括对土司的印象：

> 提起"土司"来，许多读者的印象，恐怕不免有些人，以为他们一定是"土头土脑"的。但事实上是怎样呢？我们在滇缅边区所见的土司，不但不"土"，而且穿西装、住洋房、坐汽车、打网球，比我们一般的大学生还要摩登些。[2]

【1】我见到的是辽宁教育出版社 1998 年 3 月第 1 版。
【2】曾昭抡：《缅边日记》，辽宁教育出版社 1998 年版，第 54 页。

以上所记仅就衣食住行而言。外来文化影响首先表现于上层人物，这符合一般规律。但文化影响并不止于生活方式。离芒市不远处有个盈江县，早在清末就有一位叫刀安仁的傣族土司，领着十多位傣族青年男女经东南亚去日本留学（土司本人读的是东京政法大学），其时为1905年，比熊庆来去欧洲留学还早八年。据说这是我国少数民族上层人士和少数民族女性出国留学的最早记录。刀土司还是将橡胶树引进祖国的第一人，其时为1906年。那批引进的树苗目前还有一棵健在，被命名为"中国橡胶之母"。【1】

曾昭抡在滇西更多地留心汉文化与少数民族（书中泛称为"夷人"）文化在地理上的表现。来回仅半月，大部分时间又坐汽车，观察不可能很细，主要注意所到之处与内地的异同。他到下关后去一处堆栈访友，进入店的内宅，发现"内中一切布置，和内地全无分别"。再往西到了保山，曾昭抡发现那里的内地风情更浓。保山的小脚"很可以和北方山西的大同比美"，"我们在街上碰着一顶新轿，前面并没有上轿帘，新娘故意将她那'三寸金莲'，向前伸出，让人参观"。接着做了概括分析：

> 保山的种种，都有北方风味。大约来这地方的人，原籍多半是华北和长江各省，其中从南京、江西、山东等处来的，似乎占重要成分。……城内的建筑物，完全像中国北方城市的样子。……人民的风俗习惯，和北方很相像。说话的口音，带着有江西和南京的风味。【2】

我对云南移民与云南地域文化的关系问题有些兴趣，前些年写过几篇这方面的文章，将来如有机会还打算去保山腾冲一带做些实地考察。因此读《缅边日记》格外感到有味道。施蛰存去路南县（今石林）考察（也是1939年），所写的《路南游踪》也很有味道。内中说路南县政府还是一个旧式衙门的大堂。"凡是舞台上所看见的县太爷坐堂的威仪，此地居然还存在着。我很想有机会能够亲眼看一次审案子，想必此地的囚犯还跪下来磕头的吧。"

有趣的是施蛰存在路南想看而没能看到的，曾昭抡却在保山看到了。"偶

【1】张承源：《"中国橡胶之母"引种人刀安仁》，见《风雨忆当年》中册，云南美术出版社1997年版，第176页。

【2】曾昭抡：《缅边日记》，辽宁教育出版社1998年版，第37页。

然走过县政府，看见大门和二门，都是洞开的。遥望，见大堂之上县太爷坐在上面问案，下面跪着三个被审的人，仿佛是几十年前的模样。"【1】"几十年前"指清末。这是活的人文景观（而非如今时兴的仿古表演）。一方面由此可见内地汉文化的辐射力之强，而在另一方面又反映出滇西（保山）的历史进程比内地慢了"几十年"。

再往西到了龙陵，曾昭抡发觉自己已来到汉文化的末梢（曾氏称为"最前线"）。他写道：

> 我们这路来，到保山，还是内地风光。风俗装束种种，和别省并无分别。龙陵仍然是汉族世界，满街看见包小脚的妇女；夷装的人，在街上几乎看不见。可是龙陵仿佛是汉人文化的最前线。过龙陵再向西南去，经芒市、遮放等处，直到缅边，便完全是夷人的世界。【2】

无论是研究中外文化交流，还是研究国内各民族的人文地理，只看书本不做实地考察，局限很大。读曾昭抡这本《缅边日记》所得启发甚多。这使我想到西南联大的学风。西南联大的研究机构很多，仅就北大文科研究所讲，在昆明时期除案头研究工作外，出外调查就有两大宗，一为考察西北史地，一为调查西南少数民族语言。考察西北史地是中央研究院在 1942 年组织的，北大文科所参加合作。向达教授 8 月从昆明动身，10 月底到敦煌，一干就是 9 个月。罗常培教授去大理调查少数民族语言，1942 — 1943 年每年各去一次。外文系袁家骅教授还调查过峨山哈尼语、路南彝族阿细语和剑川白语。【3】至于清华大学国情普查研究所、南开大学文学院边疆人文研究室，其研究课题林林总总，难以一一赘述。

曾国藩的治家格言很多，如"子弟之贤否，六分本于天性，四分由于家教"。曾昭抡是曾国藩二弟曾国潢的曾孙，想必受伯曾祖父相当的影响。曾国藩留下 1500 多万字的著作，内中家书、家训、日记占相当大的比重。曾昭抡也勤于日记，哪怕条件艰苦也能坚持。他是参加西南联大步行团（由长沙至昆

【1】曾昭抡：《缅边日记》，辽宁教育出版社 1998 年版，第 37 页。
【2】曾昭抡：《缅边日记》，辽宁教育出版社 1998 年版，第 44 页。
【3】《国立西南联合大学史料》（教学、科研卷），云南教育出版社 1998 年版，第 575 页。

明）的五位教授之一。据唐敖庆先生回忆：

> 每天早晨，当我们披着星光走了二三十里路时，天才放亮。这时远远看见曾昭抡教授已经坐在路边的公里标记石碑上写日记了。等我们赶上来后，他又和我们一起赶路。曾先生每天如此。看来，他至少比我们早起一二个小时。曾先生的日记从未间断，听说有二三十本。"文革"时不幸都散失了，只留下来一本，实在可惜。[1]

据曾昭抡纪念文集提供的部分著述编目，已出版的曾昭抡日记与考察记有八种，其中出版于抗战时期的有《西康日记》《缅边日记》《滇康道上》《大凉山夷区考察记》等六种。还有三种日记"待出版"，包括《昆明日记》，想必其中会有许多珍贵的史料，但愿能问世。

【1】唐敖庆：《深切怀念我的北大老师曾昭抡教授》，见《一代宗师——曾昭抡百年诞辰纪念文集》，北京大学出版社1999年版，第223页。

挂布分屋两大家

好像哪个外国学者讲过，即使在你生活的城市，只要是你从未去过的地方，都有游览价值。那洋人的名字没记住，但讲的意思却一直记得。我虽从小在昆明长大，其实好些地方，特别是郊区，还从未去过。如今半老不老，四处去转转，散散步，常有所获。大普吉我就未去过，仲冬时节去走走，颇觉新鲜。

我对大普吉其实心仪已久，因为在抗战时期，西南联大（清华）的许多研究机构（主要是理工科方面的）设在那一带，不少令人仰慕的专家、学者也散居在那些地方，闻一多、华罗庚就是其中的两位，他们住在陈家营的杨宅。

据有关材料记载，闻一多与弟闻家驷1940年10月为避免日机轰炸，从小东门节孝巷（今云南省红会医院南侧）邹若衡公馆的偏院迁往大普吉。因房间少，两家合住太挤，闻一多又迁入附近的陈家营，租住杨家房，也不宽。次年初，华罗庚在昆华农校的住所被炸，本人也几乎送命，正走投无路，幸得闻一多让出一房，两家人隔帘而居，这就挤上加挤了。闻氏当年在北京住清华的教授房大大小小14间，卧室、书房、客厅、餐厅、储藏室、仆役卧室、厨房、卫生间一应俱全，两相比较，真是天上地下。

令人钦佩的是，就在这样的条件下，这两位文学家、数学家仍然孜孜矻矻地在各自的学术园地里开拓，并都取得备受学界推崇的成果。华罗庚后来有诗记叙他们这一段难忘的生活，诗曰："挂布分屋共容膝，岂止两家共坎坷。布东考古布西算，专业不同心同仇。"闻一多在布帘之东"考古"，写出了驰誉国内外的神话专论《伏羲考》；而华罗庚则在布帘西面"算"出了他的力作《堆垒素数论》，荣获教育部1941年（第一届）自然科学类一等奖（仅一名）。

大普吉在昆明西郊，不算很远，也不算很偏，旅行家徐霞客到过那里，其游记有"自普击（即普吉）大道而去，省中通行之路也"之记载。陈家营在大普吉西南一公里半，不大不小，八十多户人。据说明代在此设军屯营地，后来"军转民"而演变为村落，因陈姓居多而得名。但闻、华寓所的主人不姓陈，原本也不姓杨，而姓李，后入赘杨家，故名杨李。此人颇能干，靠卖栗炭积钱盖起一座两层一天井的瓦房。可是抽大烟，因此闻一多对这位房东印象欠佳，但觉得此人为人尚好，且略通文字，所以时不时也叙谈一阵。杨李有三子，长子 15 岁就被抓去当壮丁，随第六十军去蒙自驻防后再无消息，闻一多对此深表同情。[1]那天我随市政协文史委诸公去参观访问，见老房东的次子杨本学（属龙），已 71 岁，自云与华罗庚次子同庚。老人仍居此老宅。老三早已分居，有女名杨竹英，那天也见了，颇干练，一问，原来是村里的党支部书记，怪不得。我以其祖吸鸦片，其伯被抓壮丁等节相询，这位晚辈均连连点头。

回过来再说杨家老宅，那的确太老，也太旧了，如能作为闻、华二氏"文理双星"（双子星座的"星"，不是歌星、影星的"星"）的客寓之所加以维修、保护，其价值当不言而喻。如今 8 路车通了，从小西门经黄土坡、大普吉而直达终点站轻机厂，下车步行数百米即达。有心思的人不妨去看看。望子成龙的年轻父母们，也不妨领着孩子去呼吸呼吸陈家营的空气。

补记：此华、闻旧居前几年修建西三环路时已拆除。（2015 年记）

【1】闻黎明、侯菊坤编：《闻一多年谱长编》，湖北人民出版社 1994 年版，第 591 页。

闻一多在司家营

司家营是昆明北郊的一个不大的村子,从 1941 年秋开始,闻一多在那里住了将近三年时间(这是闻一多在昆明住得最久的一处地方)。这可不是平常的三年,在闻一多的思想发展过程中,这三年正是他火山爆发的前夜。在 1944 年西南联大举行的五四文艺晚会上,闻一多发表题为《新文艺与文学遗产》的讲演。这是闻一多第一次走到群众面前亮相,是他思想转变的重要标志。就在这一月(1944 年 5 月),闻一多从司家营迁居潘家湾昆华中学(今昆明一中),新的一页开始了。

昆明郊区不少村子以"营"为名,如王家营、陈家营之类,这是明代兵营逐渐演变为村落在地名上留下的历史遗痕。北郊的司家营亦然,不同的是这地方一下子来了许多教授、作家,数百年前的兵营一下子脱胎换骨,变成了一个"文化基地"。1941 年夏天,清华大学文科研究所恢复,由著名哲学家、西南联大文学院院长冯友兰任所长,闻一多任该所中国文学部主任。为避日机轰炸,文研所租用龙头村附近司家营 17 号(现 61 号)民宅为所址。这是村民司荣新盖的房子,昆明"一颗印"式的两层土木结构小院(至今仍保存得相当完好),楼下为研究所的厨房、食堂;楼上正厅为办公室,楼上北厢(进门右边)及门楼上住闻一多一家,南厢住朱自清、浦江清两位单身教授和两三个研究生。朱自清在此大约住了两年后搬到北门街清华单身宿舍。

清华文科研究所文学部在闻一多的领导下成果丰硕,学术空气极浓。二楼办公室每位教授都有一张书桌,闻一多大约是嫌桌面小,用的是一块大的缝纫用的案板。而就在这么一块案板上,这位学者完成了《楚辞校补》《乐府诗笺》《庄子内篇校释》及《唐诗杂论》等专著和论文,其中《楚辞校补》获 1943 年度(第三届)教育部学术奖励"古代经籍研究类"二等奖(仅一人,无一等奖)。

闻一多一头扎进古典(或曰故纸堆),尝尽了酸甜苦辣。起初是迫于环境的压力，别人说新月派教不了古代文学，[1] 只好多下苦功。但后来，尤其是来昆明以后，闻一多的想法已经发生变化，这从他 1943 年给学生臧克家的信中可以看得明白。后来郭沫若将闻一多的这种态度概括为"钻进'中文'里面去革'中文'的命"[2]，很准确。这时的闻一多已经在打主动仗了。明乎此，才能理解闻一多为何会在一次唐诗课上突然讲起田间的诗，并且大加赞赏，誉田间为"时代的鼓手"。起初，学生颇为惊奇，这位沉默了许久的《死水》的作者怎么突然欣赏起田间的诗？待到听闻一多讲完，学生被深深感动，明白了这是一个需要鼓手的时代，应当出现更多的时代鼓手。

闻一多在学生中的影响越来越大，虽然昆明时期的闻一多基本上不写诗，但他仍然是西南联大许多学生心中的诗歌偶像。早在由长沙来昆明的徒步旅行中，闻一多就应聘担任学生采集西南民歌的顾问。1938 年在蒙自，向长清、刘兆吉、查良铮（穆旦）、赵瑞蕻等组织的南湖诗社请闻一多、朱自清任导师。来昆明以后，杜运燮、查良铮、汪曾祺、萧珊等组织的冬青社以及南荒社、耕耘社等许多学生文艺社团都是先后请闻一多做他们的导师。在司家营，何达、闻山、萧荻等正酝酿组织的诗社又找上门来，闻一多自然十分支持，告诉他们这个诗社应当是"新"的诗社，不仅要写新诗，而且要做新的诗人。于是学生就将诗社命名为"新诗社"。虽然这个新诗社是在一周之后才在西南联大校本部南区举行了正式的成立大会，但他们仍然把那天（1944 年 4 月 9 日）在司家营与闻一多的集会作为新诗社成立的纪念日。[3] 四年后何达写过一首叫《新诗社》的诗。诗中写下了这样的句子：

闻一多先生说：
"我们是一把火"
闻一多的名字
是这把火的舌尖
它在什么地方说话
人就在什么地方发光

【1】闻黎明、侯菊坤编：《闻一多年谱长编》，据吴组缃的回忆（下同），湖北人民出版社 1994 年版，第 442 页。
【2】《闻一多全集·郭序》，见《闻一多全集》，生活·读书·新知三联书店 1982 年版，第 6 页。
【3】闻黎明、侯菊坤编：《闻一多年谱长编》，湖北人民出版社 1994 年版，第 700—711 页。

1946 年西南联大结束，但这把在司家营点燃的火继续燃烧，烧遍华北，北大、清华、南开、中法、北洋、燕大出现了许许多多的新诗社。这证明了闻一多所说的，"新诗社不只是属于西南联大的，也不只是属于昆明的"。

闻一多在司家营还编了一本反映中国新诗成就的《现代诗抄》，那是他受英国文化界的委托而于 1943 年进行的。这本诗选未完成，从已完成的部分看，我们既不难窥见闻一多当时对新诗的看法（虽然后来也有些变化），也能看出闻一多对青年诗人的理解和支持。这本未完成的诗选收入作者 66 人，其中西南联大师生 12 人，约占总数的 18%。入选学生如穆旦、杜运燮、王佐良、何达、闻山、杨周翰等，当时都还名不见经传，尤其是穆旦，入选诗作达 11 首之多（徐志摩 12 首，艾青 11 首，陈梦家 10 首，郭沫若、田间各 6 首）。这些学生的诗在风格上各有特点，有的还具有比较明显的现代主义色彩，与闻一多的"三美"主张并不合拍，这既反映出闻一多作为诗人兼选家的大度，同时也说明，这一代诗人的出现于西南联大校园和他们的崛起于中国诗坛，与闻一多的扶持、培养是分不开的。闻一多说"我和新诗社是血肉不可分的"，而新诗社的学生也以此自豪："新诗社是闻一多的纪念碑，新诗社是闻一多的铜像。"（何达：《新诗社》）

闻一多的弟子中，以中央大学（今南京大学）毕业的陈梦家和青岛大学（后与齐鲁大学合组为山东大学）毕业的臧克家最著诗名。写这首《新诗社》的何达在文学上也有相当成就。何达原名何孝达，祖籍福建，生于北京，据说 15 岁就开始写诗。1942 年考入西南联大历史系，业余继续写诗并亲自朗诵，是诗朗诵活动的热情组织者。1946 年随校北上转入清华大学社会学系。1948 年朱自清为他编选了第一部诗集《我们开会》，称他的诗是"新诗中的新诗"，对他那首《新诗社》更是赞赏，将其作为这本诗集的压卷之作。1949 年何达移居香港成为职业作家，除写诗外还编刊物。20 世纪 70 年代应美国艾奥瓦大学邀请，主持关于中国新文学的研讨会。还多次在美国、西欧演讲和朗诵，颇受欢迎。何达经常回国参加文艺活动，加入了中国作家协会，著作颇丰，出版诗集、文集多种，其中一部为《和闻一多相处的日子》。

傅斯年与闻一多

北大、清华、南开三校南迁，在昆明三户合一而成为西南联大，其中的一些教授是五四时期及 20 世纪 20 年代的名人，大家如今都来到昆明了，但走的人生道路却不尽相同，甚至大有歧义。我想到闻一多、傅斯年两位。

傅斯年生于 1896 年，比闻一多大 4 岁，成名也要早些。傅氏 1913 年考入北大预科，1919 年与罗家伦等在北大发起成立新潮社，这是中国现代史上第一个学生社团。五四运动爆发，北京学生去天安门游行示威，傅斯年是总指挥。就凭着这两条，傅斯年也该进入中国青运、学运的史册。当然，五四的精神领袖是陈独秀、鲁迅那一辈，傅斯年这一辈只能算是青年中打头阵的急先锋。闻一多在清华读书，那时的清华叫"学校"还不是"大学"，学生岁数偏小一点，学校又在郊区海淀（20 世纪 50 年代之前北大一直在市中心沙滩，听说有位国际上颇有名气的学者去海淀北大新校址凭吊"五四摇篮"，传为笑谈），所以清华学生未能参加白天的天安门集会游行。那天是星期天，有进城同学晚间返校讲了天安门的情形，闻一多很受感动，连夜将岳飞的《满江红》抄了贴在食堂门口。动作不大，态度有了，也很难得。

高潮过后自然退潮，各人都要静下来沉思一番，然后走自己的路。傅斯年同年底就走了，去英国留学，后又转德国柏林大学读哲学。1926 年冬回国后一直在高校和学术机构任职，主要有中山大学文学院院长、北京大学社会科学研究所所长、国立中央博物院筹备主任、中央研究院总干事等。想当年创办《新潮》月刊，自任主编，在《新青年》的影响下，连续发表《新潮发刊旨趣书》《文学革新申议》等数十篇鼓吹新文化、新文学的文章，成为《新潮》主要的思想理论家，还写诗。而今留洋归国，单就政治热情讲，显然是大大降温了。闻一多呢，五四时期不光贴过一首《满江红》，还担任清华学生会的书记（文书），作为清华 5 人代表之一参加了在上海召开的全国学联成立大会，听过孙中山的讲演。这说明闻一多当时的政治热情也不低。1922 年赴美留学，第二年他的第一本诗集《红烛》在上海出版，这本诗集表现了强烈的爱国主义情感。但从 1925 年回国后，政治热情也慢慢降温。先当北京艺专教务长，与徐志摩在《晨报》上编《诗镌》。1927 年应邀赴武汉任革命军总政治部艺术股股长，但仅一月即告退。此后开始他的学术生涯，历任中央大学（今南京大学）外文系主任、武汉大学文学院院长、青岛大学文学院院长兼中文系主任、清华大学中文系主任。闻一多的文学活动也没断，1928 年出版了第二本诗集《死水》，与徐志摩等创办《新月》杂志。

将傅斯年与闻一多归国之后的走向相比较，可以看出大体是一致的。鲁迅 1932 年讲的一段话人们都很熟悉，说《新青年》散伙以后，"有的高升，有的退隐，有的前进"。（《南腔北调集·〈自选集〉自序》）类似的话鲁迅讲过不止一次，比前两年讲得还要更重些，说："在行进时，也时时有人退伍，有人落荒，有人颓唐，有人叛变。"（《非革命的急进革命论者》）但鲁迅的话并非针对傅斯年、闻一多，在鲁迅开阔的视野中，闻一多未能出现，傅斯年也尚未靠近中心位置。1919 年傅斯年征求鲁迅对《新潮》的意见，鲁迅回过他一封信，同年鲁迅在给许寿裳的信中说《新潮》"颇强人意"，所刊作品"以傅斯年作为上，罗家伦作亦不弱，皆学生"[1]。从 1927 年 5 月起，才看到鲁迅书信中有说傅斯年"攻击我"的文字记录，但分量很轻。

就闻一多而言，1931 年至 1932 年在青岛大学受学生围攻，使他大受刺激。起先是因九一八事变，青岛大学成立反日救国会，闻一多是支持的。其时（1931 年 11 月）各主要城市学生纷纷要求国民党政府抗日，发动赴南京请愿，青岛大学响应，要求南下请愿，学校当局发布布告，劝阻南下。任文学院长兼中文系主任的闻一多不赞成学生此举（包括强占火车，强迫火车开往南京），主张开除为首的学生，这当然激起学生的不满，酿成学潮，而矛头主要对准闻一多。据学生自治会印发的《驱闻宣言》[2]，一条说闻一多援引私人，"扩展实力"，另一条是阻挠学生赴京请愿，主张开除学生。《驱闻宣言》未点明是哪些"私人"，据闻一多致饶孟侃的信，一是指梁实秋任外文系主任兼图书馆长，另指闻一多引进学生陈梦家，所以得了"新月派包办青大"的罪名。据梁实秋的《谈闻一多》讲，学生还张贴"驱逐不学无术的闻一多"的标语，在

【1】《鲁迅全集》第 11 卷，人民文学出版社 1981 年版，第 357—358 页。

【2】闻黎明、侯菊坤编：《闻一多年谱长编》，湖北人民出版社 1994 年版，第 424 页。

教室黑板上搞诗漫画，诗曰："闻一多，闻一多，你一个月拿四百多，一堂课五十分钟，禁得住你呵几呵？"末一句是讥讽闻一多讲课喜欢夹杂"呵呵"的声音。学生还在黑板上画了一只乌龟和一只兔子，旁边写着"闻一多与梁实秋"。两人从教室前走过，见了诗画，闻还很严肃地问梁："哪一个是我？"幽默惯了的梁回答："任你选择。"

此后闻一多去了清华，一头扎进故纸堆中做学问。直到抗战爆发，闻一多随清华南下，跋涉数千里来到昆明，开始了他人生新的一页。

这一时期的傅斯年一方面渐渐靠拢国民党政府，担任中央研究院历史语言研究所所长等职务，同时潜心于学术研究，不光扎入故纸堆中，甚至扎到土里去了。他不只发表了关于中国古代史的许多论著，而且在1928—1937年十年间，组织领导研究所里的李济、董作宾等考古专家，对河南安阳殷墟进行了15次挖掘，取得一系列重大成果，成为20世纪30年代中国历史学界最引人注目的事件。

闻一多在昆明的一段经历，人们都很熟悉。由于和学生一道徒步从湖南来昆明，备尝艰辛，闻一多逐渐从书斋走向社会。教授薪金实际上大幅度降低，也使闻一多对在生命线上挣扎的普通百姓变得容易理解。当然，政治环境是极重要的因素。在闻一多周围聚集了越来越多的进步师生（不少是地下党员和党的外围组织成员）。所有这些因素，促成闻一多逐渐走上革命斗士的道路，尽管他仍然是位诗人和学者，但凸显的主要方面起了变化。

傅斯年带着中研院史语所也来到昆明，三年后北迁四川南溪李庄，靠近重庆。抗战以前傅斯年的社会地位就已经比较高了，1938年被聘为国民参政会参政员并多次赴汉口、重庆参加会议，这也顺理成章。自此之后，傅斯年由涉足而介入，渐渐走近政治舞台的中心。作为学者的傅斯年，究竟是选择学术还是政治，似乎也曾彷徨。他在1942年给胡适的一封信中有这么一段："我本已不满于政治社会，又看不出好路线之故，而思遁入学问，偏又不能忘此生民，于是，在此门里门外跑来跑去，至于咆哮，出也出不远，进也住不久，此其所以一事无成也。"[1]

但傅斯年还是继续走下去了。据傅氏《生平著述简谱》，1945年6月，"与黄炎培会见蒋介石，提出去延安为国共和谈斡旋，得到蒋的同意"。7月1日，

【1】岳玉玺等：《傅斯年：大气磅礴的一代学人》，天津人民出版社1994年版，第374页。

"与黄炎培等人代表参政会访问延安，商谈团结。5日，返回重庆，一并向蒋介石递交了延安会谈记录"。傅斯年在延安还单独与毛泽东谈了一个通宵。[1]

同年8月傅斯年任北大代理校长（校长胡适在美未归）兼西南联大常委。"一二·一"惨案发生后一周，由重庆来到昆明。这一回，傅斯年与闻一多都旗帜鲜明，站在了对立的立场。终于在1945年12月17日的教授会议上面对面发生冲突。当局（政府）要求复课，学生要求满足条件（"严惩屠杀无辜教师与学生之党政军负责人"等）才能复课。傅斯年要求学生限期复课，闻一多反对。据张奚若两天后对《罢委会通讯》记者讲，争执中"一多与傅常委闹起来，一多说：'这样，何不到老蒋面前去三呼万岁！'这是揭傅斯年的旧疤，很少人知道的。我就劝解：'大家争执，何必重提以前的旧事。'傅气得大骂：'有特殊党派的给我滚出去！'"[2]

这下好了，当年任天安门学生集会游行总指挥，并亲自扛着大旗率领学生火烧赵家楼、痛打章宗祥（驻日公使）的学生领袖傅斯年，这回站到了学生的对立面；而十多年前在青岛大学被学生"驱逐"的闻一多，这回却与学生站在一起。应该说，他们的选择都符合历史的逻辑。

当然，这篇短文并非对傅斯年、闻一多做全面评价（也无此奢望）。傅是史学家，闻是文学家，在各自的学术领域都卓有建树。即以政治一端而论，对学生运动的态度也不是唯一的标准。举例来说，傅斯年作为北大代理校长负责北大迁校复员之事，在如何处置伪北大汉奸（例如周作人）的问题上，他坚持一个都不要的果断政策，就受到普遍的赞扬和肯定（当然，"伪学生"之说则欠妥）。又如对苏联大国沙文主义的态度。1945年2月美、英、苏三国首脑在雅尔塔签订秘密协定，以苏联对日宣战为条件，答应了苏联的许多无理要求，其中包括承认外蒙古独立及苏联管理东北铁路和租借旅顺、大连等。后来，根据《中苏友好同盟条约》（1945年8月14日，国民政府外交部部长王世杰和苏联外交部部长莫洛托夫在莫斯科签署）的有关附件，苏联红军本来应该在日本投降后三个月内撤离东北，但直到1946年2月还无动静，苏联的此一做法激起中国人民的愤慨，加之雅尔塔秘密协定的内容此时已公开，于是国内爆发了以知识界为主的反苏运动。以傅斯年为首的20位著名学者在《大公报》（天

【1】岳玉玺等：《傅斯年：大气磅礴的一代学人》，天津人民出版社1994年版，第374—375页。
【2】闻黎明、侯菊坤编：《闻一多年谱长编》，湖北人民出版社1994年版，第946—947页。

津版）上发表声明，表达对雅尔塔秘密协定的抗议。[1]傅斯年的这种态度也是应该肯定的。这里将两位学者放在一起说，不过是想从当年西南联大的教授们中，挑出两位，对他们的心路历程试做探测罢了。

【1】智效民：《傅斯年与〈大公报〉》，于此有较详之介绍，载《书摘》2002 年第 8 期。

不能只看他的背影

朱自清早年写诗，没几年他的兴趣渐渐移向散文，并在这一园地里取得了他在文学上的最高成就。在中国，识字的人恐怕很少有未读过《背影》的，这篇千把字的散文和《荷塘月色》《桨声灯影里的秦淮河》《温州的踪迹》等几篇被批评家誉为白话美文的典范，被文学史家视为新文学早期散文的代表作，被教育家选入中学语文课本。1938 年这位清华教授来到昆明，人们都说那个写《背影》的朱自清来了。

但这时候的朱自清，主要身份，或者说基本形象是学者。当然，在昆明的朱自清仍然是作家，除教书外，还写散文、杂文，还关心新文学的现状，写文艺批评，参加昆明文协的活动（任理事），指导西南联大学生的文学社团，等等。但毫无疑问，他的注意力、他的精力，主要不在文学上。他的学者生涯从 1925 年 8 月去清华大学任教后即已开始。但这绝不仅仅是职业上的需要和调整，而与时代风云的变幻有着极大的关系。五四运动的退潮，尤其是大革命的失败，那一时代的知识分子无不面临一个何去何从的问题。读鲁迅的《彷徨》，尤其是《野草》和《朝花夕拾》，都能感觉得到那一代知识分子精英的苦闷、彷徨和探索的脉动。朱自清也呐喊过一阵，他在 1919 年的诗里喊："上帝，快给我些光明罢，让我好好向前跑！"而"上帝"说，"光明？我没处给你找！你要光明，你自己去造！"（《光明》）读朱自清稍后几年写的《桨声灯影里的秦淮河》，尤其是 1927 年写的《荷塘月色》，不能不让人感觉到心脏跳动的减弱。所以朱自清的变化，认真地说并非仅仅表现于由文学转向国学，他由诗渐渐转向散文，这一过程即已开始。

朱自清不是革命家，这不能与鲁迅比。但朱自清也是个坦白的人，也敢于解剖自己。他在 1928 年写的《那里走》中说：

我解剖自己，看清我是一个不配革命的人！这小半由于我的性格，大半由于我的素养；总之，可以说是命运规定的吧……我在小布尔乔亚里活了三十年，我的情调、嗜好、思想、伦理与行为的方式，都是小布尔乔亚的；……离开小布尔乔亚，我没有血与肉。

既然"不配革命"，那怎么办呢？他说："只有暂时逃避的一法。"怎么逃避？"享乐是最有效的麻醉剂；学术，文学，艺术，也是足以消灭精力的场所。"享乐为朱自清所不屑，他是文人，选择后者。但"国学比文学更远于现实"，是"更安全的逃避所"，所以朱自清选择国学。他套用胡适的话说，"国学是我的职业，文学是我的娱乐"（朱将胡的话改了一个字，"哲学"改为"国学"），这便是他"现在走着的路"。

人们常常将朱自清与闻一多并提（或联想），这自然是有根据的，但对两位的差异往往注意不够。倒是两位的老同事冯友兰、吴晗看得分明。冯说"一多宏大，佩弦精细。一多开阔，佩弦谨严。一多近乎狂，佩弦近乎狷"【1】。吴晗就政治态度来说，在闻一多遇难后，尤其是在内战爆发后，朱自清的立场渐渐变化，而在之前，对于以西南联大为中心的民主运动，"除了个别例外，朱自清先生都很少参加。当有人去他家邀请的时候，他也总是婉言拒绝，他的立场是自处于中间路线的。他'忍着寒冷，挨着饥饿'，却不参与民主运动，他以为只要抗战胜利，一切问题便都可以解决了"【2】。

在西南联大的教授群体中，朱自清的政治态度是有相当代表性的。这位学者兼作家给人的总体印象是："矮矮的个儿，戴副眼镜，穿着整洁的西服，脸上经常有笑容，但不大说话，一定要他发表意见，也总是很谦虚，说话委婉周到，一点点火气也没有。"【3】这是朱自清1934年给吴晗留下的印象，我想朱自清1938年到昆明后大约也是这样。举几个例子。

昆明空袭紧张以后，西南联大许多教授都疏散到郊区，从1941年秋天起，朱自清在北郊司家营清华文科研究所住了两年多（与闻一多一家和浦江清等住在一起），王力住棕皮营，相距不远，朱自清每逢星期天都去看王力，共同吃一顿午饭，关系挺好。1943年王力完成了他的《中国现代语法》和《中国语法理论》，朱自清审阅全稿，为《中国现代语法》写了长篇序言，并劝王力把这

【1】冯友兰：《回念朱佩弦与闻一多先生》，见《冯友兰论教育》，人民出版社2010年版。
【2】吴晗：《他们走到了它的反面——朱自清颂》。
【3】吴晗：《他们走到了它的反面——朱自清颂》。

两部著作向当时的政府申请学术奖金，还说一定能得头奖。结果发下来是三等奖。该年度（第二届）文学类无一、二等奖，三等奖仅三名，王力的《中国语法理论》排在首位（另两人非西南联大教授），应该说还算可以，但王力仍大失所望，想把奖金退回去。朱自清却笑着说："干吗退回去？拿来请我吃一顿岂不是更好！"【1】

又如刘文典因"磨黑事件"而被清华解聘一事（另文专议，此从略），刘文典不服气，到司家营找闻一多（清华大学中文系主任）论理。据当时在场的研究生王瑶回忆，刘、闻两位都很冲动，在饭桌上吵了起来，朱自清极力劝解。【2】王力说朱、闻两人性格不一样，"闻先生是刚，朱先生是柔"【3】，有道理。

但也不尽然，这得看什么问题、什么场合。据通读过朱自清日记的王瑶教授讲："1942年昆明学生发生倒孔运动后，国民党大批拉拢大学教授入党，在1943年5月9日的日记中，曾记载闻一多先生和他商量一同加入国民党，因了他的拒绝，才都没有加入。"【4】王瑶举这个例是为了说明朱自清当时"并不过问政治"的态度，但"因了他的拒绝"才都没有加入，这正好从另一个侧面看出朱自清也不是一味柔，有时还是柔中有刚的。

大学中文系历来"厚古薄今"，对现代文学不大重视。这个问题又往往与中文系要不要培养作家，甚至与中、外文系该不该合并、调整的问题纠缠在一起，有点复杂。这里只说现代文学（新文学）在中文系课程设置中的地位。据当时的中文系学生刘北汜（后转历史系）回忆，有一次中文系开茶话会，部分教师和新生参加。主持茶话会的系主任罗常培首先讲话。他一开始讲了些系务方面的事，突然"略为提高声音，话头一转"，批评了学号为1188的一位同学（即刘北汜）："他的表里，说他爱读新文学，讨厌旧文学、老古董。这思想要纠正。中国文学系，就是研究中国语言文字、中国古代文学的系。爱读新文学，就不该读中文系！"讲到这里，系主任声色都有些激动了。被批评的刘北汜很狼狈（尽管未点名），会场上一时也鸦静下来。

没想到罗常培刚讲完坐下，坐在刘北汜右侧桌边的朱自清"忽然挺身站

【1】王了一：《怀念朱自清先生》。
【2】闻黎明、侯菊坤编：《闻一多年谱长编》，湖北人民出版社1994年版，第640页。
【3】王了一：《怀念朱自清先生》。
【4】王瑶：《念朱自清先生》，见《王瑶文论选》，人民出版社2009年版。

起"，说：

> 这同学的意见，我认为值得重视。既把古汉语、古代文学学好，又能学好现代汉语、现代文学，这应该是中文系的方向；不能说中文系的学生爱读新文学就要不得。研读古文，不过为的便于了解和运用古代文学遗产，但这绝不是中文系的唯一目标！……[1]

这太让人感到意外了，朱自清的话显然是针对罗常培的，而且直截了当、毫无遮饰，与吴晗印象中的朱自清"说话委婉周到"，显得有些不同。我猜想，这是个敏感话题，平时大家都有看法，但未在正式场合说破，偏巧今天"1188"成了引线，一触即发，弄得茶话会绷紧了弦，大家忘了喝茶，更没想到写过中篇小说《玉君》的杨振声教授（他开的课就是"中国现代文学"）又站起来附和朱自清，而且明明白白地提出增加现代文学的比重，说的时候"神情严肃，声音洪亮"，茶话会变成辩论会了。那天诗人闻一多和小说家沈从文因故未来参加，要不然会场上的"一边倒"可能更甚。不过后来罗常培也没再就此问题说什么，罗庸、魏建功、浦江清等教授也未再谈此问题，会场气氛才逐渐缓和下来。

刘北汜的回忆文章写得好，他说茶话会最后怎么结束记不起了，只记得散会后人们相继走出教室，等他最后走出来时，"朱自清先生已经走远了。这天，他还是穿的那套旧西装，还是我熟悉的那个端庄的背影，只是迈出的步子看起来比平日似乎大些，也快些"。朱自清记住了他父亲那青布棉袍、黑布马褂的背影，我们也记住了朱自清这穿着旧西装的端庄的背影。

朱自清事事谨慎、处处小心，但苦恼也少不了。他不想介入政治，视学术为避风港，但做学问得有时间、得静下心来，可这也难，因为系主任的职务工作要占去他不少的时间。据朱自清1939年1月12日的日记："自南迁以来，皆未能集注意力于研究工作，此乃极严重之现象。每日习于上午去学校办公，下午访友或买物，晚则参加宴会茶会，日日如此，如何是好！"[2]其时西南联大文法学院刚从蒙自迁回不久，朱自清一家住在青云街79号。这年底，以

【1】刘北汜：《忆朱自清先生》，见《新文学史料》1982年第4期。
【2】王瑶：《念朱自清先生·日记琐拾》，见郭良夫编《完美的人格——朱自清的治学和为人》，生活·读书·新知三联书店1998年版。

健康原因辞去西南联大中文系主任职务（罗常培继任）。但读他1943年12月22日给老友俞平伯的信，又感觉出一种忧烦不平之气："在此只教书不管行政。然尔来风气，不在位即同下僚，时有忧谗畏讥之感，幸弟尚能看开。在此大时代中，更不应论此等小事；只埋首研读尽其在我而已。"【1】人事纠葛哪里都有，教授亦未能免俗。

抗战初期在云南大学教了一年书，随即"因为可笑的文字祸而离开昆明"的李长之，1948年在朱自清病故后写过一篇文章，说："佩弦先生的稳健，没让他走到闻一多先生那样的道路。"【2】这讲得很对。然而，没走闻一多那条路的朱自清，他在昆明生活的那些年，心情似乎也难得平静。

看朱自清，不能只看他的背影。

【1】季镇淮：《朱自清先生年谱》。
【2】李长之：《杂忆佩弦先生》，见《朱自清论语文教育》（河南教育出版社1985年版）之《附录》。"可笑的文字祸"之语亦见该文。

吴宓与关麟征

吴宓与关麟征这两个名字，我是先晓得关，后知道吴。那是 1945 年底的事了，当时我九岁，小学生。其时"一二·一"惨案发生，四位学生、教师被杀害，关麟征是两个主凶之一（另一个是代云南省主席李宗黄），街上到处是"打倒关麟征！"一类的标语和漫画，我家住在福照街、龙井街口，街角路口多次见大学生站在一起唱歌、喊口号，歌声中的两句我听得明白，是："民主是哪样？民主是哪样？民主是一杆枪！"当年的情景至今仍记忆犹新，关麟征这名字也因此一直记得，是个武人，漫画上的关麟征画得胖些，李宗黄画得瘦些。

吴宓的名字到 20 岁才知道，是个文人，搞复古，反对新文化和白话文，是学衡派的一个领袖，鲁迅批判过他。再后又晓得他是西南联大的教授，在昆明生活了一些年。如此而已。再后当然了解多了些，包括他的学术地位和婚恋。但我怎么也不会将这一武一文两个名字联系起来，直到读了《吴宓日记》才略知一二，原来他们是陕西老乡，抗战时期都在昆明，谈毛彦文是两人之间的一个话题。

这毛彦文是 20 世纪 30 年代因婚恋而闻名的女性，复旦大学和暨南大学的教授。她原是表哥朱君毅（吴宓的清华同学）的未婚妻，朱后来移情别恋提出解除婚约。起初吴为之调解，后却演变为对毛的追求，并为此不惜与发妻离婚。而毛不领情，于 1935 年嫁给了年岁大得多的熊希龄（民国初年做过半年多的国务总理），不幸仅两年即为遗孀，这又引起吴宓的幻想。吴宓就是带着这个幻想来到昆明的。吴宓为毛彦文写过不少诗，广为流传的是《吴宓先生之烦恼》四首，是 1932 年追求毛彦文受挫后写的，其中一首云："吴宓苦爱毛彦文，三洲人士共惊闻。离婚不畏圣贤讥，金钱名誉何足云。"吴宓生性率真，竟将写隐私的东西拿出去发表。他在西南联大课堂上讲写诗要重感情，有感而发，举的例证就有自己的诗。学生听了就笑，老师自己倒没觉得有什么不好意思的。

吴宓怨恨毛彦文，认为毛嫁老头子是图人家的地位和财产。不能说这毫无根据。熊原籍江西，生于湖南凤凰（沈从文的同乡，两人有点关系），进士出身，继段祺瑞之后做总理，其时袁世凯任临时大总统。之后熊即从政界渐渐淡出，1932 年任世界红十字会中华总会会长，次年在北平设第一后方医院，救护长城抗战受伤官兵。与毛彦文结婚时的熊希龄是离开官场的社会贤达、名流，其社会地位当然非吴宓教授所能比。熊的遗产大部分为前妻所生的三个女儿所得（据《吴亦日记》），作为熊夫人的毛彦文当然也会分得一些。

毛嫁熊后吴宓心情复杂、矛盾。从日记看，一方面骂毛势利，有些话甚至很毒；另一方面当听到社会舆论对毛多有指责时，又不高兴，觉得舆论伤害了他的梦中情人。吴宓自己又爱与熟人、朋友讨论毛彦文，有的鼓励他追寡妇，有的劝他趁早死心，说与这种女人早断早好（吴一直给毛写信继续表示爱意）。吴宓 1938 年来到昆明后，境况亦然。

关麟征就是在这种情况下参与讨论并帮着出主意的。关是陕西户县（今西安市鄠邑区）人（吴是泾阳人。泾阳在咸阳之北，两县离得很近），黄埔一期毕业，抗战爆发后任五十二军军长等职。1939 年在湖北大败日军，升任第十五集团军司令，该集团军 1940 年改编为第九集团军驻守滇边。关麟征就是这么来到昆明的。司令部在文山，昆明办事处在武成路福寿巷 3 号姚宅（闻一多一家 1938—1939 年在这里住过，几年后田汉夫妇也来住过）。关麟征的住所换过几次，刚来昆时住崇仁街庾园。[1]

其时吴宓住玉龙堆西南联大宿舍（在今翠湖北路云南省群众艺术馆对面）。吴宓一方面对毛彦文仍未死心，同时与在昆明的两位女性有密切联系，一为已离婚的贵州女诗人卢雪梅，一为某外资公司女职员"琰"。吴宓心情矛盾、优柔寡断。那毛彦文态度坚决，根本不考虑与吴宓恢复联系，吴宓去的信均被退回。吴宓收到退信"百感交集，不胜悔痛"，在日记中写了一大段："盖宓历经试验，今者已证明彦为贪财而无情之女子。其在与宓相爱期中（1928—1934 年），对宓维以权术操纵，毫无诚意与柔情。一意将宓羁縻，不舍不取，留为后用。而又复高瞻旁骛。1935 年春，既得熊公，欣喜过望，即倾身嫁之。"

【1】《吴宓日记》中写作"愉园"。庾园的主人为庾恩旸（护国警卫军总司令官）、庾恩锡（20 世纪 20 年代末任昆明市市长）兄弟，抗战时期系省府招待所，更名为愉园，前些年为五华区委、区政府所在地，今已不存。

（下面文字太长，略）正在此时关麟征去玉龙堆访吴宓未遇，次日吴去庚园回访。据《吴宓日记》（1941年1月22日）："谈甚欢，留晚饭。关君甚关心宓爱彦事，欲出力助成，俾宓与彦结合。" 吴宓很受感动，接着详述"对彦之往事"。关听得很认真，并为毛彦文做了分析和评判，《吴宓日记》："关将军静聆毕，乃评判曰，统论全局，宓秉真情，彦用手段，宓之行动错误，彦之心术不端。宓是过，而彦是恶。彦只欲指挥操纵宓，以表示其权力。宓倘1930年赴美，甚至1935年1月赴沪，均可婚彦。但婚后结果恐不佳，终致决裂。"

到底是学军事打仗的，谈论别人的婚恋也像分析战局一般。得出的结论是："其三年来对宓之行事（引注：指毛彦文寡居三年来对吴宓的态度、做法）一贯，始终只是极自私而冷淡地将宓推开，只恐沾染受损，绝无丝毫为宓设想之意。故宓如再对彦进行，必无结果，故宜毅然将彦事宣告终结，另寻佳偶。"作为读者的我，读到这里也不禁哑然失笑。一位将军和一位学者，坐在崇仁街庚园客厅里，议论数千里外的一位上海寡妇及应采取之对策，也真像是一幅漫画。末了关麟征又说到另外两位女性："与雪梅结婚不宜；即琰亦恐难成。皆当放弃。彼多才而个性强之女子，实乏情感，尚力用术，只欲操纵爱人丈夫，使之听命。不可为室家。娶妻以河北女子为最好（关公前年所择娶之夫人，即是）。盖北方女子柔而多情。"最后的指示为："盼宓速就此途自为计也。"

四天后吴宓又去庚园赴宴，席间关麟征又对众人谈起为吴宓介绍对象的问题，并说已有一位友人打算为吴宓介绍一位黄小姐，并告诉吴应当"广见慎选，来者不拒"。吴表示"近方读佛书，在家出家，无意结婚"（1941年1月26日）。没过多久，关麟征带吴宓去小西门外大观新村见一位刘夫人，想请刘夫人为吴介绍丁女士（殉国军官高某之遗孀）。而吴宓以"出世学佛"为托词避见丁女士，却"求刘夫人他日有缘使宓得见彦一次"，因"刘夫人为彦之湖郡同学，去冬在沪曾见彦"（1944年2月4日）。

《吴宓日记》中此类记录甚多，以上所引足可得见一斑。本来，吴宓之婚恋纯属个人之事，不必议论。而今吴氏早已作古，作为对前辈学者之研究，婚恋亦不失为探寻其精神世界之一窗口。当然，这仅仅是一个窗口。读《吴宓日记》我还注意到别的窗口，比如吴宓的交游，其范围相当广，以军人而论，除关麟征外，还有杜聿明、黄维（第五十四军军长）、宋希濂、张耀明（第五十二军军长）等，这还仅仅就吴氏在昆时期而言。除军人外，如云南财政金融首脑缪云台，"装饰摩登而别致"的著名女土司高玉柱，等等，吴宓与他们也都有或深或浅的交往。不过，吴宓在昆明时期交往的上层军政人员，关麟征仍然是主要的一个。交往自然是闲谈多，但有时也有求办的事，诸如请关介绍搭乘军车或托运衣物、办通行证之类。离开昆明赴成都前，关先后两次赠金共两万元，"宓略辞而后受之"（1944年9月1日）。吴当然也不是白拿，半年前，吴"代关将军作贺中央宪兵十三团龙团长夫人三十寿，诗云：'妙誉英才伉俪坚，天真挥洒对婵娟。萧心剑气冲牛斗，三十功名奏捷先。'"不久，吴又代第九集团军兵站分监葛某"撰关麟征将军太翁寿诗云：'一乡钦德望，廿载侍戎机。教子成名将，摧胡屡合围。天应赐寿考，人共说神威。忠孝心如镜，终南万古霏。'"

代人做谀诗当然也只能这样做，心里怎么想又是一回事。其实吴宓对关麟征也不是一点看法没有，一味巴迎。举一例："关将军纠合昆明画家，强其作画140幅，以遍赠在文山训练中国军官之美国军官140人。且各另画一幅，以赠关将军。（当场发纸）噫嘻，职之不修，军不能战，见讥于美人，而徒以私情交欢。且慷他人之慨，勒命画家献纳，未免贪且暴。将军过矣！"（1944年3月22日）

这议论还是有几分尖锐的，说明吴宓对关麟征还是有看法的。虽然这只不过是在日记里议论一番，未能在当时公之于众。

这确实反映了那一辈知识分子生存状态的两难。

再说关麟征。当时的关还是一位抗日将领。1945年日本投降后，中国政治生态为之一变，关麟征先任东北保安司令长官，后改任云南省警备总司令，在蒋介石的授意下镇压昆明学生运动，制造了震惊中外的"一二·一"惨案，昆明、重庆、上海等地各界人士为死难烈士隆重公祭，并举行游行示威，声讨国民党的倒行逆施。全国各地人民强烈要求严惩凶手，迫使蒋介石不得不用"停职候处"的名义将关麟征（和李宗黄）调离昆明。但半年后关又当上了陆军军官学校的教育长、校长，1949年8月更当上了陆军总司令。但后来也不怎么样，闲居香港，于1980年病死。

至于吴宓先生，这位晚年任教于西南师范学院（今西南大学）的学者，已于1978年辞世，享年84岁。关于毛彦文女士，她在1971年出版的回忆录《往事》中这样说吴宓："吴君是一位文人学者，心地善良，为人拘谨，有正义感，有浓厚的书生气质而兼有几分浪漫气息。"又说吴宓"脑中似乎有一幻想的女子"，"不幸他离婚后将这种理想错放在"她（毛）身上。说得很平静，淡淡的。据闻，毛彦文女士已于 1999 年在台北谢世，享年 102 岁。

龙头村：冯友兰和他的犹太人邻居

昆明有个龙头村，龙头村有座旧庙，旧庙里住过冯友兰一家和一对犹太夫妇。

龙头村在北郊，距市区八公里。抗战时期，由于日机轰炸昆明，一些文教单位由市区疏散于此，其中有中央研究院历史语言研究所和北京大学文科研究所，小小的龙头村一时教授、作家云集，成为昆明近郊的两个文化中心之一（另一个是西郊的大普吉）。著名哲学家、西南联大文学院院长冯友兰教授一家曾经住在那里。开头提到的那对犹太夫妇就是冯家邻居。据《三松堂自序》，这两家人住在龙头村边一座小山上的旧庙里。庙分前后两院，后院是龙泉镇镇公所，这两家人住前院，犹太夫妇居东厢房，冯家住西厢房，北房（大殿）是一家公司的仓库。冯友兰的哲学巨著"贞元六书"的第四部《新原人》就是在这里写的，时 1942 年。《新原人》的自序云："此书属稿时，与金龙荪先生岳霖同疏散于昆明郊外龙泉镇。"

犹太人以智力和财力闻名世界。古希伯来文化与古希腊文化被国人并称为"双希文化"，是举世公认的人类文化的源头之一。19 世纪以来，犹太人为人类文化的演进和发展做出了非凡的贡献，堪称世界大师的犹太人可排出一长串：马克思、爱因斯坦、弗洛伊德、胡塞尔、维特根斯坦、波普、海涅、列维坦、毕加索、马蒂斯、塞尚、门德尔松、勋伯格、卓别林以及外交奇才基辛格等等。应该说，能开出这样名单的民族并不多。但犹太民族也很不幸，其历史充满磨难与艰辛。尤其是二十世纪三四十年代，法西斯德国实行反犹太主义，纳粹党徒用各种酷刑屠杀犹太人 600 万人，更多的犹太人亡命远方，流落上海的就不少。蛰居龙头村的这对犹太夫妇是德国人，据说男的原本是德国外交部官员，后来被希特勒赶出来了。他们为什么大老远地跑到这么个村子呢？也许这里更远、更安全吧。

关于这对犹太夫妇，冯友兰先生留下的文字不多，他们什么时候离开龙头村的，后来去哪里了，均不得而知。另提到一条洋狗，其主人是犹太夫妇的德国朋友，也住在龙头村，他要回国，要给狗找个新主人，就送给冯家收养了。冯家很喜欢这条洋狗，给它取了个名字叫玛丽。1980年，作家宗璞（冯友兰先生的女公子，当年在西南联大附中读书）写了篇小说《鲁鲁》，"鲁鲁"的模特儿就是玛丽。小说以儿童的眼光写狗，写得可爱，也侧面写出龙头村当年的生活风貌，昆明人不妨找来一读。

去年冬天我抽空去龙头村寻访那座古庙，看还在不在。费了点周折，找到了，就在宝台小学旁边，如今已属龙泉镇粮管所。旧庙正门已用砖砌死，但后墙开了个豁口与粮管所新房相通。我从粮管所大门进去绕到旧庙前院，一看，果然有两排厢房，一东一西静静地对视着。门上都挂着生锈的锁，锁住了两家人在那里度过的一段岁月。

西厢的冯家后来迁回昆明市区，战后经重庆返回北平（玛丽又换了主人，留在重庆）。东厢的犹太夫妇呢肯定也离开了龙头村，但不知所终。也许他们回德国去了？或者以新生的以色列作为自己的归宿？

2004年附记：此文1995年发表后，引起注意，据说时不时有人去参观旧庙，我也多次陪人去过。时隔9年，包括冯友兰旧居在内的旧庙已有可能得到修缮。

2014年补记：此旧庙正在修缮中。

冯友兰的徘徊

　　刘文典的目中无人是出了名的，但据说他目中也有几人，常说："联大只有三个教授，陈寅恪先生是一个，冯友兰先生是一个，唐兰先生算半个，我算半个。"【1】这当然是传闻，但大体是可信的。刘文典佩服陈寅恪，见之于多人的文字记述。唐兰是王国维的弟子，古文字学家，知道的人少，但学界中人晓得深浅。有一回唐兰讲甲骨文，罗常培、闻一多、陈梦家都去听讲。早在抗战前唐兰就受聘任故宫博物院专门委员，20 世纪 50 年代初由北大调任故宫博物院学术委员会主任和副院长。在刘文典心目中，这等学界重量级人物，也只能与他自己并列为"半个"，而冯友兰却可与陈寅恪并列，是完整的"一个"。以刘文典之傲，能给他人以这样的评价，算是难得了。

　　不管算一个还是半个，冯友兰在中国文化界的学术地位是不可否认的。这位在哥伦比亚大学研究院取得博士学位的哲学家，早在抗日战争以前就完成两卷本《中国哲学史》，在海内外都产生了较大影响，奠定了他在中国学术界的地位。抗日战争时期完成的"贞元六书"，即《新理学》《新事论》《新世训》《新原人》《新原道》和《新知言》这六本书，贞元即"贞下起元"，取义于《易经》。冯氏当年讲过自己写"贞元三书"（前三本）的旨趣："贞元者，纪时也。当我国民族复兴之际，所谓贞下起元之时也。我国家民族方建震古烁今之大业，譬之筑室，此三书者，或能为其壁间之一砖一石欤？是所望也。"【2】这六本书问世有先后，但都产生了相当大的社会反响，尤其是比较通俗的《新世训》和其他关于青年修养的论述。

　　《新世训》又名《生活方法新论》，讲做人之道，类乎旧时之"家训"，除绪论外共十篇，于 1939—1940 年间在昆明《中学生》杂志连载。但《新世训》

【1】盛巽昌、朱守芬编撰：《学林散叶》，上海人民出版社 1997 年版，第 3 页。

【2】冯友兰：《新世训·自序》，见《中国现代学术经典·冯友兰卷》上册，河北教育出版社 1996 年版，第 359 页。

似乎不为作者所看重，他在晚年说："这部书所讲的主要是一种处世术，说不上有什么哲学意义。"【1】但正由于这本书较为通俗，针对性强，所以在青年学生中很有影响。据许渊冲先生回忆："我在大三时期，冯友兰的《新世训》出版了，在联大同学中广为传诵，影响不小。"【2】许先生还特别提到冯友兰的境界说。

冯友兰将人的精神境界按高低分为自然境界、功利境界、道德境界和天地境界。冯氏在 1942 年脱稿于昆明北郊龙头村的《新原人》中，对此做了集中而又系统的论述。"凿井而饮，耕田而食，不识不知，顺帝之则。""日出而作，日入而息，不识天工，安知帝力？"冯友兰说这几句古诗很能写出在自然境界中人的心理状态，一切似乎都是一个混沌。功利、道德两境界之区别比较明显，前者"为利"，后者"行义"；前者以"占有"为目的，后者以"贡献"为目的，或说前者是"取"，后者是"与"。并进一步指出，"在功利境界中，人即于'与'时，其目的亦是在'取'。在道德境界中，人即于'取'时，其目的亦是在'与'"。天地境界是最高一个层次。"不但对于社会，人应有贡献；即对于宇宙，人亦应有贡献。人不但应在社会中，堂堂地做一个人；亦应于宇宙间，堂堂地做一个人。可以'与天地比寿，与日月齐光'。"【3】

人生哲学问题自然为青年学生所关心，何况在国家危难之际，更何况是西南联大的学生。举例来说，当时美国飞虎队来昆明援助中国对日作战，需要大批英文翻译，教育部号召全国各大学外文系高年级男生服役一年，不服役要开除学籍，服役期满可以算大学毕业。西南联大同学纷纷响应号召，但各有各的想法，精神境界并不完全相同。许渊冲结合冯氏的四种境界说做了分析，说有个别同学受"好男不当兵，好铁不打钉"的观念影响太深，认为给美军做翻译有失身份，宁愿休学也不自愿参军，这是"自然境界"。有的同学因为生活艰苦，本来已经在图书馆半工半读，如果参军既有实践英语的机会，赚的工资又比大学教授还高，何乐而不为？这是"功利境界"。有的同学（个别）已在英国领事馆兼任英文秘书，待遇比军人还优厚，但国家兴亡、匹夫有责，毅然放弃高薪从军，这是"道德境界"。许渊冲说他有几位受过军训的高中同学参加了空军，并且为国捐躯，"他们的精神可以说是进入了天地境界"。自己呢？

【1】冯友兰：《三松堂自序》，生活·读书·新知三联书店 1984 年版，第 260 页。

【2】许渊冲：《追忆逝水年华》，生活·读书·新知三联书店 1996 年版，第 113 页。

【3】鲍霁主编：《冯友兰学术精华录》第 1 卷，北京师范学院出版社 1988 年版，第 224—227 页。

也有"好男不当兵"的思想，"还在自然境界、功利境界、道德境界之间徘徊不前"，怎么对得起已经壮烈牺牲的老师和同学？于是也和其他一些老同学一起报了名。[1]

许先生的这段回忆很有史料价值，既反映出冯友兰"贞元六书"产生的影响，对认识当年西南联大学生的思想和生活状态也有相当的参考性。

另有一个例子也可注意。据李赋宁先生的一篇回忆文章说，外文系学生吴讷孙有个时期感到生命空虚、毫无意义，准备自己结束生命。后来忽然想到要去拜访冯友兰先生，请教人生真谛。经老师劝导，吴讷孙改变了消极厌世的人生，从此积极努力、发愤读书，终获成就。[2]吴讷孙后来成为美术史专家，华盛顿大学教授。他以"鹿桥"为笔名出版过一部以西南联大为背景的长篇小说《未央歌》，据说这本书至20世纪70年代初即已出至第8版，印刷44次。一个人的成才，因素很多，不好说就是由于冯友兰的一次谈话开导。而且吴讷孙当时生活态度消极到何种程度也不得其详，只是见吴宓在日记中视吴为"劣生"，自己上"欧洲文学史"课，一次记"劣生吴讷孙未到"，一次记"劣生吴讷孙在座"[3]，显然印象很坏，不知是否因为吴讷孙经常旷课或别的什么原因。但吴讷孙毕业后曾留西南联大任外文系助教，这至少说明已经不"劣"了。

西南联大空气自由，有名望的教授有时也会进入学生的漫画。后来读了台湾姚秀彦女士的回忆："记得冯友兰先生新出了贞元三书：《新世训》《新理学》《新事论》，深入浅出，风行一时。曾蒙蒋委员长召见，壁报上就有人画了一幅漫画，将三书画成台阶状，阶上有一长须老人向上走。冯先生下课经过此处，背着手看壁报，丝毫没有不快表示，反而频频点头，说：'样子很像，样子很像。'"[4]

这段回忆很生动，也幽默，意在彰扬老师的雅量和风度。画老师的漫画，没有自由空气谁敢，但就漫画的立意说，似乎不是故作幽默。"蒙蒋委员长召见"实有其事，据冯氏说是请他到重庆为"中央训练团"做关于"中国固有道

【1】许渊冲：《追忆逝水年华》，生活·读书·新知三联书店1996年版，第113—117页。
【2】李赋宁：《怀念冯友兰先生》，见《老清华的故事》，江苏文艺出版社1998年版，第92页。
【3】《吴宓日记》第7册，生活·读书·新知三联书店1998年版，第15页。
【4】姚秀彦：《永远怀念西南联大》，见《云南文史资料选辑》第34辑。

德"的系列讲演。[1] 1941 年，"贞元六书"的第一本《新理学》获教育部首届学术研究哲学类一等奖（奖金一万元），如今猜想起来，其中的政治因素恐怕也不能排除。冯友兰是国民党员，这不奇怪，当时重庆教育部有命令，大学院长以上的人都必须是国民党员，只有法学院院长陈序经不同意参加。冯友兰是文学院院长，属于"邀请加入"的范围。但冯友兰不是一般党员，差一点就当上了中央委员。1945 年春国民党召开第五次全国代表大会，冯是代表，而且进了主席团。据冯友兰回忆，在重庆，"在我照例被邀请到蒋介石那里去吃晚饭的时候，他（指蒋）果然单独找我谈话。他说：'大会要选举你为中委。'我说：'我不能当。'他问：'为什么？'我说：'我要当了中委，再对青年们讲话就不方便了。'他说：'那就再说吧。'"[2] 当然也不能仅仅据此就断言政治介入学术，虽然照一般规律而言，政治因素对哲学、社会科学的介入往往是难免的，也可以说是自然的。

但冯友兰毕竟是学者，是哲学家，没有根据可以说冯友兰的"贞元六书"是为主动配合蒋介石的特殊政治需要而写作的。可能的情况是，当局和青年学生都从冯友兰的哲学中找到了对自己有用的部分，也可以说是"各取所需"吧。西南联大有个"党义教学委员会"，组织相关教授做"专题讲演"，题目有"三民主义与大学教育""党史""民族主义""民权主义""民生主义""心理建设""伦理建设""《中国之命运》研读"等等，冯友兰讲的是"伦理建设"[3]。既然被纳入"党义教学"范畴，内容上做些调整以适应需要，是可能的。

哲学这东西太玄，像金岳霖写的《知识论》就难懂。"贞元六书"是联系实际的，所以影响大。但这"实际"也是不好"联系"的，不是往这边"联系"，就是往那边"联系"。"文化大革命"中冯友兰做了"梁效"的顾问，又实实在在地"联系"了一回。回头来看冯友兰的"四种境界"，且不说最高的"天地境界"，就拿次高的"道德境界"讲也是不容易进入的。

冯友兰的"贞元六书"除第一本《新理学》完成于湖南南岳和云南蒙自外，另外五本都是在昆明写作的，但冯友兰在昆明多次搬家，写作条件不能

【1】冯友兰：《三松堂自序》，生活·读书·新知三联书店 1984 年版，第 14 页。

【2】冯友兰：《三松堂自序》，生活·读书·新知三联书店 1984 年版，第 116 页。

【3】《国立西南联合大学史料》（教学、科研卷），云南教育出版社 1998 年版，第 115—116 页。

算好。刚到昆明住在登华街，这是从翠湖南路（经黄公东街）登上五华山的通道，故名。之后迁小东门城脚，这是小东门内靠城墙的地方。小东门今已不存，其址即今圆通大桥西端与青年路交会处。小东城脚（外省人写作"城角"）是连接小东门与大东门（今青年路与人民中路交叉口）的一条小路，全是住家户，比较僻静。冯家住在 16 号，其位置大致在今红会医院南侧巷口附近，由于紧挨着城墙，就雇人在城墙内挖了一个防空洞，城墙内外各有一个洞口，跑警报很方便。作家宗璞写过一篇《小东城角的井》，叙写比较具体，说那住宅是一个小花园，里面有两幢小楼，她们和叔父景兰先生（地质学家，西南联大教授）一家住里面一幢，大门边的一幢房东自己住。看来条件还可以。再后，冯友兰一家疏散到北郊龙头村，起先住在村子里，后迁入村旁宝台山上弥陀寺前院西房。宗璞十多年前写了篇小说《鲁鲁》，对龙头村的生活环境有所反映。抗战后期回城，迁入西南联大在西仓坡新盖的教授宿舍（其址即今云师大幼儿园），与闻一多是邻居，中间只隔着社会学家陈达教授家。

这一隔也许有着些哲学象征意味，那边的闻一多渐渐进入了天地境界，这边的冯友兰却一直在几种境界间徘徊。

说说吴晗的另一面

施蛰存先生在一篇文章中讲了一个掌故，说云南大学有个至公堂，是大礼堂也兼做大教室用，二梁上有块匾额，文曰："乾坤正气。"故事由此产生：

> 某君是教历史的。因为他的功课排在清晨第一小时，多数学生常常迟到。一个冬天，某君到至公堂去上课，一个学生也没有。等了一二十分钟，才陆续地赶到了。某君便指着这块匾额对学生说："这里本来应该有乾坤正气。可是我来的时候，既不见一个'乾'，也不见一个'坤'，只有我这么一团'正气'而已。"【1】

施先生说这是"妙语"，所以他记得。但文中未点破这位"教历史的"是谁，只称其为"某君"。

读到这里，我马上想到，既然是教历史的，想必是吴晗了。

何以见得呢？从施先生的《杂览漫记》中可找到线索。此文写于20世纪90年代初，其中说到当年在云大教书的情形时提到吴晗。初到昆明头一年，还没有社会关系，外省来的教师与云南本省教师之间也有隔阂，彼此不大往来，"我们住在王公馆宿舍里的外省教师，自成一个部落"。

这里提到的"王公馆"，就是曾任东陆大学（云大前身）名誉校长的王九龄的公馆（在云大新校门斜对面，云南省文联东侧）。施先生说："我和吴晗在云南大学为同事，又同住一个宿舍里。"交谈自然方便。大家都从外省（一北平，一上海）来，对昆明、云大的人和事难免会有某些看法，与本省教师又不便沟通，在"部落"里议论正是好地方。同住王公馆的还有一位李长之，早先在清华编周刊就以善讽刺而闻名，但李在云大教的不是历史，而是国文、哲学及文艺批评，与"某君"对不上号。

【1】施蛰存：《怀念云南大学》，见《施蛰存七十年文选》，上海文艺出版社1996年版。

老师到了却不见学生，既没男生，也无女生，说成既不见一个"乾"，也不见一个"坤"，确实很幽默，当然也有些损。吴晗讲课喜欢"古为今用"，甚至指桑骂槐，在当时的昆明（云大、西南联大）都是出名的。不过，这一情形主要是在1943年7月加入民盟以后，在云大的那两年基本上还是埋头做学问，在课堂上神采飞扬，这是自己在学术地位上自信的表现。吴晗在来云大之前，在清华刚升上讲师，一来云大就当了教授，年龄不过二十八九，"因此，在我们这一辈人中间，吴晗可以说是飞黄腾达得最快的一个，但也因此助长了他的自信和骄气"【1】。

不过，我觉得，施蛰存先生恐怕也只讲了吴晗心理、性格的一面。他的自信和"骄气"是建立在其学术成就上的。在吴晗之前，高校里还没人开过"明史"课，何况那时吴还只是助教，更属罕见。著名史学家罗尔纲这样评吴晗的史学地位："吴晗的明史研究，世有定评。他在这方面研究开拓之功，将来还要记录在中国史学史上。"【2】这是毫无疑问的。但吴晗是否还有与"自信和骄气"相反的一面呢？

我猜想，恐怕还是有的。

一个人，心理、性格的形成，与其所处的环境有相当大的关系。吴晗能够去中国公学（校长胡适）读书，其家境大约归不入"贫苦"一类。但在清华那样的贵族学校，吴晗与环境的反差就很突出了。他在清华是半工半读，"工读每月可以收入25元大洋，按当时一般平民标准计算，每人每月生活费只需4元左右，25元是可以维持生活和交学费了"【3】，但与周围同学比，心理上难免会留下阴影。吴晗这样回忆："清华大学是有名的贵族学校，好多学生都穿得很阔气。我是一个穷学生，却住贵族学校，很不相称。"【4】

吴晗凭着自己的才气和毅力拼出来了。清华毕业后留校，相当不易。刚毕业当然是助教，但学校对吴晗相当优厚，一般助教每月60元，吴晗毕业不久就提到100元，高出平辈人一大截，三年后升讲师（一说是"教员"）时才28岁。

以吴晗的才气（同时也是"骄气"），是不会满足于只做一个讲师的，虽

【1】施蛰存：《杂览漫记》，见《施蛰存七十年文选》，上海文艺出版社1996年版。

【2】罗尔纲：《怀吴晗》，见北京历史学会编《吴晗纪念文集》，北京出版社1984年版。

【3】苏双碧、王宏志：《吴晗传》，见《吴晗文集》第4卷，北京出版社1988年版，第431—432页。注：25元收入包括每月10元左右的稿费在内。

【4】吴晗：《我爱北京》，转引自《吴晗文集·吴晗小传》，北京出版社1988年版。

然是清华的讲师。但清华特别重学历、学位和留洋，其等级之森严怕是国内任何高校都比不上的。以吴晗的情形，想要晋升教授，明摆着是一条极其艰难的道路。恰好，清华数学系主任熊庆来 1937 年回滇主持云南大学，急需一批高素质的人才来加强云大的师资力量。吴晗被推荐了，但有个条件。据施蛰存先生说："他（指熊庆来）先在清华组织他的师资班子，文理科各系都罗致了一些人，大多是助教、讲师一级的人。只有吴晗，在清华还刚升上讲师，他由于蒋廷黻的推荐，要求熊校长以教授名义聘他，熊校长同意了。"【1】蒋廷黻何许人？曾任清华大学历史系主任，是研究中国近代史的权威，抗战前做过驻苏大使（抗战后担任常驻联合国代表团的团长）。吴晗以过人的才华先后受胡适、顾颉刚的赏识和栽培，读清华又成为蒋廷黻的高足。可见，吴晗虽然经济境况欠佳，但在事业途程的关键时刻，却总能得到师长的鼎力扶植，这是很难得的。抗战胜利后回北平，清华教授要求各人住回原来的房子。清华等级森严，"住房子也是如此，按照资历、地位高的住好房子，低的住坏房子"，"我呢，1937 年以后才当上教授。资历浅。而且没有什么老师可以攀缘。更重要的是政治上的异端，人人侧目相看"【2】。在当时的清华政治环境里，吴晗的思想比较超前，被视为异端，处处受排挤，这符合历史实际。但说自己"没有什么老师可攀缘"，则不必。

回过来还说昆明。吴晗在王公馆住了一段时间之后，疏散到北郊落索坡村（今云南农业大学附近，偏东）。关于吴晗在农村的这一段生活，我见到的文字材料不多。比较具体的是他的老同学（中国公学）罗尔纲的回忆。罗当时在中央研究院社会研究所做研究，也住落索坡村。

> 1939 年春，社会研究所迁昆明，设了个工作站在城外十多里的落索坡村，我在那里工作。不久，吴晗因昆明频遭轰炸，也搬到落索坡来住。那时吴晗好像变了另一个人，以前生龙活虎，此时却消沉抑郁。他除了进城上课外，整天在村边桥头钓鱼，有时放下钓竿，在大路上低头踯躅。我看出他心里有极大的苦闷，他生命中一个大转变的时期就要来临。果然，没有多久，他就成为一个民主战士向

【1】施蛰存：《杂览漫记》，见《施蛰存七十年文选》，上海文艺出版社 1996 年版。

【2】吴晗：《清华杂记——在黑暗的岁月里》，见《吴晗文集》第 4 卷，北京出版社 1988 年版，第 140 页。此文原载《光明日报》1961 年 4 月 23 日。

反动统治战斗了。[1]

这段叙述很具体、生动，与政治也扣得紧。唯时间不很具体。日机首次轰炸昆明为 1938 年 9 月 28 日，社会所 1939 年春在落索坡村设工作站，"不久，吴晗因昆明频遭轰炸也搬到落索坡来住"，从行文口气看，这个"不久"当在 1939 年。据有关史料，当时的吴晗所面临的是如何由云大转到西南联大的问题。据《国立西南联合大学全校教职员名单册》（1946 年），吴晗的"到校年月"为 1939 年 8 月[2]。另据云大史料，"吴晗在云南大学任教三年，1939 年底，他就转入西南联大"[3]，两者基本吻合。1940 年任西南联大副教授[4]，1942 年升教授[5]。毕竟，西南联大牌子亮，去了先做副教授又何妨。

吴晗到西南联大后又赶上西南联大打算迁往四川的问题，其时战争形势严峻，西南联大不能不有所准备，决定在四川叙永办分校（分校主任杨振声），吴晗被西南联大派去叙永分校讲通史课。叙永分校的条件自然不能与昆明比，那里"没有教师宿舍，条件很差。吴晗就住在马路边两间低矮的小房子里"[6]。夫人也跟着去叙永。这虽说不上是人生道路上的大抉择，毕竟也是一番折腾，决心还是要下的。好在时间不长，不到一年（1941 年）分校撤销，吴晗及其夫人又迁回昆明了。

所以，吴晗住落索坡村的时间肯定是去叙永分校之前。这段时间，由云大转西南联大的事，叙永分校去不去的事，少不了要在吴晗心里占有相当位置。当然，吴晗"整天在桥头边钓鱼，有时放下钓竿，在大路上低头踟蹰"，是由于政治"苦闷"的困扰，也是可能的，但不会是唯一的可能。

吴晗表现出比较鲜明的政治倾向，是在 1943 年 7 月以后，当时董必武、周恩来派周新民、华岗先后来到昆明，在高级知识分子中开展工作。吴晗与他们有了接触，思想迅速发生变化，并很快参加了民盟。在 1943 年至 1944 年初写的《论社会风气》《论贪污》《说士》《贪污史的一章》等论文，反映了吴晗日益鲜明的政治倾向。与前几年写的文章比较（如《明代汉族之发展》《明

【1】罗尔纲：《怀吴晗》，见历史学会编《吴晗纪念文集》，北京出版社 1984 年版。
【2】《国立西南联合大学史料》教职员卷，云南教育出版社 1998 年版，第 240 页。
【3】《云南大学志·人物志·人物卷（一）》，云南大学出版社 2005 年版，第 140 页。
【4】《国立西南联合大学史料》教职员卷，云南教育出版社 1998 年版，第 86 页。
【5】《国立西南联合大学史料》教职员卷，云南教育出版社 1998 年版，第 120 页。
【6】《吴晗文集·吴晗小传》，北京出版社 1988 年版。

初之南京旅馆业》等），变化是明显的。

吴晗参加民盟以后，积极投身民主运动，这一段人们都很清楚。但有时候，吴晗是否也会想到纯粹个人的问题呢？

吴晗1934年清华毕业，学位是文学士。想不想留洋？吴晗回忆那时的清华风气："我那时候的同学，头脑里都有一个公式，清华—美国—清华。不这样想，简直是奇怪的事。"【1】吴晗因为穷，要考虑负担家庭生计，经济条件不允许他留洋。但这不等于他不想留洋。传记作者说"吴晗没有这样想"【2】，似乎根据不足。这问题用吴晗自己的话回答："不这样想，简直是奇怪的事。"这是做学生的时候。如今做了教授，心态又如何呢？据统计，西南联大179名教授（含副教授）当中，97人留美，38人留欧陆，18人留英，3人留日，总计156人，占总数的87％。26名系主任，除中文系外，皆为留学归来的教授，5位院长都是留美博士。【3】我未见到关于吴晗的直接材料，但1944年中文系2位教授赴美的事可做参照。

一位是陈梦家，应美国芝加哥大学之约前往讲学并主持一项研究。陈是闻一多的老学生，闻氏"明确表示不赞成陈此时出国，认为国内的事更紧要。但陈觉得机会难得，执意赴美，先生便不再说什么"，并且参加了梅贻琦校长为欢送陈梦家赴美讲学的便宴。【4】两月后，系主任罗常培也应邀赴美做朴茂纳大学人文科学访问教授。罗氏后来在自传里说得很坦率："当时反蒋的斗争已然尖锐化。一多、光旦等也劝我不要远离祖国。可是，我从中学时代就梦想出洋，因为经济压迫和家庭牵连（按：这情形与吴晗十分相似），直到47岁才得到这个机会，如何肯失掉呢！"【5】罗赴美的事定了后，西南联大中文系为其开欢送会。据当时的学生彭允中先生回忆，罗在会上说：许多先生都到过外国，自己未曾去过，这次有机会就去一次，偿了心愿，只是不能同大家一起从事爱国活动，很觉遗憾。【6】这个回忆与罗常培在自传里写的相吻合，但补充了"许多先生都到过外国，自己未曾去过"这个因素。联系前面提到的除中文

【1】吴晗：《我爱北京》，转引自《吴晗文集·吴晗小传》，北京出版社1988年版。

【2】苏双碧、王宏志：《吴晗传》，北京出版社1988年版。

【3】刘克选、方明东主编：《北大与清华》，国家行政学院出版社1998年版，第263—264页。

【4】闻黎明、侯菊坤编：《闻一多年谱长编》，湖北人民出版社1994年版，第743—744页。

【5】傅懋绩、周定一等主编：《罗常培先生传记·自传》，见《罗常培纪念论文集》，商务印书馆1984年版，第405页。

【6】闻黎明、侯菊坤编：《闻一多年谱长编》，湖北人民出版社1994年版，第785页。

系外其他系主任都有留洋背景，罗常培那样剖白心迹，显得自然，并无矫情。

中文系的欢送会吴晗可能未参加（吴是历史系的），但梅贻琦设宴欢送陈梦家，吴晗同席。这位时年 35 岁的清华大学文学士不会想到什么吗？

一开头我提到云南大学"乾坤正气"的掌故和施蛰存先生关于吴晗"自信和骄气"的看法。我的意思只是，吴晗可能也还有与"自信和骄气"相反的另一面。是不是呢？

陈梦家、赵萝蕤夫妇

在读过一些西南联大史料之后，我有一个感觉，西南联大的人事制度，包括职称晋升及人员进出，都比较严格，并且似乎更多地沿袭了清华的传统。陈梦家[1]、赵萝蕤夫妇可以作为例子。

先说陈梦家。

陈梦家原本以诗名世，是新月诗派的代表人物之一，但后来不写诗了，转向了对中国古代文化的研究，并取得相当的成就。在这个转变过程中，陈梦家写过两首气势磅礴、充满爱国激情的抒情长诗，其中《泰山与塞外的浩歌》长达800行，颇有岑参边塞诗的气魄。试引几句：

> 万里长城！告诉我你龙钟的腰身里
> 收藏多少锋镝；告诉我那些射箭的
> 英雄他们英雄的故事；告诉我巍然
> 无恙的碉楼如今更望得见多远
> ——有我汉家的大旗在苍茫间飞扬
> ············

这首诗写于1933年，当时热河省沦入日寇铁蹄之下，华北形势危急，诗的情绪源于那一时代的民族精神的昂扬。但换个角度看，这首诗与新月诗风大异其趣，正可视为陈梦家从新月诗人向考古学家做角色转换的一个象征性的过渡。

陈梦家1934年考入燕京大学宗教学院专攻神学和古文字学，主要精力大

【1】陈梦家（1911—1966），浙江上虞人。1931年毕业于中央大学法律系，1934年入燕京大学宗教学院攻读古文字学和神学，两年后毕业留校任教。倾全力于古文字学、古籍和古代神话研究。1944年赴美、欧讲学、研究，三年后回国任清华大学教授。1952年任中科院考古研究所研究员，并主持考古书刊的编辑出版工作。

幅度向学术研究转移。1935 年陈梦家从历年诗中精选出 23 首，结集为《梦家存诗》，算是对七年写诗的"结账"。大约因为闻一多自己也在转向的缘故吧，闻一多对学生陈梦家的转向似乎不是失望，而是"甚为激赏"，曾多次对梁实秋说："一个有天分的人而肯用功者陈梦家算是一个成功的例子。"【1】

陈梦家此后再未写诗，他在西南联大中文系开的是"铜器铭文的研究"和"卜辞研究"等方面的课程。

照陈梦家的条件，如按今日晋升副教授、教授的实际操作标准来说，应该问题不大。既有诗名（虽然保守人士不承认新诗乃至整个新文学），又于 1936 年取得燕京大学硕士学位，在学术上亦有相当成绩。但在西南联大，如无留学背景，那个坎也不好过。来昆明后，陈梦家的身份为教员（高于助教），1940 年升专任讲师（介于讲师与副教授之间），1942 年升副教授，1944 年升教授，时年 33 岁。比较而言，应该算顺利的。这与闻一多老师的鼎力举荐是分不开的。当时中文系还有一位副教授（北大毕业）的情况也类似，闻一多以清华大学中文系主任的身份，为此两位副教授升教授事致函清华大学校长梅贻琦，对两人赞誉有加。关于陈梦家他是这样说的：

> 陈先生于研究金文之余，亦尝兼及《尚书》，而于两周年代及史实之考证，贡献尤伙。"年历学"为治理古文之基础，晚近学者渐加注意，实迩来史学界之一新进步。陈先生本其研究金文之心得，致力斯学，不啻异军突起，凡时贤所不能解决之问题，往往一经陈氏之处理，辄能怡然理顺，豁然贯通。

末了将二人再合起来，说："一多于二先生之工作，深所钦佩，特征得本系教授同人之同意，拟请师座转呈聘任委员会，自下学年度起升任二先生为正教授，用励贤劳，而崇硕学，如何之处，敬俟卓裁。"【2】这从另一个侧面反映出，闻一多对这个老学生转向学术，一直是尽心尽力、奖掖扶持的。

陈梦家也不负老师的期望，在学术上孜孜矻矻，于甲骨文、殷周铜器、居延汉简和古史年代、历代度量衡等领域卓有建树，终于成为一位很有影响的考

【1】梁实秋：《谈闻一多》。

【2】闻黎明、侯菊坤编：《闻一多年谱长编》，湖北人民出版社 1994 年版，第 77 页。

古学家。1944年，经美国哈佛大学费正清教授和西南联大金岳霖教授的推荐，赴美任芝加哥大学古文字学教授，并游历欧美，实地考察流散在北美和欧洲一些国家的中国铜器，为我国的考古研究精心搜集了一批相当可观的资料，这是陈梦家为国家做出的又一贡献。

赵萝蕤[1]也来昆明了，但未能进入西南联大。

陈梦家在燕京大学宗教学院攻读学位，为院长赵紫宸所赏识。赵萝蕤是赵院长的女公子，1932年燕京大学毕业后入清华大学外国文学研究所，1935年毕业。有诗、文发表，也事翻译，25岁（1937年）时就出版译作《荒原》（艾略特著）。赵萝蕤很欣赏陈梦家的气质，两人喜结良缘。钱穆在回忆录中提及这对年轻夫妇：

> 有同事陈梦家，先以新文学名。余在北平、燕大兼课，梦家亦来选课，遂好上古先秦史，又治龟甲文。其夫人乃燕大有名校花，追逐有人，而独赏梦家长衫落拓有中国文学家气味，遂赋归与。及是夫妇同来联大，其夫人长英国文学，勤读而多病，联大图书馆所藏英文文学各书，几于无不披览。师生群推之。[2]

此处所谓"同来联大"其实仅陈氏一人在西南联大，赵萝蕤只是随同来滇。以赵氏的学历及水平，先从助教做起应不成问题。但当时尚无今日之"双职工"概念，西南联大1938年做出明确规定："第六十七次常委会会议决：本校教职员不得夫妇同时在本校任职。其因特别情形，经本校特约义务帮忙者，致送车费，不支薪。现在情形与上项原则不符者，应于本年度终改正之。"[3]此规定三年后有松动，但配偶职务"以助教或事务员以下职员为限"。这一条当然不是针对某一个人而制定的。冯至夫人姚可崑留学德国柏林大学和海德堡大学，却也未能进入西南联大，只好去中法大学和军医学院任教，并在同济附

【1】赵萝蕤（1912—1998），杭州人，比较文学家、翻译家，晚年任北京大学西语系博士生导师，北京英国文学会顾问。除艾略特的《荒原》外，还翻译了《哈依瓦萨之歌》（朗费罗著）、《草叶集》（惠特曼著）等。其中所译《我自己的歌》（惠特曼著）获1988年北京大学科研成果奖、1991年芝加哥大学百年纪念专业成就奖、1994年中美文学交流奖、1995年彩虹翻译奖。1995年《中国翻译名家自选集·赵萝蕤卷》问世。2004年，浙江湖州师范学院建立赵紫宸、赵萝蕤父女纪念馆。

【2】钱穆：《八十忆双亲·师友杂忆》，生活·读书·新知三联书店2005年版，第187页。

【3】《国立西南联合大学史料》第4卷，云南教育出版社1998年版，第390页。

中兼课（抗战胜利后任北师大教授，1949 年以后调任北京外国语学院德国文学教授）。冯至夫人尚且如此，陈梦家夫人哪能例外，也只好打云大及云大附中的主意，并且还得请外文系吴宓教授帮忙。赵紫宸是吴宓的好友，曾随女儿、女婿一起来昆明生活过一段时间，住平政街 68 号。读吴宓 1938 年的日记，见有两次提到为赵萝蕤谋职一事。3 月某日有"宓为荐赵萝蕤任英文讲师，曾又独往见熊校长一次"的记录。稍后，吴宓在著名的滇味餐馆"共和春"（在三市街南口，朝东）宴请云大文法学院院长林同济和他的美国夫人，陈梦家、赵萝蕤及贺麟、毛子水等几位联大教授作陪，"盖宓欲林君助萝蕤谋得英文教职也"。[1]

真是艰难。

今天来看西南联大的人事制度，我们不能不承认其有相当的合理性。西南联大之所以能在短短的八年中创造出培养人才的奇迹，不能只说名师出高徒，还应看到与其制度的严格并认真执行是分不开的。

再说陈梦家。这无疑是一位极有才气的诗人和学者，但人无完人，陈梦家在某些方面或欠自律、自重而为世所诟病之处。吴晗写过一篇文章谈闻一多因经济困难而刻图章补贴家用，其中有一处我看说的就是陈梦家：

> 有一次谈起他（闻一多）的一个诗人学生，很多人说此公闲话。一多慨然长叹一声，说他也上过当。这人起先跟他谈新诗，后来谈得更多的是古文字学，一多每有新见，一谈得透彻，不久，此公便著为文章发表了。从来不提谁曾说过这个话。也有几次，还没有十分肯定的见解，随便说了；不久，此公又有文章了。说闻一多曾有此说，其实是错的。应作如何读，如何解云云。如今，此公已经自成一家了，来往也就不十分勤了！当时，有人插嘴，为什么不把这些怪事揭穿呢？他笑了，不往下说了。[2]

吴晗此文写于 1947 年，虽未指名道姓，但说的是谁其实已很明白。
1944 年陈梦家离开昆明赴芝加哥大学讲学，赵萝蕤同去该校攻读硕士、博

【1】《吴宓日记》第 6 册，三联书店 1998 年版，第 319、325 页。
【2】吴晗：《闻一多的"手工业"》，见《吴晗文集》，北京出版社 1988 年版。

士学位。行前梅贻琦在西仓坡寓所设宴欢送，闻一多也参加了。夫妇俩 1948 年归国后，陈任教清华，1952 年转中科院考古研究所任研究员、《考古学报》编委及《考古通讯》副主编。1966 年去世。赵萝蕤回国后任燕京大学西语系教授，三年后转入北大。1998 年辞世，享年 87 岁。

北门街的西南文化研究会

敬节堂巷的十一学会散了不久，北门街又出现了一个以教授为主体的"西南文化研究会"。十一学会比较松散，沙龙味足。西南文化研究会却不同，它有鲜明的中共外围组织特征，核心人物是中共南方局派来的华岗。华岗是浙江人，1925 年加入共产党，做过团中央宣传部部长，主编《列宁青年》，1928 年去莫斯科参加共产国际第六次世界大会。1932 年被国民党逮捕，抗战爆发后出狱，任《新华日报》总编辑和中共南方局宣传部部长。1943 年 6 月华岗受命来昆在文化教育界上层开展统一战线工作，公开身份是云南大学社会学教师（由楚图南向云大推荐），化名林少侯。【1】稍早，具有民盟盟员身份的中共党员周新民也受南方局委派来云南开展统战工作，并帮助建立民盟云南支部，由云大政治系教授潘大逵（民盟成员）介绍与云大法律系主任王伯奇相识，王聘周为法律系教授。【2】

为了对这个"文化学术团体"的政治背景多有些了解，我查阅了一些历史资料，主要是刘志的《云南民盟五十年》【3】，潘大逵的《我参加民盟云南省支部的回忆》，以及其他有关文章，知道这个研究会的出现与民盟支部在昆明的建立关系很大。支部成立之前，一些民主人士组织了"九老会"活动，参加的人先后有孙起孟、李公朴、郑一斋、楚图南（中共党员）、冯素陶、张天放、杨春洲、周新民等，以轮流请客吃饭的方式秘密聚会，讨论时局。华岗来的时候，民盟支部在中共的帮助下刚成立不久，支部核心是罗隆基、周新民、潘大逵、潘光旦、楚图南等，他们都是西南联大、云大的教授。为了在高校深入开展工作，华岗与周新民商量决定组织西南文化研究会，以讨论政治问题为主，通过讨论帮助党外教授、学者认清形势、提高觉悟。成立的时间是 1943

【1】据苏双碧、王宏志《吴晗传》，见《吴晗文集》第 4 卷，北京出版社 1988 年版，第 442—443 页。
【2】潘大逵：《我参加民盟云南省支部活动的回忆》，见《云南文史资料选辑》第 30 辑。
【3】《昆明文史资料选辑》第 21 辑。

年 12 月，成员有云大教授华岗、周新民、楚图南、潘大逵、尚钺（中共党员）等，西南联大教授有罗隆基、潘光旦、曾昭抡、闻一多、闻家驷等，吴晗、费孝通在两校都工作过，还有辛志超（中共党员）、冯素陶等，总共十多人，每两周聚会一次，以轮流做学术和政治报告的方式进行。活动地点主要在北门街唐家花园，有时讨论的问题比较秘密，就租一条船去滇池一边漫游一边进行。

唐家花园也叫北门花园，是唐继尧的公馆，环境相当好。不过公馆隔壁的唐家戏园（也是公馆的一部分，已毁，其址在今云南省歌舞团后院）就差了，由于年久失修，显得破旧，西南联大在昆明成立初期，金岳霖、陈岱孙、陈福田等清华教授就住在那个旧戏园子的戏台上。西南文化研究会的活动地点倒是在公馆里面，这是公馆主人唐筱蓂（唐继尧之子）的关系。民盟成立的初期原名"中国民主政团同盟"（1944 年改名为"中国民主同盟"），主要由青年党、国社党、第三党联合组成（另有几个社团参加），唐筱蓂是青年党的中央委员和该党在云南的负责人，与罗隆基私交又好，民盟云南支部成立的时候，罗隆基是主任委员，唐也是七个委员之一。

十一学会比较松散，而西南文化研究会却是个组织，不是谁都可以参加的。像闻一多，虽然是名诗人、名教授，但一些革命性强的同志对他还是有看法的。据楚图南回忆：

> 当时，我们当中一些同志对争取团结像闻一多先生这样的知识分子是有些偏见的，认为他早年站在新月派的一边，信奉过国家主义。到了云南，又钻进小楼，醉心于经史楚辞的研究。像他这样的人，能和我们走到一起来吗？

华岗为了说服这些同志，就将周恩来的亲笔信拿来让大家看。周恩来在信中的大意是说，像闻一多这样的知识分子，对国民党反动派的腐败是反抗的，他们也在探索，也在找出路，而且在学术界和青年学生中有广泛的社会联系和影响，所以应该争取、团结他们。[1]

吴晗（以及潘光旦、曾昭抡）是闻一多介绍加入的，他在回忆中说到西南

【1】楚图南：《回忆和华岗同志在一起工作的日子》，见《楚图南文选》，中共党史出版社 1993 年版，第176 页。

文化研究会的学习内容，包括毛泽东的《论联合政府》《新民主主义论》，朱德的《论解放区战场》等中共文献和《新华日报》《群众》等刊物，大家"如饥似渴地抢着阅读，对政治的认识便日渐提高了"【1】。

既是学习讨论，自然也免不了认识分歧和思想交锋。据尚钺回忆，研究会起初漫谈世界政治形势，"后来分题做学术报告，罗隆基讲欧洲的民主（美国），一个月后华岗又讲苏联的民主，彼此间似乎针锋相对"【2】。

闻一多思想变化快，加之性格爽直、坦率，锋芒也渐渐露了出来。1944年抗战纪念日时事晚会在云大至公堂举行，云大校长熊庆来"劝大家以不变应万变，安心读书，研究学术"。闻一多马上反驳："今天许多人都饿着肚子，还谈什么安心读书！"又一回是纪念鲁迅逝世八周年（1944年）的座谈会，闻一多、李何林、徐嘉瑞、姜亮夫等许多教授都参加了。"大家发言回顾了鲁迅生前的革命精神和战斗事迹。姜亮夫（云大文法学院院长）独持另一种论调，他认为鲁迅也不是什么了不得。闻一多教授最后发言，针锋相对地批驳了姜的谬论。"【3】1946年4月，清华大学研究生考试，考试委员来了，研究生还没来，教授们闲谈。冯友兰故意问闻一多："有人说，你们民主同盟是共产党的尾巴，为什么要当尾巴？"谁知闻一多答得很干脆："我们就是共产党的尾巴，共产党做得对。有头就有尾，当尾巴有什么不好？"【4】将冯友兰这位哲学家弄得下不了台。

西南文化研究会的学习讨论，从现有材料看，每次座谈都有议题，中心发言人都有相当的准备，所以一些发言经过加工处理后都作为文章发表了，例如吴晗的《说士》《论贪污》《贪污史的一章》，闻一多的《什么是儒家——中国士大夫研究之一》，等等，针对性都比较强，与一般书斋之论颇为不同。试看吴晗的《说士》，一开头就讲"士"这个字，说"现代词汇中的军人一名词，在古代叫作士，士原来是又文又武的，文士和武士的分立，是唐以后的事"。接着列举史实进行分析，末了说："就史实所昭示，汉唐之盛强，宋明之衰弱，士的文武合一和分立，可说是重要原因之一。"闻一多讲儒则是从字

【1】吴晗：《拍案而起的闻一多》，见《吴晗文集》第4卷，北京出版社1988年版，第137页。

【2】闻黎明，侯菊坤编：《闻一多年谱长编》，湖北人民出版社1994年版，第721页。

【3】杨维骏：《回顾抗战时期云南民盟的活动》。闻一多的这两次发言，在《闻一多年谱长编》中有更详细的记载，见该书第731—733页、第777—779页。

【4】吴晗：《拍案而起的闻一多》，见《吴晗文集》第4卷，北京出版社1988年版，第137页。

根上讲，说"儒"有"而"字，就是软的，就是奴隶。说"儒"就是奴隶，奴隶捧其主子。据尚钺回忆说，闻一多的学术报告"比《全集》中的那篇尖锐得多"【1】。由此可见，闻一多、吴晗那一辈学者是很有思想的，他们参加的活动是政治性的，同时他们的研究也是学术性的，挂"文化研究"的牌子倒也不完全是为了做掩护（西南文化研究会下面还设有一个"西南文献研究室"，由吴晗负责）。

罗隆基是西南文化研究会的活跃人物，他反对国民党独裁专制，所以国民党也不放过他，攻击他"左"倾，在近日楼的墙上张贴反动传单、标语，将他的名字写作"罗隆斯基"。也有人说他是"共产党的尾巴"。据说国民党中央党部秘书长吴铁城曾问罗隆基："你为什么要做共产党的尾巴？"他的回答也干脆："做共产党的尾巴比做国民党的尾巴好。"【2】不过，罗隆基与闻一多的差别也还是很大的。虽然两人是清华同学，又都留美，又都曾是《新月》的要角，但罗隆基特别醉心于英美政治，"自由主义"倾向十分强烈。前面说到罗隆基有一回在西南文化研究会讲美国民主，我未见到具体材料，但从他发表在《民主周刊》第二卷第一期上的《中国的政治前途》还是可以窥测一二的。他说大家都主张民主，但许多人却还没有认识民主的精神主要是容忍和妥协。"民主国家通常是多党制。赤条条地来说，政党的目的是争取政权。民主国家用和平方式转换政权，老实说，就是容忍妥协精神的发挥。""政党是民主国家争夺政权的工具。但民主国家争夺政权有争夺政权的规律与道德。"【3】这类话，做过中共南方局宣传部部长的华岗听了自然会有看法，所以下一回就讲苏联民主。尚钺说"彼此间似乎针锋相对"，看样子还未正面交锋。由此也可看出，这位民盟云南支部的负责人（以后调民盟中央任宣传部部长、副主席），虽然与共产党合作，但对共产党的思想、理论、政策在认识上还有距离。后来（1946年初）在重庆时旧政协快开会了，国民党宣传部部长彭沛学（罗的小同乡、小同学）来拉拢他，挑拨他与共产党的关系，说了一句话："尽管别人叫你'罗隆斯基'，你呀，你还没有像

【1】闻黎明、侯菊坤编：《闻一多年谱长编》，湖北人民出版社1994年版，第721页。

【2】据当年《民主周刊》主编唐登岷1986年的谈话，见闻黎明、侯菊坤编《闻一多年谱长编》，湖北人民出版社1994年版，第1044页。

【3】罗隆基：《中国的政治前途》，见《罗隆基：我的被捕的经过与反感》，中国青年出版社1999年版，第184—185页。

我真正认识共产党呢。"【1】这位国民党宣传部部长说的"别人"其实就是他们自己。不过，他的话倒也可以从反面来解读。

五十多年过去了。

西南文化研究会的牌子当年就挂在唐家花园门口，算是有个会址。后来是昆明三十中的教工宿舍，原先唐公馆的房舍已拆除。十年前我去探访，临街的大门及高墙尚存，门上"边防公安"的模糊字迹尚能辨认。后来再去看，那些字迹已被崭新的"昆明南菁公司"的字样盖住。绕进去看，还有一棵高大的老树枝繁叶茂，不失生机。大门背后（大门封了只能说门背后，在当年，应说一进大门）据说有一宽大的水池，池中玉立着两个瓷制西洋美女，其中一人手抱花瓶，瓶中不断有水注入池内。这些景观都没有了。但还有几根类似圆通山唐坟那样的石柱、石雕，石柱有两根还立着，有两根靠墙脚卧着。还有一两处大石砌的台阶，覆盖着一些墨绿色的青苔。过几年又去看，那棵大树，那些石柱、石阶都不见了，一座新楼矗立着，只剩下临街的门墙布景似的还立在那里没倒。去年又去北门街，恰遇五华区文管会杨安宁先生，他告诉我北门街要拓宽，唐园那座孤门恐怕得移动一下位置。今年（2002年）再去看，北门街已拓宽，唐园那座孤门已移至旧址的斜对面，无依无傍地呆立着。

【1】罗隆基：《从参加旧政协到参加南京和谈的一些回忆》，见《罗隆基：我的被捕的经过与反感》，中国青年出版社1999年版。

伊斯兰经典翻译家马坚

云南出过好几位有影响的翻译家，其中以楚图南最为著名。另两位名声也不小，一位是通海人纳训（回族），一位是凤庆人罗稷南（陈小航）。纳训译的《天方夜谭》和《一千零一夜的故事》流传相当广，他留学埃及时，先后为该国报刊翻译了柳宗元的《捕蛇者说》、朱自清的《背影》和鲁迅的《风筝》等。罗稷南（附笔另详）译过不少俄、英名家的作品，如狄更斯的《双城记》、梅林的《马克思传》、高尔基的《萨木金的一生》和爱伦堡的《暴风雨》等。这几位翻译家我知道得早一点。后来因为研究云南地域文化的缘故，才晓得云南还出了几位伊斯兰经典翻译家和学者，这很出乎我的意料。我主观上认为，中国的回族以西北为多，这方面的学者多半出在西北，而云南的回族相对较少，却出了好几位伊斯兰经典翻译家和学者，实在没想到。

云南出的这几位伊斯兰学者，就我目前所知，最早的是马德新，这位在晚清时期任建水县回龙村清真寺教长的学者是我国第一个用汉文翻译《古兰经》的伊斯兰学者，书名叫《宝命真经直解》。这位大理人还是第一个用阿拉伯文著书立说的中国人，他关于伊斯兰教义、阿拉伯语文、历法、游记等的汉文、阿拉伯文译著总计三十多种，是一位很渊博的学者。到了现代，又出了一位大学者纳忠（阿文名阿布杜·拉赫曼），和纳训一样也是云南通海县纳家营人，但比纳训大一岁（1910年生）。1931年留学埃及，入爱资哈尔大学研究部伊斯兰历史研究专业学习。1940年归国，回昆明任明德中学校长，1942年任中央大学历史系教授，五年后又回昆任云南大学历史系教授兼系主任。新中国成立后历任北京外交学院阿拉伯语教授兼德、日、西、阿系主任，北京外国语学院阿拉伯语系教授兼主任，中国非洲史研究会会长等。著述有《伊斯兰教的信仰》《穆罕默德传》《回教诸国文化史》《阿拉伯简史》等，另译有《伊斯兰和阿拉伯文明史》《阿拉伯通史》，均已出版，另一巨作《伊斯兰文化史》据闻即将脱稿。2001年10月，由于纳忠在中国阿拉伯语言文化教学研究上的卓越贡献，被联合国教科文组织授予首届阿拉伯文化沙迦国际奖。这是阿拉伯文化的最高奖。93 岁高龄的纳忠先生不但为家乡云南，也为中国争得此一世界性的殊荣。

除通海县出了两位学者和翻译家外，个旧市沙甸也出了两位伊斯兰学者：一位是已故北京大学东语系马坚教授，一位是中央民族大学历史系叶哈亚·林松教授。马坚以散文体译《古兰经》，他的学生林松的译本用韵文，书名《古兰经韵译》（中央民族学院出版社 1988 年版）。

马坚（1906—1978）于 20 世纪 30 年代初毕业于上海伊斯兰师范学校，随即赴埃及留学，先后就读于爱资哈尔大学和阿拉伯语文学院，曾以阿拉伯文著《中国回教概况》，并将《论语》译为阿拉伯文。1937 年在开罗参加与组织"中国战区灾民救济会"，任秘书。1939 年归国。哈德成阿訇是上海浙江路清真寺教长，并创办上海伊斯兰师范学校，精通阿拉伯文、波斯文、乌尔都文和英文，他对学生马坚寄予厚望，代表回教学会亲自去香港欢迎马坚。马坚先回到云南省亲，1940 年又经滇缅路绕道上海，出任中国回教学会译经委员会委员，参与翻译文言文的《古兰经》。同时为了满足一般回族群众的迫切需要，马坚开始用白话文翻译《古兰经》。太平洋战争爆发后，马坚装作商人逃回昆明，把《古兰经》从头译起，于 1945 年基本完成，此后又几经修改，前后历时十年，1978 年又最后一次润色，一直坚持到逝世的前一天。"他是在没有放下笔杆的情况下去世的"[1]，令人十分尊敬。

抗日战争时期的昆明，和大后方的其他城市一样艰苦，而马坚就是在那样的条件下翻译《古兰经》，并基本完成（剩下的工作是文字推敲、润色和注释）。1981 年，夫人马存真在为正式出版的马译《古兰经》写的《后记》中这样叙述当年的情形：

> 翻译和注释《古兰经》，是子实[2]回国后主要从事的一项学术研究工作。当时社会动荡、生活困难，子实一直没有固定的工作。有一段时间只靠我教小学的微薄收入维持生活，条件是够艰苦的。记得在昆明的时候，日本侵略者的飞机还经常来轰炸，几乎每天白

【1】见白寿彝为马坚译《古兰经》写的序。此书 1981 年 4 月由中国社会科学出版社出版。
【2】马坚，字子实。

日都要疏散到郊外。在这种险恶的情况下，他还坚持坐在野外埋头
进行翻译。敌机来了他就躲一躲，敌机一走又继续干。在家乡沙甸
时，他每日清晨五点就开始工作，晚上借着昏暗的菜油灯光，一直
工作到深夜。[1]

跑警报跑到野外还翻译，这等精神光用"敬业"二字来说都显得分量不
够了。

云南回族注重文化，由来已久。早在清光绪初年，昆明回族就在顺城街礼
拜寺举办经堂教育，教授阿拉伯文及伊斯兰经典。此后不断发展，1923 年高等
中阿并授学校成立。1929 年，中国回教俱进会滇支部（后改称中国回教协会云
南分会）在阿文学校的基础上创办私立明德学校，校址仍在大南城清真寺（今
昆明百货大楼老楼北侧）。该校坚持"中阿文并授"的原则，分为小学部、中
学部和阿文专修部，其中学部抗战胜利后迁沿河路新址，独立为明德中学。[2]
这个明德中学很不寻常，它在回族现代留学史（指西亚、北非伊斯兰世界）上
占有相当的地位。据有关史料，回族私人自费留学始于 1921 年"王静斋偕弟
子马宏道西行，王氏入埃及爱资哈尔大学，马氏则入土耳其君堡大学"，而
"由学校正式资派，经与驻在国当局正式商洽者，则自埃及爱资哈尔大学中国
学生派遣团始"。在 1931—1934 年的前四届中，明德中学竟占了第一、第三两
届。马坚属第一届，他虽然名义上系上海伊斯兰师范学校派出，但与明德其他
学生编为一届。北平、上海学生各占一届（第二、第四届）。在刊物方面，除
留日中国回教学生主办的《醒回篇》（清光绪末年创刊于东京）外，国内伊斯
兰教刊物则以云南的《清真月报》为最早（1915 年创刊），接着出现的《清真
汇报》（1917 年）和《清真旬刊》（1922 年）也都算比较早的。国内其他地方
出的刊物以北京的《清真学理译著》（1916 年）和上海的《清真月刊》（1920
年）为最早。此后，云南又创办了《清真铎报》（1929 年）和《云南伊斯兰画
刊》（1932 年）。[3]

马坚、纳训与前述云南伊斯兰文化发展大致情形都有相当关系，他们都

【1】马坚译：《古兰经》，第 491 页。
【2】昆明市教育局编：《昆明教育大事记》，云南民族出版社 1990 年版，第 17、73 页。
【3】以上据赵振武 1936 年发表的《三十年来中国回教文化概况》，见白寿彝《中国伊斯兰史存稿》（宁夏人
民出版社 1983 年版）之附录。

是被派遣赴埃及爱资哈尔大学的留学生（纳训属第三届），都曾在明德中学任教：抗战时期马坚一度任明德学校中学部主任，纳训20世纪40年代末任该校校长。他们也都先后担任过《清真铎报》的主编，后来都离开了昆明：马坚1945年任云南大学教授，战后北上，一直任北京大学东语系教授。纳训20世纪50年代末由云南省文联调人民文学出版社做编译工作。

我曾经想过，云南的回族不算多（四五十万人），而伊斯兰文化却相当发达。这是什么原因呢？我有一个不成熟的看法，觉得这可能与云南历史形成的特殊文化生态环境有关。综观云南历史，汉族与少数民族的关系是相对融洽的。云南的大多数民族都有共同的历史渊源，有强烈的同根意识和维系中华的向心力、凝聚力。当然，历史悲剧也时有发生，民族间的军事冲突难免造成民族心理上的创伤，但在云南，人们会有意识地将这种创伤降到最低限度，试以"天宝战争"为例。当时唐军两败于南诏，而且都是全军覆没，但南诏慎重处理善后，将唐军将士"祭而葬之"，并立《南诏德化碑》表示叛唐实不得已，对悲剧的发生感到遗憾。而且向前看，殷殷寄希望于未来："我上世世奉中国，累封赏，后嗣容归之。若唐使者至，可指碑澡祓吾罪也。"（《新唐书·南诏传》）此中深意虽不能排除南诏上层人士在政治上的考量，但其中透出的民族群体心理取向也极为明显。这一点从南诏下层社会将魂断苍洱的唐军统帅李宓尊为"本主"，修将军庙祭祀这位"利济将军"一事可进一步得到证实。[1]其他如云南各族人民对"七擒孟获"的蜀汉丞相诸葛亮的仰慕，对13世纪末云南建省后第一任"省长"赛典赤·赡思丁（回族）的敬仰，以及"三迤士民"为流亡云南的末代皇帝永历在昆"殉国"立碑纪念，等等，都反映或折射出杂居云南的各族移民[2]在心理、性格上的一个特点：宽容、厚道，较少民族偏见。

如果这个看法可以成立，那就可以解释这一现象：在云南，无论是多民族杂居的地区，还是汉族特别集中的地区，各种民族文化可以多元共存、相安无碍。比如在滇南个旧、建水、蒙自一带，一方面，由孔庙所象征的汉族儒家文化的存在十分鲜明、强烈，建水文庙（即孔庙）规模之宏大居全国第二，仅次于山东曲阜孔庙；另一方面，那一地区的伊斯兰文化也相当发达，不仅那里的

【1】徐嘉瑞：《大理古代文化史稿》，中华书局1978年版，第196—197页。
【2】云南是一个典型的移民省，不但汉族，许多少数民族都从他乡逐渐迁徙而来。

清真寺相当宏伟、壮丽，而且在近、现代涌现出多位杰出的伊斯兰经典翻译家和学者，即前面说的马德新教长和纳忠、马坚、林松等教授，他们的成就是云南回族对中国文化和伊斯兰文化的贡献。

云南的翻译家当然不止前面说到的那几位。云南艺术学院的小提琴教授李丹翻译了雨果的《悲惨世界》，1979 年病逝后由他的夫人方于将第五册译完。方于女士也是留法归国的音乐教授（专攻声乐），早年在上海国立音乐学院任教，对冼星海直接授课，并支持和帮助冼星海赴法勤工俭学。方于还翻译出版了多种法国剧本，对音乐和翻译均有令人称道的贡献。老人于 2002 年仙逝，享年 99 岁。但这篇短文主要讲几位云南籍翻译家，又着重于几位伊斯兰经典翻译家，对李丹（原籍长沙）、方于（原籍江苏武进）这两位客籍翻译家只好从略了。

附笔： 已过世三十多年的翻译家罗稷南近两年重新引起舆论的注意，是因为周海婴在其回忆录《我与鲁迅七十年》里提到 1957 年的上海座谈会，罗稷南在会上向毛主席提出一个大胆的设想疑问：要是今天鲁迅还活着，他可能会怎样？毛主席沉思片刻回答说：以我的估计，（鲁迅）要么是关在牢里还是要写，要么他识大体不作声。周海婴披露的此一"罗毛对话"已引起思想文化界的广泛关注。罗稷南（1898—1971），原名陈小航，云南凤庆人，北京大学哲学系毕业，回滇后在省立一中（今昆明一中）教国文。大革命时期在国民党中央（广州）宣传部工作，毛泽东是代理部长。20 世纪 30 年代初十九路军派两位代表前往江西苏区谈判，签订《反日反蒋的初步协定》，其中一位就是罗稷南，时任中华苏维埃共和国政府主席的毛泽东与他再次相会。罗稷南是中国民主促进会的创始人之一，新中国成立后长期担任中国作家协会上海分会书记处书记。

徐嘉瑞的《大理古代文化史稿》

徐嘉瑞先生是卓有建树的文史学者和作家，誉满学林，但知道先生是白族的人大约极少，我也是最近读到徐演先生（徐嘉瑞嫡孙）写的一份材料才晓得的。原来邓川徐氏家族极不寻常，其一世祖乃明洪武开国元勋徐达（1332—1385），原籍江南濠州（今安徽凤阳），封魏国公，死后追封中山王。五世祖徐林（字鼎益），钦赐铁头巾，于嘉靖四十年（1561年）入滇，相传至徐嘉瑞为第十六世。修于清乾隆三十八年（1773年）的《徐氏家谱》尚存。

读这段鲜为人知的史实，我马上想到徐嘉瑞20世纪40年代写成的《大理古代文化史稿》（以下简称《史稿》）。这部专著对大理文化的起源、流变和发展进行了全面的考据，提出了许多新颖、独到的见解，是研究云南地方文化史和民族关系史的一部重要著作。此书涵盖面广，举凡考古发掘、文史典籍、神话传说、社会状况、民族分布、语言系统、父子连名以及宗教、风俗、诗文、音乐、碑碣等等，均有涉及，内容十分丰富。近年我对云南地域文化与移民问题产生兴趣，因而对徐氏《史稿》中这方面的内容格外留意。

白族旧称"民家"，其含义为何，早为学者所注意和研究，但看法不一。徐氏的《史稿》第三章有题作《民家》之一小节专论于此。有人认为"民"与"军"相对，民家"为当地屯戍之军家汉人，对其土著夷民之称"。相反的看法认为，民家其实应作"明家"，因"大理国之年号，以称明者为最多"，"近人或以明家应作民家，作人民解，谓明代军民分治，故称土著人民为民家，对军家而言，此不当之论也"。

徐嘉瑞不同意上述二说，明确提出"民家"乃误写，应作"名家"，其意为贵族。他的这一结论是在充分占有史料的基础上，经过严密的考据而做出的。他一开头就说："民家乃贵族之意，其文见于通典、唐书、通志、通考及宋乐史之《太平寰宇记》。"史料文字繁复，此略。在做了充分论证之后，得出若干"假定"，主要有："1. 名家为大族，非民家，亦非明家。2. 名家非种族之名称。3. 名家统治白蛮，然彼等自身，或从西北来之'乌蛮'与'白蛮'，或为随庄蹻入滇者。4. 名家名称，在唐以前就有了。"这些贵族主要有赵、李、杨、董等大姓。据《太平寰宇记》，这些大姓均"自云先本汉人"。

正本清源、明明白白。

这里涉及融合的问题。学界一般认为，[1]现今白族（半世纪前称为民家）的先民为历史上的白蛮，而白蛮的族源有二：一为秦汉以来的僰族（从西北的氐羌中分化出来的），一为汉晋时期先后迁入"西南夷"的汉族。简言之，白族是僰、汉两族经过长期的融合而形成的。并且在汉晋以后不断有汉族人口融入，使白族中的汉族成分不断增加。[2]凤阳徐氏迁滇融入白族恰为一典型之例证。

民族融合是双向的，既有汉族融入少数民族的现象，也有少数民族融入汉族的现象（聂耳的母亲彭寂宽是傣族，可视为此一现象之个案），这里只说前一种。在云南，人们常听某少数民族人士自称其祖先来自南京或内地其他地方，猛一听都觉诧异，其实这正是汉族融于少数民族之例证。西南联大曾昭抡教授 1939 年去滇西考察，他发现芒市一带的许多土司都说自己是"南京人"，并有历代家谱可查。[3]有"一门三将，三迤一家"之称的云南洱源白族马氏，祖籍江南省（今江苏、安徽）金陵府句容县，明嘉靖三十年（1551 年）始祖马合牟被委任为云南省浪穹县（今洱源县）主簿，卸任后迁往城北大果树，至今已传十九世，著名学者马曜、昆明市第一任市长马钤均为第十五世孙。这是我从《云南洱源白族马氏文史资料汇编》[4]同一书中读到的。这部汇编其实是一部族谱，于云南地方史和民族关系史之研究有相当价值。我想，修于清乾隆年间的邓川徐氏家谱如能出版问世，亦当有相当的研究价值。

在昆明地区，历史上汉族融入少数民族（主要是彝族、白族）的现象也许更普遍。抗战初期著名人类学家江应樑教授在昆明郊区做过调查，发现四乡少

【1】关于白族的起源至 20 世纪 50 年代仍有争论，见云南人民出版社 1957 年出版的《云南白族的起源和形成论文集》，但至 80 年代已趋于一致。

【2】参见徐杰舜著《中国民族史新编》（广西教育出版社 1989 年版）中关于"僰""白蛮""白族"的部分。

【3】曾昭抡：《缅边日记》，辽宁教育出版社 1998 年版，第 49 页。

【4】此书经云南省新闻出版局批准印刷，属内部资料。

数民族"根本上便不承认是当地土著，也不承认他们是非汉族；试向僰子夷人中，问其父老，其始祖由何到此？他们都能详细地对你解释：他们是汉人，是明洪武年间从南京句容县大柳树湾迁来的，因为本境内那时住有一种未开化的土人，祖宗便为着开化这些土人而迁来此地，后来渐渐习染土人风俗，于是也穿了土人衣服、讲了土人语言，以致今日汉人遂把他们看作了异族"【1】。江氏对此做出解释，认为他们系夷汉混血后裔，"本欲同化土人而反为土人所同化"，但也不排除民族自卑心理因素，"视汉族较夷族为高贵，因便不愿自称为土人，而假托是汉人的后裔"【2】。

当我们对汉族融入白族的历史过程有所了解以后，对白语中何以会有大量汉语成分也就不难理解了。在《史稿》中，徐嘉瑞引用西南联大罗常培教授的观点。罗氏在滇时对白语（时称民家语）做过多次调查，他在《语言学在云南》中认为，"关于民家语的系属"，"照我看是夷汉合语。……差不多百分之七十，已经汉化了"。【3】

据罗氏之论断，徐嘉瑞进一步讲述，认为民家最古语言是汉语与白蛮语混合的产物。白蛮语与古代汉语混合，经过悠久岁月，融合变化，而白蛮语的成分逐渐减少，汉语的成分逐渐加多，历唐宋元明清至现在，汉化程度更深，已占百分之七十以上。徐嘉瑞还指出，民家语之语法与汉语同。还说："许多古代的汉语，至少是唐初的语言，在中原已经演化了，反保存在最偏僻的民族语言里面。"

我不懂白语，也无汉语史、音韵学之根底，从未敢奢望在此一方面用力，仅有兴趣于此稍加留意而已。据我所知，近代白族学者、诗人赵式铭（1870—1942）的《白文考》，可能是这方面最早的研究。赵氏弟子、白族科学家张海秋先生在这方面又做了新的拓展。据著名学者方国瑜先生讲，早在 20 世纪 20 年代中期，张海秋即提出白语为"汉语之一支"的观点。【4】1937 年，张海秋在南京刊物《南强》先后发表了《剑属语音在吾国语音学上之地位》和《答江君绍原〈读云南剑属语音〉并解释易林随之否》

【1】江应樑：《昆明境内的夷民》，见《西南边疆民族论丛》，珠海大学出版社 1948 年版，第 36—37 页。

【2】江应樑：《昆明境内的夷民》，见《西南边疆民族论丛》，珠海大学出版社 1948 年版，第 37 页。

【3】罗氏在 1944 年草拟的《云南之语言》中认为："民家语当为藏缅语与汉语之混合语，且其中百分之六十以上为汉语成分。"

【4】方国瑜著：《云南史料目录概说》第 1 册，中华书局 1984 年版，第 111 页。

两篇论文。其所谓"剑属语音"指云南剑川县的白族语音，称"剑川语音清晰雅正"，"可以为此种语系之标准语"。张氏认为剑川白族人民"不唯天性古朴，秉质清纯。而其言语声音，实能保存三代以来之古语古音"。论文旁征博引，以可靠的文献材料（主要是先秦两汉典籍）证明白语中的古汉语遗存。1956年云南学术界开展关于白族起源和发展问题的讨论时，张海秋与秦凤翔合著的《就剑川方言初步推断民家语的系属》，认为民家语（即白语）"是汉语的姊妹语"。文章涉及语言问题的许多方面，如白语的声、韵结构与吴、湘方言之比较，白语、汉语的音序比较，等等。关于白语中的古汉语词，举例甚多，如："砍柴"说"斲薪"，"背柴"说"负薪"，"劈柴"说"剖薪"，"蚂蚁"说"蚍蜉"，"蚂蟥"说"蛭"，"蜘蛛"说"蜻"，等等，作者认为在这些白族日常使用的词语中，"大多数是现代普通汉语口头上少用的异字同义语"，"其为古语而非借词"。[1]

张海秋先生是中国林学界的老前辈，民国初年留学日本，毕业于东京帝国大学农学部林科，抗战前任南京中央大学农学院森林系教授和系主任，后应熊庆来约请回滇任云大森林系主任和农学院院长。以科学家而兼事文史研究，令人尊崇。

以上是关于白族的族源和白语的语源问题。

我由此还想到另一个问题。云南是个多民族省份，但民族关系较之于北方，历来相对和谐，是何缘故？我曾在大西北生活、工作30年，对那边的历史文化稍有了解。试看甘肃、青海、宁夏接壤地区，以将甘肃拦腰截断的黄河为标志，大体上说河东为黄土高原，河西为青藏高原；河东的陕甘地区是汉文化的发祥地，河西的青海河湟地区则是氐羌系民族的故土。因此可以说，这个黄土高原与青藏高原的接合部，恰恰是以农为本的汉族和以牧为本的西北少数民族在文化上的分水岭，其历史标志则是唐开元年间在日月山（青海省湟源县境）立的"唐蕃分界碑"（唐与吐蕃的界碑）。明、清诗人所谓的"华戎分壤处""华夷分界处"即指此。也许是由于"马背上的民族"能征善战罢，这一地区的军事冲突较为频繁，而这种冲突的历史痕迹留在此地区的一些地名上了。例如青海河湟流域的"临羌"（今西宁附近）、"破羌"（今乐都）、"安夷"（今平安）、"临番"（今湟中县多巴镇），甘肃这一边的伏羌（今甘谷）、

【1】据张赣生先生提供的《就剑川方言初步推断民家语的系属》（油印稿）。

"平番"（今永登）、"镇番"（今民勤）以及宁夏的"镇戎"（今固原）等就是。此类地名云南也有过，如"平夷"（今富源）、"镇南"（今南华）就是，但不多。这不是说云南历史上没有民族间的军事冲突，冲突也是有的，有的还是大冲突，但胜的一方对自己的胜尽量淡化，姿态低调。例如"七擒孟获"，获胜的诸葛亮对胜利刻意淡化、低调，强调民族团结，致使这位蜀汉丞相成为许多民族共同敬仰的人物，并且据江应樑考察，"夷民较汉民敬奉尤为虔诚"，"边区较内地敬奉尤为普遍"。在中缅边境地区，某些民族甚至把诸葛亮"奉作人类世界的创造者，呼之为孔明老爹……不论妇人小孩，无不知孔明老爹者"[1]。

这说明什么呢？说明云南各民族比较宽容、厚道，民族偏见较少，而这又与云南大多数民族都有共同的历史渊源，有强烈的同根意识和维系中华的向心力、凝聚力是分不开的。

徐嘉瑞这本《大理古代文化史稿》，内容丰富，涉及的民族文化问题方面很广，的确是一部极有学术价值的著作。1949 年出版后即引起学术界的重视，方国瑜、罗庸等著名学者均有高度评价。1962 年徐氏对此书做了修改，恰好周扬来昆明看到，便带到北京嘱中华书局再版。但由于历史的原因，校样排好却未能出书，拖到 1978 年 1 月才得付印，可编者 1977 年写的《出版说明》中又强调这只是一本"资料书"，而且标明"内部发行"，十分小心谨慎，留下了那个过渡时期的色彩，也难怪。遗憾的是待新书寄到昆明时，作者已经去世了。

徐嘉瑞有位胞弟徐嘉锐（字天骝）也值得一提。天骝先生早年留学法国（勤工俭学，由周恩来组织带领），学农，获双博士学位，回国后任云南烟草改进所副所长，享誉全国的"云烟"就是他与合作者 1940 年试种成功的，因此享有"云烟始祖"和"云烟奠基人"的美誉。世称梦麟、天骝昆仲为"徐氏双杰"。[2]

张冲将军与徐嘉瑞时相往来。据徐演先生讲，张冲多次对人谈到，陈赓来云南任职之前，毛主席嘱他到云南后找找徐嘉瑞这个人（毛看过徐的《近古文学概论》并做过许多批注）。后来陈赓见周总理，总理也嘱他到云南找徐嘉

【1】江应樑：《诸葛武侯与南蛮》，见《西南边疆民族论丛》，珠海大学出版社 1948 年版，第 254—255 页。
【2】《徐天骝文选》，云南民族出版社 2001 年版。

锐。陈赓很奇怪，来云南后即问张冲，云南是不是有两个徐嘉瑞？张冲哈哈大笑，说这是两兄弟，云南人读"瑞""锐"是两个音，北方人同音了。

楚图南的《路南杂记》

楚图南 1945 年写的《路南杂记》（以下简称《杂记》），与施蛰存的《路南游踪》（以下简称《游踪》）写作时间都在抗战时期。比较着读，很有意思。

就学术价值而言，两文各有千秋。施的《游踪》侧重于文化人类学的考察，而楚的《杂记》重在人文地理和历史地理。

楚图南《杂记》也比较长，共八节，我比较留意的是第一节《开拓者的祖先和开拓者的子孙》和第四节《记长城埂》。第一节从作者在尾则村看到的一块李氏宗族碑记说起。这块碑记一边是汉文，一边是夷文（爨文，即老彝文），人文地理学和历史地理学价值都很高。照抄其汉文如下：

> 李姓本族，原居于云南迤西大理。次迁居云南大板桥。继后又移住龙落凹。由此逃到尾则，于雨胜村交界鲁阿字山顶搭住几年。此时有弟兄三人。带黄铜锅一口，铜刀一把，金鞍镫等物。在鲁拉字山顶时，养育一只大黄狗，分别时，不肯分给哪个，乃打死埋于此山顶上。弟兄三人，由三方分离，一位下丘北，一位去北方，有一位不知去何处。其中一个望见雨胜村，有大山，森林繁茂，乃叹曰，不去别处，即在此地砍林耕种度日。乃住雨胜村。所以最先住雨胜村者，即我李姓也。今我之本宗，有迁居于维则村，有住于宜政村者也。李姓之祖宗，最先者名称，自思、努高、要生三人。现在不能孝就宗党，支房云云，今将我本宗秩序略列于左。

下面是宗谱世系，有夷汉两种文字。楚图南认为，虽然这两篇汉文序文的文字算不上高明，但内容极朴素真实，是一篇最美的诗歌题材或诗歌故事。一口铜锅，一把铜刀，这正是开拓者的祖先最好的象征。与某些汉族家谱一上来就扯上帝王贵胄、世家大族之类相比，更质直，也更高贵。在碑头上还有四个始祖的人像，各负荷着锄、斧、刀、镰等四种不同的工具，又以汉字注上各种人的乳名。这不单是开拓者最美的故事，也是开拓者最美的图画。

楚图南说，除这块李氏宗谱碑记外，他还看到在糯黑的另一块王姓宗谱碑记，以及其他载籍所记，都说他们的祖先原在西部，或在大理，然后移到东部省城附近，又移到东南山地。这与民族学者，称彝族原居康藏边境金沙江一带，渐渐南下、东向迁移的主张正相符合。楚图南由此想到南诏建国，是傣族、彝族或白族？中外学者的主张，虽然"到现在迄无定论"，但彝族这个民族，"即使还不能完全断定曾经创造了南诏国大理国，但过去必有过光荣的历史，是可推想而知的"。只是由于民族斗争的激烈和蒙古族、汉族"挟着更大的武力与高度的文化"来到云南，彝族就被"驱逐到西南高地和山谷地区去了"，至今仍过着半农耕、半畜牧的生活。

楚图南注意到，由于生活环境的改变，路南的阿细人和撒尼人虽然都是彝族的支系，但与大小凉山一带的彝族的"剽悍好杀"在性质上似大不相同。他们早就进入了农牧状态，有着"农牧民族的温驯和纯良"，而大小凉山的彝族"与外族文化隔绝，还停留在近于原始的生活和原始蛮性的状态"。

我对人文地理学一知半解，读楚图南的《杂记》颇受启发。人文地理学的一派强调地理环境决定一切，另一派认为地理环境的影响不是绝对的而是相对的，不是全能的而是可能的。后起的马克思主义学派在人地相关的问题上，承认地理环境的决定性影响，但强调这种影响只有通过经济关系这个媒介才能发生。拿路南彝族（阿细人和撒尼人）来说，他们在心理、性格上之所以与大小凉山不同，当然与他们由于迁徙而发生的地理环境改变分不开，但这一切都是通过由"畜牧"到"农牧"这个经济关系的媒介而发生的。楚图南1935年发表的《人文地理学之发达及其流派》，是我国学术界介绍马克思关于人文地理学思想较早的著作之一，从这篇《路南杂记》中，已可约略看出楚图南对这一思想理论的若干运用。

施蛰存却不同。这位小说家在路南的旅程中似乎更多地注意捕捉彝族生活的独特场景和风貌，对其做文化人类学的开掘，而对"经济关系"这一深层因素不大留意。此所谓文化视角之不同。举个例，施蛰存在革温村一个叫伊思美的男孩家做客，了解到伊思美的父亲是富农，家有八条牛，百来头羊。此刻是冬季，羊没有草吃，所以由他的大儿子把羊赶到开远一带气候炎热的地方去放牧了。写到这里施蛰存提了一句："这是他们游牧生活的遗迹，很可注意的。"毕竟也是学者，眼光很敏锐，可惜未继续"注意"下去。而楚图南则抓住不放，比较细致地叙述了路南彝族除了在石窝山罅里种植杂粮外，也有大部分人兼事畜牧，地点在尾则村及其附近村落，羊崽在千头以上。"在冬天十月以后，庄稼收齐，且亦水冷草枯，这时，他们即随着羊群离家远行，到南方去了。甚至到开远蒙自一带，气候温暖、水草丰富的山地。到了翌年开春二月以后，又赶着羊崽回来。"这确实是祖先留下的游牧遗风。也有不放羊的到了冬季就出行打猎，由陆良、泸西循滇桂边境，甚至有远到贵州境内的。这就又留下祖先狩猎的遗迹了。

作为马克思主义学者的楚图南，他十分注意路南彝族的生存状态，其眼光不仅是历史的，同时也是现实的。在《杂记》第三节《记圭山小学》里，楚图南为在那样一个荒僻的山村里能有一座"省立圭山小学校"而欢喜，但在对他们（撒尼学生）的生活和环境略做调查后，他感到我们的教育和社会对于他们，"实在有这么多的歉疚"。

圭山小学的学生约三百人，除了少数尾则村的外，大部分来自附近的村落，距离少则十里二十里，最远有四五十里的。他们家里全是种山地的人，终年种荞麦和苞谷，但收获极小，加上征实征购的负担，很少不是赤贫的。据教务主任说："学生家庭年终有余粮者，不过十分之一。其余皆劳碌终岁，不得一饱，须靠卖柴、绩麻，或临时佣工补助家用。"学生之寒苦可想而知。楚图南到学生的住处一看，"所谓铺垫，大多只是一床席子和一片毡条，有棉絮的不过是极少数的几个人"。有的住学校宿舍或天主教堂，住民间住宅的多利用节假日为房主锄地耕种代替房钱。伙食呢，大多吃杂粮，且全是自理，且看：

> 学生们星期六放假回到几十里路以外的家里，背来一周足够食用的粮食和蔬菜，如荞面、苞米、咸菜、瓜豆之类。每天早晚下课总是三四人或五六人一伙，有的劈柴，有的架火，有的用小木盘很灵巧地掺水和荞麦面，和搓面条。有的提水洗菜。一间黝黑湫隘的小屋里，往往支了四五个小锅灶。在天主堂旁边的一间平房里，甚至有十一个小锅灶。所以，一到做饭的时候，即人手嘈杂、烟雾熏

蒸，几乎看不见人。但锅里的水吱吱地叫着，小灶里亦火焰熊熊，且有些孩子们三三两两地蹲在灶前，迎着这火光，喃喃地吟读课本，或演数学问题。

数十年后的今天，我读着都很感动。我们从舞台和银幕上看到的阿诗玛和阿黑，那是多么浪漫和丰富多彩，而实际上，他们的生活却是这般艰辛。

楚图南所看到的远不止这些学生的生活。他说，"最近，以征实征购及其他力不能负担的供应或抽壮丁的骚扰"，彝民们"多有离家远行，出不复归，以至于我们所到的村子，多有空屋或破败的石碾、石磨堆置路旁，处处显着凋零破败的样子。我们一面凭吊了这些遗迹，一面想着这些生产的主人们，都到什么地方去了呢？或者仍是一口铜锅、一把铜刀，或者也有几头山羊，或一只黄狗，又到了更深更深的山林或溪谷里去了，又建立了住宅和村落"。读这样的文字又使人想起楚图南翻译的涅克拉索夫的长诗《在俄罗斯谁能快乐而自由》。

楚图南原住市区，为避日机空袭，1939年迁居西郊碧鸡关，后又迁近郊棕树营（今已成为市区的一部分）。读这位云大教授写的《碧鸡关的故事》和《记棕树营》，以及稍后写的《路南杂记》，就会看到，楚图南最为关注的首先是普通人现实的生存状态，不论是汉族还是少数民族。我想，这是楚图南的《路南杂记》与施蛰存的《路南游踪》主要的不同点。

至于文学价值，施文显然更为出色，作者对路南民族风情的描绘极富色彩，读来更引人入胜。楚文由于着眼点的不同，有些部分更近于社会调查（《记棕树营》最明显）而离散文远些。

前年，"滇中古长城"（或称"滇东古长城"）的新闻频频见于云南媒体，一时成为热点。应该说这是有意义的，尤其是在现今"破坏性建设"日新月异的时候。作为历史地理学和人文地理学的学者，楚图南早在20世纪40年代就敏锐地注意到这个"古长城"了。在他的《路南杂记》里专门写了一节《记长城埂》，其中一段说：

这是路南有名的古迹之一，虽然也是难以说明的古迹之一。用乱石堆成的城垣模样的堤埂，北起于陆良县南境的天生关，中经路南东部，直南尽于弥勒县界。高广约三尺。缘乱山脊起伏，俨如一条巨龙。且有几处被野草和小灌木丛埋没，很不容易看到经过的痕迹。这比起我在北方所见过的万里长城，其工程的艰巨，与气象的庄严，虽不可同日而语，但在原始社会或游牧社会，也究竟是一种难能的大工程。记载和传说，虽都叫作长城，其实没有城垣的规模，也似看不出有所谓城垣的用处。且没有一块砖头、没有一处可避风雨及守望的地方。只是一望看不见两端的乱石堆成的锁链，锁住了从北到南一带的山头。而问题也就在此了。

接着根据县志记载和实地考察进行初步判断，认为是游牧部落之间争夺水源，结果"垒石为界"，"各在自己界内牧畜，不相逾越"。至于垒筑的时代，则认为"它们不是较近时代的产物"。

我想这是相当专业的问题，自己不懂，不能多说什么。只是想到，当年国难当头，楚图南未能专注于此，而今后继有人，先生泉下当感欣慰。

潘光旦：《性心理学》及其他

翠湖边有条青莲街，长不过百米，但很有些来历。此小街东西走向，正对翠湖公园东大门。路之南是翠湖宾馆，抗战初期同济大学迁来昆明，其理学院就在这里。路之北是卢汉公馆，1949 年 12 月 9 日云南起义，张群（西南长官公署主任）、李弥（第八军军长）、余程万（第二十六军军长）及沈醉（军统云南站站长）等国民党军政要员在这座公馆里被扣押。往上走，在卢汉公馆的背后有条学士巷，原是清代著名书画家钱南园的祠堂，后来房舍多起来了，形成巷道，以学士名，示纪念先贤之意。清代末年，法国在祠堂内设领事馆（原先叫作"法国外交部驻云南交涉员公署"），抗战前领事馆迁到尚义街，战后卢汉在这里扩建新公馆，原来的钱公祠被全部拆毁。从钱公祠到法国领事馆再到卢汉公馆，这小块土地的"改朝换代"，似乎也是云南百年史（祠堂始建于清末）的一个缩影。

学士巷不长，五六十米，二十多户人家。巷口 1 号不同寻常，因为 1938年住进去几位西南联大的教授，他们是教育学家沈履、机械工程学家庄前鼎和优生学家潘光旦。

这里只说潘光旦。

潘光旦是上海人，1922 年由清华保送留学美国，在纽约哥伦比亚大学学习动物学、古生物学和遗传学，获硕士学位。回国后在上海光华大学、大夏大学、复旦大学等高校任教，讲授心理学、优生学、进化论、遗传学等课程。1934 年回母校清华，之后随校来到昆明，任西南联大社会学系教授，兼任过系主任和西南联大教务长。

潘光旦是我国优生学的开拓者，他一生致力于探索中华民族强种优生之道、提高民族素质之路，其价值于今天，不言自明。潘光旦也是我国社会学的奠基者之一，著名学者费孝通就是他的高足。在昆明时期，潘光旦主要为西南联大社会学系（也一度在云大社会学系兼课）开设优生学、西洋社会思想史和家庭问题等方面的课程，并进行相关课题的研究和翻译。蔼理士那本很有影响的《性心理学》就是他在昆明译注的，其中的一部分很可能就是在学士巷译的（潘后来迁居西郊大河埂村，1945 年回城住西仓坡，又是在翠湖边）。他之所以翻译这本书，是因为性科学和性教育也是他学术研究的重要方面。他对蔼理士之学倾心服膺。如果说蔼理士是以生物学和心理学为基础，对人类两性关系进行科学研究的先驱者，那么，接住这个火把，把它传到中国来的就是潘光旦。对蔼理士的这本书，潘光旦不是一般地翻译，他还以自己掌握的资料（主要是从中国典籍中搜集的性学材料），对原文详加注释，实际是以自己的科研成果丰富了蔼理士的原著。潘光旦为这本书花了整整两年时间（1939—1941）。之后，又编译了《优生原理》一书。

潘光旦在清华做学生的时候，踢足球伤了一条腿，以后走路总架着拐子。为此很担心留学成问题，就去找一位代校长，得到的回答是："不太好罢，美国人会想到我们中国两条腿的人不够多，把一条腿的都送出来了！"[1]幸好不久后换了校长才得顺利留洋。

费孝通对老师的认识相当深，认为体残对潘先生的性格有相当的影响。他说潘光旦无论是做研究，还是搞翻译都有一种韧性，而"他这种韧性和他的体残不可能不存在密切的联系"，"他在缺陷面前从不低头，一生没有用体残为借口而自宥。相反地，凡是别人认为一条腿的人所不能做的事，他偏要做。在留美期间，他拄杖爬雪，不输后人。在昆明联大期间，骑马入鸡足山访古，露宿荒野，狼嚎终夜而不惧"。[2]潘光旦喜欢以生物学基础来说人的性格，这一回倒成为自己学生的研究对象了。

我学识不多，知道潘光旦的性学研究比较晚，但知道他研究优生学并且在中国文坛很活跃，要早一些。潘氏留美时期即任中国《留美学生季刊》（中文）总编辑，归国后为《新月》杂志撰稿甚勤，参与创办新月书店，是新月派的重要成员。在上海编过多种报刊，《时事新报》的著名副刊《学灯》有一个时期就是由他主编的。鲁迅对新月派有看法，笔锋也难免会波及潘光旦，《故事新编》中的那篇《理水》写到的"一个拿拐杖的学者"即暗指潘光旦。在那篇很有名的杂文《"硬译"与"文学的阶级性"》里更是明明白白地提到"潘光旦

【1】邓云乡：《文化古城旧事》，中华书局 1995 年版，第 232 页。
【2】费孝通：《潘、胡译〈人类的由来〉书后》。

先生的优生学"（读中文系的我也是从这里头一回见到潘光旦这个名字）。来到昆明后，潘光旦又创办并编辑《自由论坛》月刊和周刊。文学界中潘光旦有不少朋友，老同学闻一多即是其中一位。闻氏原名闻家骅，也名亦多。后改名多，是潘光旦参照古希腊"一"与"多"的哲学思想，将"闻多"改为"闻一多"的。

梁实秋也是潘光旦的清华同学。梁认为："最高的艺术总带有一点贵族性。"他从潘光旦的优生学中找到了根据，说这位同学对自己"影响甚巨"。他在晚年写的《岂有文章惊海内》里说："他（潘）学的是优生学，以改良人种为第一要义。遗传最重要，他举出我国的大书法家以及著名的伶人，大抵是历代相传的世家，其关键在于婚姻的选择。因此他最钦佩丹麦，管制婚姻最为彻底，让优秀的人多生子女，让庸劣的大众少生子女，种族才得健全。"今天来看梁实秋的议论，不能说毫无道理。但两位都过于强调先天遗传而轻视后天培养的重要，这怕又要落入"龙生龙，凤生凤"的老套。梁接着还说："这样的想法，和我正在倾倒于卡赖尔的英雄崇拜的倾向正相符合。我对于'普罗'的看法似乎找到了理论的根据。"梁实秋以优生学作为他反对"普罗文学"（无产阶级文学）的一个支点，怪不得鲁迅也要捎带着说上潘光旦那么几句了。

潘光旦关心国家命运，热心政治。1941年加入中国民主同盟，任民盟昆明支部主任委员，创办并负责编辑民盟在昆明的机关刊物《民主周刊》。1946年李公朴、闻一多牺牲后，社会上盛传潘光旦已被列入黑名单，潘与费孝通等不得不借美国领事馆避难。

潘光旦在翠湖边的两处寓所（学士巷和西仓坡）都已无旧迹可寻，唯西郊大河埂（黑林铺以北约一公里）的旧居尚存。那是一座两层楼的院子，潘一家住二楼靠西的两间。据冯友兰先生回忆，当时军人常到农民家打狗解馋，说吃了狗肉可以治湿气。有一回找到潘的房东家，潘就出来拦住，问："你们为什么打狗？"那个带头的说："是上边叫我们来打的。"潘又问："你们的上边是谁？"回答说："是龙大少爷。"（指龙云长子龙绳武，师长）潘说："好了，龙大少爷我们都是熟人，龙大少奶还是我们的学生，你们都回去吧。"（这倒是真的，她是西南联大的学生）有个兵插嘴问："你说你跟龙大少爷是熟人，你知道龙大少爷住在什么地方？"潘装着大怒，用手一指，说："你说话小心点！你知道我这条腿是怎么丢的！"领头的大概以为潘是有战功护身的高级军官，才悻悻地走了。【1】潘的机智在西南联大一时传为美谈。

不过对学生来说，最使他们感动的还是老师那种共赴国难、献身教育的精神。一位当年的学生在回忆文章中说："至今我还清楚记得潘光旦先生拄着双拐费力地走向郊区的情景。"【2】

【1】冯友兰：《三松堂自序》，生活·读书·新知三联书店 1984 年版，第 108 页。

【2】《难忘联大岁月》，云南教育出版社 1998 年版，第 165 页。

西南联大校园的漫画风波

吴晓铃是古典文学研究家，一般人都知道，他在戏曲方面的研究成果，如他参与编订的《关汉卿戏曲集》，他做过校勘、标点和注释的《西厢记》《六十种曲》等，在学术界都很受推崇。后来，我知道吴晓铃还是一位出色的业余漫画家，他的漫画作品在西南联大还引起过一场风波。

吴晓铃是辽宁人，1937 年毕业于北大中文系，是西南联大中文系的青年教师（助教）。西南联大前期，学生的社团活动比较活跃，也丰富多彩，其中有个团体叫"群社"，是以早先由长沙步行到昆明的"旅行团"为基础而形成的。据说群社最盛时有社员两百多人，前前后后则有一千多人。他们经常出壁报，开辩论会、讨论会和时事座谈会等。还办刊物，如《群声》《腊月》《热风》等。《热风》是画刊，吴晓铃与这个画刊有特别的关系。

据吴晓铃 1985 年写的《〈热风〉壁报上的漫画风波》[1]讲，在他的"大一国文及作文"班上有个地质系的学生叫马杏垣，《热风》就是他创办的。有一次吴晓铃出了个奇怪的作文题目《释名》，叫学生写文章解释自己的名字。马杏垣很调皮，他大掉其书袋，征引了陆游的《马上坐》"平桥小陌雨初收，淡日穿云翠霭浮。杨柳不遮春色断，一枝红杏出墙头"和叶绍翁的《游园不值》"应怜屐齿印苍苔，小扣柴扉久不开。春色满园关不住，一枝红杏出墙来"。而且还在卷子上画了一幅"红杏出墙"的钢笔画做插图！真是破天荒（题外话：那时理科学生的文学素养都很了得，此为一例）。学生的杰作自然受到老师赏识，二人从此时相过从，成了师友关系。

马杏垣是中共党员，也是群社的骨干。当时学生办壁报（刊物）要在训导处登记，而且要找一个教职员做保证人。马杏垣去找吴晓铃，一说就成。

《热风》在 1939 年 5 月间创刊，其时做老师的吴晓铃也不过 25 岁，比学生大不了几岁。他们互相配合，一期比一期精彩。"好在当时昆明既有人从事

【1】《云南文史资料选辑》第 34 辑。

着神圣的工作，也有人沉沦于荒淫无耻的生活，素材俯拾即是，信手拈来，便可收讽喻之效。"

那么闹出风波的那一期是什么内容呢？是男女关系问题。据吴晓铃回忆："我们鉴于西南联合大学的乱世儿女，有些人在处理青春生活方面不够严肃，时或发生始乱终弃或殉情共死的悲剧，我画了一套组画，结以白发苍苍的体育主任马约翰教授的剀切陈词：'姑娘们，你们要警惕呀！'不料竟被三青团的好汉们抓住小辫儿，跑到女生宿舍里贴出'联大女生无耻'的露布，企图搅浑一泓池水。幸好女学生们知道这是挑拨离间的阴谋，镇静处之，没有酿成大的风波。"

群社是地下党的外围组织，三青团方面肯定是掌握的。如今群社的《热风》用漫画讽刺女生，正可利用此机会来挑拨女生与群社的关系，做一点文章。他们贴出的露布说"联大女生无耻"显然是故意将漫画的善意规劝歪曲为谩骂，并把矛头指向全体"联大女生"，诱使女生对群社产生恶感。

但吴晓铃的回忆文字过于简略，看不明白他到底画了些啥。好在吴说："这个风波曾经在《联大八年》上记录着，有书为证。"

《联大八年》是西南联大学生出版社编的一本文集，1946年出版，很有史料、文献价值。从前我在昆一中读书的时候就在校图书馆见过，纸张、印刷都比较差，但如今很难找到了。好在云南教育出版社1998年10月出版的六卷本《国立西南联合大学史料》收有《联大八年》的部分文字，查第五卷（学生卷），正好有题为《群社》的文章摘要，对引起风波的那一期《热风》有较详的记叙："《热风》画刊最精彩的一期是有六幅连环画。第一幅的标题是'灯红酒绿，卿卿我我'，描写男女聚会的盛况。第二幅是一个跳舞场面。第三幅是男的为女的提皮包、背大衣。第四幅是'不能不以身相报'，双双走进旅馆。第五幅是女的抱着大肚皮痛苦状。第六幅是一个老教授谆谆告诫：'这种事情只有你们女人才有责任。'"

这就很清楚了。

但两文对老教授的告诫记述有些出入。吴晓铃的文章写于1985年，《联大八年》出版于1946年，当时的书应该比数十年后的回忆更准确可靠。但吴晓铃记得那位教授指的是马约翰。马氏为中国体育界元老，民国初年就当过清华学校帮办，1936年任第十二届奥运会中国田径代表队总教练，西南联大时期任体育部主任。女生院在文林街昆中南院（今云师大附中教师宿舍大门对面文翠苑写字楼背后），一进门就有个操场，马约翰教授常在那里给女生上体育课，对女生的情况比较熟悉，不然哪里来的"谆谆告诫"。

《联大八年》所收录的文章《群社》还有一小段文字可注意，说那组漫画的内容，"事实上，那时候这种事情时有发生，所以女同学并未抗议"。查联大史料，我未见这方面的文字记录，倒是在钱穆的回忆录中看到两则，说的是1938年联大文法学院在蒙自。一则说那里有一家越南人开的咖啡店，"店主人有一女，有姿色，一学生悦之，遂弃学入赘"。这说的是男生。另一则讲男女生之越轨："一夕有男女两学生同卧一教室中桌上，为其他同学发现，报之学校，遂被斥退。一时风气乃出格如此。"【1】男生弃学入赘，只能说重色轻学，不好多议。后一则讲的正属于《热风》漫画的题材，末一句恰好也是一位"老教授"的评论，而且比马约翰教授只批评女生显得更客观些。另据吴宓教授日记，心理学系学生侯某一次在闲谈中说联大某些男生的恋爱态度，一为"奢侈靡费，以宴馈女生"，一为"相识不久，即向女生要求性交"【2】。据此来看，只批评女生显然有失公允。

还有一条记载也可供参考。那是抗战时期蒋介石的美国顾问欧文·拉铁摩尔写的。1941年10月，蒋介石派这位顾问去了解和观察云南的局势（蒋对云南不放心），访问由他的秘书谢保樵陪同。这位秘书告诉拉铁摩尔，"你在云南比在重庆能享受更多的乐趣"。事实证明了"此话不假"。拉铁摩尔写道：

> 我们在昆明时，他（注：指那位秘书）告诉我说，他已同一位非常漂亮的女大学生度过了一个美妙的夜晚。他说，昆明和成都一样，都有为从日本人那里逃出来的学生设立的"难民大学"，在他们当中可以找到因战争而同家庭分开的女孩子，她们为了生存不得不沦为小老婆或高级妓女。【3】

这里讲的"难民大学"指从内地迁来的大学，西南三省都有不少。在云南，中山大学（澄江）、华中大学（大理）、国立艺专（晋宁）且不说，单说

【1】钱穆：《八十忆双亲·师友杂忆》，岳麓书社1986年版，第186页。
【2】《吴宓日记》第8册，生活·读书·新知三联书店1988年版，第288页。
【3】《蒋介石的美国顾问——欧文·拉铁摩尔回忆录》，复旦大学出版社1996年版，第120—121页。

昆明就有西南联大、同济大学（1940 年再迁至四川）、中法大学等校，所以文中提到的那个女学生究竟是哪所学校的，不好讲。作家黄裳 1945 年来滇游，在昆明前后住了半年左右。当时就写了一篇《美国兵与女人》，里面具体讲到西南联大、云大女生为美军伴舞收费的事，以及晓东街"南屏"门口年轻女人如何如何。很明显，这种事情时有发生。

总之，吴晓铃的漫画是有生活依据的。

风波的产生是在三青团贴出"联大女生无耻"之后。但吴晓铃的回忆可能有些失真，他说："幸好女学生们知道这是挑拨离间的阴谋，镇静处之，没有酿成大的风波。"而《联大八年》所收《由同学看"党""团"》则说，"联大女生无耻"露布贴出后"引起女同学全体抗议"，这与吴说的"镇静处之"有较大出入。而且抗议的不是部分女生，而是"全体"，可见这场风波还是不小的。"后来了结的办法是汪君以团方面负责人向全体女同学书面公开道歉"[1]，三青团以失败告终。

末了再说一下《热风》两要角。吴晓铃在新中国成立后历任中国社会科学院语言研究所、文学研究所研究员。吴晓铃还是印度问题专家、梵文学者和翻译家，于中印两国古代戏剧文学的比较研究方面有相当建树，1990 年获印度国际大学名誉文学博士称号，五年后辞世。马杏垣 1942 年毕业，曾任北京地质学院教授、副院长，国家地震局副局长兼地质研究所所长。1980 年当选为中国科学院地学部委员（相当于今天的院士）。

【1】《国立西南联合大学史料》（学生卷），云南教育出版社 1998 年版，第 643 页。

西南联大的红楼热

1940年至1942年间，西南联大出现过一次《红楼梦》热。读《吴宓日记》，这股热似乎是从陈铨的一次讲演开始的。

陈铨是留德博士，外文系教授。讲的题目是《叔本华与〈红楼梦〉》，时间为1940年4月11日晚，地点在大西门内文林堂。演讲是吴宓帮着张罗的。反应很热烈。据吴宓当天的日记："听者极众，充塞门户。其盛凤所未有也。"【1】

陈铨是作家，1928年就发表有长篇小说《天问》。抗战时期，以剧本《野玫瑰》闻名，有专著《从叔本华到尼采》问世。从《叔本华与〈红楼梦〉》这题目看，讲的是比较文化内容，可惜不得其详。

一个月后，"以研究《石头记》为职志"的"石社"成立，核心人物黄维等欢宴于同仁街曲园，行《红楼梦》酒令。吴宓应邀参加。

第二年，大名鼎鼎的刘文典出场了。据当年的经济系学生马逢华回忆，刘文典派头不同凡响，事先在校园里贴满了海报，时间是某天晚饭以后，地点在图书馆前的广场上，时间未到，早有一大群学生席地而坐、等待开讲。

> 其时天尚未黑，但见讲台上面灯光通亮，摆着临时搬来的一副桌椅。不久，刘文典身穿长衫，登上讲台，在桌子后面坐下。一位女生站在桌边，从热水瓶里为他斟茶。刘文典从容饮了一盏茶，然后霍然站起，像说"道情"一样，有板有眼地念出他的开场白："只、吃、鲜、桃、一只，不、吃、烂、杏、满筐！仙桃只要一口，就行了啊！"【2】

【1】《吴宓日记》第7册，生活·读书·新知三联书店1998年版，第154页。

【2】马逢华《教授写真》，原刊台湾《传记文学》第52卷第6期。此据东方出版社1998年出版的《清华旧影》，第205页。

马逢华回忆刘文典讲完开场白后说："今天给你们讲四个字就够了。"然后转身在小黑板上写下"蓼汀花溆"四个大字。这四个字出自《红楼梦》第十七回《大观园试才题对额　荣国府归省庆元宵》，所讲具体内容在马氏记忆中已经模糊（文章写于1988年），但刘文典那几句开场白让他终生难忘。

在吴宓1942年的日记中有刘文典讲《红楼梦》的两次记录，文字简约，内容未记。一次："听典讲《红楼梦》并答学生问。时大雨如注，击屋顶锡铁如雷声。"另一次："听典露天演讲《红楼梦》。见琼在众中。宓偕雪梅归途。"吴宓对刘文典是很佩服的，时常将自己的诗作交刘文典修改、润色，对刘氏颇多赞誉，而这两次讲座（都是晚上）却记得平淡，估计听讲时心不在焉。其所记"琼"即生物系女助教张尔琼（后有一段时间在昆华中学教书），与吴宓若即若离，不愿发展关系。"雪梅"即贵州女诗人卢葆华，多次婚恋失败后转向吴宓。吴宓虽然陪她去听刘文典的讲座却又留心搜索张小姐在哪里。

这些讲座都是学生社团"中国文学会"张罗、主持的。刘文典之后吴宓也去讲了一次。与刘文典不同，吴讲着讲着就将自己摆进去了。《〈红楼梦〉评赞》是吴宓的一篇文章，共十段，此晚讲其中的六、七两段，主要内容是将太虚幻境与但丁《神曲》中的地狱、炼狱与天国进行比较，引导人从幻灭和痛苦中求得解脱。那晚人多，"听者填塞室内外"，这使吴宓兴奋，所以在回答学生提问时"因畅述一己之感慨，及恋爱婚姻之意见，冀以爱情之理想灌输于诸生。而词意姿态未免狂放，有失检束，不异饮酒至醉云"。又一回是晚上的"文学与人生"课，不知是否又扯到《红楼梦》，又将自己摆进去了，讲自己"订婚、结婚及早年识彦（指女友毛彦文）之往事。听者拥塞"。下课回宿舍，又"颇悔之，不拟再叙生平"，真是"千古多情吴雨僧"（顾毓琇句）。吴过于投入而致嘴巴失控，回家冷静后有所省察，这也难得。

讲座之后一发而不可收，吴宓同年暑假每周三上午给学生讲《〈红楼梦〉讲谈》，共七次，吴宓日记对于讲课内容及讲课情形均有简明记录。

第一次："听者约二十人。水（毛子水教授）亦在座。宓分析爱读《石头记》者之理由及动机。李宗渠、薛瑞娟二女生相继发言，均甚爽直而有见。"

第二次："续讲《〈红楼梦〉与现代生活》。听者三四十人，宓假述今世有如贾宝玉、曹雪芹之性行者，其生活爱情经验，及著作小说之方法，应当如何。并述《红楼梦》与今世爱情小说之两大异点……众无讨论。"

第三次："宓讲《注重爱情之人生观》及《爱情之实况》。"

第四次："内容另详。"

第五次："宓讲《甄士隐与贾雨村为'重一''重多'[1]两种人之代表》。"

第六次："稿另存。"

第七次："到者男生约三十人，女生三人而已。"

从这个记录看，两次以后似乎渐不景气，这或许与女生来得少有关。其间有好几个与吴宓比较熟的女生都忙于出嫁举行婚礼。不幸的事可能也有影响。黄维是外文系的学生，热心"石社"，与吴宓过从较多。1941年底黄维应征参加中国远征军赴缅甸作战，1942年夏在部队撤出缅甸抢渡怒江时落水牺牲。吴宓第四讲之后，译员训练班（在西站农校）举行黄维追悼会，吴宓参加并致辞。这些因素对演讲或许都有影响。但总的来说吴宓讲《红楼梦》的影响是大的。昆明广播电台（潘家湾）还请吴宓去播讲《〈红楼梦〉之文学价值》。

以我见到的有限材料，西南联大的《红楼梦》热，情形大体如此。

在20世纪40年代初的联大校园为什么会出现这股红楼热？我琢磨（说不上分析研究），这可能与校园政治空气的变化有关。西南联大初期（实际也是抗战初期）国共合作，全民抗战热情高涨，校园里一派勃勃生机，在学生活动中进步社团（有中共外围色彩）居于主导地位。皖南事变发生后形势突变，地下党员及部分进步学生疏散、隐蔽，学生社团活动明显冷寂，陷入低谷。一直到1944年纪念五四运动二十五周年，左翼社团主导的校园活动才明显升温。如果这个判断大致不差的话，那么可以说，这股红楼热实际是在冷寂的校园生活低谷中出现的，是因冷而"热"。

但从另一方面看，吴宓是红楼热的主角，这股热的出现也打上了吴宓的印记。

"吴宓苦爱毛彦文"，可惜没有结果。来昆明后吴宓仍不断给已经孀居的毛彦文写信致意，求人打听毛女士的行止，总下不了决心一刀两断。在吴宓对毛近乎绝望的时候，才对西南联大的张小姐和非西南联大的卢女士萌生了想法，但又拿不定主意。这种心态使吴宓常常进入《红楼梦》的虚幻情境。例如某晚去天君殿巷（位于文林街军区后勤部招待所旁）女生宿舍访张小姐，对

---

[1]吴宓给学生讲《柏拉图对话录》，认为"一"与"多"两个概念最重要。"一"指抽象概念，"多"指具体事物。

方"殷勤泡茶款待,为前此所无",于是产生联想:"私念,此真栊翠庵中瀹茗清谈矣。然《石头记》中,妙玉之爱宝玉,过于宝玉之爱妙玉。宓适得其反耳。"(1942年6月16日)又喜以《红楼梦》人物比拟。某次聚宴,"我方自拟紫鹃之忠诚,而琼(即张尔琼)乃再三以宓比拟贾赦。宓颇不怿。琼盖以鸳鸯自寓者"。张小姐将吴宓比作贾赦,而以鸳鸯自寓,弄得教授老大不高兴。"归途,琼与宓议论,益不合。行至华山西路,琼遽离宓而行道左。宓亦引至诸人之右,不与琼言。至女舍,琼先入。宓亦远立,未致别辞。"(1941年9月24日)其时张小姐26岁,年已47岁的吴宓却为此等小事与小女子怄气,也真有些像怡红、潇湘圈中的人物。

大约是受了老师的影响,学生论事议文也喜欢引红楼人事为例证。据许渊冲先生回忆,冯友兰的《新世训》在同学中影响不小,他和一位同学讨论冯氏提出的四种境界说,那同学说不自觉的爱情是自然境界,为个人幸福的爱情是功利境界,为双方幸福的爱情是道德境界,把感性的爱情上升为理性的爱情,那就是天地境界。许氏将讨论引入红楼,说:"这样看来,《红楼梦》中宝玉爱吃胭脂,这是自然境界;和袭人初试云雨情,这是功利境界;和宝钗结金玉良缘,从贾府的观点看来,这是道德境界;黛玉'魂归离恨天'后,宝玉还'泪洒相思地',这可以说是天地境界了。"[1]

师唱生随,校园文化风尚一时如此。

【1】许渊冲:《追忆逝水年华》,生活·读书·新知三联书店1996年版,第114页。

刘文典磨黑风波始末

刘文典[1]的狂，在联大是极有名的，虽说校内大师云集，被刘文典看在眼里的也不过陈寅恪、冯友兰、唐兰等几人。不独此也，刘文典还敢冒犯蒋介石。这可不是一般逸闻，而是实实在在的。鲁迅在 1931 年写的杂文《知难行难》有如下文字："安徽大学校长刘文典教授，因为不称'主席'而关了好多天，好容易才交保出外。"[2]《鲁迅全集》在此文注释"刘文典"条下做如下说明："1928 年 11 月，他因安徽大学学潮被蒋介石召见时，称蒋介石为'先生'而不称'主席'，被蒋以'治学不严'为借口，当场拘押，同年 12 月获释。"[3]

就是这么一个刘文典，后来却"栽"在闻一多手下，被迫离开西南联大，去了云大。

事情的起由是因为刘文典去了一趟滇南普洱县的磨黑，但此事背景比较复杂，刘文典对此亦一无所知。据当年转移到磨黑进行地下活动的西南联大学生萧荻（即施载宣，后任《羊城晚报》编辑）《吴显钺同志逝世十周年祭》[4]一文及其他史料，1941 年皖南事变后，磨黑是云南地下党在滇南活动的主要据点之一。当时思（茅）普（洱）区有个大地主、大盐商、大土豪张孟希有权有势，是那个地方最显赫的实力派。磨黑（也叫磨黑井，是滇南主要的盐井）离昆明远，又不通公路，别说国民党政府的政令行不通，连龙云对他也感鞭长莫及。张孟希附庸风雅，也讲一些江湖义气。为了满足子弟们的读书要求，在磨黑办过一个补习班，任教的是一些读过私塾的家长，效果差。1941 年底，张孟

【1】刘文典（1889—1958），字叔雅，安徽合肥人。1909 年赴日本，从章太炎学习《说文》，辛亥革命后回国。由于反对袁世凯再次流亡日本，加入中华革命党，任党部秘书处秘书。袁氏倒台后回国任北大教授。五四前后任《新青年》杂志英文编辑。经他校勘的《淮南鸿烈集解》1923 年出版。《庄子补正》于 20 世纪 30 年代初出版。

【2】《鲁迅全集》第 4 卷，人民文学出版社 1981 年版，第 339—340 页。

【3】《鲁迅全集》第 4 卷，人民文学出版社 1981 版，第 341 页。

【4】《云南文史资料选辑》第 34 辑。

希派人到昆明招聘教师。当时中共云南工委和西南联大党组织，按照中央关于"隐蔽精干、长期埋伏、积蓄力量、以待时机"的方针，正需要转移疏散一批在斗争中比较暴露的同志到各地农村去。据此，吴显钺揭榜应聘（招聘启事就贴在校园附近），同去的还有另一位党员，这当然都是党组织研究决定的。

吴显钺等 1941 年底到了磨黑，先办了初中补习班，1943 年春正式成立了磨黑中学。此后地下党组织又几次派党内外一些同志去磨黑（其中有写纪念吴显钺文章的萧荻），以教师职业为掩护，发展力量，终于使磨黑成为滇南的一个革命据点。

至于刘文典教授为什么也去了磨黑，那与他喜好鸦片有关。吴显钺等在磨黑干了一年，取得张孟希的信任，初步站稳脚跟。但几个人力量单薄，还需要引进一些同志来校做隐蔽工作。在与张孟希的闲谈中，他们介绍过西南联大的许多著名教授，而张孟希对这位"二云居士"特别感兴趣，想请国学大师来为其母撰写墓志铭，以抬高自己的声望。刘文典愿意接受邀请，是因为张孟希保证他的生活供应，尤其是对他特殊嗜好的满足。对于邀刘一事，有的同志曾有不同意见。吴认为刘文典教授在西南联大虽属保守派，但并不过问政治，到磨黑后只要处理得好，不但对工作无碍，而且将这位大师请去，还可取得张孟希更大的信赖。几位同志的认识统一后，刘文典也就这么被请去了。

刘文典一行（刘一家三口和几位西南联大同学）去磨黑是很气派的，张孟希的马帮专门来昆明接，还有许多小马帮"跟帮"同行，声势很大。张孟希事先派人在沿途打过招呼，一路上不光接待没问题，也未遇到土匪侵扰。刘文典一家坐的是滑竿，几位地下党骑马。一路上刘文典被照顾得很好，不光有鸦片抽，在较大的站口还有人设宴接风，所以走了近二十天才到。到磨黑那天，张孟希和当地士绅在十里外迎接，而学生们则早早跑到三十里外的孔雀屏等着迎接老师了。我设想，刘文典的这趟马帮行如果拍成影视，该是多么有色彩、多么好看。

刘文典在磨黑住了半年。墓志铭自然要写，也给张孟希和一些读过点旧书的士绅讲讲《庄子》和《昭明文选》，每周讲一两次。但更多的时候刘文典是躺在烟榻上吞云吐雾，张孟希也经常来同他谈古说今。走的时候由张孟希礼送他们全家回到昆明。张还送上好的"云土"（鸦片）十两作为"润笔"【1】。

风波出现了，清华大学中文系主任闻一多不给刘文典发聘书（北大、清华、南开三校体制仍然存在，教师聘任事各校自行处理。闻一多、刘文典均属清华籍）。清华的聘任程序是很严格的，各学院拟延聘教师，得先将教师姓名、履历、著作单及拟请担任之职名、课程及薪俸标准等材料报学校聘任委员会审查。据《闻一多年谱长编》提供的史料，续聘刘文典是清华大学聘任委员会会议通过了的，但实际上并未给他聘书。刘文典去磨黑之前虽与蒋梦麟、罗常培打过招呼，但他所担任的西南联大课程仍受影响，而且此行之目的在于鸦片，在学校里已引起不小反响。所以尽管会议通过续聘，但闻一多仍持异议，认为刘不足为人师表。此事刘在磨黑即已知道，为此对清华校长梅贻琦一信表示不满并做申诉："不料五月遽受停薪之处分，以后得昆明朋友信，知校中对典竟有更进一步之事。典初尚不信，因自问并无大过，徒因道途险远，登涉艰难，未能早日返校耳。不意近得某君'半官式'信，云学校已经解聘，又云纵有聘书亦必须退还，又云昆明物价涨十数倍，切不可再回学校，长为磨黑盐井人可也。"刘文典解释再三却迟迟不归，所以闻一多未给他安排课程。王力等同事去讲情，说这位老教授于北平沦陷后随校南迁，还是爱国的。闻一多发怒说："难道不当汉奸就可以擅离职守，不负教学责任吗？"【2】

人们习惯将朱自清与闻一多并提，并认为两人性格一柔一刚。这是有道理的。闻一多的刚是在大原则上不让步，这在"一二·一"学潮中与傅斯年面对面的斗争中表现得更为鲜明。当时重庆政府任命傅斯年为北大校长（代）兼西南联大常委，首要任务是解决学潮问题。据冯友兰回忆，傅"秘密地向联大的部分教授说，这次罢课，蒋很怒，你们要叫学生赶紧结束，不然的话，蒋要派霍揆章武力解散联大，把学生都编入青年军"【3】。在教授会上傅斯年按蒋的意图行事，闻一多当面揭他在蒋面前"三呼万岁"的旧疤，气得傅大骂"滚出去！"【4】

闻一多的性格梅贻琦自是清楚，何况这不是个性格问题而是原则问题，而

【1】以上磨黑情况均据萧荻文章，并参考《国立西南联合大学校史》中《皖南事变以后的联大校园》一节及曾乐山《曾庆铨烈士传略》（见《云南文史资料选辑》第34辑）有关部分。

【2】闻黎明、侯菊坤编：《闻一多年谱长编》，湖北人民出版社1994年版，第638—639页。

【3】冯友兰：《王松堂自序》，生活·读书·新知三联书店1984年版，第352页。

【4】详见专文，此从略。

且舆论方面也对刘文典不利，所以梅贻琦在接到刘托罗常培转来的信后也一改一向平和的态度，在复刘的信中说："关于下年聘约一节，盖琦三月下旬赴渝，六月中方得返昆，始知尊驾亦于春间离校，则上学期联大课业不无困难。且闻磨黑往来亦殊匪易，故为调整下年计划，以便系中处理计，尊处暂未致聘。事非得已，想承鉴原。"

连蒋介石都敢冒犯的刘文典哪里咽得下这口气。王瑶（当时是研究生）对闻一多的孙子闻黎明说，刘文典回到昆明后曾到北郊司家营清华文科研究所找闻一多论理，"两人都很冲动，在饭桌上吵了起来。在场的朱自清极力劝解"【1】。

但刘文典终归未能重返清华（西南联大）。以刘文典的学术地位，云南大学自是求之不得，何况陈寅恪（时在桂林）还专门给云大校长熊庆来写信推荐呢。【2】据西南联大史料，刘文典"离校年月"为1943年7月。

今天回头看刘文典的磨黑之行，就其个人而言，可谓有得有失，得的是利，失的是名。但对云南地方来说则无失可言。在磨黑，这位国学大师实际上起到了掩护疏散同学的作用，做了"挡风墙"。回到昆明，为云南大学的学术地位添加了一枚重重的砝码。

补记：关于刘文典被解聘一事，1938年毕业于清华大学社会学系的鲲西先生在《清华园感旧录》（上海古籍出版社2002年版）中亦有记述，说："据我所听到的缘由是刘先生长期旷课"，但另有"内在的原因"："据我所听到的是由于在一次课间休息，教授休息室中刘先生直指一位读错了古音的同事，这在学界自然会引起极大的反应。从某种意义上说，这是一种令人难堪的羞辱。由羞辱而积怨，终于导致报复，贤者在所难免。"此为一家言，录以备考。

【1】闻黎明、侯菊坤编：《闻一多年谱长编》，湖北人民出版社1994年版，第639—640页。

【2】吴学昭：《吴宓与陈寅恪》，清华大学出版社1992年版，第109页。

钱锺书何以离开联大

对钱锺书的学问，历来评价都极高，诸如"文化昆仑""当代第一博学鸿儒"等等。但一般认为，吴宓对他的学生的评语最是精当，谓："当今文史方面的杰出人才，在老一辈中要推陈寅恪先生，在年轻一辈中要推钱锺书，他们都是人中之龙，其余如你我，不过尔尔！"[1]这是概括的。当年在西南联大求学的许渊冲先生则讲得具体。且看钱锺书课堂上的风采：

> 钱先生教我时才 28 岁。他戴一副黑边大眼镜，显示了博古通今的深度。他常穿一套淡咖啡色的西装，显得风流潇洒；有时换一身藏青色的礼服，却又颇为老成持重。他讲课时，低头看书比抬头看学生的时候多，双手常常支撑在讲桌上，左腿直立，右腿稍弯，两脚交叉，右脚尖顶着地。他和叶（公超）先生不同，讲课只说英语，不说汉语；只讲书，不提问；虽不表扬，也不批评；脸上时常露出微笑，学生听讲没有压力，不必提心吊胆，唯恐冷不防地挨上程咬金三斧头。[2]

西南联大外文系学生人才济济，查良铮（穆旦）、李赋宁、杨周翰、周珏良、王佐良、许国璋等听过钱锺书的课，可谓桃李满庭芳了。"但是万紫千红，没有一枝能青出于蓝而胜于蓝的。"这就是许渊冲对老师的总评。许先生是当今译界权威和研究中西比较文学的著名学者，他的话不是随便说说的。

钱锺书的逸闻很多，但有一些只能姑妄听之。比如流传极广的"横扫清华图书馆"，说钱锺书要把清华大学图书馆的 130 多万册藏书从 A 字第一号开始

【1】原见朱仲蔚《学人说钱锺书》（1988 年 10 月 8 日《团结报》），转引自孔庆茂《钱锺书传》，江苏文艺出版社 1992 年版，第 42 页。
【2】许渊冲：《追忆逝水年华》，生活·读书·新知三联书店 1996 年版，第 5 页。

通览一遍，有的还要做批注。这就太玄了。我算了一下，四年时间要通览 130万册书，平均每天 900 本，别说"览"，即使像逛书店那样随便翻翻，一天翻900 本书怕也难，遑论"批注"。而钱穆的话就比较可信，他与钱基博、钱锺书父子都"相识甚稔"，钱锺书还在读小学的时候，他就发现"其时锺书已聪慧异常人矣"，"及余去清华大学任教，锺书亦在清华外文系为学生，而兼通中西文学，博及群书。宋以后集部殆无不过目"。[1]虽说博及群书，毕竟还有个范围。

然而钱锺书在西南联大的时间并不长，顶多一年（1938 年 8 月起）。据说钱锺书是回上海探亲（夫人杨绛在上海），但行前既未正式请假或辞职，也未向有关人士打招呼，结果弄得很不愉快，之后由沪去当时设湖南蓝田的国立师范学院任教。

这是怎么回事？

是人事关系问题（看来什么时候都会有的问题）。当时吴宓也在西南联大外文系任教。据吴宓的女儿吴学昭所著《吴宓与陈寅恪》所记："1939 年秋，钱（锺书）辞职别就。父亲因清华外文系主任陈福田先生不聘钱锺书，愤愤不平，斥为'皆妾妇之道也'。他奔走呼吁，不得其果，更为愤然，'终憾人之度量不广，各存学校之町畦，不重人才也。'"[2]这里明确点出了系主任陈福田，并提到叶公超、陈福田去梅贻琦校长处说过对钱锺书表示不满的话。

陈福田是檀香山华侨，哈佛硕士，清华外文系教授、系主任。叶公超[3]名气比陈大得多，从 1937 年起就任北大外文系主任、西南联大外文系主任。一般认为，钱锺书把他两位得罪了。据传钱锺书临走时对别人说过这样的话："西南联大的外文系根本不行，叶公超太懒，吴宓太笨，陈福田太俗。"[4]

三人中，钱锺书与吴宓私交甚好，可不论。关于叶公超、陈福田，如果钱锺书确实对人说过对他们的不敬之语，不敬之语又确实传到他们耳里，那么，"不聘"的缘由也就落到实处了。问题是这种传闻几乎不可能核实。我们只能推测，钱锺书以"狂"闻名，说过类似的话是可能的。香港作家司马长风就讲

【1】钱穆：《八十忆双亲·师友杂记》，岳麓书社 1986 年版，第 112 页。

【2】吴学昭：《吴宓与陈寅恪》，清华大学出版社 1992 年版，第 103 页。详见生活·读书·新知三联书店《吴宓日记》第 7 册，第 139、140、141、147 页。

【3】另详拙文《新月西沉》。

【4】此说见周瑜瑞《也谈费孝通和钱锺书》，转引自孔茂庆《钱锺书传》。

过："现代作家中有两个狂人，一是无名氏，另一个就是钱锺书。"并指出"钱锺书狂在才气"。又与梁实秋比较，说："钱锺书和梁实秋同以幽默小品驰名，梁实秋的幽默不伤大雅，处处有谨厚之气，但钱锺书的幽默，口没遮拦，往往伤人。"【1】"伤人"二字，准确，到位。

司马氏在这里评论的是钱锺书的散文集《写在人生边上》。这本书共收散文十篇，其中《说笑》《一个偏见》《释文盲》《论文人》四篇和《序》是在昆明文化巷 11 号【2】写的。内中《说笑》一篇，一般认为矛头是对着有"幽默大师"之称的林语堂的。开头一段就是：

> 自从幽默文学提倡以来，卖笑变成了文人的职业。幽默当然用笑来发泄，但是笑未必就表示着幽默。刘继庄《广阳杂记》云："驴鸣似哭，马嘶如笑。"而马并不以幽默名家，大约因为脸太长的缘故。老实说，一大部分人的笑，也只等于马鸣萧萧，充不得什么幽默。

后面还有"幽默提倡以后，并不产生幽默家，只添了无数弄笔墨的小花脸"一类的话，确实过于尖刻。任何作家、作品当然都是可以批评的（不然还要"文艺批评"干什么），但驴呀，马呀，小花脸呀，这就难免"伤人"。就拿林语堂来说，这位幽默大师 1943 年 12 月 22 日应邀在西南联大新校舍做题为《精神文明与物质文明》的讲演，一开头就说西南联大的特点是"在物质方面是不得了，在精神方面是了不得"。此说一时传为美谈，尔后更成为评说西南联大的经典之论。这位幽默大师还是受人尊敬的。

关于对叶公超、陈福田的那些伤人的话，很难弄清钱锺书到底讲过没有，不过从钱氏一贯的性格、作风来看，讲过类似的"口没遮拦，往往伤人"的话，还是可能的。对钱锺书极为推崇的美国哥伦比亚大学教授夏志清就这么看，说钱锺书"在联大教书的一段日子，可能过得不太痛快，他的同事们学问远不如他，会排挤他，同时他为人的确相当狂傲"【3】。

对钱锺书离开西南联大，反应因人而异。值得注意的是陈寅恪的看法，说

【1】司马长风：《中国新文学史》（下卷），香港昭明出版社有限公司 1983 年版，第 165 页。
【2】同住此小院的还有施蛰存、吕叔湘、杨武之（杨振宁之父）等。
【3】夏志清：《追念钱锺书先生》，见《人的文学》，辽宁教育出版社 1998 年版，第 141 页。

钱锺书走了也好，"不可强合，合反不如离"。很通达。不过像吴宓那样爱才的教授还是希望钱氏能回西南联大来，而且认真想办法。有一回（1940 年秋）陈福田在金碧路冠生园设便宴，与外文系的清华教授商谈系务并决定研究生论题。"席间议请锺书回校任教，忌之者明示反对，但卒通过。"【1】

通过也没用。

而照我们一般人回头看，钱锺书走了也好，不然就不会有那部脍炙人口的《围城》了。这部小说虽以湖南蓝田国立师院为背景，但"三闾大学"（北大、清华、南开？）的故事显然有西南联大，尤其是外文系的影子。

　　补记： 书稿三校后读到杨绛先生新发表的《钱锺书离开西南联大的实情》（《书摘》杂志 2003 年第 9 期），很受启发，使人对问题的认识又深了一层。钱锺书在致沈履和梅贻琦的两封信中，就家庭方面的原因（"老父多病，远游不能归，思子之心形于楮墨，遂毅然入湘，以便明年侍奉返沪"）说明了自己的"难言之隐"。在此之前两个多月，钱锺书也致信西南联大外文系主任叶公超，大致有所说明，但叶公超一直没有答复。拙文《钱锺书何以离开联大》，也许能说明叶公超这一边何以一直没有答复的原因。两边都各有"隐情"，成了不谋而合。（2003 年夏）

【1】《吴宓日记》第 7 册，生活·读书·新知三联书店 1998 年版，第 141、258 页。

再说靛花巷

　　中央研究院历史语言研究所在靛花巷只有一年左右，北大文科研究所在靛花巷的时间也不长，不久都先后分别迁往北郊龙头村、棕皮营。但靛花巷3号也没空着，那里又住进去西南联大的一些青年教师，其中一位叫夏济安。

　　夏济安的名气没他弟弟夏志清大。夏志清毕业于美国耶鲁大学英文系，获博士学位，长期在美国各大学任教，著述甚多，他那本《中国现代小说史》（1979年被译为中文在台北出版）在大陆影响甚大，十多年前的"重写文学史"论实导源于此。但夏济安（1916—1965）也非等闲之辈，早年毕业于上海光华大学英文系，20世纪40年代任教于国立东方语专（今呈贡区斗南村）、西南联大和北大外文系，50年代任台湾大学外文系教授，创办《文学杂志》并任主编。该刊以"继承中国文学的伟大传统，从而发扬光大之。……我们希望因文学杂志的创刊，更能鼓舞起海内外自由中国人写读的兴趣"为宗旨，在台湾影响极大，白先勇、陈若曦、叶维廉、李欧梵等著名作家、学者均出其门下。夏济安后任教于美国华盛顿大学和伯克利加州大学，著译甚多，内中以《夏济安日记》为奇，这本日记的一半多就是在昆明青云街靛花巷3号写的。

　　日记和日记不同。有的纯粹是文学作品，如丁玲的《莎菲女士的日记》；有些虽属个人日记，但在出版前本人一般都做了不同程度的删改，其史料价值不能不打点折扣。夏济安这本日记则不同，是作者逝世后其弟在整理遗物时发现的。做弟弟的鉴于兄长这本日记具有很高的史料价值和一定的文学价值，于20世纪70年代中期交台湾《中国时报》副刊"人间"连载，接着出了单行本，半年内就重版两次，受到台湾及各地华人文化界的关注。

　　这本日记最可注意的是两点：一是写了作者对西南联大一位女生的苦恋；二是写出了在抗战胜利后初期，一个比较西化的知识分子对时局的矛盾心态。当时的夏济安30岁，是西南联大外文系的青年教师，教大一英文，倾心于班上一位女生 R.E.，可惜是单相思，日记多处写到他对此女生的观察，如：她"坐在第一排"，"她好像知道我有意思，从不敢用眼睛正视我"；"她总是不敢看我"；"她的座位是在阳光下，我有时站的位置，把阳光遮住，我的头的影子，恰巧和她的面庞接触，她不知觉得不觉得？"诸如此类。更绝的是夏济安察觉同班另一个女生杨耆荪（化学系系主任杨石先教授的女儿）已发现他的秘密，日记中说他对 R.E. 的注意，"全班似乎只有一个学生在疑心着"。当他在课堂上指出 R.E. 的英文作文中一个句子的语病时，他"同时对她（注：指 R.E.）一笑，不料这位杨小姐竟注意了，亦回头向我笑的地方看去。今天她们两位都坐在第一排（第一排就是她们两人），杨在外面，R.E. 在里面。我为了避嫌疑，已经尽量把我的目光分布到全班每一人，可是我还发觉，杨向 R.E. 瞪过一眼，这一眼里充满着不友善的光。R.E. 倒只当它没有这回事"。

在大学里，青年教师看上一个女生，很正常，但夏济安对"师生关系"这一层仍多顾虑，想过"先得把师生关系解除后，才可开始另一种关系"。有时又很形而下，说："我现在自觉欲望甚强，对女人大感兴趣。"虽然单恋 R.E.，"但别的女人对我未始没有诱惑。非但女人而已，洋房、汽车各种物质享受，我无一不喜"。有时又自责想入非非，说"动机这样不纯正"，想"吃她豆腐"，等等。日记作者爱用弗洛伊德学说做自我心理分析（从日记内容看，夏氏年轻时的恋母情结很明显），有时无奈也买本《手相学浅说》来读。从研究性心理学的角度看，夏济安是名人（国际公认的研究中国新文学的专家），这本日记作为独特的个案，其价值远非一般社会调查得来的材料可比。

据夏志清在一篇文章中说，哥哥"济安对女性美的感受力"比他强得多，但"济安一直到最后，见了自己所爱的女子，多少还抱着些'恐怖'的心理。因为'恐怖'的作祟，终身没有一个以身相托、矢志不移的异性知己"[1]。夏济安早年常在由林语堂任顾问编辑的《西风》杂志上发表一些译述的文章（署名夏楚），这杂志我手边有若干册，1939 年正月号上就有一篇《交结男友须知》，是为少女们提供指导的。文章将男子分为健汉型、处男型、世故型等六类，告诉少女们如何用不同的方法与不同类型的男子交际。文中为处男型如此定位："这种人年纪已经不轻了。见了女子有些难为情，但很有自信力。受过良好教育，学术有专门的地方。有眼光、善品评。"我读了好笑，觉得夏济

【1】夏志清：《兄济安杂忆》，见《鸡窗集》，上海三联书店 2000 年版，第 194—195 页。

安像是在说自己。

夏济安的单恋有三次，第一次上海（1943 年），第二次昆明（1946 年），第三次台北（1952 年），都无结果。这本日记时限是 1946 年 1 月至 9 月，昆明部分止于 5 月 10 日，女主角的姓名发表时夏志清改为 R.E.，我据日记中的线索，稽之史料，知其真名为李彦，湖南长沙人，1945 年考入西南联大文学院历史系，西南联大结束后转入北大教育系。今天如果健在，当是年近八旬的老太太了。在此向老人表示祝福。

《夏济安日记》的另一重要内容是作者在 1946 年的特殊政治环境中的矛盾心态。西南联大知识分子作为一个特殊的群体，在继承三校优良传统上是一致的，但在政治上，尤其是在对敏感问题的态度上，毋庸讳言，是有分歧或有微妙差别的。部分西南联大教授的十一学会之所以活动不下去，其原因即在于此（见《冯至在昆明》）。如今遇上个"东北问题"，让许多西南联大知识分子感到困惑，夏济安也不例外。

二战结束，伪满洲国瓦解，本不应有什么东北问题，但 1945 年 2 月美、英、苏三国弄了个《雅尔塔秘密协定》，划分二战后的势力范围，其中有苏联在中国东北利益之条款（此为苏联答应出兵打日本的条件之一），这是国际强权政治的结果。加之二战后中国的政治生态环境，使所谓东北问题不但复杂，而且微妙。据史料，1946 年 2 月 22 日西南联大教授 110 人联名发表《对东北问题宣言》，要求苏军撤出东北。三天后，东北社和法学会在新校舍（即今云师大校本部）草坪举行东北问题演讲会，傅恩龄（外文系教授）、冯友兰（哲学系教授）、查良钊（教育系教授）、雷海宗（历史系教授）、燕树棠（法学系教授）等讲话，会后数百人游行，要求苏军撤出东北。

夏济安是青年教师，当时默默无闻，表态不表态并不引人注目，像闻一多这样的名教授则不同，当时有人找闻签名，闻就有所警惕，打听了一下，知道签名活动有国民党背景，与吴晗商量后，未签名。[1] 夏济安不是教授，不需要他签名，但游行参不参加呢？心情很矛盾。他在日记中这样记："我没有去开会，可是游行过靛花巷的时候，我站在门外看，却没有勇气参加，我曾经说过要去参加，临时却又畏缩了。到底怕什么呢，就是怕'清议'。今天这次游行虽不一定就是国民党发动，受到国民党的赞助是不成问题的，既然有国民党

【1】据吴晗《拍案而起的闻一多》。

的份，加入进去就好像不清不白了，爱惜羽毛的人，虽然很赞同这件事，可是没有勇气站出去。"

这可见夏济安是"很赞同"这次游行的，之所以不敢参加，是怕别人说他跟国民党跑，怕"清议"。这种态度从他对一些未签名者的议论更可以看得清楚。卞之琳（外文系副教授）是夏济安的好友，未签名，他在日记中议论："联大一百多教授为东北问题发表宣言，未签名者尚有多人，如卞即其一。他们因此事为国民党所发起，不愿同流合污。故心里虽或主张东北应归中国，却不愿公开发一声明，以示不受利用。"又说那天"下午联大草坪上有公开演讲会（这次闻一多等不露脸，由'右派'教授如查良钊、雷海宗、燕树棠等出马）"。当时"一二·一"惨案刚发生不久，学潮尚未结束（公葬仪式3月17日举行，晚于此次"东北问题"游行半个多月），联大的左、右阵线已趋分明，这在夏济安日记中也有鲜明的反映。"参加反政府的游行，虽然有手榴弹的危险，却容易博'勇士''烈士'之名，故参加之人多。参加受政府赞助的游行，虽然（或因为）有宪警的保护，却易蒙动机不纯之嫌疑，洁身自好者不去。"

夏济安的政治态度中间偏右，亲国民党，疏进步社团，在西南联大，这种类型的知识分子占有相当比例。从这个角度看，《夏济安日记》对了解和研究20世纪40年代后期这一部分知识分子的心态，实在具有独特的史料价值。自然，这对我们更完整全面地认识那一代的知识分子群体，会有裨益。

六年前我写《昆明有条靛花巷》，多次去巷里转悠（巷里有文化厅宿舍），去年读《夏济安日记》，再去，巷已消失。幸好，六年前我还拍了几张照片，内有一张是当年夏济安曾经站在那里看游行的靛花巷巷口。

附记：此文首发于2000年8月的《春城晚报》，所依据的是1998年辽宁教育出版社的《夏济安日记》。在2011年人民文学出版社的《夏济安日记》（夏志清校注）中，夏志清不再使用"R.E."这个代号，直接写明《夏济安日记》"女主角"的真名李彦。（2014年冬记）

播撒现代派种子的燕卜荪

　　抗战初期，昆明北门街有个"咖啡之家"，一位常客喜欢独自坐在那儿边喝咖啡，边抽烟，边看书。他是西南联大外文系英籍教授威廉·燕卜荪。20世纪40年代现代主义在昆明的兴起，与这位英国诗人有极大的关系。

　　燕卜荪（1906—1984）早年在剑桥大学攻读数学与文学，20世纪30年代初在东京大学执教，1937年来华任北大教授，后来滇任教于西南联大。1939年回英国入伍，被派到一个情报机关工作（一说在英国广播公司任中文部编辑）。二战后又回到北大执教至1952年。回英国后任菲尔德大学教授。1978年晋封为爵士。

　　据杨周翰先生介绍，燕卜荪的作品数量不算多，先后刊行的有《诗歌》（1935年）、《酝酿中的风暴》（1940年）和《诗集》（1955年），所反映的是一种痛苦、悲观的情绪，形式严谨，思想凝重，明显地受玄学派和艾略特的影响，在英国二十世纪三四十年代新诗中占有独特的地位。

　　但这位英国诗人并不是用自己的作品来影响学生。燕卜荪讲莎士比亚，据说在湖南，由于找不到《莎士比亚全集》，讲《奥赛罗》时全凭他的记忆整段整段地背出来，写在黑板上给大家念，然后一一讲解。他讲英国当代诗歌，但教材里无他的作品，他主要讲艾略特、奥登等人的诗作。关于这部分内容王佐良讲得明白，他说当时（二十世纪三四十年代）——

　　　　中国新诗也恰好到了一个转折点。西南联大的青年诗人们不满足于"新月派"那样的缺乏灵魂上大起大落的后浪漫主义，如今他们跟着燕卜荪读艾略特的《普鲁弗洛克》，读奥登的《西班牙》和关于中国战场的十四行，又读狄仑·托马斯的"神启式"诗，他们的眼睛打开了——原来可以有这样的新题材和新写法！【1】

───────

【1】王佐良：《谈穆旦的诗》，见《中楼集》，辽宁教育出版社1995年版，第183页。

这段话涉及中国新诗的流派与发展问题。

我对诗歌素无研究，弄不清名目繁多的流派渊源。但也有个粗浅的印象：一大派偏重继承民族诗歌传统，另一大派偏重借鉴外国诗歌新潮。前者又可再分为两支，一为继承古典诗词，一为继承民间歌谣。后者也可分为两支，一以苏俄诗歌为马首，一视西方诗歌为圭臬。实际情形当然比较复杂，往往你中有我、我中有你，艺术上并不泾渭分明。但也不是混沌一片，无迹可求。概而言之，在20世纪30年代末至40年代，前一派以民歌为主流，普罗色彩重，中心在延安；后一派以现代派为新锐，文人色彩浓，中心在昆明。王佐良说中国新诗到了一个转折点，实际范围只限于后一派，干脆叫学院派吧。这一派（学院"派"并非流派）在20世纪20年代后期至30年代初，新月派唱了主角，很是风光。但随着徐志摩的归西和闻一多从诗坛淡出，以及后起之秀陈梦家的转向考古，新月派已风光不再。再加上时代环境的变迁，人们颠沛流离，时时感受到战争阴云、乌云的气压，新月派那种缺乏灵魂上大起大落的后浪漫主义自然难以满足学院派诗人们的精神要求了。燕卜荪的到来，这位诗人兼批评家对西方现代诗歌第一手的（而不是经手二传的）导读与传播，让西南联大的学子看到了诗歌的另一片新天地。他点燃了一把火，然后走了。

这就是燕卜荪教授对中国诗坛所做的贡献。

燕卜荪在昆明时间不算长，从1938年暑期随文法学院由蒙自迁回昆明，到1939年夏返回英国，不过一年。他与云南大学法籍教授邵可侣（法国军事代表团驻昆办事处新闻室主任）一起住在北门街78号。那里是中华圣经公会西南区会的会址，负责中国西南地区《圣经》的发行业务（该机构在金碧路的锡安圣堂开设了一个销售《圣经》的门市部）。

昆明的豪宅，南城以巡津街（以及巡津新村）居多，那里有著名的止园（梁思成、林徽因夫妇一度在此居住）和裴公馆，设施一流的甘美医院、花园饭店和商务酒店也在这里，有一点租界气息。在北城，豪宅名园要数北门街（以及翠湖东路）为多。除广为人知的唐家花园（1946年春林徽因在此养病）外，还有螺翠山庄（主人张维翰曾任云南省民政厅长和重庆国民政府内政部政务次长）和郑庄（主人是进步实业家郑一斋）。较之上述豪宅，北门街78号也不逊色。燕卜荪曾邀约赵瑞蕻等几个西南联大学生到那座花园去玩，赵留下的印象是：

那座房子相当漂亮，三四间明敞的房子竖立在一片小丘山青紫的岩石上。房子的周围是一个很大的美丽的花园，有堆积迂回的精巧的假山，有雅致的亭台。……室内的陈设和装饰都带有十足的法兰西风味，敞开的明窗上低垂着草绿色的纱帘子。靠右手，摆着一架大钢琴，琴上面白墙上挂了一张 19 世纪法兰西一代风流美人瑞嘉米叶夫人的半身画像。……有一只肥大的暹罗猫蜷卧在壁炉底下，做着异国的清梦。[1]

诗人燕卜荪热爱他的祖国，对中国也怀有深深的感情。当欧洲战云弥漫，英国受到德国法西斯直接威胁的时候，燕卜荪将他的全部书籍送给了西南联大图书馆，离开幽雅的北门街，拖着他那双破皮靴，日夜兼程，赶回他的祖国。

但这位英国学者留给昆明的不仅仅是书籍，还有他播下的现代诗的种子。燕卜荪走了，以穆旦为代表的新一代诗人在昆明成长起来。

【1】赵瑞蕻：《纪念威廉·燕卜荪先生》，见《西南联大在蒙自》，云南民族出版社 1994 年版，第 180 页。

以中国为母国的柏西文老人

云南历来是内地移民区，昆明尤甚。在老武成路下段南侧有两条背街，一条叫大富春街，一条叫小富春街。何以得名？原来明末有一次移民潮在昆明出现，其中一批来自江南（也许是随南明永历帝西迁的吧），另一批来自北方（先是张献忠的"大西军"余部，后是吴三桂率领的清军）。江南来的大多集中于武成路西南一带盖房安家，逐渐形成街道后以江南的美丽河流富春江命名。这些江南人氏还在武成路中段建浙江先贤祠（今武成小学东侧、原国际美发厅背后）。到了1929年，在先贤祠成立了一所英语学校，名私立达文学校，但学校与浙江无关，它的主持人叫柏励，字西文，以柏西文（亦作柏希文）名世。他的父亲是法国人、母亲是广东人，他的西文名中译为西蒙·丹尼尔·柏励，其父亲曾任职于法国驻上海领事署，母亲和父亲都是天主教徒，出生于中国的柏西文从小就读于教会学校，并去英国学习，还去过日本和越南。

柏西文与云南的关系源于在桂林与蔡锷的结识，其时蔡锷在广西训练新军，视柏西文为人才，聘其任桂林广西陆军小学堂教官。1911年蔡锷调任云南新军标统，柏西文亦随其后，于1913年入滇，开始了他在云南度过的后半生。

来昆明初期，柏西文担任蔡锷的外事秘书兼翻译。1915年护国起义，凡是发往世界各地的电文，都是柏西文用英文、德文、法文翻译的。

但柏西文的主要贡献是在英语教育方面。他1915年创办英语学会（不是研究会，其性质为英语学校），地点在昆明南门清真寺（今百货大楼老楼北侧）。柏西文又与驻昆英国领事达成协议，每年考选一名学生入香港圣士提凡学院补习英语，费用由香港提供；预科毕业经考试通过，便可获英国公费进香港大学深造。英语学会1928年停办后，柏西文又创办私立达文学校，自任董事，其高足李国清任校长。这所英语学校也为云南培养了不少人才，其中的佼佼者以后考入西南联大和云南大学，内中郑永福等[1]三人又赴美留学，分别进入哥伦比亚大学、哈佛大学及南加利福尼亚大学，并都取得硕士学位，回滇报效桑梓。

柏西文由于特殊的家庭背景和丰富的经历，深感办教育事业对一个地方之重要。他不但为培养英语人才尽心尽力，而且是创办东陆大学（云南大学前身）的积极推动者。1922年东陆大学筹备处成立，柏西文是筹备员之一[2]。柏西文还曾任云南大学英文教授。

柏西文兼事翻译。云大教授徐嘉瑞一度在达文学校任英语高级班教员，两人交谊笃厚，商定合作翻译狄更斯的一部名作，定名《二城故事》（即人们熟知的《双城记》），主要由柏氏口述，徐氏据信、达、雅原则做润色加工译成。据说约经两年译完，成一铅印本，可惜笔者无幸见到。近询之于徐氏嫡孙徐演先生，称或许是石印本，但他也未见过。徐嘉瑞早年自学英语、日语，译过《恺撒大将》，这与林纾有所不同，但柏、徐两位合作翻译的方式也不免让人想起林纾，为当年的昆明文化界平添了一段佳话。

柏西文也做普及工作。昆明早期影院放外国影片无幻灯字幕，聘请讲解员坐在专席上即兴翻译讲解。劝业场的大众电影院（今五一电影院的前身）的讲解员很特别，据说他工作时总拿着水烟袋，不知是外语水平不高，还是工作不负责任，这位先生常常在翻译时离开剧中对话随意为之，信口开河。有一次，片中剧情是在一家咖啡店里，侍者对来客说了两句什么，这先生却译为"要哪样？要饵快还是要米线？"一时在西南联大师生中传为笑谈。[3]另据作家萧乾讲，他看电影时见到一个"解说小组"，坐在正中的一位"白发老人"，人称"白老师"，"由白老师小声译出，然后再由旁边的年轻人大声嚷出"。结果闹了不少笑话，他们将男的一律叫约翰，女的一律叫玛丽。后来萧乾去访那位白老师，知其父母中的一方是法国人，老人"英语很不错"[4]。很显然，萧乾讲的这位白老师即柏西文，以柏氏之一贯作风来说，绝不可能乱译，很可能是做"传译"的年轻人不负责任。但这都是抗战头两年的情形，1940年现

【1】郑永福先生是柏西文的高足。关于柏西文的生平及业绩，参考了郑先生写的《云南外语人才的拓荒者——纪念我的老师柏西文先生》，见《五华文史资料》第3辑。

【2】董雨苍：《东陆大学创办记》，见《云南文史资料选辑》第7辑。

【3】《北大与清华》上册，国家行政学院出版社1998年版，第173页。

【4】萧乾：《昆明杂记》。

代化的南屏电影院建成营业，昆明的影业大为改观，所有影院都开始用幻灯打中文字幕。大凡文艺性的外片，如《奥赛罗》《哈姆雷特》《罗密欧与朱丽叶》和《魂断蓝桥》等，几家影院都请柏西文精心翻译，文辞优美，译笔流畅，大受欢迎。后来"南屏"聘请了专职的英文秘书。

柏西文与抗战初期在昆明的中外文化名流也多交往。据《吴宓日记》，1939年7月12日，诺曼·法朗士与西南联大外文系教授威廉·燕卜荪在昆明大旅社设宴两席，吴宓帮忙排定座次。"客中西各半，有中法合裔、久在此任教师的老人柏励君，及美国总领事迈耶夫妇，梁思成、林徽因夫妇等。"还有叶公超。柏先生居首座，可见受人尊重。[1]老人也很佩服燕卜荪，宴请过这位英国诗人，并多次促膝谈心，还聘请这位联大教授来达文学校为高级班讲莎士比亚的《哈姆雷特》，让学生开开眼界，见识见识牛津大学教授的授课方式和英国诗人的风采。

作家楚图南与柏西文也多交往，并对这位老人有相当深的认识。他亲眼见到柏西文授课的情景："一个鹤发童颜、精神矍铄的'洋人'，仍在暗夜的灯光下，在古庙似的浙江先贤祠，教育着云南的青年，和他们讲着古代和远方的文艺理想和梦想。真挚的爱与健康的热情，不断地从老人微笑的嘴角和眼光中流露出来。而面前寥寥的几个学生，总是静悄悄的。"[2]

柏西文办学相当艰难。起初，从校长、教员以至司书、工役，差不多全由柏西文一人兼任，可惜辛辛苦苦培养的学生，有不少"每每将近学成，总是投考了邮局和洋行、公司，当雇员去了"，这使老人伤心。他叹息着对楚图南说："栽几亩地的宝珠梨，哪怕能结一个果实也是好的。""宝珠梨"还是结出了的，并且不止一个，只是老人未能亲眼见到，所以心境十分寂寞。楚图南被老人感动了：

> 这是一首现实的生命的诗歌，这是活着的诗人教育家的榜样！
> 我被感动了，心中这么说着，同时也知道了在茫茫的人海，在闭锁着的山国，在庸陋浅薄的云南社会，这个寂寞的老人，却在为着一个宝珠梨的产生，偶偶凉凉地，在大街上，在教室里，在破败的小

【1】《吴宓日记》第7册，生活·读书·新知三联书店1998年版，第27—28页。
【2】楚图南：《诗人教育家柏希文先生》。此文写于1941年初。

楼上，在微弱的灯光下面，奔走着，讲说着，工作着，三十年如一日！而周围的社会，面前的一切，仍然是一片无边的无岸的旷野和沙漠。[1]

柏西文先生于 1940 年底病逝，享年 76 岁。经门生及社会贤达向省府请求，择地公葬于昆明西山华亭寺左侧 100 米的墓地，并立碑文。碑文简述先生之生平及贡献，也提及先生之学识及爱好："八岁赴英国，治英文、德文、拉丁文。博览世界名著。十六岁以苦学病归，愈致力于文学、历史、政治、经济、教育、哲学诸科，自苏格拉底、柏拉图至肖白纳（萧伯讷）、托尔斯泰、高尔基之书无不读，尤推重莎士比亚之戏剧，麦考莱之论文，司各德之小说，吉朋之历史。精钢琴，常演奏竟日于瓦格涅、悲多汶、肖邦、穆差尔特之名曲。"（瓦格涅、悲多汶、穆差尔特三位作曲家，今通译为瓦格纳、贝多芬、莫扎特。）碑文于先生之爱国心尤为赞颂，谓先生："尤爱中华文化，信中国必胜。以母关氏粤人，生于粤，以中国为母国、广东为故乡，护国之役为蔡公草电文，昭正义于世界。抗战而后，宣传尤力。一生无家庭、无财产、无宗教。以勇气鼓舞青年，以知识哺育青年，以青春之力给予青年。瞻其颜色，几忘人间尚有衰老、疾病与死亡。"

西山的柏西文墓、碑尚存。云南感谢这位老人，愿他安息、长眠。

【1】楚图南：《诗人教育家柏希文先生》。

我也"见"过温德

前些年读杨绛先生的《杂忆与杂写》，知道西南联大外文系有位温德（Robert Winter）教授，很有个性，也有些传奇色彩，叫人感兴趣。后来读别的书也就留意于此。恰巧我的两位中学老师也认得温德先生，前去请教，更增加了我对这位美国教授的了解。

温德出生于美国印第安纳州印第安纳波利斯城附近，芝加哥大学硕士。后留学法国，归国后任芝加哥大学副教授，教法文。闻一多留美时就认识温德并建立了友谊。温德想翻译闻一多的作品，请作者与他合作。温德还有意邀请闻一多翻译中国旧诗。可见温德很早就对中国怀有友好的感情。1922年，闻一多与一位清华同学联名给清华校长写信，推荐温德到清华教法文。[1] 第二年，温德来华，由吴宓推荐任南京东南大学外文系教授。1925年与吴宓一起转任清华大学外文系教授，讲授法国文学、英国文学和西文艺术史。杨绛先生在《纪念温德先生》一文中说，五十多年前她肄业清华研究院外文系时曾选修温德的法国文学课，钱锺书先生在清华本科也上过两年他的课。不说别的，就凭这，这位美国教授也够让人肃然起敬了。

之后，温德来到昆明任西南联大外文系教授，讲授英诗和莎士比亚等课，深受学生爱戴。1940年云南省立英语专科学校成立后，温德又在英专兼课。

温德到昆明初期，住在北门街唐家花园的清华宿舍。那里原系唐继尧的私人戏台（其址在今云南省歌舞团后院），年久失修，只能将就点作为临时宿舍。住在里面的有十几位清华教授，除温德外，还有朱自清、金岳霖、陈岱孙等。后来温德将主要精力放在英专，就搬到云瑞中学（今云瑞西路一带，英专旧址）去住，那里离兴隆街（今五一路与光华街的夹角内，英专新址）很近，步行七八分钟可达。

金禄萱先生（已故）是我读昆明一中时的英文老师，英专首届毕业生。据

【1】闻黎明、侯菊坤编：《闻一多年谱长编》，湖北人民出版社1994年版，第200—201页。

金老师讲，温德年轻时很浪漫，有位小姐追求他，他不领情，离开美国去了加拿大、英国。该小姐穷追不舍（美国小姐作风！），他又来了中国，那位小姐只好作罢。

金老师讲的温德逸事很有趣。闻一多1922年给梁实秋的一封信也这样说温德："他是独身者，他见了女人要钟情于他的，他便从此不理伊了，我想他定是少年时失恋以致如此。因为我问他要诗看，他说他少年时很浪漫的，有一天他将作品都毁了，从此以后，再不作诗了。"【1】讲得笼统一点，不像金老师说得生动、具体。我猜想，温德在英专与中国学生相处得不错，大约是哪天高兴了，故事也就顺口说了出来。

温德在昆明仍保持西方饮食习惯。据金老师说温德自备做面包的小机器一台，天天吃"自助餐"，这也是很特别的。

但温德也有其严肃的一面。据吴宓日记，1942年5月7日吴请温德在一家餐馆吃晚饭，"Winter忧时，悲观。知其老且衰矣。并悉英友France君在港陷后自杀。"【2】文字简约，不得其详。"忧时"自然是忧二战的形势，这从英国友人"在港陷后自杀"一句即可看得明白。至于年龄倒还不能算"老"，温德生于1886年，其时56岁，比一般中国教授是要大些（时吴宓48岁，闻一多43岁，吴晗33岁）。问题不在于年龄，而在于一种近乎中国式的忧患意识。温德热爱中国，生活在中国，对中国的情形相当了解。某日，吴宓去云瑞中学看望温德："又谈国事。Winter谓世界古今，当国家有大战，危机一发，而漠然毫不关心，只图个人私利，或享乐者，未有如中国人者也！"【3】

这个批评是很尖锐的。一定是大后方的许多消极、阴暗面使温德产生了这样的看法。不说别的，就从吴宓日记中的一鳞半爪，也能看出温德先生的看法不是没有根据的。

1941年前后，吴宓住玉龙堆西南联大教授宿舍。玉龙堆是旧名，即今翠湖北路云南省群众艺术馆至原昆明市体委一带，环境是不错的。住在玉龙堆宿舍的大多是单身教授，多人共居一室或里外间，难免相互干扰。吴宓与陈省身（数学系教授）住里间，外间很乱，通宵打麻将、抽烟是常有的事。试看1941年、1942年吴宓日记中的几则：

【1】闻黎明、侯菊坤编：《闻一多年谱长编》，湖北人民出版社1994年版，第200页。

【2】《吴宓日记》第8册，生活·读书·新知三联书店1998年版，第292页。

【3】《吴宓日记》第8册，生活·读书·新知三联书店1998年版，第260页。

11 月 18 日："晚 8：00 寝，而诸人在堂中斗牌吸烟，致宓直至夜半不能入寐。烟刺宓脑齿并痛，苦闷极矣！"

1 月 9 日："外室诸人斗牌喧闹至深夜。"

1 月 24 日："是日，同舍诸君，共客在外室斗牌，凡二桌，自下午 2：00 至夜 1：00，喧闹特甚。"

偶尔玩玩倒也罢了，1 月 24 日正是期末，学校照样上课，还没考试，这些教授居然摆上两桌，从下午 2 点打到半夜，也真太那个了。当然，对教授也不能苛求，一般百姓何尝不是？其时玉龙堆宿舍的一位叫罗启丰的厨役病死，就住在楼下，其兄来收殓。吴宓日记（1942 年 2 月 16 日）有下面一段记录："舍中罗厨役启丰丧，请僧道击鼓鸣锣诵经。继则守灵诸人掷骰聚赌，喧闹终宵，致宓此夜几于无眠。"[1]

一时之间，社会风气如此，学府又能如何？温德先生不一定亲眼见过此等情形，但他那则对中国人的评论就在此一时段（罗厨役丧事半个多月后），只能认为是很有针对性有感而发。

温德对中国人的评论或许与他的马克思主义背景有关。据杨绛先生的文章说，温德也许是最早在中国向学生推荐和讲授英共理论家考德威尔名著《幻象和现实》的人。我的中学老师黄清先生毕业于西南联大文学院历史系，他常去兴隆街英专（黄老师有弟黄澄先生在英专毕业留校任教），也认得温德。黄老师告诉我，温德先生还常对学生讲马克思主义。这么说，这位美国学者是将马克思主义从北京一直讲到昆明了。这一点，更使我对这位从未见过面的温德先生肃然起敬。

其实说我未见过温德先生也不很准确。五十多年前昆明人将美国人叫"老美"，陈纳德的飞虎队来昆明后压住了日本飞机的威风，昆明的安全感大为增强，昆明的年轻人和孩子常常一见美国人就迎面竖起大拇指，用中国话提高嗓门说："老美，顶好！"老美也往往笑着回应一个中文单词："顶好！"那时我家住在福照街南口，读景星小学（在今花鸟市场），光华街一天要走好几遍，而这正是温德先生从云瑞中学去兴隆街英专上课的必经之路。应该说，在

---

[1]《吴宓日记》第 8 册，生活·读书·新知三联书店 1998 年版，第 202 —251 页。

这条路上，也许我早就不止一次"见"过这位五十多岁的老美了，但那时的我不过是小学生一个，哪里会晓得什么温德不温德呢。

抗战胜利后昆明政治风云突变，1945 年底发生了震惊中外的"一二·一"惨案，温德先生满腔义愤，亲自去昆明警备司令部，面斥国民党关麟征的罪行[1]（由外文系英籍教授白英的夫人、民国初年曾任总理的熊希龄的女儿熊鼎女士任翻译）。温德后来告诉杨绛先生，闻一多遇难后他为张奚若先生的安全担忧，每天坐在离张家不远的短墙上遥遥守望，还自嘲说："好像我能保护他！"

温德先生不但可敬，有时也让人觉得天真、可爱。据杨绛先生的文章说，1949 年以后这位在清华任教的老人（这时是真的老了）还背着点儿"进步包袱"，且时有"情绪"。他最大的"情绪"是不服某些俄裔教员所享受的特殊待遇，说他们毫无学问，倒算"专家"，月薪比自己高出几倍。杨绛先生对温德说："你凭什么和他们比呢，你只可以跟我们比呀。"这话他倒也心服，因为他算不得"外国专家"，他只相当于一个中国老知识分子。

温德背"进步包袱"还有一例。杨绛先生说新中国成立初期一位同事（早年也是温德的学生）劝温德用马克思列宁主义来解释文学，但这位同事的观点过于偏狭，简直否定了绝大部分的文学经典。温德很生气，对杨绛先生说："我提倡马克思主义的时候，他还在吃奶呢！"[2] 瞧，这位老美摆老资格的口气都中国化了。

但温德还不算一个中国人，他的情形似乎与沙博理他们不同。可温德算不算美国人也是个问题，因为他的美国国籍早就放弃了。照温德自己的说法，他的护照已过期多年，他早已不是美国人了。

温德先生终身未婚，但高寿，1987 年仙逝，享年 101 岁。幸好，上一年的最后一天北大为温德先生祝寿，让老人愉快地度过了自己的百岁华诞。

温德先生从从容容地走了。

我遥望这位在昆明度过 8 个春秋的异国老人缓缓走向天国。

【1】〔美〕罗伯特·白英：《中国日记（1945～1946）》，见《云南文史资料选辑》第 30 辑，第 310 页；《国立西南联合大学校史》，北京大学出版社 1996 年版，第 144 页。

【2】杨绛：《杂忆与杂写·纪念温德先生》。

白英教授：中国人民的朋友

西南联大外文系有好几位外籍教师，其中一位叫罗伯特·白英（Robert Payne），英国籍，是学者，也是作家，还是中国人民的朋友。

白英 1911 年生，曾先后就读于英、法、德及南非等地的大学。做过记者，珍珠港事件后来到中国，在重庆英驻华使馆供职。1943 年由英使馆介绍来西南联大，任教授，讲授英国诗史和现代英诗。1946 年离开西南联大赴美定居。他的夫人是 1913 年任中国总理兼财政总长的熊希龄的女儿熊鼎。

西南联大教授讲课风格不同、风采各异。"白英讲诗只写黑板，他用左手写字，结果听课不闻其声，只见其手左右飞舞。"【1】

在西南联大期间，白英除教学外，为中西文化交流也做了一系列有益的工作。

1943 年，闻一多受英国文化界的委托，编选一本反映中国新诗成就的《现代诗抄》。这本诗选并未完成，所选作品将近两百首，见《闻一多全集》第四卷。此工作就是由白英负责联系进行的。

1943 年，白英还与金隄合作，将沈从文的部分小说译为英文，名为《中国土地》。这是沈从文第一部译成英文的小说集子。金隄是西南联大外文系学生，后来是天津外国语学院的教授，译有 20 世纪世界文学名著《尤利西斯》。20 世纪 80 年代金隄想出一个增订本，并与沈从文共同研究了选目。沈从文几次获诺贝尔奖提名，白英的译本想必也起了一定的作用。

白英不仅是一位人文学者和作家，同时也是一位工程技术专家。他的专业本来就是工程技术，曾为联大机械工程学系讲授造船学概要和造船设计，这是该系开设有关国防建设课程的一部分。开设国防课程，这既反映出当年的西南联大能根据战争环境的要求调整课程，同时也可看出讲国防建设课程的这位英国教授对中国的友好感情。

【1】许渊冲：《追忆逝水年华》，生活·读书·新知三联书店 1996 年版，第 98 页。

白英对中国的另一贡献是他的《中国日记》（最初分为《永恒的中国》和《觉醒的中国》两卷，1947 年在美国出版），这部日记具有相当高的史料价值。我读到的只是 1945—1946 年部分[1]，其中叙述了"一二·一"运动及其前后事件，十分珍贵。

白英的日记有鲜明的倾向。他对国民党政府是这么看的：

> 在过去的两年里，特别是在最近的半年里，我们无可奈何地眼睁睁地看着中国，更确切地说，眼睁睁地看着中国政府，看到他连解决最简单的问题的能力都没有……政府大权被一个家族所独揽。历来被视为高尚品德的家族之间的和睦友爱之情，如今已蜕变成了不折不扣的裙带关系：能人贤士处处碰壁，富商巨贾堕落，到了不堪设想的地步。（1945 年 1 月 9 日）

对延安则是另一种看法，他在听到"来自延安的消息"后写了一大段：

> 中国还有另一个拥有巨大权力的政府存在。这个政府对农民来说，农民生活好坏乃是至关紧要的，与之相比，其他问题通通都是次要的，甚至是微不足道的。对于这一点，绝大多数完全和共产党不沾边的教授和学生们都表示完全赞同。我们知道，他们在装备不足的困难条件下一直在奋勇作战，我们还知道他们曾多次和日本人在大规模的战役中较量过，而且连连获胜。我们知道的仅此而已，几乎再没有别的了。我们相信这些事实，并私下里赞扬共产党；但如果有人因此把我们也称作共产党，就未免太荒唐可笑了。（1945 年 1 月 29 日）

1945 年 11 月 25 日晚，西南联大、云南大学、中法大学和省英语专科学校四校学生自治会联合举行时事演讲会，地点在西南联大图书馆前的大草坪上。参加者六千余人，由钱端升、伍启元、费孝通、潘大逵四位教授演讲。晚会进行中，国民党第五军士兵在西南联大墙外鸣枪放炮威胁，特务乘机捣乱，切断

---

[1] 刘守兰译，见《云南文史资料选辑》第 30 辑。

电源，激起学生和群众的愤慨，几所大学酝酿罢课。

白英因大病初愈在家休养，晚会的情形有学生事后告诉他，他补记在第二天的日记中，其中有关于费孝通的一段叙述相当详细，十分宝贵。下面摘抄一小节：

> 当举世闻名的社会学家费孝通博士登上讲台开始讲演时，看来已快近八点了。他声音低沉，我们（注：指学生们）简直听不清楚他在讲什么。他开始说："我一直在考虑，我为什么要在今晚这样一个黑暗的夜里给你们讲话，但我最向往的是和平——""和平"两字话音刚落，就听到枪声四起。这回毫无疑问，那枪是故意放的。子弹从联大围墙外射了进来，我们能看到弹头在我们头顶上咝咝掠过，有的还落在图书馆的瓦屋顶上噼啪作响——子弹飞得越来越低，我们赶紧低下了头。这时，电灯忽然熄了，扩音器也不响了，费先生于是提高嗓音说道："我请求你们大家不要害怕——让我大声疾呼，用我的声音压倒枪声。"讲到这里，全场响起了雷鸣般的掌声。接着枪声比先前更响了，黑暗深处响起了迫击炮声；冲锋枪、机关枪疯狂地射击着，然而他仍坚持讲下去。子弹呼啸着掠过他的头顶，离他的头皮只有几英寸，但他毫不退缩，仍继续讲着。

读着白英日记的这段文字，真是惊心动魄，也让人对至今仍健在的费孝通先生肃然起敬。

学生会请的四位教授是经过再三斟酌的：两位是国民党员，一位民盟成员，一位无党派人士。这有利于团结多数、扩大影响，所以没请闻一多去讲，那晚闻一多去北门街看望大病初愈的白英，两人正谈着就听到传来的枪声。白英故意说："可能有人在放鞭炮吧。"闻一多说："你来中国多久了？四年了。你难道分辨不出枪声吗？"两人对时局如何发展都忧心忡忡。闻一多说："好吧，就让他们使出最卑劣的伎俩来吧！"

那晚去看白英的还有两个年轻人和一位语言学家。白英记：

> 他们离开时，电灯还没有亮。我拿着点了三支蜡烛的烛台给他

们照路，一直把他们送到街角。我还记得闻一多那长衫上的熠熠亮光。虽然周围有好几辆黄包车招揽顾客，他却一一拒绝了。我真不知道他到底能不能回到家中。

先是微弱的烛光照路，随后渐渐步入黑暗深处。半年之后闻一多最终未能再回到自己家中。这位对中国人民怀有诚挚感情的外籍教授，他的文字谶语似的预示着一位中国教授的命运。

几天后，"一二·一"惨案发生了，西南联大外文系另一位外籍教授温德先生去昆明警备司令部，面斥国民党关麟征的罪行。由白英夫人任翻译，白英亦偕往。后来他到了重庆仍念念不忘惨案，一连拜访了当时的行政院秘书长蒋梦麟（之前曾任北大校长、联大常委）、监察院长于右任和立法院长孙科，请他们在自己的权力范围内给学生们以应有的保护。他的努力虽然未能成功，但他对中国青年和学生的爱护，对中国命运的关心仍让人深受感动。

白英在昆明起先和十来位清华教授一起住在北门街唐家花园一个破旧的戏园里，那地方就在今天云南省歌舞团的后院。一年半后白英迁到一个白俄酒商的私宅里，那里原先是一个云南将军的楼房，条件比旧戏园不知好到哪里去了，还有女仆。其址大约仍在北门、翠湖一带，待考。

西南联大结束后，白英曾两度访问延安。去美国后执教于纽约哥伦比亚大学，同时继续从事沟通西方与中国的文化交流工作。1947年编辑出版了英译唐诗集《白马集》，译者都是西南联大师生，被认为是"中美学者第一次大合唱"，[1] 还出版了英文版《中国当代诗集》，篇首印着"为了悼念闻一多"[2]。作为作家的白英还著有《红色中国之行》及中国政治人物传记多种作品。

罗伯特·白英教授离开昆明已半个多世纪，如果健在，当已90高龄。我们在大洋此岸向彼岸的老人致以遥远的祝福。

【1】许渊冲：《追忆逝水年华》，生活·读书·新知三联书店1996年版，第98页。

【2】闻黎明、侯菊坤编：《闻一多年谱长编》，湖北人民出版社1994年版，第1008页。

中国通费正清

凡关心中美关系的人，怕没有谁不晓得美国有个"中国通"叫费正清的，他的弟子遍及美国外交界。费正清抗战时期来过昆明，时间是 1942 年 9 月。

费正清 1932 年就来到中国，执教清华，任讲师，讲授经济史。他在北京认识了梁思成、林徽因夫妇并与他们成为最亲密的朋友。费正清这个中国名字就是梁思成替他取的。他的英文原名为 John King Fairbank 一般译为约翰·金·费尔班克，梁思成告诉他叫"费正清"好，意思是费氏正直清廉，而且"正""清"两字又跟英文原名 John King 谐音。"使用这样一个汉名，你真可算是一个中国人了"，如果模仿美国电影明星范朋克（道格拉斯·费尔班克），也叫范朋克，听起来像中国话"番邦客"了。[1]

费正清后来取得牛津大学哲学博士学位，回美国任教哈佛。1942 年，美国政府派费正清来华，身份是美国国务院文化关系司对华关系处文官和美国驻华大使特别助理。在此之前，这位 35 岁的外交官已经是哈佛大学的教授了。

费正清此次来华的第一站就是昆明，任务是了解西南联大（主要是清华）的情况，也见见一些老朋友，特别是金岳霖、陈岱孙、张奚若、钱端升这些曾经留学美国的教授。还有外文系主任陈福田，他是夏威夷出生的美籍华人。

费正清首先拜会清华校长梅贻琦（他是西南联大的三位常委之一，实际主持工作），并走访了一些清华教授。当时美国驻昆领事馆在北门街唐继尧公馆，费正清访问了临时住在领事馆隔壁唐家旧戏台上的金岳霖（哲学家）、陈岱孙（经济学家）和陈福田（外文系系主任）等，住在"秦家祠堂"（"秦"当系"金"，即金汉鼎家祠堂，在昆明师专后院）里的张奚若（政治学家），然后又由张奚若做导游，乘军用吉普车去北郊龙头村、棕皮营，看望住在那里

---

[1]《费正清对华回忆录》，知识出版社 1991 年版，第 262 页。

的钱端升（政治学家）。本来梁思成、林徽因夫妇也是住在棕皮营的，他们已于两年前随中央研究院历史语言研究所迁往四川南溪李庄，费正清只见到女建筑师为自家设计的住宅。钱端升的住宅也在棕皮营，与梁家住宅离得很近，[1]也是林徽因设计的。金岳霖是单身，除北门街留有一个床位，他在棕皮营梁宅旁也盖了一间耳房。"参观"之后，金岳霖、钱端升也随费正清一行回到市区，参加梅贻琦在家中为费氏举行的晚宴。费氏的美国助手告诉他，梅博士的月薪不足六百元，而这次宴会的费用不下一千元。这加深了费氏对教授们生活艰难的认识。"考虑到这个问题，我们送了他才一英寸高的一瓶专治疟疾的阿的平药片，它应当能换回这一千元。"[2]

当时（1942年）昆明物价上涨，教授生活困苦，这是大家都知道的。中文系浦江清教授在日记中喜欢记账，今天读来，是十分宝贵的史料。当时清华文科研究所设司家营（棕皮营偏南一里），闻一多、朱自清、浦江清等都住在一起。浦氏 1942 年 11 月 23 日日记："研究所由一本地人服役并做饭。七八人但吃两样菜，一炒萝卜，一豆豉，外加一汤而已。每月包饭费 400 元。"这就是说，一个教授的月工资只够交一人的伙食费。当时许多清华教授疏散到郊区，但北门街 71 号尚保留有各人的单间或床位，进城集中上两三天课，然后再回乡下。从浦氏日记看，北门街的伙食要好一点，"饭菜两荤两素，六七人吃尚够。每顿有一大碗红烧牛肉或猪肉，唯米饭不佳"。但"每月包饭 500 元"（12月 2 日至 5 日），一般教授工资全搭进去还不够。据 1942 年 1 月 14 日第 204次常委会会议通过的《西南联大教师薪俸等级》，"副教授薪俸由 240 元起至400 元止"，"教授薪俸由 300 元起至 600 元止"。[3]

费正清到昆明五天后就打了报告，内中说："作为西南联大的重要组成部分，清华大学的教授讲师，正在缓慢地陷于精神和肉体两方面的饥饿状态之中。"这的确有根据，他是位学者。

但费正清既是外交官，也是美国"情报协调局驻华首席代表"，他对问题的观察不能不首先着眼于政治。他在报告中写道：

【1】棕皮营与龙头村紧挨着，"外省人"有时统称"龙头村"，棕村居北，龙村位南。
【2】《费正清对华回忆录》，知识出版社1991年版，第221页。
【3】《国立西南联合大学史料》（四），云南教育出版社1998年版，第484页。

现任教育部长陈立夫博士，在谋求严密统制中国文化知识界生活的进程中，长期以来想方设法推行控制清华及其他大学的办学方针，然而在清华大学各院系里，他遇到了留美归国而资历较深的教授的极其明确而坚决的抵制，结果是双方持续的斗争。在这场斗争中，一方是教育部和国民党当局的权力，并以他们的财政金融为后盾，另一方是决心力图维护美国式学术自由的教授们，两方进行着较量。这是一场双方实力不相等的斗争，因为教授们的财物资源（所积存的书籍、衣物，他们为了养家糊口而把这些东西出售），很快已到了山穷水尽的地步。【1】

费正清注意到的这种斗争或较量，并非始于20世纪40年代的昆明（陈立夫从1938年1月起才任教育部部长），早在国民党于20年代末刚取得政权之时，这种斗争即已开始，领头的是胡适。梁实秋也冲了一阵，他写过一篇《论思想自由》，登在1929年出版的《新月》第二卷第三期上，文章结尾梁实秋呼吁：“我们反对思想统一！我们要求思想自由！我们主张自由教育！”【2】罗隆基因为常写《告压迫言论自由者》一类文章，还被国民党抓起来过。

应该看到，这种斗争属于自由主义知识分子反对专制独裁的性质，与一般民众不挂钩，局限性是明显的。但毫无疑问，它是中国革命统一战线的一环，应当予以肯定。

费正清对这场斗争也是肯定的，而角度则大大的不同，他是站在美国国家利益的“高度”来看的。他在报告里毫不含糊地认为：这种斗争“是一场现代西方民主思想方针与古老的中国专制主义方针直接对抗而开展的搏斗”，斗争的一方是“美国培养的昆明清华大学教授”，他们“代表了美国在华的一种投资和财富”，“这些曾在美国接受训练的中国知识分子，其思想、言行、讲学都采取与我们一致的方式和内容，他们构成了一项可触知的美国在华权益，并且是此间正在进行着的斗争中一股举足轻重的力量”。【3】

来昆明没几天就掌握了情况，毕竟是情报局驻华首席代表，不简单。

费正清在昆明逗留了一星期后去重庆上任。1945年底又来过一次昆明，当

【1】《费正清对华回忆录》，知识出版社1991年版，第226—227页。
【2】徐静波：《梁实秋——传统的复归》，复旦大学出版社1992年版，第103页。
【3】《费正清对华回忆录》，知识出版社1991年版，第223—225页。

时美国驻昆领事费尔·斯普鲁斯曾邀请闻一多参加一次盛大的宴会，费正清也在座。他在回忆录中对闻一多半年后被杀害做了这样的评论："刺杀这样一位知名人士导致了戴笠的军统和 CC 派用武力压服异己，以及消灭共产党和自由主义者的努力的不断升级。这种一意孤行地使用暴力尖锐地提出了这样一个问题：美国在中国内战中支持国民党政府是否明智？" 1946 年 9 月费正清在《大西洋月刊》上发表《美国在中国的机会》，他说这篇文章的发表是由闻一多被害（1946 年 7 月 15 日）而促成的，关于美国支持国民党政府是否明智的问题，他说："我的文章认为，答案是否定的。"【1】

二战结束后费正清仍然回到哈佛大学，一面教中国历史，一面大胆地发表对中国政策的意见。从他 1932 年首次来华以后的半个多世纪中，始终致力于中国政治制度和中国外交史的研究。他关于中国问题的许多观点在西方外交界和史学界产生了巨大而深远的影响，成为西方世界公认的权威。据说他关于中国问题的看法对美国的对华政策都有相当影响。

1966 年，规模宏大的《剑桥中国史》开始编写，计划出 15 卷，由来自 12 个国家的 100 多位学者分章撰稿，费正清是两位总主编之一。从 1985 年起，这套"超级专题论文集"（费正清语）的中文译本的各卷在中国陆续出版，受到学术界的广泛欢迎和好评。留心学术前沿的人会注意到，这套《剑桥中国史》，尤其是晚清、民国以来各卷的某些观点，已经在中国学术界产生影响。

【1】《费正清对华回忆录》，知识出版社 1991 年版，第 381—382 页。

李约瑟与昆明

李约瑟（1900—1995）博士是中国人民熟悉、尊敬的国际友人，他那部洋洋数十册的《中国科学技术史》在中国广为人知，但知道李约瑟来过昆明的人不多。他来中国的第一站就是昆明，恐怕晓得这个的人就更少了。

《李约瑟与中国》是一本为李约瑟认可的长篇传记，据此书讲，1942 年秋，正值二战进入关键阶段，英国政府决定派两位科学家和学者前去访问和支援战时的中国。当时，在英国学者中懂中文者寥若晨星，初通中文并对东方文明怀有强烈兴趣的李约瑟被选中了。他的英文姓名本应译为约瑟·尼达姆，但他模仿许多西方汉学家为自己取了个中文名"李约瑟"。约瑟是他的本名，姓则略为变化，以"李"代"尼"（只变了汉字的声母），不但看起来像汉姓，且有深意存焉，表示他对中国道家、道教之始祖李聃（老子）的尊崇。他还取字"丹耀"，"丹"是道家炼丹之结晶，且又与李聃之名同音。"李约瑟"这名字融合中西文化，珠联璧合，表现出他对中国文化的感情和素养。

1943 年 2 月下旬某日，李约瑟取道印度，飞越"驼峰"来到昆明。他是以英国驻华科学使团副团长兼驻华使馆科学参赞的身份来访问的。

李约瑟对昆明的印象很好。在巫家坝机场，他看到许多美国飞行员。在给友人的信中他细致地叙写了对昆明的第一印象：

> 乘汽车进城，沿途树木成列，水渠纵横。流行的色彩是蓝色的天空，蓝色的平民所着长衫，及农夫的短衫裤，以及黄色的泥土。……石铺的街道，但人行道大半是泥土的，房屋多数是两层，一切都稍有偏窄的感觉。市容粗糙但很清洁，一切令人淡然回忆起英国村镇的街道中的乡村店铺，但是这里所有的门多数是敞门。十字路口有交通警，但来往的大多数是人力车和徒步者，另加少数大卡车。经翠湖公园，一切多少未经管理，但具有吸引力。

文字相当具体，所写昆明市容与我的童年记忆相吻合。那时的翠湖确实"多少未经管理"，比较本色，游人自由出入。李约瑟下榻的英国驻昆领事馆，地址在翠湖北路云南大学现在的校门正对面，一座黄色的花园洋房。他在信中说领事馆："有可爱的花园一座，其中有美丽的花木，树干拗成美妙书法的曲线。在我的卧室窗外有美丽的竹林，隔邻的屋顶在竹林上面……天气极像剑桥春季及秋季，无数的白嘴鸭使人心悸，倘使闭目片刻，可能使人有身居杜克福斯牧师住宅之感。"感觉太好了。这座花园洋房后来是云南省文联的会址，作家、艺术家们住在里面，挺般配的，但前几年建盖宿舍楼被拆除了，很可惜。

李约瑟在昆明三个多星期，日程很紧。他先后参观访问了西南联大、中央研究院和北平研究院的一些机构，而西南联大是重点。据西南联大校史，3月1日："梅贻琦常委主持国民月会，请英国剑桥大学李约瑟博士讲演。题为《科学在盟国战争中的地位》。"那一时期西南联大师生对国际问题十分关心，在李约瑟的讲座之后，本校教授也举行了一系列讲座，如：历史系蔡维藩讲《盟国胜利与德日挣扎》，王信忠讲《远东战局之展望》，政治学系王赣愚讲《自由主义之危机》，邵循恪讲《国际和平组织的过去与未来》，经济学系伍启元讲《经济战争与现代战争》，滕茂桐讲《国际计划经济与国家计划经济》，等等。

李约瑟还参观了西南联大物理系，由理学院院长吴有训陪同。参观图书馆时他在书架上发现了一整套牛津大学赠予的《化学会杂志》及其他杂志，感到十分欣慰。后来李约瑟多次向联大输送图书仪器，西南联大校史有"常委会会议决：函谢李约瑟教授对于本校理学院图书仪器之协助"的记载（1944年8月30日）。

李约瑟还游览了西山，于三清阁给予特别的注意。李氏日后对人说："首先看到的是两座佛寺[1]，第三个是道观，我们对后者更感兴趣。这座道观叫作三清阁，是一座劈岩而成的优美圣祠，建立在一个几乎是绝壁的半山上。"

"三清"是道家的说法，即玉清、太清、上清，为道家神仙居住的天外仙境。西山的三清阁共九层十一阁，上接云霄，下临滇池，是西山风景区的最佳去处。

【1】指华亭寺、太华寺。

但李约瑟的兴趣不在于风景，而在于对中国科学技术史的探索。李约瑟发现，中国的科学技术与道家有着非同寻常的关系。这位英国科学家当时正在为他未来那部震惊国际科学界的巨著《中国科学技术史》做准备。

《中国科学技术史》（台湾版中文译名为《中国之科学与文明》）卷帙浩繁，专业性强。据介绍，这部著作不仅仅着眼于史料的发掘和整理，而是将科学史同思想史、社会经济发展史有机地联系起来，并且对中西文化进行比较研究。李约瑟在这部著作中提出的一个尖锐问题是："既然能有这么多早期科技成就，为什么中国人没有发展出近代科学呢？"我不懂自然科学，只大致读过第一卷导论。我相信，任谁找李约瑟大著中自己感兴趣的一本来读（全书7大卷34册，通读的人大概不多），都会受到启迪。

令人感兴趣的是，我国著名彝族学者刘尧汉先生也对道家十分关注，他在1985年出版的《中国文明源头新探》中提出了一个崭新的观点，认为金沙江两岸的彝族文化是中国文明的源头。在这本书中，刘尧汉从不同角度考察论证了彝族文化与道家文化的血缘关系，认为彝族现存的祖灵葫芦和虎宇宙观是远古虎伏羲氏族部落的自然崇拜和图腾信仰，即其原始宗教，也可简称为羲、炎、黄时代的"原始道教"。尔后一直流传于民间，经老子的抽象概括而形成道家哲学体系，再经庄子系统阐发而更加完善。刘氏举出的例证很多，如：中国许多民族都有人从葫芦里出来的神话传说，《诗经》中就有"绵绵瓜瓞，民之初生"（瓜瓞即葫芦）之句。闻一多考定，"伏羲是葫芦的化身"（《伏羲考·伏羲与葫芦》），彝族崇拜葫芦，他们把葫芦挂在胸前，并说："葫芦是彝族的祖公。"汉、唐以来，道教及其医药以葫芦为其象征或标记。彝族的虎崇拜和虎宇宙观在云南姚安县的口传史诗《梅葛》里有充分表现，说虎尸解后"左眼做太阳，右眼做月亮"。老子既姓老又姓李，考察彝族语音，其意均为虎，老聃、李耳的彝意均为虎首、母虎。其他如道家尚玄贵左，彝族尚黑尊左，等等。

刘尧汉的观点确实让人耳目为之一新，打开了人们研究中华文明的新思路、新视野。视彝族文化为中国文明之源头，目前还不能说已成为学界共识，但朝这一思路进行的"新探"仍然是很了不起的。一位日本学者指出，李约瑟的功绩在于他最早揭示了老庄思想和科学的联系。读刘尧汉的《中国文明源头新探》，我也得到一个启发，觉得研究中国文化及其起源，应该摆脱儒家文化的本位和汉文化的本位。

回过来还说李约瑟。据这位英国科学家的信件，在昆明的时候他和中国学者常常在早晨"去附近庙中散步，并有幸首次瞻仰道教的庙宇"。可惜语焉不详。西山的三清阁李约瑟是去过了，其他"道教庙宇"近的有真庆观（拓东路与白塔路交叉路口），远一些的有太和宫（金殿公园内）和龙泉观（黑龙潭公园内），李约瑟去过没有不得而知。离李约瑟下榻处最近的是圆通寺，这是佛寺，但崖壁上有道教神仙像，反映出释道合一的特点。李约瑟早晨散步是否散到圆通寺也不得而知。李约瑟一生共访华八次，昆明是他首次访华的第一站，而昆明的道观又是他首次见到的道观。

这么说，李约瑟确实给昆明的道观增添了科学的光彩。

联大记得龙云

龙云这个名字，我当小学生时就晓得他是一省之长，大人们有的称"龙主席"，也有的喊"老龙"。那时我家住在四牌坊（正义路文庙街口），龙云的小汽车几点钟从门口过都晓得，也还记得车牌号为"国滇1—001"。还听大人们说，从前龙云是坐四人抬的大绿轿子，汽车是有的，但正义路、威远街都是石板路，嫌颠，不舒服，爬五华山可能也不方便。如今细想，觉得这大约是市井传闻，因为20世纪40年代见龙云坐小汽车的时候正义路仍然是传统的石板路。

后来听说老龙整不过老蒋，下台了。出事那天早上我背着书包去上学（景星小学），刚出门就见一个大兵朝我喊了一声："回去！"手里端着步枪。我哪里见过这阵势，吓得赶紧回家关门。接着又听见一枪打在石头上，还夹带着大兵的吼声，大概是警告哪家街坊邻舍开门或探头探脑的冒失鬼吧。

稍后大人们都起来了，这才晓得是"中央军"戒严打五华山。这一天是1945年10月3日，杜聿明的第五军奉命采取行动"解决"云南问题。

又过了几年（1949年）我刚进初中，听说老龙从南京跑到香港了，是化装成老奶坐陈纳德的飞机才跑掉的，住在香港一个叫浅水湾的地方。这时我已经爱看报了，记得一家报纸（或《新闻天地》杂志）用的标题是《龙游浅水遭虾戏，虎落平阳被犬欺》，印象很深，觉得这个标题整得很好，有味道。

这些，就是我小时候对龙云的全部"印象"或"记忆"。虽然我从未见过这位龙主席。

以后知道龙云在北京当了国防委员会副主席，再后又当了"右派"，再以后晓得对他也要一分为二。再后来看了些书，知道抗战时期的龙云，在文化方面还是做了些事的，对西南联大的支持是其中很重要的一件事。

高等教育的重要是大家都知道的。在偏远或欠发达省份，办一所像样的大学很不容易，像北大、清华、南开这样的名牌大学送上门来，稍有头脑的人都知道是天大的好事，更何况一省之长。三校原在湖南，名为长沙临时大学。

1937年底南京陷落，武汉告急，长沙临大再迁又提上议事日程，经最高当局批准决定西迁入滇。这一则考虑昆明地处西南，距前线较远；再则滇越铁路可通海外，采购图书设备比较方便，而且云南方面也热情欢迎。时任湖南省主席的张治中表示长沙绝对安全，省府将全力支持临大办学。即使长沙不安全，也可以在湖南另找一地。广西省政府听说临大要搬迁，积极建议迁到桂林或广西别的城市，同样表示全力支持。[1]当然，最终还是昆明。云南的态度已明确地记入西南联大校史：

> 由平津南迁的三所知名大学在昆明建立联合大学，[2]云南各界人士都表示欢迎，并一次次协助解决校舍问题，不仅使联大在云南能安心上课，而且办学规模还有所发展。
>
> 云南自1916年首倡护国运动后，其政治地位，在全国受到尊重，是西南地区国民政府军政势力直至抗日战争时期都未能进入的地方。出于正义以及对强权独裁的抵制，云南地方当局对战时流亡昆明办学的西南联大，不仅表示欢迎，而且主动承担起保护其安全进行教育的责任。

就总的方面说，地方当局的态度自然也就是地方行政首脑的态度；就具体方面讲，龙云也尽力支持。西南联大刚到昆明，总办公处设在崇仁街46号，但该处地方狭小，不够用，龙云慷慨地将威远街老公馆腾出一部分供西南联大使用（作为总办公处）。1940年西南联大新校舍（今云师大校本部）建成，总办公处迁回学校，财盛巷2号又成为北京大学办事处。那里还有住房，周炳琳、赵乃抟等教授住在那里。1944年，西南联大的两位男女同学还在龙公馆举行婚礼，一时传为佳话。[3]

说来也巧，威远街龙公馆二十世纪八九十年代是云南教育学院的教工宿舍。笔者20世纪80年代末调云南教院工作分得大西门外一套住房，房管科一

【1】陈岱孙、朱自清、冯友兰、钱穆等教授经桂林、南宁到越南河内转乘滇越铁路火车到昆明，任务之一是向广西当局解释学校为何不能迁广西的原因，并代表学校向他们表示谢意。见国家行政院出版社出版的《北大与清华》上册，第253页。

【2】《国立西南联合大学校史》，北京大学出版社1996年版，第96—97页。

【3】贺联奎：《抗战期间龙云让出公馆供西南联大使用》，见《昆明文史资料选辑》第28辑。

位同志住威远街宿舍，我去该同志家领房门钥匙，这才生平第一次进入当年的龙公馆。因年久失修，已相当颓败。但我还是很有兴趣地在公馆内转了转，看看当年公馆被中央军包围时龙云从哪道门跑到五华山上去的。那以后再未去过。前两年路过威远街，一看，当年的龙公馆已不复存在。

西南联大常委、北大校长蒋梦麟也在财盛巷 2 号住过。龙云还将一部深蓝色的福特牌轿车供蒋梦麟专用，车停在龙公馆前院（西南联大办事处在后院），从后院（即财盛巷 2 号）出入。由于蒋常去重庆开会，此车长期不用。【1】

清华大学是西南联大的重要组成部分。1941 年清华在昆明庆祝成立 30 周年，会场设在拓东路迤西会馆（西南联大工学院所在地，其址今为拓东第一小学），作为东道主的云南省主席龙云应邀出席讲话。据"老清华"回忆，演讲时"龙不看稿，讲得极得体，很有政治人物的风度"【2】。

抗战期间龙云对西南联大的支持与他当时总的政治态度是分不开的。这个问题比较专门，这里只提几点。一是龙云与朱德、叶剑英都是云南陆军讲武堂的先后同学。抗战爆发国共合作，蒋介石在南京召开最高国防会议，龙云乘飞机经西安飞南京，中共代表周恩来、朱德、叶剑英也从西安搭乘龙的专机同往。在南京期间，龙表示愿与中共保持联系，约定以后用无线电联络，中共还专门从延安派了一位地下党员来做龙的译电员。1943 年，华岗受中共南方局派遣来昆明做龙云的联络与统战工作，并帮助民盟在云南建立组织。第二年（1944 年）龙云秘密加入民盟，虽不参加公开活动，但尽可能支持民主运动。龙云还指派他的次子龙绳祖【3】加入民盟（父子两人都是秘密成员）。据楚图南回忆：

> 我们商议，对龙绳祖这样的旧军队和云南地方实力派涉足很深的人加入民盟，一定要对他做点工作，让他明白加入民盟不是一件随意的事，一定要给他留下一个深刻的印象。经商量，龙绳祖加入

【1】贺联奎：《抗战期间龙云让出公馆供西南联大使用》，见《昆明文史资料选辑》第 28 辑。
【2】鲲西：《清华园感旧录》，第 83 页。
【3】龙绳祖，法国圣西耳军校毕业，时任驻昭通的陆军独立旅旅长。另据杨维骏《回顾抗日战争时期云南民盟的活动》（《云南文史资料选辑》第 30 辑），秘密加入民盟的是龙云的长子龙绳武，也是圣西耳军校毕业，十九师师长。

民盟要履行宣誓手续。我记得宣誓的地点是在城郊的龙云住宅的大厅里，我和闻一多、冯素陶是监誓人。【1】

对这一段时期与进步力量的接触、联系，龙云后来回忆说：

> 抗战期间，在昆明的爱国民主人士很多，尤其是西南联大教授和我都有接触和交谈的机会，谈到国家大事，所见都大体相同。对于蒋介石的集权独裁政治，大家都深恶痛绝。……所以我对昆明汹涌澎湃的民主运动是同情的。【2】

刘宗岳先生对龙云了解颇多，他对龙云这方面的情形讲得比较具体：

> 当时蒋介石的特务千方百计迫害进步人士，龙云是云南省主席，对云南的学者、教授，安全上给他们一些保障。经济生活上，龙给他们一些照顾，因此很多高级知识分子都和龙云交朋友，地下党的华岗【3】和民主同盟的罗隆基就是和龙往还最密切的两个。所谓龙云"洋账房"缪嘉铭（即缪云台）由于和罗都是留美生的关系，曾经居间过话，有"三人小组"之称。同时由于云南地方势力与中央之间的矛盾，结合西南联大在云南的一些进步活动，抗战胜利前昆明就号称民主堡垒。【4】

这位刘先生是龙云的秘书，刘家与龙家又是世交（刘父任昭通独立营长时，龙云在刘父手下任排长），他的这段话可作为龙云那段话的注脚。

西南联大记得龙云。在1941年至1945年那段时间，西南联大民主运动得到龙云多种形式的帮助。民盟的活动经费大部分靠龙云筹措。龙云鉴于教授生活困难，首创演讲付酬先例而后形成惯例。1962年龙云在北京去世，潘光旦、

【1】楚图南：《民盟工作的片断回忆》，见《楚图南著译选集》上册，北京师范大学出版社1992年版，第732页。文中提到的龙云郊区住宅即西郊的灵源别墅（亦称灵源精舍），在海源专南侧，尚存。
【2】龙云：《抗战前后我的几点回忆》，见《文史资料选辑》第17辑。
【3】华岗从事地下工作，以云大任教为掩护。此前任《新华日报》总编辑和中共南方局宣传部部长，新中国成立后历任山东大学教授、校长兼党委书记。著有《中国革命史》《太平天国革命战争史》等。1972年去世。
【4】刘宗岳：《我所知道的龙云》，见《云南文史资料选辑》第6辑。

罗隆基两教授不忘旧情、不避嫌,去做遗体告别。西南联大结束后 50 年北大出版的西南联大校史,从历史的高度肯定了龙云这种独特的作用,确认"云南省主席龙云与民主力量建立了比较密切的关系",接着列举重要史实并做出科学的分析和相应的结论。

> 自 1941 年皖南事变以后,(龙云)一直抵制国民党特务在云南捕人镇压民主运动的企图。1942 年初联大学生发动"倒孔运动"以后,康泽两次来昆企图逮捕学生,均以云南地方当局抵制而未能得逞。1944 年"五四"纪念活动以后,联大和其他各校学生多次在昆明举行大规模的政治集会和示威游行,均得以顺利进行,也都与云南地方当局的维护有密切关系。皖南事变以后,大后方的白色恐怖日益加重,唯独云南有这样比较宽松的政治环境,这是联大的学术自由得以保持、民主运动能够蓬勃发展的重要条件。[1]

蒋介石不能容忍云南的这种局面长期继续下去,终于在日本刚投降不久即用军事手段"解决"云南问题。龙云这个绊脚石被清除后不到两个月,蒋介石的枪口即对准以西南联大为大本营的昆明民主运动,制造了震惊中外的"一二·一"血案。再过半年,李公朴、闻一多两位民主斗士又倒下去了。

龙云生于 1884 年,云南昭通人,彝族。1984 年北京举行龙云诞辰 100 周年纪念会,中共中央政治局委员、书记处书记习仲勋在会上说:"龙云先生的一生,经历了我国从民主革命到社会主义的大变革时期。他的一生是一个光荣的爱国者的一生。"

昆明西郊龙云的灵源别墅已被西山区列为文物保护单位,我随昆明市政协文史委去过,也陪友人去过,见正在修复中,大厅的模样已经出来了,门上悬有龙云题写的匾额,曰"健体清心"。

---

[1]《西南联大与云南》,见《国立西南联合大学校史》,北京大学出版社 1996 年版,第 97 页。

文人与文坛

来不及跑警报的冰心

　　抗战前期，冰心在昆明、呈贡生活了近三年。她关于这一段生活留下的文章并不多，但几乎篇篇都说到对昆明的好印象。她一家是1938年秋天来到昆明的，走的是经中国香港、越南乘小火车来的路线，到的时候已是夜晚。第一印象是："记得到达昆明旅店的那夜，我们都累得抬不起头来。我怀抱里的不过八个月的小女儿吴青忽然咯咯地拍掌笑了起来，我们才抬起倦眼惊喜地看到座边圆桌上摆的那一大盆猩红的杜鹃花！"【1】

　　吴文藻当时是应熊庆来校长的聘请，经与多方联系妥当后，来云大用英庚款设置社会人类学讲座并进行教学的，冰心及其家人随行。他们下榻的那家旅店叫昆明大旅社，在南屏街（靠近近日楼，今新华书店斜对面），是昆明第一家集住宿、沐浴、理发和出租汽车于一体的旅店，条件不及巡津街的法国商务酒店，但还是可以的。

　　然后是找房子。先是住在螺峰街，是朋友们帮忙找的。"说是有一位M教授的楼上，有一间房子可以分租，地点也好，离学校很近。我们同去一看，那位M太太原来就是那位我的同事的女儿！相见之下，十分欢喜！那房子很小，光线也不大好，只是从高高的窗口，可以望见青翠的西山。"【2】

　　这同事的女儿也做过冰心的学生，喜欢诗歌和外国文学，丈夫也是作家，但夫妇关系可能不够和睦，让冰心觉得不太安静，甚至阴沉，所以住了不到半月便想搬家，搬到维新街。这是条背街，在护国路与木行街之间，相互平行。这些年炒房地产，维新街消失了，当年吴文藻、冰心夫妇的寓所，其位置就在今天的天恒大酒店背后。

　　当时北平的不少教授、作家汇聚昆明，熟人很多，互相走走，倒不寂寞。

【1】冰心：《我的老伴——吴文藻》。
【2】冰心：《我的邻居》。冰心别的文章也说过她刚到昆明住在螺峰街，此文虽非完全纪实，但所写环境、背景可做参考。

冰心常去的地方是柿花巷（今人民电影院背后），那里住了好几位北大教授，其中有自称"三剑客"的罗常培（语言学家）、杨振声（文学家）和郑天挺（史学家）。维新街离近日楼近，那里又是市中心，冰心少不了常往近日楼那边走走。离开昆明去重庆后，冰心写了篇《摆龙门阵——从昆明到重庆》，一下笔就写——

> 喜欢北平的人，总说昆明像北平，的确地，昆明是像北平。第一件，昆明那一片蔚蓝的天，春秋的太阳，光煦的晒到脸上，使人感觉到故都的温暖。近日楼一带就很像前门，闹哄哄的人来人往。近日楼前就是花市，早晨带一两块钱出去，随便你挑，茶花、杜鹃花、菊花……还有许多不知名的热带的鲜花。抱着一大捆回来，可以把几间屋子摆满。

近日楼是旧城的大南门，今已不存，原址在今近日公园大花坛的北侧，一面对正义路，一面对三市街。冰心说的"近日楼前"即近日公园，四周有精美的雕花金属栏杆围住，栏外有环形人行道，不宽，冰心说的"花市"就在公园四周的环行道上，卖花的都是近郊的村姑农妇。冰心说一两块钱可以买一大捆抱回去，其便宜可想而知。

1938 年 9 月 28 日日本飞机九架犯滇，首次轰炸昆明。那时她一家还住在螺峰街，当天冰心正在与刚哭过的 M 太太说话，劝她别难过，说："昆明就是这样好，天空总是海一样的青！你记得勃朗宁夫人的诗罢……"正说着，"忽然一声悠长的汽笛，惨厉地叫了起来，接着四面八方似乎都有汽笛在叫，门外便听见人跑。M 太太倏地站了起来，颤声说：'这是警报！'接着大家胡乱收拾点东西，拉着、抱着孩子就向外跑。这时头上已来了一阵极沉重的隆隆飞机声音。我抬头一看，蔚蓝的天空里，白光闪烁，九架银灰色的飞机，排列着极整齐的队伍，稳稳飞过。一阵机关枪响之后，紧接着就是天塌地陷似的几阵大声，门窗震动。小孩子哇的一声，哭了起来，老太太已瘫倒在门边。……"[1]

"九架银灰色的飞机"，冰心肯定是抬着头一架一架数过的，这个数字与

【1】见冰心《我的邻居》。

昆明地方史料的记载完全吻合，[1] 可见印象之深。冰心说从那天起，差不多天天有警报。第二年暑假后，冰心就疏散到呈贡去了。

由于亲身经历了空袭和跑警报，冰心对昆明的印象自然也就有了变化，所以她在那篇《摆龙门阵——从昆明到重》里还写了这样一段话：

> 昆明还有个西山，也有个黑龙潭，还有很大的寺院，如太华寺、华亭寺等。周末和朋友们出去走走，坐船坐车，都可到山边水侧。总之昆明生活，很自由，很温煦，"京派的"——当然轰炸以后又不同一点了。

轰炸以后的昆明确实有了点不同。冰心疏散到呈贡去，那里距昆明 20 公里，安全得多，自然也安静得多。

【1】谢洁吾：《抗战时期敌机袭昆伤亡简记》，见《昆明文史资料选辑》第 7 辑。作者抗战时任云南省民政厅主任秘书，有关资料记录甚详。

冰心与呈贡

冰心一家来到呈贡，住在县城三台山上的华氏墓庐。呈贡是个小地方，但这位烟台长大、美国留学，视北平为第二故乡的女作家，一住下就喜欢上了这个地方。1940 年初，她有一篇题为《默庐试笔》的散文在香港《大公报》上发表，一开头就说："呈贡山居的环境，实在比我北平西郊的住处，还静，还美。"又说她住的寓楼，"前廊朝东，正对着城墙，雉堞蜿蜒，松影深青，霁天空阔"。还说："后窗朝西，书案便设在窗下，只在窗下，呈贡八景，已可见其三，北望是'凤岭松峦'，前望是'海潮夕照'，南望是'渔浦星灯'。"冰心还将国外的伍岛（Five Islands）、白岭（White Mountains），国内的芝罘（烟台）、海甸（北平）与呈贡做了一番比较后说：论山之青翠，湖之涟漪，风物之醇永亲切，没有一处赶得上默庐。我已经说过，这里整个是一首华兹华斯的诗！

冰心之所以将她住的寓楼（华氏墓庐）叫作"默庐"，既是与"墓庐"谐音，亦寓新主人（房客）沉潜之意。华兹华斯是十八九世纪英国浪漫主义诗人，以擅长写大自然著称，冰心将新居"默庐"的环境比为一首华兹华斯的诗，其印象之佳非同一般。

冰心的文章未提及墓庐的主人。我隐约听说过一点主人华氏的背景，但不得其详。后来我读到呈贡县（今呈贡区）斗南村的新村史《斗南史话》（化忠义撰），才对墓庐的主人斗南华氏宗族有所了解。这斗南村如今以"花卉之乡"闻名（2000 年昆明国际花卉节在斗南村设分会场），而在从前早就是藏龙卧虎之地。单说望族华氏，早在清光绪年间就出了一位反清起义的领袖华炳文（1891 年遇难），到了民国年间又出了一位更有名的"华司长"，他就是华炳文之子华封祝（1877—1941）。华封祝在父亲遇害时因得村人藏匿保护而幸免株连，后就读于云南省高等学堂，1904 年与唐继尧、罗佩金（后任护国第一军总参谋长、陆军上将）、秦光玉（后任云南省图书馆馆长）等首批被选送日本留学，考取东京高等矿业学校，并加入同盟会。辛亥革命后任云南军政府（都督蔡锷）实业司副司长、司长，兴办地方实业，很有建树。1914年主办云南第一届物品展览会，从中选送部分产品参加在美国旧金山举行的太平洋万国博览会，不少产品获奖。1918年受聘任商办云南耀龙电灯公司（该公司1912年建成国内第一座水力发电站——石龙坝电站）的总经理。又从越南购进"镇海轮"（客座两百，载物十吨），航行于大观楼至昆阳的滇池航道，开云南轮船航运史之先河。这位"华司长"主持云南实业工作二十余年，成就显著，被誉为云南实业开发的先驱者和奠基人。了解了这些，我对"默庐"背后的历史又多了些认识。

抗战时的呈贡虽属弹丸之地，却也人文荟萃、俊彦云集。云大、西南联大、同济、中山等大学的一些学者及优秀毕业生，应聘在呈贡简易师范、呈贡县中学（两校一体）任教，其中有作家沈从文、张兆和夫妇，社会学家费孝通，音乐家杨荫浏，化学家唐敖庆（西南联大毕业生，后来成为中国科学院院士，吉林大学校长）等。早已享誉全国的冰心自然也是其中的一位。冰心教的是文章作法，系义务任教（无报酬），故备受尊崇。这位女作家还受托为学校的校歌作词，开头几句是："西山苍苍滇海长，绿原上面是家乡。师生济济聚一堂，切磋弦诵乐未央。"

冰心好客，加之呈贡环境好，每到周末常会有朋友从昆明来小聚，而罗常培更是一位"周末常客"。冰心还住在昆明维新街的时候，自称"三剑客"的郑天挺、杨振声和罗常培几位西南联大教授常去做客。罗是北平人，对冰心家的北方饭食，比如饺子、烙饼、炸酱面等都很感兴趣。这让冰心"总觉得他不是在吃饭，而是在回忆回味他的故乡的一切"。如今冰心迁到呈贡，思乡的罗常培照样要去呈贡会"老乡"（尽管冰心原籍福建），那情形冰心也写下来了。

> 在每个星期六的黄昏，估摸着从昆明开来的火车已经到达，再加上从火车站骑马进城的时间，孩子们和我就都走到城楼上去等候文藻和他带来的客人。只要听到山路上的嘚嘚马蹄声，孩子们就齐声地喊："来将通名！"一听到"吾乃北平罗常培是也"，孩子们都拍手欢呼起来。[1]

【1】《追念罗莘田先生》。

但在呈贡的冰心，心绪也并不总是好的，这从她给在重庆的梁实秋的信中可以看出来。梁的信说了一句戏言，大约含有调侃之意。冰心回信说："你问我除生病之外，所作何事，像我这样不事生产，当然使知友不满之意，溢于言表。其实我到呈贡后，只病过一次，日常生活，都在跑山望水，柴米油盐，看孩子中度过。"知友间的书信，比起做出来的文章总要真实些，柴米油盐的日常生活，与华兹华斯的诗，总还有些不同。"呈贡是极美，只是城太小，山下也住有许多外来的工作人员，谈起来有时很好，有时就很索然。"昆明熟人多去串串门或逛逛街又如何呢？"当然昆明也没有什么意思，我每次进城，都急欲回来！"到呈贡呢也"总心神不定"，那篇《默庐试笔》"断续写了三夜，成了六七千字，又放下了"。从这些话里，似乎可以看出冰心在呈贡何以留下的文字不多的部分原因。"海内风尘诸弟隔，无涯涕泪一身遥"，冰心在复梁的信中自作此联，细读之，许能从中窥见一二。[1]

1940 年，因英庚款讲座（云大）受到干扰不能继续，在重庆的国防最高委员会工作的清华同学劝吴文藻去该委员会任参事，负责研究边疆的民族、宗教和教育问题，同时宋美龄也以威尔斯利女子大学同学的名义写信给冰心，邀她去重庆参加妇女指导委员会的工作（任文化事业部部长）。这样，吴文藻、冰心夫妇就在年底离开，到重庆去了。以《默庐试笔》而为世人所知的默庐，从此也就真的"默"下去了。

星移斗转，沧海桑田。60 年前冰心住过、写过的那个默庐，还在吗？20 世纪 90 年代初我打听过。据一位与默庐有些关系的人士说，可能还在，在县城三台山公园内或附近。怀着对这位五四老作家的崇敬，怀着希望，1994 年春我去了一趟呈贡，探访默庐。

一到呈贡就直奔三台山公园。入得园内，左察右看，找不到一点痕迹。正纳闷，忽见园旁有一大院，不妨去看看。出了公园绕到院门前，见是武装部，进去绕了一圈，见办公楼后有一处旧房，心中一喜，绕到跟前一看，感觉告诉我，这就是默庐了。旧式庭院，坐西朝东，两层，楼上楼下各三间，二楼有前廊。土木结构，油漆剥落，老态龙钟，幸好未被改建，古朴典雅，余韵尚存。

找到县武装部何成龙部长。一提冰心他就频频点头，这证实了我的判断。何部长告诉我，这祠堂新中国成立后分给一户贫农，但也没怎么住，1987 年政

【1】冰心此信见《忆冰心》（附录），见《梁实秋怀人丛录》，中国广播电视出版社 1991 年版，第 185—186 页。

府以一定代价收回产权，拨给县武装部，目前本单位有几户暂住在那里（楼前续建半圈简易平房，形成一个小院）。何部长还说，这里已列为县级文物保护单位，有关人士建议照原样修复，他也认为应该这样。这是个好消息。一位管"武"的领导干部对"文"事如此重视，尤令人肃然起敬。我请何部长在默庐前合影，何部长欣然应允。

我登楼找感觉（冰心一家当年住二楼三间）。"前廊朝东"，对的。"正对着城墙，雉堞蜿蜒"之景象则已荡然无存。"后窗朝西"，三窗俱在，唯因新建筑增多，呈贡八景可见其三的视野亦不复存在。但也不必过分抱憾，因为《默庐试笔》里还有一段文字：

> 最好是在廊上看风雨，从天边几阵白烟，白雾，雨脚如绳，斜飞着直洒到楼前，越过远山，越过近塔，在瓦檐上散落出错落清脆的繁音。……

这个"最好"还在，尚未消失。

在那以后我又领学生去过几次。但很失望，颓败之象一次甚于第一次。好在今夏传来佳音，说县上这回是真下决心了。更巧的是今日（2000年9月28日）正写此稿，电视再传喜讯，说法国梅兰德国际花卉公司负责人魏特默先生，在昆明国际花卉节上宣布，将该公司培育、呈贡斗南花乡引进种植成功的一种花朵硕大、猩红浓艳的玫瑰新品种，正式命名为"冰心玫瑰"。由北京专程赶来参加命名仪式的吴青女士就是当年初到昆明就对着杜鹃花拍掌笑的那个小女孩。

又一个感觉告诉我，这下好了，大概不会再有问题了。

愿默庐永存。

冯至在昆明

朝拜诗山杨家山

　　杨家山是我心仪已久的诗山，远倒不远，就在金殿背后，可总未找到机会去朝拜。60 年前，大诗人冯至在那里创作的诗集《十四行集》，在中国现代文学史上具有非同一般的地位。

　　早年留学德国，获海德堡大学博士学位的冯至（1905—1993）1938 年底随同济大学来昆，次年任西南联大外文系教授。冯至 20 世纪 20 年代就开始写诗，被鲁迅誉为"中国最为杰出的抒情诗人"。刚到昆明住过报国街和节孝巷（均在今"仟村百货"一带，现为苏宁电器商城），后由同济学生吴祥光介绍到吴父经营的杨家山林场去住。那里森林茂密，既是躲避空袭的安全区，也是写诗的好地方。冯至一家在那里住了一年（1940—1941 年），也常去那里休息、写作，有时也邀朋友去那里聚会，诗人卞之琳（西南联大外文系副教授）还在那里住过半月，完成了长篇《山山水水》的全部初稿。这种独特的氛围，使冯至的临时寓所不像避难处，倒像一个山野沙龙。

　　冯至在杨家山写的《十四行集》一改他 20 世纪 20 年代的诗风，不再偏重情感的抒发，而是用一种客观的体验方式去感悟个体生命的存在，表达人世间和自然界万物相连、息息相通的哲理（说来也巧，冯至的山居恰在今世博园国际馆背后约 1000 米处，他那些诗所表达的理念正与 60 年后世博会"人与自然和谐共处"的精神相通），体现出冯至诗歌艺术由浪漫主义向现代主义的转变。正如他在日记中写的那样，在杨家山，"对着和风丽日，尤其是对着风中日光中闪烁着的树叶，使人感到———一个人对着一个宇宙"。在冯至、卞之琳及外文系别的几位中外教授的影响下，中国新诗的第二个现代主义浪潮在西南联大兴起，涌现了以外文系学生穆旦（毕业后留校）为代表的新一代诗人。从这个角度看，视产生《十四行集》的杨家山为诗山，当不为过。

冯至在杨家山还译注了俾德曼编的《歌德年谱》，写了以杨家山为题材的两篇散文（均被选入《中国新文学大系》）。夫人姚可崑教授在杨家山译卡罗萨的《引导与同伴》，也帮先生批改从城里带回家的学生作业。"夜晚在一盏菜油灯下，十分寂静，更使人思想缜密入微，好像影子也在进行无声的对话。"夫人这般回忆，更是令人神往。"孤灯暗照双人影，松树频传十里香。此影此香须爱惜，人间万事好商量。"怪不得冯至当年要写下这么一首绝句。

越说越神往。朝山的机会终于来了。暮春三月某日，几位记者邀我结伴前往。怎么个走法呢？据冯至的回忆录，当年从昆明市区去杨家山，是经小坝、波罗村（此线即今穿金路）由云山村"顺着倾斜的山坡上弯弯曲曲的小径，走入山谷"。冯至说的"山谷"其实就是今天的世博园，那"弯弯曲曲的小径"，已被改造成今天的花园大道。到国际馆，再往前走1000米就到一个叫"六合实业"的村子（这村名好怪），这就是目的地了。如今进山，此路不通，得从五家村经金殿水库旁的公路，再穿过一片森林，绕到金殿后山方可达。到达六合实业村，举目四望，一片葱茏。当年的林场"管理处"建在后来形成的村旁，用土墙围成一个大院，内有瓦房七八间，茅屋两间位于东北角，那就是冯至的"别墅"。可惜这个大院连房舍带围墙早已被拆除推平，变成一片空地，不免令人怅然。但从遗址西望，不远处不就是今天昆明人引为骄傲的世博园吗？朝山的我们又转而欣慰了。

杨家山散文遗韵

吃菌的季节又到了，我又想到诗人冯至，他60年前在一篇散文里极精彩地描写了昆明人上山采菌（昆明话叫拾菌儿）的风情，读了让人陶醉。

冯至在金殿背后的杨家山林场写了散文若干篇，其中一篇题为《一个消逝了的山村》，内有一段写采菌的内容。

雨季是山上最热闹的时节，天天早晨我们都醒在一片山歌里。那是些从五六里外趁早上山采菌子的人。下了一夜的雨，第二天太阳出来一蒸发，草间的菌子，俯拾皆是：有的红如胭脂，青如青苔，褐如牛肝，白如蛋白，还有一种赭色的，放在水里即变成靛蓝的颜

色。我们望着对面的山上，人人踏着潮湿，在草丛里、树根处，低
头寻找新鲜的菌子。

文中写的这些形形色色的菌子，不就是昆明人每年都要吃的牛肝菌、青头
菌、黄盖头、见手青、干巴菌和鸡㙡这些山野美味吗？我实在想不起是否还有
哪位作家对昆明人采菌有过如此生动、细致的描写。尤其是"天天早晨我们都
醒在一片山歌里"一句，令人陶醉，让人神往。诗人还写道："这是一种热闹，
人们在其中并不忘却自己，各人盯着各人目前的世界。"并说："这些彩菌，
不知点缀过多少民族的童话。"

这真是当年昆明郊区山野间一幅难得的风俗、风情画。谢谢冯至先生为昆
明留下了这一笔。

这篇散文不光写了夏日采菌，还写到山林里的野生动物，说在秋后萧疏的
树林里，每近夜晚，"风声稍息，是野狗的嗥声"，而在比较平静的夜里，"代
替野狗的是鹿子的嘶声"，并且"据说，前些年，在人迹罕至的树丛里还往往
有一只鹿出现"。除开文学价值不说，单就文中储存的生态信息来讲，不是很
值得今天的昆明人思索吗？"这些风物，好像至今还在诉说它的命运。"冯至
在文中最后这样说。

这就超越了单纯的风情画。李广田评冯至在杨家山写的《十四行集》是
"沉思的诗"，据此，我以为冯至的这篇散文也可视为"沉思的文"。那些十四
行诗所蕴含的思想比较深邃，不易领会，而这篇散文恰可作为理解那些诗的
导读。但又不止于此。读此文，我们还会想到别的。60年前蛰居杨家山的冯
至，天天早晨都"醒在一片山歌里"，60年后的我们还能听到那种与大自然融
为一体的山歌吗？牛肝菌、干巴菌我们还能照样吃，而那山歌（昆明人叫"调
子"）怕是难得听见了。又见报上有消息说，"亚洲最大野生动物园"即将在
昆明东北郊兴建，而其位置正是金殿和世博园背后的杨家山林区的西北方向三
公里处。我希望，冯至赞美过的"彩菌"，还有他听见过嗥声、嘶声的杨家山
"土著"野生动物，能与这个亚洲最大的野生动物园为邻，继续获得它们的生
存空间。

敬节堂巷 19 号

冯至在杨家山一年多，之后迁回城里，寄寓大西门内钱局街敬节堂巷（后改名钱局巷）19 号，时 1941 年 11 月。

宅主姓朱，是昆明数得上的大户人家。朱宅分前后两院，兄朱文高住前院，弟朱志高住后院。朱氏昆仲是缪云台的外甥。朱文高当年在光华街（正义路口）开有"老福源金店"，在昆明同行业中首屈一指。小时候我在景星小学读书，常走光华街，"老福源"的深咖啡色门面十分辉煌，至今仍留下很深的印象（其址即今"豪客来"快餐店）。1946 年 5 月西南联大结束，北大、清华、南开三校北归，省、市商会代表三迤耆宿，书赠三校屏联各一，缕陈西南联大对云南之贡献，盛赞西南联大继承三校之传统，表达省、市各界对西南联大师生之情谊。朱文高作为省、市商会的常务理事参与此一盛举。商人崇文，值得一提。

冯至一家住在后院，主人朱志高也非寻常，曾做过龙云的上校高级副官。云南政变后，龙云被蒋介石弄去做了个有职无权的军事参议院上将院长，实际是被软禁。朱志高也跟着去，安排了个军事参议院的少将高参。1948 年 12 月由缪云台秘密活动请陈纳德、陈香梅夫妇帮忙，龙云得以逃离南京、流亡香港。朱志高是直接参与策划的少数几个人之一。【1】

离开杨家山回到市区的诗人冯至，思想和生活态度都发生了一些变化，用他自己的话说，1942 年以后"和林场茅屋的田园风光日渐疏远"，与社会现实日益贴近，因而"写作的兴趣也就转移"了，开始写一些关于眼前种种现实的杂文。正是由于冯至对社会、政治的关注，加之他住的敬节堂巷 19 号朱宅又靠近翠湖、大西门（许多西南联大教授都住在这一带），位置适中，他的寓所就一度成为西南联大部分教师论学议政的沙龙了。那是 1943 年上半年，当时闻一多、潘光旦、曾昭抢等共同支持几位青年教师组织了一个学会，潘光旦不光积极参加，而且热心会务。由于参加者都是知识分子，都是"士"，潘光旦便将这个"士"字拆开，给沙龙取名为"十一学会"。吴宓则因为最早的发起、策划人是当时的青年教师王佐良、丁则良（后来都是著名学者），又将沙龙戏称为"二良学会"。这个"学会"的宗旨为士大夫坐而论道，各抒己见。

【1】朱志高：《龙云逃离南京之真相》，见《昆明文史资料选辑》第 11 辑。

据冯至、吴征镒两先生的回忆，最初的参加者多为文学院各系的教授、副教授，除闻、潘、曾三位外，还有杨振声、雷海宗、朱自清、闻家驷、冯至、卞之琳、李广田、吴晗、孙毓棠、沈从文、陈铨等等。后来王瑶、何炳棣、吴征镒这一辈青年教师也参加讨论。关心政治这一点是共同的，而见解则难免有分歧。陈铨是外文系德文教授，1940 年 4 月与云大文法学院院长林同济等在昆明创办《战国策》杂志，有名的话剧《野玫瑰》也出其笔下。当时的进步文化工作者对以陈铨、林同济为首的"战国策"派（包括"声音洪亮如雷，学问渊博似海，体系自成一宗"的雷海宗，沈从文也沾点边）及其作品持批判态度。又如孙毓棠，教育学系副教授，喜欢导演话剧，先前还是新月派诗人。孙加入了国民党，据说他曾劝闻一多也加入国民党，说他加入国民党是为了骂国民党不会被怀疑。闻一多拒绝了。可见当时的西南联大教授也是分左中右的，只不过有时界限分明，有时有点模糊罢了。因此，这个坐而论道的十一学会活动了还不到一年，也就随着政治上的分化而烟消云散。

沙龙散了，而沙龙的主人冯至在缓步前进着。1945 年"一二·一"惨案发生，冯至无比震惊、无比愤慨，脱口说出了《招魂——呈于"一二·一"死难者的灵前》这首独特的"十四行"诗。

> "死者，你们什么时候回来？"
> 我们从来没有离开这里。
> "死者，你们怎么走不出来？"
> 我们在这里，你们不要悲哀，
> 我们在这里，你们抬起头来——
> 哪一个爱正义者的心上没有我们？
> 哪一个爱自由者的脑里忘却我们？
> 哪一个爱光明者的眼前看不见我们？
>
> 你们不要呼唤我们回来，
> 我们从来没有离开你们，
> 咱们合在一起呼唤吧——

　　"正义，快快地到来！

　　自由，快快地到来！

　　光明，快快地到来！"

　　这首《招魂》镌刻在云师大校园内烈士墓台后竖起的石壁上（自由女神像下面），今尚存。

　　至于诗人写下（应该说是诗人脱口说出，然后笔录）这首诗的敬节堂巷19号，它的主人朱志高20世纪50年代初也走了。朱先生前些年任香港云南同乡会主席，女儿朱虹是香港影星，她在影片《屈原》中饰南后，30年前此片在内地放映，很红了一阵。据后院新住户王老（江浙人）说，20世纪80年代初朱家小姐回来看她家的老房子，拍了些照，录了些像，又走了。房客走了，房东也走了，15年前，房子也拆了，如今人走房消，再从钱局街走过，只能对原地矗起的烟草楼默默地行注目礼了。

新月西沉

在中国现代文学史上，社团、流派很多，抗战时期许多作家流向大后方的昆明，很特别，其中以新月作家最多、最集中。

"新月"的概念比较有弹性，考究起来，应将新月社、新月派和新月诗派加以区分，但在习惯上也可以笼而统之地泛称为新月派，连现代评论派也可以包括进去，以胡适为精神领袖，有的写诗，有的搞戏剧，有的做理论批评，还有的写小说、搞美术。他们是一个独特的文化圈。其中来到昆明的，我算了一下，有闻一多、陈梦家、卞之琳、孙毓棠、林徽因、罗隆基、叶公超、沈从文、杨振声，还有社会学家潘光旦。西南联大文学院院长胡适未到任，不然还可再算上一个。照现代评论派陈西滢的说法，还应当把钱端升、张奚若（均西南联大教授）两位也算进去。反正够多、够集中的了。用今天的话说，新月作家属学者型作家，除林徽因外，均在西南联大任教，但西南联大校舍系梁思成、林徽因夫妇设计（梁被聘为工程师，两夫妇均有顾问身份），因此可以说，西南联大作家群的主体，实际上也就是流寓昆明的新月作家。在他们及朱自清、冯至、燕卜荪教授等几位中外作家的影响下，穆旦、汪曾祺、鹿桥这一辈作家才在昆明成长起来。

不过这些新月作家在昆明好些都不搞创作了。新月派四大诗人中，徐志摩、朱湘抗战前即已去世，另两位闻一多、陈梦家都已转向学术研究。孙毓棠不写诗了，但热心戏剧活动，在昆明剧坛很活跃。林徽因偶尔还写一点，但主要精力已投入中国建筑史研究。杨振声忙于教学、教务，文艺活动也积极参加，但似乎再未见写过小说。罗隆基原是新月派的重要成员，做过《新月》主编，主要写社会、政治评论，在昆明则更多地进行政治实际活动，是云南民盟的重要领导人。潘光旦在昆明既忙于教学与研究（蔼理士那本《性心理学》就是在昆明翻译的），也积极投身民主运动，是云南民盟的核心人物之一。叶公超也是《新月》的重要人物，从1932年第四卷起做过一段主编。叶公超对诗歌、小说均有精深的研究，国内最早对英国大诗人兼评论家艾略特做介绍的就是他。叶公超在昆明写过几篇极有见地的文艺评论，并将卞之琳的抗日小说《红裤子》译为英文在英国杂志上发表。可惜叶公超在西南联大仅三年即弃教从政，先去伦敦任驻英宣传处处长，后在南京任外交部部长，另走一路。【1】细算起来，在昆明继续文艺创作的也就卞之琳、沈从文两位了。

先说卞之琳。卞之琳的诗虽被选入《新月诗选》，一般认为，他与新月派的关系不算很深。但影响是不能否认的，老师徐志摩的鼓励对年轻的卞之琳是重要的。他这样回忆在北大读书的一段：

> 大概是第二年初诗人徐志摩来教我们英诗一课，不知怎么，堂下问起我也写诗吧，我觉得不好意思，但终于厚着脸皮，就拿那么一点点给他看。不料他把这些诗带回上海跟小说家沈从文一起读了，居然大受赞赏，也没有跟我打招呼，就分交给一些刊物发表……这使我惊讶，却总是不小的鼓励。【2】

卞之琳的诗比较复杂，所受影响并非一元。他的有些作品涉及社会下层的灰色生活，把洋车夫、小贩、卖冰糖葫芦的也写进诗里去了，与"新月"的绅士风很不协调。就此而言，卞之琳只能算新月派的外围。另外，卞之琳的某些诗又明显受法国象征派的影响，流于晦涩，难怪臧克家后来有"写几行诗需要几千字去解释的卞之琳"（《中国新诗选·代序》）之说了。但欣赏卞之琳的读者也不少，有人说他是 20 世纪 30 年代文坛"歌喉最动听的鸟"，好些作品写得玲珑精巧是大家公认的，那首广为流传的《断章》更是无可争议的新诗精品。一些研究者认为卞之琳的诗化古化欧，出"新月"而入"现代"，"是跨在新月派向现代派演变过程上的一位诗人"（蓝棣之：《论新月派诗歌的思想特征》）。卞之琳也不否认自己受 20 世纪 20 年代西方"现代主义"文学的影响，说"一见如故"，"不无共鸣"。【3】

【1】有文章说叶公超 1938 年 7 月回北平接家眷时"还负有代表北京大学敦促周作人到昆明的使命"，两人见面后叶"向周作人传达他所负的使命"，但周"婉言谢绝了北京大学的敦请和朋友们对他的爱护"。叶未完成使命，两月后回到昆明。见常风《回忆叶公超先生》，载《新文学史料》1994 年第 1 期。

【2】卞之琳：《〈雕虫纪历（1930—1958）〉自序》，载《新文学史料》1979 年第 3 期。

【3】卞之琳：《〈雕虫纪历（1930—1958）〉自序》，载《新文学史料》1979 年第 3 期。

抗战初期卞之琳在四川大学任讲师。由于何其芳、沙汀的积极联系，卞之琳随他们去了延安和太行山，见过毛泽东、朱德，还在延安鲁艺文学系短期任教，写过《晋东南麦色青青》《第七七二团在太行山一带》等报告文学，在周扬、刘白羽编的刊物上发表过小故事一类的作品。卞之琳在延安还响应号召用诗体写了两篇《慰劳信》，随后在四川又写了十几篇，编为《慰劳信集》。这本诗集影响不小，肯定的论者说它适应了抗战的要求，诗风诗思有了新的发展；否定的论者则认为"《慰劳信集》实是卞之琳诗创作的葬送歌"，"之后他就从诗坛上消失了"。[1]

不论是褒还是贬，卞之琳的这一段经历的确使人几乎忘了他与新月派的渊源。

卞之琳1940年来到昆明，任西南联大外文系副教授，主要精力投入外国文学的教学、研究与翻译，未见写诗。唯一的创作是在金殿背后杨家山林场冯至茅屋写的小说《山山水水》的初稿。卞之琳对这部小说不满意，将修改稿也废弃了，只零零星星发表过若干片段。曾经是"新月"外围诗人的卞之琳，在昆明转向了。

再说沈从文。认真探究起来，沈从文算不算新月派也是可以讨论的，据说巴金老人就认为沈从文与新月派毫无瓜葛。[2]我猜想，巴老可能是从比较严格的"流派"意义上看问题的。的确，沈从文本质上是一位"乡土文学"作家，无论从他的身世、教育文化背景和艺术追求上看，他与那些被称为"英美派"文人的新月派很难"接轨"，甚至格格不入，他的自卑感都与此有关。但从社会关系、社交圈子上讲，沈从文无疑是新月派的一员。沈从文之所以能进入那个圈子，与新月人物对他的赏识、扶掖分不开。胡适请沈去中国公学教书（胡是校长），杨振声后来又将他介绍到青岛大学。以沈从文的学历讲，这是相当难得的。在创作上，第一个发现沈从文才气的是郁达夫，而沈从文得以进入文学界则更多地依靠了新月作家，尤其是徐志摩，沈早期作品的发表与徐的引荐、鼓励是分不开的，好些作品也都发表在新月派掌握的刊物上。在陈梦家编的那本《新月诗选》里，沈诗选入七首，而朱湘、方玮德、林徽因、卞之琳也都只是四首。我觉得，将沈从文视为新月派的边缘人物或外围是恰当的。

【1】司马长风：《中国新文学史》下卷，香港昭明出版社有限公司1983年版，第213—215页。

【2】〔美〕金介甫：《沈从文传》，湖南文艺出版社1992年版，第306页。

但沈从文在昆明时期的创作并不多，他的创作高潮是在战前，《边城》（1934年）、《从文自传》（1934年）和《湘行散记》（1936年）代表了这位作家辉煌的过去。在昆明完成的重要作品是长篇小说《长河》（第一卷）和散文长卷《湘西》。但不管是战前或昆明时期（也就是抗战时期），以"乡土文学"为原质的沈从文创作毕竟与"新月"作风大不相同，反倒是他那些评论及杂文的思路与"新月"一脉相承，从北平写到昆明未见改弦易辙。他在昆明写的《一般或特殊》《文学运动的重造》等一系列文章，继续坚持早年"新月"的观点，要求文学与社会、政治的功利保持距离，"从'商场'和官场解放出来，再度成为'学术'一部门"。就此而言，可以说沈从文是留在昆明的独一个"新月"了。1948年郭沫若发表《斥反动文艺》，指名道姓批判沈从文及其他与"新月"有文学血缘关系的"京派"作家朱光潜、萧乾等，内中一句说："特别是沈从文，他一直是有意识地作为反动派而活动着。"这句话如果改两个字，将"反动"换为"新月"，或许更能说明实际情形。沈从文确实一直是"有意识地"作为新月派而"活动着"，包括他在昆明的八年。

但新月派毕竟日落西山、风光不再。新中国成立前夕，北大学生用大字报张贴出郭文《斥反动文艺》，同时挂出"打倒新月派、现代评论派、第三条路线的沈从文！"的标语。[1] 这一记重拳，使这位还打着"新月"破旗的沈从文倒下去了。

"新月"是一个松散的文化圈，从文学史的角度看，诗人才是这个圈子的主体，而新月诗人的代表是徐志摩、闻一多、朱湘和陈梦家。徐志摩是新月的诗魂，从1931年徐氏因飞机失事遇难后，新月派即开始走下坡路。闻一多是新月派最有影响的诗学理论家，他的转向比较早，不仅是放下诗笔搞学术，而且与"新月"的思想、艺术旨趣也渐渐拉开了距离，终于走上另一条路，被国民党杀害。朱湘和陈梦家两位则是自杀，虽然造成悲剧的社会历史背景极不相同，前者是1933年投江，后者是1966年蒙冤。

气数已尽，新月西沉。

好在另一些新星正在昆明升起，他们是以穆旦为代表的20世纪40年代昆明现代派诗人。

【1】《北大与清华》下册，国家行政学院出版社1998年版，第490页。

林徽因在巡津街

许多人都知道林徽因（早年写作徽音）是很有才气的女诗人，但知道林徽因同时还是一位优秀的建筑学家的人要少些，至于这位才女与昆明有什么缘分，晓得的人怕就更少些了。

林徽因出身清末民初的仕宦之家，祖籍福建闽侯（今福州），生于杭州。父亲林长民是近代史上的著名人物，幼年从林纾习国学，两度留学日本，攻政治，早稻田大学毕业。回国后倡导宪政，先后出任民国参议院、众议院秘书长和段祺瑞内阁司法总长，但总长只当了三个月即被迫辞职。1919年2月，蔡元培与林长民等发起成立国民外交协会。

同年4月下旬，当时正在欧洲的梁启超将中国在巴黎和会上外交失败的消息，从巴黎电告北京国民外交协会。5月2日北京《晨报》刊出林长民写的《外交警报敬告国人》，文章慷慨激昂，"胶州亡矣！山东亡矣！国不国矣！……国亡无日，愿合四万万民众誓死图之"。正是林徽因父亲的这篇短文引爆了国人的愤怒，促发了两天后的五四运动。

这样的家庭背景，使林徽因从小就受到良好的教育。1924年，这位大家闺秀赴美入宾州大学美术学院，毕业后又入耶鲁大学戏剧学院，成为我国第一位在国外学习舞台美术的学生。在宾大，林徽因选修的主要是建筑系的课程，这为她日后成为建筑学家奠定了基础。1928年，林徽因与她的丈夫梁思成（梁启超先生的长公子，获宾大建筑系硕士学位）归国，随即一同受聘于沈阳东北大学，梁任建筑系主任。

抗战爆发，林徽因一家南下，于1938年初来到昆明，住在盘龙江畔的巡津街。

巡津街是昆明的一条老街，原先叫大河埂，后来在此设岗巡视水情，名巡津堤，至清末逐渐形成街道，于民国初年得名巡津街。1910年滇越铁路通车后，不少外国人办的医院、洋行、酒店汇集于此，如法国的甘美医院（今昆明市第一人民医院前身）和商务酒店（原址在德胜桥邮电局旁），英美烟草公司，法国的龙东公司和徐壁雅洋行，美国的三达水火油公司等，本地大户人家的西式豪宅也渐渐多起来，于是巡津街（以及邻近的巡津新村、金碧路、同仁街一带）慢慢"洋"起来、摩登起来了，与以正义路为中轴线的老城区形成格调异趣的文化对比。

林徽因一家到昆明后起先住在巡津街的止园，不久又搬到巡津街9号，两处相距不远。如今旧城改造，巡津街打通、拓宽，昔日风采不复存在。大体上说，林徽因旧居位于从德胜桥西口沿江南行两三百米的地方，556号附近就是了。

梁思成到昆明后，第一件事是恢复"中国营造学社"（建筑学会）。林徽因做的工作主要是搜集资料，为协助丈夫编著《中国建筑史》做准备。在建筑设计方面，首先是与梁思成一起为西南联大设计校舍。限于当时的条件，"设计"简易校舍实在未免屈才。林徽因另为云南大学设计女生宿舍。刚到昆明恰逢云南大学由"省立"升格为"国立"，龙云夫人顾映秋捐款建盖作为女生宿舍的"映秋院"，校方聘林徽因这位女建筑师担任设计，一时传为美谈。当年的映秋院我还有印象，说上不富丽，却也典雅、幽美。可惜前些年推倒重来，新建的"映秋院"一色瓷砖贴面，"闪亮登场"，失去了昔日的魅力与风采。

林徽因在昆明的几年，总的说经济上还是比较困难的。她在刚到不久给友人的信中说自己"仍然得另想别的办法来付昆明的高价房租，结果是又接受了教书生涯，一星期来往爬四次山坡、走老远的路，到云大去教六点钟的补习英文"[1]。不过相对而言，到昆明的头一年（在巡津街），生活还算可以。社交应酬也较多，用林徽因的话说，是"因为梁家老太爷的名分"。但也不尽然，有些社交还是文化界的。比如有一回两位外国友人在南屏街昆明大旅社（今新华书店斜对门）设宴请客，主人之一是西南联大外文系的威廉·燕卜荪教授，客人中有昆明资深外语教育家柏西文（中法混裔），美国总领事迈耶，梁思成、林徽因夫妇，吴宓、叶公超等。[2]可见两位建筑学家在昆明还是很受尊敬的，并非都冲着梁启超的面子。所以林徽因的情绪还是比较好的。稍后

【1】《致沈从文》（1938年春），见《林徽因文集》（文学卷），第343页。
【2】《吴宓日记》第7册，生活·读书·新知三联书店1998年版，第27—28页。

几月，沈从文也来昆明了，人刚到，林徽因夫妇就陪着去北门街观赏昆明的雨后景色。[1]林徽因一家还去游西山，在华亭寺拍了一张多人合影（与周培源、陈岱孙、金岳霖、吴有训等西南联大教授）。《林徽因文集》里还收有两张林徽因在巡津街9号的照片，单人照略显忧色，而多人合照中的女诗人则显得很开心。这一段时间林徽因的情绪在金岳霖致外国友人的信中有所反映，他说林徽因"仍然是那么迷人、活泼、富于表情和光彩照人——我简直想不出更多的话来形容她。唯一的区别是她不再有很多机会滔滔不绝地讲话和笑，因为在国家目前的情况下实在没有多少可以讲述和欢笑的"[2]。不过，在不同的场合，林徽因的情绪表现可能也不完全一样。据作家施蛰存（抗战前期在云南大学任教）回忆，沈从文住文林街的时候（沈的家眷尚未来昆），沈的住所常有人聚在一起聊天，那间"矮楼房成为一个小小的文艺中心"。林徽因大约是常客，"很健谈，坐在稻草墩上，她会海阔天空地谈文学、谈人生、谈时事、谈昆明印象。从文还是眯着眼，笑着听，难得插上一二句话，转换话题"[3]。从沈从文"眯着眼，笑着听"的反应看，林徽因的神聊大约还是令人愉快的。

林徽因住巡津街的那一年，除了搞建筑设计、兼课和社交活动外，也写过若干首诗。其中一首题为《昆明即景·小楼》，内中有这样几句：

> 那上七下八临街的矮楼，
>
> 半藏着，半挺着，立在街头，
>
> 瓦覆着它，窗开一条缝，
>
> 夕阳染红它，如写下古远的梦。[4]

诗中所谓"上七下八"，说的是昆明老房子二楼高七尺，底楼高八尺的特点，这正是昆明城区（旧城区）那种一楼一底的"临街的矮楼"的典型制式。这样的矮楼，在当年的正义路两侧、武成路一带真是鳞次栉比。至于那"半藏着，半挺着"的立体形象，不但在正义路、"新武成路"荡然无存，即使在

【1】陈学勇：《〈林徽因年表〉补》，载《新文学史料》1999年第2期。

【2】〔美〕费慰梅：《梁思成与林徽因》，中国文联出版公司1997年版，第132页。

【3】施蛰存：《滇云浦雨话从文》。

【4】此诗首句在定稿中改为"张大爹临街的矮楼"。我觉得"上七下八"是昆明旧式民居的特色，有史料价值，故引文依初稿。见《林徽因文集》（文学卷），百花文艺出版社1999年版，第223页。

硕果仅存的文明街、文庙直街一带，由于商店重新装修门面，也不大容易看出了。林徽因到底是建筑师，一眼就抓住昆明老房子的神韵。当年女诗人说"如"写下古远的梦，如今不是"如"，是真成为"古远的梦"了。

在题为《昆明即景·茶铺》的一首里，风俗画的色彩更为浓烈。试看前三节：

> 这是立体的构画，
> 描在这里许多样脸
> 在顺城脚的茶铺里
> 隐隐起喧腾声一片。
>
> 各种的姿势，生活
> 刻画着不同方面：
> 茶座上全坐满了，笑的，
> 皱眉的，有的抽着旱烟。
>
> 老的，慈祥的面纹，
> 年轻的，灵活的眼睛，
> 都暂要时间在茶杯上
> 停住，不再去扰乱心情！

在北平，林徽因住在北总布胡同，她那"太太客厅"在文化界上层是很有名的。住昆明巡津街，她的寓所又成了教授们聚会的好去处。而从这首《茶铺》看，林徽因大约不止一次与友人下过"基层"，这种写现实的诗是凭空做不来的，风格的变化乃时代的变化使然。诗里写的那个"顺城脚的茶铺"显然属于社会的下层，但也正因为是下层的，才更多地体现一种地方相，这样的茶铺如今是很难找到了（花鸟市场还有一个），林徽因为昆明留下这样的画面，除艺术之外还有民俗学价值。

林徽因还留下一首《除夕看花》，是 1939 年 6 月发表在香港《大公报》"文艺"副刊上的，写的是她到昆明后第一次过年。开头两句写昆明那时的花市："新从嘈杂着异乡口调的花市上买来，／碧桃雪白的长枝，同红血般的山茶花。"花市（在近日公园）上嘈杂着"异乡口调"，这正是一个外省人的感觉。说山茶花是"红血般的"，则是离乱年代的特殊感觉了。买了花回到巡津街家里——

> 明知道房里的静定，像弄错了季节，
> 气氛中故乡失得更远些，时间倒着悬挂；
> 过年也不像过年，看出灯笼在燃烧着点点血，
> 帘垂花下已记不起旧时热情、旧日的话。

这几句写得最好。感时伤怀，触景生情。那年月，"过年也不像过年"，连民间挂的灯笼女诗人也看出"在燃烧着点点血"，让人不免联想起杜甫"感时花溅泪，恨别鸟惊心"。就诗论诗，这一首比那首《茶铺》更显得情绪贯通。全诗虽主要表现诗人的内心世界，但其时代的氛围也很显然。据说那一段时间林徽因还写过一首《三月昆明》，可惜找不到了。

在巡津街住了一年，为避日本飞机空袭，林徽因一家搬到乡下，住北郊龙泉镇。

在龙泉镇的梁思成夫妇

梁思成、林徽因夫妇在盘龙江畔的巡津街才住了一年多，1939 年又迁到金汁河边的麦地村、棕皮营去了。为了说清其中缘由，不能不先讲讲史语所和营造学社这两个学术团体，它们疏散到龙泉镇比较早，北大、清华的两个文科研究所迁到龙泉镇是一年多以后的事。

史语所全称为中央研究院历史语言研究所，所长傅斯年。这位著名历史学家 1945 年任北大代校长和西南联大常委，晚年任台湾大学校长。史语所还有两位杰出的考古学家，一位是李济，哈佛博士，长期主持河南安阳殷墟的大规模发掘工作，战后任中国驻日本代表团顾问，负责查收被日本劫收的文物；另一位是梁启超的次子梁思永，留学哈佛研究院，专攻考古学和人类学，曾参加印第安人古代遗址的发掘，归国后多次参加重大古代文化遗址的发掘，对中国新石器时代和商代的考古学有重大贡献，晚年任中科院考古所副所长。史语所还有一位语言学大师李方桂，原籍山西，精通英、德、法、梵、拉丁、希腊等多种语言，战后移居美国，在夏威夷大学等高校任教，还曾任美国语言学会副会长。由此可见史语所人才济济。该所驻龙头村和棕皮营。

中国营造学社是一个专门研究中国古建筑的民间学术团体，创办人是在袁世凯手下做过内务总长和国务总理的朱启钤。抗战爆发后学社解散。1938 年初梁思成、林徽因夫妇辗转来到昆明。梁思成在北平曾任营造学社法式部主任，由于他的努力，学社得以在昆明恢复。但学社是民间团体，虽得"庚款"支持，毕竟条件有限，在北平时图书资料依靠北平图书馆（今国家图书馆前身），来昆明后依靠前边说的史语所。史语所原在青云街靛花巷，与营造学社原驻地巡津街止园相距不算太远，毕竟都在城里。一年多后史语所为避日机轰炸迁往棕皮营，事实上与史语所已形成依附关系的营造学社自然也随之迁往北郊，驻麦地村兴国庵。棕皮营在龙头村北，麦地村在龙头村南，相距约一公里半，不算远。

兴国庵不算大，营造学社人不多，在里面办公（研究、绘图等）绰绰有余，但全社人员及眷属也住在里面，就显得很挤了。为了改善工作和生活条件，梁家只好在棕皮营借本村富户李荫村私家花园的一块地盖房，盖好后从兴国庵搬过去。

龙泉镇辖区较大，镇公所设龙头村。龙头村附近有瓦窑村、棕皮营、司家、麦地村等村子，"外省人"将这一带泛称为龙头村，或龙头街、龙泉村。梁家盖的"三间房"在龙头村北面响应寺偏东，认真说那里已经是棕皮营的地界了。

在棕皮营盖房子，说明梁思成、林徽因夫妇是有长期打算的。营造学社在昆明恢复后，任务之一是对川康地区（注：康指原西康省，20世纪50年代初建制撤销，其辖区以金沙江为界分别划入四川、西藏）的古建筑进行调查。另外，梁思成1939年受中央博物院聘请担任建筑史料编纂委员会主任，所以中国建筑史的编写也是学社的重要任务。川康调查历时半年（1939年9月—1940年2月），龙泉镇是前期准备和后期研究的基地。建筑史的编写虽然1942年才正式动笔，是学社已由昆明迁到四川南溪李庄两年之后，而准备工作早在龙泉镇时就已经积极展开了。

林徽因未参加川康调查。就现在见到的文字资料看，这位女建筑师为盖三间房似乎做了更多的投入。照当时的惯例，借别人地皮盖房不付地租，但五年后房子产权归地皮主人[1]。房子是两夫妇自己设计的，也是两位建筑师一生中为自己设计的唯一一座"建筑"。历经六十余年的风风雨雨，这三间房居然还在，虽然是一副老态龙钟的样子。

住房改善了，积蓄也花光了。林徽因当时在给美国友人费正清夫妇的信中这样诉说她一家的困境："现在我们已经完全破产，感到比什么时候都惨。米价已涨到一百块一袋——我们来的时候是三块四——其他所有的东西涨幅差不多一样。"幸好费正清夫妇寄来一张支票（是给林徽因治病用的）才还清了建筑费。[2]

钱花光不说，自己还得跟着打下手。几间平房简直算不上什么"设计"，施工反倒费事。林徽因在给费氏夫妇的另一封信中说，由于他们的房子是最晚

【1】《费正清对华回忆录》，知识出版社1991年版，第221页。
【2】〔美〕费慰梅：《梁思成与林徽因》，中国文联出版公司1997年版，第136页。

建成的，"以致最后不得不为争取每一块木板、每一块砖，乃至每根钉子而奋斗"，"我们还得亲自帮忙运料，做木工和泥瓦匠"。【1】据费正清夫人说，在林徽因的监督下，三间房终于在梁思成从四川回来以前完工，时间为 1940 年春天。【2】结果呢，林徽因累倒了，只得卧床休息。细算起来，辛辛苦苦盖起的三间房只勉强住了一年。

累是累，有了自己的房子毕竟是件愉快的事。林徽因在给费氏夫妇的信中谈到住新房的感觉，说这房子"有些方面也颇有些美观和舒适之处。我们甚至有时候还挺喜欢它呢"。环境也好，房子就在金汁河边，时值仲秋，"天气开始转冷，天空布满越来越多的秋天的泛光，景色迷人。空气中飘满野花香——久已忘却的无数最美好的感觉之一"【3】。

不仅自然环境好，在乡村形成的文人沙龙气氛也令女诗人欣喜。住在棕皮营的友人有西南联大政治学教授钱端升、中央研究院的李济博士、梁思成的弟弟梁思永，再加上在林徽因家旁边盖了一间"耳房"的金岳霖，"这样，整个北总布胡同集体就原封不动地搬到了这里"。不过林徽因仍感美中不足，觉得"除非有慰梅和费正清来访，它总也不能算完满"。【4】梁家原住北平的北总布胡同，林徽因的"太太客厅"在文化界上层是很有名的沙龙，如今的棕皮营三间房又有些像当年的沙龙了。

有了属于自己的住房，朋友们又时常来聚会，在战乱的年代，也算是个难得的小天地。但毕竟是战乱年代，大世界就那样，小天地再好又能好到哪里去？林徽因的儿子梁从诫后来这样回忆："三年的昆明生活，是母亲短短一生中作为健康人的最后一个时期。在这里，她开始尝到了战时大后方知识分子生活的艰辛。父亲年轻时车祸受伤的后遗症时时发作，脊椎骨痛得不能坐立。母亲也不得不卷起袖子买菜、做饭、洗衣。"【5】

但林徽因毕竟是艺术家，生活的艰辛并未使她忘却艺术。棕皮营北面有个瓦窑村，步行十来分钟可达。还是其儿子回忆："离我们家不远，在一条水渠那边，有一个烧制陶器的小村——瓦窑村。母亲经常爱到那半原始的作坊里去

【1】《林徽因文集》（文学卷），百花文艺出版社 1999 年版，第 375 页。
【2】〔美〕费慰梅：《梁思成与林徽因》，中国文联出版公司 1997 年版，第 135 页。
【3】《林徽因文集》（文学卷），百花文艺出版社 1999 年版，第 374—375 页。
【4】《林徽因文集》（文学卷）第 375—376 页。
【5】梁从诫：《倏忽人间四月天》，见《林徽因文集》（文学卷），百花文艺出版社 1999 年版，第 428 页。

看老师傅做陶坯，常常一看就是几个小时。然后沿着长着高高的桉树的长堤，在黄昏中慢慢走回家。她对工艺美术历来十分倾心，我还记得她后来常说起，那老工人的手下曾变化出过多少奇妙的造型。"【1】

这里提到的"一条水渠"即金汁河。瓦窑村以制陶器闻名，历史悠久，至今还有几座古窑。瓦窑村有位刘凤堂老人，退休前在镇文化站工作，爱唱花灯，对当地情况相当熟悉。这些年我为寻访梁思成、林徽因旧居多次拜访这位老人，向他求教。说到陶器，刘老说抗战时瓦窑村是有一位建水来的师傅做陶器。据此推想，林徽因见到的大约就是这位建水师傅了。建水陶器本来就有名，1953年北京举办全国民间工艺品展览，建水陶与宜兴陶（江苏）、钦州陶（广西）和荣昌陶（四川）齐名，被命名为我国的"四大名陶"。我喜欢建水，去过好几次。据建水人说，早在1933年，建水生产的紫陶气锅就送到美国，参加芝加哥百年进步博览会，建水陶从此走向世界。还听说建水城北三里有个碗窑村，至今还有一些古窑址，可惜我未去过。不过这倒使我产生了一个联想，龙泉镇的这个瓦窑村（昆明东郊大板桥也有一个瓦窑村）也许原来就叫"碗窑村"，"碗""瓦"二字音近，时间一久，读音变了，且瓦窑村听说并不产瓦，或许可做佐证。

话扯远了。

1940年冬，中国营造学社随中央研究院历史语言研究所一道北迁四川南溪李庄，梁思成、林徽因一家随即离开了棕皮营，结束了三年的昆明生活。

梁家走后，那三间房（还有金岳霖的"耳房"）自然成了李家花园的一部分。但这私家花园也未维持几年。据刘凤堂老先生和北京友人韩耀成先生（《外国文学评论》原常务副主编）提供的情况和我查到的资料，花园主人是本地名绅李荫村，昆明私立求实中学的重要资助者。土地改革时花园被没收。公社化以后，花园里的梁家三间房做了宝云大队的卫生所，之后又成为村干部开会的地方。20世纪80年代初，花园归还李荫村之子段连城（三代归宗恢复段姓）。段曾就读于西南联大，1948年毕业于美国密苏里大学新闻学院，归国后在北京国际新闻局做对外宣传工作，曾参加创建《人民中国》和《北京周报》。20世纪80年代初任中国外文局局长，兼任北大国际政治系客座教授。译著颇多，主要有《对外传播学初探》（中国建设出版社1988年版），是中国

【1】梁从诫：《倏忽人间四月天》，见《林徽因文集》（文学卷），百花文艺出版社1999年版，第428页。

翻译工作者协会副会长。夫人王作民是浙江长兴人，1938 年在云南蒙自毕业于清华大学外文系，后留美，与段连城是密苏里大学新闻学院的同学，回国后历任国际新闻局新闻科科长和新世界出版社副总编辑等职。著译丰，广为人知的斯大林的女儿斯维特拉娜《致友人的二十封信》就是 30 年前王作民翻译的。由于段氏长期在外，村中又无直系亲属，花园就由亲戚代管，作为花圃经营。但围墙打得太高，大铁门又常锁着，弄得我在龙头村、棕皮营一带找了五六年也一直未见三间房的半点踪影，直到前年（ 2000 年）秋天得了梁从诫先生提供的"卫生所"线索和刘凤堂老人的帮助，才得走到梁思成、林徽因两位建筑师 1940 年的家门前。

林徽因对昆明的最后记忆

离开龙泉镇北迁四川李庄五年后，林徽因又回到了昆明。这一回是来养病。

林徽因一家是经贵州毕节去四川的。刚到李庄林徽因的肺病就复发，卧床不起。第二年3月，三弟林恒（上尉飞行员）在成都上空殉国，更使林徽因痛不欲生。1945年底，林徽因赴重庆出席美国特使马歇尔举行的招待会，并由著名美国胸外科医师里奥·埃娄塞尔博士做病情检查。这位医生悄悄告诉费慰梅（Wilma Canon Fairbank）（即费正清夫人威尔玛·费尔班克，美驻华使馆文化专员，中国营造学社外籍社员），林徽因短暂而多彩的生活，再过五年就会走到尽头。【1】

朋友们开始为林徽因回昆明养病做准备。暂住重庆的林徽因也对那里感到厌烦，她对费慰梅说："这可憎的重庆，这可怕的宿舍，还有这灰色的冬天光线。这些真是不可忍受的。"当朋友们将送她回昆明养病的计划告诉她后，她稍事犹豫便同意了。"再次到昆明去，突然间得到阳光、美景和鲜花盛开的花园，以及交织着闪亮的光芒和美丽的影子、急骤的大风和风吹的白云的昆明天空的神秘气氛，我想我会感觉好一些。"【2】

1946年2月，林徽因从重庆乘飞机回到昆明，住北门街唐家花园。这是已故唐继尧的公馆（其址包括今云南省歌舞团和昆三十中两单位的宿舍及圆通山的孔雀园），条件当然是相当好的，是费慰梅、金岳霖、张奚若将她安排在这里的。住定后，林徽因给在重庆的费慰梅写信说："我终于又来到了昆明！"来治病，来看望老朋友，"来看看这个天气晴朗、熏风和畅、遍地鲜花、五光十色的城市"。重回昆明印象之佳、心情之好，溢于言表。也许由于新的住所与龙泉镇和四川李庄反差太大，林徽因将北门街唐园叫作"梦幻别墅"【3】。她在给费慰梅的信中对所居住的环境，做了充分的诗意描写：

【1】陈学勇：《〈林徽因年表〉补》，载《新文学史料》1999年第2期。
【2】〔美〕费慰梅：《梁思成与林徽因》，中国文联出版公司1997年版，第175页。
【3】〔美〕费慰梅：《梁思成与林徽因》，中国文联出版公司1997年版，第176页。

　　所有美丽的东西都在守护着这个花园，如洗的碧空，近处的岩石和远处的山峦……这房间宽敞，窗户很大，使它有一种如戈登·克雷早期舞台设计的效果。甚至午后的阳光也像是听从他的安排，幻觉般地让窗外摇曳的桉树枝丫把它们缓缓移动的影子映洒在天花板上！

　　…………

　　昆明永远那样美，不论是晴天还是下雨，我窗外的景色在雷雨前后显得特别动人。在雨中，房间里有一种难以言状的浪漫氛围——天空和大地突然一起暗了下来，一个人在一个外面有个寂静的大花园的冷清的屋子里。这是一个人一生也忘不了的。【1】

　　我这里之所以大段摘引林徽因的信件，不仅因为这些文字是窥测这一阶段她心理情绪的窗口，也因为她养病的这个唐园前些年已经消失了，十分可惜。唐园背靠圆通山，林徽因寄寓之处当在今孔雀园的西南角，她写到的山峦、岩石，是从唐园看到的公园景致。文字侧重写情绪、感觉，实笔细描不多，但毕竟是关于这座"梦幻别墅"的珍贵史料。一个多月后，仍在四川李庄的梁思成在给费正清夫妇的信中也说到夫人在昆明养病的状况："尽管昆明的海拔高度对她的呼吸和脉搏会有某种不良影响，但她在那里很快活。她周围有好多朋友给她做伴，借给她的书都看不完。老金（指金岳霖）和她待在一起（他真是非常豪爽），她还有一个很好的女仆，因此得到了很好的照顾。我没有什么可担心的。"【2】

　　林徽因1946年重返昆明住了三四个月，这几个月的"梦幻别墅"生活，给她留下特别愉快、特别难忘的印象。

　　不过，情绪好不好是就总的方面而言。毕竟，抗战已经胜利，又一下子从乡下住进了高级的私人园林，又有那么多的友人来关心、照料，情绪基调的确是愉快的。但还有一个：毕竟丈夫和孩子都不在身边，而且林徽因的病情也似乎未见明显的好转，因此可以想见，她的心绪也不会好到哪里去，哀愁与愉悦

【1】《林徽因文集》（文学卷），百花文艺出版社1999年版，第385—386页。
【2】〔美〕费慰梅：《梁思成与林徽因》，中国文联出版公司1997年版，第178页。

相伴，或许更接近于真实。有诗为证。

　　在李庄，林徽因的情绪相当忧郁。她写过这样的诗句："忧郁自然不是你的朋友，但也不是你的敌人。"（《忧郁》）这种心绪重返昆明后不时又流露出来。试看这首《对残枝》：

> 梅花你这些残了后的枝条，
> 是你无法诉说的哀愁！
> 今晚这一阵雨点落过以后，
> 我关上窗子又要同你分手。
>
> 但我幻想夜色安慰你伤心，
> 下弦月照白了你，最是同情，
> 我睡了，我的诗记下你的温柔，
> 你不妨安心放芽去做成绿荫。

　　昆明四季如春，林徽因在唐园养病正是自然的春季，可谓春天里的春天。春城无处不飞花，何以独独要与冬梅的残枝对话？那残枝，大约就是她自己的心影罢。来日无多，某种预感可能不时袭上心头。林徽因默默面对窗外的残枝，窗外的残枝也温柔地凝视着抱病的她。以前说"忧郁自然不是你的朋友"，不对了，忧郁是林徽因与残枝共同的朋友，面对残枝其实就是面对自己。美国医生预测她只剩下五年的生命，虽然命运让她奇迹般地多延长了五年。

　　林徽因给昆明留下的另一首诗《对北门街园子》，色调要暖一点，也亮了些。全诗共六行：

> 别说你寂寞；大树拱立，
> 草花烂漫，一个园子永远
> 睡着；没有脚步的走响。
> 你树梢盘着飞鸟，每早云天
> 吻你额前，每晚你留下对话
> 正是西山最好的夕阳。

全诗透出了较多生气。北门街园子（即唐家花园，也叫北门花园）虽然"永远睡着，没有脚步的走响"，但园里毕竟"大树拱立""草花烂漫"，而且"树梢盘着飞鸟"，每天早晨的云天还会"吻你的前额"。也许，林徽因的病略为好些了罢？不过也难说。在几年前的那首《昆明即景·小楼》里，写的虽是"那上七下八的矮楼"，末了一句却是"夕阳染红它，如写下古远的梦"，如今这一首，又以"西山最好的夕阳"做结。林徽因似乎格外钟情于昆明的"夕阳"，这是艺术审美取向使然，还是病魔缠身的心理外化？

在昆明休养了几个月之后，林徽因终于回到了她日夜思念的北平，她不时记起昆明。据梁思成的续弦夫人（也是林徽因的学生）林洙女士回忆，在20世纪40年代末梁家的茶会上，林徽因仍然是中心，不管谈论什么都能引人入胜，语言生动活泼。"她还时常模仿一些朋友说话，学得惟妙惟肖。"有一次，林徽因向当年也在昆明生活的陈岱孙教授介绍林洙，说她弄不清林洙到底是福州姑娘还是上海小姐——

> 接着她学着昆明话说，"严来特是银南人啰（原来她是云南人啰）"。逗得我们大家都笑了。[1]

几年后，一代才女林徽因带着她对世界和生活的无尽思绪，以及她对昆明的美好回忆，离开了人世。

【1】林洙：《大匠的困惑》，见《中国现代作家选集·林徽因》，人民文学出版社1992年版，第356页。

冰心、林徽因在昆三年似无往来

抗战初期冰心、林徽因两位女作家都曾一度住在昆明德胜桥附近，走动方便却似无往来。原因么还得从冰心的小说《我们太太的客厅》说起。

北平的北总布胡同 3 号是梁思成、林徽因夫妇的住宅，原先知道的人并不太多，后因冰心写小说《我们太太的客厅》影射讽刺林徽因，酿成一段文坛公案而渐渐广为人知。抗战初期两位女士南迁昆明，林徽因在昆明北郊棕皮营自建新宅，很满意，写信告诉远方的友人说，"北总布胡同那个集体"整个"原封不动地搬到了这里"，换言之即北平那个"太太客厅"搬到昆明了。公案余波延续。

林徽因的"太太客厅"是随中国营造学社南迁的。

中国营造学社是专门研究中国古建筑的民间学术团体，成立于 1930 年，创办人是北洋时期名宦朱启钤。朱曾在袁世凯手下做过内务总长及代理国务总理，后失意退出政坛，转向关注中国传统建筑研究与保护。学社成员有史学家陈垣、考古学家李济、地质学家李四光等一流学者。清华老校长周贻春也是该社成员，他专程赴沈阳请时在东北大学任教的梁思成、林徽因夫妇加盟。学社内设法式、文献二部，分由梁思成和刘敦桢主持，研究古建筑形制和史料，并开展中国古建筑的田野调查工作。抗战时期中国营造学社被迫南迁，辗转经过武汉、长沙，于 1938 年初迁来昆明，初驻巡津街，1939 年初迁至麦地村兴国庵。1940 年冬再迁至四川宜宾李庄。

昆明棕皮营梁、林旧居是笔者历时近十年的寻访、考证才找到并认定的。这是梁、林伉俪一生为自家设计的唯一私宅，尽管房舍比较简单，称"建筑"有点夸张，但它是两位建筑师的作品，更何况还具有唯一性，很有价值。

作品简单，施工就不那么简单了。

作为民间团体的营造学社，图书资料条件薄弱，南迁开始后渐渐形成对中央研究院历史语言研究所的依附，史语所迁到哪里，学社就跟到哪里。史语所迁到昆明驻青云街靛花巷,学社驻巡津街(先居街底止园,后迁9号)。一年之后再随史语所迁龙泉镇,史语所驻龙头村弥陀寺及棕皮营响应寺,营造学社驻麦地村兴国庵,相距不远。至于居所,史语所和学社的主要人员大都汇聚到棕皮营。

梁思成一家老小原居麦地村兴国庵,学社的人都集中在那里,因太挤,才打主意在棕皮营借地建房。建房谈何容易?经济困难不说,而且要靠林徽因独力操持。当时梁思成带领一干人离昆进行川康地区古建筑调查,林徽因未参加,留龙泉镇为梁思成受聘承担的《中国建筑史》编写工作进行必要的前期准备(梁任中央博物院建筑史料编纂委员会主任),同时操持建房施工。房子终于在1940年2月梁从四川返回之前建好,但林徽因累倒了,只好卧床休息。

房子确实不错。正房为一排三间平房(外加金岳霖添盖的一小间"耳房"),坐西朝东。室内均有天花板和木地板,客厅靠西窗安装有壁炉,正房后偏北另有一排三小间做厨房、用人房及储藏室,前院为花园,郁郁葱葱,宅院后不远处有金汁河缓缓流过。怪不得林徽因很满意。她在给费氏夫妇的信中谈到住新房的感觉,说这房子"有些方面也颇有些美观和舒适之处。我们甚至有时候还挺喜欢它呢"。时值仲秋,"天气开始转冷,天空布满越来越多的秋天的泛光,景色迷人。空气中飘满野花香——久已忘却的无数最美好的感觉之一"。

不仅自然环境好,在乡间形成的文人沙龙氛围也让当年北平"太太客厅"的主人喜欢。当时住在棕皮营及其附近的友人有西南联大政治学系教授钱端升,中央研究院考古学家李济,梁思成的弟弟、考古学家梁思永,早年的"新月"诗人陈梦家及其夫人赵萝蕤(其时陈、赵夫妇居北邻的桃园村),再加上"耳房"里的西南联大哲学家金岳霖,等等。"这样,整个北总布胡同集体就原封不动地搬到了这里。"

耳房主人金岳霖与林徽因的恋情广为人知。1931年徐志摩挥一挥衣袖仙逝后,金岳霖迁到北总布胡同与梁家为邻,梁家在前院,单身金住后面的小院,去太太客厅喝下午茶多方便。南迁昆明后金岳霖原住潘家湾昆华师范,稍后梁、林夫妇南来昆明住巡津街,单身金随即迁去同住一院。如今在棕皮营梁宅,金又添盖了一小间耳房,说金跟着林如影随形是一点不带夸张的。却也不必解读过度。人说金岳霖终身未婚也未必准确。据语言学家赵元任的太太杨步伟回忆，金先生留美归国任教清华时带了两位美国女友回来在城里"同住"，一位叫 Lilian Taylor，一位叫 Emma（赵太太说姓什么忘了）。似婚非婚？终不终身更无从说起。也许说金与林为柏拉图式的精神恋较为切合。

不过，尽管有那么多朋友可随时聚会，林徽因仍感美中不足，觉得"除非有慰梅和费正清来访，它总也不能算完满"。这对夫妇可算得上林徽因最好的美国朋友。抗战时期费正清与太太费慰梅一起在美国驻中国大使馆（重庆）工作，费正清任驻华大使特别助理，费慰梅任文化参赞。费正清日后成为美国最权威的中国通，其弟子遍及美国外交界。费慰梅是专门研究中国古代艺术的学者，也是中国营造学社的外籍社员。

不管怎么说，棕皮营有了三间房（叫"三间半"更确切），那"整个北总布胡同集体"又差不多都迁来了，林徽因多多少少找回了当年北平"太太客厅"的感觉，其心情之愉快是不难想象的。

尽管太太客厅的叫法源于冰心 1933 年发表的那篇影射小说，但流传中的"太太客厅"的叫法似无贬义，像是从讽刺中剥离了出来，林徽因本人似乎也认了。但对那篇小说，则肯定是耿耿于怀的。小说是艺术，一般不宜将作品人物与现实人物对号入座，但冰心这篇影射性太过明显，文学圈中人一看就来了兴趣，要让人不去对号都难。冰心对小说里影射林徽因的那太太显然持一种不以为然的态度，笔底不乏讥诮，甚至尖酸。小说有如下的沙龙场景：

> 大家都纷纷的找个座儿坐下，屋里立刻静了下来。我们的太太仍半卧在大沙发上。诗人拉过一个垫子，便倚在沙发旁边地下，头发正擦着我们太太的鞋尖，从我们太太的手里，接过那一卷诗稿来，伸开了，抬头向我们的太太笑了一笑，又向大家点头，笑着说："我便献丑了，这一首长诗题目是《给——》。"于是他念……

徐志摩写过一首诗（是短诗），题目也叫《给——》，头两句是："我记不得维也纳，除了你，阿丽丝。"林徽因的英文名叫菲丽丝，这首诗也许就是写给林徽因的吧。小说里的诗偏偏也用了《给——》这题目，若说是巧合也未免太巧了些。这且放下。小说里还有个太太的女儿"彬彬"，五岁，时不时出来见见客人。又巧的是林徽因确有一女名梁再冰，1929 年生，到冰心写作并发表这篇小说的 1933 年也恰好五岁。小孩子写写倒没什么，不过在小说里，写诗人的头发擦着太太的鞋尖，对诗人也未免太损，下笔欠着点淑雅。更显过分的是冰心还借小说触人隐私。小说里太太的娘被称作"老姨太"，暗示林徽因的生母非正室，这就欠着些厚道了。

当然，林徽因也有回应。小说的事她很快就知道，随即托人给冰心送去一瓶山西老醋（她去山西考察古建筑后带回北平的），应对幽默，也大度，算柔性报复。但毕竟自己因冰心小说而受伤，所以在 1940 年冬即将离滇迁川前，林徽因在棕皮营的"太太客厅"写给费正清、费慰梅夫妇（其时尚未来华）的信中，仍忘不了顺笔将冰心议论一番。信不短，主要讲战争，讲敌机轰炸，如说："看来这场可怕的战争离结束还很远。日本鬼子消耗得差不多了，但还没消耗到能让我们高兴的程度。"视点很高，亦大气。也提到若干朋友的情形，如金岳霖和乔治（西南联大外文系主任叶公超的英文名），信息讲述中都透着友情和关注，无论说老金如何奔波于城乡的"可怜"，还是说叶公超的"蠢"。说冰心却不同，情绪一下子就变了，成了评议且有些愤慨。那话是这么说的：

> 但是朋友"Icy Heart"却将飞往重庆去做官（再没有比这更无聊和无用的事了），她全家将乘飞机，家当将由一辆靠拉关系弄来的注册卡车全部运走，而时下成百有真正重要职务的人却因为汽油受限而不得旅行。她对我们国家一定是太有价值了！很抱歉，告诉你们这么一条没劲的消息！

其实，细读信文即可看出，林徽因信中因冰心而生发的情绪，并非全系于"太太客厅"的历史旧账，与现实的反差也有极大关系。冰心全家乘飞机，拉家当有专车。林徽因却惨，她在同一封信里诉说，她们（应包括学社的其他人员及家眷）将乘卡车去四川，从 70 岁的老人到刚出生的婴儿，31 个人挤一个车厢，每家只准带 80 公斤行李。对比度这么大，不生气才怪。

当然也不能否认历史的夙愿。还拿名字来说。冰心大约知道林徽因的英文名叫菲丽丝，不然小说里诗人朗诵的诗怎么偏偏与徐志摩那首写给"阿丽丝"的《给——》同名？林徽因想必也知道冰心的英文名叫玛格丽特，却不用，在信中故意用"Icy Heart"[冰冷的心]来说，心眼儿也够小。且议论或偏颇，显然是意气用事。不过，当时昆明文化圈议论冰心赴渝任职的也不止林徽因一人，比如沈从文，他在 1941 年初给由滇迁闽的作家施蛰存的复信中就讲，冰心去重庆"实因走内线"，与宋美龄"攀同学，宋拟利用她办文化。结果，如说与文坛有关，恐不是光彩"云云。沈从文堂堂一须眉也议及于此，则将此议全视为女人用气亦不尽然。

持平而言，吴文藻是民族学家，政府调他去国防最高委员会参事室任参事，研究民族、宗教问题并提供意见，夫人冰心去任妇女指导委员会文化事业部部长，鼓励女青年热心写作，具体讲是主持"蒋夫人文学奖金征文"评奖。征文分论文、文艺两类，文艺类的评委除冰心外还有郭沫若、杨振声、朱光潜、苏雪林等。吴、谢夫妇赴渝为抗战效力无可非议。两个聪明女人如此你来我往，众人围观难免莞尔一笑，只是也要看到，此一过节毕竟是冰心先出手，而且是以公开发表作品的方式，影响甚大。林徽因文字回手晚（那瓶山西老醋不算），晚了七年，而且是在私人通信中，影响小得没法比，近乎腹诽。此信系英文，后由儿子梁从诫译为中文编入《林徽因文集》（文学卷）于 1999 年出版。百岁老人冰心亦谢世于此年，想必未看到。

不但冰心不大可能知道林徽因 1940 年在私人信件中对她的议论与抨击，1955 年即已早逝的林徽因，更不可能想到在她死后三十多年，冰心却说自己从呈贡去重庆任职是落进了宋美龄的"圈套"，而且还是被宋美龄传来的话"激怒"了才决定的。其时已八九十岁的冰心这么讲：

> 那时的国民党教育部次长顾毓琇是文藻在清华大学的同班同学，他从重庆到呈贡来看我们说："蒋夫人宋美龄对我说，'我的美国威尔斯利女子大学的同学谢冰心，抗战后躲在云南，应该请她来妇女生活指导委员会做点文化教育工作。'"我被她的"躲"字激怒了，于 1941 年初就应邀到了重庆。

冰心说她到重庆上任后才知道要搞的是蒋的"新生活运动"，才觉得自己是"落进了圈套"。林徽因九泉之下如能听到这些，或许会感到一头雾水、匪夷所思。

1933 年的"客厅"风波延续到昆明，此事非自棕皮营始。1938 年，梁思成、林徽因夫妇居巡津街。吴文藻、冰心夫妇先居螺峰街、后居维新街（护国路南段背后，今青年路南段西廊）。巡津街与已消失的维新街其实同在一条南北纵贯线上，德胜桥居中，距两家的居所都不过十来分钟的路程。两家在昆明的时间都是三年左右（冰心来、走都稍早些），但两位在昆三年却似无往来。因不能十分肯定，所以说"似"。以我的阅读范围讲，确实未见有关两女士在昆来往的文字留痕。七八年前与梁从诫先生在昆明见面交流，我谈及于此，梁先生笑而不语。

不过，冰心的态度晚年还是有调整的。20世纪80年代中期，冰心为《人民日报》（海外版）写了一篇文章讲中国现代女作家，从袁昌英、陈衡哲等老一辈一直说到舒婷、王安忆、铁凝等小字辈，中间也有林徽因，说："1925年我在美国的绮色佳会见了林徽因，那时她是我的男朋友吴文藻的好友梁思成的未婚妻，也是我所见到的女作家中最俏美灵秀的一个。后来，我常在《新月》上看到她的诗文，真是文如其人。"用语不吝，显着老祖母年岁的包容与慈祥。

说来也巧，两女士的昆明旧居，前些年有关部门都做了修葺，这在昆明的文化名人旧居中是比较突出的两例。冰心的旧居"默庐"在呈贡，位于昆明之南。林徽因的旧居"客厅"在昆明之北。还是一南一北，比德胜桥那边隔得更远。不过此非意气使然，一点巧合罢了。

早就写过"孔雀胆"的施蛰存

抗战时期，许多大学者从省外来云南大学任教，其中除广为人知的史学家顾颉刚、吴晗，民族学家吴文藻，社会学家费孝通，语言学家吕叔湘等外，还有文史名家胡小石（任文学院院长）、美国威斯康星大学哲学博士朱驭欧（任政治系主任），威斯康星大学政治学硕士潘大逵（任法学系教授），美国加州大学哲学博士林同济（任法学院院长），哈佛大学硕士吴富恒（任外文系主任），等等。林徽因、赵萝蕤两位才女也一度在云大兼着一点英文课。

上海作家施蛰存也是这支客籍教师队伍中的一位，他在云大开始了自己的古典文学教学和研究的生涯。当时云大文、史一个系，叫文史系。系主任分配给施蛰存的课程是大学一年级的国文、历代诗选和历代文选。以施先生的造诣，教这些课应该是绰绰有余，但施先生的回忆颇让人出乎意外。"我战战兢兢地接受了任务，努力备课，编讲义。上了几个月课，才知道过去光是读书，纵然读得很多，全不顶事。有许多古典作品，过去读过几十遍，自以为懂了，没有问题。可是拿到课堂上去一讲，经学生一问，就觉得有问题了。怎么办？要解答，就得研究。"

从这段叙述来看，当时云大学生还是相当用功的，"经学生一问"能让施蛰存这样的老师也"觉得有问题了"，可见学生素质之高。施先生还说他在云大三年，"有条件阅读了许多云南古代史文献，写下了一些札记"。这两句话使人想起一篇叫《阿褴公主》的小说。此作原名《孔雀胆》，是施氏20世纪30年代初出版的中篇小说集《将军底头》中的一篇。这几篇作品都是对历史题材做新的处理，突出人物在双重矛盾下的心理及其艰难的抉择，是中国现代小说中运用弗洛伊德精神分析法的最早尝试。《阿褴公主》极力表现种族与情欲的冲突，很有特色。但这些小说与近年影视作品流行的"戏说"不同，作家在人物心理、性格上虽有新的处理，而在历史背景及故事框架上则大致不离谱，所以创作之前还是要搜集历史材料的，与当今某些影视编导那种以"气死历史学家"为目的是很不一样的。这才能理解,写过《阿禗公主》的新派作家何以对云南地方史料感兴趣,不光阅读,而且写札记?

写到这里又想起一点题外话,是牵涉到郭沫若的一桩不大的公案。郭沫若写了个《孔雀胆》,剧本之后附录文字若干篇,其中有篇《〈孔雀胆〉故事补遗》,里面说:"我把剧本写好之后,有朋友告诉我:施蛰存有一篇小说也是写这些故事的,收在《将军底头》里。"郭说重庆找不到这本书,请成都的朋友买了本寄来,翻,"果然在里面发现了一篇小说叫《阿禗公主》"。"读了这篇小说,在积极方面对于我毫无帮助,不过在消极方面它算使我知道了我所不能找到的东西,别人也没有方法找到。"【1】

而施老在 1990 年答台湾作家郑明娳、林耀德问时是这样说的:

> 我的《阿禗公主》发表之后,郭沫若写了《孔雀胆》脚本时在题记中说:他不知道这个故事已由我写成小说了。但是我看他的脚本中有些资料是从我的资料中拿去而不是由文献资料来的,不过他一定要表示写脚本时并没有看过我的小说。【2】

这问题,有兴趣的人可以继续研究,这里提到只是为了说明这位海派作家对云南古代史文献还是很感兴趣的。

施蛰存先生对云南文史的兴趣,从他与袁嘉谷的交往也可以看出来。袁嘉谷清光绪二十九年(1903 年)考中"经济特科状元",成为云南历史上既是第一位,同时也是最后一位"状元",在云南无人不知。施蛰存到云大时,袁任国学教授兼图书馆馆长,相处时间很短(袁 1937 年 12 月逝世),大概说不上交情,但既然对云南文史感兴趣,这位新派作家向状元请教肯定是少不了的。我觉得他两位的见面很有点历史意味,似乎象征着"古代"与"现代"的对话。

施先生在《怀念云南大学》中提到早先的贡院,说:"除掉会泽院及科学馆两座大楼是新造的以外,其余的校舍都是就旧有贡院房舍修葺改造的。这些屋舍虽然显得破旧,但是从历史意味上讲起来,其对于云南文化的价值,却比

【1】郭沫若:《孔雀胆》,人民文学出版社 1979 年版,第 123 页。
【2】施蛰存:《中国现代主义的曙光》,见《沙上的脚迹》,辽宁教育出版社 1995 年版,第 172 页。

那两座洋楼重要得多了。袁树五先生所著《滇绎》谓'数百年科举人才皆出其中'，而光绪年间又曾'添号舍至五千'，可见当时规模之大。现在这5000间号舍虽已无存，但那画栋雕梁的衡鉴堂与至公堂却还是庄严地存留着。"

袁嘉谷，字树五（弟兄八人，排行第五），所著《滇绎》共四卷，是袁氏的主要著作之一，书中关于云南的历史掌故极为丰富，是研究云南地方史的重要参考书。施文提到的"号舍"，5000间是没有了，但还有一排（两层）幸存，数十间，前些年一直当作单身宿舍使用，一楼各家还搭建了简陋厨房。所幸这两年文物意识普及，云大也晓得了这"号舍"的价值，将住户迁走，认真做了修葺，可供人参观。美中不足的是二楼许多单间被打通，连成一片作为大会议室，看着有点可惜。至于施先生当年还见过的衡鉴堂（我未见过，听说位于云大老图书馆），早已不存，令人欣慰的是，"至公堂却还是庄严地存留着"。

施先生还提到明末永历帝到云南的时候，贡院被作为这个末代帝王的最后一个行宫，当时张挂的一副门联很有价值。"文运天开，风虎云龙际会；贤关地启，碧鸡金马光辉。"施老说："这也是袁树五先生告诉我的。"

施老在1983年写的《我治什么"学"》中除说到他在云大读了许多云南古代史文献外，还提到他"看了许多敦煌学文件，校录了十几篇变文"。乍读这两句，也觉得意外，云大哪来这"许多敦煌学文件"？细思之，有了，这也与状元有关。袁嘉谷早年曾任学部副提调，分管教育、文化。

1908年，法国汉学家伯希和收买敦煌莫高窟的王道士，弄走了几十箱藏经洞的写本和画卷，内中绝大部分已运往巴黎，只有几箱伯希和随身带到北京。袁嘉谷听说后，立即偕罗振玉、王国维等专家学者去看，知为中国珍宝，遂速告学部急电敦煌："凡敦煌窟中一缣一字均检送来京，不得再失。"敦煌地方官吏马上查究，从陕西追回了古籍数千册，由学部收管，[1]使敦煌文物的损失有所减少，这是袁嘉谷的一个不应被忘记的贡献。

在一篇纪念沈从文的文章里，施老说到昆明福照街逛夜市"觅宝"的情形。"昆明有一条福照街，每晚有夜市，摆了五六十个地摊。摊主都是拾荒收旧者流，每一个地摊点一盏电石灯，绿色的火焰照着地面一二尺，远看好像在开盂兰盆会，点地藏香。"还说："在福照街夜市上，我们所注意的是几个古董摊子，或说文物摊子。这些地摊上，常有古书、旧书、文房用品，玉器、漆

【1】袁丁：《袁嘉谷年谱》，见《云南文史资料选辑》第36辑。

器，有时还可以发现琥珀、玛瑙，或大理石的雕件。外省人都拥挤在这些摊子上，使摊主索价愈高。"【1】

这个福照街是旧名，即今天的五一路中段（武成路与光华街之间那一段），我太熟了，从小就在那里生活。所说那个"夜市"就在今昆八中大门口那片地方，其实白天也有地摊，多半卖旧衣烂衫。也有卖小吃的摊位，多半是豌豆粉、卷粉、肠旺米线之类，白天去逛的多半是社会下层市民及进城卖柴卖炭的山民，还有些挑扁担的（出卖劳力的农民），有时也见耍把戏的。那景象和气氛，大约与北京的天桥差不多，只是地面很小。再后，那地方变成了菜市，施蛰存、沈从文、吴晗他们去逛过的夜市自然也就不复存在。十年前那里建了一座振滇商场，去的人不多，这两年又变成了西部大酒店，没进去过，不知生意如何。

总的来看，施老虽然有兴趣于文史，并有极高的造诣，但在1949年以前，他的"形象"是一位新派作家。1957年以后，施老才得了"机会"，沉潜下去研究古典文学。再后兴趣又转移到金石碑版，陆续写成《水经注碑录》《汉碑年表》和《碑跋》等考古著作多种。沈从文呢后来也不见他写小说，去博物馆弄古董，最终将一部《中国古代服饰研究》摆到了世人面前。

两位作家后来都转向古代，应该说与他们当年结伴逛福照街古董夜市并没有多大关系，而在我，却不免要联想到他们蹲在福照街地摊的电石灯下，就着那绿色的火焰，低头"觅宝"会是什么样子。当时我家就在福照街，离那古董夜市不远。

【1】施蛰存：《滇云浦雨话从文》。

沈从文为什么有自卑感

刘文典看不起沈从文，传说甚多，流传也广，单与跑警报有关的一则逸闻就有多种版本，例如：

"有一次跑空袭警报，他（指刘文典）看到沈从文也在跑，便转身说：'我跑是为了保存国粹，学生跑是为了保留下一代希望，可是该死的，你干吗跑啊？'"【1】

"西南联大师生避日机空袭，沈从文从刘文典身旁擦肩而过。刘微露怒愠，对同行学生说，我刘某人是替《庄子》跑警报，他替谁跑？"【2】

比较一下，文字不同，细节有别，但意思是一样的，我倾向于相信。

刘文典看不起沈从文，还有一些逸闻，例如：

刘文典"公开在课堂上说：'陈寅恪才是真正的教授，他该拿400块钱，我该拿40块钱，沈从文只该拿4块钱。'"【3】

"沈从文将由副教授升教授，人皆举手，独刘（文典）不肯：'沈从文是我的学生，他都要做教授，我岂不是要做太上教授了吗？'"【4】

许渊冲当年是西南联大外文系学生，由中文系教授给他们讲大一"国文"，刘文典讲《文选》，许听过刘的课，而且许今日已是著名学者，所写文字应该是可靠、可信的。《学林散叶》虽附有《参考书籍及报刊（部分）》，比较笼统，未逐条注明出处（其实这并不麻烦，可将参考书刊编号，用号码代表出处即可。也许编者别有想法），但我还是倾向于相信的，因为各种逸闻相互印证，刘文典确实看不起，甚至歧视沈从文，在这个观点上各种版本是一

【1】许渊冲：《追忆逝水年华》，生活·读书·新知三联书店1996年版。

【2】盛巽昌、朱守芬编撰：《学林散叶》，上海人民出版社1997年版。本书另有一则逸闻可为此条做注："刘文典在西南联大讲课时，以国内有名的庄子研究专家自称。他曾说：'在中国真正懂得《庄子》的，就只有两个人，一个是庄周，还有一个就是刘文典。'"

【3】许渊冲：《追忆逝水年华》，生活·读书·新知三联书店1996年版。

【4】盛巽昌、朱守芬编撰：《学林散叶》，上海人民出版社1997年版。

致的。

钱锺书的印象提供了佐证。钱氏在西南联大仅一年，估计与沈氏也不会很熟，但沈给钱留下一个总的印象。美国学者金介甫为写《沈从文传》采访过钱锺书。"钱说，沈从文这个人有些自卑感。"【1】钱锺书的中篇小说《猫》影射讽刺了文化艺术界若干名流，里面那个作家曹世昌即指沈从文，说："他在本乡落草做过土匪，后来又吃粮当兵。"其作品"给读者以野蛮的印象"，"他现在名满天下，总忘不掉小时候没好好进过学校，还觉得那些'正途出身'者不甚瞧得起自己"。

看来，说沈从文有自卑感是不会错的了。现在要研究的是，沈从文为什么会那样？我想，这与他离开故乡进入一个他不适应的环境，或者说文化环境有很大的关系。

第一，是他在社会背景（现在不兴说"出身"了）上处于弱势。他来自穷乡僻壤，他们沈家在当地虽也算世家大族，经济上属于小康之家，但当他去到北京、上海，进入英美派文人和大学教授的圈子，简直上不了台面，更何况他那些经历又何等的下层。所以金介甫在沈传里说："直到20世纪80年代，沈从文对他并不显赫的家世出身，一直讳莫如深，而且也不愿谈他的民族血缘。"【2】这从梁实秋对他的印象又得到佐证。"从文虽然笔下洋洋洒洒，却不健谈，见了人总是低着头羞答答的，说话也是细声细气。关于他'出身行伍'的事他从不多谈。"【3】"印象中他是很孤独，不与人来往，就是在房里拼命写东西。"【4】陈西滢也有类似的记忆，说他在新月社第一次见到沈从文："我与志摩说话时，一个人开了门，又不走进来，脸上含笑，但是很害羞，这就是从文，他只是站在房门口与我们说话，不走进来。"【5】

其实那圈子里的人对沈从文还是不错的。梁实秋与沈从文并不很熟，但他知道提拔沈从文的有三个人：第一是胡适，第二是徐志摩，第三是杨振声。这几位不像刘文典，但沈从文肯定感到压力的存在。为了证明自己，他必须"拼命写东西"。

【1】〔美〕金介甫：《沈从文传》，符家钦译，湖南文艺出版社1992年版，第309页。

【2】〔美〕金介甫《沈从文传》，符家钦译，湖南文艺出版社1992年版，第13页。

【3】梁实秋：《忆沈从文》，1973年版。

【4】梁实秋：《忆沈从文》，1985年版。

【5】陈西滢：《关于"新月社"》。

第二，是沈从文的学历不完整，属于自学成才型。在那个圈子里（不管是学校还是文坛），不管嘴上说不说，实际上是很重学历、学位的，尤其是在大学里。吴晗毕业于清华大学，牌子比沈从文硬多了（虽然吴晗在读吴淞中国公学时是沈从文的学生），但在清华，没有留洋拿个学位回来，做讲师可以，想晋升就比较困难。曾经做过清华数学系主任的熊庆来很清楚这一点，所以当熊氏向吴氏表明聘其为云南大学教授时，吴氏也就愉快地应聘，很快就来到昆明。但云大的牌子毕竟不及西南联大，两年后吴晗就去西南联大任副教授，再过一年任西南联大教授。[1]

当然，大学强调教师的学历、经历，并非针对特定的某个人，那是一种传统，并有明文规定。西南联大制定的《本校教师资格标准》[2]，今天来读觉得很有意思。试看教授资格的第一条："三年研究院工作或具有博士学位及有在大学授课或在研究机关研究二年，执行专门职业二年之经验及于所任学科有重要学术贡献者。"这一条一般人就很难达到。当然，还有两条，并非要求三条具备才能做教授，三条占一条即可。但第二条也难："于所任学科有创作或发明者。"文字看似简单，其实要求极高，"创作"一词相当于今之所谓"创造"，有创造发明，即在某一学科填补了空白，做出了开拓性的贡献。第三条相对宽松："曾任大学或同等学校教授或讲师，或在研究机关研究或执行专门职业共六年，具有特殊成绩者。"吴晗的明史研究早已取得相当成绩，而且又做了云大教授，套这一条当无问题。

回过头来再说沈从文。他从 1924 年就开始发表作品，虽重在小说，但也写了不少诗歌、戏剧、散文、评论等，创作宏富，被称为"多产作家"。中篇小说《边城》是沈从文的代表作，1934 年发表后受到广泛好评，奠定了他在中国文坛的重要地位。而且他从 1930 年起即先后任武汉大学和青岛大学讲师，1939 年到西南联大后升任副教授，但编制不在文学院的中国文学系，是在师范学院的国文学系。而且沈从文的教授工资起点低。他 1943 年 7 月升任教授，校常务会议决定："改聘沈从文先生为本大学师范学院国文学系教授，月薪 360 元。"[3] 而比沈从文晚两个月晋升的周覃被却高出 70 元："改聘周覃

【1】《国立西南联合大学史料》（教职员卷），云南教育出版社 1998 年版，第 240、318、321 页。

【2】《国立西南联合大学史料》（教职员卷），云南教育出版社 1998 年版，第 321、390 页。

【3】《国立西南联合大学史料》（会议记录卷），云南教育出版社 1998 年版，第 293 页。

被先生为本大学法商学院商学系教授，月薪 430 元。"【1】查周先生的简历，原来是英国爱丁堡大学商学士，比沈氏小 8 岁，1942 年到校任讲师。【2】论资历，沈从文老些；论学历，确实不好比了。

这么来看，沈从文的形象定位就不能简单地看作是某几个人的偏见了，大环境在那里摆着。

第三，涉及中文系的性质。大学中文系历来偏重旧学（或称国学），视新学，尤其是新文学为可有可无，新文学作家及其作品似乎都上不了台面。刘文典之所以鄙视沈从文，其中就明显包含着这一层意思。在那样的环境里，沈从文教"各体文习作"这门课不被重视也就可以想见了。但学生们还是喜欢这门课的。"那时，选读他'各体文习作'的同学很多，三间大的教室，总是座无虚席，不少同学不得不搬了椅子坐在门外窗外听讲，因为，不止中文系的同学来上这门课，有空来旁听的其他系的同学也不少。"【3】

由于话题从刘文典对沈从文的歧视说起，所以讲的是大学（主要是中文系）的环境和气氛，或者说就是文化生态小环境罢。至于文坛，沈从文 1933 年发表《文学者的态度》，将作家分为"京派"与"海派"，他本人以"京派"自居。梁实秋属于"京派"，梁对沈的印象我在前面已经提到。施蛰存算是"海派"，与沈从文在上海就比较熟，来昆明（云南大学任教）生活了三年，两人常一起逛福照街夜市买古董，更熟了，互为挚友。这位海派作家对他的京派朋友是这样看的：沈从文"安于接受传统的中国文化，怯于接受西方文化。他的作品里，几乎没有外国文学的影响。他从未穿过西服。他似乎比胡适、梁实秋更为保守。这些情况，使我有时感到，他在绅士派中间，还不是一个洋绅士，而是一个土绅士"【4】。

施蛰存的看法也不一定很准。沈从文承认他学过弗洛伊德学说，徐志摩也说过沈从文的文章句子很欧化。【5】但施蛰存说沈从文是"土绅士"是准确的。在本质上，沈从文的确"安于接受传统的中国文化"，在这一点上，他与胡适、梁实秋们在精神上其实是相当一致的。所不同的是，后者看重的是传统

【1】《国立西南联合大学史料》（会议记录卷），云南教育出版社 1998 年版，第 301 页。

【2】参见《国立西南联合大学校史》（北大版），第 293 页，及《国立西南联合大学史料》（教职员卷），云南教育出版社 1998 年版，第 263 页。

【3】刘北汜：《执拗的拓荒者》，载《新文学史料》1988 年第 4 期。

【4】施蛰存：《滇云浦雨话从文》。

【5】〔美〕金介甫：《沈从文传》，符家钦译，湖南文艺出版社 1992 年版，第 310、344 页。

文化中的雅文化（上层的，士大夫的），而沈从文喜好的是传统文化中的俗文化（下层的，民间的）。或者换个说法，沈从文喜欢的传统文化是未经学术包装的，但他终于大大地"包装"了一回。1981年香港商务印书馆出版了沈从文的《中国古代服饰研究》，皇皇然摆到了学术界面前。遗憾的是，刘文典先生未能见到，他已经在1958年去世了。

沈从文的另一面：自负

沈从文在西南联大遭国学大师刘文典歧视，其实歧视沈的岂止一人，只不过刘文典先生说话比较坦率就是了。

但沈从文也不是完完全全的自卑，他还有自信的一面。在重新翻读了沈从文的一些评论文章（主要是在昆明写的文章）之后，我的这种感觉越来越明晰。在文学界，沈从文一点也不自卑，甚至很自负呢。

20 世纪 30 年代中国文坛那场"京派"与"海派"之争就是沈从文挑起的。1933 年 10 月，他在天津《大公报》副刊"文艺"上抛出《文学者的态度》，批评文坛上的自吹互捧、"力图出名"等不严肃的风气。由于文中多次使用"白相"（上海方言：玩，玩耍）、"白相人"（上海方言：游手好闲者，流氓）等语词，所以虽未出现"海派"一词，但实际上已触动了上海作家的神经，因而杜衡马上在《现代》杂志上登出《文人在上海》对沈从文做出批评，并为"海派"辩护。1934 年初，沈从文又抛出《论"海派"》，认为海派是"名士才情"与"商业竞卖"相结合，批评上海文坛的"投机取巧""见风使舵"和"感情主义的'左'倾"。这一下就把争论闹大了，很快引起北京、上海乃至全国文坛的关注，自然也引起了鲁迅的注意。本来，鲁迅是不屑于上海某些作家玩文学那一套的，对北京那些教授作家更是早有看法，但沈从文以京派作家自居，而且沈攻击的"海派"还包括左翼作家在内，所以鲁迅在做了一番斟酌之后，写了那篇经典式的杂文《"京派"与"海派"》，说："文人之在京者近官，没海者近商，近官者在使官得名，近商者在使商获利，而自己也赖以糊口。要而言之，不过'京派'是官的帮闲，'海派'则是商的帮忙而已。"

这里不想多议这场有名的文坛论争，只想说时年 31 岁的沈从文何以敢以京派作家自居，并且口气大大地敢于把海派作家批评了一回。

原来此时的沈从文已非初出茅庐。自 1924 年前后郁达夫、徐志摩两位将他引入文坛后，到 20 世纪 20 年代末，短短五年沈从文已发表作品两百多篇，出版集子二十多个，被誉为"多产作家"。[1]而且从 1930 年开始，沈从文还进行作家研究，发表了《郁达夫、张资平及其影响》《论郭沫若》以及评论落华生、施蛰存、罗黑芷、汪静之、焦菊隐等作家、诗人的一系列文章，还有综合性的长篇论文《论中国创作小说》，等等。这可见沈从文不光是写小说、散文的高手（他还写诗和剧本），而且做起评论来也是行家，还敢讲，明确地说郭沫若是诗人，而写小说则失败了。

这时候的沈从文已经"才"大气粗（虽然他的《边城》和《湘行散记》还在后头），他有资格评论同行，并对文坛现状提出看法。他是很自信的。只不过他的创作、他的评论，不被刘文典那些老先生认可罢了。文坛和学界，语境不同，价值不同。

来昆明后也是这样。在文坛，沈从文照样很自信。1938 年 5 月中华全国文艺界抗敌协会（简称"文协"）云南分会成立，沈从文当选为理事（此前全国文协在武汉成立，缺席当选为理事）。这个"文协"的理事除作家外还包括教育、文化、新闻等各方面的人士，所以在事实上是一个文化界抗敌协会，之所以要挂"文艺界抗敌协会云南分会"的牌子，是因为这个"文协"是总会设在重庆的全国性合法团体，用分会的名义向国民党云南省党部登记不存在问题，如用其他名义登记则很难通过。这是策略上的变通。被推举为文协云南分会第一届理事会主席的冯素陶不是作家，而是一位从事新闻宣传的民主人士，当时在昆明主编《战时知识》半月刊和《昆明周报》。文协无会址，理事们聚会就借用华山南路《战时知识》社楼上的一间房子。为了加强云南文协的文艺性，当时主持全国文协工作的老舍来信，函商沈从文参加主持云南文协工作，可沈却因不愿与"无作品的作家"共事而婉言谢绝。[2]他在昆明写的《对作家和文运的一点感想》里还讲，他"不能领导人，也不让人领导"。沈从文哪里有什么自卑感，还挺牛哩。

沈从文在昆明完成了此前已开始动笔的《湘西》的写作，创作了长篇小说《长河》（第一卷）。同时继续写作和发表评论，其中最值得注意的是《一般或特殊》（1939 年）、《文运的重建》（1940 年）、《新的文学运动与新的文学观》（1940 年）和《文学运动的重造》（1942 年）这几篇。

【1】据糜华菱《沈从文年表简编》，载《新文学史料》1995 年第 3 期。
【2】糜华菱：《沈从文年表简编》，载《新文学史料》1995 年第 3 期。

梁实秋 1938 年在重庆发表了一篇短文《编者的话》（梁其时主编重庆《中央日报》的副刊"平明"），内有一段文字："现在抗战高于一切，所以有人一下笔就忘不了抗战。我的意见稍为不同，与抗战有关的材料，我们最为欢迎，但是与抗战无关的材料，只要真实流畅，也是好的，不必勉强把抗战截搭上去，至于空洞的'抗战八股'，那是对谁都没有益处的。"这段话当时被左翼作家作为"与抗战无关"论进行批判。今天回头来看，梁实秋这段话实在说不上什么问题，他并不反对写抗战，只是不把问题提得像后来的"题材决定"论那样绝对就是了。沈从文的《一般或特殊》及《文学运动的重造》的确可以视为梁实秋观点的继续发挥，但在前一篇，沈从文过于强调文学作品的价值（其观点近乎 20 世纪 60 年代的"间接配合"论），而对偏于"宣传"的文字屡加奚落，这就难怪左翼作家要进行抨击，说他的观点比梁实秋的主张"更毒""更阴险"。沈从文说得太"冲"，不似梁实秋的话讲得那么圆通。但换个角度看，沈从文的"冲"不正是他自信的表现吗？在后一篇（《文学运动的重造》）里，一方面是继续发挥梁实秋的主张，另一方面也是他从前扬"京派"贬"海派"观点的继续。他有一段话：

> 谈及文学运动分析它的得失时，有两件事值得我们特别注意：第一是民国十五年后（按：指 1926 年后文坛重心转向上海）这个运动最先和上海商业资本结了缘，新文学作品成为大老板商品之一种。第二是时间稍后这个运动又与政治派别发生了关系，文学作家又成为在朝在野工具之一部。

这种说法一般而言也是对的，但也有些不分青红皂白。他的《长河》难通过国民党检察官（被删节），对"在朝"的有意见。"在野"的当然指左翼，所以被视为"反对作家从政"论，受到郭沫若（《新文艺的使命》）等的激烈批评。说到文学与商业结缘，本来也没什么，可沈从文在批评张资平、章衣萍的时候，却无端地将鲁迅也扯上，说"后来甚至于年过半百的鲁迅先生，也在书店怂恿下，印行了他的内容并不香艳名称却极动人的《两地书》"，这就不该了。呼吁要将文学"从'商场'和官场解放"也是对的，他说 ："几个业有成就的作者，在新的环境中，不习惯于'商业竞卖''政治争宠'方式的，不能不搁笔。"又显然地将自己归入了"几个业有成就的作者"的小范围。我这里之所以不厌其烦地引用了那么多沈的话,并非想要捡起旧话题来重评,而只想说明,沈从文指点文坛、风神洒落的文字,实际也是那一时期他面对文学界充满自信的表现。而且他的有些话,如说别人"商业竞卖""政治争宠"(《文学运动的重造》),对某些作家在抗战时期"或因在官从政,或因名列某籍,在国内各处用'文化人'身份参加各种组织,出席会议"进行挖苦,斥之为"凑趣帮闲""趋时讨功"(《新的文学运动与新的文学观》)。这口吻,与刘文典说他当教授不够格,一个月只能拿四块钱之类的话,其实是很相似的。

既看到沈从文在学术界的自卑,也看到他在文学界的自信和自负,才能对这位作家的心灵深处有一个比较准确的测度。

高文化含量的《路南游踪》

前文说到在云大任教的施蛰存先生很留心云南、云大的历史和掌故。但这位作家的兴趣不止于此。施蛰存还喜欢实地考察。他那篇《路南游踪》不但是一篇文学价值极高的游记，同时也是一篇极有学术价值的民族学、民俗学报告。

这篇游记共二十四节，约三万字，写于1939年。游览时间是1938年初，除作者本人外还有吴晗弟兄，三人成行。他们先坐火车到狗街过夜，第二天再分别坐滑竿、骑马去路南县城。较之今天的直达火车和汽车，六十年前由昆明去一趟路南也真够麻烦的。

文人旅游一般都特别留意当地的人文资源和人文景观，何况施、吴两位文学家、史学家。一到县城，作家就注意到县府的特别：

> 县政府相当地大。府门在城中大街上，后背便是北城根，所以实际上已占了全城四分之一的地方。当我们走过县政府大堂的时候，觉得它似乎还应该被称为县衙门才对，因为那还是一个旧式衙门的大堂。旁边有一面大鼓，中间是一张公案，公案上是签筒、笔架、朱砚和惊堂木。县长的公座仍然是一张超大的太师椅子。凡是舞台上所看见的县太爷坐堂的威仪，此地居然还存在着。我很想有机会能够亲眼看一次审案子，想必此地的囚犯还是会跪下来磕头的吧。

读这一段文字，立刻想到山西省的洪洞县，据说当年关押苏三的监狱至今尚存（甚至说苏三的档案都还在），成为洪洞的重要景观。其实洪洞县最有名的是"大槐树"，去游洪洞的人十有八九是去"大槐树"寻根。据说从大槐树下出走的移民有一个重要特征是脚的小趾分为两瓣，贾平凹那本《高老庄》提到过，在云南，尤其昆明，此一说法亦流传久远，视之为内地汉族后裔的重要特征。

县衙门那一套做派明显是内地汉文化的遗风，施先生说："凡是舞台所看见的县太爷坐堂的威仪，此地居然还存在着。"这正所谓"礼失而求诸野"了，但这个"礼"当然不是彝族的，要看彝族的"礼"，还得离开县城，下去。施先生几位赶上了龙王会。

民国初年修的《路南县志》施先生提前借来看了，其中"岁时纪"一目下有一条记述龙王会的，如下："正月初八相传为黑龙潭龙诞辰，是日县民咸聚会于此，醵金赛神，制大香高丈余，施以彩饰，植于庙门燃之，十数日不熄。地方官亦亲临致祭，远道来集者颇多。"

从这段文字看，这龙王会大约不是地道的彝族风俗，会是许多村子凑钱办的。赛会的行列逐渐形成，各村的与赛者沿路加入，行列慢慢扩大，至龙王庙而蔚为大观。施先生一行在靠近终点处等着，那里已聚了数千人，热闹非凡。他们带了照相机，十分惹眼，多次有人求照。"有三个夷（今作彝）女，相貌似乎可说是我们所见过的最美丽的，常常有意无意地追随在我们后面，指指点点，唧唧喁喁。"原来是村里"最富有最尊贵的女郎"，希望给她们照一个相。刚照好相，"已听见鼓声在很远的村子里咚咚地响着，孩子们起着哄，知道行列快来了"。他们连忙找地方安放三脚架。不一会儿，鼓声已在坝子里响起了。"远远的丘陵背后已经露出了招展的旌旗和巍然高耸的两根大香，在慢慢地近来。不久，全个行列迤逦而过，乐器有锣，鼓，琵琶，月琴，铜丝琴，笛子。"陪游的本地人高君告诉他，锣鼓等称为大乐，琴笛等称为小乐。但很快施先生就看出名堂了："杂耍有高跷，台阁，装扮蚌女皂隶诸状，大体上都与各地汉人的迎神赛会差不多，想来这种风俗根本不是他们夷族原有的。"

但汉文化在路南也不是简单的移植，否则就谈不上融合。当施先生一行吃罢一顿丰盛的野餐，约莫下午3点钟光景，人渐渐地散了。"坐在山冈上的县长及其眷属也升了他们的白布篷的滑竿，由几名警察前呼后拥，翻过山头'回衙'去了。"这时陪游的高君告诉他们说，他们要看的龙王会盛况现在才开始呢。"原来在祭祀龙王，买卖物品完了之后，夷人中的青年男女才开始寻觅他们的配偶。所以龙王会最后的一幕乃是最足以使我们这些观光者感兴趣的一幕。"这最后一幕正是彝族原有的风俗，而前边那些移植来的祭祀活动，相比之下倒成了这最后一幕的铺垫，或者说序曲。这一前一后浑然一体，不就是汉文化与彝文化的融合吗？

施蛰存、吴晗一行肯定陶醉了。土阜上的姑娘被一个个领走了，一对对男女"相与携手，从龙王庙背后翻山越岭而去，找一个幽静的地方，情话跳舞去了"。这一行人还注意到"土阜上的姑娘渐渐地少起来"，他们还替那些留下来的姑娘担忧，如果今天找不到爱人，那就要等到明年今日了，他们不忍心看这些姑娘的结局，就去树林里找他们的马。

下一段真是美文，不能不将它完整地抄下来：

> 我们策马登山，已是申末时分。黄澄澄的斜阳，把我们一行四骑的影子照在红色的沙碛上，显出一种宏伟的气象。这时候，我竟忘却了自己的渺小。我们好奇地跟随一群夷男夷女，保持着相当远的距离，让他们不觉得有我们这些闯入者在注意他们的行动。我们遥见他们走到一个平坦的小山顶上，就有四男四女排列出很整齐的一组，四个男的手里都拿着乐器，乐器发出铮琮之声，大家就一齐舞踊起来。另外还有一对一对的男女，都互相勾着后膀跟着跳。零乱的斜阳遂在这一地方勾勒出一幅瑰丽的图画。我们大家都忍耐不住，嬉笑着把马加上一鞭直冲过去，骇得他们立刻停止了乐舞，呆呆地望着我们。我们觉得很抱歉，再三请他们继续奏乐舞踊，可是他们无论如何都不肯。坚持了许久，我们表示我们并没有别的用意，我们不过要看看跳舞而已，可是男子们倒答应了，姑娘们却非常羞涩地决不答应。我们无可奈何，只得放弃了他们，寻路下山，及至到了山脚下，回头一看，他们又在情致缠绵地舞踊起来了。

后来这一行人去了离路南县城40里的尾则村，那里有天主教堂，使这个山村在彝汉文化之外又多出了一种西洋文化。

在尾则，那位姓高的陪游邀客人去他家吃饭，所见却与一般彝族人家不同。"我们到了高家一看堂中方桌上除杯箸外居然每一位上还放了一张揩抹杯箸的纸，及至端出菜来也居然有两三样东西并在一块儿煎炒的看馔，这显然是一个很汉化而且文明的人所调度出来的。"

施先生连用了两个"居然"，足见很出乎意料。揩抹杯箸的纸，那时昆明的大小餐馆都是有的，即使是专卖米线、饵𫗦的小吃店也无例外，一般餐馆用的是白纸，质地较绵软；小吃店用的是土纸，较粗也较黄。伙计招呼客人首先是将桌面拂拭一过，放好碗筷和纸，然后才问请（意同吃，表敬意）点哪样。高家如此讲究（老昆明话叫作"玩格"），确实相当汉化了。

后来天主教堂的两位神学生来请他们去吃晚饭，其惊奇更在"居然"之上，原文说：

> 出于意外的，原来天主堂给我们预备了一顿使我们意料不到的盛宴。一只长桌子，像吃西餐似的布置好了席次。每人一碗一盆，一箸一匙，正中陈列着八大盆菜，迥异乎前几顿所吃的半生不熟的单调的东西，并且还有自酿的果汁酒，味道与法国红酒一样。

这其实不奇怪。早在19世纪末，路南就来了一位法国神父保罗·维亚尔（1855—1917），他的墓地就在尾则村天主堂后面。施先生文中说："我们虽知道维亚尔曾在路南消度了他大多数的年岁，却想不到我们所到的村子，就是这位西欧的学者孤寂地研究远东一个弱小的原始民族的地方，而且还是他长眠之地。"

墓碑是中国式的，碑额曰："云南传教司铎邓公保禄之墓碑"。碑文不长，施先生觉得"甚妙"，就照抄了。如下：

> 公讳明德，大法人也。生平性喜耽静，乐善好施，真乃仁人君子。先于西历一千八百八十年自法赴滇，为传天主教，遂委任漾壁（漾濞）开教。五年后，委饬路南路美邑。初立教堂。于一千八百九十二年被匪抢劫，公受重伤十四痕，求医无效，只得回国调治。旋得痊愈。公不弃原职，仍然赴滇，建修各属教堂，又新创村名曰保禄村，此法大恩人之功也。兼之博学多能，诲人不倦，著书传经，创造《法夷字典》，特得大法士院优给奖励，迄今奉教者日多。又广设学校，大兴文化，升举司铎。则群贤毕至，少长咸集。非公之功，非公之德钦。

文辞说不上古奥，然简约不俗，字字透出汉文化的雅驯，而这却是路南彝民为一位西洋人立的碑，这不是中外多种文化交融的又一个绝好例证吗？

那两位来请施蛰存、吴晗几位去吃饭的神学生一位姓郭一位姓李，也不简单。经交谈，"才知郭君及李君俱是本邑夷族，自幼即在昆明白龙潭神学校读书，精谙法文及拉丁文，可谓夷族中之翘楚"。施先生精通法文，两位彝族青年算是遇上了"知音"。但当几位客人征询他们关于彝族的一些习俗风尚，"却似乎不能详说，甚有讳言之意"。何以故？

我猜想，这里可能存在着心理障碍。施先生此次旅游，主要目的是搜集民族民间文学并做些文化人类学调查，收获颇丰。邓保禄司铎（即保罗·维亚尔）编的那本《法夷字典》（1909 年香港拿撒肋出版部印行）里面，已经包括了邓氏在路南、陆良等地搜集整理的一些经典及歌谣，如《民族的创世纪》《一个梦》《地为什么是皱的》《挽歌》等，施先生不满足，还向彝族老人请教以补充材料。有一些富于象征意味的婚歌，其中有一种称为"索额葛里耶"，是燕子及时栖止于乔木之意。又有一种称为"喜微阿欧答"，老人无论如何不肯讲出其意义，"可是旁边几个年轻人终于笑起来告诉我们。原来'喜微'是白花的意思，'阿欧答'是时候到了的意思。这是说白花落掉的时候到了。同时'处女膜'也叫作'喜微'，所以这篇名是双关的"。这种事老人不好意思讲（尤其是当着本村的后生）可以理解。那几个笑着讲出来的年轻人大约无文化或文化不高，讲起来无遮拦并且觉得开心。受过教育的人觉得有些事说出来有伤本民族的颜面，因而躲躲闪闪，天性的率真在不知不觉中被"文"慢慢"化"掉了。那位精谙法文及拉丁文的尾则村彝族青年或许就有着这样的心理障碍吧。

由于施蛰存先生专注于文化人类学考察，对今天赫赫有名的石林反倒涉笔不多。但施先生游罢石林后的一段议论却写得好，说游石林让他想起了苏州天平山，那不过"寥寥几支石笋而已，可是已擅名'万笏朝天'，被推为东吴胜迹，若与这石林比较起来，却是小巫见大巫了"。然而，天平山却名气大，因为有文人学士给它誉扬，而石林僻处南荒，似乎连徐霞客都未来游过，所以不大为外人所知，"可知自然界的伟观，亦有遇不遇之慨也"。极是。今天搞旅游推销"产品"（景点及线路），都晓得要加强宣传力度，成了常识。

"被云南人驱逐出境"的李长之

　　抗日战争时期来昆明的作家、教授很多，其中有一位来得早走得也早，而且走得不愉快，他就是身兼作家、学者双重身份的李长之[1]。

　　李长之在清华原读生物系，两年后转入哲学系。他一边读书一边参加文艺活动，在北大读预科时就兼事《益世报》副刊"前夜"的编辑工作，入清华两年后又成了郑振铎、巴金主编的《文学季刊》编委。接着又主编《清华周刊》的文艺栏，创办《文学评论》双月刊，并出版了第一本诗集《夜宴》，其时才25岁，可谓春风得意，少年得志。

　　李长之来云大任教是由著名哲学家冯友兰向熊庆来推荐的，在文史系当教员，讲授国文、哲学概论及文艺批评。

　　李长之到昆明的时间是1937年秋，比西南联大师生早四五个月。所谓"驱逐出境"，缘于他那篇杂文《昆明杂记》。初来乍到，他对昆明印象不佳。虽然文中也说"这里的人很笃厚"，但看不惯的东西更多，主要说昆明人"懒洋洋的"，工作缺乏"效率"。文章是1938年3月写的（来昆明刚半年），两月后发表于广州的《宇宙风》半月刊（由沪迁穗）。这下惹恼了昆明人，舆论界毫不"懒洋洋的"地做出强烈反应，《民国日报》《云南日报》等刊出一系列文章给予回击，一时间沸沸扬扬，结果呢，李长之"被云南人驱逐出境"[2]。

　　李长之的话让本地人听着不入耳，这是意料之中的事。但从他举的几个例子来看，其实也没什么。李长之请木匠做一个书架，"本来是说好五天送来的，但是隔了一个多月还没送来"。另一例是批评省图书馆"上午十一时才开馆，下午四时半就闭了，晚上不用说，是没有"。接着说书目紊乱，查检费时，"而

【1】李长之（1910—1978），作家，学者。山东利津人。1929年入北大预科，1931年秋入清华。1936年毕业留校，抗战时期来云大文史系任教。1946年后任北师大教授。文学研究著作甚丰，据说一天可写一万五千字的长文外加两篇随感。专著《中国文学史略稿》《批评精神》，译作《判断力批判》（康德）等均获学界极高评价。

【2】施蛰存：《滇云浦雨话从文》。

且查出来之后，借书单是要由馆员填写的，他填写时便又要像阿Q那样唯恐画圈画得不圆的光景，一笔一画，就又是好些时候，书拿到，便已经快要闭馆了"。再一例说"马市口世界书局的门前，每到了晚上八点钟（这是此地居民最活跃的时候），依然是堆了热心的观众，在争着瞧那窗内的自来水笔广告和抗战的漫画"。李长之说他来昆明半年了，橱窗里的广告和漫画未换过，观众天天来看（所以说"依然"），从未"表示冷淡过"。诸如此类。

我相信李长之讲的事例都是真实可信的。外国人来中国，说中国人懒散，生活节奏慢，不讲效率。中国大地方的人去看小地方，印象也如此。从前（半世纪前）如此，现在也大体未变。问题是看你怎么讲。讲得委婉、得体，别人容易听进去；反之则效果不佳，让人觉得刺耳。恰巧汪曾祺的《翠湖心影》也提到李长之说的那个省立图书馆，而眼光则颇不同。汪说他常去那个翠湖图书馆看书，认为"这是我这一生去过次数最多的一个图书馆，也是印象极佳的一个图书馆"。汪也说到一个管理员：

> 图书馆的管理员是一个妙人。他没有准确的上下班时间。有时我们去得早了，他还没有来，门没有开，我们就在外面等着。他来了，谁也不理，开了门，走进阅览室，把壁上一个不走的挂钟的时针"喀拉拉"一拨，拨到八点，这就上班了，开始借书。……过了两三小时，这位干瘦而沉默得有点像陈老莲画出来的古典的图书管理员站起来，把壁上不走的挂钟的时针"喀拉拉"一拨，拨到十二点：下班！我们对他这种有意为之的计时方法完全没有意见。因为我们没有一定要看完的书，到这里来只是享受一点安静。

汪曾祺说的是1939年，时间比李长之说的晚了一年。汪曾祺说的"管理员"很可能就是李长之讲的那个"馆员"。当然也不一定。李长之说"借书单是要由馆员填写的"，汪曾祺写的是"借书人开好借书单"然后交给管理员。但这不要紧，不论是不是一个人，反正都很懒散，要说"效率"，要说节奏，恐怕汪曾祺写得更突出，也更慢。而态度却大不相同，李长之说那"馆员"像画圆圈的阿Q，汪曾祺却说像陈老莲画出来的"古典的图书管理员"。不光比拟不同，汪曾祺还对人多了一分理解。他说："翠湖图书馆现在还有么？这位图书管理员大概早已作古了。不知道为什么，我会常常想起他来，而和我所认识的几个孤独、贫穷而有点怪僻的小知识分子的形象掺和在一起，越来越鲜明。总有一天，这个人物会出现在我的小说里的。"

当然也有不好比的地方。李长之的《昆明杂记》是当时写的杂文，而汪曾祺的《翠湖心影》是数十年后写的散文，难免有着一种怀旧的温馨色调。比如跑警报，当时的实际情形还是相当惨烈的，但后来到了汪曾祺笔下，倒显得有些浪漫了。但不管怎么说，在数十年后的今天来看，用句外交辞令来说，昆明舆论界明显地"反应过度"了。当年反驳李长之的文章我未见到，具体怎么讲不晓得，只从相关文章侧面了解到，是对李长之用牛来隐喻昆明人表示不满，或说是因李长之说云南人不如牛而引起争辩。两种说法比较，第二种比较可信。牛是勤劳的象征，说人懒不如牛，逻辑上是顺的。至于隐喻，则往往容易引起误会，是将昆明人比作牛还是说昆明人不如牛？读李长之《昆明杂记》，其不满于昆明人的懒散，缺乏效率，意思很明白。至于牛，李长之的态度是肯定和赞美。"你看，那黑色的庄严的是水牛，那角是弯弯的，弯得那么有韵致；那黄色的端重的是耕牛，那角是粗而短而直直的，直得那么有力量。""在丁丁的铃声里，你可以从容鉴赏那稳健、沉着而挺拔的步伐呢。"将牛的这种形象与李长之笔下的昆明人形象（那个木匠，那个馆员，那些在马市口围观广告、漫画并且百看不厌的市民……）相对照，其矛头之所向是很清楚的。但无论怎么说，这场风波是因牛而起。李长之的文章以牛开篇，一下笔就写："倘若有人问我，你在昆明最喜欢什么呢？我便要首先告诉他，是：牛。——而且几乎只是牛。"牛之后，才慢慢说了些不满之事。

李长之对昆明的不满，从他对昆明天气的一段议论也可以明白无误地看出来，他是将昆明的工作效率与昆明的天气联系起来讲：

> 没到这里的时候，便想象这里的天气之佳。别的不说，总是希望在工作上更有效率。然而不然，天气诚然不错，但是偏于太温和的了，总觉得昏昏的，懒洋洋的，清爽的时候不过早上和夜里。就工作上说，我觉得远不如北平。我甚而十分怀疑，是不是在这里住下去，将要一个字也写不出来了。

这种说法不是到今天还有吗？是不是有科学根据不好讲，但讲讲又算什么问题呢，何必大惊小怪。

问题恐怕在于李长之太恃才傲物了。据说李长之讲过文学青年要注意 24 岁。他举出歌德写《少年维特之烦恼》，列夫·托尔斯泰写《幼年时代》，陀思妥耶夫斯基写《穷人》时，都是 24 岁，因此在 24 岁前必须要有准备。[1]他本人确也在 25 岁（1935 年）就写成了一本洋洋 10 余万言的鲁迅研究专著《鲁迅批判》（注：当时"批判"二字的含义相当于今之评论与批评），其阵势和分量在鲁迅研究史上都是空前的。他的研究是从鲁迅著作的实际出发，并联系鲁迅的家世与经历，这与以往那种先有一个理论框子，然后再去套鲁迅的作品是很不同的。而且他对鲁迅作品的艺术分析也比较深入细致，对鲁迅杂文的分析更是独树一帜。从总体上看，这本《鲁迅批判》对鲁迅其人其文还是肯定的，尽管某些结论明显站不住脚，如说"鲁迅不是思想家""没有深邃的哲学脑筋"之类。书的部分章节先在天津《益世报》副刊"文学"和《国闻周报》上发表过，当即受到文学界注意，1936 年 1 月由上海北新书局出版。

有了这样的资本，少年气盛也就不奇怪了。刚来半年，下车伊始，就这也不是那也不满地"杂记"了一番，连"滇味"也不放过："倘若让我说它的特色的话，那就是缺少咸，代替的就是辣。在淡而无味之中，忽然放上许多辣子，这便是那作风。"而昆明乃至云南当时的大事，李长之却似乎未能注意。1937 年卢沟桥事变后一月，云南省主席龙云即由昆飞首都南京，表示"将全滇一千三百余万民众爱国护国之赤诚，及全部精神物质力量，贡献中央，准备为祖国而牺牲"[2]。接着举云南全省之力打通大后方唯一国际通道滇缅公路，1938 年 2 月西段动工（正是李长之写《昆明杂记》之半月前），9 月即全线通车，这是何等气魄。同年 4 月（正是《昆明杂记》写成之后一月，发表之前一月）台儿庄血战告捷，滇军大展神威，这是何等精神。如果联系这样的大背景来看，云南舆论界对李长之的《昆明杂记》反应强烈（据说龙云也很生气），也是可以理解的，虽然未免过度。李长之是熊庆来引进的人才（又补一句：李长之在一篇文章中说"大自然是爱护天才的"，鲁迅就在给胡风的信中幽他一默，将他称作："李'天才'"[3]），所以当时弄得熊庆来也很被动。

【1】盛巽昌、朱守芬：《学林散叶》，上海人民出版社 1997 年版。

【2】《抗日战争时期昆明大事记》，见《昆明文史资料选辑》第 6 辑。

【3】《鲁迅全集》第 13 卷，人民文学出版社 1981 年版，第 212 页。

末了说说西南联大教授对此事之看法。其时西南联大文法学院尚在蒙自。早年在东陆大学（云大前身）任过教的西南联大政治学系浦薛凤教授，晚年在回忆录中尚提及此事。他说：

> 因校役之懒惰，想起李长之事。李清华毕业，在校主持周刊，而有色彩，专作攻击学校，诽谤教师文字。芝生（引注：冯友兰）荐于迪之（引注：熊庆来）为云大国文教员。近在宇宙风发表一篇小品文字，闻有云南人不如牛之句（予未见原文），惹起本地人士反对，且事为龙主席所闻。据云绥靖公署欲请去谈话，李乃大恐，或云坐飞机离滇，或云坐长途汽车他往。听说迪之亦且为此称病若干时日。在滇人对此事固器量狭小，但李初出茅庐，学得士林恶习，得此教训亦好。然本地人中殊有些偷懒习惯。【1】

李长之走了，在重庆中央大学（今南京大学前身）任教，后又转到梁实秋负责的国立编译馆（重庆北碚）工作。

【1】浦薛凤：《蒙自百日》，见《西南联大在蒙自》，云南民族出版社1994年版，第73页。

本地人与外省人

毕业于西南联大历史系的萧荻先生，1956 年写过一篇文章，题为《大草坪及其它——昆明怀旧录的一部分》，发表在第二年的《边疆文艺》第一期上，内中有一小段说：

> 1939 年，我初到昆明时，当地的同胞和我们这些外省人之间，还不是那样融洽的。记得初来时在文庙附近看电影，有的同学嘲笑当年电影院里为美国电影作肉麻的翻译的"讲演人"，就曾引起公愤，顿时电灯复明，群声喊打。

萧荻先生是举个例子，说明抗战初期许多外省人来到昆明，与本地人相处不和谐的情形。事情其实不大。当时的外国片尚未实行配音译制，打幻灯字幕也还要晚几年，而所谓"讲演人"又往往外语水准不够，或不负责任，信口胡"译"的情形也就难免。大地方来的学生居高临下，嘲笑几句同样也难免。至于本地观众起"公愤"，以致"群声喊打"，则未免反应过度了。萧荻所说的"文庙附近"影院，当指劝业场的大众电影院（今五一电影院前身），据说那里的"讲演人"拿着水烟袋坐在银幕前即兴翻译，以致洋人嘴里竟然吐出"米线""饵𪘏"等方言词，一时传为笑谈（离文庙更近的是今人民电影院前身长城大戏院，但该院迟至 1942 年才建成）。

其实这只不过是个小例子。更能说明问题的是李长之《昆明杂记》引起的风波，听说连主席龙云都生了气（有人甚至说是"震怒"），弄得那位云大引进的人才也只好一走了之。在这种社会氛围中的云南（昆明）文艺界，自然也会出现一些团结方面的问题。沈从文不愿参与主持昆明文协的工作，也可作为这方面的例子来看。沈对主持昆明文协的几位作家有看法。

实话实说，云南籍作家能在中国现代文学史上被人注意的确实不多。当然，什么叫"著名作家"倒也没什么公认的尺子来衡量，但可以肯定的一点是，云南作家一是人数少，二是无人进入鲁迅、郭沫若、茅盾、巴金、老舍、曹禺那一级。当然，"鲁、郭、茅、巴、老、曹"是前几十年的排名，如照世纪末的新排座次算（这尚未取得全民共识），滇籍作家也未见一位攀升。十多年前江苏编了一部《中国现代文学大辞典》（中国矿业大学出版社1988年版），此书的一附录《中国现代著名作家籍贯一览表》很有人文地理学价值。据此表，被列入"著名作家"行列的共361人，人数最多的是浙江（61人）、江苏（47人）和广东（25人）；人数最少的是内蒙古（1人）、贵州（1人）和天津（2人）；西藏、青海、宁夏、甘肃无记录。在西部各省中，最多的是四川（20人）和陕西（6人），云南列第三位（4人）。这当中，作家最集中的是江、浙、沪地区，共123人，占全国"著名作家"的三分之一。应该说，这张籍贯表所反映的情况是符合宏观实际的，虽然我们在微观方面可以对谁著名谁不著名提出不同的看法。

云南作家入表仅4人，让人扫兴，可也没法。这4位是楚图南、柯仲平、陆晶清和罗铁鹰，后两位知道的人也不是很多。而且柯仲平、陆晶清两位早就远走他乡。

文协昆明分会成立后，先后主持工作的为冯素陶、楚图南和徐嘉瑞，以及张克诚等人。楚图南、徐嘉瑞都是云大教授、中共党员，都是学者型作家。两人也有些不同：楚图南是诗人、翻译家，还是民盟中央委员和民盟云南支部主任委员；徐嘉瑞主要是学者，二十世纪二三十年代就写出了《中古文学概论》《近古文学概论》等有分量的专著，抗战时期也有文学创作《无声的炸弹》（朗诵诗集）、《台湾》（五幕话剧）等问世。冯素陶是广通人，早年加入过中共，20世纪30年代初在上海参加反帝大同盟，任秘书长。抗战时期在昆明主编《战时知识》和《昆明周报》，也做过大学教授，讲中国社会思想史和经济学。张克诚似乎是民主人士和文化人。我猜想，沈从文不愿共事的"无作品的作家"，大约指的就是这几位了。

不过，沈从文不愿与"文协"合作，也不尽然都源于其在创作上的自负或狭隘的地方观念，政治因素也不能排除。一位专门研究沈从文的美国学者已注意此点，指出由于沈从文在抗战前就对左翼的统战宣传工作"抱怀疑态度"，左翼作家"认为沈拒绝参加中国作家最广泛的抗日民族统一战线组织，因为这个组织原是想把国民党、共产党、第三方面和中立派的主要作家都包罗进去。沈害怕这样的组织会使作家受到控制","沈从文不愿遵命写作"【1】。这里只说"抱怀疑态度",下笔较轻,其实沈从文当时的态度岂止"怀疑",而是旗帜鲜明地反对。沈从文从1933年秋天起出任天津《大公报》副刊主编,他在1936年提出反"差不多"的主张,认为文坛存在"公式化""概念化"和"差不多"的倾向;之所以大家写出来的作品"内容差不多,所表现的观念差不多",其原因在于作家只"记着'时代',忘了'艺术'",希望作家要"自甘寂寞","略与流行习气远离"。这些,在他写的《作家间需要一种新运动》和《再谈差不多》等文章中都有鲜明的表现。他还在自己主编的《大公报》"文艺"副刊上组织"反差不多运动"的讨论,所以影响不小,以致茅盾、巴人等左翼作家针锋相对地做出反应,后者还说沈从文的主张就是要"打击""国防文学",提醒作家们不要"上了他(沈)的老当"。(《展开文艺领域中反个人主义斗争》)

就沈从文个人而言,他与文协的不合作既有居高临下的自负心理(那时的沈从文是文坛公认的高产作家),也有政治上的因素。但就文坛的总体情况而言,当时(抗战初期)影响团结的主要问题还是地域观念。1938年底茅盾从香港去新疆,路过昆明(由昆明飞兰州),待了几天就发现昆明文艺界的不和谐现象。茅盾在晚年写的回忆录中比较详细地记叙了自己在昆明与顾颉刚、朱自清、闻一多、吴晗见面交谈(朱自清还派人去请冰心,偏巧冰心不在家)的情形,当茅盾谈起抗战文艺运动中的问题时,他发现这些作家"并非不了解情况,相反,他们很注意这些问题,只是自己没参加进去,取了旁观的态度"。于是茅盾就"把话题转到外来文化人与本地文化界如何联络感情加强团结的问题"上。【2】

抗战时期中国人口流动性大,"外来户"与本地人(在私下被称为"土包子")之间不团结的现象普遍存在。以前大家读《毛泽东选集》,里面那篇《整顿党的作风》是人们熟读的篇章之一,内中有一段专门讲"外来干部和本地干部必须团结"的问题,批评"有些人轻视本地干部,讥笑本地干部,他们说:'本地人懂得什么,土包子!'"这说的是陕北的情形,而且主要针对干

【1】〔美〕金介甫:《沈从文传》,付家钦译,湖南文艺出版社1992年版,第238—239页。
【2】茅盾:《我走过的道路》下册,人民文学出版社1988年版,第88—89页。

部队伍。其实哪里都一样，文艺界也未能例外。所以茅盾对那几位在昆明的作家、史学家说："抗战以来我走过不少地方，所到之处都发现这个问题。"茅盾接着做了分析："当地文化界的力量由于历史条件的限制，相对来说比较薄弱，他们欢迎外来的文化人帮助他们工作。但是，往往合作之后却发生矛盾，甚至闹得很紧张。据我观察，两方面都有责任，但我总认为我们这些'外来户'应该多担点责任。"

接着几位"外来户"（昆明人的叫法是"外省人"）围绕着茅盾引出的话题议论起来。茅盾的回忆文字很具体，是反映抗战初期昆明文坛的一段珍贵史料。照抄如下：

> 吴晗说，沈先生的意见很对，昆明也存在这个问题，我们就很少与当地的文化界联络，因此社会上也有些风言风语，不过，责任还在我们。朱自清说，我们这些人在书斋里待惯了，不适应那种热闹场面，有人就说我们摆教授架子，其实本地的刊物约我写文章，我就从不推托。我（按：茅盾本人）笑道，佩弦兄误会了，参加抗战文化活动并不是要我们去学"华威先生"，而是要有个统一的组织，使大家的步调能一致。至于我们这些人的本事，也就是写写文章，对抗战中的各种现象和各种问题发表发表自己的看法。各位的口才都在兄弟之上，还可以向民众作些讲演。顾颉刚说，大家步调一致是对的，但把单方面的意见强加于人就不对了。闻一多说，我们应该先与云南大学的同行加强联络，譬如组织个大学教授联谊会之类，能经常谈谈心，沟通思想。我说，这是个好办法，云南大学的楚图南过去我不认识，这次见面，觉得人很热情，他又是文协云南分会的负责人，你们何不约他交换交换意见，把云南文化界的力量统一组织起来？……这几天我接触了昆明文化界各方面的人士，觉得云南的抗战文艺工作方兴未艾，有很大的潜力，如能把分散的力量统一起来，那就如虎添翼了！[1]

茅盾侧重做"外来户"的工作，在此之前云南地方人士在认识和克服地方

---

[1] 茅盾：《从东南海滨到西北高原》。

狭隘心理方面也有相应的积极表现，楚图南写的《云南文化的新阶段与对人的尊重和学术的宽容》和《云南日报》的社论《文化人团结起来》，都是很好的例证。在组织方面，外来作家渐渐参与主持昆明文协的工作，在这方面，1938年8月来昆的诗人穆木天表现突出，他担任常务理事不是挂名，而是将主要精力投放到对云南抗战文艺的组织和领导工作上（穆的夫人彭慧也是左翼作家，也巧，楚图南是彭的姐夫），可惜穆氏在昆明只待了一两年即去中山大学任教。1944年9月，昆明文协在云南省民众教育馆（文庙）召开第四届全体会员大会，议程之一是改选理事，在当选的15位理事中就有闻一多、常任侠、李何林、石凌鹤、光未然（张光年）等8位外来作家；4位候补理事中又有尚钺、李广田和魏荒弩3位。这都是昆明文艺界团结加强的表现。

在一般社会心理氛围方面，经过一段时间的磨合，本地人与外省人的关系渐臻融洽。这也有例可举。汪曾祺当年住民强巷（今文林街东端，军区后勤部招待所东侧），房东对他很友善。穷学生一贫如洗。"我们交给房东的房租只是象征性的一点，而且常常拖欠。昆明有些人家也真怪，愿意把闲房租给穷大学生住，不计较房租。"汪曾祺说："这似乎是出于对知识的怜惜心理。"【1】也许有这种因素，但首先是本地人对外省人的看法、态度有了变化，不然"怜惜心理"何从而来？再举一例是闻一多火葬后，云南本地人与闻一多夫人为骨灰盒问题发生争执，但这不是本地人与"外来户"的矛盾，因为双方的争执均出于对闻一多先生的敬爱与仰慕：夫人要将亲人的骨灰带回北平，合情合理；而云南人民则认为闻先生死在云南是云南人民的光荣，希望闻先生永远安息在自己的土地上。后经调解达成协议：骨灰盒让夫人带走，闻先生生前的衣帽则留在云南，葬于西山与聂耳墓并列【2】（后迁云南师范大学内"一二·一"四烈士陵园）。

【1】汪曾祺：《觅我游踪五十年》。
【2】伍大希：《追随一多先生左右》，载《新文学史料》1983年第3期。

楚图南论云南人爱听恭维话及其他

　　楚图南是云南文山人，作家、翻译家、学者，抗战时期任云南大学文史系教授，做过系主任，还主持了云南文协一个时期的工作。我对楚图南的了解大概也就这些。但就我个人而言，楚图南首先是作为翻译家存入我的记忆的。他所翻译的涅克拉索夫的《在俄罗斯谁能快乐而自由》和惠特曼的《草叶集选》，我 20 世纪 50 年代就读过，印象很深。另一件事更使我增加了对楚图南的认识，那是 20 世纪 50 年代中期我在四川大学中文系读书的时候，张默生教授是系主任，他请丁玲来校做报告，使我们这些学生第一次见到一位久负盛名的女作家。后来才晓得，张默生与楚图南是北京高等师范学校（北师大前身）的同学，20 世纪 30 年代初张在济南任省立第一高中校长的时候，楚图南和胡也频（丁玲的丈夫）都在该校任教。以上这些都让我产生一种亲近感。

　　以后又读了点书，才知道原来楚图南不是一般的"民主人士"，早在 1926 年就由李大钊批准，在哈尔滨由社会主义青年团转入中国共产党。1930 年被作为"共党要犯"缉捕，由于当时在东北的同志和朋友们的营救与关心，免遭死刑，仅以"宣传与三民主义不相容的主义"的"罪名"判处长期徒刑，关押在吉林监狱。在这个监狱中，通过同志、朋友的帮助，他和其他进步师生不断接到一些书刊，主要是苏联的和英共、美共的，以及涅克拉索夫、屠格涅夫、萧伯纳、尼采的作品。因为是外文书刊，既可蒙蔽看守的耳目，又为在狱中严酷的条件下学习外文和思考问题提供了方便。尼采的自传体著作《看哪，这人》和反映尼采哲学思想的格言录体《查拉斯图拉如是说》这两部重要的作品，就是楚图南在吉林监狱中翻译的。[1]这让我肃然起敬。楚图南不光不是一般的"民主人士"，也不是一般的翻译家。在狱中翻译，这需要何等的毅力。正如楚图南在那篇《再版前言》中所说，他和难友们身居囹圄，时刻都面临着死亡和恐怖的威胁。在那种特定的环境下，尼采作品中的那种反抗社会现实、冲决

【1】见楚图南为 1986 年 10 月湖南人民出版社再版《查拉斯图拉如是说》所写的前言。该书初版为 1943 年。

一切罗网的呐喊；那种向往未来、向往"超人"世界的渴求；那种仇恨现实、憎恨"狼群"社会的思想，都引起他的一些共鸣，同时也使他对鲁迅在危境中的那种心境有了进一步的理解。

楚图南服刑三年多。1934 年夏，伪满洲国皇帝溥仪登基，被赦出狱。年底到开封北仓女中任教，之后又去上海暨南大学任史地教授，并出版在狱中写的小说集《没有仇恨和虚伪的国度》。1937 年 11 月经香港、越南河内回到昆明，住华山西路大梅园巷 2 号。

抗战时期的楚图南一方面在云大教书，另一方面做文协和民盟的工作，同时也写了许多散文、杂文在《云南日报》《文化岗位》等报刊发表，如《悲剧精神与悲观主义》《聂耳何以是伟大的》《抗战文学的现实主义与云南文艺》（以上三篇写于 1938 年），以及《抗战文艺的战斗性与地方性》（1940 年）、《在抗战建国过程中的中国文艺》（1943 年）等等。毕竟是作家，楚图南显然对文学艺术问题给予更多的关注。但我以为，楚图南写的那些并非针对文艺问题发出的声音更值得注意。比如那篇《悲剧精神与悲观主义》[1] 就很不寻常，今天读来仍是振聋发聩。文章一开头就提出："我们需要悲剧精神，我们必须克服悲观主义，在平常做人、处事要如此，在抗战时期，应付困难更应当如此！"接着评述尼采的观点，指出尼采因为研究了希腊的文化和戏剧，知道了悲剧精神的产生，多半是在一个民族或一个人生命力最强、最旺盛的时候，因此尼采断言悲剧精神乃是强力的象征，而悲观主义则是弱者——是生命力已经耗竭了的人们无助的产品！

卢沟桥事变不久，平津失陷。1937 年 11 月，上海、太原先后陷落，国民政府迁都重庆。12 月南京陷落，日军入城大屠杀。1938 年 4 月台儿庄战役取得胜利，但抗日战争基本形势并未改变。5 月徐州失陷。6 月 12 日日军攻陷长江要塞安庆，拉开了武汉会战序幕。10 月下旬武汉失守，中国抗战进入艰苦的战略相持阶段。楚图南的《悲剧精神与悲观主义》写于 1938 年 6 月 20 日，即安庆失守之后一星期。其时国内悲观主义弥漫，"亡国论"抬头。在这样的背景下，扫除悲观主义，振奋民族精神，十分必要。楚图南在他的文章里进一步指出，悲观主义还包括一切的失望、颓废，认为一切的享乐、一切的欺骗、一切的逃避和隐遁，都是弱者和怯懦的人们的"垂死的强笑或临终的叹息"。楚

【1】发表于昆明《新动向》第 3 期（1938 年），已收入 1993 年 4 月中共党史出版社出版的《楚图南文选》。

图南在文章中以这样的句子结束："所以我们需要的是悲剧精神，我们所必须有，已经有着的是悲剧精神！我们所不能不克服，且应当克服的，则是各式各样的悲观主义！"

如果缺乏对历史背景的起码了解，这样有思想深度的文章就会被轻轻翻过去。

作为云南人，楚图南对云南人的自身局限性也有相当清醒的认识。这里要提到的是楚图南的《云南文化的新阶段与对人的尊重和学术的宽容》。

抗战时期的云南（昆明），由于内地机关、学校、工厂的大量迁入，一时间出现不少新问题，矛盾重重，楚图南在他晚年所写的《解放前云南民盟工作和民主运动》[1]一文中对抗战时期的特殊环境做了分析。除蒋介石的"中央"与龙云的"地方"之间控制与反控制的矛盾外，就文化教育界来说，还有"本省人和外省人、云大和联大之间的隔阂"以及"高级知识分子之间如留美派、留欧派、洋教授和土教授等门户之见"等等。楚图南那篇《云南文化的新阶段与对人的尊重和学术的宽容》（以下简称《宽容》）[2]是针对"本省人和外省人"的问题而写的。共四节：一、云南过去的文化，二、云南文化史上的一个新时代，三、对人的尊重和对于学术的宽容，四、批判地接受一切。全文近五千字。第一节回顾云南文化史，着重讲云南土著文化与内地汉文化的融合以及滇越铁路开通以来的情形，指出较之沿海及中原地方，云南在文化上比较落后。第二节讲抗战的发生使云南文化史进入一个新时代。"难民、文化人、学者、学校和文化机关，不断地如同潮水一样地向着昔日被视为畏途的山国地方涌来。即使这里的人感到怎样的不快，外来的人感到怎样的不满"，但"过去地理的限制""社会的一切无形的壁障"，都被打通，或将要被打通，"这是一种历史和社会所演成的必然的趋势，必然的过程，这是任何人所不能阻止，无可阻止，也不应当阻止的"。楚图南热情地肯定这种趋势，因为它会促使"锁国"的云南文化发生量变、质变，"慢慢地进入现代化，或接近到现代化"。

这样看问题代表楚图南有一种大的历史眼光。楚图南早年在北高师史地系学习，于人文地理学和历史地理学有相当素养。《人文地理学之发达及其流派》

【1】写于1982年7月，原载《抗日民族统一战线在西南》一书（四川人民出版社1990年版），见《楚图南文选》。
【2】发表于1938年的《新动向》创刊号，收入《楚图南文选》。

和《中国历史地理学发凡》都发表于 1935 年的《地学季刊》（是作者在暨南大学任史地教授时自编的讲义），其中第一篇是我国学术界介绍马克思关于人文地理学思想较早的著作之一。即使从纯学术的角度看，这样的文章在今天也不会失去其价值。但我觉得主要的意义还不在这方面。

《宽容》的后两节最可注意，它提出了云南对外来文化和新文化所应抱有的态度，即对人的尊重和对学术的宽容。很遗憾，许多云南人（主要是云南的文化人）还听不得外省人的批评。结果呢，人家只好用恭维来对付你、欺骗你了。楚图南写下了这一段：

> 我们只要看看来到云南的学者名流，对于云南的批评，总是冠冕堂皇的一套恭维，如云南天时气候如何，人民性质如何，社会秩序如何之类。照他说来，云南真好像是天堂一样了。我认为这若不是对云南人的一种侮辱，也就是对云南人的一种欺骗。

读到这样的文字，我很自然地会联想到 60 年后今天的云南。你爱夸耀云南是什么什么"王国"，人家就奉送你一顶又一顶"王国"的金冠。你说云南民族文化丰富多彩，人家就说确实丰富多彩。但你能听懂人家话背后的意思吗？这王国那王国，不就是些资源吗？所谓丰富多彩，不就是色彩斑斓下面的落后吗？这些话背后的话你听出来了吗？而楚图南这个云南人，他老早就看出恭维后面的侮辱和欺骗了。他认识到，"外人的这种虚伪、客套，不是恭维云南人：却正是对于云南的一种讥嘲"。

我想，楚图南写这篇《宽容》，大约与李长之那篇杂文《昆明杂记》引起的风波，即施蛰存先生所谓李长之"被云南人驱逐出境"[1]，有些关系。李长之初来乍到，对昆明的某些现象有所不满，在文章中提出了批评，也有些嘲讽。如果就事论事，李长之确有欠考虑的地方，而云南舆论则反应过度，反映出某种狭隘的地方观念。这些，我在关于李长之的那一篇中已有评述，这里不再重复。楚图南对问题的观察主要着眼于本地人自身的不足和局限，他在《宽容》里对云南人何以喜欢别人恭维做了分析，认为"这只是反映了云南社会落后、幼稚、无知才有着这种需要，需要着表面的恭维，无论真心也好，假意也

---

[1] 施蛰存：《滇云浦雨话从文》。

好。至少反映了云南还不能容纳真实的批评、至诚的谏诤，在极细微的地方。也就是云南还没有对人尊重和对学术的宽容的雅量"。

视野开阔才会胸襟开阔。楚图南年纪轻轻就在外面闯荡，别说北京、上海，连遥远的哈尔滨都去了，什么没见过？作为翻译家的楚图南，他对中国之外的世界也有相当的了解和认识。见多识广才能比较，才能看清家乡和家乡父老的局限。应该说，楚图南是满怀着对家乡云南的深爱才能这般看问题的。

但又不止于此。楚图南作为一个革命家，他对问题的思考还有超越于乡情之上的东西。他明确地讲，云南人应当对外来移民及他们所带来的文化采取尊重和宽容的态度，"这不单是促进云南文化的问题，而且也是增强抗战期间文化阵线的实力的问题"。他强调，"希望云南人"不光对这问题要有一种"新的认识"，而且要有一种"新的雅量和大度"。

大学生投笔从戎

抗日战争胜利将满 70 周年。在这不寻常的时候，我们自然会又一次想起那些曾经投笔从戎，为抗日战争和世界反法西斯战争胜利，做出特殊贡献的西南联大的学子们。他们谱写了一曲高扬的爱国主义颂歌。

西南联大的校史是从长沙临时大学（联大前身）算起的，其学生的从军史也应从长沙时期算起。据《国立西南联合大学校史》（北京大学出版社 2006 年版，以下简称《校史》），学生的参军热潮共有三次。第一次在抗战初期，社会各界及主流舆论提倡和鼓励学生到抗日前线，到敌人占领的地方投入斗争。长沙临大当局为支持学生的爱国热忱，于 1937 年 11 月 15 日成立了以清华大学校长梅贻琦为队长、南开大学秘书长黄钰生教授和军训教官毛鸿为副队长的大学军训队，对学生进行军事管理和训练。同时还设立学生战时后方服务队。稍后，学校又设立国防工作介绍委员会，做出了学生从军可保留学籍等具体办法。当时提出申请的学生近三百名，大多是工科的高年级学生。例如机械系的吴仲华后来成为热力学家、中科院院士。章文晋也是机械系的，后来做过中国驻美大使和中国对外友协会长。经济系的熊向晖后去中央军校七分校学习，之后做了胡宗南的侍从副官和机要秘书，新中国成立后历任外交部新闻司副司长和办公厅副主任、总理助理、中央统战部副部长。土木工程系的李伟多才多艺，创作了《炮兵进行曲》和《东北民主联军军歌》等音乐作品，后担任过解放军总政宣传部部长和中国音乐家协会书记处书记。土木工程系的陈舜瑶（女）的从军史也类似，她是先去陆军预备第七师，后转到延安抗大的，后来做过清华大学党委副书记和中央书记处研究室顾问。

第二次是应征翻译官。这次从军热的背景是为来华美军配备译员。1941 初，美国政府批准向中国派遣飞机、志愿飞行员和机械师，组成志愿队。半年后蒋介石发布命令，美国志愿队作为中国空军的一个单位，以昆明为基地，这就是广为人知的陈纳德飞虎队（太平洋战争爆发后改称美国空军第十四航空队）。

美国政府还批准美国陆军协助中国远征军巩固滇缅公路并开拓中印公路，以打破日军对中国的封锁。同时，美国还采取"在中国武装和训练中国军队"的办法，在昆明设立了步兵、炮兵学校和各种训练班培训中国下级军官及士兵。到1942年，来华美军日益增多。据有关史料，当时在昆明的美军招待所多达50处（现在仅存的十四冶办公楼是美军第一招待所），驻滇美军人员估计有数万之众。这就需要大批军事翻译人员。在这样的背景下，大后方各高校外文系学生就成了从军挑大梁的重要角色。

为保证征调的顺利进行，教育部颁布《志愿从军学生学业优待办法》和《从军知识青年退伍后参加考试优待办法》等规定。西南联大根据以上精神，除由梅贻琦常委做动员外，还采取了一系列的相关措施，例如：四年级学生服役期满发给毕业文凭；低年级学生志愿应征期满返校可免修32学分（相当于一个学年的学分）。同时还有硬规定，对符合应征条件的应届毕业生，"不服征调两年兵役者，不发毕业文凭"。

尽管当时大学生的外语水平一般来说都比较高，且应征的相当一部分又是外文系学生，但毕竟需求量太大，所以国民政府军委会决定在昆明设立译员训练班，由西南联大教授负实际责任。西南联大外文系陈福田（系主任）、温德，中文系的闻一多等教授及美方的专职教师担任语言训练，吴泽霖（社会学系），赵九章（气象学系），皮名举、姚从吾（历史系），罗常培（中文系），查良钊（教育学系）等其他系的教授讲授气象、史地及美国社交等相关课程。译训班地点在昆华农校（即前面提到的美军第一招待所），共办了11期。学员毕业后任上尉三级译员或上校二级译员，习称翻译官。经培训成为翻译官的西南联大学生，去向相当广泛，最远的去了印度、缅甸，在云南的较多，也有去广西、湖南、贵州的。中、缅、印战场的几次重要战役，包括入缅战役、滇西战役、打通中印公路之战以及湘西会战等等，都有联大的翻译官参战。也有个别被派往美国，为培训中国飞行员和机械师做翻译。

西南联大师生对从军同学依依不舍。据许渊冲先生回忆，离校前，外文系开欢送会，当女同学用英文唱《再会歌》时，他真有点像上战场前生离死别的感觉。后来，梅贻琦校长还去飞虎队看望在那里服役的同学，对同学们的表现表示欣慰。

第三次是抗战末期报名参加青年军。据《校史》讲，这一次背景比较复杂。

1944 年，日本在太平洋战争中已处于劣势。为支援被困在东南亚和滇缅边境的军队，日本急需打通从中国大陆到越南的交通线，因此在豫、湘、黔、桂发动迅猛进攻，以致从 5 月开始，洛阳、长沙、梧州、柳州、桂林相继沦陷。入冬，日军又攻陷贵州独山，直接威胁到贵阳、重庆、昆明均感震动。另外，美国总统罗斯福对蒋介石保留自己实力避战的态度相当不满。为在中、缅、印战区夹击日军，罗斯福致电蒋介石，敦促他加强在缅甸萨尔温江的中国兵力和攻势，如若贻误战机要蒋承担责任并将断绝对蒋的援助。在这双重压力下，国民政府于 1944 年 10 月提出"一寸山河一寸金"的口号，决定组建中国青年远征军，有关方面还决定了各省的征集名额，其中云南省 2400 名（男青年 2100 名，女青年 300 名），西南联大的征额为 100 人，发动了 10 万青年从军运动。

鉴于背景的复杂，这次西南联大学生报名不像以前那么踊跃。在重庆电催限期完成任务的情况下，学校当局召开大会，请冯友兰、钱端升和闻一多等教授做动员讲话。加之日军进入贵州的严峻局面又起了直接的动员作用，所以还是有两百多位西南联大同学本着国家兴亡、匹夫有责的爱国精神报名参军。学校于 12 月底举行欢送从军同学同乐会，资助联大剧团等学生文艺社团演出夏衍、于伶、宋之的三位名作家合作的话剧《草木皆兵》（描写上海地下抗日战士对敌斗争的故事），以表欢送。一月后，更有空前隆重、热烈的欢送仪式。这天早晨 8 时，联大从军学生在图书馆前集合点名，然后分成八路纵队出发，欢送者包括常委梅贻琦，以及训导长查良钊、教务长杨石先、总务长郑天挺，还有各学院院长、系主任、教授、职员、学生，还有西南联大附属小学的学生，共三千余人。队伍在第五军军乐队前导下，经过文林街、青云街、华山西路等繁华街道，在马市口省党部门前接受云南省知识青年志愿从军指导委员会赠送的书有"投笔从戎""闻鸡起舞"的两面锦旗，然后向入营地北校场行进。沿途，燃放鞭炮，军乐吹奏，十分壮观。[1]

这两百多名西南联大学生离校后到青年军二○七师炮一营入伍，全部分发到印度远征军，学习汽车驾驶，取得执照后在史迪威公路执行任务。日本投降后他们中的绝大部分同学都回西南联大复学，其中三十多位应届毕业生按规定获毕业证书。

【1】以上关于西南联大举行隆重欢送仪式的资料，摘自闻黎明的长篇论文《国立西南联合大学的青年远征军》，特此说明，并向作者致谢。

据《校史》记载，先后在联大上学的学生为 8000 人，有名可查的后两次参军人数为 834 人（见《西南联合大学抗战以来学生从军题名》），连同长沙时期参加抗战工作离校的近 300 名学生，总数应该不少于 1100 人，约占西南联大历届学生总人数的 14%，或者说投笔从戎的人数为西南联大学生累计总数的 1/7。

由于个人原因，我对西南联大学生从军的史料一直比较留意。我的岳父李国智先生 1940 年考入西南联大机械工程系（后转历史系），两年后应征做翻译官，1946 年毕业。他非外文系学生，后来却做了西北大学外语系教授，我想这可能与他做翻译官受到的磨炼有一定的关系。在当时，像李国智这样从军的普通学生非常多。但在史料中我也注意到有些从军学生是名教授的子女，例如西南联大哲学系的熊秉明就是当时云南大学校长熊庆来先生的公子，后来他成为著名的美术家和艺术学家，法国巴黎大学教授。清华大学校长、西南联大常委梅贻琦先生的独子梅祖彦（机械工程系）也应征做了翻译官，他后来是清华大学水利水电工程系和热能工程系教授，还是西南联大北京校友会会长。他的二姐梅祖彤（生物系）也应征参加了英国人组织的战地志愿医疗队，她也许是西南联大女生中唯一一位做过翻译官的。还有文学院院长冯友兰的长子冯钟辽（机械工程系）、西南联大训导长查良钊的儿子查瑞传（化学系）等等。

与其他系相比较，西南联大外文系学生从军的比例肯定相对较高，这当然与他们的专业及相关规定有关。另外一个更值得注意的情况是，按当时的实际讲，外文系学生的家庭经济条件一般来说要好一些，如果与师范生相比，更是这样。这些生活条件相对较好的外文系学生能积极从军，格外难得。比如外文系学生罗宗明，据许先生的回忆录讲，他是外文系的白马王子，人长得英俊，西服笔挺，英语说得流利，曾代表中国童子军去美国见过罗斯福总统。在外文系读书时，罗宗明还在英国驻昆领事馆兼任英文秘书，待遇优厚，住的是北仓坡五号领事馆的花园洋房。但这位同学为了国家兴亡，毅然放弃高薪应征从军，真是难能可贵。

如今已很难全面了解西南联大从军同学服役的情况，但从一些回忆录里还是能知道一鳞半爪的。许渊冲先生回忆，有一次他翻译的情报说：日本军舰一艘到达海防，登陆士兵有若干人，日本飞机有若干架，进驻河内机场。飞虎队秘书得到情报后，立即召集四个空军上尉参谋研究，认为很可能会对昆明进行空袭，就要他（许）把情报火速译成英文，派专车送他去陈纳德将军指挥部。第二天日本飞机果然袭击昆明，但飞虎队早有准备，不等敌机飞入市区投弹，就在滇池上空进行截击。他看到一架架画着一轮红日的日本飞机，尾巴冒着一团团的黑烟，被击落在西山滇池上空。从那以后，日机不敢再来昆明，但飞虎大队的第一中队长也英勇牺牲了。

参军的西南联大外文系学生中有好几位日后都成为著名诗人，除查良铮（即穆旦，毕业留校任助教后入伍）、杜运燮外，还有一位叫沈季平（闻山），他们三位都历尽艰辛到过印度。沈季平的一首诗也许更能表现西南联大同学激越的爱国热情和抗战必胜的信念。这首诗叫《山，滚动了！》，不长，就抄在这里："山，拉着山／山，排着山／山，追着山／山，滚动了！／霜雪为他们披上银铠／山群，奔驰向战场啊！／／奔驰啊！／你强大的巨人行列／向鸭绿　黄河　扬子　怒江／奔流的方向，／和你们在苦斗中的弟兄／长白　太行　大别　野人山／拉手啊！／／当你们面前的太平洋掀起了胜利的狂涛／山啊！／我愿化作一道流星／为你们飞传捷报。"

西南联大从军学生绝大部分都在服役期满后返校继续学业或领取毕业文凭，但有的同学永远回不来了。就我接触的史料说，联大从军学生共牺牲了七位，其中就有三位是外文系的。

黄维是河北河间人，他是第一个牺牲的翻译官。1941年应征时他是外文系四年级的学生，也是西南联大学生社团"石社"的核心人物，该社以研究《石头记》（即《红楼梦》）为职志，很活跃。他是自愿放弃去条件较好的飞虎队的机会而去了缅甸远征军的。外文系吴宓教授极喜爱这个学生，得知黄维牺牲后十分难过，在1942年的日记里做了记录："黄维随军退归。六月十五日，在车里渡澜沧江，中流，所携爱马忽跳动，舟覆。维与马俱堕水中。维手握马尾。及马救出，而维已被急流裹去，渺无形迹矣！闻耗，深为伤痛。"（车里是景洪的旧名。《校史》称黄维是在随部队撤出缅甸抢渡怒江时不幸落水牺牲的。与吴氏所记略异）两月后，外文系发黄维讣告及追悼会启事。追悼会在译员训练班举行，吴宓先生在会上致辞，对黄维的牺牲表示哀悼，也讲到黄维为人处世的性格特点和他对文学的深刻认识。吴宓还为学生撰写挽联，联云："大勇见真仁，历劫两间存正气；亲贤兼爱众，同堂三载醉春风。"当年西南联大的校风，师生的爱国情怀及师生间的深厚情谊，让数十年后的我们为之感动不已。

缪弘是江苏无锡人，1943 年入学的低年级学生，第二年就随美军和中国鸿翔部队空降到被日军占领的敌后作战。抗战胜利前夜，在随军反攻桂林时，他随士兵一道冲锋，壮烈牺牲，还不满 19 岁。1945 年，西南联大文艺社编辑、出版了《缪弘遗诗》，其中有一首《血的灌溉》，是在"联大五次输血后一日"写的，共两节："没有足够的粮食，且拿我们的鲜血去；没有热情的安慰，且拿我们的热血去；热血，是我们唯一的剩余。你们的血已经浇遍了大地，也该让我们的血，来注入你们的身体；自由的大地是该用血来灌溉的。你，我，谁都不曾忘记。"如今有些人一点芝麻大的事也动不动就喊"震撼"，什么叫震撼？请读这样的诗吧。

西南联大学子参军的战斗历程也并非都是悲壮的，甚至是惨烈的。还说 1944 年入伍的这一批。他们是从巫家坝机场乘运输机飞赴印度的。之后在兰姆伽的汽车训练学校学习，再后组成汽车团，参加接受运输美国援华物资的任务。他们执行的最后一次任务，是 1945 年夏驾驶美国援华汽车返回昆明。汽一团首先在雷多接受了美国援华的一批军用汽车，随即奉命分批开往国内。第一批车队有七十多辆吉普车和十余辆卡车，美军菲特上尉任队长。7 月 6 日，他们驾驶着满载军用物资带拖斗的崭新吉普车，沿着被命名为史迪威公路的中印公路，浩浩荡荡，奔向离开半年多、魂牵梦萦的昆明。历经十三天的行程抵达昆明的当天，西南联大训导长查良钊代表学校前往车家壁慰问。只见同学们个个体格强壮、精神奕奕，一改过去白面书生之态。队长菲特上尉一再向查良钊称赞汽一团的同学，说他们"秩序井然""动作迅速"，"充分表现了合作的精神"，"驾驶技术高超"。

第五军军长兼昆明防守司令官的杜聿明，也于 7 月 26 日上午 9 时在碧鸡关的一个广场检阅了汽一团。杜聿明在讲话中透露了一个让大家都没想到的消息：汽一团将调往菲律宾组建海军陆战队，配合盟军攻打日本三岛。这个消息让大家异常兴奋，人人准备参加直捣敌巢、扬我国威的战斗。

之后汽二团也回到昆明，至此，这批从军同学全部返回，西南联大为此召开盛大的欢迎大会。未想半月后日本宣布无条件投降，这批学子未能参加反攻，实现攻打日本本土的抱负。但也不必遗憾。毕竟，他们是打着胜利的旗帜回到祖国、回到昆明、回到母校西南联大的。[1]

七十多年过去了，今天，我们怀着深深的情感，向这些为抗击日寇而英勇牺牲的烈士致敬、致哀。

为了不忘记这一段历史，1946年5月学校结束时，郑重地在国立西南联合大学纪念碑的阴面，刻校志委员会纂列，中国文学系教授唐兰篆额，算学系教授刘晋年书丹的《西南联合大学抗战以来学生从军题名》。这是不朽的丰碑，其所昭示的爱国主义精神将永存。

---

[1] 以上关于西南联大学子远赴印度及胜利返校的资料，摘自闻黎明的长篇论文《国立西南联合大学的青年远征军》。

没有野人山就没有诗人穆旦

没有野人山就没有诗人穆旦[1]。

野人山是一片原始森林覆盖的蛮荒世界，位于缅甸最北端，由云南西北角、西藏东南角与印度东北角圈围着，人迹罕至。这里说的不是野人山本身，而是说诗人穆旦作为中国远征军的一名士兵在那里的一段绝对非凡的经历。

穆旦1935年以优异成绩考入清华大学，1940年毕业于西南联大外文系，留校任助教。1942年2月，胸怀"国家兴亡、匹夫有责"之志，参加中国远征军，任司令部（杜聿明将军）随军翻译。远征军进入缅甸后英勇善战，给英军以有力支持。后因日军增援缅甸，远征军后方联络线被切断，加之英军没有防守缅甸的决心与准备，终于导致远征军的失败。从1942年4月底至5月，远征军陆续退却，一部分退往滇西与日军隔怒江对峙，一部分撤往印度。穆旦就在向印度撤退的部队中，经历了震惊中外的野人山战役，在死亡线上出生入死，终于到达印度的利多。3年后，这位27岁的诗人写出了真正不朽的诗篇《森林之歌——祭野人山死难的兵士》。这首诗在收入《穆旦诗集（1939—1945）》时改名为《森林之魅——祭胡康河上的白骨》（内容亦有修改），被称为中国现代诗史上直面战争与死亡，歌颂生命与永恒的代表作。

说来惭愧，穆旦这名字我是在"文化大革命"结束后才知道的，而且还是因为在兰州认识九叶诗派的唐祈教授才慢慢有了些了解。在此之前我只熟悉查良铮这个名字，因为20世纪50年代读大学的时候就喜欢读普希金的诗，印象最深的是《普希金抒情诗集》和《欧根·奥涅金》这两本，都是查良铮译的。不光是普希金的诗，而且那个时代奉为文学理论启蒙教材的苏联专家季摩菲耶夫的《文学原理》，经典性的《别林斯基论文学》以及拜伦、雪莱的一些诗作，也都是他的译笔。这些诗，尤其是普希金那些优雅、浪漫的诗，当我对穆

[1] 穆旦（1918—1977），中国现代杰出诗人和卓有成就的翻译家。原名查良铮，出生于天津（原籍浙江海宁）。1948年赴美入芝加哥大学英国文学系学习，1952年归国后在南开大学任教。

旦参加远征军的经历稍有了解以后，我实在很难将普希金的诗歌世界（经过穆旦译笔呈现出来的）与野人山联系起来。

比穆旦高一班的王佐良先生是第一位对穆旦诗进行诠释并高度评价的批评家和学者，早在西南联大即将结束的 1946 年 4 月，时任外文系教员的王佐良就写出了《一个中国新诗人》，正是在这篇评论里，人们才对穆旦的野人山经历有了一些了解。

> 那是 1942 年的缅甸撤退。他从事自杀性的殿后战。日本人穷追。他的马倒了地。传令兵死了。不知多少天，他给死后的战友的直瞪的眼睛追赶着。在热带的豪雨里，他的腿肿了。疲倦得从来没有想到人能够这样疲倦，放逐在时间——几乎还在空间——之外，阿萨密的森林的阴暗和寂静一天比一天沉重了，更不能支持了，带着一种致命性的痢疾，让蚂蟥和大得可怕的蚊子咬着，而在这一切之上，是叫人发疯的饥饿。但是这个廿三岁的年轻人结果是拖了他的身体到达印度。【1】

王佐良在稍后发表的修改稿中，在"发疯的饥饿"之后做了一点补充和修正，"他曾经一次断粮达八日之久。但是这个二十四岁的年轻人在五个月的失踪之后"，结果是拖了他的身体到达印度。在那原始森林覆盖的蛮荒之地，断粮八天，失踪五个月，说人被放逐在时间之外，是再准确、贴切不过了。

当时穆旦是属杜聿明兼任军长的第五军，所谓"失踪"大概是指失去与军部的联系。在民革昆明市委任职的邹德安先生当时是第五军少校参谋（我猜测，邹老会认识做随军翻译的查良铮），他在《中国远征军第五军翻越缅北野人山亲历记》【2】中说："由于淫雨绵绵，部队断粮，蚂蟥蚊蠓叮咬，体力消耗很大，身体抵抗力下降，官兵疾病日益增多。患者高烧不退，昏迷不醒，甚至数小时之内就倒毙死亡，沿途尸体比比皆是。"又说部队渴望得到空降接济，国内也"经常派飞机在原始森林上空搜寻部队，但因森林遮天蔽日，我们听到机声，却见不到飞机"，结果一无所获，情况更加严重。"前卫团留下的尸体

【1】《中国新文学大系（1937—1949）》第一卷，上海文艺出版社 1990 年版，第 563 页。
【2】《昆明文史资料选辑》第 16 辑。

白骨一路不断。他们建造的棚帐里死亡的官兵睡得整整齐齐，大概是先死者睡着无人移动或掩埋，后来者到此已精疲力竭，只得挨着前者睡卧待毙，结果形成死人排队的惨状。"

穆旦活下来了。他回到昆明后曾对吴宓老师说过这一段经历，吴在日记中记："铮述从军的见闻经历之详情，惊心动魄，可泣可歌。不及论述……"【1】但对同辈友人却不讲这些。据王佐良在那篇评论中说："只有一次，被朋友们逼得没有办法了，他才说了一点，而就是那次，他也只说到他对于大地的惧怕，原始的雨，森林里奇异的，看了使人害病的草木怒长，而在繁茂的绿叶之间却是那些走在他前面的人的腐烂的尸身，也许就是他的朋友们。"这是什么感觉？"不知多少天，他给死去战友的直瞪的眼睛追赶着。"

邹德安先生还说到部队里的一些"文职技术员工，由于从未经受过如此艰难处境，有些人腿脚受伤不能随军行动，夜晚就在树上上吊自杀"。我看 1996 年出版的《穆旦诗全集》（人民文学出版社）里那张穆旦面带笑容的照片，俨然一位翩翩美少年，又是大学刚毕业，恐怕比一般文职人员还要文。穆旦倒是参加过三校步行团由长沙西迁昆明的壮举，全程 3500 里，历时 68 天，那虽然艰辛却还不是惨烈。这只要读穆旦的《三千里步行》组诗就会明白。那些离开城市和校园的年轻学生像"一群站在海岛上的鲁滨孙"，他们"失去了一切，又把茫然的眼睛望着远方"。而在野人山，"远方"已经消失了。"森林"告诉我们年轻的诗人穆旦：

> 这不过是我，没法朝你走近，
> 我要把你领过黑暗的门径；
> 美丽的一切，由我无形的掌握，
> 全在这一边，等你枯萎后来临。
> 美丽的将是你无目的眼，
> 一个梦去了，另一个梦来代替，
> 无言的牙齿，它有更好听的声音。

而仅仅在四年前，当穆旦们在祖国大地上向西行进的时候，虽然目光不

【1】《吴宓日记》第 9 册，生活·读书·新知三联书店 1998 年版，第 16 页。

免一度茫然，"而我们总是以同一的进行的节奏，把脚掌拍打着松软赤红的泥土"，那辽阔的原野"等待着我们的野力来翻滚"，"中国的道路又是多么自由而辽远呵……"

还是回到穆旦的野人山吧。他那首《森林之魅》的副题为《祭胡康河上的白骨》，邹德安先生的回忆录也说到"前卫团留下的尸体白骨一路不断"。无知的我有些纳闷，那么短的时间（后面的跟着前面的，时间不会长），哪来那么多的白骨？读杜聿明将军的回忆，明白了，那绝不是渲染、夸张。杜说："原始森林内潮湿特甚，蚂蟥、蚊虫以及千奇百怪的小巴虫到处皆是，蚂蟥叮咬，破伤风病随之而来，疟疾、回归热及其他传染病也大为流行"。因此：

> 一个发高烧的人一经昏迷不醒，加上蚂蟥吸血，蚂蚁啃啮，大雨侵蚀冲洗，数小时内即变为白骨。官兵死伤累累，前后相继，沿途白骨遍野，令人触目惊心。[1]

在这种望不见"远方"的绝境中，没有自杀（但不知想过自杀没有），拖着断粮八天的身体，望着前边的尸体和白骨，感受着后面死去战友直瞪的眼睛追赶着，而终于拖到了印度，这是顽强的生命力还是坚韧的毅力？也许都是吧。

据统计，随军部经野人山到达印度利多的官兵，出发时一万余人，到目的地时仅剩四千余人，沿途饿病死亡者六千余人。行程共两个半月，平均每日死亡人数超过作战伤亡人数的一倍还多。

这就是野人山。

1958年12月，法院到南开大学宣布："查良铮为历史反革命"，"接受机关管制"。作为诗人的穆旦是结束了，虽然在1976年之后人们又看到了他的诗作若干，但他的诗才只能加倍地投入他的诗歌译作中。事实上，早在20世纪50年代初刚从美国回来的时候，穆旦就感到他那种诗不能再继续写下去了，于是潜心于诗的翻译。但是，"该译的都译完了。译完了又去干什么呢……"[2]在他对夫人周与良说了这话之后不到半月吧，终于撒手人寰。

也许穆旦又回到阔别35年的野人山去了。他对森林说：

【1】转引自《穆旦诗全集》，第378页。
【2】《穆旦诗全集》，第409页。

离开文明，是离开了众多的敌人，
在青苔藤蔓间，在百年的枯叶上，
死去了世间的声音。……

森林回答：

欢迎你来，把血肉脱尽。（《森林之魅》）

王佐良：昆明现代派的喉舌

  无论是跟踪研究文学现状的批评家，还是回头审视文学史的学者，方法和态度都应该是科学的，就此而言，批评家与学者（文学史家）是一致的。但也有不同，批评家更需要敏感和敏锐。

  西南联大外文系毕业的王佐良[1]就是这样一位出色的批评家。当然，王佐良同时也是一位诗人，后来也是翻译家和专门研究外国文学史的学者。不过我这里之所以要强调王佐良首先是一位批评家，是因为他那篇极不寻常的文学评论：《一个中国新诗人》。

  诗人穆旦1945年1月由西南联大文聚社出版了他的第一本诗集《探险队》，第二本诗集于1947年在沈阳出版，书名《穆旦诗集（1939—1945）》，王佐良的文章是附于集后的评介。当时的穆旦刚刚崭露头角，此前虽在昆明出过一本诗集，但正如王佐良文章所说，那种"印在薄薄土纸上的小书从来就无法走远"，影响有限。到了1947年，情形有了大变化，先是第二本诗集在沈阳出版，紧接着，那首震撼灵魂的《森林之歌——祭野人山死难的兵士》（后改为《森林之魅——祭胡康河上的白骨》）又在战后新复刊的《文学杂志》上发表，并同期配发王佐良的评论。如此编排自然是编者态度的体现，何况这是一本高品位的文学杂志，主编是美学家朱光潜，刊物以"京派"作家群为后盾，并得到原"新月派"文化圈的支持。此前一年，这首诗在新创刊的上海《文艺复兴》发表，该刊由著名作家郑振铎、李健吾编辑，作者队伍也很强大，只不过对穆旦这首诗的编发方式没有《文学杂志》那么突出就是了。

  王佐良文章的第一句就不同凡响，他说："对于战时中国诗歌的正确评价，大概要等中国政治局面更好的一日。"但话没怎么展开，接着就将注意力引向

【1】王佐良（1916—1995），当代翻译家、诗人、外国文学研究家和批评家。浙江上虞人。西南联大毕业后留校任教，后入牛津研究英国文学，归国后任北京外国语学院教授，并历任英语系主任、副院长、中国外国文学学会和中国莎士比亚学会副会长。

"那年轻的昆明的一群"，这"一群"在王佐良晚年写的关于穆旦的文章中被明确地称为"40年代在昆明西南联大出现的中国现代主义"，或"40年代昆明现代派"。王佐良首先指出了这"一群"生长的文化环境：

> 这些诗人们多少与国立西南联大有关。联大的屋顶是低的，学者们的外表褴褛，有些人形同流民，然而却一直有着那点对于心智上事物的兴奋。在战争的初期，图书馆比后来的更小，然而仅有的几本书，尤其是从外国刚运来的珍宝似的新书，是用着一种无礼貌的饥饿吞下了的。

王佐良具体提到艾略特和奥登的名字，西南联大的青年诗人们如何"带着怎样的狂热，以怎样梦寐的眼睛"读这两位英国诗人。艾略特的《荒原》被认为是20世纪西方文学的划时代之作，是现代派诗歌的里程碑，影响很大。艾略特早期的重要作品中有一首叫《普鲁弗洛克的情歌》，写一个年轻人在恋爱中的矛盾心态。奥登也是英国著名诗人，20世纪30年代思想激进，是左翼青年作家的领袖，1937年赴马德里参加西班牙人民的反法西斯斗争，当过担架员和救护车驾驶员，同年发表长诗《西班牙》。1938年来华访问，次年写了一组十四行诗《战争时期》。据说穆旦后来更多地受奥登的影响，我想可能与穆旦参加远征军的经历有关。

不光是艾略特和奥登，而且西南联大外文系的教授就有一位英国诗人燕卜荪。这位老师领着学生读艾略特、读奥登，学生们的眼界被打开了，知道诗歌还有这样的新题材和新写法。就说情诗吧，虽然诗人们都喜欢写，但徐志摩他们那种写法已经不能满足昆明的青年诗人，他们要探寻新的表达方式。试看：

> 你底眼睛看见了这一场火灾，
> 你看不见我，虽然我为你点燃；
> 唉，那燃烧着的不过是成熟的年代，
> 你底，我底。我们相隔如重山！
>
> 从这自然底蜕变底程序里，

> 我却爱了一个暂时的你。
> 即使我哭泣，变灰，变灰又新生，
> 姑娘，那只是上帝玩弄他自己。

这是穆旦写于1942年的《诗八首》的第一首。这里的情感是复杂的、多层次的，用王佐良的话说，诗里有"肉体的感觉"，表现了"感官的形象"，同时又富于哲理。

> 静静地，我们拥抱在
> 用言语所能照明的世界里
> 而那未成形的黑暗是可怕的，
> 那可能和不可能的使我们沉迷。
>
> 那窒息着我们的
> 是甜蜜的未生即死的言语，
> 它底幽灵笼罩，使我们游离，
> 游进混乱的爱底自由和美丽。

王佐良在他50年前写的评论中说："我不知道别人怎样看这首诗，对于我，这个将肉体与形而上的玄思混合的作品是现代中国最好的情诗之一。"是不是呢？这组诗在西南联大《文聚》第一卷第三期（1942年4月）发表后，被闻一多选入他所编的《现代诗抄》，1990年出版的《中国新文学大系（1937—1949）》诗卷也将这组诗收入。看来，半个世纪前王佐良做出的论断是对的。

当然，西南联大的文化环境，即使仅仅从诗的角度看，也不光是英国诗人兼批评家燕卜荪教授给穆旦们讲艾略特、讲奥登，讲其他英国诗歌。还有老诗人闻一多。虽然当时的闻一多已经不写诗了，但早在蒙自的时候，南湖诗社的青年诗人们就请闻一多任导师。据闻一多的书信，穆旦1939年住在昆华师范学校（其址今为昆明师专，今昆明学院）西南联大学生宿舍的时候，曾去武成路福寿巷3号（小西门附近）拜访闻一多老师，"出其译诗相示"。[1] 事实上，

---

[1]《闻一多书信选辑》，载《新文学史料》1985年第2辑。

穆旦的作品在诗的形式、格律上还是很讲究的，从中也不难看出闻一多"三美"论的影响。外文系的冯至教授和卞之琳副教授都是著名诗人，两位在昆明也都进行着诗歌创作或诗歌理论的现代主义探索。冯至的《十四行集》不用说，那是中国现代主义诗歌重要的、标志性的收获。卞之琳出"新月"而入"现代"，是公认的中国现代诗的先行者之一。有这样的环境，昆明现代派的崛起也就不难理解了。

战争环境也是昆明现代派形成的重要条件。如王佐良在《一个中国新诗人》中说的："战争，自然，不仅是物质，也不仅是在城市里躲警报。他们大多更接近它一点。两个参加了炮兵。一个帮美国志愿队作战。好几个变成宣传部的人员。另外有人在滇缅公路的修筑上晒过毒太阳，或将敌人从这路上打退。"比起一天到晚待在学院里，诗人们靠近现实，认识了中国和战争的另一面。这样，他们的诗作就不可能是对西方现代派的简单模仿，他们还有自己的中国式的情感投入，其中有爱国主义，有非机械反映论的现实主义。如果缺乏这种民族式的情感投入，那么学艾略特、学奥登就不过是一种学生做习题式的技术训练罢了。当然不是这样，尤其是王佐良说的"最痛苦的经验却只属于一个人"，这个人是穆旦，他远不是只靠近现实，而是坠入了现实的、战争的深渊。西南联大加野人山，这才有穆旦。王佐良半个多世纪前写《一个中国新诗人》，第一次使中国文学界对诗人穆旦的崛起有了一次惊喜，晓得"一颗星亮在天边"（谢冕语）。王佐良在评论中指出对于人的生与死，"大多数中国作家是冷漠的"，因为，"政治意识闷死了同情心"，而"穆旦并不依附任何政治意识"。王佐良说穆旦"看出了所有口头式政治的庸俗"。

> 在犬牙甬道中让我们反覆
>
> 行进，让我们相信你句句的紊乱
>
> 是一个真理。而我们是皈依的
>
> 你给我们丰富，和丰富的痛苦[1]

这并不是说王佐良认为诗人"逐渐流入一个本质上是反动的态度"，而是说穆旦"只是更深入，更钻进根底，问题变成了心的死亡"。

【1】穆旦：《出发》1942 年 2 月。

> 然而这不值得挂念，
> 我知道一个更紧的死亡迫在后头，
> 因为我听见了洪水，随着飓风，
> 从远而近，在我们的心里拍打，
> 吞蚀着古旧的血液和骨肉。[1]

"对于战时中国诗歌的正确评价，大概要等中国政治局面更好的一日。"回过头来再看王佐良文章的开篇第一句，套用一句新话，20 世纪 40 年代的王佐良就已经用"第三只眼"看中国诗坛了。

此后 30 年，穆旦从天际消失了。直到 1980 年，人们才从《诗刊》上读到穆旦的遗作，知道诗人已于三年前离开了世界。1987 年，王佐良写出《穆旦：由来与归宿——诗人查良铮逝世十年祭》。20 世纪 90 年代，王佐良又写出《谈穆旦的诗》，把他 20 世纪 40 年代那篇评论中论述的"那年轻的昆明的一群"，明确地定位为"40 年代在昆明西南联大出现的中国现代主义"和"40 年代昆明现代派"，为我们指出穆旦和他的昆明诗友属于哪个星座。

《穆旦诗全集》（以下简称《全集》）终于出版了，王佐良为这部《全集》留下一篇序言[2]也走了。据《全集》编者李方先生说，这篇序言是王佐良一生著述中的"绝笔"。

又回到 1942 年。那一年王佐良写了《诗两首》，其中有这样几句：

> 理论上的事情难得说，
> 理论要四月开花，要你在
> 太阳当顶的时候缩短
> 你地上水平的长度，
> 理论又使你哭泣，当你的
> 生长被阻挡，像你的手表
> 忽然有暂时停息。

【1】穆旦：《从空虚到充实》。
【2】即《论穆旦的诗》，与收入作者《中楼集》的《谈穆旦的诗》基本相同。

光未然在昆明

中国人大概少有不知道《黄河大合唱》的，这部伟大作品的词作者是光未然[1]，半个多世纪前他在昆明生活、战斗了四年。

光未然的组诗《黄河大合唱》是 1939 年在延安窑洞的病床上创作的，当时他年仅 26 岁。此前他带领一支抗敌演剧队在吕梁游击区从事抗日宣传活动，行军中坠马，左臂骨折，送延安医治。半年多后去往重庆。皖南事变后经周恩来安排，远赴缅甸开展工作，任仰光《新知周刊》主编和缅甸华侨战工队总领队，为团结华侨文化界青年和开展反法西斯的文化宣传做出贡献。1942 年夏天缅甸沦陷，光未然冒死率领战工队近百名旅缅文化战士和华侨青年，历经艰难险阻，徒步撤回云南继续战斗。

光未然在昆明期间，遵照上级指示加入民盟，与李公朴、闻一多等密切合作，进行统一战线工作。其时李公朴与云南大学教授朱驭欧、潘大逵和西南联大教授雷海宗、张景钺（生物系）等租住在云南商界巨子李琢庵在北门街的房子里，那是两层楼房，十间铺面，李公朴住靠南的楼上两间（大约从 1944 年起，光未然也住在李公朴家里。据《五月花·后记》），楼下一间（其址尚存，今为"广益饭店"）。在李琢庵的资助（半开银币 4000 元[2]）下，李公朴在楼下开设"北门书屋"，之后又在书屋对面创建"北门出版社"（很可惜，其址前几年已毁），由光未然具体担任编辑工作（上设编委会），公开出版了不少进步书籍，秘密出版了一些中共书刊和文件。光未然的公开身份是云大附中教员。云大附中是昆明的名牌学校之一，其前身为 1927 年创建的东陆大学附

【1】光未然（1913—2002），原名张文光，后改为张光年，光未然是其笔名。1929 年加入中国共产党，是中国著名诗人、文艺活动家、评论家和编辑家。除与冼星海合作的《黄河大合唱》外，他为独幕剧《阿银姑娘》写的序曲《五月的鲜花》（阎述诗作曲）也曾唱遍中国，成为最受欢迎的抗日救亡歌曲之一。1942 年夏由缅甸来到昆明，任云南大学附中教员和北门出版社编辑。新中国成立后一直在文艺界做组织领导工作，历任中国剧协党组书记、《文艺报》主编、中国作家协会党组书记和副主席等要职。晚年任中国文心雕龙学会会长，有《骈体语译〈文心雕龙〉》问世。

【2】何开明：《李琢庵事略》，见《昆明文史资料选辑》第 19 辑。

中。在 20 世纪 40 年代，教师里文艺家多，中共党员多，民主气氛活跃，是云大附中的特点。除光未然外，作家楚图南、魏猛克、李乔，音乐家赵沨等，都先后在该校任教，每逢节假日和开学，学校定在操场举行晚会，有时还上演舞台剧，内容多是宣传抗日的自编节目，也有根据中外名著改编的剧作，如光未然编导的《堂吉诃德》，魏猛克编导的《阿 Q 正传》和《罗亭》。【1】

光未然积极投入昆明地区的爱国民主运动。1945 年，五四 26 周年纪念活动是昆明学生爱国民主运动浪潮的新高峰。5 月 1 日晚在云大至公堂举行音乐晚会，气氛极为热烈。晚会在《五月的鲜花》歌声中开始，接着有独唱、齐唱、合唱和钢琴、提琴演奏，节目有《民主青年进行曲》《义勇军进行曲》《黄河大合唱》等。第二天晚上，由联大"新诗社"主持举行诗歌朗诵会，会上，闻一多、朱自清、吕剑、常任侠等诗人、学者相继登台朗诵。光未然朗诵了自己在昆明创作的政治讽刺诗《民主在欧洲旅行》，说民主踏遍欧洲，又到美洲，但答应到中国来，最后民主说："什么地方呼唤我们的声音最高，最恳切，我们就先到什么地方去！"【2】

在昆明期间，光未然的创作成果也很值得注意。他写的长诗除反映缅甸人民劳动与战斗的《绿色的伊拉瓦底》外，还有《午夜雷声》《野性的呐喊》《颂歌》《镇魂曲》和《月夜竞奏曲》（这五首诗 1944 年 6 月结集为《雷》由北门出版社出版）。其中的《午夜雷声》分上、下两篇，上篇写雷的宏大气势：声如暴烈的重磅炸弹，伴着银色的闪电，挟呼啸的风和倾泻的雨，使胆怯者变色，扰乱了他们宁静的心，打碎了他们酣畅的梦。下篇说雷声唤醒了我、激励着我，我要和雷声一起带领那些刚刚醒来的人"一同去／征服他／午夜的暴君"。这首《午夜雷声》与《黄河颂》《黄水谣》《黄河怨》一起被选入臧克家主编的《中国新文学大系·诗卷（1937—1949）》。

不过，这本诗集也并非清一色的政治抒情，内容相当丰富。《野性的呐喊》的序诗说："我的诗／是一把刀／解剖敌人／也解剖自己／内心的丑恶。"《颂歌》里说，为了追求"一切庄严中最庄严的／一切美丽中最美丽的／一切热烈中最热烈的／一切神奇中最神奇的"，人们的痛苦、狂热、勇敢奋斗永不会止息。《月夜竞奏曲》说："在美好的月夜，年轻人、大人们

【1】毅雄：《平凡的圣迹——猛克先生事略》，载《新文学史料》1995 年第 4 期。
【2】李艺群：《抗战后期昆明学生的爱国民主运动》，见《云南文史资料选辑》第 30 辑。

和孩子们纵情地唱吧笑吧，谁敢干涉就把他打倒，让马雅可夫斯基、高尔基跟我们一起去战斗。"

　　如何解读这些诗作？光未然在这本诗集的《跋文》中说，这些作品是"病痛的惨叫，狂人的呓语，不健康、不和谐的声谱，怎样也配不上这时代的坚实的步履"，但是"我爱这些诗，……因为它们是我某一时期的心灵波动的记录"。《再跋》又说，一些友人认为："把这些抒写个人感情的不健康的诗章公之于世，不但有损于一个进步诗人的严正立场，而且是一个文艺战士的永远的耻辱。"这批评相当尖锐，也很有高度，但作者没有接受这个劝告。我不知道光未然的夫人黄叶绿（原名黄腾惠）女士（当年云大附中的学生，1944年高中毕业）是否写过这方面的文章，如果写了，对光未然的研究者当有所启迪。

　　在路南县时（云大附中一度迁至此县），光未然还搜集、整理了长期流传在彝族民间的长篇叙事诗《阿细的先鸡》，开创了我国整理少数民族文学遗产的先河。"阿细"是彝族的一个支系，生活在云南弥勒县（今弥勒市）一带。"先鸡"（或"先基"）是阿细词语，意为歌。这首诗内容丰富，包括天地万物的来源，各种自然现象的成因，阿细先民生存状态以及包括爱情、婚姻在内的风俗习惯的形成，等等。这样的创世史诗，无论是在美学，还是人类学、民俗学的意义上，都有很高的价值。

　　这部史诗规模庞大，长约两千行。光未然的整理工作得到路南县中学学生阿细青年毕荣亮的帮助，实际是两人合作，历时两三年才完成书稿，由北门出版社出版（李公朴发行）。初名《阿细的先鸡》，1953年光未然重新修订，由人民文学出版社出版时更名为《阿细人的歌》。

　　对于这部民间叙事诗，西南联大教授袁家骅从语言学的角度也下功夫整理过。袁氏毕业于北大英文系，1937年考取英庚款留学，赴牛津大学攻读英语和日耳曼语言学，三年后归国在联大外文系任教，同时致力于西南少数民族语言和汉语方言的研究。1945年，袁氏参加修纂路南县县志，又找毕荣亮做发音人，用国际音标记下毕荣亮所唱的"先鸡"原文，然后用直译法翻译，次年发表于南开大学的《边疆人文》（昆明油印版）。20世纪50年代袁氏对旧稿重新整理，以《阿细民族及其语言》之名由中国科学院出版。

　　在二十世纪五六十年代，云南省对民族民间文学的搜集、整理和出版做了大量工作，使以《阿诗玛》为代表的一大批文学瑰宝得以问世，成绩骄人，全国瞩目。追本溯源，开风气之先的光未然功不可没。

抗日战争胜利后，云南政治形势陡变，光未然被国民党特务机关追捕。1945 年 10 月，这位诗人在李公朴夫妇的协助下逃离昆明，几经波折惊险，于同年底辗转到达北平。1946 年 11 月，光未然与黄叶绿在北平结婚。其时内战已全面爆发，延安、张家口相继沦陷，光未然的两位好友热心操办婚礼，借此冲破一下这个文化界集会的沉闷空气。诗人新郎有感而发，自撰自写了一副对联，悬挂在会客室。联云：

不怕秋风动地来

回头定教黄叶绿（上联）

试看曙色从天降

放眼何愁光未然（下联）

斗南村：李广田与"胜利"赛跑

李广田是诗人，也是散文家，作品很多。1936 年卞之琳编的现代新诗集《汉园集》相当有影响，内收何其芳的《燕泥集》、李广田的《行云集》和卞之琳的《数行集》。《行云集》有诗作 17 首，不算多，但写得精致，抒写 20 世纪 30 年代前期的忧郁、苦闷情绪，部分作品表现出浓重的乡土气息。李广田的散文更多，仅 20 世纪 30 年代就出了《画廊集》（周作人作序）、《银狐集》和《雀蓑记》三本，乡土气息更重，是地道的乡土文学，而在格调上也是淡淡的哀愁，与他的诗参照着读，更能感受那一时代知识分子思想、情感的脉动。

相比之下，李广田的小说较之他的诗歌、散文要逊色些，尤其是他那唯一的一部长篇小说《引力》，可以说并不成功。但这作品有其特殊价值，而且是在昆明写的，很值得一说。

李广田是 1941 年底来到昆明的，西南联大任教，并与夫人王兰馨女士一起在兴隆街昆华商校教书。起先他们住在玉龙堆（今翠湖北路靠小吉坡底一带），不久即迁至兴隆街（此街在五一路与光华街的夹角内。三年前已消失）商校内居住。《引力》共十九章，1941 年 7 月动笔，但只写了三章，便因忙于教学工作停顿了，而且一停就是四年，直到 1945 年的 7 月 7 日，"乘暑假之便，才在距昆明不远的呈贡县斗南村重又拾起了旧业"[1]，一口气总算写完。

这个斗南村，如今是响当当的花卉集散地，闻名遐迩。

斗南当年的名声虽不像现在这般显赫，却也是藏龙卧虎、人文荟萃之地。1949 年以前，斗南村子弟已有多人进入香港大学、日本东京高等矿业学校及美国哈佛、斯坦福等名牌大学学习，其中一人获伊利诺理工学院博士学位。如果往前再数，斗南村还出过一位进士，时清光绪三十年（1904 年）。至于近半世纪的高校毕业生，则是不胜枚举。

还说回李广田。《引力》的内容是写抗战背景下普通知识分子的离乱和艰

【1】《引力·后记》，见《李广田文集》第二卷，山东文艺出版社 1984 年版，第 419 页。

辛。女主人公是一位青年女教师梦华，她不甘心过亡国奴的屈辱生活，冒着极大的危险，带着幼子从沦陷的山东济南逃出，去四川成都与丈夫孟坚团聚，但到了成都却只见到丈夫留下的信，说他走了，"寻到一个更新鲜的地方，到一个更多希望与更多进步的地方"，希望妻子"不要因为见不到我而悲哀，但愿我们能在另一个天地里得到团聚"。

小说的女主人公梦华以作家夫人为原型。读《引力》，对了解那一段特殊的生活，对了解作家李广田那一辈知识分子，都很有助益。但作品缺少艺术上的加工，"纪实文学"痕迹明显。那个"更多希望与更多进步的地方"，指的是延安。经过离乱的作家，对社会现实的认识，可以说是上了一个台阶。李广田的中期散文，题材更多样，也更具战斗性，与前期散文的零碎、伤感（也精致）相比，风格上大为不同，《引力》的特点，实际上也就是作家中期散文特点在小说上的另一种表现。思想上去了，而相应的艺术表现力尚未跟上，就这个意义上看，可以说是思想"超前"而艺术"滞后"了。

李广田能在斗南村愉快地生活和写作，与几位友人的帮助分不开，其中一位是诗人、翻译家魏荒弩，其时魏在东方语专任教。东方语专1942年在斗南村建校，是为适应世界反法西斯战争形势发展的需要而设立的，当时日寇侵占了东南亚许多国家，反法西斯战线急需东方语文翻译人才。据此，语专设泰语、印地语、越南语和缅甸语四个系，聘请了几位外籍教师、华侨教师，还有联大、云大和中法大学等校的兼课教师，如孙福熙（教务主任，原杭州艺专教授）、霍济光（总务主任，原北平《益世报》副社长，晚年任美国芝加哥大学中国文化学院院长）、常任侠（诗人，东方艺术学家）、吴泽霖（联大社会学系教授）、许烺光（文化人类学博士，云大教授）、江应樑（民族学家，云大教授）、沈来秋（经济学博士，云大教授）等知名学者，阵容相当可以。魏荒弩与联大等高校无关，他原在贵州遵义"外专"攻读俄文（20世纪50年代北京出版的涅克拉索夫《严寒，通红的鼻子》《伊戈尔远征记》就是魏氏翻译的），之后辗转于贵阳、昆明从事文艺界抗敌协会工作。李广田在斗南村不认识什么人，得了魏荒弩等友人的帮助，省事不少，写作还顺利。他"很喜欢在村子的街巷中走走，看看农人的满是辛苦的面孔，听听他们那些诚恳忠厚的言语，觉得无限亲切。从斗南村去滇海很近，几乎每日必到海边游玩，我大半是上午写作，下午休息，并思索明天所要写的东西"。（《引力·后记》）

特别有意义的是《引力》的写作最后成了与"胜利"的赛跑。小说写到收尾的时候传来了日本无条件投降的消息，但还差 2000 字。作家 1945 年 8 月 11 日的日记记得详细，说"昨晚本想把最后一章写完，因为觉得困乏，就睡下了。但睡下之后，却又不能入睡，整整一夜都是在苦思中"。接着是下面这一段具有文献价值的文字：

> 自从苏联参战，美国使用原子弹以后，就知道日本可能投降，于是只希望把小说赶快写完，最好是完成于"胜利"之前，不料昨晚未写，而昨晚就有了日本投降的消息。今天 11 点，有人来说：昨晚广播，苏联四路出兵，美国的原子弹炸光了长崎，六十余万人被炸死，日本已由中立国向中美英苏提出投降，条件是只保留天皇。昆明全夜未睡，满城鞭炮声，就是斗南村也已经贴出报告来了。这时候我的小说还差 2000 字不曾写完。等到下午 2 点，才写完了最后一句话。[1]

《引力》最初连载于由郑振铎、李健吾编辑的上海《文艺复兴》1946 年第一卷第二期至 1947 年第二卷第二期，1947 年 6 月由上海晨光出版公司出版。《引力》出版不久就在日本引起相当强烈的反响，接连出现过几种日文节译本，1952 年更出版了冈崎俊夫的全译本，这个译本至 1959 年竟一连再版 11 次之多。一部中国现代小说在日本出现此种情形，极为罕见。

李广田在抗战胜利后返回北平，20 世纪 50 年代又回到昆明，任云南大学校长，后来还兼任中国作家协会昆明分会副主席。他还重新整理并修订撒尼人长诗《阿诗玛》，任影片《阿诗玛》的文学顾问。

昆明西北角是高校密集区，云大、联大都在那一带。曾经在昆明生活过的人都记得那里有个莲花池，汪曾祺特别怀念，40 年后还写过一首诗："莲花池外少行人，野店苔痕一寸深。浊酒一杯天过午，木香花湿雨沉沉。"写的是当年的情景。这些年大变，熙熙攘攘，再没什么野店苔痕。虽然学校更加密集，但知道那里是李广田生命终点[2]的人已日渐稀少。"1968 年 11 月 2 日夜，莲

【1】《引力·后记》。

【2】据一位知情者称，李广田投水的塘子叫沙塘，在铁路南侧，比莲花池小，见母师迪《李广田投水处置疑》，载《春城晚报》2001 年 2 月 15 日。

花池周围的村民们听到不断的狗吠声，后半夜平息下去了。"第二天，有村民在莲花池里发现了李广田，"他满脸是血，腹中无水，头部被击伤，脖子上有绳索的痕迹"。[1]这位为昆明留下脍炙人口的散文《花潮》的作家，就这样被拖到生命的终点。

【1】李岫：《悼念我的父亲李广田》，载《新文学史料》1980年第4期。

老昆明话剧舞台

云南偏处一隅，什么都要比沿海、内地晚些，可也不像一般人想象中那么晚。就说话剧吧，就全国讲，一般以春柳社在日本东京的成立为标志，时间是1907年。云南晚一两年，在1908年左右昆明和丽江就都上演过话剧了。[1]1912年在昆明有"新戏"团体成立，叫激楚社，在云华茶园（其址即今昆华医院）演出反映革命志士徐锡麟刺杀安徽巡抚经过的《爱国血》。当时不叫话剧，内地称文明新戏，简称文明戏或新戏，昆明叫作白话戏。好笑的是，昆明在五四运动以前还实行过"男女分演"和"男女分场观剧"。[2]今天来看，未免过于古典。

话剧在云南真正形成气候是20世纪30年代，特别是抗战爆发以后。1936年昆明建立了昆明艺术师范学校，内设戏剧电影科。1939年国立艺术专科学校迁滇，里面有个话剧团叫艺专剧社，在昆明很活跃。南开大学的话剧在国内高校是出了名的，此时也作为南开大学的特色带来昆明。这些因素都为话剧艺术在云南（主要是昆明）的发展奠定了扎实的基础。其间，上海影人剧团、新中国剧社等职业剧团又先后来昆明演出（"新中国"长达一年），曹禺、洪深、田汉等戏剧大师也先后来昆明助阵。这一下，气候真正形成了。可以毫不夸张地讲，昆明话剧在抗战时期得到了前所未有的发展。

话剧团体雨后春笋般地出现，是话剧发展的一个重要标志。据资深老文艺家龙显球先生编撰的《抗战期间昆明话剧活动大事记》[3]载，抗战时期，昆明的话剧团体已有相当数量，如金马剧社、国防剧社、昆明儿童剧团、大鹏剧社、励新剧社、华山剧社、民众剧社、青年剧社等。学校剧团也很多，不光大学有，如联大剧艺社、联大山海云剧团、云大剧社、同济大学战时服务团（话

【1】据吴戈《云南现代话剧运动史论稿》，中国文联出版社2001年版，第18页。
【2】石阡：《昆明早期话剧——文明戏史话》，见《昆明文史资料选辑》第16辑。
【3】《昆明历史资料》第8辑。

剧股）以及昆华艺术师范学校的"剧教队"。而且不少普通中学也有自己的剧团，如南菁中学、求实中学、云瑞中学、市女中、昆华农校以及昆明小学抗战服务团等。某些行业、系统也有剧团，如叙昆剧团（叙昆铁路局职工组织）、合作剧社（合作联谊社职工组织）、邮电工会剧团、第五军抗敌剧团等等。不过这些业余剧团在人员上往往互相渗透、互相加盟，或联合组建班子挂某块较响的牌子演出。但不论怎么说，确实是一派勃勃生机的景象。翻翻抗战文艺运动史就会知道，话剧之所以如此普及，是艺术适应抗日救亡宣传的历史要求的必然结果。较之传统戏曲，包括街头剧、活报剧等演出形式在内的话剧，其在宣传上的优势是不言而喻的。

这从昆明当时演出的节目上即可看出。举较著名的为例：张庚的《打回老家去》（独幕剧）、张季纯的《血洒卢沟桥》（独幕剧）、熊佛西的《无名小卒》（独幕剧）、集体创作的《放下你的鞭子》（陈鲤庭执笔，街头剧）、阳翰笙的《塞上风云》等等。这些作品迅速反映现实，紧密配合抗日宣传任务，功不可没。

但战时的艺术家们和广大的话剧观众渐渐地也不满足于直接配合宣传要求的作品，而在艺术上有更高的追求和要求了。曹禺的《原野》《雷雨》《日出》和《北京人》，郭沫若的《孔雀胆》和《棠棣之花》，夏衍的《离离草》，阳翰笙的《天国春秋》，吴祖光的《风雪夜归人》，于伶的《夜光杯》，陈白尘的《群魔乱舞》，杨村彬的《清宫外史》，以及曹禺改编的《家》，等等，都演过。此外还有田汉根据托尔斯泰原著改编的《复活》，李树棠的《钦差大臣》（据果戈理原剧改编），莫里哀的《伪君子》，易卜生的《傀儡家庭》等。昆明舞台抗战八年上演过如此丰富多彩的作品，较之当今（20世纪90年代以后）的昆明话剧舞台，不能不让人感慨系之。当然，也不仅仅昆明如此。

那一时期昆明舞台的活跃，与若干外地剧团的来访也是分不开的。除田汉、杜宣、瞿白音的新中国剧社外，上海影人剧团（以上海明星公司电影演员王献斋、吴玲子、龚稼农、周曼华等为骨干）、中电剧团、成都私人组织的西南旅行剧团等在昆明都有不俗的表现。上海影人剧团1938年9月到昆演出《雷雨》《日出》《夜光杯》等近十个剧目，历时两月余。中央电影制片厂阵容强大，演员有白杨、章曼萍、魏鹤龄、顾而已等，他们来昆是为《长空万里》拍摄外景，顺便为昆明观众奉上陈白尘的《群魔乱舞》（孙瑜导演）

和阳翰笙的《塞上风云》（沈西苓导演），受到热烈欢迎。那时的白杨是一颗正在上升的明星，除参加这两部戏的演出外，还应邀参加别的晚会担任报幕员，风头出足。

成都西南旅行剧团名气不算大，但剧目都上档次，有曹禺的《日出》《北京人》，田汉的《名优之死》，吴祖光的《林冲夜奔》，陈白尘的《结婚进行曲》等，演出将近半年之久。现今的大锅饭剧团谁有这般能耐？

昆明剧团也成绩不俗。滇黔绥靖公署（主任龙云）国防剧社1939年7月上演的《原野》一炮打响，好评如潮。空军系统的大鹏剧社1944年12月演出的《孔雀胆》也很成功，由著名戏剧家章泯任导演，王人美饰阿盖公主，陶金饰段功，傅惠珍（国立剧专毕业）饰王后，演技精湛，十分轰动，郭沫若撰文称《孔雀胆》归宁。还有驻昆高射炮部队射日剧团1944年9月上演的《清宫外史》，也获得普遍赞誉。导演石凌鹤是资深文艺家，1927年秘密加入共产党，20世纪30年代在上海《申报》从事电影评论活动，抗战爆发后参加军委会政治部第三厅和文化工作委员会的工作，创作并导演《火海中的孤军》和《铁蹄下的歌女》等独幕剧。此次在昆导演的《清宫外史》连演二十余场，可谓火爆。当时有专家称《原野》《清宫外史》和《孔雀胆》的演出，是云南话剧的三大里程碑，看来是有根据的。

细读龙显球先生的《抗战期间昆明话剧活动大事记》，可以发现一个有趣的现象，那一时期在昆明舞台长盛不衰的剧目是曹禺的《雷雨》，演出的剧团多、场次多。剧团有大鹏剧社、省艺师、上海影人剧团、西南联大山海云剧社、旅昆剧人剧团等。其中省艺师1938年7月连演二十余场，轰动昆明全市，沈从文、徐嘉瑞发表文章表示赞誉和肯定。联大剧团重演，第二次是连序幕、尾声一起演出。

《雷雨》虽然大受群众欢迎，1941年却被国民党中宣部禁演。据该年9月27日《云南日报》："中宣部近以曹禺所著剧本《雷雨》不独思想上背乎时代精神，而情节上尤有碍于社会风化，自非抗战时期所需要，即应暂禁上演，至该剧本，亦不得再准其再版云。"[1]

尤显球先生是省艺师毕业的，是二十世纪三四十年代昆明一位十分活跃的文艺家，当年在昆明市政府教育局负责社会教育工作，对戏剧电影演出情形极

【1】转引自《昆明历史资料》第8辑，第345页。

为熟悉。而且能编善导、会演,多才多艺。他导演的戏很多,如艺师演出的《撤退赵家庄》,云南学生抗敌后援会(龙任该会戏剧股长)组织演出的《无名小卒》(熊佛西著)、《死亡线上》(章泯著)、《血洒卢沟桥》,云瑞中学剧团演出的《我们的故乡》(章泯著),南菁中学演出的《烙痕》(宋之的著),等等。艺师演出的《战歌》(杨村彬著),国防剧社演出的《雷雨》《日出》《原野》等。龙显球在 1941 年还与人合作创办《影与剧》刊物,1943 年 6 月与人联合组织原野剧社并上演于伶的剧作《长夜行》。

抗战时期昆明话剧舞台红红火火、大显辉煌,自然有那些大作家、名导演及名演员的功劳在,但如果缺乏龙显球先生这样众多的活跃分子参与,恐怕也是不能想象的。

我见到龙老已经很晚。20 世纪 90 年代昆明市盘龙区政协组织了一个"春城文艺之家",龙老是积极的支持者。我有幸参加过几次活动,向这位老前辈请教过。后来陆续读过龙老写的一些回忆文章,才对这位老人稍稍有些认识。后来听说老人病故了,虽说与老人也只不过见过几回,说不上交往,却也不免感到几分悲凉。那一辈人慢慢就要走完了,以后只能读他们留下的文字。

附记: 这篇短文参考龙老编撰的《抗战期间昆明话剧活动大事记》写成,说了以上两段话,表示对这位曾经活跃于昆明文化战线的老人的纪念。

曹禺、闻一多联手推出《原野》

抗战时期昆明话剧舞台活跃，与 1939 年夏天曹禺的来访有相当大的关系。曹禺与闻一多联手将《原野》推上昆明舞台，在昆明话剧运动史上有着里程碑的意义。

《原野》是继《雷雨》《日出》之后曹禺的又一力作（三者被合称为"曹禺三部曲"），创作于 1936 年，主题是复仇与反抗。1937 年 8 月首演，但未引起轰动。而闻一多很看重曹禺的这个剧本，他在 1939 年 7 月给曹禺的信中表示希望《原野》在昆明上演，说"现在应该是演《原野》的时候了"，并说演出《原野》就是要斗争、要反抗，还表示自己要为该剧做舞台美术设计。【1】

闻一多原信今佚。抗日战争爆发后，作为诗人和学者的闻一多，其思想正处于新的转变之中，无论是艺术还是学术，他观察与思考问题的视角都在调整之中。他在为《西南采风录》写的序文中赞颂"原始"和"野蛮"，说："我们文明得太久了，如今人家逼得我们没有路走，我们该拿出人性中最后、最神圣的一张牌来，让我们那在人性的幽暗角落里蛰伏了数千年的兽性跳出来反噬一口。"这篇序写于 1939 年 3 月，比给曹禺的信早四个月。相互印证，就明白闻一多为什么说"现在应该是演《原野》的时候了"。

而曹禺也有想法。他晚年对人讲过："对一个普通的专业剧团来说，演《雷雨》会获得成功，演《日出》会轰动，演《原野》会失败，因为它太难了。"【2】的确难，首先是人物性格特点能否准确把握，这对导演和演员都是考验。另外是舞台美术、环境气氛的营造，神秘、象征的意味，荒漠、森林的灯光，等等，都不是一般人能胜任的。而昆明条件好，由闻一多出马设计舞台美术，那是求之不得的，还有联大副教授孙毓棠加入，他既是史学家，又是优秀的诗人和导演。著名女演员凤子（孙毓棠夫人）也在昆明，金子一角非她

【1】闻黎明、侯菊坤编：《闻一多年谱长编》，湖北人民出版社 1994 年版，第 575 页。

【2】闻黎明、侯菊坤编：《闻一多年谱长编》，湖北人民出版社 1994 年版，第 575 页。

莫属。

不过正式邀请却是由国防剧社出面。该社隶属滇黔绥靖公署（主任龙云）政训处。据该处第二科科长李济五先生（主管宣传）回忆，当时在国防剧社任戏剧艺术指导员的凤子和她丈夫孙毓棠找过他，说国防剧社底子厚，有经费、有人力，为了多做抗日宣传，开展话剧活动，他们可以请曹禺来昆明导演几场话剧。李济五很惊讶地问凤子："当真吗？你们确有把握把万先生（即曹禺）请来吗？"凤子说："我们和曹禺是很好的朋友，只要你同意，以我和闻一多、吴铁翼三人的名义写信给曹禺，他就会来的。"后经李济五请示政训处副长龙秉灵（龙云的表弟），事情就定下来了，由闻一多等三人给曹禺（时在四川江安国立剧专任教）发电报，同时由国防剧社正式发出邀请电报，并汇去从重庆到昆明的飞机票款。[1]

7月13日曹禺来到昆明。起初住在护国路西南大旅社（其址即今盘龙区医院）。当时闻一多住在武成路福寿巷（靠近小西门），凤子、孙毓棠夫妇住在青云街洋枧巷（西通翠湖东路），为便于联系、工作，曹禺又迁到华山南路的南京大旅社（其址在今"吉庆祥"斜对门，已毁）。经商定，演出剧目定了两个，一个是《原野》，另一个是《黑字二十八》（老舍等多人集体创作，原名《总动员》，经宋之的、曹禺修改，改名《全民总动员》，后又改名《黑字二十八》，署名宋之的、曹禺编著）。《原野》由曹禺亲自执导，孙毓棠任舞台监督，闻一多任舞台设计，国立艺专雷圭元教授任服装设计；凤子饰金子，李文伟饰焦大星，汪雨饰仇虎，樊筠饰焦大妈，孙毓棠饰常五爷，黄实饰白傻子。

作为剧作家的曹禺，大名鼎鼎，但知道曹禺还会表演、导演的人比较少。南开中学是北方著名的话剧活动中心，青年周恩来是南开话剧活动的奠基人之一，广为人知。曹禺进南开比周恩来晚十年，入校三年后即加入南开新剧团参加演出，在《压迫》（丁西林）、《国民公敌》（易卜生）两剧演女角获得成功，接着又在名剧《娜拉》中演女主角娜拉，备受称赞。曹禺的朋友们甚至认为他的表演才能高于他的创作才能。在清华读书时他还导演过《娜拉》等好几部戏。1936年曹禺在南京与马彦祥等戏剧家组织中国戏剧学会，该会首演的剧目是曹禺的《雷雨》，曹禺导演并饰演周朴园一角，相当成功，马彦祥甚至认为："在

【1】闻黎明、侯菊坤编：《闻一多年谱长编》，湖北人民出版社1994年版，第575—576页。

他所见过的十几个周朴园扮演者中，曹禺是演得最成功的。"【1】

闻一多的美术才华也被他作为诗人和学者的声誉遮蔽了。闻一多留美就是学美术的，就读于芝加哥美术学院和纽约艺术学院，归国后在北京国立艺专任教务长，并讲授美术史。1925 年初，闻一多在美国还参与发起组织"中华戏剧改进社"，成员有余上沅（1935 年任国立戏剧学校校长）、梁实秋、梁思成、林徽因、顾毓琇、熊佛西等。归国后，又与余上沅、孙伏园等共同草拟《北京艺术剧院计划大纲》。【2】从这些都可以看出闻一多对美术和戏剧的热心。到昆明后，闻一多又参与联大的戏剧活动。1939 年 2 月（即给曹禺写信之前五个月），联大剧社在新滇大戏院（原"群舞台"，其址即今云南艺术剧院）上演话剧《祖国》，闻一多应邀担任舞台设计和服装设计（孙毓棠任导演，凤子参加演出）【3】。演出很成功，观众对闻一多设计的布景和灯光给予很高的评价。如今要演《原野》并请作者曹禺来昆亲自执导，闻一多不仅是参与，更是策划了。

担任舞台监督的孙毓棠是新月派诗人，早年考入南开，后转清华历史系。论本职是联大师院史地系副教授，但积极参与话剧活动，是昆明很有名气的导演，也能表演。凤子多才多艺，集写作、编辑和表演于一身，很是难得。早年就读于复旦大学中文系，参加复旦剧社，洪深是她的启蒙老师。1935 年复旦演《雷雨》（欧阳予倩导演），扮演四凤的凤子一炮打响。毕业后任上海《女子月刊》主编。1937 年应留日学生邀请，赴东京参加留日学生演出《日出》，扮演陈白露。这是《日出》在日本首次演出，在日本戏剧界引起不小的震动。郭沫若也观看了那次演出。1938 年凤子来到昆明，除在国防剧社任职外并接编《中央日报》副刊"平明"外，也是《原野》的策划者之一。

阵容虽然如此之强大，艺术家们仍然工作勤奋、一丝不苟。据李济五先生回忆，闻一多与雷圭元虽然分别负责舞台布景和服装，但不分彼此、密切合作，雷圭元住在左哨街（今青云街的一部分），闻一多常跑去雷的住所研究服装设计。决定以后，又领着联大剧社的几个学生去商店选购衣料，陪演员去服装店量尺寸。《原野》的舞台设计，由闻一多与曹禺共同研究，绘出平面图后，先制成模型征求大家的意见。制作布景的地点在三转弯（地名，两头通如安街

【1】田本相：《大胆创造，勇于探索》，见《中国话剧艺术家传》第 2 辑。
【2】闻黎明、侯菊坤编：《闻一多年谱长编》，湖北人民出版社 1994 年版，第 251—277 页。
【3】龙显球：《抗战期间昆明话剧活动大事记》。

与小富春街，今昆明二中附近）岑公祠内的空地上。有一天李济五去看望，只见"闻一多先生正在撩起长袍，蹲在地上生炉子熬胶水，面前铺着一大张布，旁边摆着绘画用的各种颜料。我看了很不过意，劝他休息，我替他熬胶"【1】。闻一多还为演出写《说明书》，其中说这剧"蕴蓄着莽苍浑厚的诗情，原始人爱欲仇恨与生命中有一种单纯真挚的如泰山如洪流所撼不动的力量，这种力量对于当今萎靡的中国人恐怕是最需要的吧"【2】。

这次演出是国防剧社（实际以联大剧团为班底）首次亮相，日期定为8月16日开始，又登广告又贴海报。但除了演出班子极富号召力这一基本条件外，另外一条也很要紧。据云南文坛耆宿马子华先生讲，还"有一个最微妙的条件，就是国防剧社的社长是'表老爷'龙秉灵，这个名字一抬出来，什么国民党省党部、昆明市政府、警察局、军、中统特务、流氓地痞、帮会等等，不惟不敢干预，还来维持剧场秩序"，"凡是服装道具之类，只要需要，打着龙副处长的牌子，要什么有什么，甚至可以到达官富商家里去搬来借用"。【3】

真是天时地利人和，《原野》如期在新滇大戏院正式公演。果不其然演出成功。起初演了九天，虽连日大雨，但仍天天满座，又加演五天，连同《黑字二十八》，两剧共演三十一场，轰动春城。艺专剧社原本与国防剧社是合作的，后来退出另打锣鼓。但艺专的两位要角后来在回忆文章中也认为，国防剧社请曹禺和联大师生上演《原野》和《黑字二十八》，"当时虽然和我们唱了对台戏，但却由此而掀起一个昆明的话剧高潮"【4】。朱自清的评价更高，说："这两个戏先后在新滇大戏院演出，每晚满座，看这两个戏差不多成了昆明社会的时尚，不去看好像缺了些什么似的。……这两个戏的演出确是昆明一件大事，怕也是中国话剧界的一件大事。"【5】

演出相当圆满，票房也很可以，除去各种开销，尚有剩余，用今天的话讲算是社会效益、经济效益双丰收。闻一多陪曹禺游西山，去温泉洗澡。恰逢昆明文协"暑期文艺讲习班"在云大举办，曹禺应邀去讲戏剧，然后高高兴兴地回四川去了。

【1】闻黎明、侯菊坤编：《闻一多年谱长编》，湖北人民出版社1994年版，第579页。
【2】闻黎明、侯菊坤编：《闻一多年谱长编》，湖北人民出版社1994年版，第576页。
【3】马子华：《国防剧社的诞生》，见《昆明历史资料》第8卷，第209—210页。
【4】邱玺、沈长泰：《国立艺专在昆明》，见《抗战时期内迁西南的高等院校》，贵州民族出版社1988年版。
【5】闻黎明、侯菊坤编：《闻一多年谱长编》，湖北人民出版社1994年版，第579页。

《野玫瑰》昆明出台前后

《野玫瑰》是西南联大外文系教授陈铨写的一个剧本，从一问世就引起争议，直到数十年后的今天。

陈铨在联大外文系讲授现代戏剧和德国文学，兼事文艺创作。早在1929年新月书店就出过他的长篇小说《天问》，抗日战争时期主要写剧本，除《野玫瑰》外，还有《蓝蝴蝶》《黄鹤楼》和《金指环》等，影响最大的要数《野玫瑰》。

一般人对《野玫瑰》不太了解，但根据它改编的电影《天字第一号》，看过的人就很多了。记得六十多年前南屏电影院放这部片子时很轰动，那时我还是小学生，也去看了，政治背景看不清爽，但至今仍记得男女主角是陈天国和欧阳莎菲。后来读了剧本《野玫瑰》才弄明白，写的是抗战初期女间谍夏艳华受政府派遣打入沦陷区卧底，与北平汉奸头目王立民结婚。三年后，汉奸王立民前妻的侄儿刘雪樵露面，住在王家与王的女儿曼丽谈上了恋爱，而刘是夏艳华当年在上海的老情人，于是成了三角恋。随着剧情的发展，原来这年轻人也是重庆方面派来的特工，他们不但窃取了敌伪情报，而且利用敌人的内部矛盾，致使汉奸头目将伪警察厅长击毙，自己服毒自杀。最后，夏艳华指挥众间谍撤离。情节大致如此，地下斗争穿插三角恋爱故事。

西南联大原有一个联大剧团，可能是由于1941年春皖南事变的关系，同学中壁垒渐明，剧团趋于瘫痪，思想进步的同学组织了联大戏剧研究社；另一些同学组织了青年剧社和国民剧社，分属三青团和国民党系统，却也合不来，相互竞争。正在此时，陈铨写出了《野玫瑰》初稿，两家都争着要，结果国民剧社占先，马上油印出来排练，地点在翠湖东路9号楼上，条件相当好，"卧室面对翠湖，风景极美，客厅铺花砖，备钢琴，适于作排戏之用"[1]。导演是史地学系的孙毓棠副教授。演员除一人外，都是联大学生。经过两个月的

【1】（台湾）瞿国瑾：《忆一次多灾多难的话剧演出》，见《云南文史资料选辑》第34辑。

课余排练，于 1941 年 8 月在昆明大戏院（今"新昆明影城"前身）正式上演，共七天。

剧本《野玫瑰》共四幕，1941 年 6 月至 8 月在《文史杂志》（重庆）正式发表，分三期连载。1942 年 3 月在重庆上演，接着由重庆商务印书馆出版。同年 6 月，联大的青年剧社也在昆明上演《野玫瑰》，演了三天。

国民剧社的社长是翟国瑾，据他的回忆，反应不错，如不受合同限制，还可再演两三天。话剧不比电影或戏曲，能演一星期确实不容易了。那么有没有批评呢？我未查到有关资料，只见到龙显球编写的《抗战期间昆明话剧活动大事记》有如下文字：1943 年"八月三日：国民党省党部所属国民剧社演出陈铨编剧的《野玫瑰》，孙毓棠导演，演员有姜桂侬、汪灼烽、李文伟、劳元干等，遭到舆论反对"【1】。怎么"反对"则语焉不详。这次演出得到地方实力派的帮助。据翟国瑾说，《野玫瑰》演出经费拮据，按预算，演出约需经费 14000 元，而党部连 10000 元都垫不出，只好"临时由书记长写了一封信，由我到富滇银行去找缪云台先生借用 5000 元，条件是演出结束的第二天，即全部归还"【2】。另外，皖南事变（1941 年 1 月）刚发生不久，校园及社会上都相对沉寂。据当时联大地下党负责人熊德基《我在联大从事党的地下工作的回忆》讲，当时"中共云南省工委按照党中央'长期埋伏，隐蔽精干，积蓄力量，以待时机'的方针，把联大几十个比较暴露的共产党员和群社骨干暂时撤出，有的转移到其他省份，有的疏散到云南边远州县隐蔽工作"【3】。"群社"是地下党的外围组织，联大剧团原有的群社同学既未参与属于国民党系统的国民剧社活动，也未对他们的演出做出反应。

对《野玫瑰》做出强烈反应始于重庆。重庆的政治环境与昆明有些不同。《野玫瑰》发表后，当年即获教育部学术审议委员会评定的文学类三等奖（1941 年度文学类无一、二等奖，三等奖共四名，剧本占二，另一为曹禺的《北京人》），教育部部长陈立夫、国民党中宣部部长张道藩均公开出面为之宣传。次年 3 月 5 日，《野玫瑰》在重庆开始演出。半个多月后，《新华日报》发表批评《野玫瑰》的文章，题为《读〈野玫瑰〉》，作者颜翰彤（刘念渠），认为剧本将"卖身投靠的奴才"王立民美化成"英雄豪杰"，整个剧本"隐藏

【1】《昆明历史资料》第 8 卷，第 166 页。
【2】（台湾）翟国瑾：《忆一次多灾多难的话剧演出》，见《云南文史资料选辑》第 34 辑。
【3】《云南文史资料选辑》第 34 辑。

着'战国策'思想的毒素"。四川的《新蜀报》，延安的《解放日报》等也相继发表一系列文章，联系陈铨、林同济（云大教授）、雷海宗（联大教授）等在昆明办的《战国策》杂志（围绕《战国策》的一些昆明教授被称为"战国策派"，此不赘）的理论思想进行批判。随后，重庆戏剧界两百多人联名致函陈立夫提出抗议，要求撤销奖励、禁止演出。接着，昆明戏剧界五十余人也响应重庆反对《野玫瑰》得奖，联大校内的左派同学也做出反应。结果，青年剧社的《野玫瑰》只演了两三场。

数十年后回头看当年对《野玫瑰》的批判，显然过于上纲上线了。说剧本有些美化那个汉奸头目，大致不差。他自杀前还在对尚未最后亮出间谍身份的夏艳华说他从小就如何自负，不容许有任何人在他头上。"后来长大了，从事政治，我还是一样的脾气：凡是拥护我的人，我都要支配他；凡是反对我的人，我就要谋杀他。"还说这有他的"理想主义"等等。这的确与"战国策派"所宣传的"权力意志论""争于力"的强权政治和"超人"哲学相通，联系起来做有分析的批判是对的。但另有一些文章批判《野玫瑰》是从另一角度，说剧本"歌颂国民党特工人员"，宣传"国家至上"等等，这就值得商榷了。抗日战争时期国共合作，共同对敌（日伪）。当时谍报战线斗争复杂尖锐，女作家关露就是中共谍报战线的无名英雄。对于国民党的特工人员则要区分，小说《红岩》里写的那些是反革命，《野玫瑰》里写的那些则是抗日民族统一战线的一员，时代背景不同，不应混为一谈。由中国社会科学院文学研究所策划、编撰的八卷本《中国文学大辞典》（天津人民出版社1991年版），其相关词条仍沿袭数十年前的观点，未免滞后。此前一年，上海文艺出版社推出《中国新文学大系（1937—1949）》，其《戏剧》卷一终于选收了陈铨的《野玫瑰》，这说明选家的眼光到底还是有了变化。但该卷署名陈白尘（别人代笔）的那篇《序》，仍然沿用"陈铨美化国民党特务的《野玫瑰》"的传统提法，让人费解。说不定这可能透露出编委会的意见尚未完全统一罢。

已故熊德基先生长期从事党的地下工作，1939年秋转学入西南联大师范学院史地系，历任中共师院支部书记和联大总支组织委员、书记等，新中国成立后担任过厦门大学、福建师院的领导工作和教授，中国社会科学院历史研究所的副所长等。他在关于联大的那篇《我在联大从事党的地下工作的回忆》中，对当年参加过国民党、三青团的一些老师和同学，有一个基本估计，他当年就认为："联大师生不论政治见解如何，都是满怀爱国主义的赤诚，不畏艰苦，跋涉来到昆明的。"又说 ："联大的校领导和教授中，确有不少国民党员，但他们更主要的是学者、教育家。"还说："学生中也有不少是国民党员和三青团员，对他们也要实事求是地进行客观分析。抗日战争促成了第二次国共合作。1938 年，三民主义青年团成立，为了巩固抗日民族统一路线，团结御敌，中共对此是赞成的，许多爱国青年参加了这一组织。"[1]

我觉得这些看法立论持平，有历史感。对《野玫瑰》的编剧陈铨、导演孙毓棠、参加演出的联大同学，都应这么看。

【1】熊德基：《我在联大从事党的地下工作的回忆》，见《云南文史资料选辑》第 34 辑。

"新中国"在昆明

抗战后期，由田汉、杜宣、瞿白音领导的"新中国剧社"活跃于西南大后方。1945 年 5 月，剧社由贵阳移师昆明。这个职业剧团的出现，大大地推动了云南戏剧运动的发展。

抗战初期，军委会政治部在武汉成立，下设第三厅分管文化宣传，厅长郭沫若。三厅下有艺术处，田汉负责。艺术处下又设音乐、美术、戏剧等科，戏剧科由洪深任科长。为便于开展戏剧"游击"活动，田汉以会合于武汉的上海救亡演剧队各队为基础，并选拔战地工作较久，且水准、成绩均较突出的剧团，编成政治部直属抗敌演剧队，共十队。演剧队成员多为进步文化工作者，有较鲜明的中共外围色彩。1941 年皖南事变后，党组织将部分演剧队成员转移到桂林，成立新中国剧社，以民间职业剧团面目出现，保存党的文艺人才并继续开展演出活动。田汉任名誉社长，曾在新四军战地服务团工作过的杜宣任社长，瞿白音为理事长，规模为数十人。

新中国剧社的部分成员，如瞿白音、周钢鸣、叶露茜等先期到昆明，住在水晶宫和红花巷（位于华山西路以东，五华山省府后门以北）。田汉到后不久恰逢他的 47 岁生辰，这些战友便替他祝贺。田汉高兴，酒后成绝句若干首分赠众友。其中一首赠叶露茜。当时昆明正在上演夏衍的剧作《离离草》，相当隆重，《正义报》登了这样的宣传广告："湘、粤、桂、筑、渝、昆六省市剧人谨以《离离草》献给中国现代戏剧运动的奠基者田汉先生！"田汉到的当天晚上就与夫人安娥一起到昆华中学观看演出。演出的组织者是新婚不久的杜宣、叶露茜夫妇。那天的祝寿就在红花巷杜宣（其时不在昆明）家，女主人叶露茜殷勤招待嘉宾，但未刻意修饰。田诗曰：

转战归来气未疲，春风吹起草离离。

乱头粗服红花巷，争羡新人叶露茜。[1]

周钢鸣也是文坛的活跃人物，早年参加北伐，参加左联，1934 年加入共产党，编报纸副刊，写评论、散文，抗战爆发后任《救亡日报》记者，在桂林与凤子合编《人世间》杂志（新中国成立后任广东省文联、广东省作协副主席）。如今与新中国剧社一起来到昆明，可惜夫人还没来。田汉也赠他一首：

千里曾追大众潮，又来滇海竞兰桡。

周郎百战才英发，应对微波懂小乔。

"小乔"指周夫人，算是开了一个玩笑。

新中国剧社全体人员到齐后，中华全国文艺界抗敌协会昆明分会在昆华女中（今昆明女中）开了一个欢迎会，光未然、常任侠、李广田、闻家驷、陈白尘、李何林、石凌鹤等文化界知名人士出席，徐嘉瑞主持。徐氏既是作家也是学者，时任云大教授和昆明文协主席（新中国成立后任云南省教育厅厅长、云南省文联主席），又是昆明本地人，由他主持欢迎会再恰当不过。田汉也应邀做了题为《新中国是怎样奋斗出来的？》的报告，介绍"新中国"的成长、战斗历程。

新中国剧社在昆明演出的剧目不少，主要有《蜕变》、《家》、《孔雀胆》、《大雷雨》（奥斯特洛夫斯基名剧）、《风雪夜归人》、《桃花扇》、《陈圆圆》等等。"一二·一"惨案发生后，社友张客还替联大剧艺社导演了描写烈士潘琰一生的《潘琰传》（郭良夫编剧）。

新中国剧社演出的《大雷雨》，是该社艺术水准的充分体现。剧本是俄罗斯经典不说，导演瞿白音 20 世纪 30 年代初即投身进步戏剧运动，抗战开始后参加上海救亡演剧队的领导工作，1938 年任西北电影厂厂长（新中国成立后任上海江南电影制片厂厂长，影片《红日》就是他导演的），有相当高的艺术造诣。主角是凌珺如女士和高博，都能镇台。《大雷雨》在桂林演过，女主角

---

[1]《红花巷赠友人·赠露茜》，见《田汉文集》第 12 卷，中国戏剧出版社 1984 年版，第 328 页。赠周钢鸣诗亦见此书。

是钟耀群女士（后来是昆明军区国防话剧团的主要演员，端木蕻良的夫人，参与创作长篇小说《曹雪芹》），此次在昆明的演出由凌琯如担纲，两个人的表演各有千秋。田汉说："钟女士是长身玉立，有着银铃似的声音"，"她的卡捷丽娜是了不起的"；而"凌琯如的卡捷丽娜，明丽不及钟耀群，而深沉过之"。【1】所以田汉认为《大雷雨》的演出是成功的，昆明舆论也给予极高的评价。《民主周刊》发表署名文章，认为由于《大雷雨》在昆明演出的成功，"'新中国'在西南剧坛上才奠定了基础，这是'新中国'成长过程中一个重要的转折点"【2】。

《大雷雨》的演出地点在绥靖路云南大戏院（即后来的长春剧场），该戏院的后台是"龙三"（龙云第三子龙绳曾），经理段某自称"总管后人"，是《孔雀胆》故事中大理总管段功的后裔，也很了得。云南大戏院设施一般，比"南屏""昆明"等新式影剧院差得远，平时主要是演京剧，马连良来昆明也是在这里演出。我年少时也爱看戏，起先看朱英麟（武生）的武打戏，后来看关肃霜的花旦戏，也算云南大戏院一个买低等票的常客。前两年旧城改造拓宽马路，售票厅已被拆除，但观众大厅的遗址尚存（在今西南商业大厦西侧），除了当年的老戏迷，过往行人不会再瞅它一眼了。

再说新中国剧社，人马到齐后，就租用景虹街42号金汉鼎的一座房子作为驻地。景虹街东起劝业场大众电影院（今五一电影院），西通翠湖（正对公园大门），虽以街名而实为巷，全是住户人家。金汉鼎却是名人，原籍云南江川县（今江川区），云南陆军讲武堂毕业。在护国运动中，金汉鼎与朱德同属靖国第二军，金、朱曾以三千滇军击败袁世凯的三万精兵，被誉为滇军"四大金刚"的前两位。【3】金氏以后曾任滇军代总司令、云南代省长，抗战时期任军委会军风纪巡察团上将主任委员（新中国成立后任国务院参事室参事）。景虹街金宅有房二十多间，原先是给人办喜事用的，租金便宜，一般人弄不到手。恰好金汉鼎的女公子金韵琨原先是演剧队四队的队员，她的先生田鲁也是搞戏剧的，因了这层关系，"新中国"才将房子租到手。

金宅离翠湖几步路就到了，练声、散步都方便。不过，这特殊的地理位置

【1】《新中国剧社的苦斗与西南剧运》，《田汉文集》第15卷，中国戏剧出版社1984年版，第506、507、529页。
【2】《昆明历史资料》第8卷，第215页。
【3】张嘉恩等：《金汉鼎》，见《昆明文史资料选辑》第9辑。

却也让艺术家们惊心动魄了一回。那是 1945 年 10 月 3 日发生的云南政变。龙云与蒋介石本来就有矛盾，加之抗战以来龙云暗中支持昆明民主运动以抗衡重庆，蒋对云南地方势力更加不满。如今日本投降，蒋乘机将龙云的主力部队调往越南受降，而龙云失之大意，身边只留少数人马。10 月 2 日午夜，蒋命杜聿明部（第五军）包围省府驻地五华山及威远街龙公馆。其时杜聿明任第五集团军兼昆明城防司令，其司令部就在翠湖正中的海心亭，景虹街地处双方指挥中心之间，[1]一夜间突然变成了"军事要道"。据田汉回忆，艺术家们大约是在入睡后的凌晨 4 时前后被惊醒的，起先只听见冲锋枪的声音，后来东郊干海子炮五团的重炮也响了，睡在楼上的女士小姐们赶紧搬到地下来睡。[2]双方交战至第五日，龙云才获悉在河内的卢汉部队不能返回，只好束手赴渝去做军事参议院的上将院长了。

巧外还有一巧，"新中国"与蒋介石的中央军还有点瓜葛。剧社因经济困难，利用社中原演剧九队队员与罗卓英将军的关系，剧社在桂林一度被编为罗主持的西南干团的团属剧团。来昆明后，恰逢罗由渝来昆检阅青年军 207 师（即原远征军二〇七师，师长罗又伦。诗人穆旦应征参加远征军，短期任杜聿明的司令部随军翻译，不久即调到二〇七师任罗又伦将军的翻译），又由罗将新中国剧社介绍给杜聿明，请他设法维持，至少能吃军米。这样，景虹街"新中国"的门口就挂有一块"城防部政治部政工大队附属剧团"的牌子。据说瞿白音比较胆小，怕云南人见了这块中央军牌子打进来，赶忙取掉。事后政治部的人曾笑他说："既是取了牌子，你怎么又来领钱来了？"[3]这个共产党外围组织住着滇军（金汉鼎）的房子，挂着中央军的牌子，真有点喜剧意味，但事实上，这也是那个历史阶段昆明特殊政治生态的绝妙缩影。

新中国剧社对闻一多十分敬重。闻一多留美本来学的就是艺术，归国后在北京国立艺专做过教务长（安娥就是那时艺专的学生），来昆明后，一些重要的话剧演出都请闻一多设计舞台美术，如 1943 年 5 月联大中文系演出的吴祖光名作《风雪夜归人》等等。新中国剧社到昆明首演之前，特地举行了一次晚会招待昆明的文化界人士，节目侧重反映现实，如活报剧《金碧辉煌》（文化工作者埋头工作；有些商人投机走私，有的女人"走国际路线"）、《无条件

【1】据说发动政变时杜聿明的指挥中心是在北郊岗头村，距市区六七公里。

【2】田汉：《新中国剧社的苦斗与西南剧运》。

【3】田汉：《新中国剧社的苦斗与西南剧运》。

投降》（希特勒丑态），中间穿插一些音乐、舞蹈、诗朗诵，如《茶馆小调》、吕剑的诗《今日抒情》等。尤其是开头的歌唱《给昆明的朋友》（作曲家孙慎指挥）："醒一醒罢，大后方！祖国已经烧遍了烽火，时代已掀起巨浪……放下你的酒杯，丢开你的麻将……献出你的良心，拿出你的力量……一切为了胜利，一切为了前方。醒一醒罢，大后方！醒一醒罢，大后方！"【1】

闻一多看了这些节目，十分兴奋，立即写了《"新中国"，给昆明一个耳光吧》，其中说：

> 新中国剧社，是我所知道的大后方第一个能把握人民现实生活的话剧团体。在这个意义上，它不但指示了中国戏剧工作的新道路，而更要紧的是表现了中国知识分子的新觉悟，因此也就能名副其实的象征了"新中国"。

闻一多希望昆明受了"新中国"这一"耳光"后，惊醒起来，振作起来。

1946年春节，新中国剧社与联大剧艺社在景虹街"新中国"社址举行聚餐、联欢，闻一多、田汉和著名戏剧家洪深教授（也是中国现代戏剧运动的三位奠基者之一，另一位是欧阳予倩）等都参加了。大家在天井和大厅里，按云南风俗铺上松毛，席地围坐，还表演了文艺节目。【2】

在翠湖边度过了这个愉快的春节之后不到半年，闻一多不幸遇难。两个月后，"新中国"沉重地离开了昆明。

【1】《昆明历史资料》第 8 卷，第 217—218 页。
【2】闻黎明、侯菊坤编：《闻一多年谱长编》，湖北人民出版社 1994 年版，第 982 页。

滇戏知音

西南联大教授中，喜欢昆曲、京剧的不少，对滇戏有兴趣者却罕见，但也有三四位，即钱穆、刘文典、罗庸和师院史地系讲师陶光。

1946 年夏西南联大结束，北大、清华、南开北归，继续留昆的教授不多。刘文典 1943 年即已转入云南大学中文系，罗庸留任昆明师院（原联大师院）中文系主任，钱穆则受五华学院（全名私立五华文理学院）之邀请由苏州重返昆明。

钱穆在回忆录中有一节述及滇戏，有史料价值，兹略为摘录。

有一退伍军人，约叔雅、膺中及余三人赴其家度旧岁。其家在昆明湖之南边，已忘其地名。汽车去，共三日，沿途风景佳胜，所至必先为叔雅安排一吸烟处所，余与膺中得畅所游览。有一夕，停宿某县城，其城中有一老伶人，唱旦角，负盛名。已年老，不复登台。是夕，特在县署堂上邀其演唱，听者除叔雅、膺中与余三人外，县中士绅约不过三十人。滇戏在全国地方戏中，与京戏最相近。余等因在座上批评称道，并盛论京戏与滇戏之异同得失。演唱已毕，余等谈论仍不已。主人乃曰："不意三教授皆深通此道，滇中有伶工栗成之，有云南谭鑫培之誉，彼亦年老退休。待返昆明，当告以三教授乃难得之知音，必强其登台，以供三教授解闷。"[1]

叔雅即刘文典。膺中即罗庸，古代文学专家，讲授《论语》《孟子》，最受学生欢迎。西南联大校歌的词就是他作的，既典雅又充满爱国精神。钱穆是自学成才的著名历史学家，他由经学而治史学，由通史而研究文化思想史，有专著八十多种，其中有广为人知的《国学概论》和《先秦诸子系年》。他 35

【1】钱穆：《八十忆双亲·师友杂忆》，岳麓书社 1986 年版，第 226—227 页。钱穆一行是去玉溪。

岁发表的《刘向、刘歆父子年谱》纠正了近代经学疑古的学风，学术界为之震动。联大时期在宜良岩泉寺所撰《国史大纲》，拥有众多读者。

戏曲是汉文化特有的一种艺术形态，在长期的发展过程中，戏曲不但形成了自己的艺术体系，而且在地理上形成了自己的剧种分布图和覆盖面。清乾隆年间即有"南昆北弋东柳西梆"的说法，这些东西南北声腔相互影响、渗透、融合，其结果是各地的新剧种不断产生。一般观众往往视某一地方戏曲为单纯的"土特产"，不了解全国各剧种、声腔之间的源流关系，而三位文史教授对此了如指掌，边看边议，说得津津有味、头头是道，以致主人有"不意"之感。

关于滇戏的形成，据专家研究，是明清以来内地多种声腔先后流入云南，与本地民间曲调相整合而逐渐形成的，而内地声腔流入云南，又与明清时期内地汉族移民大规模入滇分不开。据史料载，最先入滇的是江苏的昆腔（即昆曲）和江西的弋阳腔，其次是秦腔和徽剧，再次是汉调。从这些声腔的"籍贯"即可依稀见出历代入滇移民的群体身影。20 世纪 50 年代以前昆明有许多外省会馆，其中就有江西会馆、两湖会馆、湖北会馆和陕西会馆等。说来也巧，这些会馆都在拓东路或路侧的小巷里。这些会馆是早期移民的据点。还有一巧，联大师生旅行团由湘步行来滇，1938 年 4 月底到达昆明，梅贻琦率先期到达的部分师生就是去东站（拓东路东口）欢迎的。拓东路的迤西会馆和全蜀会馆被联大租借作为工学院的院址。

还说滇戏。京剧（也叫京戏）来源于徽剧和汉调，徽班进京后吸收了昆曲、梆子诸腔之长，形成早期京剧。将这一渊源与滇剧（也叫滇戏）试做比较，就明白钱穆所谓"滇戏在全国各地方戏中，与京戏最相近"是有根据的。我悬揣，那天三教授边看边议，可能就涉及这方面的戏曲史内容。

三教授回昆明后果然如愿以偿，钱氏言"栗成之每逢星期六之晚必登台，余等三人亦必往"，已经有几分像滇戏迷了。钱说此前他看过滇戏一两次，唯未见栗成之。早在 1936 年，上海"百代""胜利"两公司就为栗成之等滇戏名伶灌制唱片，并在抗战时期广为流传，所以钱氏此前虽未亲见栗成之的表演，"但在茶肆品茗，则必有栗之唱片，常加听赏"。如今亲睹其登台，栗虽因年老出场必择唱词少、功架多之戏，"然栗之一步一坐一颦一叹，实莫不具有甚深功夫，妙得神情，有绝非言语笔墨之所能形容者。每逢其一次登台，余必得一次领悟。实为余再次赴滇一莫大之收获。亦为余生平一番莫大之欣悦也"【1】。真是知音。

不单钱穆一人，在 20 世纪 40 年代，梨园内外对栗成之的评价都相当高。有史记载：

> 1949 年冬，马连良来昆演出，两人互访，彼此观摩，因戏路相近，更是一见倾心。马连良称他"滇剧泰斗"，栗成之则报以"北斗南来"的锦旗。抗日期间，联大常委蒋梦麟、张伯苓、梅贻琦和教授刘文典、陶光等经常看栗成之演出，并以杜诗"此曲只应天上有，人间难得几回闻"的书联相赠。画家张正宇还为栗成之画过速写，赞为"云南叫天"。【2】

云南经济界巨擘缪云台也是栗成之的崇拜者。缪氏早年留美，回国后历任个旧锡务公司总经理、农矿厅长、富滇新银行行长、省经委主任等要职。战后以社会贤达身份参加在重庆召开的政治协商会议，后当选国民大会立法委员。1979 年由美归国定居，历任全国政协常委和全国政协副主席。缪氏与钱氏都喜好滇戏、推崇栗成之，二人一见如故。钱氏回忆：

> 后余在香港遇滇人缪云台，闲谈及栗成之。云台大喜曰："栗成之乃我老师，我从之学唱有年，今君亦知爱成之，请为君一唱，亦有成之风味否。"乃屡唱不辍。后在纽约，又与重见于其寓所，亲情如老友。亦为栗成之乃缔此一段因缘。亦交游中一奇遇也。【3】

20 世纪 40 年代我尚幼，受家庭影响看过栗成之的戏，那是瞎看，不怎么懂。当时我家住福照街（今五一路上段），正义路也有住处，上的是景星小学，天天都走光华街。那时光华街有家光华茶室（今昆明市滇剧团），一楼卖破酥包子，二楼是滇戏清唱，有时跟着大人去听，一边喝茶（昆明话叫吃茶），一边嗑瓜子、松子，也找机会下楼买包子上来吃。去的次数多了也就记

【1】钱穆：《八十忆双亲·师友杂忆》，岳麓书社 1986 年版，第 227 页。
【2】杨明、顾峰主编：《滇剧史》，中国戏剧出版社 1986 年版，第 249 页。
【3】钱穆：《八十忆双亲·师友杂忆》，岳麓书社 1986 年版，第 227 页。

得些水牌上的名字，除栗成之外，还记得碧金玉、小八音（万象贞）、筱艳春、筱兰春等。也去新滇大戏院看过。印象中栗成之很老，听他唱拿手戏《七星灯》时嗓音苍凉。我常走正义路（光华街与文庙街之间那一段），在西廊人行道上常碰见这位老艺人，天气不怎么冷他就已穿上一身棉袍，头戴一顶带小披肩的棉帽（类似今北方人的"棉猴"），耳朵、脖子捂得严严的，双手还捧着一个烘笼（取暖用的手炉）。每当他走过去了，我总要扭回头，再瞧瞧这位被刘文典誉为"国宝"【1】的老人那踽踽独行的背影。

【1】据说刘文典曾撰文赞栗成之的表演，誉之为"国宝"。

农村唱灯习俗与徐嘉瑞的花灯研究

抗战期间常跑警报，各家有各家的去处，我家爱往西坝跑。那时人小什么也不懂，数十年后才知道，就在离西坝不远的福海村韩家湾（从西华园沿西坝河南行三四公里），有位白族学者"躲"在那里研究云南花灯，他就是后来成为一级教授的徐嘉瑞先生。

徐嘉瑞（字梦麟）是著名的学者和作家，抗战前已在上海先后出版学术专著《中古文学概论》和《近古文学概论》，经郑振铎邀请到上海暨南大学、复旦大学和中国公学讲授中国文学史。后东渡日本深造，返滇后任云大讲师，1938 年任教授兼文史系主任，并担任中华全国文艺界抗敌协会昆明分会主席。为避日机空袭，徐嘉瑞从龙井街 34 号老宅（今云南饭店侧门）疏散到西坝河下游的福海村韩家湾，又躲警报又做学问，写出了别开生面的俗文学专著《云南农村戏曲史》，时为 1940 年。

花灯在云南农村相当普及，群众基础广泛。20 世纪 40 年代初，一位省外游客在他的游记[1]里比较具体地介绍了昆明北郊龙头村有关花灯的见闻，如今来读，已成珍贵史料。其时为春节，龙头村正在唱花灯。

　　一进街子，左手是一个很大的广场，在这个广场上搭着一个很简单的小台子，上顶用柏枝棚架着遮蔽太阳。台子上两个演员：一个是小生，靴子蓝衫相当的讲究，并整整齐齐地戴了一顶相公帽，脸上抹着扑粉，搽着胭脂，小伙子打扮得非常漂亮；一个是小丑，黑色的长衫比较破烂，歪戴着相公帽，两个眼窝里涂了两片白粉，不断地做出许多丑相和鬼脸。两个人你一句我一句的且走且唱，……下面的观众很多，男的多半站在前面，女的大都坐在后面，她们自己携带板凳，排列的相当整齐，两行中间还可以来往走路。大家都

【1】王君桃：《旧历新年的龙头村》，原刊《旅行杂志》1942 年 3 月（上海）。

穿着新衣服，证明是在过年，男的还不怎么样，表现的最尖锐的是年轻的女人和小孩子。茄花紫的紧身上衣，和大宽裤脚的白裤，是龙头村农家少女的特种装束。她们所穿的上衣非常窄小，胸脯前面显然的现着突出的样子，裤脚大的比腰还粗，是她们眼中正摩登的时装。读过两天书的女学生，便时髦化了，穿着摩登的旗袍，并且剪发。

这段文字不但说了台上唱灯的情形，台下的风貌也写得生动、形象。唱花灯本来就是一种群众性的文化娱乐活动，台上唱，台下"演"，共同营造一种特有的节庆氛围。

抗战时期，除进步文艺工作者组织过半职业性的"农民救亡灯剧团"外，花灯班子都是临时组合，纯业余性质。这些演员也都是农村里的"人物"，他们有自己的风采和做派。恰好那篇游记也留下了那些农村"明星"的剪影。作者在黑龙潭见到游客很多，说"除去摩登小姐之外，还有大群的俊俏而标致的大姑娘与小媳妇"，而往来于其间的就是那些唱灯人物。

又有三五成群的小伙子，歪戴着帽子，口叼着香烟，窄袖高领，在瘦小白蓝色对襟小褂上，密排着无数的线扣，好像北平练把子的教师，大宽裤脚的漂白裤子下面，露出光着脚丫，穿着电光闪闪红花绿叶的淡青色"皮拉它"。他们既不烧香，又不玩景，在人丛中走来走去，尾随着小媳妇和大姑娘，据说他们是夏唱调子春唱灯的人物。

写得太传神了，我一读就唤醒了遥远的童年记忆。"调子"是在田间男女对唱的民歌，"灯"即花灯，那些人物是多面手，花灯、调子都是好手。我有一位农村亲戚就属这一路，其打扮正如游记所写。"皮拉它"是一种男式布凉鞋，不但有绣花，而且缀有亮片，所以"电光闪闪"。不兴穿袜，所以"露出光着脚丫"（"皮拉它"与"皮"无关，是彝族支系撒梅人词语，当时在官渡农村流行）。这些人物在农村算是比较风流的，人们欣赏他们的才华，但私下又往往笑称他们为"妥神"，含有游手好闲及轻浮之意，与上海话"白相人"差不多。

徐嘉瑞所研究的是花灯这种民间戏曲的历史源流及艺术特征。根据对昆明花灯特点的分析研究，徐嘉瑞认为云南花灯有两个系统：一个系统由明清小曲演变而来，是旧灯剧；另外一个系统是由道情和弹词变化而来，成为新灯剧，俗名玉溪灯。做这种研究很不容易，一要对中国戏曲史和俗文学史有相当的研究，二要对活材料进行实地调查。前一点对徐嘉瑞来说不是问题，而后一点因无前人做依傍，得自己走出书斋，从头开始。其时在西南联大任教的著名学者游国恩教授也疏散到福海村徐家，与徐氏分居上下楼，他在为《云南农村戏曲史》写的序中这样写徐氏当时研究花灯之情形："余亲见其于乱鸦斜日中，偕其爱人携一壶茶，一张几，访所谓段老爹者，听其抚节安歌，爱人静记其歌法，梦麟则随手记录，增补其阙遗，审正其讹谬，汲汲如恐不及，其用力之勤与用心之不苟如此。"大家都是做学问的人，其中甘苦非圈外人所能尽知。

徐嘉瑞自己在书中也提到当时做调查的情形。

> 云南农村戏曲的音调，调查时非常困难，因为农民多数都不识字，更不懂什么宋词，元曲，九宫十八调，他们只是用心记着，用口唱出。最初我找到弥勒寺的老农陈老爹方老爹写了七八本，又找到老鸦营农人董义写了许多新灯剧，最后找到福海村老农段义（村人呼为段小二家爹），他记得的戏本很多，他用口说，我用笔写，把以前采访遗漏的补写了四五种。[1]

陈老爹、段老爹者，年轻时想必都是"夏唱调子春唱灯"的人物。他们记得的戏本多，福海村的段小二家爹更是能中之能，他还懂宫调，晓得某场戏文是用某些调子，其中可以考出属于明代小曲的很多，如"打枣竿""挂枝儿""金钮丝""闹五更"等调名。由于方言读音的关系，有的听起来让人费解，不能与明清小曲对上号，例如段小二家爹说的"刀班节"，徐嘉瑞听了莫名其妙，勉强写作"倒搬节"，后来慢慢查考，才知即是明代小曲中的"倒搬桨"，念作"刀班节"是北方人的口音。徐嘉瑞说他"发现之后，为之狂喜"。又如"闹五更"，云南人将"更"字都念作"根"，而农民唱此曲时都唱作"斤"，

【1】徐嘉瑞：《云南农村戏曲史》，云南人民出版社1958年版，第15页。

如"一斤鼓儿天，三斤鼓儿催"，这些都足以说明"教他们唱曲子的人都是由北方来云南的人了"。我是昆明本地人，但在北方生活了30年，有时也留意云南话与北方话之异同，读这方面的内容，觉得很有兴味。这里顺便说一句，不论哪里，方言口音也都在变。十年前从北方回到云南，发现昆明年轻人（以及部分中年人）的"昆明口音"变化很大，总的趋势是向普通话靠拢，与老辈人的口音有明显的不同。（也是"代沟"？）北方人的口音也在变。将"三更半夜"的"更"念作"斤"的只是相当老的一辈人了，成了所谓"旧读"，其遗韵尚存留于京剧唱腔之中，而今天的北方人，已都念"更"为"gēng"了（云南人念"更"为"gēn"，无后鼻音）。

《云南农村戏曲史》中有《云南农村戏曲中的方言》一章（第六章），篇幅虽仅两页，但极有分量。内说"旧灯剧有许多是从中原传来，不但是剧本，连读音都原样的传了下来"。作者将当时（抗战时）还在云南流行的元曲中的俗语整理成一张表，两相对照，一目了然。这不但对研究戏曲史有价值，而且对研究云南方言和移民史都极有价值。

该书第七章《结论》更短，才两三百字，但极有文学意味，读了让人想起鲁迅《社戏》里写的赵庄。如下：

> 昆明四乡，秋收完了，农村青年夜晚闲暇的时候，集合在茶馆里学习。如福海村是海边的一个村落。舞台是用大石臼做柱脚，船桅做台柱，篾子做梁，风帆做幕，船篷做墙，用农家结婚的喜图贺对装饰。登台的角色，是农村妇女的弟兄和丈夫。看戏的人，是生旦净丑们的家属。这是生活的艺术，不是职业的戏剧。看灯的人，有从一二十里外来的，当月明之夜，弦子的声音在台上响着，灯光和月光互相辉映，海边河边，停下许多的船。船桅在月光中静静地站着，海水在月光的下面，发出银色的光辉，舞台对面有许多谷堆，小孩们趴在谷堆上面看戏，一直唱到月亮偏西。这是农村中最欢乐的日子，从此以后，他们要去田里辛苦的劳作去了。

毕竟在海边，景象与靠山的龙头村是有些不一样。

徐嘉瑞这本书是国内研究农村戏曲和地方戏曲的开山之作，学界早有定评，一致推崇。当时曾在华中大学（大理喜洲）任教，后在昆明为《云南日报》《云南晚报》编副刊的李何林教授，对这本学术专著评价很高，认为："我们可以说：在王国维先生的《宋元戏曲史》未问世以前，中国戏曲没有'史'；现在也同样可以说：在徐嘉瑞先生的《云南农村戏曲史》未出版以前，中国的地方性戏曲也是没有'史'的。"（《读〈云南农村戏曲史〉》）研究"楚辞"的权威游国恩在为该书写的序中亦有极高之评价，认为"其考据之详，议论之审，见解之卓越"，"为今日治民俗文学者不可少之书也"。可惜这本书写成后"搁置四年，无处印行"，还被有些人"讥讽、轻蔑，认为不能登大雅之堂；又认为由大学印行，是玷辱最高学府"[1]。直到 1943 年才得以由"云南大学西南文化研究室"印行。如今研究抗战时期的文学与文化，徐嘉瑞的这一成果应该受到学界更多的注意。

【1】徐嘉瑞：《云南农村戏曲史·再版自序》。

从大三弦舞说到《九歌》

　　云南彝族的大三弦舞（即《阿细跳月》），民歌《远方的客人请你留下来》在今天是非常红火的，昆明要搞外事活动或文艺联欢活动，这些彝族歌舞已经成为必不可少的、经典的保留节目了。追本溯源，彝族歌舞走上舞台（以及影视）还与西南联大有相当的关系。

　　早在 20 世纪 40 年代初期，联大、云大的一些同学分期分批去农村深入实际，重点地区是路南县的圭山和弥勒县的西山，一方面做宣传教育工作，另一方面也是深入实际了解社会。这个活动是由当时的中共云南省工委，通过外围组织（比如"民青"）领导进行的，参加的当然是思想比较进步的同学。

　　1945 年暑假，一支二十来人的暑期服务队经过短期集训后去路南圭山，队员里有个彝族（撒尼人）青年叫毕恒光，他是中山中学的学生，中共党员，因为对圭山情况熟悉，在队里担任向导和翻译。活动方式是办识字班，内容结合抗战宣传、妇女解放和民族特点，也走乡串寨搞演出，节目有《放下你的鞭子》等。另外就是与彝族农民交朋友、拜兄弟、拜姐妹等等。当年参加过这一活动的人如今都是老同志了（有的已作古），他们写过些这方面的文章，其中有篇写得很具体。[1] 我读后的感想是，别看昆明离延安那么远，做这些传播革命火种的事也还很有一套呢。

　　这支服务队并不是第一批，工作的成果很快就反映出来。1945 年 3 月，联大举行过一次以"介绍路南"为主题的周末晚会，闻一多应邀主讲"夷胞生活"，之后由八位男女同学表演夷胞歌舞。1946 年春，毕恒光来昆明活动，希望在社会各界的支持下在省里搞一次圭山彝族歌舞晚会。他的想法得到了联大学生自治会的大力支持。闻一多也很赞成，并建议准备工作要充分。随后几个党员与毕恒光又去路南、陆良、弥勒挑选演员并进行排练，组成了"圭山区彝族音乐舞踊团"。5 月中旬这个团来到昆明，住在联大师范学院（其址即今龙

【1】吴大年：《到圭山去》，见《难忘联大岁月》，云南教育出版社 1998 年版。

翔街成都军区昆明第三招待所），并请闻一多、费孝通、楚图南、徐嘉瑞、尚钺、赵沨等担任顾问和编导。两天后，彝族歌舞招待晚会在联大草坪上举行，到会 3000 人，其中包括文化艺术界、新闻界和联大师生。演出大获成功，被认为是全国一次空前的盛举。

5 月下旬，圭山区彝族乐舞以圭山彝族旅省学会主办的名义，在华山南路国民党省党部（其址即今云南省对外经贸厅宿舍）礼堂正式公演。演出节目有二十多个，象征战争的有《跳叉》《跳鳞甲》《霸王鞭》等，还有表现爱情的《阿细跳月》以及创世史诗《阿细的先基》等。《阿细跳月》是男女对跳，热烈、奔放，观众为之雀跃，演出形成高潮。新中国剧社和联大同学也参加了个别节目的表演。

这次演出开彝族原生态歌舞走上舞台之先河。演出别开生面，受到昆明社会各界的热烈欢迎。学术文化界人士也给予充分的肯定和高度的评价。《时代评论》杂志为此出了一个评论专辑，内有《劳动民族的健壮的乐歌和舞踊》（楚图南）、《圭山的彝族歌舞》（徐嘉瑞）、《论保存中国民族艺术与彝胞舞踊》（尚钺）等等。闻一多发表在《时代评论》上的题词是：

> 从这些艺术形象中，我们认识了这民族的无限丰富的生命力。为什么要用生活的折磨来消耗它？为什么不让它给我们的文化增加更多的光辉？[1]

彝族青年毕恒光在整个过程（从策划到演出）中表现十分突出，受到大家的赞扬。不幸的是两年后毕恒光在策动弥勒县新民大队（驻杨家祠堂，大多是贫苦的撒尼农民）起义时被捕，在路南监狱被刑讯后押解昆明，于 1949 年 1 月在虹山被杀害，年仅 25 岁。[2]如今"大三弦""阿诗玛"红红火火，这位曾被誉为"撒尼魂"，为圭山彝族原生态歌舞走上舞台、走向全国奔波尽力的先行者，是不应该被忘记的。

闻一多长期研究《九歌》，一直想将其搬上舞台，但总未找到相宜的舞台艺术形式，如今圭山彝族歌舞演出成功，诗人从中受到启发，很快写出改编剧

【1】闻黎明、侯菊坤编：《闻一多年谱长编》，湖北人民出版社 1994 年版，第 1028—1030 页。
【2】杨知勇：《撒尼人民的好儿子——回忆毕恒光同志》，见《云南现代史研究资料》第 13 辑。

本《〈九歌〉古歌舞剧悬解》，在手稿的"附注"中还写了关于道具、布景、效果的若干想法。据手稿保存者王松声先生（王先生也是圭山歌舞演出的倡导者之一，在联大读书时就发表过论文《曹禺与夏衍》，1949年以后一直在北京市委宣传部、文联、文化局等单位工作）回忆，圭山歌舞演出在社会上产生了广泛的影响，"没想到这次活动竟给闻先生多年来致力于《九歌》研究工作提供了一点启迪"。他说：

> 演出结束不久，六月初，闻先生把赵沨、萧荻、梁伦、郭良夫和我召到他的书斋里，拿出这份手稿向我们说："大家都说我这些年来对楚辞、九歌有点研究，我这点研究成果都凝聚在这上头了。"然后他把事前让孩子们复写好的四份抄稿连同这一份手稿发到我们五个人手里，让我们围坐在他的身旁给我们"说戏"。他神采奕奕地给我们讲了他的创作意图，讲了导演的构思，讲了舞美设计，还讲了演出形式……并让我根据他说的"戏"草拟出一个演出脚本，最后由他审阅定稿，然后运用联大学生中组织演出彝族音乐舞蹈会的那批骨干力量，用民盟的名义组织义演。[1]

这是1946年6月初的事。想不到过了一个多月，闻一多先生不幸遇难。他是革命斗士，同时也是学者和诗人，他的艺术生涯几乎延续到他生命的最后一息。

【1】闻黎明、侯菊坤篇：《闻一多年谱长编》，湖北人民出版社1994年版，第1036—1037页。

马思聪的两次音乐会

抗战时期音乐家马思聪到过昆明两次，时间都不长。第一次是从澄江来，当时（1939年初至1940年初）马思聪随中山大学经越南来到云南澄江县，与夫人王慕理及其长女马碧雪一起住在县城西正街一间临街的房子里，"每天早晚都要奏一阵小提琴，他那被誉为'人间难得几回闻'的动人琴声，给澄江人民特别是西正街的居民以美妙的享受"[1]。马思聪在澄江还完成了一首恋歌式的《钢琴奏鸣曲》。[2]虽然家住澄江，但离昆明也不过60公里，所以也多次应邀来昆明举行小提琴独奏音乐会，夫人是钢琴家，两人配合默契，珠联璧合，大受欢迎。演出地点在昆华女中（今昆明女中）。其时这位音乐家不过二十七八岁，虽逢战乱，毕竟风华正茂。

马思聪第二次来昆明是1944年。他在1940年初辞去中山大学教授职务，离开澄江去重庆出任励志社交响乐团指挥；稍后，又任中华乐团指挥。此次昆明行之前，已回中山大学任教（学校已从云南澄江迁回粤北坪石县），是经广西、贵州来到昆明的。其时马思聪已有两个女儿（次女马瑞雪，一岁），一家四口颠沛流离、备尝艰辛。

马思聪的此次昆明之行，是应"援救贫病作家运动委员会"的邀请，专门来举行音乐会的。当时大后方生活艰难，一些作家在生命线上挣扎，中华全国文艺界抗敌协会（简称"文协"，总部设在重庆）发起筹募基金援救贫病作家。1944年9月，文协昆明分会响应总会号召，召开会员大会商定募集基金具体办法，成立了援助贫病作家运动委员会。赵沨是作曲家、中共党员（公开身份是民盟云南支部秘书长，云大附中音乐教师），原本在重庆就与马思聪相识，邀请马思聪来昆就是由赵沨具体联系、安排的。

马思聪夫妇音乐会在南屏大戏院（今名南屏电影院）举行，规格高，很体

【1】解德厚：《抗战时期中山大学迁澄江始末》，见《抗战时期内迁西南的高等院校》，第86页。
【2】据马思聪《创作之路》，见《居高声自远》，百花文艺出版社2000年版，第26页。

面。音乐会接连举行了四场，省主席龙云也出席，真是盛况空前。

音乐会场场爆满，门票收入可观，达到了援助贫病作家的目的，用今天的话说，社会效益、经济效益都令人满意。鉴于观众热情、反响强烈，音乐会又在昆华中学礼堂加演了三天。后来赵沨写了一篇评论，题为《听马思聪和王慕理》，发表于 1945 年 2 月重庆出版的《音乐艺术》第六期。下面摘录一点：

> 我不仅屈膝于伟大的老聋子贝多芬，我也被这次成功的演奏征服了。
>
> 这确是一种征服。全场的听众，坐的、站的、前台的、后台的，仅容七百人的礼堂挤进了千人以上的听众都被征服了，作了这伟大的神奇的音乐的俘虏。
>
> 提琴的单独出现，给人们一个神圣的印象，而钢琴，那令人震惊的一声，敲开了一切人们的灵魂重重深锁的大门。[1]

说来也巧，从 1950 年起，马思聪一直任中央音乐学院院长（他还是中国文联副主席和中国音协副主席），而赵沨则从 1956 年起任该院党委书记兼副院长。"文化大革命"中，两人一起遭到批斗，马思聪是"反动权威"，赵沨是"黑帮头子"，成了难兄难弟。

---

[1] 转引自叶永烈《马思聪传》，人民文学出版社 1990 年版，第 130 页。

一知半晓说"艺专"

　　抗战时期办学不容易，联合办学也难。由于形势、环境的原因，当时国内不少高校联合办学，如西南联大、西北联大、东南联大、国立艺专等。西南联大办得好，出类拔萃，这是大家公认的，而西北联大据说问题不少，东南联大时间很短，国立艺专矛盾重重。办得好不好原因当然很多，团结不团结无疑是重要的一条。据联大浦薛凤教授的回忆文章，[1] 西南联大刚开始，北大、清华两校矛盾时有发生（南开人少，无所谓）。学生就不说了，老师往往为人事安排闹意见。当时联大的院长、系主任多由清华教授担任，北大教授就觉得心理不平衡。如文学院，清华的冯友兰能当院长，北大的汤用彤就当不了？据钱穆回忆，北大校长蒋梦麟去蒙自检查工作，北大师生集会欢迎，会上"师生群议分校争主独立"，唯钱穆"独排众议"（此为浦薛凤语），发言说："此乃何时，他日胜利还归，岂不各校仍自独立。今乃在蒙自争独立，不知梦麟校长返重庆将从何发言。"蒋校长接着说："今夕钱先生一番话已成定论，可弗再在此题上起争议，当另商他事。"[2] 都以大局为重，问题总好解决。

　　国立艺专的情形有些不同。此校由北平、杭州两艺专合并而成。北平艺专为今中央美术学院之前身，1918 年成立，历史较久。杭州艺专乃今中国美术学院之前身，1928 年建立，其教授多有留法背景（如林风眠、林文铮、刘开渠、雷圭元等等），似乎是法国美术院中国分校。抗战爆发后，两校于 1938 年内迁湘西沅陵，合并为国立艺专，教育部取消两校校长，任命林风眠、赵太侔及常书鸿三人组成校务委员会。1939 年 1 月艺专迁往昆明，两年后又迁往四川璧山、重庆。

　　也许是因为学艺术的人个性强，门户之见更深，从并校起似乎就存在隐患。吴冠中先生后来回忆说："南北两校的师生跋涉来到沅江之滨，但未能同

【1】浦薛凤：《蒙自百日》，见《西南联大在蒙自》，云南民族出版社 1994 年版。

【2】钱穆：《八十忆双亲·师友杂记》，岳麓书社 1986 年版，第 187 页。

舟共济，却大闹起学潮来。"【1】这也许是心理因素，也可能存在具体矛盾。之后，教育部任命滕固为校长，林风眠（原杭州艺专校长）、赵太侔（原北平艺专校长）相继离开学校。国立艺专就是这样来到昆明的。

艺专规模不比一般大学，师生总共才两百来人。到昆明后先驻昆华中学北院（文林街，今云师大附中教师宿舍），不久又迁至兴隆街北端昆华小学（原昆华商校旧址，今为社会主义学院）。刚安定下来新问题又来了。据吴冠中回忆，由于招生考试放松，教学要求不严，学生有的人只想混个文凭，有的学英文想当美军翻译，有的想当电影明星，谈恋爱之风也盛行起来（这在杭州是绝对禁止的）。当然，刻苦学习的仍不乏其人。这时（1939年初）滕固校长将傅雷从上海请来当教务长，大家很高兴。傅雷20世纪20年代末留学法国，是著名的翻译家和艺术教育家，来昆之前任上海美专美术史教授。据说傅雷提出两个条件，一要甄别教师，不合格的要解聘；二要对学生重新考试编级。应该说，这要求有相当的合理性，但可能做起来难度大，未获滕固同意，结果傅雷又回上海去了。

此后由于空袭紧张，国立艺专只好迁往呈贡县安江村（今属晋宁），但离昆明不算远，四五十公里，有些活动也常回昆明搞，如画展，除迁往安江之前的义卖画展（展出部分师生作品，售款捐献抗日）外，迁往安江后还搞过常书鸿画展。常书鸿留法，毕业于巴黎高等美术学校，1936年归国。徐悲鸿对常氏评价甚高，说中国只有两个半油画家，常书鸿和他（徐）各算一个，潘玉良算半个。而鲁迅的看法有些不同，他在给郑振铎的信中对美术界有所批评，说"好像诸公于裸体模特儿之外，都未留心观察，然而裸体画仍不佳"。举的例子就是常书鸿发表在《东方杂志》上的作品《裸女》。【2】见仁见智很正常。在战争条件下能举行个人画展毕竟不容易。常书鸿来昆过贵阳时住一家旅店，其行李被炸毁，不知里面有没有他的画作。

国立艺专原有戏剧系，其"艺专剧社"也常参加昆明的话剧活动。

滕固（1901—1941），上海宝山人，早年毕业于上海图画美术学校，留学日本获东洋大学学士学位。1921年加入文学研究会，并且与创造社成员关系密切，有不少作品发表于《曙光》《创造》等杂志，1924—1926年先后有小说

【1】吴冠中：《生命的风景》，北京十月文艺出版社1998年版，第40页。
【2】《鲁迅全集》第12卷，人民文学出版社1981年版，第442页。

集《壁画》、《银杏之果》（中篇）及《迷宫》出版，是一位老资格的前辈作家和中国现代戏剧的积极推进者。后又赴德国柏林大学研究美术史，获博士学位。就任艺专校长前在上海美专和金陵大学任教。1929年商务印书馆还出过他的《中国美术小史》。艺专迁安江村后，滕固似乎常往昆明跑。滕固与吴宓友善，据吴宓日记可知，滕固其时正与女诗人徐芳相恋。徐芳是无锡人，北大中文系毕业，所发表作品不算多，除写诗外还发表过一个独幕剧《李莉莉》。抗战爆发前，以北大、清华教授为主体的一些北平作家定期在朱光潜家聚会，名为"读诗会"，参加的人有周作人、朱自清、俞平伯、林徽因、冯至、叶公超、沈从文、卞之琳、何其芳、废名等。徐芳资历浅却也参加了。来昆明的时候二十四五岁，任职于万钟街耳巷盐政局（今百货大楼老楼西侧）。由于在北平时已小有名声，所以她刚到昆明，联大的文学圈中即有人互相转告"徐芳来了"。这场婚外恋的结局是悲剧，吴宓很同情，在日记中说滕固妻某日"直到校中探查，肆意喧闹而去"。又说滕固如何"毅然牺牲其对徐芳小姐之爱，而与其愚而妒之太太维持始终，顾全道德"。滕固后去重庆即得病，半年后出院回家，不意"途中复遭其太太预先布置之流氓毒打一顿，受重伤"，再住院，其妻又来医院"与固争吵，固气愤，脑晕而死"。[1] 我猜想，滕固在昆明的这一段罗曼史肯定对他的校长工作有相当的影响。吴宓说滕固撰有一篇自传式小品文《离开安江村》，他读过，此文不知今在何处。

国立艺专在昆明的几处地方，旧址虽在而旧迹难觅。安江村的艺专旧址好找，1978年吴冠中先生去过。吴先生是当年的艺专学生，如今已是享有殊荣的世界性大画家，他找到当年的男生宿舍地藏寺，但潘天寿等几位老师合住的旧址未能确认。村里的老年人都记得"国立艺专大学"，还有人说自己家里曾有过一本常书鸿的书，里面有许多照片和图画。这更引起了我的兴趣，因为我与常书鸿先生还沾一点点边。50年前常书鸿任甘肃省文联主席，我在文联做编辑（之前他任兰州艺术学院院长，我太太是该院学生，她还给常的女儿常嘉蓉教过钢琴），并有幸与他同住一座小楼，所以还有机会见到这位大画家，但也仅仅是见到而已。那时张治中将军的公馆归文联使用，常书鸿将家安在一楼，他还兼任敦煌文物研究所所长，兰州、敦煌两头跑。但他似乎并不管文联的事，文联似乎也只是用他那块牌子。我住在二楼一个单间，楼上楼下见面的机会当

【1】见《吴宓日记》（1940年5月1日、1941年5月25日和1943年12月16日）。

然是有的。那时文联、作协系统还没怎么衙门化，不兴喊张主席、李主席。直呼其名加同志即可，但自己又没到那份儿上，所以见上面了也只能放慢脚步点头表示敬意，他呢大约也仅仅晓得我是住在楼上的一个年轻人。一直到"文化大革命"中我才和常书鸿说上话，当时他成了"反动权威"，我呢有时像是"革命群众"，有时又不像。终于有一回革委会布置大家在文联围墙的临街一面用红漆刷"万岁"标语，常书鸿也得了发挥一技之长的机会，与群众一起刷。偏巧我与他相邻，而且当时的阶级斗争弦也松了些，彼此东拉西扯地说点轻松话。他突然说，你们昆明气候真好，我去过。我有点高兴，原来这位一年只有半年在兰州的领导还晓得我是昆明人，他去过昆明则是我未想到的一问，原来是抗战时期的事，"国立艺专"这名字我当时才第一次知道。不过他刚说了一两句就忽然止住，我也未再问。晚年他落实政策调回北京（说"回"没错，这位生于杭州的蒙古族画家1936年留学回国后即任北平艺专教授兼造型艺术部主任），前些年谢世。

前些年我们夫妇去了一趟安江村，可惜未找到哪里是常书鸿老师住过的地方。我们找到年已七十的老支书李成明，他对国立艺专的情况很熟，但不熟悉具体的人名，只晓得吴冠中的大名。他热情地陪了我们几小时，告诉我们此地有"九寺绕安江"之说。安江村比著名的斗南村大得多，但一个村子竟有九座庙宇实在想不到。我想也幸亏有这么多寺庙，不然艺专不会来到这里安家。寺庙多破旧、变样，如关圣宫已大部分被拆除新建，女生住过的侧楼尚有部分未拆，但已难认出寺庙的痕迹。所幸观音寺和地藏寺尚相当完好，令人欣慰。观音寺是艺专学生绘画习作的地方，大门上的"观音寺"及大殿上的"典范人伦"两块匾尚存，字是陈荣昌（清光绪年间云南高等学堂总教习）的。老书记说这两块匾曾被人取下当作两扇门使用，边框锯掉，匾面缩小。我仔细一看，户枢的形状都还在，幸未伤及文字。地藏寺很大，墙很高，保护比观音寺还好。寺内有耳房两排，男生就住在耳房楼上。这里前些年做过粮管所，这些年又成为村里办红白喜事宴客的地方，村人叫作"客厅"，听着倒也新鲜。

老支书安排我们在他儿子家吃午饭，我们也想再了解些艺专的旧事，就没客气。据吴冠中先生的回忆，艺专学生要画裸体请过好几位模工，1978年他来重访安江村，老乡们还记得画裸体时如何用炭盆生火，画一阵还想憩一憩，并说出好几个模工的姓名，其中一位女模工李嫂还健在，可惜那天吴冠中先生没见到，深感遗憾。我问老支书李嫂的情况，他说李嫂是他三姑奶，虽只比他大七八岁，但辈分高。我试探着问画裸体的事，老书记说上岁数的人都晓得。这时正端菜的亲家母掩嘴笑道："听说李嫂脱呢精骨碌碌呢，哪样也不穿，磣死人啦。"（磣：cèn，土语，羞之意。）老书记也笑了笑。我说李嫂算开放的了。老书记说李嫂是算开放，她年轻时去昆明帮过工、做过事，见过世面。

老书记的父亲在艺专做过校工，烧水。李嫂在艺专也帮人洗衣物，也算校工，1980 年左右已过世，其时将近六十岁。

文化与生活

朱自清昆明遗踪

朱自清在昆明七八年，住所多次变动。1938 年初与冯友兰等十多位教授经广西、越南来到昆明，住在拓东路迤西会馆，其址即今天的拓东第一小学，门牌是拓东路 361 号，但面貌焕然一新，当年会馆的遗痕已荡然无存。

因昆明校舍不足，联大文法学院暂迁蒙自。朱自清在昆明休息、游览半月，同年 4 月初去蒙自。多数教授住在法国银行及歌胪士洋行里，朱自清住在旧海关大院里的一间小平房里。这地方相当大，像个花园，文法学院的院部设于此。半年多后朱自清在昆明青云街住所写了一篇《蒙自杂记》，里面说他在蒙自住了五个月，他的家属也在那里住了两个月（夫人和孩子来得晚些）。朱自清对蒙自印象不错，说"蒙自小得好，人少得好"，住了一段后"渐渐觉得有意思"，对海关大院尤有好感。

> 联大租借了海关和东方汇理银行旧址，是蒙自最好的地方。海关里高大的由加利树，和一片软软的绿草是主要的调子，进了门不但心胸一宽，而且周身觉得润润的。树头上好些白鹭，和北平太庙里的"灰鹤"是一类，北方叫作"老等"。那洁白的羽毛，那伶俐的姿态，耐人看，一清早看尤好。在一个角落里有一条灌木林的甬道，夜里月光从叶缝里筛下来，该是顶有趣的。另一个角落长着些杧果树和木瓜树，可惜太阳力量不够，果实结得不肥，但沾着点热带味，也叫人高兴。

读了令人神往。前几年我去参观过两次，其址位于蒙自有名的南湖东南，自然环境颇似昆明翠湖边的云南陆军讲武堂。但毕竟岁月沧桑，感觉上与朱自清写的已有距离。据驻里面的武警同志讲，与联大有关的房舍将从大院中划出供游人参观，听了令人欣慰。

半年后暑期联大文法学院迁回昆明，朱自清一家稍后亦返回昆明，住青云街。据校史资料，住 79 号。据吴宓日记，住在 284 号"冰庐"，既名"庐"，应该是中等以上人家。条件好些，才能先住在 79 号，后迁入 284 号冰庐。

青云街是昆明的一条老街，明永乐年间在西北面建贡院（其址即今云南大学会泽院周围），因名贡院街。此街中段有座"龙门桥"，考生经此桥才能入贡院参加考试，顺利过关取得举人资格者才能进京应试。街名后改为青云，取"青云直上"之意，倒也能体现那一时代的"主流意识形态"。青云街附近有文林街和学院坡（今名大兴坡，连接翠湖东路与圆通街）、贡院坡（连接青云街与文林街）和先生坡（连接文林街与翠湖北路），还有文化巷、小雅巷、若园巷，名字都文绉绉的。抗战时期，云大、联大的许多教授，还有些租得起民房的学生，都住在这一带。1938 年，中央研究院历史语言研究所也由拓东路 663 号迁来青云街，大本营设在靛花巷 3 号，部分人住在靛花巷对面的竹安巷 2 号。朱自清住在青云街，并不寂寞。前边提到的《蒙自杂记》和为学生刘兆吉编的《西南采风录》写的序，都成稿于此。

自从 1938 年 9 月 2 8 日昆明首次遭日机轰炸后，联大教授纷纷疏散到昆明郊区和呈贡县，朱自清一家迁往四郊的梨园村，住在滇省老报人惠我春家。梨园村在大普吉与黑林铺之间，距联大校部约九公里。这个村子也叫灵源村（今名龙院村），龙云的"灵源别墅"离此村不远（海源寺旁）。

在云南地方史上，惠我春也是一个人物。据惠群《惠我春传略》和艾奇《云南老报业人惠我春》[1]介绍，惠我春是宣威人，早年任云南陆军讲武堂国文教员，为该堂监督唐继尧所器重。笔下也来得，1914 年为云南大报《共和滇报》撰写社论《为美国巴拿马太平洋万国赛会敬告滇人》，思想先进，很有影响。1916 年初受唐继尧、蔡锷委托创办《义声报》，任总编辑。该报在护国运动中成为护国军都督府的机关报。1917 年，孙中山发起护法运动，在广州成立护法军政府。10 月，章太炎奉孙中山命来滇联络唐继尧，《义声报》发表"欢迎章太炎来滇，拥护护法运动"的文章。惠我春从此与章太炎订交。1922 年唐氏创办东陆大学，惠氏被聘为筹备委员，之后任名誉教授。1927 年唐继尧下台，惠氏从此隐退，随二女婿张冲（滇军名将）居翠湖东路宅院。昆明遭空袭后疏散至梨园村购地筑屋离群索居。不久即与朱自清、杨武之（联大数学系主任，

【1】分别见《云南文史丛刊》1993 年第 2 期和（昆明）《五华文史资料》第 2 辑。

杨振宁之父）相识成友，并坚请他们住于他家内。惠氏与朱自清尤为相投，颇有相见恨晚之感。

　　龙院村惠宅今尚存，惜已破旧，部分已被拆除另建新房。据徐嘉瑞的嫡孙徐演先生（原云南省歌舞团团长）讲，徐嘉瑞与张冲、惠国芳夫妇友善，时相过从。我想对惠家多做了解，可惜未能与惠家后人联系上。

　　朱自清在龙院村只住了半年多，在那里写了《中国散文的发展》等几篇文章。1940 年暑期举家迁往夫人陈竹隐的老家成都。第二年 10 月朱自清只身返回昆明。适逢清华文科研究所在北郊司家营恢复，冯友兰任所长，闻一多任清华中文系主任兼文研所文学部主任。朱自清随即从龙院村迁往司家营文研所。

　　文研所设于村民司荣家新建的宅院。这里离市区七八公里，交通较便。我结合教学多次领学生去参观。闻一多、朱自清两位大作家都在这座农家房里住过，同学们很感兴趣。司荣、司永寿父子已先后去世，据司永寿的媳妇刘崇兰和司永寿的妹子司兰英讲，正房二楼是闻一多他们"办公"的地方，闻一多一家住一进门右边耳房楼上及一进门的楼上，别的老师住左边耳房楼上。司家人对"别的老师"不熟，说不上名字，其实就是朱自清、浦江清两位教授和几位研究生，他们都是单身。

　　朱自清在司家营住了两年多。当时教授们分散在郊外，为便于教学，每位老师的课都集中在两三天内，市内宿舍留有个人的单间或床位。朱自清的课排在星期三、四，头天下午进城，星期四下午回村。在所里除备课外还带研究生，王瑶就是其中的一位。科研自然不能丢，很有影响的《新诗杂话》，是继《中国新文学大系·诗集·导言》之后朱自清在新诗理论上的又一重要贡献，其中绝大部分就是在司家营写的。

　　龙头村是龙泉镇的中心，这一带集中了西南联大的许多文科教授，清华文研所在司家营（另租麦地村桂家祠堂几间房做"古籍整理组"），北大文科研究所入驻棕皮营响应寺。除朱自清、闻一多、浦江清住司家营外，住在龙头村一带的还有冯友兰、罗常培、汤用彤、王力、郑大挺、陈梦家等等，相互间有时聚一聚排遣寂寞。龙头村是集市，北郊农民周期性来此"赶街"，所以也叫龙头街（此俗至今犹存，街天为星期三），这给教授们也带来些生活上的方便。朱自清当时旧袍破得没法穿，新棉袍又无力缝制，只好等而下之将就点，在龙头街的"街子"天买了件十分"抢眼"的"赶马人用的毡披风"【1】。试看李广田的印象：

> 1941 年我到了昆明，在大街上遇到的第一个熟人就是朱先生，假如不是他老远地脱帽打招呼，我简直不敢认他，因为他穿了一件奇奇怪怪的大衣，后来才知道那是赶马的人所披的毛毡，样子像蓑衣，也像斗篷，颜色却像水牛皮。我当时只是想笑，然而不好意思，他却很得意地告诉我一个大消息：太平洋战争已经爆发，中国的抗战已成了世界大战的一环，前途十分乐观。以后我在街上时时注意，却不见有第二个人是肯于或敢于穿这种怪大衣的。【2】

朱自清在政治上比较谨慎小心，而生活上却"敢于穿这种怪大衣"，很有点"另类"的样子。这怎么说呢？说不来。

由于空袭趋于缓和，朱自清于 1944 年迁回城里（司家营那边只偶尔去一下），住在北门街 71 号单身教员宿舍。这宿舍是唐继尧家花园的一部分，另开门，门斜对着丁字坡口。此处紧挨着云南大学和中法大学（南菁学校旧址，今昆明三十中），街的南端有李公朴主持的"北门书屋"和"北门出版社"，所以文化环境还是不错的。

朱自清在北门街为自己的《新诗杂话》和《诗言志辨》两书先后写了两篇自序。除联大的课程外，还在私立五华中学兼课。该校校长是联大毕业生李希泌（李根源之子），教员中除朱自清外还有不少联大、云大教授，如潘光旦、姜亮夫等，再加上一些联大青年教师，如王佐良、王瑶、李赋宁等，力量相当强。但因为是新办，物质条件较差，起初借用圆通小学（校址在圆通街与华山西路交会处）上课，后迁大绿水河（今昆十中宿舍），距朱自清的北门街住地不远也不近。朱自清曾为五华中学制校歌，词曰："渺哉五华经正，流风遗韵悠长。问谁承先启后，青年人当仁不让。还我大好河山，四千年古国重光，责在吾人肩上。千里英才，荟萃一堂；春风化雨，弦诵未

【1】据季镇淮《朱自清先生年谱》。
【2】李广田：《最完整的人格》。

央。坚韧和蔼，南方之强，五华万寿无疆。"[1]五华书院创建于明嘉靖年间，清末改为云南高等学堂，院址在今华山南路西段（省高院东侧）。经正书院建于清光绪年间，后改为师范传习所，院址在翠湖北路东廊（今翠湖公园北门对面）。[2]"渺哉五华经正，流风遗韵悠长"，谓继承此二书院之传统也。

不过，能记住这歌词的人大概不多了，历史毕竟有些遥远。朱自清1946年由昆明返回北平，两年后在贫病中死去。当时报纸上有这样的标题："一代文豪溘然长逝，朱自清'背影'去矣！"对昆明人来说，朱自清没有"去"，他留下了身披赶马人毡披风的"背影"。

【1】以上据季镇淮《朱自清先生年谱》和者成琨、李成森《私立五华中学略述》。歌词两者略有出入，此据《朱自清先生年谱》。
【2】关于五华、经正书院，据昆明市教育局编《昆明教育大事记》。

文化巷 11 号

　　文化巷很有名，在大西门内，南通文林街，北通云大后门，巷很深，房舍一般，看不出有什么特别之处。令人注意的是巷内的过往行人不管老的小的，几乎清一色是教师和学生，因为巷内有许多云师大的教工宿舍，师大附中、附小的后门也开在那里。真是一条文化巷。

　　但文化巷这名字并不是新取的，早在抗战以前就这么叫了。再早是叫荨麻巷，那里是北城脚的偏僻荒凉地段，荨麻丛生。荨麻的茎和叶都有细毛，皮肤接触会引起刺痛，野地里到处都有，小孩子见了都怕。

　　但 20 世纪 30 年代末这里已有四五十户人家，景象大不相同了。联大初到昆明无校舍，一些联大教师住在这里。内中以 11 号最是人文荟萃。

　　11 号住了好些位西南联大教授：外文系的钱锺书、教育学系的罗廷光、数学系的杨武之，还有云大文史系的施蛰存和吕叔湘。

　　钱锺书在文化巷写过一些诗，都是旧体，内有《昆明舍馆作》四首，其二云："屋小檐深昼不明，板床支凳兀难平。萧然四壁埃尘绣，百遍思君绕室行。"[1]

　　1938 年上半年，时任清华大学文学院院长的冯友兰写信给在巴黎留学的钱锺书，请他回母校任外文系教授。钱氏夫妇思念战火中的祖国和亲人，于同年秋启程回国。到香港后，夫人杨绛带着幼女回上海，钱锺书则转道奔赴昆明任教。由巴黎一下子来到昆明，又一下子住进了文化巷陋室，反差太大，不适应是难免的。何况一家三口又两地分居，情绪波动一下也属正常。此诗写于 1938年，刚到联大没多久，外文系的人事摩擦估计尚未发生，但不论怎么看，诗所流露的情绪明显欠佳，难怪这位年方 28 岁的教授要将自己住的房间名为"冷屋"了。

　　当时联大办了若干刊物，其中一个叫《今日评论》，是教授们集资筹办

---

[1] 钱锺书：《槐聚诗存》，生活·读书·新知三联书店 1995 年版。

的。钱锺书为刊物写了几篇文章，总称"冷屋随笔"，后来都收入他的散文集《写在人生边上》，共四篇：《论文人》《释文盲》《一个偏见》和《说笑》。这些文章属知识密集型杂文，读多了也难免觉得作者有故意卖弄之嫌，但仔细品味，其嬉笑怒骂又似乎都有相当的针对性。就说《一个偏见》吧，开头有一小段：

> 偏见可以说是思想的放假。它是没有思想的人的家常日用，而是有思想的人的星期日娱乐。假如我们不能怀挟偏见，随时随地必须得客观公平、正经严肃，那就像造屋只有客厅，没有卧室，又好比在浴室里照镜子还得做出摄影机头前的姿态。

其思想之深刻和文笔之幽默于此可见一斑，其中"偏见可以说是思想的放假"一句当即广受赞赏，一时传为美谈。读末段又觉似有所指。钱锺书引用叔本华"思想家应当耳聋"的话认为有理，"因为耳朵不聋，必闻声音，声音热闹，头脑就很难保持冷静，思想不会公平，只能把偏见来代替"。哪来的声音？"人声喧杂，冷屋会变成热锅，使人通身烦躁"，以致"你忘掉了你自己也是会闹的动物，你也曾踹过楼下人的头，也曾嚷嚷以致隔壁的人不能思想睡眠"。据施蛰存回忆，在文化巷11号他与吕叔湘同住一室，与钱锺书同住一楼，与罗廷光、杨武之同住一院。不过我也没吃透《一个偏见》，也可能只是泛泛而论并无特定的所指。如作者在序中所言，"人生是一部大书"，他的杂文只是"写在人生边上"的"零星随感"。

施蛰存来昆明之前已是有名的文坛新锐，是中国新感觉派的代表作家之一，对我国心理分析小说的发展做出了重要贡献。此前已出版短篇小说集《上元灯及其他》（1929年）、《李师师》（1931年）、《将军底头》（1932年）、《梅雨之夕》（1933年）、《善女人行品》（1933年）和《小珍集》（1936年）等。来昆明后，施蛰存参与筹备中华全国文艺界抗敌协会昆明分会，比较活跃。但施蛰存对"抗战文学"有些看法，与文艺界渐渐有点若即若离，除在云大文史系教大一国文，历代诗选、文选外，主要精力、兴趣似乎转到了云南古代史文献方面，写了一些札记。在西南联大历史系教授、著名敦煌学家向达的影响下，看了许多敦煌学文献资料，还校录了十多篇变文。施蛰存对云南大学的历史也留心过，1941 年写过一篇《怀念云南大学》，从贡院说到唐继尧回国创办东陆大学，再到云南大学，来龙去脉说得清清爽爽。对东陆大学缘何以"东陆"名之也讲得一清二楚，说"省立云南大学的前身是私立东陆大学——这是唐继尧省长出资创办的，唐自署东大陆主人，故学校即名'东陆'"。如今云南省有些文化人却将"东陆"当作云南的代称、别名来用，施老在上海如果闲翻、浏览云南报刊见到，想必会莞尔一笑。

施蛰存起初与吴晗、李长之等从北平来的青年教师一起住在云大校门斜对面的王公馆，之后才迁到文化巷 11 号。1940 年学期结束后离开昆明回了上海。

当时云大校长熊庆来聘来的外地教师，素质、水准都相当高，文史系教师除上面提到的吴晗、李长之、施蛰存外，还有一位吕叔湘。大家都晓得吕叔湘是语言学家，不过他在云大文史系是教英文的，后来才加了一门"中国文法"[1]。吕氏原本就是学外文的，早年毕业于东南大学外文系，1936 年赴英国留学，先读牛津大学人类学系，后入伦敦大学读图书馆学科。1938 年归国任云大文史系副教授，教英文未免屈才，因为吕叔湘的主要精力都投入汉语研究，尤其是汉语语法。但这位学者既重视高深的专业研究，也不忽视"科普"性的工作，普及语文知识的文章写了不少，这一特点在国内一流的语言学家中尚不多见。

想不起是什么书里读过还是听哪位老师讲过的笑话，印象很深，一直记得，后来见吕叔湘的《从改诗的笑话说起》，才知这是正版。头一个笑话讲有人说"清明时节雨纷纷"这首诗太啰唆，每句的首二字都应去掉，理由是：随便什么时候都可下雨，何必清明。行人总在路上，不言而喻。酒家何处有？已是问话，借问多余。路上的人都会指点杏花村，不光是牧童。因此此首七绝应改为五绝："时节雨纷纷，行人欲断魂。酒家何处有？遥指杏花村。"又一个笑话说有人嫌"久旱逢甘雨"一诗太平淡，每句头上应加两字："十年久旱逢甘雨，千里他乡遇故知，和尚洞房花烛夜，童生金榜题名时。"

笑话只当笑话，听过并未深思。而吕叔湘却能指出，虽然改诗的依据大多数是歪理，但也不能说没有一句改得有三分道理，"千里他乡遇故知"就不一定不如"他乡遇故知"。仔细一想也对。不过前一首减字我以为纯属歪理，"清明"与"断魂"是相联系的，去掉"清明"，何来"断魂"？

【1】据吕叔湘《悼念王力教授》，见《语文近著》，上海教育出版社 1987 年版，第 270 页。

吕叔湘还是著名的翻译家。早在 20 世纪 30 年代初（留学之前）他就翻译过好几本书，都是人类学方面的，其中一本是美国学者罗伯特·路威的《文明与野蛮》，1984 年三联书店重印，在文化界风行一时。据译者的《重印后记》可知， 这本译作当年的出版可谓一波三折。书 1932 年译毕，送去商务印书馆（前两本分别译作《人类学》和《初民社会》都是商务出的），结果被退回。吕氏分析原因，一个可能是商务在一·二八战事中遭受重大损失，暂时将力量放在重版书上，不急着出新书。另一个可能是这本书的写法有点"亦庄亦谐"，从吃饭穿衣说到弹琴写字，从中亚土人一分钟捉八十九个虱子说到法国国王坐在马桶上见客，从马赛伊人拿太太敬客说到巴黎医院里活人和死人睡一床，内容、写法都不太像一本教科书或准教科书。正在此时有个小出版社在筹建中，托人找书稿，结果将这本退稿拿去并且排校完毕，但等了一年却不见出版。一打听，原来是资金周转不灵，何时付印难说。但索要原稿却不给，出版社说要付排版费才给。出版合同是签订过的，但未订明交稿后多长时间内出版，"于是法律就允许他千年不印，万年不还"，后来闹到租界（上海）的洋法庭仍未得到解决，最后是生活书店代付部分排版费才把原稿赎回来，由生活书店另行排印。从 1932 年译完到 1935 年才出版，拖了整整三年。由此来看，从前出书也不是那么容易的。

在昆明的几年吕叔湘写的文章似乎不多。当时王力为昆明一家报纸编副刊，约他写稿，但只写过一两篇，据他本人回忆文章中说是因为实在"写不好"这类稿子（指报纸副刊文章），这可能是谦辞。但专业文章也不多，我查了查只见三篇：《中国话里的主词及其它》《未知称代和任指称代》和《全体和部分》，都发表在联大教师自办的《今日评论》和联大办的《国文月刊》上面。

吕叔湘 1949 年后做过中科院语言研究所所长、《中国语文》主编、中国文字改革委员会副主任等要职。那本被中国人广泛使用的《现代汉语词典》， 第一任主编也是吕叔湘。可惜云大当年没留住这位学者，1940 年他就去了成都，任华西协合大学中国文化研究所研究员。如今回头来看，引进人才不易，留住人才更难。当年云大文史系的几位引进人才，李长之、吕叔湘先后去了四川，施蛰存去了香港、厦门，在云大的时间都未超过三年。吴晗虽仍在昆明，却也活动到联大去了。

　　文化巷 11 号的另两位学者我所知不多。杨武之是数学家，在芝加哥大学获博士学位。我知道这位数学家的名字很晚，比知道其公子杨振宁的名字晚了二十多年，也知道他是联大数学系主任。说数学我是一点不懂，但前两年见到一条关于数学系的史料却引起我的兴趣。原来当时各高校系名不统一，有的叫算学系，有的叫数学系。以联大为例："查本校原系北大、清华、南开三校联合而成，北大于数年前改数学系为算学系，清华及南开自始即名为算学系，本校今名，亦为算学系。"【1】名称不统一也确实是个问题，正如当时《教育部关于讨论"数学"、"算学"二词的训令》所述："查我国各大学对于'数学'、'算学'二名互用，由来已久。在组织上，有'数学系'或'算学系'；在学科上，有'数学'或'算学'，内容本属一致。徒以一字之歧，致滋观念混淆。"这份"训令"接着引经据典："依历史言，二字俱有本源。盖'数'为六艺之一，由来甚早，清初编印《数理精蕴》卓然巨著，是'数学'一名，有其根据。但《周髀算经》书亦甚古。'算学'一名，亦有其价值。"讲得很有水平。"然为学术便利计，似应予以统一"，因责成各大学"召集数学系或算学系教授对于'数学'、'算学'二名，决定其一，呈报到部。以凭汇案核办。各该系教授总人数及赞成总人数并仰一并具报"。【2】

　　想不到半个多世纪前的人于名物如此之较真，而今天的人们却未免太过随意。如今高校自我升格成风，专业改称系，系改称学院，学院改称大学，名词膨胀，不着"边际"，越大越好。原来的生物系一下变成"生命科学学院"，地理系变成"地球科学学院"，皆大欢喜，不亦乐乎。但也有例外。听说某广播学院增设电视学院，却宁肯大学院套小学院也不愿改称广播电视大学，令圈外人好生纳闷。后来才听说，校方是怕与"电大"相混而降格也。

　　话头收回来。名称后来统一了，都叫"数学""数学系"。联大结束，原联大师范学院留下，成为国立昆明师范学院，杨武之任数学系主任，两年后离校。

　　文化巷 11 号还有一位联大教育学系的罗廷光教授，早年留学美国，先后就读于哥伦比亚大学和斯坦福大学教育研究院，回国后在中央大学、河南大学

【1】《关于"数学"、"算学"二名呈复教育部之代电》，《国立西南联合大学史料》（总览卷），云南教育出版社 1998 年版，第 135 页。
【2】《国立西南联合大学史料》（总览卷），云南教育出版社 1998 年版，第 136 页。

等校任教，来联大时间不长，仅三年。这样，钱锺书、施蛰存[1]、吕叔湘、罗廷光四位房客都在 1940 年左右离开文化巷 11 号（钱氏早一年），而且都离开了云南，只剩下一位杨武之教授仍在昆明，但稍早已迁往小东城脚（今青年路北段红会医院巷口一带），随后又领着家人疏散到西郊龙院村惠我春家居住。这惠氏乡宅如今虽已破旧，毕竟还在，而文化巷 11 号则片瓦无存、了无遗痕。

【1】三校补注：施蛰存先生 2003 年 11 月 19 日在上海逝世，享年 98 岁。

"二云居士"小考

刘文典是名教授,在昆明时间又长(1938—1958),所以有关他的奇闻逸事也特别多,其中流传最广的大概要数"二云居士"的雅号了。

"二云"指云土(云南烟土,即云南鸦片)和云腿,谓刘氏以云南鸦片和云南火腿为嗜好,这雅号传久了大家也就信以为真,然而认真推敲起来,却不免生疑。首先这雅号是自称还是他称?就我有限的阅读范围而言,所见到的文字说法很不一致,像闻一多的雅号"何妨一下楼主人",来龙去脉清楚,是历史系郑天挺教授给取的,原创地在蒙自,后来传到昆明,在闻一多主讲的一次讲演会上,经中文系罗庸教授在致辞中一介绍,遂成为联大一时之美谈。[1]而"二云居士"呢?周作人的说法是:

> 刘叔雅名文典,人甚有趣,面目黧黑,盖昔日曾嗜鸦片,又性喜吃肉,及后北大迁移昆明,人称之为"二云居士",盖言云腿与云土皆名物,适其所好也。[2]

这很明白,是他称,时间为北大迁移昆明之后。

1938年联大毕业的鲲西也说是在来昆之后,但系自称,话很干脆:"刘先生入滇自号二云居士。"[3]吴晓铃的说法却有些不同。吴当时是联大中文系助教,他在《忆刘叔雅先生数事》一文中叙及自己初到昆明(吴比一般教师来得晚些),刘文典一见他就问周作人的情况,吴与胡适曾从伦敦寄诗劝周赴昆,周以"家中还有些老小"做推托之语相告。刘文典听后很生气,愤愤地说:"连我这个吸鸦片的'二云居士'都来了,他读过不少的书,怎么那样不爱惜

【1】闻黎明、侯菊坤编:《闻一多年谱长编》,湖北人民出版社1994年版,第554页。
【2】周作人:《知堂回想录》,香港三育图书有限公司1980年版,第494页。
【3】鲲西:《清华园感旧录》,第12页。

羽毛呀。"【1】听口气像是自称，而且既然都是初到昆明，那雅号好像早在北平时就有了。然而这么讲也有问题。先说鸦片，刘文典早在北平就抽上了，除上面周作人提到外，刘的老同事钱穆亦有文字记述：刘"因晚年丧子，神志消沉，不能自解救，家人遂劝以吸鸦片。其后体力稍佳，情意渐平，方立戒不再吸。及南下，又与晤于蒙自。叔雅鸦片旧病复发，卒破戒。及至昆明，鸦片病日增"【2】。讲得明白。那么火腿呢？刘文典早在北平就爱吃云南火腿吗？我未见到这方面的文字。那么是到云南（蒙自、昆明）以后才爱吃火腿吗？在云南吃云南火腿没问题，而且抗战初期那几年，昆明物价平稳，教授吃火腿也不算奢侈。再往后可就不好办了，汪曾祺就是从经济条件这一角度提出疑问的。他在《食道旧寻》一文中说到教授生活之艰难：

> 有一位名教授，外号（引注：既是"外号"，不像自称）"二云居士"，谓其所嗜之物为云土与云腿，我想这不可靠。走进大西门外凤翥街的本地馆子里，一屁股坐下来，毫不犹豫地先叫一盘"金钱片腿"的，只有赶马的马锅头。教授只能看看。唐立庵（兰）先生爱吃干巴菌，这东西是不贵的，但必须有瘦肉、青辣椒同炒，而且过了雨季，鲜干巴菌就没有了，唐先生也不能老吃。沈从文先生经常在米线店就餐。

不过汪曾祺也是从总体上讲的，而在实际上，许多教授为了生活也都有第二甚至第三职业，在外校兼课，做家庭教师是最普遍的，闻一多挂牌治印（刻图章）更广为人知。刘文典呢更特殊，他与地方上层人士接触多，无论是教家馆还是代人撰寿词、墓志铭，其"灰色收入"大概非一般教授所能比。钱穆于此亦有较详之记述，说刘文典："曾去某地土司家处蒙馆，得吸鸦片之最佳品种。又为各地土司撰神道碑墓志铭等，皆以最佳鸦片为酬。云南各地军人旧官僚皆争聘为诔墓文，皆馈鸦片。"【3】既是"争聘"，可见行情看好，其报酬恐亦不止于"最佳鸦片"。还有人讲得更具体，说刘文典"1946 年 10 月，曾代

【1】《云南文史资料选辑》第 34 辑。
【2】钱穆：《八十忆双亲·师友杂忆》，岳麓书社 1986 年版，第 226 页。
【3】钱穆：《八十忆双亲·师友杂忆》，岳麓书社 1986 年版，第 226 页。

云南省政府主席卢汉为蒋介石撰'六十寿序'"[1]。试想在这样的环境中，经常吃点火腿又算得了什么。问题是从此类传闻中只能看出刘文典爱抽大烟并上瘾，却看不出他与火腿有什么特别的瓜葛。另据刘文典家公子刘平章对我讲，他对喜食云腿的传闻表示怀疑，说父亲牙不好，不能食腿，仅可食云腿饼。这么说即使与云腿有瓜葛，这瓜葛也只有一点点。所以呢，"二云"中只有一"云"可以落到实处，另一"云"却还是虚悬着。

但话又说回来，关于名人的传闻，好些都真伪难辨，只能姑妄听之，太较真就显得迂拙。冯友兰见多识广，撰文述及北大、清华旧事如数家珍，但如非本人亲见亲闻，则抱姑妄听之、姑妄言之的态度，他在转述一则黄侃逸闻之前，先说："黄侃自命为风流人物，玩世不恭，在当时及后来的北大学生中传说着他的逸闻逸事，我也不知道是真是假。"[2]确实是这样，大凡名人逸事，好些都像民间文学，被人一遍遍地加工，越传到后越走样，而可读（听）性则越来越强。这或许是个规律罢。

末了再赘上一小节。刘文典在云南生活了20年，他对滇戏是很喜欢的。汪美珠女士是著名滇戏演员，有一回我向汪女士请教滇戏前辈名角栗成之、碧金玉旧事，她兴致勃勃地讲了不少，顺便也提到云大教授刘文典先生喜欢看滇戏，有时还到剧团看排练，那是20世纪50年代的事了，汪女士说那时她还是学员。走笔至此我忽然想到，如果云腿这一"云"不能落实，滇戏这一云南戏曲也是一"云"，补上去，刘文典先生的"二云居士"雅号也还照样完整。

【1】黄延复：《清华逸事》，辽海出版社1998年版，第37页。
【2】《冯友兰学术文化随笔》，中国青年出版社1996年版，第274页。

跑警报：不同的记忆

汪曾祺回忆昆明和联大的散文，读者众，受欢迎，其中有一篇叫《跑警报》，细节生动，氛围独特，是那一类散文中脍炙人口的佳作。其中一节讲跑警报是谈恋爱的机会，有的男生提着零食在路边等女生。"跑警报说不上是同生死、共患难，但隐隐约约有那么一点危险感，和看电影、遛翠湖时不同。这一点危险感使双方的关系更加亲近了。"这多有意思，令人神往。

但我觉得，汪曾祺营造的氛围是当时生活在昆明的一个特殊群体的氛围。这个群体就是西南联大的师生，主要是学生。

实际上，日本飞机的空袭和昆明人的躲避空袭（昆明话叫躲警报），情况是相当惨烈的。

日本飞机首次轰炸昆明是 1938 年 9 月 28 日上午。来者不善，一来就是一个空军中队，各型轰炸机九架，向小西门外潘家湾一带，也就是今天的南疆宾馆、百汇商场及昆明师专那一片，投下重磅炸弹数十枚。孔庆荣先生当时是昆明市民政局科员，参与赈济救灾工作。据孔先生回忆："炸弹落地爆炸，硝烟弥漫，破片横飞，死者尸横遍野，幸存者呼天号地，惨叫之声不息。""最惨者为一年轻妇女领一岁多的小孩，妇女的头被炸掉，尸体向下，血流不止，而孩子被震死于娘的身旁。除此，其他破头断足、血肉狼藉。"据统计，潘家湾死伤 40 余人，凤翥街（南端）死亡 94 人。[1]

又如 1940 年 10 月 13 日联大教授吴宓邀多位友人游西山，上午 9 时从小西门外篆塘上船，"10：40 在滇池中闻警报"，登岸后"至三清阁午餐"，休息后"乃步往太华寺。未至途中 2：00 见日机 27 架飞入市空，投弹百余枚。雾烟大起，火光迸烁，响震山谷。较上两次惨重多多"。傍晚归城后"始知被炸区为文林街一带。云大及联大师院已全毁，文化巷住宅无一存者。大西门城楼微圮，城门半欹。文林街及南北侧各巷皆落弹甚多。幸联大师生皆逃，仅伤

---

[1] 孔庆荣、段昆生：《忆日机首次轰炸昆明》，见《昆明文史资料选辑》第 6 辑。

一二学生，死校警工役数人云"。次日清晨吴宓去先生坡、天君殿巷访友，亲眼实见"房屋毁圮，瓦土堆积。难民露宿，或掘寻什物。……文化巷口棺木罗列，全巷几无存屋。"又"闻死者约百人"【1】。

再如1941年12月19日，也是上午。据当时任云南省警务处兼昆明市警察总局督导员的黄秉新先生回忆，那一次日机来了10架，"先后在东郊投弹20枚（炸弹）进行轰炸，市民闻声，争先恐后从东南西北大小城门向郊外奔跑疏散"。正当大批市民通过狭窄的大东门（今西南大厦、"仟村百货"路口，现已为西南百盛商场、苏宁电器商场）冲到郊外（今交三桥外一带）时，被敌机发现，"敌机像野兽般地来回俯冲扫射毫无隐蔽的人群，顿时死伤竟达百余人，有的肢体、衣物被炸飞挂在路旁树枝上，附近的水沟里一片红色，真是血流成河，令人惨不忍睹"【2】。

笔者也有亲身经历，当时五六岁，虽属幼稚小儿，"躲警报"的事还记得。那时我家住在武成路东段。有一回，一听警报响就跑到西坝"躲警报"，但见日机飞临上空，向城里投下许多炸弹，浓烟阵阵升起。警报解除后，躲警报的人扶老携幼开始回城，路上大人们在议论这一回可能炸了哪里，愁眉苦脸地担心着自家的命运。偏偏这一回武成路挨炸，我们家也在其中，结果无"家"可归。我一直记得当天下午我在福照街（今五一路上段）龙井街口的人行道上呆坐了好半天。后来我们家也就在福照街4号落了脚。如今写在这里，也算普通人家的一段回忆。

据当年任云南省民政厅主任秘书的谢洁吾先生统计，从1938年至1943年，敌机参加空袭昆明的共613架次，空袭37次，轻伤893人，重伤1716人，死1440人。【3】这都是血淋淋的数字，绝非"隐隐约约有那么一点危险感"。

联大学生流亡求学，虽然艰辛却没有家累。老师就不同，举家迁昆的很多，警报一响就很麻烦。1938年9月28日日机首次轰炸昆明，闻一多一家就赶上了。当时闻一多家住在武成路福寿巷3号，距小西门城门不足百米（约莫在今小西门龟背桥东侧"桥香园"位置），离被炸的今南疆宾馆一带相当近了。当时儿子闻立鹤、闻立雕在实验小学读书，实验小学后改名昆师附小，校址即

【1】《吴宓日记》第7册，生活·读书·新知三联书店1998年版，第244—246页。
【2】黄秉新：《抗战时期日机轰炸昆明的一次亲历记》，见《昆明文史资料选辑》第21辑。
【3】《抗战时期敌机袭昆伤亡简记》（谢洁吾遗稿，谢德宜整理），见《风雨忆当年》（上），云南美术出版社1997年版。

今昆明幼师，你说危险不危险？闻一多的孙子闻黎明编的《闻一多年谱长编》（闻黎明之父闻立雕审订）于此有较详之记载。这里摘录如下：

> 警报发出后，先生让赵妈出城去接他们。不久，紧急警报汽笛响了，赵妈与立鹤立雕均未回来，先生不放心，自己又匆匆出城寻找。行至半路遇见赵妈，知立鹤立雕已随老师疏散，遂拟返回城内，但城门已关，准出不准进，只好再往郊外疏散。行至一木材场墙下，敌机九架迎面飞来，连续投弹。烟尘过后，赵妈发现先生头部血流如注。此时救护队已出动并为先生做了临时紧急包扎。先生夫人与闻家驷听到炸弹爆炸声，而先生父子与赵妈均未回来，万分着急，警报一解除立即奔往巷口观望。不久，见先生头缠绷带仰卧在一辆人力车上急速而过，衣襟遍染血渍，赵妈紧随车后，始知先生在空袭中负伤，闻家驷立即随车前往医院。经检查，系墙头落下之砖块所砸伤，伤情不重，缝了几针即回家休养。[1]

昆华师范学校（其址即今昆明师专）是西南联大租用的校舍，穆旦、赵瑞蕻等外文系学生都住在那里，此次昆师也被炸，他们当然也跑警报了，幸好没事。

话又说回来，汪曾祺那篇《跑警报》还是写得不错的，他写得浪漫，让人爱读。何况后来飞虎队来昆，尤其是1943年以后，日机轰炸趋缓，人们也渐渐习以为常，处之泰然，即汪文结尾讲的"不在乎"。就此而言，所写也不算离谱。而也跑过警报的我对那次"家"破人未亡印象太深，感觉上总有些不同，但我还是愿意，也乐意进入汪曾祺营造的那种氛围中去。毕竟是文学嘛。

【1】闻黎明、侯菊坤编：《闻一多年谱长编》，湖北人民出版社1994年版，第558页。

由陈梦家说到闻一多的房东姚家

闻一多来昆明，首先把家安在武成路福寿巷 3 号，离小西门很近。战乱年代，安家非同小可，幸得陈梦家帮助，解决得相当顺利、圆满。

陈梦家是闻一多的两个得意弟子之一，20 世纪 20 年代末闻一多在中央大学（今南京大学）外文系任教授、系主任，陈梦家读法律系，喜欢诗，跟闻一多学习。1931 年陈梦家出版《梦家诗集》成名，是新月派的后起之秀，那本很有影响的《新月诗选》（1931 年出版）就是他编的。另一位弟子是 20 世纪 30 年代初闻一多任青岛大学中文系主任时的学生臧克家。这位未来的诗人 1930 年考入青岛大学外文系，经闻一多同意转入中文系，"成为闻一多先生门下的一名诗的学徒"【1】。陈梦家这时也随老师由武汉大学来青岛大学做助教，两个年轻人不时一道谈诗，成为朋友，时人称他们为闻一多诗门下的"二家"。闻一多当时已投入古代文学的教学与研究，不写诗了，臧克家对老师说："您应该写诗呵。"闻一多回答说："有你和梦家在写，我就很高兴了。"【2】据莎剧翻译家曹未风讲："闻氏在青岛的书斋里，桌子上放了两张相片，他时常对客人说：'我左有梦家，右有克家'，言下不胜得意之至。"【3】不过陈梦家的诗歌生涯不很长，不久就转向古代文化，成为著名的考古学家、古文字学家和敦煌学家。1937 年秋由闻一多推荐进入清华大学中国文学系任教员，在昆明时期先后升任西南联大副教授、教授。

先写新诗后考古，集古今于一身的陈梦家极有名士风度，但也很实际，联大中人都知道"梦家在流亡中第一任务，所至必先觅屋安家"【4】。老师的事自然更要放在心上，不但办了而且办得漂亮，怪不得闻一多在给夫人的信中说："昆明的房子又贵又难找，我来了不满一星期，幸亏陈梦家帮忙，把房子找好

【1】臧克家：《悲愤满怀苦吟诗》，载《新文学史料》1980 年第 3 期。
【2】臧克家：《悲愤满怀苦吟诗》，载《新文学史料》1980 年第 3 期。
【3】闻黎明、侯菊坤编：《闻一多年谱长编》，湖北人民出版社 1994 年版，第 420 页。
【4】钱穆：《八十忆双亲·师友杂忆》，岳麓书社 1986 年版，第 187 页。

了，现在只要慢慢布置，包你来了满意。"这地方就是福寿巷 3 号姚宅，闻一多在信里还画了姚宅平面图，并说："此地买菜最方便。"【1】据徐演先生说，陈梦家是找到他祖父徐嘉瑞，徐、姚两家是亲戚，所以才一找就找到如此好的房子。

孙传胜先生对姚氏家族甚为了解，曾撰《昆明小西门姚氏业医述略》【2】，资料颇丰。我据闻一多家书与孙先生文，加上在居委会访谈所得，认定福寿巷 3 号姚宅的主人为姚芑堂。姚家世代传医，至姚芑堂已是第五代，武成路的老字号中药店"福元堂"，上年岁的老昆明无人不知。姚芑堂的父亲姚静轩被认为是姚氏医术医德的集大成者。民国初年神州医学总会云南分会成立，姚静轩被公推为会长。姚芑堂一生行医，1954 年去世。弟弟姚仲遴既是名医，亦擅丹青，且博通经史，联大、云大不少教授都乐于与之订交，与唐兰、罗庸、胡小石、刘文典、沈从文交谊尤笃。唐兰是姚医生的病人，1942 年患病，家人惊恐，经姚医生诊治方转危为安。【3】

姚仲遴的弟弟姚蓬心是西医，20 世纪 30 年代初毕业于中山大学医学院，后赴美深造，获约翰斯·霍普金斯大学医学院博士学位。1945 年田汉、杜宣、瞿白音率新中国剧社来昆开展戏剧活动，某次演出话剧《大雷雨》，票已售出而女主角凌琯如的嗓子突然哑了。救场如救火，幸得姚蓬心及时治疗才得以救场。田汉为此赠诗姚医生："晨鸡嘎哑不能歌，昂首东方可奈何。一鸣雄鸡天下白，昆明争谢小华佗！"【4】

姚芑堂的堂弟姚贞白名气更大，现今的昆明人几乎无人不晓，连周恩来都知道这位姚医师医术高明，指名请他为一起来昆明的陈毅治病。

福寿巷姚宅确实不错，宽敞豁亮，天井里花木葱茏，有一个石凿大鱼缸，八年前我去探访，虽说已变成大杂院，但格局尚在，一看就晓得是大家宅第。闻一多家人多，住楼上三间正房及一间厢房，弟闻家驷（联大外文系教授）住在楼上另一厢房。闻家与姚家相处和睦，子女又在同校（昆师附小，其址即今昆明幼师）就学，关系甚好。【5】闻一多在昆明多次搬家，就我各处考察，条件最好的就数姚宅了。1998 年改造武成路，什么有价值的都未剩下，可惜。

【1】《闻一多书信选辑》（1938—1946 年），载《新文学史料》1985 年第 2 期。
【2】《五华文史资料》第 11 辑。
【3】五华区中医院：《著名中医姚仲遴》，见《五华文史资料》第 1 辑。
【4】《赠姚蓬心医生》，见《田汉文集》（12），中国戏剧出版社 1984 年版，第 331 页。
【5】闻黎明、侯菊坤编：《闻一多年谱长编》，湖北人民出版社 1994 年版，第 557—558 页。

昆明节孝巷闻一多旧居寻访记

西南联大在滇八年，历时不算太长，但因处于战争时期，教授们居所不定，搬家乃常事，少的两三次，多则五六次，居所从未变动过的教授恐怕没有。但要论迁居次数之多，就该数闻一多了，共八九次。如下：

1938 年 4 月底，闻一多（单身）随湘黔滇旅行团步行抵昆后，稍事逗留即乘滇越路火车赴西南联大蒙自分校，住歌胪士洋行。同楼居住的有陈寅恪、刘文典、朱自清、陈岱孙等教授。

1938 年 7 月迁回昆明。旋赴贵阳将夫人及子女接来，住武成路福寿巷姚宅，弟闻家驷亦居此。房主人为名医姚芑堂。

1939 年 10 月迁往晋宁县（今晋宁区）北门街苏子阳家。

1940 年 8 月迁回昆明，住华山东路节孝巷 13 号与闻家驷两家同住。

1940 年 10 月，为避日机空袭，与闻家驷疏散到西郊大普吉镇，旋因两家合住太挤，闻一多家又迁至附近的陈家营，房东杨李。稍晚，华罗庚家迁来同住。

1941 年 10 月迁往北郊司家营 17 号。这里是清华文科研究所驻地，同住的有朱自清、浦江清两位教授及三位青年教师，还有王瑶等几位研究生。

1944 年 5 月迁回市区，住潘家湾昆华中学。先在初中部宿舍短暂居住（与何炳棣夫妇为邻），后迁至足球场后面校医室一楼。

1945 年 2 月迁至西仓坡新建联大教授宿舍（其址今为云师大幼儿园）。

找到节孝巷旧居很不容易

比较而言，闻一多旧居的线索算是相对多的，位置也比较具体，但真要找并非都容易。这里只说节孝巷旧居。

关于闻一多住过节孝巷的线索，早在 20 年前，即 1993 年左右我就开始留意。此前几年，冯至发表过一篇《昆明往事》（载北京《新文学史料》1986年第1期），说他刚到昆明时"住在节孝巷内怡园巷，巷口对面是闻一多、闻家驷的寓所"。这是很重要的线索。节孝巷是知道的，东通青年路，西至华山东路（及平政街），不陌生，但节孝巷内还有条怡园巷却是头一回听说。去节孝巷来回查访不见有相关门牌，翻查相关地方志书资料也未见这名目。过些时候又多次去节孝巷走访，问过些上年岁的人竟都称没听说过。后来摸进紧挨着红会医院的一所破旧小院里，才从一位八十多岁的老太太嘴里得了答案，她说这里就是怡园巷，住户只有四家，她家老门牌是怡园巷3号。原来如此。我道了谢，出门仔细打量这条"巷"，长约二十米，南北向，与节孝巷垂直，总共四道门。从巷口的1号数起，最末的怡园巷4号已毁，只有一个破门脸儿朝南（其余三户均坐西朝东）正对着节孝巷，算是遗迹，这就是当年冯至的寓所了。

走出这条实存名亡的怡园巷后，又依冯至说的"巷口对面"的提示找到闻氏昆仲旧居的位置。那里如今是牙膏厂，左看右看不太像住家户，后来从《闻一多年谱长编》得了新证，闻氏旧居才算认定。

闻黎明、侯菊坤编的《闻一多年谱长编》（以下简称《年谱》）是一部很有学术价值的史料工具书。关于闻一多在昆明节孝巷居所，这本闻一多孙子编、1994年出版的《年谱》说，1940年8月闻一多一家从晋宁"搬回昆明，因一时找不到住房，便住在胞弟闻家驷的家里，即小东城脚下华山东路节孝巷13号，是周钟岳公馆的偏院"。

周钟岳是云南近现代风云人物，积极投身重九起义、护国运动和护法战争，做过云南省省长。抗战时期出任国民政府内政部长，战后任考试院副院长。周是学者，著述丰富，在任云南通志馆馆长时主持编纂《新纂云南通志》。也是著名书法家，"光复楼"三字、"护国门"三字都是蔡锷请他写的，"石林"二字是龙云请他代笔，南京"总统府"三字也是国民政府请他写的。所以，周钟岳的知名度是很高的，由闻一多而牵出周钟岳自然引起我很大的兴趣。我认为，寻访联大遗迹自然会涉及昆明地方的旧人和旧事。这是细节，也是背景。剔除细节，背景就空了，至少也会减弱历史的清晰度，历史的现场感更谈不上了。再说，了解联大师生与地方人士的关系，对深度认识西南联大与云南也是有意义的。

对历史文化遗迹的认定，重证据。如果单有冯至说的怡园巷"巷口对面"

的文字，只能算孤证。孤证难立，只能存疑；如今又有《年谱》新证，双证应可定案了。之后我写了一篇《闻氏兄弟住过周钟岳公馆偏院》收入拙著"西南联大·昆明记忆"《文人与文坛》。

疑窦生，要找到周公馆的正宅才能坐实"偏院"

文章是写了，书出后重读，又觉得有点不踏实。旧居位置不会错，但"周钟岳公馆的偏院"仍令人生疑。旧房改造，"偏院"改成厂房变了样是说得过去的，问题是要找到周钟岳公馆的正宅，如无正宅，何来"偏院"？得找周公馆，不然"偏院"难以坐实。

按理，公馆的正宅应当就在这"偏院"旁边，至少也该是附近，可旁边也好，附近也好根本不见什么像公馆的宅院。靠平政街那头倒是有一处老房子有几分像，只是离得有些远，而且与"偏院"不在一侧，一在南廊一在北廊，遥遥地斜对着，不像。我否定了。

又想，《闻一多年谱长编》是闻一多的嫡孙编的，应该不会平白无故出现"周钟岳公馆"的字样。再退一步想，或许周家公馆不止一处。这种事多了，龙云、卢汉的公馆不都有好几处吗？周钟岳做过云南省省长和国民政府内政部部长，有几处公馆也是可能的。也好，那就暂且放下节孝巷那边，等有进一步的线索再说，不能在一棵树上吊死。

机会慢慢来了。有一天见到联大物理系教授吴大猷的回忆录《回忆》（中国友谊出版公司 1984 年版）。我不懂理工，以往对联大理工科的史料也不大留意，但读联大史料读多了也对理工科的名教授多少知道一点。比如这位吴大猷，人称中国物理学之父，门下弟子众多，其中两位还是诺贝尔奖得主，即李政道和杨振宁。就凭这，我也会对吴大猷在昆明住过的地方留个意的。这下好，一看《回忆》就见里面说到"周部长的住宅"。且看这段文字：

> 1939 年冬，我又从北仓坡迁到西仓坡若园巷，那是当时内政部周部长的住宅。周大少奶，正巧是我在密大（引注：美国密歇根大学）的同学袁丕济的侄女。我们和程毓淮兄嫂分住在正楼下五间房子里。我们由原先次长的房子，跳到部长的房子，也可算是"高升"了。

真是无心插柳柳成荫。吴大猷这段回忆太重要了，里面说的周部长绝对是周钟岳无疑。至于若园巷周部长的"住宅"，那正是我要找的周公馆。一下子找到一座关系到两位历史文化名人的老房子线索，我大喜过望。

要找周公馆，先找若园巷

目标明确，下一步就该先找这条若园巷。

若园巷这名字我很陌生。吴文讲"西仓坡若园巷"，说明若园巷在西仓坡，或西仓坡一带。西仓坡我还是比较熟的，得到线索后我在那一带多次转悠搜寻。考虑到外省人的回忆可能会有误差，还有意识将"一带"的范围稍微扩大一点，但还是未见影子。直到读《吴宓日记》才获得进一步的线索。

据《吴宓日记》，吴在玉龙堆清华教授宿舍住过一段时间，据日记，若园巷就在玉龙堆。1940年10月13日记："日机27架飞入市空，投弹百余枚。……文林街及南北侧各巷皆落弹甚多。"吴在潘家湾昆华师范学校友人家吃过晚饭后入城查看，"至玉龙堆寓舍，则见院中一片瓦砾，盖十余丈外若园巷内即落一弹，毁数宅"。若园巷距玉龙堆清华教授宿舍仅"十余丈外"，据此，若园巷在玉龙堆无疑。

玉龙堆我是晓得的，那是旧名，即今翠湖北路靠小吉坡、先生坡那一带，原为单独命名的一段，大约在20世纪60年代始并入翠湖北路。说玉龙堆旧名，六七十岁的老昆明都知道。至于若园巷，想必更早就被除名，罕有知晓者。我去西仓坡、玉龙堆那一带探寻，问谁谁摇头。地名改来改去，记忆也随之丧失、蒸发。

有一天遇老同学魏群智医生。魏君是名医魏述征老先生的大公子，非常熟悉昆明的老街老巷。我以若园巷事相问，魏君又请问老父，然后告诉我若园巷确实在西仓坡那边。我踏实了些，感觉我已渐渐靠近我的目标了。我认定若园巷就在翠湖北路最北一段，那一带离云南省文联很近。

云南省文联我很熟，常去。云南省群众艺术馆与云南省文联都在翠湖北路，离得很近，只隔着个三岔路口。群艺馆我不认识什么人，也没什么事，从未进去过。又是一个巧合。有一天不知怎么我却从群艺馆那无名巷口摸进去了。那巷口被两座高楼夹住，从巷口走过看不见里面有没有什么老房子。那天一进馆门朝左就看见一座略显沧桑的西式三层建筑！直觉告诉我，这就是周公馆了。1949 年以后新盖的机关单位办公楼不是这种样子。下一步就是进一步查证落实。感觉归感觉，不算数的。

机会终于来了。九年前（2004 年）夏天昆一中老同学聚会，地点就在群艺馆斜对面一家餐馆二楼。魏群智医生与我同桌，又邻座，正好请他释疑。根据我以往查考名人旧居的经验，直奔主题的询问容易做成夹生饭，层层递进的探询比较瓷实可靠，所以在这以前我只问过若园巷而未提及周公馆，如今自己心里已经有谱，该扣题了，看魏君说的与我掌握的能否对上。今天见面就直问若园巷及周公馆，魏君指着窗外说斜对面就是若园巷，里面就是周钟岳家的老房子。我暗喜，压住兴奋又问可以肯定吗？魏君说这怎么会错，我家与周家是亲戚，他家老房子我小时候就去过。又告诉我，周钟岳的二公子周锡楠老师就住在昆一中，他夫人就是我们的胡肃秋老师。我太兴奋了，马上请魏君陪我下楼去实地看一下周公馆。我们看过后魏君说没问题，几十年了他都没来过，想不到还是老样子。

接着就是请魏君陪我去昆一中拜望周锡楠老师了。其时（2004 年）周老已87 岁高龄，但精神极好，声音也亮。以后我又多次拜望，该问的都问了，这才清楚周家住宅在城里仅若园巷一处，另有一别墅在安宁温泉。

绕了这么大的圈子只说明一个问题：昆明城里只有一处周钟岳公馆，在翠湖北路。节孝巷 13 号与周家无关，那房子既非周公馆正院，亦非偏院。

邹若衡浮出水面

闻氏旧居既非周公馆偏院，那到底是谁家的房子呢？又问魏医生。一问又是一巧。魏君说他家原本就在节孝巷，那条巷他熟得不得了。我忙请魏君领我去节孝巷一一指认老房子。魏君说他家老门牌 11 号，门口挂着"德医魏述征医师诊所"的牌子。现在牙膏厂的位置老门牌为 12、13 号，13 号是龙云侍卫长邹若衡的房子。

真是巧中之巧，魏医生家与闻一多家是邻居。2008 年，闻一多次子闻立雕先生（编《年谱》的闻黎明即其公子）来昆，我陪他重访节孝巷旧居遗址并讲起邻居魏老先生。闻老说他记得那时曾在相邻诊所请德国医生看病的事。我告诉闻老，魏述征教授抗战前同济毕业，因同济大学前身为 1907 年德国人创办的同济德文医学校，故同济医学院毕业生可称"德医"，非德国人。闻老说他正想写篇回忆涉及于此，未想"德医"的事竟这么坐实了。我又被告知，魏述征老先生晚年任云南省中医院院长，已 102 岁高龄。

魏医生还告诉我，邹若衡是云南昭通人，武术家，龙云的把兄弟，据说龙云的武功就是他教的。新中国成立后邹氏好像还做过省政协委员。当时，有关邹若衡的资料信息，除魏医生以上所讲的我别无所知。至于闻家何以住在这位侍卫长家的偏院，相关线索尚未找到。关于拙文《闻氏兄弟住过周钟岳公馆偏院》的失误，后来我在《周公馆往事》（《滇池》2006 年第 3 期）一文的《附记》中郑重订正，并向读者表示歉意。

索解邹若衡

终于弄清楚了，节孝巷 13 号的房主是邹若衡，邹是闻氏兄弟的房东。估计闻氏弟兄俩与邹若衡并未见过面，加之闻家在那里只住了两三个月即迁居大普吉那边乡下，几十年一过，记忆模糊，再说邹、周二字音近，才有了那样可以理解的误差。

节孝巷 13 号的房主人是找到了，但相关信息极其有限，且不一定都准确。下一步要做的就是留意搜集关于邹若衡的资料，即便点点滴滴也好。

首先是在《炎黄春秋》2010 年第 4 期上见到一篇题为《梁启超与护国运动》（杜奎昌）的文章，里面提到"蔡锷当时的副官邹若衡"。此后两年无收获。未想 2013 年收获多多，年初即在昆明《都市时报》（2013 年 1 月 28 日）上见到该报著名文化记者李国豪写的长文，题为《云南武林传奇》，总共四个版面，信息量大。文章内容虽不限于邹若衡一人，但从总体上讲，全篇实际上是围绕邹若衡而展开的，有很高的文史价值。半年后，又在昆明《滇池》文学月刊（2013 年 8 月）上见到一篇题为《邹家拳创始人邹若衡恩师二三事》的回忆，也是长文。作者王仁瑞是邹氏 1949 年以后的第一批弟子之一，亲闻、亲见、亲历，其文值得格外重视。

此外，我又在李国豪先生的帮助下与邹若衡的孙女邹孟之女士取得联系，除订正邹若衡的生卒年外，还进一步认定今节孝巷 13 号确为邹若衡当年的房产。

现据王仁瑞、李国豪两位先生的文章和相关文史资料，以及邹孟之女士的订正，将邹若衡的生平综合整理、摘录如下，以备考。

邹若衡（1879—1968），原名邹世炯，汉族，云南昭通炎山锌厂沟人，著名爱国民主人士，近现代著名武术家，"邹家拳"的创始人。1896年邹若衡遇到龙云、卢汉，三人意气相投，遂拜了把兄弟，共同习武，被称为"昭通三剑客"。后入伍。1912年被保送云南陆军讲武堂第四期。1914年被云南都督唐继尧看重，任副官兼侍卫长。1915年蔡锷率护国第一军向四川进军前，调唐继尧身边的随从副官邹若衡为自己的警卫副官。军旅生涯结束后寓居昆明，将平生研习武术传授子孙后辈，因其所编套路独具特色，人们习称"邹家拳"，《武林》杂志和中国武术网站上，将"邹家拳"列为传世武功以及南拳的一种。新中国成立后曾任云南省政协委员。后错划右派。他的后半生不但向子孙继续传授"邹家拳"，并广收弟子惠及社会。另据《云南文史资料选辑》，邹若衡还发表了一系列"护国"回忆录，如《护国史话》（邹若衡口述/刘宗岳笔记，1962年8月26日）、《护国起义前唐继尧的转变和有关蔡锷的二三事》（邹若衡口述/刘宗岳笔记，1964年2月22日）以及《云南护国战役亲历记》（遗稿）等。

遗憾的是，以上王、李两篇长文都没有与闻一多、闻家骃昆仲相关的文字。当我提起抗战初期闻一多一家在节孝巷邹宅居住过的事，邹孟之女士称未听说过。据笔者所知，当时昆明租房极为紧张，闻氏昆仲入住小西门福寿巷姚宅，是经闻一多的学生、诗人陈梦家找昆明市文协负责人徐嘉瑞想办法才解决的。那么，闻家骃是通过什么关系租得邹家房舍的？闻氏兄弟与邹若衡有无交往？都是悬疑。这里记上一笔，待考。

浦江清戏咏"一去二三里……"

西南联大的教授和夫人中，喜好戏曲及传统音乐的不乏其人。1941年夏，老舍应联大中文系邀请来讲学，下榻青云街靛花巷，那里是联大教授宿舍，里面就住着好几位昆曲专家和爱好者。水平最高的要数统计学家许宝騄。这位教授是留英博士，中国数理统计学的开创者和奠基人，令人想不到的是，许氏竟会唱三百多出昆曲。另一位是中文系的罗常培教授（老舍的小学同学，满族），也学昆曲，目的是要研究制曲与配乐的关系，他是音韵学家。另一位是外文系袁家骅教授的夫人钱晋华女士，她原本就是音乐家。据老舍在《滇行短记》中讲，在昆曲上，许宝騄是后两位的"老师"。而老舍本人呢，谦虚，说"我本来学过几句昆曲，到这里也想再学一点。可是，不知怎的一天一天地度过去，天天说拍曲，天天一拍也未拍，只好与许先生约定：到抗战胜利后，一同回北平去学，不但学，而且要彩唱！"话说的是学昆曲，不经意间流露抗战必胜的信念，既表现出文化上的高素养，也体现出一种深蕴着民族情感的精神状态。

后来老舍去北郊龙头村、棕皮营访友，在罗常培居所住了一段时间。北大文科研究所在那里，清华文科研究所也在邻近的司家营、麦地村，朋友多。这回老舍见到的是古琴弹奏。"相当大的一个院子，平房五六间。顺着墙，丛丛绿竹。竹前，老梅两株，瘦硬的枝子伸到窗前。巨杏一株，阴遮半院。绿荫下，一案数椅，彭先生弹琴，查先生吹箫；然后，查先生独奏大琴。"

这种氛围哪里去找？棕皮营。难怪这位作家要感叹："在这里，大家几乎忘了一切人世上的烦恼！"

吹箫的查先生即古乐专家查阜西，江西修水人，当时欧亚航空公司由上海先迁西安，再迁昆明，查阜西任秘书室主任。后日寇空袭频繁，公司迁龙泉镇办公，查氏也随之迁至紧靠龙头村的棕皮营居住。查氏1949年后曾任中国音乐家协会副主席、中央音乐学院民族器乐系系主任和北京古琴研究会会长等职，是音乐界的一位著名学者。当时与查阜西同住一院的是陈梦家、赵萝蕤夫妇，那院子原是梁思成、林徽因自建的住房。陈梦家原是新月派的"新生代"，后来转向考古与甲骨文，任教联大中文系。陈的夫人赵萝蕤早先就读燕京大学英语系和清华外文系，专攻英美文学，兼擅钢琴。两夫妇后迁居棕皮营梁思成自建房（梁家迁川后），赵萝蕤又就近跟查阜西学习古琴。

又读浦江清[1]1943年的日记，也见有教授们唱昆曲之记载。元旦那天："晚饭后，陶光来邀至无线电台广播昆曲，帮腔吹笛。是晚播《游园》（张充和）、《夜奔》（吴君）、《南浦》（联大同学），不甚佳。"[2]

昆曲原称昆山腔，简称昆腔，最初是江苏昆山一带民间流行的南戏（宋、元时流行于南方的一种戏曲，为区别于北方的元杂剧而称为南戏）的清唱腔调，数百年来对许多地方戏曲都有深而且广的影响，是我国最古老的声腔之一。因此，一般文人学士喜欢把昆曲作为古代戏曲音乐的活化石来欣赏、品味。浦江清是联大中文系教授，专讲"词选""曲选"等课程，对昆曲有精深的研究，所以对唱曲要求高，自然也有些苛刻，要不哪会有"不甚佳"的评语。

去电台唱《游园》的张充和小姐也不简单，她是沈从文夫人张兆和的妹妹，当时也在昆明，张家四姊妹都喜欢昆曲。

联大同学也参加昆曲演播，说明这种古代戏曲在青年学生中也有一定的群众基础。反观今日之青年学生，以唱几句外文歌曲为时尚（外语究竟是何水准，谁知道），风气之变化真是河东河西。

又一日，浦江清记："至查阜西家。查为古琴专家，亦有笛及曲谱，乃与重华、许先生、阜西各唱曲数支。"[3]

浦江清当时居司家营清华文科研究所租用的民房，与闻一多、朱自清同住一宅，近邻有麦地村的汤用彤。二三里外就是龙头村、棕皮营，住在那里的还有游国恩、钱端升、金岳霖诸雅士，他们是陆续从城里迁居龙头村一带的。中央研究院历史语言研究所的傅斯年、李济（哈佛人类学博士，考古学家，中央研究院院士），中国营造学社的梁思成、林徽因也曾在这里生活了两年，人文

【1】浦江清（1904－1957），江苏松江人，东南大学外语系毕业，先后在清华、联大、北大任教，讲授中国古代文学，朱自清去世后代理过清华大学中文系主任。
【2】浦江清：《清华园日记·西行日记》，生活·读书·新知三联书店1999年版，第231页。
【3】浦江清：《清华园日记·西行日记》，生活·读书·新知三联书店1999年版，第237页。

荟萃的龙头村真是极一时之盛。傅、李、梁、林等虽然 1940 年冬已北迁四川南溪李庄，但仍居此小村的文人雅士还是不少，浦江清得暇便从司家营散步似的走上两三里去龙头村、棕皮营会友，或唱曲，或谈诗，其乐也何其融融，怪不得会在 1943 年 2 月 6 日记有这样的文字："归时，余戏咏'一去二三里，烟村四五家'之句。"

　　文人之不俗，如此。

许渊冲的《追忆逝水年华》

　　我喜欢读当年西南联大师生写的散文、回忆录，越读越有味，觉得可以借此追寻中国老一辈知识分子的精神风貌。较早读的多半写 20 世纪 40 年代的学潮风云，再后读的多写学者们的治学精神；再往后这十多年，文笔比较放松，渐渐展示出当年联大师生的另一面，写得早的有汪曾祺，许渊冲晚一些。汪曾祺写得多，涉及面也较广，虽说写的是散文而非小说，但那细节之精彩和人物素描勾勒之传神，实不亚于他的小说，但散文讲究一个真字，读起来自有一种异于小说的魅力。当代翻译家许渊冲教授（北京大学）写的是一本回忆录，内容不限于西南联大，之前之后也写了，书名叫《追忆逝水年华》，一读，就觉出作者有更多的主观精神世界的投入，自传性强，与汪文比，又是一种味道。

　　《追忆逝水年华》共 21 节，其中一节叫《小林》，写作者与外文系女同学小林（林同端）的情感交流，很率真，一看就是学生心理，既不故意夸张，也无矫饰。其中一段讲他在吴达元教授那个班听法文课，那个班"才子佳人"很多："'才子'如今天国际知名的数理逻辑学家王浩，后来得了宋庆龄翻译奖的巫宁坤；'佳人'如全校总分最高的林同珠，身材最高、演英文剧得到满场掌声的梅祖彬（梅常委的大女公子），巴金的未婚妻陈蕴珍（就是女作家萧珊）， 先后出版了周恩来、毛泽东诗词英译本的林同端（小林）等。"真是人才济济。而吴教授上课要求极严，好些同学往往回答不出老师的提问，当堂挨过批评。当年的许渊冲不甘示弱：

　　　　我比他们要高一级，加上小林在场，自然怕丢面子，于是就反守为攻，以问代答。如英文的"舞会"和"圆球"是同一个词，我就用法文问：在法文中这两个词有什么分别？这既显示了我的法语流利，又提醒了小林在阳宗海跳圆舞的往事，真是一举两得。第一次小考我得了 99 分，压倒了全班的"才子佳人"。

之后某天许渊冲到茶炉房去烧开水喝，见小林一人在图书馆前的草坪上晒太阳，就拿着一杯开水走过去闲谈，问她法文考得怎么样，她说考得不好，又说了一句："我知道你法文挺好。"许渊冲等的就是这一句，"这句话使我杯子里的白开水都变甜了"。情感清纯，文字无华，写得很到位。

又如另一节说上"西洋戏剧"课演英文剧《鞋匠的节日》，许渊冲、金隄、梅祖彬、卢芝等几位同学参加。演完后，后台主任许芥昱（后来是美国旧金山大学比较文学系主任）对许渊冲说："你和卢芝倒是一对！"言者无心，听者有意。有一天傍晚，许与卢"在从云南大学到联大的林荫道上散步"——

> 我们正谈着合演的喜剧，
>
> 忽然天上落下一阵细雨，
>
> 我忙躲到她的小阳伞下。
>
> 雨呵！你为什么不下得更大？
>
> 伞呵，你为什么不缩得更小？
>
> 不要让距离分开我和她！
>
> 让天上的眼泪化为人间的欢笑！

写着写着，诗也冒出来了。

大学里，男女同学间时不时爆出一点情感火花，闪闪烁烁，是一道遮不住的校园风景，也是一代人精神风貌的一个侧面。

《追忆逝水年华》还写了一些学生生活的小片段，点点星星，也很有趣。随便举个例子。有一回他们听陈梦家讲《论语·言志篇》，讲到"莫春者，春服既成，冠者五六人，童子七八人，浴于沂，风乎舞雩，咏而归"时，有个中文系同学灵机一动，开玩笑问许渊冲："孔门弟子七十二贤人，有几个结了婚？"许不知道，那同学就自己回答说："冠者五六人，五六得三十，三十个贤人结了婚；童子六七人，六七四十二，四十二个没结婚；三十加四十二，正好七十二个贤人，《论语》都说过了。"看多幽默、多智慧。

又有一回听罗庸讲杜诗《登高》"风急天高猿啸哀，渚清沙白鸟飞回。无边落木萧萧下，不尽长江滚滚来。"此诗被前人誉为"古今七律第一"。罗教授讲杜诗重微观分析，讲得津津有味，学生听得神往。一位历史系同学来了灵感，用"无边落木萧萧下"要许渊冲猜一个字谜。许说猜不出，那同学就解释说："南北朝宋齐梁陈四代，齐和梁的帝王都姓萧，所以'萧萧下'就是'陈'字；'陈'字无边成了'东'字，'东'字繁体'落木'，除掉'木'字，就只剩下一个'日'字了。"［引者注："陈"字繁体为"陳"，"无边""落木"除掉只剩下一个扁形的"曰"（yuē）字，以"日"（rì）字为谜底，似乎不是百分之百的圆满。不知许先生以为然否？］这是何等的闲情逸趣。当然，这是以高素质、高智商为依托的。

许渊冲先生读联大的时候，我刚进小学，什么"论语""杜诗"，听都没听过。但也见过智力含量不高的小幽默。那时昆明郊区学校、工厂的墙上，常见到教会制作的标语"信耶稣得永生"，恶作剧者将"永"字的顶部擦掉，把"生"字最后那一横擦掉，标语就变成"信耶稣得水牛"。路人见之，不免一笑。如今想来，似乎还有点黑色幽默的味道。

当然，与联大学生的文字游戏相比，"永生"改"水牛"之类未免太草根、太小儿科。而如果与当今的大学生比比呢？听说前些年北大抓"文明修身工程"，团组织提倡随手冲洗便池，在学生公寓厕所的门上贴了"举手之劳，何乐不为？"的标语，没两天即被人重新标点，成了"举手之劳何乐？不为！"更有甚者，在原标语"手"字之后添加了一个"淫"字[1]，都成什么了。论智商，当然不能说是"小儿科"，但那精神境界之卑下、趣味之粗鄙，岂不令老校友们（北大、清华、南开三校均视联大校友为校友）赧颜汗下？唉。

【1】余杰：《火与冰》，经济日报出版社1998年版，第18页。

最后的闺秀

张允和女士前年出了一本散文集，叫《最后的闺秀》。这里借来做篇名。

借用不是平白无故的。张女士的两位妹妹张兆和、张充和，抗战时期都在昆明生活，三妹八年，四妹三年。

张家原籍安徽合肥，是地道的名门望族。张家姐妹的曾祖父张树声是李鸿章统率的淮军著名将领，与太平天国作战为清廷立下汗马功劳，后任两广总督和直隶总督。[1] 辛亥革命后张家寓居上海、苏州。父亲张冀牗是新派人物，又办实业、办新式学堂，除大姐外张家姐妹都在父亲办的乐益女中读书。她们都喜欢新文学，不但读《小说月报》《新月》这类新潮杂志，而且在家里自办"内部"刊物《水》，这等雅事即使不算空前绝后，至少也是极为罕见的。

张兆和是张家四姊妹中的三小姐，上海吴淞中国公学大学部外语系毕业，1933 年与沈从文结婚。1938 年来到昆明，住在北门街蔡锷住过的旧房里。据当时也在昆明的张充和回忆，他们在北门街组成了一个"临时大家庭"，成员包括联大中文系教授杨振声和他的两个女儿，沈从文夫妇和两个儿子，沈从文的九妹沈岳萌和张充和自己，还有刘康甫父女。在这个临时大家庭中，"杨（振声）先生俨然家长，吃饭时，团团一大桌子"。这个北门街院子在什么位置呢？张充和说她与沈从文的妹妹住一间，"在我窗前有一小路通山下，下边便是靛花巷，是中央研究院史语所所在地"[2]。她说的那条通山下的小路其实就是昆明人很熟悉的丁字坡，下丁字坡往左拐顺青云街走一二十米就到靛花巷。据此可知，他们住的那个院子位于北门街与丁字坡的夹角，我多次去那里看过，有小楼有回廊，有树木花草。可惜那一带（包括他们住的院子和靛花巷）1998 年被"开发"掉了。

在昆明初期，杨振声（原青岛大学校长）除在西南联大任教外，还受教育

【1】凌宇：《沈从文传》，北京十月文艺出版社 1988 年版，第 258 页。
【2】张充和：《三姐夫沈二哥》，载《新文学史料》1988 年第 4 期。

部委托，继续在昆明领衔编辑教科用书，办公地点在青云街6号。这工作实际由沈从文任总编辑（沈1939年夏才去联大任副教授），并负责选编小说。朱自清选编散文。

张充和选编散曲并做注解，这方面是四小姐的专长。张家姐妹都擅长、喜欢昆曲。大姐张元和是著名昆曲艺术家顾传玠的夫人。二姐张允和（语文学家周有光的夫人）本身就是昆曲研究家，能写曲、填词，亦工诗，20世纪50年代与俞平伯一起创立北京昆曲研习社，编辑《社讯》并演出昆曲剧目多种。四妹张充和（1948年与耶鲁大学德籍汉学家傅汉思教授结婚）也能演，当时的昆明电台还播放过她的《游园》【1】。施蛰存的回忆也说他在北门街沈从文家认识了张充和，"她整天吹笛、拍曲、练字，大约从文家里也常有曲会了"【2】。真是大家闺秀。

张兆和可没有小妹潇洒，她有四口之家，还要照顾沈从文的九妹。本来张兆和也是可以干一番自己的事呢。大学毕业后一年，她去青岛大学图书馆编英文书目。当时闻一多是文学院长兼中文系主任，沈从文是讲师。梁实秋是外文系主任兼图书馆长，张兆和在梁手下工作，人事环境不错。张兆和天生聪慧，加之家庭、学校的熏陶以及丈夫沈从文的影响，慢慢也走上了文学创作之路。她1934年开始发表作品，后来巴金任总编辑的文化生活出版社出了一套《文学丛刊》，其第七集里收有张兆和的短篇小说集《湖畔》，署名叔文。作品风格颇类京派，"保有那份生命的本色，并夹杂一丝美丽的忧伤"（上海古籍出版社新版《湖畔》编者语）。但集子只有四个短篇，分量不能算重。1939年5月由昆明迁居呈贡县龙街杨家大院（沈从文每周去昆明上课两三天，然后再回到呈贡乡下），仍然操持家务，同时在呈贡中学兼课教英文（住在呈贡县城的冰心也在该校兼课）。这样，张兆和的文学才华未能继续发挥，很可惜。

四妹张充和也随姐夫、姐姐去了龙街，也住在杨家大院（在今呈贡一中校园内，前几年已推平盖了楼房）。恰好在龙街还住有两位音乐家，一位是古乐专家查阜西（先迁呈贡县龙街，两年后再迁昆明北郊棕皮营），另一位是专门研究中国音乐史的著名学者杨荫浏，倒也不显得寂寞。她40年后在美国写的《三姐夫沈二哥》，对龙街仍有鲜明的记忆，说："由龙街望出去，一片平野，

【1】浦江清：《清华园日记·西行日记》，生活·读书·新知三联书店1999年版，第231页。
【2】施蛰存：《滇云浦雨话从文》，载《新文学史料》1988年第4期。

远接滇池，风景极美，附近多果园，野花四季不断地开放，常有农村妇女穿着褪色桃红的袄子，滚着宽黑边，拉一道窄黑条子，点映在连天的新绿秧田中，艳丽之极，农村女孩子、小媳妇，在溪边树上拴了长长的秋千索，在水上来回荡漾。"这也可见张四小姐在呈贡之愉快，当时二十六七岁，与有家累的姐姐毕竟不同。

张充和1941年后离开昆明去了重庆，任职于国立礼乐馆，参加了梁实秋等搞的一次募款劳军晚会。梁实秋与老舍先来两段新编相声（老舍创作），然后由张小姐与名伶钱金福的弟子姜作栋（任职编译馆）合作，演了一出《刺虎》，效果极佳，怪不得梁实秋赞叹，说"张充和女士多才多艺，唱做之佳至今令人不能忘"[1]。

张家四姊妹不光多才多艺，且都天生丽质，一个赛一个漂亮。先说张兆和，《湖畔》的编者说当年的她是"一位亮丽的青春偶像人物"，这是有根据的。张兆和在上海中国公学念书时就是公认的校花，外号"黑牡丹"，不光做老师的沈从文看上了她（私下将张小姐的外号改为"黑凤"），而且同班的吴晗同学也在追她。[2]张充和也是追逐有人。据夏志清博士说，诗人卞之琳（西南联大外文系副教授）"多少年来一直苦追"张充和，惜未成功。[3]其兄夏济安（联大外交系助教）的昆明日记也有这方面的一些记录。1941年暑假，卞之琳住进昆明东郊金殿背后杨家山林场冯至的茅屋里，埋头写起一部叫《山山水水》的长篇小说。卞之琳后来坦承，当时自己"私人感情生活上"受了"关键性的挫折"[4]。另据吴宓透露，联大中文系主任罗常培和师院史地系讲师陶光两位也都爱慕这位张四小姐。[5]名门闺秀的魅力于此可见一斑。

战后张家两姊妹分别由昆明、重庆回到北平。1948年底，张四小姐随丈夫去了美国。张三小姐从20世纪50年代起一直在北京工作，先后任教于北师大附中和师大二附中，那以后又去做《人民文学》的编辑，算是回到了文学界，但默默无闻，要不是上海古籍出版社在20世纪最后一年将她的《湖畔》重新出版（真真成"古籍"了），作为女作家的张兆和很有可能从中国的文学地平

【1】梁实秋：《忆老舍》。

【2】〔美〕金介甫：《沈从文传》，符家钦译，湖南文艺出版社1992年版，第308页。

【3】见夏志清为其兄《夏济安日记》（辽宁教育出版社1998年版）写的前言。

【4】《〈雕虫纪历（1930—1958）〉自序》，载《新文学史料》总第3辑。

【5】《吴宓日记》第8册，生活·读书·新知三联书店1998年版，第59页。

线上完全消失。还好，总算还有人想起了张兆和，她不仅仅是大作家沈从文的夫人，也是中国作家协会会员。张兆和 2003 年 2 月 16 日晚在北京逝世，享年 93 岁。

1996 年 2 月，张家姐妹小时候办的家庭刊物《水》，在停刊 70 年后复刊了，由老资格编辑（人民教育出版社）二姐张允和女士任主编，她的丈夫周有光先生（《简明不列颠百科全书》中文版的三位主编之一）做助手，每期只印 25 份，听说局外有些人想订这份刊物，订不上。

真是最后的闺秀。

颓唐落魄康白情

鲁迅的有些话大家都很熟，比如 1930 年在《非革命的急进革命论者》一文中，说大凡革命兴起，参加者都为反抗现状，这是相同的，而终极目的则极为歧异，因而"在行进时，也时时有人退伍，有人落荒，有人颓唐，有人叛变"。其中说到有人颓唐，我就联想到抗战时期在昆明南菁中学任教的五四诗人康白情。

康白情（1896—1958）是四川安岳人，1917 年考入北大哲学系，适逢新思潮汹涌，康白情如鱼得水，积极投入文学革命和新诗运动，是以傅斯年、罗家伦、杨振声为中坚的新潮社里具有代表性的新诗人。他还参加过由李大钊等发起的少年中国学会。北大毕业后留学美国，在加利福尼亚大学读政治经济科研究生。这期间他就由上海亚东图书馆出版了两三本诗集，以第一本诗集《草儿》为其代表，内中诗作大多写于五四运动高潮时期，时代气氛强烈，白话诗的自由清新特色也很鲜明，在新诗坛产生了较大影响，受到广泛赞誉。胡适给了相当高的评价，说："在这几年出版的许多诗集之中，《草儿》不能不算是一部最重要的创作了。"（《康白情的〈草儿〉》）往细处讲，朱自清说康氏以写景取胜，梁实秋则赞康氏为"设色的妙手"。

但康白情五四高潮过后就渐渐不写诗了，走上了相当复杂的人生道路。毛泽东 1936 年告诉斯诺，他在北大图书馆工作时见过康白情，并说康在美国加利福尼亚加入了三 K 党[1]。归国后也不太得意，在一所私立学校做讲师，也托关系在官场混了个虚职领干薪，慢慢学会赌博，后来嫖、毒也染上了。1926年由上海回到四川，在地方军阀的杂牌军里干过参军、秘书一类。后又去长江一带贩运鸦片做投机走私，似乎赚了一把。这期间还与杨森、吴佩孚等拉上了

【1】〔美〕埃德加·斯诺：《西行漫记》，生活·读书·新知三联书店 1979 年版，第 127 页。关于在美国加入三 K 党的问题，康白情在 20 世纪 50 年代初写的材料中加以否认，说那是"以讹传讹，不符事实"。

关系，与族人康泽[1]有些瓜葛。文化界还流传过他与中国著名报人、新闻学家戈公振夫人的绯闻。

到20世纪30年代中期，康白情才渐渐走上了文化路。1935年他去广州做了中山大学的教授，文学院院长吴康是他北大的同班同学，校长邹鲁从前在北京也见过他。正由于他在中山大学任职，才和云南结下一段近十年的缘分。

1939年初中山大学迁来澄江，但一年后又迁回广东。康白情没走，通过一位在南菁教书的亲戚，到南菁任秘书，也兼课。南菁是昆明有名的"贵族学校"，1931年建立，云南省主席龙云任董事长，卢汉、周钟岳、张冲、缪云台、龚自知等上层人士为董事。初名南菁小学，校址在昆明北门街（今为昆明三十中），两年后增办初中，更名南菁学校，抗战初期又办高中，在环城北路建新校舍为中学部（校址即今云南民族大学），原北门街校舍为小学部。学生住校，睡"钢丝床"，设备一流非其他学校所能及的。学生中上层人物的子弟确实比较多，龙云的儿子龙绳文（晚年任北美华人协会副会长和云南旅港同乡会名誉会长）、女儿龙国璧，卫立煌的女儿卫道蕴，都在该校就读。

南菁的师资也比较强，有楚图南、杨春洲等。有的是西南联大毕业的学生，如赵瑞蕻，后来是南京大学的名教授、德国莱比锡大学客座教授，他翻译的《红与黑》和《梅里美短篇小说选集》读过的人很多。

康白情虽然在南菁任教，心思却在别的方面。通过学生龙绳文的关系认识了龙云，弄了一个云南绥靖公署上校参议的虚职领干薪，又通过南菁校长张邦珍认识了张的胞兄张邦翰。张邦翰其时任云南省民政厅长，康白情又当上了民政厅额外秘书兼中医官。康白情抗战前浪迹江湖时跟人学过中医，据说略得要领，搜集了一些药方，取得云南省卫生机关发的中医执照和昆明中医公会的会员证，在云南正式兼医业近十年。在澄江时他曾在极乐寺内设中医诊所，不少群众找康白情教授看病，颇受欢迎。看来水平还是可以的。康白情做的事总是兼涉三教九流，他还加入昆明市猪毛公会，并任公会书记（文书）[2]。

作为五四诗人的康白情，我是读中国现代文学史才晓得的，但康白情这名

【1】吴佩孚是直系军阀首脑。杨森在20世纪40年代任贵州省主席、重庆市市长等职。康泽曾任蒋介石侍从副官和军委别动队总队长，为蒋介石的"十三太保"之一。

【2】关于康白情的复杂经历及社会关系，据丘立才、陈君杰《矛盾而复杂的五四诗人康白情》，载《新文学史料》1990年第2期。另参考王樵的《南菁学校纪略》和赵静庄的《回忆母校——南菁学校》，见《昆明文史资料选辑》第15辑。

字我在读初中时就听过。有回语文老师上课讲句读标点之重要，举了个例，说路边墙上有条行人守则标语"行人等不得在此小便"，应该读为"行人等，不得在此小便"，不能读成"行人等不得，在此小便"（"等不得"即忍不住）。例子生动，学生哄笑，等笑过了老师才说，这是以前南菁中学的康白情教授讲的。我也就这么记得康白情教授这个名字了。

康白情1947年冬离开昆明经长沙折转广州，又得老同学吴康帮助去文化大学任教。20世纪50年代初经过学习后又去过几所学校，从1952年起先后分别任教于海南师专（今海南师范大学）和华南师大。据说喜欢发牢骚、说怪话，嫌住房小，就说："存在决定意识，住在这样的小房里，心胸必然狭窄。"大概更尖端的还多，1957年自然跑不脱。1958年办了退职手续，拟回四川老家靠行医谋生，不幸走到半路即染疾去世，终年63岁。1979年恢复政治名誉。

与徐志摩沾亲带旧的几个人

徐志摩历来是文坛的话题，前些年播了电视连续剧《人间四月天》，虽说瑕疵不少，还有硬伤，但毕竟也起到了文艺普及的作用，于两岸之精神联结也不无助益，故亦不必苛求。这里说点题外话，是关于与徐志摩多少都沾亲带旧的几个人，他们在抗战时期都或先或后来过昆明。

先说王赓，即陆小曼的前夫。这王赓原本行事低调不为公众所熟知，自打十多年前电视剧《人间四月天》播出以后，王赓才进入公众视野。王早年毕业于清华及美国西点陆军大学，是中国学生在美国学军事的第一人，与后来做过美国总统的艾森豪威尔是西点先后同学。毕业回国后王赓历任哈尔滨警察厅长、孙传芳五省联军司令部参谋长及宋子文的财政部税警团总团长。不幸婚姻失败与陆小曼离婚。据曹聚仁先生透露，王赓与陆小曼结婚时，徐志摩是男傧相之一，孽缘便是这么开始的。当时王赓任航空局参谋，上班认真，陪太太少，结果出了事。照曹氏的说法，王赓比徐志摩英俊得多，小曼移情，是因为诗人会讨女人的欢心。20 世纪 30 年代初王赓仕途不顺，去军政部兵工署做研究员。国民政府西迁后调任兵工署昆明办事处处长，机关驻翠湖南路 50 号，约在今省级民主党派办公大楼附近。王赓早在 1919 年就任巴黎和会中国代表团武官兼翻译。1942 年王赓参加中国军事代表团访美，据说担负着兵器技术方面的重任。不幸途中心脏病猝发在埃及辞世，年仅 48 岁，遗体葬于开罗英军公墓。消息传到昆明，清华校友及有关人士在武成路华山小学为王赓将军举行公祭，梅贻琦校长献上挽联。联云："其过也人皆见之，要是将军重恩义；所长处吾未能焉，讵知造物嫉英才。"用语通达，得当。王将军的第二位夫人是陈小姐，生有一子一女。

徐志摩第一位夫人张幼仪的兄长张君劢（嘉森）、张公权（嘉璈）也先后来过昆明。二哥张君劢清末留日，是早稻田大学经济科毕业，民国初年留德入柏林大学。回国后当过冯国璋总统府秘书，20 世纪 30 年代与张东荪筹建中国国家社会党，任总秘书，后又任中国民主社会党主席。1945 年 12 月初，张君劢从国外回来赴重庆经昆明住在西仓坡西南联大教授宿舍潘光旦家中。当时"一二·一"惨案刚发生，昆明中等以上学校罢课，罢课委员会听说张君劢在昆，将四位烈士的一批血衣照片及惨案实况照片交张托转郭沫若等。郭沫若收到后即与茅盾、巴金等联合致函罢联，表示对昆明学生运动的支持和声援。

张君劢在学术文化界影响极大。民国初年当过上海《时事新报》总编辑，后任北大教授。20 世纪 20 年代初挑起科学与玄学之争，被称为"玄学鬼"，毛泽东在《新民主主义论》里还点了他一下。1939 年（或说 1940 年）张君劢与陈布雷在云南大理才村创办民族文化书院，任院长，培养了一批现代新儒学的追随者，可惜 1942 年即奉命停办。代表作有《人生观》《理学的发展》等。1949 年初迁居澳门，1969 年病故于美国旧金山。

张公权是徐志摩前妻张幼仪的四哥，人称中国现代银行之父，日本东京庆应大学毕业，回国后任邮传部《交通官报》总编辑，民国初年任参议院秘书长，以后还做过中国银行副总裁和总经理。1935 年以后又任过铁道部部长。1939 年 5 月，时任交通部部长的张公权来昆明主持川滇铁路理事会议，会后视察了刚通车不久的滇缅公路。抗战胜利后张公权任东北行营经委主任兼中长铁路理事长，后又当过中央银行总裁兼中央信托局理事长。1948 年被解职。后移居美国从事教育和研究工作，著有《中国铁路建设》和《中国通货膨胀史（1937—1949）》等。1979 年在美国加利福尼亚去世，享年 90 岁。

昆明还有一位女性与徐志摩的第二位夫人陆小曼沾亲，叫陆凡。据吴宓先生日记，该女本名张同望，母陆氏为陆小曼的同族，算姨甥，看来是远房亲戚。早年读天津南开中学初中，参加地下抗日爱国活动被日方追缉，乃于 1938 年冬化装、改名出逃，船中遇其师黄美德女士（西南联大黄钰生教授的夫人）以身担保乃得放行。后辗转到达香港再遇黄师，终随黄师来到昆明，旋插班入读昆华女中高三，1939 年秋入读云南大学文史系英文组。因病与校医范少泉相识，得多方帮助，心感其德，经时，乃嫁之，时 1941 年。据吴宓日记，陆凡诉说身世时"神采飞扬，面映薄日，适若朝霞。宓深敬爱之"。范医生后转昆华医院任职。陆凡其人不知所终。

与徐志摩、陆小曼都有点关系的是艺术家江小鹣。江氏早年留法学美术，回国后任上海美专西画教授和教务主任，是中国现代雕塑的先行者之一。江小鹚20世纪20年代后期在上海组织沙龙式的天马剧艺会，他是世家子弟不缺钱花，把沙龙开支全包了。江氏与诗人徐志摩、陆小曼夫妇及"第三者"翁瑞午都很熟，在他组织的一次京剧票友演出中，他们四位还演了一出《玉堂春》，陆小曼自然是女主角苏三，翁瑞午饰男主角王金龙，徐志摩演红袍，江小鹚饰蓝袍，结果闹成绯闻，上海小报大炒特炒。抗战初期江小鹚来昆明建了一个铸铜厂。他热心复制古铜器，同时应请为龙云设计、塑造铜像。工作很投入，还要搞国画展览，不时也参加义演。江氏住在东寺街昆福巷，那是一条小巷，在西南大戏院斜对面。江氏住宅叫平安第，中西合璧的园林式居所，条件上佳，常有一些文艺、学术界人士在那里聚会，像是上海沙龙搬来了昆明。如西南联大教授吴宓、国立艺专校长滕固（早年的创造社作家，后留德专攻艺术史）、女诗人徐芳（早年北大校花，林徽因"太太客厅"的常客）等等。据吴宓日记，这些人在江小鹚家"读诗小聚"，滕固朗诵吴宓的得意之作《海伦曲》及李白的诗，徐芳读徐志摩的诗及其本人自作的新诗，另有一角天地。令人惋惜的是这位艺术家因辛劳过度，于1939年在昆明病逝，年仅45岁。

以上诸人均为与徐志摩或近或远，或直接或间接，多少都沾亲带故。至于徐志摩的故旧，特别是"新月"同人，其时旅昆、居昆者可是不少，如闻一多、罗隆基、叶公超、潘光旦、沈从文、卞之琳、陈梦家等等，已见本书《新月西沉》一文，此略。

"新月"圈子中有一位张幼仪的哥哥叫张嘉铸（禹九），留美戏剧家，在20世纪20年代就写过关于萧伯纳和高尔斯华绥的评论。1927年这一派人在上海创办新月书店，张嘉铸为经理，梁实秋任编辑。但我不知道张幼仪这位兄长是否来过昆明，故从略。

至于梁思成、林徽因夫妇，与徐志摩的关系更不一般了，他们在昆明整整生活了三年，另文专说，此不赘。

探访兴国庵

平时不烧香的我，前些时候去麦地村烧了一回香，为的是那里一座不该遗忘的尼姑庵终于被我找到了。

说的是默默无闻的兴国庵，60 年前，赫赫有名的梁思成、林徽因夫妇在那里住过一段时间。梁启超大名鼎鼎，公子梁思成是享誉海内外的建筑学家，生前任清华大学建筑系主任、中国美协理事、中国文联委员、全国政协常委。夫人林徽因也留学美国，是我国第一位女建筑师。她还是一位出色的诗人，徐志摩与她的情感纠葛广为人知。就这么一对非同寻常的人物，居然来到昆明北郊麦地村，住进了那个几乎被废弃、被遗忘的小庵。

那是抗战初期的事了。北平有个专门研究中国古建筑的学术团体，叫"中国营造学社"，于 1938 年初南迁昆明。学社起初在巡津街，一年后为躲避日机轰炸再迁麦地村。梁氏系学社负责人，全家五口跟着迁来。学社工作室设在兴国庵的正殿，梁家住在此正殿的偏房。由于太挤（学社的其他人员也住在庵里），梁家于 1940 年春迁入在棕皮营自建的简易住宅，学社仍在兴国庵。同年底，学社奉命迁往四川宜宾附近的南溪李庄。这个为研究、保护中国古建筑做出重要贡献的营造学社，在麦地村整整两年。

我寻找这尼姑庵已有好几年了。据有关资料线索，我一直在龙头村探访，后来又去偏北的棕皮营、瓦窑村，结果了无踪迹，几近绝望。直到前不久见到新的资料，目标才又转向偏南数百米的麦地村（此前三年已在此村找到桂家祠堂），真道是"蓦然回首，那人却在灯火阑珊处"了。

据兴国庵《新建功德碑记》，此庵修建于清康熙年间，算起来已三百多年。梁思成一行入驻时已无尼姑，仅存其址。近几十年又被分割、改建做他用，整体面貌大大变样。想不到进入 20 世纪 70 年代却出现转机，本村妇女桂琼英出家为尼，法号崇善，前些年又被村里善男信女推为住持，使兴国庵开始恢复生机。虽然目前仅仅修复了正殿的偏房，权作正殿，而这恰恰是梁思成、林徽因一家当年的寓所。年已 64 岁的崇善住持告诉我，她曾隐约听说此庵以前住过"外省人"，深询之，不得其详。梁思成 1947 年出任联合国大厦设计建筑顾问团中国代表，两年后领导并参加清华大学建筑系国徽设计小组完成新中国国徽的设计，再后又任天安门广场人民英雄纪念碑建筑设计主持人（夫人林徽因为碑座设计纹饰和花圈浮雕图案）。崇善住持哪里会想到，这两位非同等闲的"外省人"，60 年前就在她今日诵经的地方安过家呢。

孟冬某日，我专门备了清香一束，与家人、友人前去兴国庵敬奉。诵经声起，青烟缭绕。环视小庵，院虽小而格局在。残碑断瓦倚墙而立，将小庵的历史定格；花木扶疏，粲粲然预示着未来的岁月。

归家夜读史料，知梁、林夫妇在棕皮营的三间房舍，是这两位建筑师一生中唯一为自己设计、建造的住宅，但岁月沧桑，那简陋的土坯房恐怕是永远找不见了。1992 年，国家为"建筑学家梁思成"发行纪念邮票一枚（面值 1 元）。我想，昆明如果能保护好兴国庵这一日渐成古的"建筑"来纪念梁思成、林徽因这两位卓越的建筑学家，那就再好不过了。

附记：此文原刊于 2000 年 1 月 31 日《春城晚报》，后被刻为碑文立于兴国庵，深感荣幸。唯碑文中讹误屡见，在此顺便说明，并为订正。

2014 年附记：1940 年冬营造学社北迁四川宜宾李庄，随后，西南联大哲学系教授汤用彤迁入兴国庵居住。另，棕皮营梁思成、林徽因旧居我已于 2000 年 10 月找到，几年后有关部分已经修复。

寻找"三间房"

1939 年初，梁思成、林徽因夫妇迁往北郊龙泉镇，先住麦地村的兴国庵，后迁居棕皮营自建的三间房。

这三间房还在吗？如果能找到还是很有意义的。但找了五六年只找到个大致位置。

我的方法是先查文字资料，从中找线索，然后实地考察。

最先见到的是费正清提供的线索。1942 年 9 月，费正清赴渝经昆，专程去龙泉镇访清华旧友。"我把吉普车停在一座寺院门前的小树林里，穿过几条小路，到达钱端升家。钱家接近梁思成家的住房，两家的住房都是林徽因设计的。"[1]

第二条见之于梁从诫先生的文章《倏忽人间四月天——回忆我的母亲林徽因》，说他家由昆明市区迁到麦地村的尼姑庵里，"后来，父亲在龙头村一块借来的地皮上请人用未烧制的土坯盖了三间小屋。而这竟是两位建筑师一生中为自己设计建造的唯一一所房子"[2]。

另一条见之于陈学勇先生的《林徽因年表》：1939 年，"春，因敌机轰炸，林徽因一家迁居昆明市郊龙泉村，与钱端升家为邻，两家住宅皆是林徽因设计"[3]。这条资料源于费正清的回忆。

提炼一下线索要点：自建土坯房三间，地点龙头村（实为棕皮营）。

龙泉镇在昆明北郊，镇公所设在龙头村。外省人不熟地名，有时把龙头村及邻近的村落泛称为龙头村（或龙泉镇、龙泉村），有虑于此，龙头村及邻近的棕皮营、瓦窑村、司家营、麦地村我都去过许多次。结果，冯友兰的旧居和梁家住过的尼姑庵都找到了，就这三间房难找。我的学生肖琳女士在北郊

【1】〔美〕费慰梅：《费正清对华回忆录》，知识出版社 1991 年版，第 221 页。
【2】《中国现代作家选集·林徽因》，人民文学出版社 1992 年版，第 306 页。
【3】《新文学史料》1993 年第 1 期。

三十四中任教，她介绍我认识了瓦窑村的刘凤堂老先生。刘老退休前任职于龙泉镇文化站，又是本地人，熟悉情况，对我帮助颇多，但由于线索不太具体，探访仍无结果。

1999年百花文艺出版社的《林徽因文集》问世，我的考察才取得了进展。《林徽因文集》收有林徽因1940年9月20日致美国友人费正清夫妇的一封信，信中对自建的三间房做了比较具体的描述。

> 我们正在一个新建的农舍中安下家来。它位于昆明市东北八公里处一个小村边上，风景优美而没有军事目标。邻接一条长堤，堤上长满如古画中那种高大笔直的松树。我们的房子有三个大一点的房间，一间原则上归我用的厨房和一间空着的用人房……这个春天，老金在我们房子的一边添盖了一间"耳房"。[1]

这就具体多了：位于"小村边上"，"邻接一条长堤"，三间房一边"添盖"了金岳霖的一间"耳房"。

梁从诫的文章中有一小段原先我没太在意，这下想起来了，一查是这么说的："离我们家不远，在一条水渠那边，有一个烧制陶器的小村——瓦窑村。母亲经常爱到那半原始的作坊里去看老师傅做陶坯，常常一看就是几个小时。然后沿着长着高高的桉树的长堤，在黄昏中慢慢走回家。"原先我只注意这段文字说明林徽因对包括陶器制作在内的工艺美术感兴趣，忽视了它对确定三间房位置的价值，如今将他母子二人提供的线索联系起来看，三间房的位置应在龙头村的最北端，"邻接"金汁河（梁从诫说的"水渠"）河堤。那里有座石桥（文字材料未提到），石桥附近是棕皮营，顺堤往北就是瓦窑村。从石桥到瓦窑村相距约三百米，离梁家确实"不远"。概括地说，梁家那三间房应当就在石桥附近。

但还是未找到。我多次去石桥附近转悠，看不到一点三间房的影子。本地民居一般都是"一颗印"的传统样式，梁家三间房肯定是一排平房，只要在，一眼就能认出来，连同金岳霖的那间"耳房"。我近乎绝望了，所以在《探访

【1】《林徽因文集》（文学卷），第375页。原信中的"松树"未见于堤上。梁从诫的文章有"长着高高的桉树的长堤"一句，说堤上长的是"桉树"，很对。

兴国庵》那篇文章中说"岁月沧桑","梁林夫妇在龙头村的三间房舍……恐怕是永远找不见了"。4月间，我陪几位记者去龙头村参观联大名人旧居，也领三位走到石桥，指了指大致位置，说那三间房怕是找不到了。大家都叹了口气。

话虽这么说，其实我仍未死心。5月间，我给梁从诚先生写信，就梁家在昆明的几处寓所问题向他请教。同月下旬回信来了，消息令人兴奋。信里说他家当年从巡津街迁到麦地村兴国庵之后，"我父母又在龙头村最东（？）头建了一所土坯房，60年代曾被大队用作'卫生所'"。梁先生还说："龙头村还有一个'上应寺'，是原中央博物院所在地，李济先生曾在那里工作。"

真是柳暗花明。我知道梁先生20世纪50年代末60年代初曾由北京来云南大学工作过几年，显然，那三间房梁先生是去看过的，所以晓得60年代曾用作大队的卫生所。这线索太重要了，使我的搜索范围进一步缩小。梁先生提到的"上应寺"实为响应寺，就在桥头边。"龙头村最东"应为"最北"，最北才靠金汁河，梁先生那个问号打得很谨慎。

这下就该以"卫生所"为目标进行察访了。我先给瓦窑村的刘老先生写信，询问龙头村是否有过一个"大队卫生所"？是否还在？6月底刘老回信说，"前些年做过卫生所的那个房子，当时属于龙泉公社宝云大队管理"。信中没提那"卫生所"还在不在，但听口气也没说不在。我有些放心了。此后由于忙写书稿，探察之事就暂时放下，直到2000年10月24日才请太太陪我再访龙头村。此前她已陪我去过好几次了。

原以为卫生所人人皆知，其实不然，毕竟又过去几十年了，而且原先的"公社"在龙头村也有个卫生所，一般村民一问三不知。后来我们干脆不问，自行在响应寺附近探查，找了半天仍不见半点踪迹。只好去问坐在桥头的几个年轻人，他们笑着说去问"美国老板"。当年的响应寺早拆了，在原址新建了棕皮营村的一座多功能综合楼，幸亏楼前墙上还嵌有响应寺当年的一块碑，前几年我就拍过照。如今在楼门口新开了一个小店，卖烟酒杂货，店主被叫作"美国老板"，不知里面有何掌故。但当时已近中午，顾不得这些，只问"美国老板"（模样四十多岁）那附近还有没有几十年前"外省人"盖的老房子。"美国老板"话不多，领我们去新楼后面看一排破土房，指了指就急忙回他的商店了。又问蹲在墙角晒太阳的老者，也未说出点名堂。失望了。

又想起瓦窑村的刘老先生，只好再麻烦老人一次。恰巧遇上村民的出租三轮，直奔刘老家门。偏巧一到门口就见刘老，他家正要吃午饭。我说明来意后，老人端了一瓶茶就与我们乘三轮车返回桥头综合楼前，下车后，老人领我们走到一座铁门前，说里面就是先前的卫生所。

门、墙都是新建的，很高，从门外根本看不见里面有什么。刘老先生敲了一阵，门开了，里面是苗圃，后面一排白墙平房，一看就与想象中的三间房差不多，不禁暗喜。待我们里里外外看了一阵，心中一块石头落了地。这排房正好是三间，南端还依附着一间破败的小屋，显然就是金岳霖"添盖"的"耳房"了。房里有木地板，门的样式也如同当年城市里机关、学校的房门。更绝的是房内居然有西式壁炉！从前我们在兰州工作，住在张治中将军的公馆，对壁炉太熟悉了，我太太一眼就看出来了。这一切，不出之于那两位留美的建筑师，还能有谁呢？

我们连忙里里外外拍照。壁炉前杂物太多，为尽可能显示整体造型，我伸手去挪开一个汽油罐。哎呀一声，腰闪了一下，伤了，当场就直不起身。稍稍缓解后即匆匆告别刘老先生，感谢的话都来不及多说，太太找车将我直接送到省中医院。

潘静仙医师是著名的推拿专家，医术精湛，经验丰富，口碑甚佳。经她精心治疗，半个疗程即近于康复，我很感谢这位潘医生。

病一好连忙去冲胶卷，从中找出不同方位、角度的三间房屋照片九张挂号寄给梁从诫先生。回信很快就来了，明确肯定"龙头村'三间房'是梁、林自建房无误"。但梁先生仔细，随信附上他家旧照片复印件一帧为证，并说明照片"旁边的字是梁思成亲笔，相片中是我姐姐和我，后面即壁炉"。照片是姐弟俩当年在三间房窗前做功课的情景，那窗子的样式与现存的一模一样，居然整整60年未被改动过！壁炉被姐弟俩遮住一半，但轮廓吻合。为拍这壁炉，那天扭伤腰付出的代价也值了。

剩下的问题自然是修葺和保护。国家发行过梁思成纪念邮票，保护其旧居顺理成章，何况这旧居还是两位建筑师在昆明留下的唯一"作品"。梁从诫先生在复信中还提出"整旧如旧"的意见。

这里顺便一提，除梁家的三间房外，梁思成夫妇还在响应寺附近为西南联大政治学教授钱端升、中央研究院史语所的傅斯年、李方桂、李济、梁思永设计过同样材料的房子。几位也都是了不起的人物。钱端升是哈佛哲学博士，联大结束后赴美讲学任哈佛客座教授，归国后任北京政法学院教授兼院长，中国外交学会副会长，全国政协常委和全国人大宪法和法律委员会副主任等要职。李济是哈佛人类学博士，长期主持河南安阳殷墟的大规模发掘工作，被称为中国考古学之父，从1935年起任中央研究院历届评议员，1948年任中央研究院院士，后去台湾。梁思永是梁思成的二弟，哈佛研究院毕业，参加印第安人古代遗址的发掘，归国后继续从事考古，对中国新石器时代和商代的考古学有重大贡献，是中国考古界公认的中国近代考古学和中国近代考古教育的开拓者之一，任中科院考古研究所副所长。李方桂是语言学大师，中国"非汉语语言学之父"，中央研究院院士。后定居美国，历任哈佛大学、耶鲁大学教授和美国语言学会的会长。他们的旧居如能被发现，连同已发现的梁思成、林徽因、李方桂、王力的旧居，到那时，人们将会回过头来，以异样的目光来注视这个小小的棕皮营了。

补记：棕皮营梁、林旧居"三间房"被发现后，各方面都对此比较关注，虽说也拖了些年，但终于得到维修，且大体上做到"整旧如旧"，这在昆明已知的文化名人旧居中，算是很不错的待遇了，令人欣慰。

李方桂的女公子李林德博士（美国加州大学人类学系主任）2002年夏不远万里，来昆明寻访她家在龙头村的旧居，可惜未找到，抱憾而归。李林德博士后来再次来昆寻访旧居，云南师大文学评论家陈慧女士与我陪同，终得如愿。可叹的是在前几年的"城中村改造"高潮中，李方桂旧居及梁、林夫妇为其他朋友们设计的房舍，均已不复存在。（2014年冬记）

"昆明像北平"考

抗战时期不少作家、教授来到昆明，他们对昆明的第一印象是：昆明像北平（即北京[1]）。试举数例。

"昆明很像北京，令人起无限感慨。"这是闻一多在给妻子的信（1938年4月30日）中说的。[2]

冰心的印象是："喜欢北平的人，总说昆明像北平，的确地，昆明是像北平。第一件，昆明那一片蔚蓝的天，春秋的太阳，光煦地晒到脸上，使人感觉到故都的温暖。近日楼一带就很像前门，闹哄哄的人来人往。"[3]不光讲得形象、具体，而且许多人都这么觉得，有代表性。

冰心在昆明生活了两三年，闻一多生活了八九年。老舍不同，是来联大讲学，也说昆明像北平，特别是建筑："昆明的建筑最似北平，虽然楼房比北平多，可是墙壁的坚厚，椽柱的雕饰，都似'京派'。"不但讲同，而且说异，认为论花木、山水，昆明比北平好。[4]老舍还将成都与昆明对比，说："我很喜欢成都，因为它有许多地方像北平。不过，论天气，论风景，论建筑，昆明比成都还更好。"还说："昆明的城外到处像油画。"[5]

在许多作家、教授的书信、散文或回忆录中，类似的文字很多，不必一一摆出。我想讨论的问题是：昆明到底在多大程度上像北京？前面引的那些说"像"的话里有没有水分？

我看，水分肯定是有的。这些人长期在北平生活，每到一处，都要与北平比，找出与北平相同或近似之点，以作为心理上的安慰。冰心说喜欢北平的人

【1】1928年，国民政府将北京改称北平，1949年新中国成立后复称北京。二十世纪三四十年代的文章一般称北平，但也有称北京的。本文不求一律。

【2】《闻一多书信选辑》，载《新文学史料》1985年第1期。

【3】冰心：《摆龙门阵——从昆明到重庆》。

【4】老舍：《滇行短记》。

【5】老舍：《八方风雨》。

总说昆明像北平，老舍说他喜欢成都是因为成都像北平，这都说明，所谓像不像，人的主观心理因素起着很大的作用。这种主观因素就是水分，因为它与客观、科学的比较是不同的。这样，像北平的城市就不止一处两处了。1938年西南联大文法学院暂时在蒙自上课（一学期），这些教授、学生一看蒙自不错，又说蒙自像北平了。看政治学系浦薛凤教授的这段话，说的是作为联大蒙自分校教学区的原蒙自海关："海关旧址花木颇多。一进大门，松柏夹道，殊有些微清华园工字厅一带情景。故学生中有戏称昆明如北平，蒙自如海淀者。"【1】当然，这是"戏称"。而陈寅恪的诗可是正经八百写的，联大分校就在蒙自南湖之滨，陈作《南湖即景》一首，首二句为"风物居然似旧京，荷花海子忆升平"，所像之处不是海淀，而是"旧京"。

走到哪里哪里就像，心理因素在起作用，这是很显然的。细读冰心的《默庐试笔》，所写亡国之痛跃然纸上，说呈贡如何美、默庐如何好，不过是借题发挥。"北平死去了！我至爱苦恋的北平，在不挣扎不抵抗之后，断续呻吟了几声，便恹然死去了！"其实呢，越是说北平死去了便越是想北平，越想，越需要找一个心理上的替代物。所以，文章的开头才这样写：

> 我为什么潜意识的苦恋着北平？我现在真不必苦恋着北平，呈
> 贡山居的环境，实在比我北平西郊的住处，还静，还美。

读陈寅恪的蒙自诗作，沉郁之气更觉袭人。"无端来此送残春，一角湖楼独怆神"，"家亡国破此身留，客馆春寒却似秋"。（《残春》）"天际蓝霞总不收，蓝霞极目隔神州。楼高雁断怀人远，国破花开溅泪流。"（《蓝霞》）"南渡自应思往事，北归端恐待来生。"（《南湖即景》）"南朝一段兴亡影，江汉流哀永不磨。"（《七月七日蒙自作》）等等

爱国从爱家乡（泛指长期居留地）开始，何况北京还不是一般的家乡，而是国家和民族历史的象征。说昆明（以及别的地方）像北京，怀念北京，实际是那一辈知识分子爱国情怀的表现。

但话又说回来，作家、教授们说昆明像北京，也不能认为全是主观心理的外化。抗战时期老舍在重庆，冰心也由昆明去了重庆，还有不少北平文化人在

【1】浦薛凤：《蒙自百日》，见《西南联大在蒙自》，云南民族出版社1994年版，第57页。

重庆，如梁实秋等人似乎就没见谁说过重庆像北平的（也许是我孤陋寡闻没见到）。说昆明像北平，总还是有客观依据的。老舍说昆明的建筑景似北平，冰心说近日楼一带像前门，这些"像"都是实实在在的。

还有些同一历史时期的材料可以印证老舍、冰心的说法非谬。

先看1939年中国图书编译馆出版的《旅途随笔》："昆明的东门——绥靖门，它的气势和格式，金碧路上的'金马'、'碧鸡'，以及正义路上的'三牌坊'，这三个牌楼的朱漆和雕龙刻凤，一见便使人联想起喧嚣的古城北平，而最令人惊奇的，莫过于这两个城市中民房结构的巧合，除了北平和昆明，全中国哪里再找得这许多的四合房。"

文中提到的绥靖门习称大东门，位于今"西南大厦"（今西南百盛商场）与"仟村百货"（今苏宁电器商场）间路口。"三牌坊"在正义路中段，两边是威远街和光华街。牌坊位置偏北，不影响十字路口的交通。早年还有"四牌坊"，位于正义路上段南端，东为绥靖路（后改名长春路），西为文庙街。从金马、碧鸡坊算起，经忠爱坊、大南门（近日楼）、三牌坊到四牌坊，一条直线正对五华山，这是昆明老城的中轴线。可惜，这些城门（近日楼）、牌坊都消失了，要在，何等辉煌。要说像北京，那才真像呢。如今虽然恢复重建了金马、碧鸡、忠爱三坊，在原四牌坊的位置又新建了个"灯光牌坊"，但与周围环境终究不太协调，缺少那种传统的人文氛围和韵味。

再看1939年商务印书馆印行的《滇越游记》："昆明有许多街道很美丽，有古色古香的牌坊，也有高大而油绘彩色门神的大墙门……不少人对我说，这里有些像成都和北平。"

再看稍早的《西南旅行杂写》（1937年中华书局印行）："关于住房形式，近日楼一带，俨然似北平的前门，大街小巷，多有类似北平的，尤以各胡同里的民房，简直与北平的民房装饰一模一样，偶然走进胡同里，几有置身北平之感。"[1]

这位作者观察得仔细，大约是位北京（或北方）人，南方各地是不兴说"胡同"的。昆明的民居（在小巷里）叫"一颗印"，一般为两层房，正房是三层的也不少，而北京的四合院一般均为一层平房。昆明的天井一般都铺石板（铺砖的不多），并且都有一口水井。另外，昆明的"一颗印"通常都比较小，

【1】以上三本书本人未得见，所用材料均转引自王水乔《漫话民国时期昆明风情》，见《五华文史资料》第6辑。

即使大些的一般也都是单门独户，有小国寡民之遗风。北京的四合院小的少，一般都比较大，当年的王府自不用说（原先威远街龙云的公馆类似），像骆驼祥子住的那种大杂院昆明大概没有，至少我未见过。

要细比，差异还是存在的，不过这里主要讲相同或相似的一面。

昆明的建筑何以如此像北京？这问题美国的陈纳德将军也留意过，他在回忆录里说清朝年间，云南的许多官员是从北京流放来的，"对云南的省府所在地昆明来说，这些流放者带来了北京华美的建筑风格，至今皇室的遗风犹存"【1】。这算一解。也有人将渊源追溯至明末，那本 1939 年出版的《旅途随笔》的作者说：

> 初到昆明的人，尤其是在北平住过的，总觉得昆明太像北平了。民情的朴实，生活程度之低，尤其是建筑，两地相隔万里，何以曾如此相似呢？据一般的推测，大概是明永历帝在云南三年，明末士大夫流落入籍者颇众，蓄意想把昆明模拟成北平，遂有此结果。

这又算一解。不过永历帝在昆三年未免太短，怕成不了什么气候。要算或许还应连吴三桂的割据一起算，加起来二十多年。吴三桂从山海关来到昆明，又想称帝（终于也称帝半年而亡），昆明模拟北京，吴三桂或许也起了某些作用？待考。

但我还想到另一方面。建筑是文化传承的载体，同时建筑本身也是文化的表现。但建筑毕竟是"硬件"，而文化氛围的营造，"软件"是少不了的。我想到京剧在昆明（以及云南）的相对盛行。据专家研究，京剧入滇演出始于1906 年，并于十年后在昆明呈压倒滇剧之势，以致出现以京剧为主的"京、滇合演"方式。抗战时期，偏僻的保山竟也兴建保山大剧院演出京剧（和滇剧），昭通的悦和大戏院也改演京剧。【2】在昆明，云南大戏院（今西南大厦西侧的"长春剧场"）和西南大戏院（今东寺街云南省滇剧院）都是演京剧的主要场所，专业剧团有杰华国剧社、杜文林剧团等。外地京剧团也常来昆明演

【1】孙官生：《陈纳德与陈香梅》，云南人民出版社 2002 年版，第 24 页。

【2】据杨明、顾峰《滇剧史》，中国戏剧出版社 1986 年版，第 115、154、166 页。又，遥远的丽江早在 20 世纪 40 年代也有过京剧演出，纳西族画家周霖为黄山幼稚园设计排演。现今丽江仍有一个古城京剧社，由五十多位离退休干部职工组成，很活跃。

出。著名的厉家班 1939 年来昆演出，地点就在昆明大戏院（西南联大教授为昆明建筑公司设计的，其址即今"新昆明影城"），轰动一时。

京剧票友组织（当时称"票房"）的众多更能反映京剧在昆明的流行与普及。据有关资料，开京剧票房先河的是著名律师谭少卿，此公工老生，学谭鑫培，有"昆明谭老板"的雅号。早在民国初年，每当华灯初上，谭家即丝竹管弦，或引吭高歌，或浅唱低吟。20 世纪 30 年代初，谭律师更喜交游，喜京剧者不论风雨晦明，每夕必到，盛极一时。此后有"公余雅集社"，票友们均为地方军政大员，如云南省宪兵司令兼防空司令杨如轩、第五十八军十一师师长鲁道源等。他们不但聚会清唱，还发展到粉墨登场，并派专人赴京、沪购买崭新考究的全部行头和守旧（戏曲舞台上用的绣有图案的幕），活动地点在长春路头道巷通海会馆的大礼堂。抗战开始，滇军六十军和五十八军出师抗日，公余雅集社为欢送出征将士接连演了几晚京剧，身为师长的鲁道源也参加演出，演的是《霸王别姬》。公余雅集社风流云散后，龙绳曾（龙云第三子，人称龙三）等又出面组织"云社"京剧票房，活动地点在庆云街庆云剧场，社员基本上是原雅集社的老票友，阵容坚实，可演《群英会》《玉堂春》等大戏，折子戏更不在话下。一些单位也有自己的京剧票房，如云南省电话局、邮政局、广播电台、云南大学、海口五十三兵工厂等都各有票房。到了抗战胜利前后，又有"华社"崛起，由公教人员和小工商业者组成，社员八十余人，每周聚会三次，且正式备案，采理事监事制，每年选举一次。其他票房还有"德社""聊社""昆社""复社""杰社"等，大大小小共有十余个之多。[1] 我在昆明一中读书时的萧祝久老师就是一位著名的小生名票，是当年昆明电台票房的主要负责人，只要学校开晚会，萧老师都要露一手。萧老师戏路宽，我印象深的是《打渔杀家》。我的同学马登融君（旦角）曾与萧老师配过戏。

到了二十世纪五六十年代，京剧在云南更进入了一个黄金时代，一提关肃霜哪个晓不得？在全国也是响当当的。

当然，就云南全省而言，京剧的覆盖面要比滇剧、花灯这两种地方戏要小得多，但专业京剧团的分布会让省外人士惊讶。那时昆明除省、市两级各有院、团外，还有一个昆明军区京剧团。昭通、曲靖、红河个旧、文山、玉溪、大理下关等地也都有专业京剧团。到 20 世纪 90 年代初，云南全省尚有四家专

【1】以上据杨其栋、赵宗朴两先生关于昆明京剧的文章，见《昆明历史资料》第 8 卷，第 288—295 页。

业京剧团。[1] 当然，如今是一年不如一年了，全国皆然。

京剧在一个省如此普及（省与省之间横向比较），不但西南没有，在整个南方也属罕见。是什么原因呢？

云南是一个移民省，云南汉族住民都是内地移民的后裔。京剧是戏曲的代表，云南人喜爱京剧，会不会是思念故土的潜意识表现？云南地处边疆，关山阻隔（内地历来有"万里云南"一说），唱京剧，这里面是否也隐含有一种缩短边疆与内地心理空间的渴望？就抗战时期而言，喜欢京剧是否还折射出一种民族的向心力？

不扯远了，还说昆明像北京的问题。昆明的建筑（当年的建筑）像北京，看来是没问题的。昆明的人文环境和氛围（爱唱京剧是这种氛围的重要标志），可能也是让那些来自北京的作家、教授产生"像"的感觉的重要原因。当然，思念故都是他们自身的主观因素。

---

[1] 据云南省文化厅 1991 年编印的《云南省文化事业统计资料（1990）》。

大西门：藏龙卧虎巷一条

昆明有个大西门。大西门内有条巷。别看这条巷冷僻、颓败，想当年，它可是藏龙卧虎之地呢。大名鼎鼎的科学家熊庆来、曾昭抡、蔡希陶，滇省名人缪云台、毕近斗，大诗人冯至，外国文学专家王佐良，香港影星朱虹，巴金夫人萧珊，民国时期江西省主席朱培德，都在那条巷里度过了他们或长或短的岁月。大作家沈从文、老舍、巴金，哲学家金岳霖，还有汪曾祺等作家、学者，也都在那里留下了他们的踪影。

这其实是两条巷。一条是以钱局街为起点的敬节堂巷，一条是以文林街为起点的金鸡巷。两条巷分别向内延伸而相连，因而实际上成为长约三百米的一条巷。巷内曲里拐弯，路人稀少，残垣断壁不时可见，清幽中处处透出一种历史感，一种历史的苍凉。敬节堂巷是地地道道的一条老巷，本名大井巷。清咸丰、同治年间，云南各民族先后举行反清、反封建斗争，史称"咸同反正"（或称"十八年反正"，时间大约是 1855—1873 年，历时 18 年）。清光绪九年（1883 年）云贵总督岑毓英、巡抚唐炯在此建敬节堂，收养在战乱中死亡的清军将士守节遗孀，因改名敬节堂巷（百年后的 1983 年再改称钱局巷）。金鸡巷的历史更长，该地靠近吴三桂的平西王府后园，相传院中雄鸡啼鸣报晓，因此得名。不过，这些都过于古老了，知之者寡。这条巷的藏龙卧虎是 20 世纪 20 年代以后的事，尤其是抗战时期西南联大来了以后。

文林街中段（文化巷口至府甬道口）是昆华中学的旧址，北廊称昆中北院，南廊叫昆中南院，抗战时期借给联大，成为联大校舍的重要组成部分。从文林街转钱局街往下走，漫步百余米将到敬节堂巷口（巷口有眼井），是缪云台（1894—1988）家的老宅。缪氏为昆明人，有"云南孔祥熙"之称。早年留学美国，1919 年毕业于明尼苏达大学矿冶系，归国后报效桑梓，历任个旧锡业公司总经理、云南省政府农矿厅长、富滇新银行行长及云南省政协经济委员会主任等要职。个旧锡锭的直接投入国际市场，滇缅公路的修建，省府禁止东方汇理银行在滇发行越币而以发行滇币取代，云南地方史上的这些大事，都与缪氏的贡献很难分开。当年的缪府旧址（位置）即今天的钱局街中国银行宿舍，可谓旧貌新颜。但先锋小学斜对面尚有缪府的一院旧宅在。它的主人 1949 年再度赴美，三十年后归国定居北京，任全国政协副主席。

缪家老宅临街，距巷口尚有十余米。入巷右首第二家是朱宅。

敬节堂巷由前后两段连成，形同直角。从临街巷口往前为东西向，右转为南北向，拐角处的大院坐西朝东，是早年的敬节堂旧址，如今已成为单位宿舍。紧挨着旧址的是毕宅。主人毕近斗（1894—1981）既是滇省著名教育家，同时也是一位建筑学家。先生早年入香港大学深造，1920 年毕业获土木工程学士学位。回滇后以筹备员身份参与云南省第一所高等学府东陆大学的筹建工作，并任土木系教授，还一度兼任土木系系主任。1930 年又受云南省主席龙云委托，创建省立昆华高级工业职业学校，培养了许多优秀人才。例如王希季（大理人，白族），这位后来毕业于联大机械系的空间返回技术专家早先就是昆华工校的高才生，他对卫星返回过程的理论和技术进行了系统的创造性研究，20 世纪 70 年代获得成功，使我国返回式卫星居于世界前列，王希季也由于他的成就而被国外评选为国际宇航科学院院士。1925 年，毕近斗先生还以公方代表身份参与中国最早的水电站——昆明石龙坝水电站第二期扩建工程。毕先生有子女八人，内中六人先后从事教育工作（曾任云南教育学院党委书记的毕婉女士即是其中一位），可谓教育世家。

抗战时期毕家的两位房客也使毕宅增辉。毕宅分南、中、北三院，植物学家蔡希陶寄居南院，化学家曾昭抡寄寓北院（此前住在西站昆华农校东楼）。蔡希陶（1910—1981）是浙江人，早年对云南植物进行过大量的调查、采集和分类学研究，后来在植物资源学、植物引种驯化研究、人工植物群落研究等方面都做出了开拓性的贡献，生前任中科院昆明分院副院长、云南热带植物研究所所长和中国植物学会名誉理事长等。蔡先生早已饮誉植物学界，著名作家徐迟的一篇报告文学更使这位学者的名字为公众所熟知。抗战前，蔡希陶还发表过几篇以云南边疆为题材的散文、小说，如《四十头牛的惨剧》和《蒲公英》等，颇受好评。

住在毕宅北院的曾昭抡（1899—1967）是湖南湘乡人，西南联大教授，著名化学家，毕业于美国麻省理工学院，获博士学位。曾氏 20 世纪 30 年代初发起组织中国化学会并创办《中国化学会会志》，任主编达 20 年之久，是学界公认的我国化学科学研究的开拓者之一。新中国成立后历任中科院化学研究所所长、学部委员、高教部副部长等职。在 1957 年的中国政坛，这位清朝重臣曾国藩的侄曾孙（其曾祖父为曾国藩的二弟曾国潢）也是一位风云人物呢。不过，当曾昭抡在毕家做房客的时候，他只是一位学者。

再往前住的是王佐良（1916—1995）夫妇。王佐良从联大外文系毕业后留校任教，也写诗，有两首被闻一多选编入《现代诗抄》。著译甚多，其中有《英国诗史》《论契合——比较文学研究集》等，主编《英国二十世纪文学史》等，译有《彭斯诗选》《苏格兰诗选》和培根的《随笔》等。关于以穆旦为代表的西南联大诗人群，王佐良在晚年将他们明确定位为"40 年代昆明现代派"。王佐良自己也是其中的一员。

再往前走是熊宅，鼎鼎大名的熊庆来（1893—1969）是它的主人。这位大数学家是弥勒县人，早年留学欧洲，获法国国家理科博士学位。归国后先后创办东南大学数学系和清华大学数学系，是我国最早接触现代科学的先驱者之一和我国高等教育的奠基人之一。数学家陈省身、华罗庚，物理学家钱三强、严济慈等世界级大师皆出其门下，更使熊先生备受学界尊崇。读过徐迟那篇《哥德巴赫猜想》的人会对熊先生在中国现代数学史上的崇高地位有较深的认识。熊先生敬恭桑梓、甘人幽谷，作为校长为云南大学的振兴殚精竭虑，三迤父老有口皆碑绝非偶然。只是，熊先生的故宅如今已面目全非，正门在哪里都不易辨认了。

由熊宅再往前走 20 米，拐弯即与金鸡巷相连（石牌坊巷亦在此交会）。金鸡巷较短，长仅百米，但巷内两宅也非寻常。金鸡巷 4 号（似为曲靖陈宅），属昆明"一颗印"民居典型格局。当时有一伙西南联大的学生租住宅中小楼上，他们中有萧珊（陈蕴真）、萧荻（施载宣）、刘北汜等，巴金来昆也下榻于此。这些学生都是联大"冬青文艺社"成员（其中的佼佼者有汪曾祺），后来都成了作家。外文系学生萧珊（1921—1972）当时是巴金的未婚妻，后来成为编辑家和翻译家，译有普希金《别尔金小说集》和屠格涅夫的《阿细亚》《初恋》等作品，做过《上海文学》和《收获》的编辑。刘北汜（1917—1995）原是中文系学生，后转历史系，后来成为有名的编辑家和作家。20 世纪 40 年代末继萧乾（晚年任中央文史馆馆长）之后主编上海《大公报艺》副刊"文艺"，晚年任《故宫博物院院刊》和《紫禁城》杂志主编。萧珊、刘北汜这些当年的学生十分活跃，常有熟人、朋友、老师去他们的小楼喝茶、聊天。沈从文是常客，金岳霖、老舍和暂居昆明的巴金也都在那里发过高论。数十年后的今天我找到那里，已经是一个连天井都挤满了的大杂院，东瞧西瞅，怎么也感觉不出一点"文艺沙龙"的气味了。

往前走十余米靠金鸡巷巷口的就是朱家大院了。主人朱培德（1889—1937）与文化教育无关，是位将军。云南人在外省当过省长的有两个，一个是蒙自人杨增新（1867—1928），做过新疆督军和新疆省政府主席（葬于北京市昌平区沙河镇）；一个是安宁人（一说盐兴县人，盐兴即广通附近之黑井）朱培德。朱氏毕业于云南陆军讲武堂，1921年任国民政府（广州）直辖滇军总司令。1924年参加北伐，任北伐军中路总指挥。1927年4月任江西省政府主席。数月后的8月1日，贺龙、叶挺、朱德的部队在共产党领导下发动了震惊中外的南昌起义，交火的对手就是朱培德。有几人能想到，金鸡巷口这座大院的主人在历史上还扮演过这么一个角色呢。

据金鸡巷的老街坊讲，当年的朱家大院确实大，但早被拆除，原址今为一家塑料厂。老人们还说朱家有一个后花园，其址即今面对大西门位置的新建设电影院。我闲居大西门外，天天都要去大西门、龙翔街一带买菜买米，有时也顺便买点花。几年前就听说钱局巷、金鸡巷的旧房要成片拆除，后来见没动静。但我想拆旧建新不过迟早的事，所以近些日常趁买菜买米之便，多迈几步往大西门内文林街、钱局街形成的那个夹角里走走。走走停停，东张西望，当年藏龙卧虎，如今断瓦残砖，古巷夕阳，残缺美，苍凉美。大西门内这个夹角（也是死角）里的人文景观，也许再过一年左右就见不到了。

附记： 此文原刊于1994年4月23日和5月7日的《云南日报·周末增刊》，时过八年，不光古巷被拔地而起的高楼所取代，文中提到的萧乾、汪曾祺、刘北汜等先生亦已先后作古。如今入书略做修改（主要是删除关于冯至的内容以免与另文重复，同时补入王佐良的段落），但叙述时态一如1994年初稿，未做变动，以存其真。

百年老街：古旧、苍凉、文化重叠

昆明有许多背街小巷。巷就不说了，太多，背街也不少，就是那些缩在马路背后的、不起眼的小街。背街的特点就是背，因为背，也就赶不上潮流，或者干脆不赶，于是也就落伍了，只好静静地躺在大街背后度日。

兴隆街就是这样的一条背街。

我从未在兴隆街住过，但小时候一直生活在那附近。那时家住福照街（今五一路上段）光华街口，离兴隆街南口不过一二十米。兴隆街的北端拐弯朝西通福照街，正对着如安街当年的旧货、古董市场（其址即今西部大酒店）。那里有个公厕是我们福照街住户常去的，由于这缘故，我对这长约两百米的兴隆街也算得南北两头熟了。

那是六七十年前的事了。当时福照街、龙井街口有个公用自来水（那时叫作"机器水"）龙头，包括兴隆街南口在内的附近人家都在那里取水。印象中请人送水的人家也不少，那里有个挑水婆娘就是专给雇主们定时送水的。这女人的桶面上总漂着两块木片，一到夏天漂的就变成荷叶，那时只觉好看，不知做什么用。但我记得那女人挑得平稳，桶水不会满街洒。后来听说她是寡妇，拖着两个孩子，家就住在兴隆街。这就是我唯一"认识"的兴隆街人了。

兴隆街南口是个小坡，东侧有摊位卖糯米稀饭，西侧是一家豆浆油条包子店，两边都是小学生吃早点的好去处。那时我在景星小学（今花鸟市场附近）读书，天天都要路过兴隆街南口。记忆中我似乎去东边的次数多一些，那摊主的"两掺"（先盛半碗糯米干饭，再浇上一勺稀饭，食客自己拌匀食用）吃起来省事。吃干饭嫌慢，单吃稀饭又怕肚子饿了耐不住。不干不稀，又不烫嘴，再合适不过了。前些天（数十年后的前些天）我又从那小坡前走过，见仍是卖小吃的，可谓数十年一贯制，只是卖的东西变了，仔细瞧了瞧，是烧烤。

随着岁数大了些，敢独自上坡往那街的深处走了。原来这兴隆街并不兴隆，比附近的光华街、福照街冷清多了，算得上铺子的没有几家，似乎有一两家茶馆，一两家浆洗坊（洗染店）。茶馆里靠两边墙摆着若干长方桌，以条凳相间，坐的都是大人，清一色的男客。浆洗坊的景象却又不同，只见临街支上一张大板桌，桌旁置特大水缸，常见粗壮的婆娘在那里刷衣，用的是很硬的那种竹刷，一下一下地刷，污水溅到街心。街极窄，宽不过三五米，一根根竹竿搭在两对门的二楼窗口上，层层叠叠地晾满各种衣物，煞是好看。过浆洗坊再往北走几十米，小街又现出一片清爽，青石板路干干净净，觉得像是刚从湿漉漉的布片森林中走出来。再没多远，拐弯就到与福照街构成的丁字路口。福照街到底要热闹些，印象中那一带有不少裁缝铺（成衣店），好像都是江西人开的。数十年后的福照街，老式的江西裁缝铺不见了，却满街都是（或说多半是）四川人、江浙人（早年昆明人叫他们为"下江人"，居长江下游之意）开的服装店。今日细想起来，倒有几分薪尽火传之意味。

再后来我又长大了些才知道，兴隆街并非如我先前看到的那般冷清。靠南的那一头实际上有着好几家烟馆，前堂像是茶铺，后堂却是瘾君子们吸食鸦片的大房间。想不起是什么原因了，大约是家人叫我去那里找什么人吧，我进去过一两回。见后堂支了许多床，床上有烟盘，盘中有烟灯、烟盒、烟枪。烟灯昏暗犹如鬼火。烟盘旁各躺一人，头朝墙脚朝外，一个个懒懒的犹如病人。但那里绝不类于今日医院洁白、明亮的病房，要勉强打比方吧，倒像停尸房。

除烟馆外，兴隆街还有一两家赌场。赌的方式叫作"打花"。上午，场主将选好的"花"（从一套赌符中选一）用碗扣住，封好，存放在一竹篮里吊在梁上；赌客们则凭自己的感觉或所谓"兆头"去猜场主押的"花"是什么。赌注多少自便，交了钱就给一张用鬼符般的草书写就的条子作为凭据。下午晚饭时分，场主当众开宝，押中的凭条子当场兑现。参赌的多半是店员、学徒及游民，他们会偶有小赢，但真正的赢家自然是场主。我偷偷地去试过一回，把晌午钱输了，垂头丧气地回家被训了一顿。不过，场主也偶有失算的时候。听说有一回赌客们交了好运，很多人的"花"都打准了，而且下的注也重。场主焦急万分，开宝时间快到了，赌客们围拢死死盯住梁上竹篮里那只扣碗。就在这紧要时分，场主的女儿（后来也有人说是儿媳妇）出现了。堂中有一把简易的梯子搭在楼口，只见那女人登上梯子，伸手去取扣碗，可刚登上几级，正在这节骨眼儿上，那女人的花裤子却突然从腰间掉了下来。这戏剧性的突发事件自然将赌客们的目光一下子吸了过去，并爆发一阵哄笑。等大伙回过神再看开宝，其结果令他们大大地失望。输啦，输啦。过后才恍然大悟，精明的场主用美人计做了手脚。输是输了，不过众赌客对兴隆街的这一幕还是津津乐道，他们似乎从中得到了某种心理补偿。

初中毕业后我离开了福照街，高中毕业又离开了昆明，兴隆街呢也就几十年再没去过了。前面所说的就是这条百年老街给我留下的最早的印象和记忆。

这是一条充满旧市井文化的老街。

但昆明还有另一条不同的兴隆街。那是在我远离兴隆街之后几十年才慢慢明白的。

兴隆街其实是一条教育文化街，大中小学都有，再加一个印报厂。街的北端现今有个单位叫作昆明市糖业烟酒公司酒类采购站，那地方原本是一座历史久远的学校，名法政学堂，是1909年由省里创办的。该校当年就与云南高等学堂（今昆明师范学校前身）一起聘请日本教师讲授自然科学课程，在滇省教育史上开风气之先。1933年，校址原在光华街的昆师附小迁兴隆街法政学堂，改名省立昆华小学，五年后停办，在院里建有《云南省立昆华小学三十年纪事》碑作为历史的见证，今犹存。

昆华小学迁潘家湾后，原址又变成了大学。1938年，同济大学由沪辗转迁昆，校部设武成路（先设临江里），下属工学院借用富春中学（今昆二中），理学院在翠湖南路的一个大院（其址即今翠湖宾馆），而医学院呢，就在兴隆街昆华小学原址。同济是我国名牌大学，历史悠久，其前身为德国人1907年在上海创办的同济德文医学校（仅设德文、医学两科），1927年正式定名为国立同济大学，学科增多，以医学、建筑为王牌，其医学院与北京的协和医学院相抗衡，故有"南同济、北协和"一说。同济医学院在兴隆街蛰居两年，实为这条背街大大增光，只可惜知之者寡。1940年同济走后，这块文教宝地又变成了昆华商校（今云南省财校前身）的校址。李广田、刘澍德两先生都曾在该校任教。再往后，这块宝地就一直属"商"了。

前述诸校均在兴隆街北端法政学堂旧址。在兴隆街的南端还有一"大"一"小"不能忘记。"大"指西廊的云南省立英语专科学校，"小"指东廊的中华小学。这小学虽小却颇有来历，它属于中华职业教育社，这个全国性的民间教育团体是由大名鼎鼎的黄炎培、蔡元培于1917年在上海发起成立的。抗战爆发后总部西迁重庆，1939年在云南建立分社，负责人孙起孟（前些年任全国人大常委会副委员长），下属中华小学 1943 年创办于兴隆街。1949 年前后任校长的司徒怀女士也是位不平凡的人物，该女士原籍广东开平，是鲁迅先生《看司徒乔君的画》一文所说的那位著名画家司徒乔先生的胞妹，她是昆明早期有名的钢琴教育家之一，据闻她家的钢琴有三四架。1949 年 12 月 9 日卢汉先生宣布起义，五华山及正义路、南屏街等主要街道当天就挂起了新中国国旗。这些五星红旗就是司徒怀校长组织动员本校和全市小学教师中的"民青""妇协"成员，秘密筹款买布缝制的。我家离中华小学不过数十步，说起来也算街坊，但这位老街坊的故事我几乎是在她走到生命终点的前不久才知道的，包括她的半世坎坷。1995 年这位老太太走了（其兄司徒乔 1958 年先走），我闻讯赶去油管桥殡仪馆，冒昧地加入鞠躬者的行列，并走近灵柩瞻仰老人的遗容。这是我第一次，也是最后一次见到这位兴隆街的老街坊。

这里顺笔一提，国立艺专 1938 年也迁来昆华小学，但不久即迁往滇池南岸的安江村，一年后再迁至四川青木关。另有专文，不赘。至于中华小学斜对门的省立英专，那更是卧虎藏龙，我得多费点笔墨。

我国的新式外语学校，当以 1862 年清政府设立的京师同文馆为最早。云南地处边疆，这方面起步虽然晚一点，却也不算很晚。据《昆明教育大事记》记载，早在清光绪二十五年（1899 年），云南就办起了三所外语学校，一所是附设在武备学堂内的方言学堂（有人说"方言学堂"当作"番言学堂"，误），分日、英、法三科，1908 年独立，熊庆来即该校毕业生。另两所是法语学堂（设圆通寺）和英语学堂（设电报局）。此后建立的外语学校还有东文学堂（日文学校，1904 年）和达文英语学校（1929 年）等。相应地，云南英语学会（1915 年）和云南法语协会（1922 年）也先后成立。但英语学会兼有学校性质，并非单纯的学术团体。1940 年和 1942 年先后建立的省立英专（昆明）和东方语文专科学校（呈贡斗南村），更标志着云南的外语教育事业步入了新的阶段。

省立英专一开始并不在兴隆街。这个由云南省教育厅委托 1938 年从北平迁昆的中国英语正字学会代办的学校，起初设在咸宁巷（今昆明三十二中西侧），后迁往潘家湾昆华中学新址（今昆一中）和云瑞中学（今云瑞西路），到 1942 年才在兴隆街立住了脚。校门起先开在兴隆街南口，坐西朝东。后来学校发展，校门改在福照街，坐东朝西，与今西部大酒店算斜对门。小时候我常从英专门前走过，见校门口总挂着一只好看的大鹦鹉，这给我留下的印象特深。几十年后才知道，那里本是植物学家蔡希陶开的鹦鹉店，是蔡老板将店铺打通借给英专做校门的。顺便说，蔡氏本身就是英专的兼职教师，讲授科学概论。联大、云大也有不少教授在英专兼课，闻一多教的是国文。

英专办校十年，1949 年并入云大外文系。据我在昆一中读书时的英语老师金禄萱先生（英专第三班毕业）讲，英专校长是水天同，教务长是吴富恒。另有外籍教师多人，其中有美国的温德先生和英国的贝尔逊女士（学生称呼她贝太太）和哈丽丝小姐。水天同教授来昆之前任教于清华，1948 年离滇回原籍甘肃，任兰州大学文学院院长。我 20 世纪 50 年代末去兰州工作时曾听说兰州大学外文系有过两位从昆明去的外籍女教师，如今推算起来，想必是水先生将两位女士从英专带过去的。再后，水先生调北京外语学院，晚年又回兰大外文系任莎士比亚硕士生导师。我在兰州工作时与水先生胞弟水天达君（甘肃电视台导演）相识，知道水家乃陇上名门望族，世代书香，其父水梓先生系名中医，20 世纪 50 年代出任甘肃省卫生厅长。如今很有名的央视节目主持人水均益是水天同先生的侄子。1988 年我回归故里，不久即知悉天同先生不幸辞世，他在昆明的许多弟子均深感悲痛。吴富恒教授也是大名鼎鼎，原籍河北，哈佛硕士，1942 年归国即来英专和云南大学任教，五年后离昆赴山东解放区任英文《烟台新闻》副总编。1950 年起任教山东大学，晚年任该校校长。吴氏还是中国翻译工作者协会副会长和美国文学学会会长，其在中国学界地位之高由此可见。1982 年哈佛授予吴先生法学名誉博士学位，这无疑是对他学术贡献的肯定（先生已于 2001 年去世）。

这是另一条兴隆街。它是在我年过半百回归故里之后，才逐渐认识的。它代表着有别于旧市井文化的另一种文化，就某些方面说，它是近代云南文化教育发展的一个相当集中的缩影。

屈指算来，我远离兴隆街已经 42 年了，1988 年回昆明以后，多次到兴隆街漫游。从南走到北，觉得这里比以前更窄了。电视剧《围城》里方鸿渐、孙柔嘉一行由上海去湖南"三闾大学"途经的县城小街，还有上海城隍庙附近的小街，正与兴隆街相仿。但也仅仅是相仿而已。兴隆街有文化。在它那低矮、古旧的房屋后面，在那些茶馆、烟馆、赌场、浆洗坊后面，从 20 世纪开始的时候就滋蔓着一股与现代文明相联系的文化流。可以说，兴隆街是两种文化的重叠。

　　岁月悠悠，沧海桑田，兴隆街毕竟变了。烟馆、赌场不见了，学校也只剩下一所"新中华"（原中华小学的后身）和烟酒公司大院里那块昆华小学纪事碑。作为一条街，不光比从前显得更窄，也更少了街的意味。顺街观光，家家户户都在门口垒造了袖珍厨房，厨房两两相对，剩下的街面仅三米左右，从中穿行，不像逛街，倒像进入一条紧缩拉直的、长长的带形大杂院，街坊们投向我的目光分明在问"你找哪个？"

　　我哪个也不找。

　　我找的是那条文化曾经兴隆过的兴隆街。关于这条酷似带形大杂院的兴隆街，查了查书，据说命名于清光绪三十三年（1907年）。感觉告诉我，这条背街仍将静静地躺在那里象征逝去的岁月，2007年以前大约不会消失。

　　2014年附记：此文写于1995年，其时感觉迟钝，未想三年之后（1998年）兴隆街即在昆明旧城改造中消失（兴隆街南口即云南省中医院名医馆偏东位置）。

大西门外古驿道

汪曾祺关于西南联大的回忆性散文,最有名的是《泡茶馆》和《跑警报》这两篇。一些外省友人来昆明开会、旅游,闲聊联大掌故、趣闻,问这问那,多与这两篇文章有关。《泡茶馆》的场景在凤翥街(北段)和文林街,而《跑警报》的故事一多半出在一条"古驿道"上,这条古驿道就是今天的建设路。

抗战时期昆明人跑警报,依居住地的不同而有不同去向,比如跑西坝的、跑南坝的、跑交三桥外的。如汪曾祺所说:"住在翠湖迤北的,多半出北门或大西门,出大西门的似尤多。"现今的昆明人知道小西门的多,晓得大西门的已少。大西门即新建设电影院前面的路口,城门内为文林街,城门外为龙翔街。汪曾祺说:"大西门外,越过联大新校门前的公路,有一条由南向北的用浑圆的石块铺成的宽五六尺的小路。这条路据说是古驿道,一直可以通到滇西。"新校门前的这条公路原先叫环城北路,今名一二一大街,"古驿道"与凤翥街连为一线,与环城北路形成一个十字路口(此路口前些年建起天桥,造型奇特,可称"三只脚")。

这条路我20世纪50年代初走过一次,是通筇竹寺的捷径(不经黄土坡、黑林铺)。其走向,顺着今天的建设路朝北至学府路(原名军用公路),再从今冶金工校西侧的羊仙坡路,经龙院村(大普吉西面)、海源寺西侧登山至筇竹寺。查地图,这条路一直通往富民、武定、元谋至金沙江对岸的四川。汪曾祺说这条路"一直可以通到滇西"也没错,如果你走到海源寺附近不上山,沿山脚路西行过黑林铺、马街、碧鸡关,自然也就可通滇西了。

汪曾祺笔下的昆明总呈现出一种浪漫的色调。他说这条古驿道平时走的人不多,常见的是驮着盐巴、碗糖或其他货物的马帮走过。赶马的马锅头侧身坐在木鞍上,"从齿缝里咝咝地吹出口哨","或低声唱着呈贡'调子'"。

哥那个在至高山那个放呀放放牛，
妹那个在至花园那个梳那个梳梳头。
哥那个在至高山那个招呀招招手，
妹那个在至花园点那个点点头。

汪曾祺将民歌的歌词都记下了，看来已听过不止一遍，而且马锅头赶着马从联大旁边走过快到凤翥街口了还在唱（汪曾祺是不大可能专门跑到今冶金工校一带去听马锅头唱调子的），让汪曾祺觉得从这条斜阳古道上走过的马帮"很有点浪漫主义的味道"。

歌词记得很好，唯"至高山""至花园"的那个"至"字费解。我猜想，或许当作"这"字。云南话"至""这"同音，均读 zhǐ。还有那个"那"字，后来一般都写成"哪"。

这古驿道行人确是少，我见过山民背柴炭进城卖，背驮极高，步履沉重艰难。他们手拿一根丁字形棍，支撑不住了就靠在树下，用丁字棍顶住背驮，稍事喘息缓解。也有些是进城卖"千针万线草"和"小白蕨"（均为普通的新鲜草药、补品）的山妇，她们一般走得早、回得早，步履也比背柴炭的汉子们轻快得多。后来晓得这些山民大多是团结乡的彝族。他们的生活相当艰辛，比汪曾祺笔下那些唱"哥那个招招手、妹那个点点头"的马锅头差得很远。

联大师生跑警报有远有近。最近的就是铁路后面的白泥山，位于驿道东侧，这片地方即今天的昆明理工大学的教工宿舍区，那里至今仍保留着一片难得的小森林。一有警报，就有小贩将担子挑到那里去，卖"丁丁糖"的，卖炒松子的，"五味俱全，什么都有"。稍远的，就沿着驿道上坡，下苏家塘朝左上小虹山。外文系教授吴宓和历史系教授陈寅恪分别住在玉龙堆（今翠湖北路最北段）和靛花巷，都在现今云南大学的校门附近。一有警报，他们就穿过云大（或经天君殿巷）至环城北路，再顺着今天的三家巷奔白泥山（吴宓日记中称"第一山"），或越过古驿道至小虹山（吴宓称为"第二山"）。山下苏家塘（村）有卖茶的，还有卖水果及烧饵饹（吴宓称为"涂酱米饼"）的。下摘吴宓1940年10月28日日记："晴。晨，上课不久，7:15警报至。恪恪（指陈寅恪），紧随众出，仍北行，至第二山避之。12:30敌机九架至，炸圆通山未中，在东门扫射。时宓方入寐，恪坐宓旁。……2:00同恪在第二山前食涂酱米饼二枚。"

前两处跑警报的地方距联大都比较近。再远的一处，正如汪曾祺所说，"得沿古驿道走出四五里"，那就是今天昆明理工大学学生宿舍区及冶金工校背后的山上了。汪说山上有一个可能是哪一年地震造成的山沟，相当大，可容数百人，事实上是一个很好的天然防空洞。跑警报的人都有习惯性的去处，一些常往这里跑的人就利用空闲，在沟壁上修了一些私人专用的防空洞（大防空洞里套小防空洞），大小不等，形式不一。汪说："这些防空洞不仅表面光洁，有的还用碎石子或碎瓷片嵌出图案，缀成对联。"对联大都有新意，他记得两副，一副是"人生几何　恋爱三角"，另一副是"见机而作　入土为安"。汪曾祺讲的一些趣闻多半出自这里。这里离学校远些，容易出故事。

　　一类故事是群体性的。"跑警报是谈恋爱的机会。联大同学跑警报时，成双成对的很多。空袭警报一响，男的就在新校舍的路边等着，有时还提着一袋点心吃食，宝珠梨、花生米……他等的女同学来了，'嗨！'于是欣然并肩走出新校舍的后门。跑警报说不上是同生死，共患难，但隐隐约约有那么一点危险感，和看电影、遛翠湖时不同。这一点危险感使双方的关系更加亲近了。"既是这样当然往远处跑最为相宜，男同学带上那么多吃的东西也是做了长时间、长距离的打算的。诚如吴宓 1940 年 10 月 30 日在日记中所言："按逃避空袭出郊野终日，实为少年男女缔造爱情绝佳之机会。"

　　但这种"机会"有时也给人带来尴尬。吴宓先生就碰上过种场面。其时吴先生正追求生物系女助教 B（英文名蓓拉），该小姐对吴三心二意，另与一位体育教员赵某热恋。某次跑警报，此二人"共坐苏家堂（塘）东之山下"，偏偏吴宓也跑到那里，二人"见宓，低伞以自障"，吴宓只好走开，绕到地台寺。数日后又跑警报，但见 B 小姐"装扮完整，服红灰色夹大衣"，赵某"衣航空裤，草绿军裤。手持照相机。身貌甚魁伟健壮"，两人"相伴同行"，过铁路后故意避开熟人，"远离联大之众"。吴先生自是不悦："宓缓行，遥尾之。"[1]又似乎都忘了是跑警报了。

　　另一类故事是个体性的。汪曾祺提到哲学系的两位师生。"有一位研究印度哲学的金先生每次跑警报总要提了一只很小的手提箱。箱子里不是什么别的东西，是一个女朋友写给他的信——情书。"这位"金先生"即金岳霖教授，"女朋友"即诗人林徽因。金"把这些情书视如性命"，所以珍藏在小手提箱

【1】《吴宓日记》第 8 册，生活·读书·新知三联书店 1998 年版，第 95—97 页。

里，警报一响就提上往今天的建设路跑。大户人家跑警报不会忘了金银细软，知识分子呢也无非就是情书或论文、书稿之类了。

当然也不绝对，知识分子有数量不大的金子，此种可能性也不能排除。哲学系有个研究生做了这样的逻辑推理：有人带金子，必有人会丢掉金子。汪说此君跑警报，特别是解除警报以后，"他每次都很留心地巡视路面，他当真两次捡到过金戒指！"真奇。"逻辑推理有此妙用，大概是教逻辑学的金岳霖先生所未料到的。"

这条联大师生跑警报、出故事的古驿道，由凤翥街北口至苏家塘坡顶（今昆明理工大学西门）的一段，二十世纪五六十年代已被拓宽当便道，但坡下至军用公路（今名学府路）的一段仍为田间小路。为迎接世博会在昆明举行，这条路于1998年被打通并加宽为常规柏油马路，还通了公交车。我从1988年起成为这条建设路的居民，至今已十年有余，却再未听说过这条路上有人捡到金戒指的故事，马锅头的歌声更成为遥远的过去。但我时不时还会沿着建设路，散步到昆明理工大学里的那小片森林，在那里面，似乎还能多少找到一点联大师生跑警报的感觉。

当年昆明流行风

20 世纪 40 年代的昆明，在背街上，如有格外时髦的女郎走过，就会有若干小男孩远远地跟在后面喊："摩——登！上街找先——生！""摩登"在这里是名词，指穿着入时的青年女子。碰到小男孩的这种街头骚扰，如果是初出茅庐的小姐，不免有些尴尬，于是加快脚步，或扭头啐上一口唾沫做愤愤然兼不屑状了事；如果是成熟的女人，见多了无所谓，神态自若，甚或转身朝孩子们笑笑，丢下一句："你们晓得哪样。"扬长而去，孩子们反倒灰溜溜地讨个没趣。

据我留下的印象，这种被叫作"摩登"的女子，一般并不特指女学生，包括联大的女生。女学生有女学生的气质，不管穿什么都显得大方、自然，并不特别引人注目。几位当年的联大学生写的回忆也印证了我的童年印象。其中一位说当年联大女生的服饰"没有一定的标准"：

> 就色彩来说，穿素色的旗袍当然可以，穿花旗袍也不会受到别人的非议；就质料来说，丝的、毛的、麻的衣服均无不可。就服式来说，中式、西式，甚至于你愿穿什么样式，你就可自去做一套来穿上，以至于有几位女同学穿起男装，雄姿英发地在校内外参加各种活动，也没有人认为荒诞不经。[1]

这篇文章写于 1945 年 5 月联大尚未结束之时，可信、可靠。另一位的文章是在台湾写的，时间是 1981 年，说联大女生："衣着都很朴素，因天气四季如春，多是一两件旗袍，外罩一毛线衫，穿大衣者绝少，但都雅而不俗，真是衣着不在美，有气质则灵。"[2]

外州县的情形似乎与昆明有些不同。抗战时期中山大学一度迁到云南澄江

【1】叶方恬：《苦难中成长的西南联大（外三章）》，见《云南文史资料选辑》第 34 辑。
【2】（台湾）姚秀彦：《永远怀念西南联大》，见《云南文史资料选辑》第 34 辑。

县，十多年前我在《人民日报》上读到一篇回忆中大师生在澄江生活的文章，里面说澄江的小男孩没见过女人穿裙子，在街上碰着穿裙子的中大女生就叫："中大生，讲摩登，不穿裤，讲卫生。" 据文章的作者说，有时在公园里，有的小男孩还趴在地上抬头往人家裙子里看呢。

当时读了觉得好笑，半信半疑。往裙子里看，怕不至于吧。直到后来见到钱穆教授等的文章，才信了。

钱穆说的是 1938 年西南联大文法学院在蒙自，女生的衣着打扮对蒙自女学生的影响。

> 学校附近有一湖，四围有行人道，又有一茶亭，升出湖中。师生皆环湖闲游。远望女学生一队队，孰为联大学生，孰为蒙自学生，衣装迥异，一望可辨。但不久环湖尽是联大学生，更不见蒙自学生。盖衣装尽成一色矣。联大女生自北平来，本皆穿袜。但过香港，乃尽露双腿。蒙自女生亦效之。短裙露腿，赤足纳双履中，风气之变，其速又如此。[1]

北大、清华、南开三校师生由湖南来云南，八百多人走海路，经香港、海防（越南）乘火车入滇。两百多人组成的步行团，经湘西、贵州到昆明（文法学院的再从昆明乘火车去蒙自）。女生全部走海路，在香港停留时间并不长，却很快受香港风气之影响。联大师生在蒙自才几个月，刚到不久，蒙自女生即受联大女生影响。看来时尚之流行，从前也并不慢，即便是蒙自这样的小县城。

周定一先生（当时是中文系学生，后为中科院语言研究所研究员，主持《中国语文》杂志社编辑部工作多年）观察更细，他注意到女人旗袍袖子的长短，说蒙自"妇女的旗袍袖子长到腕部，而联大女同学们的旗袍袖子已短到肩部，几乎没有袖子了。不久，当地妇女的衣袖受到影响，越改越短，以致胳臂上显出几节深浅分明的肤色"[2]。钱穆注意到女生不穿袜子（在北平原本是穿的），周定一留意到女生的袖子短到肩部，这两样都对蒙自女子产生影响。周更绝，蒙自女性因赶时髦而在胳臂上留下的"历史印记"都未漏掉，文人的

【1】钱穆：《八十忆双亲·师友杂忆》，岳麓书社 1986 年版，第 186 页。

【2】周定一：《蒙自断忆》，见《西南联大在蒙自》，云南民族出版社 1994 年版。

眼睛到底不同。

浦薛凤教授（政治学系）的回忆更具体，夹叙夹议。"蒙自闭塞，自无问题，联大迁来多少有些少见多怪，尤以联大女生，最惹地方人士之注意与评论"。"衣服与化妆，自比本地人讲究。何况女生路过香港，免不得略受熏陶，故予到蒙自后，觉女生装束修饰，显较在长沙时讲究。然惹人想入非非，亦缘于此。"接着补充了"一桩笑话"，说蒙自每逢三六之日西门外有市集（即赶街），附近的少数民族来得很多。"女生某次前往，一苗妇见其赤足不穿袜子，竟骤掀其旗袍曰：'我要看看你着裤子没有。'"[1]

看来，中山大学女生在澄江的趣闻还是可信的。

浦薛凤还说及北大、清华、南开三校女生之不同，谓"南开北大者均较清华女生注意修饰"，然后举了两个南开女生为例，其中一个是南开外文系的："有王慧敏者，好装束整容，师生群称为交际花，顾盼善笑，惹人注意。"

王小姐是当年的"另类"，不能代表一般女生。而且学外文专业的女生历来就有些与众不同。今天的重庆有三所大学各有特色，一所是重大（重庆大学，老名牌），一所是西师（西南师大，校园美，今西南大学），一所是川外（今四川外语大学）。前些年听说重庆有新民谚云："重大的牌子，西师的园子，川外的妹子。"最后一句就说川外的女生新潮、时髦，走到哪里都是抢眼的人物。看来这也是一种文化传承。

回过来还说联大。文法学院在蒙自时蒋梦麟（北大校长、联大常委）由昆明去蒙自看望文法学院师生，在欢迎会上讲了话。"蒋校长在会上还劝同学们，漂亮衣服在蒙自穿太可惜了，最好留去昆明穿。他这话的意思无非是要大家入乡随俗，衣着不要太显眼，不过说得比较含蓄委婉。"[2]不过这批原三校学生在昆明少则一年，多则三年也就毕业。以后在昆明新招的学生已无所谓北大、清华、南开之别，加之抗战后期生活的日益艰难，不朴素也得朴素了。当然，比较时髦的女生总还是有的，例如联大校花高训诠和被许渊冲先生誉为"名副其实的美人"的金丽珠（均外文系女生），她们先后于1941年、1942年结婚，都很洋派，都是先在金碧路锡安圣堂举行婚礼，然后去巡津街商务酒店（当时昆明的顶级外资酒店）举行婚宴。这等排场，当然是极其个别的了。

【1】浦薛凤：《蒙自百日》，见《西南联大在蒙自》，云南民族出版社1994年版。

【2】周定一：《蒙自断忆》，见《西南联大在蒙自》，云南民族出版社1994年版。

民歌里的情歌

抗战初期，由北大、清华、南开组成的长沙临时大学决定西迁昆明，其中有师生两百多人组成"湘黔滇旅行团"，徒步走到昆明，行程三千里，历时六十八天，很了不起。《西南采风录》是这一次"长征"的产物，应该说也很了不起。这当然首先是因为这本书既有学术价值又有纪念意义，同时也由于这些歌谣是一个人独力采集的。

采集人刘兆吉，山东人，1939年西南联大教育学系毕业，后来成为教育心理学专家，西南师大教授。刘氏一路采集湘、黔、滇歌谣两千多首（以贵州的为最多），从中选出七百多首，编为《西南采风录》，于1946年出版。朱自清、黄钰生（联大师范学院院长）和闻一多三位教授为这本现代的"三百篇"各写了一篇序言。朱序偏于从学术上讲，从古代的采风说到北大早年的歌谣研究会，赞扬刘兆吉一人独力采风为"前无古人"。黄序有值得注意的议论，其重点在强调这本书的文献价值："语言学者，可以研究方音；社会学者，可以研究文化；文学家可以研究民歌的格局和情调。"讲这些自然也是必要的，只是不像闻一多那篇富于个性色彩。

民歌民谣自古以来就以情歌为多，这一本《西南采风录》也不例外，情歌约占全书的百分之九十，问题在于怎么解读。朱自清只说了一句本书的歌谣分为六类（情歌、儿童歌谣、抗日歌谣、采茶歌、民怨、杂类），"其中七言四句的'情歌'最多，这就是西南各省流行的山歌"，未多议论，这符合朱自清一贯稳健的态度。黄钰生却不同，认为将那占百分之九十的民歌叫作"情歌"，"从词意上看，诚然如此。不过，这种说法容易引起误会"。黄院长举例说，有一次他与几个挑棉纱的人同行[1]，那些挑夫的担子虽在百斤以上却一路走一路唱，唱的都是"郎"呀"妾"呀一类的情歌；另一次在荒山中见一群驮铁锅的人，虽然山路难行，一步一喘，但在喘息之中还断断续续唱些

---

[1] 黄氏参加湘黔滇旅行团，并任旅行团指导委员会主席。

"妹"呀"郎"呀一类的情歌。黄钰生据此发表看法:

> 这些人是在调情么?是在讴歌恋爱么?是在宣泄男女之情么?
> 肩上的担子太重了,唱一唱,似乎可以减轻筋骨的痛苦。再听人唱
> 一唱,也觉得绵绵长途上,还有同伴,还有一样辛苦的人。他们所
> 唱的歌,与其说是情歌,毋宁说是劳苦的呼声。

我觉得这样讲有点偏。一路上都是男人,"调情"自无从说起,但为什么
不唱别的(非情歌)来"减轻筋骨的痛苦"呢?这正说明情歌的多功能,它除
了"调情"外,还有缓解压力(生理的和精神的)的作用。将自己引入哥呀
妹呀的情境中,这表示着一种企盼,而企盼使注意力转移或分散,使劳者(也
是歌者)"筋骨的痛苦"感觉上有些"减轻"。

闻一多的解读不同。当年的新月诗人参加了这次文人长征,也是旅行团的
导师之一。经过这次洗礼,闻一多对事物的看法慢慢有了变化,从那些民歌中
看出了"乡下人"的力量与骄傲。他举的例子中有:

"斯文滔滔讨人厌,庄稼粗汉爱死人,郎是庄稼老粗汉,不是白脸假斯
文。"

"吃菜要吃大菜头,跟哥要跟大贼头,睡到半夜钢刀响,妹穿绫罗哥穿
绸。"

"快刀不磨生黄锈,胸膛不挺背腰驼。"

"马摆高山高又高,打把火钳插在腰,那家姑娘不嫁我,关起四门放火
烧。"

前二者女子口吻,后两段汉子腔调,但都惊世骇俗,虽划归情歌类但确与
一般情歌不同。闻一多一眼就看出其中的异质,做了一段不同凡响的议论:

> 你说这是原始,是野蛮。对了,如今我们需要的正是它。我们
> 文明得太久了,如今人家逼得我们没路走,我们该拿出人性中最后
> 最神圣的一张牌来,让我们那在人性的幽暗角落里蛰伏了数千年的
> 兽性跳出来反噬他一口。打仗本不是一种文明姿态,当不起什么
> "正义感""自尊心""为国家争人格"一类的奉承。干脆的是人家

要我们的命，我们是豁出去了，是困兽犹斗。

这段议论实在精彩，很有些鲁迅锋芒。联系到当时（闻序写于 1939 年）抗战正处于艰难关头，需要全民族把"自己血中……那只狰狞的动物"放出的时候，我们不能不佩服闻一多的大气和大眼光。旅行团 1938 年 4 月 9 日经过黄果树大瀑布，第二天到达永宁县得知台儿庄大捷（4 月 6 日）的消息，12 日在安南县休整一天并举行庆祝大捷的游行大会，惊动了小小的县城。我想，这对闻一多如何认识民歌肯定产生了影响。闻一多还是刘兆吉采风的指导教师。

不过，类似上述四例的歌谣比重极小，总共也就是七八首。如"跟哥要跟英雄汉，偷跑私奔也值得"（第 213 首）；"蚂蚁上树节节高，有心恋妹不怕刀；有朝一日刀上过，人头落地两开交"（第 517 首）等。绝大多数情歌虽无刀光剑影的烈度，却也从不同侧面反映了"乡下人""山民"的婚恋观。比如，有的山妹子并不喜欢"老粗汉"或"大贼头"，她们唱："骑马要骑四脚青，跟郎要跟洋学生，穿衣戴帽都好看，读起书来又好听。"（第 281 首）男的想法也类似："月亮出来月亮清，妹是那家小观音；擦点胭脂擦点粉，赛过上海女学生。"（第 566 首）这两首都是云南的（后一首采自嵩明县杨林镇），似乎有些时髦。

但就多数女子而言，其追求不走极端，既不爱"大贼头"也不喜"洋学生"，只要有情有义、有滋有味地过日子就好。

如："姐家房子起得高，挂对二胡挂对箫；那时得姐同家坐，姐拉二胡哥吹箫。"（第 33 首）"你也勤来我也勤，二人同心土变金；你要行船我发水，你要下雨我布云。"（第 106 首）

情歌中表现"婚外恋"的占相当比重，如："高山使牛犁高丘，使着黄牛想水牛，骑着骡子想大马，有了屋头想外头。"（第 399 首）"好块大田四方方，又栽辣子又栽姜；辣子没有姜辣嘴，家花没有野花香。"（第 357 首）"家花""野花"几乎成了此类山歌的套语。有时民歌表现性观念十分放纵，可以说是赤裸裸的。也举两个例："十七十八小姐姐，小白裤子有点血；过路大哥别笑我，又发摆子又告月。"（第 327 首）"天上乌云叠乌云，地下灰尘叠灰尘；情娘洗碗碗叠碗，睡到半夜人叠人。"（第 109 首）比较起来，都市流行曲也显得苍白了。

文学批评常遇到的所谓色情问题，不易说清。1957 年诗刊《星星》创刊，发表了一首短诗《吻》，被批为"宣扬色情的坏诗"。全诗 3 节 12 行，第一节："像捧住盈盈的葡萄美酒夜光杯／我捧住你一对酒窝的颊／一饮而尽／醉，醉！"批评者引了一首劳动人民创作的四川民歌作为对照："鸡嘴没有鸭嘴圆，郎嘴没有娇嘴甜，去年三月亲个嘴，今年三月对一年，回味回味还在甜。"然后说前者写的是情欲的挑逗，而后者所表现的却是"对女性的赞美"[1]。这能说得清吗？附带说一句，这首四川民歌的原版是一首云南曲靖民歌："鸭嘴没有鸡嘴圆，鸡嘴没得妹嘴甜，八月十五亲个嘴，九月重阳还在甜。"（《采风录》第 483 首）头一句鸭嘴、鸡嘴大约是笔录颠倒了，四川人把它颠倒过来，又做了点铺排与夸张。

这类作品叫情歌也好，叫性文学也罢，不光按阶级划线难，按雅俗分也不易。沈从文早年写过一些与性有关的诗，试看《颂》的第一节："说是总有那么一天，你的身体成了我极熟的地方，那转弯抹角，那小阜平冈；一草一木我全知道清清楚楚，虽在黑暗里我也不至于迷途。如今这一天居然来了。"还算含蓄。有几首用家乡凤凰方言（夹杂苗语）写的就比较赤裸裸。一首叫《乡间的夏》的诗写山野调情。一个代帕（苗语，姑娘）走过来了："大姐走路笑笑底，一对奶子俏俏底。我想用手摸一摸，心里总是跳跳底。只看到那个代帕脸红怕丑，只看到那个代帕匆脚忙手。"贵州黄平有这样一首："远望娘子笑笑的，两个乳乳吊吊的；要想伸手摸一把，心中有些跳跳的。"（《采风录》第 17 首）黄平在黔东，凤凰紧挨着黔东，沈从文的《乡间的夏》显然以这首贵州情歌为蓝本，另做些铺排罢了。小说《萧萧》里的那首山歌："天上起云云重云，地下埋坟坟重坟，娇妹洗碗碗重碗，娇妹床上人重人。"也显然以前面提到的那首贵州民歌（第 109 首）为母本。沈从文的此类作品（小说和诗）因为写了性曾被谴责，就诗而言，其所写本都是劳动人民的创作。施蛰存先生替老朋友做了一个解释，认为："这是一个苗汉混血青年的某种潜在意识的偶然奔放。"[2]倒也能说过去。

民歌的创作主体是农（牧）民，乡镇居民及其他社会群体也参与其间，思想来源比较芜杂。试看这首被刘兆吉归入"抗战歌谣"（共 20 首）的贵州黄

【1】参见《中国当代文学参阅作品选》第 2 册，福建人民出版社 1984 年版，第 450 页。
【2】施蛰存：《滇云浦雨话从文》。

平民歌："要想老婆快杀敌，东京姑娘更美丽。装扮起来如仙女，人人看见心喜悦。同胞快穿武装衣，各执刀枪杀前锋。努力杀到东京去，抢个回来做夫人。"（第4首）刘兆吉采集的民歌都经他认真鉴别真伪，所以虽然"东京""美丽"等词语不像农民口吻（也许由于技术处理的关系），但这首民歌总体上的真实性我毫不怀疑。高建群的小说《最后一个匈奴》里录有二十世纪二三十年代的"陕北歌谣"一首，内有句云："打开榆林西安省，一人恋一个女学生。"两相对照，其欲望的脉动何其相似乃尔。怪吗？我看不怪。

以上说的是文学。回到文学的本源，回到生活，这性问题也难讲清。当然，雅俗之分还是有的。也举个例。先说"俗"。一位学者发现生活中一种常见现象：一个没有多少文化的乡间汉子，你要他讲述某一事件，他结结巴巴、颠来倒去、语无伦次、词不达意、半天画不圆。可是讲起"荤笑话"或男女之事来，却有条有理、辩才无碍、描情摹景、绘声绘色，来得个神采飞扬。[1]这我信。"雅"的也不例外，例证就在梁实秋的一篇文章里，他顺便提到胡适圈子里的一则趣事。说有一回在胡适家中聚餐，"徐志摩像一阵旋风似的冲了进来，抱着一本精装的厚厚的大书。是德文的色情书，图文并茂。大家争着看"[2]。既是色情书又"图文并茂"，怪不得"大家争着看"。随后胡适还就含蓄不含蓄做了一番议论，"大家听了为之粲然"。又是"争着看"又是"粲然"，与山间汉子的"神采飞扬"也差不多，虽然是德文书，毕竟也是"荤"的。一谈性就来了精神，看来俗人雅士也没多大分别。而且雅士不限于男士（这有点不通，"士"本来就指男的）。曾活跃于二十世纪三四十年代的上海女作家苏青，将"饮食男女，人之大欲存焉"重新标点成十分前卫的句子："饮食男：女人之大欲存焉。"可谓不特俯视巾帼，直欲压倒须眉。

【1】何满子：《谈性文学》，载《文学自由谈》2000年第5期。

【2】梁实秋：《怀念胡适先生》。

联大师生兼差创收种种

抗战时期生活艰难，人所共知。据当年西南联大航空系的一位同学计算，1937 年上半年（即战前）教授的月收入为法币 350 元，1942 年 1 月虽然薪水 860 元，但生活指数却从 1937 年上半年的 100 上升到 3615，因此那 860 元实际只相当于战前的 23.7 元。到 1943 年 12 月情况更坏，只相当于 9.6 元了。[1] 这是经济学的统计。语言学家王力教授当时写过一篇杂文叫《领薪水》，说"薪水"本来是一种客气话，意思是说自己所得的俸给太菲薄，只够买薪买水，如今"薪水"二字真是名副其实了，如果说名实不符的话，那就是反了过来，名为薪水，实则不够买薪买水。这是幽默的笔法，把科学的计算文学化了。

联大师生总不能这么干挨着。为了改善生活，得想办法"创收"。理工科的优势比较明显，他们有专家、技师和技工，还有从日军炮火下抢运出来的一些机械设备。利用这个优势，他们办起了清华服务社，是清华校长梅贻琦倡导的。

这个服务社的服务对象是美国人。当时在昆明的美国人非常多（不仅仅是著名的陈纳德飞虎队）。除美国领事馆外，还有驻华美军总司令部（设在西站昆华农校内）、驻华美军空军（第十四航空队）司令部（设在巫家坝机场）、美军补给司令部（设在东郊黑土凹）、美国海军驻昆明联络处（设在席子营、眠山两地）等许多机构，美军招待所竟有 50 处[2]床位达 36673 张之多。[3]

美国人离不开自来水。为给美国人装自来水，就需要大量的管接头和阀门。冰也是美国人的必需品，这就需要造冰机。清华服务社的机械部都能解决。服务社的土木工程部还承包了修建美军营房，家具部生产美式家具，等等。这就挣了些钱，而且是美金。据回忆，在 1942—1944 年间，服务社可以

【1】贺联奎：《联大的清华服务社》，见《笳吹弦诵情弥切——国立西南联合大学五十周年纪念文集》，中国文史出版社 1988 年版。

【2】王淑杰：《抗日时期美、英、法的驻滇机构》，见《昆明文史资料选辑》第 11 辑。

【3】闻黎明、侯菊坤编：《闻一多年谱长编》，湖北人民出版社 1994 年版，第 685 页。

定期每次补助每位教授 100 美元，机械系、土木系参加服务社工作的另有酬劳。[1] 补助数额虽说不算大，毕竟蚂蚱也是肉嘛。

另就是为"译训班"讲课。由于美国援华人员大量涌入，急需大量翻译人员，因此联大依政府决定，1944 年应届毕业男生全部征调为译员，经译训班培训后分配各处服务。联大许多教授担任译训班的教员，每次讲课有 25 美元的报酬。[2]

另外呢就得靠个人想办法了。比较普遍的是去中学兼课，如闻一多（昆华中学），王力（粤秀中学），燕树棠、戴世光、陈达（呈贡中学），李广田（昆华商校），华罗庚、杨武之（联大附中），朱自清、潘光旦（五华中学），沈从文、曾昭抡、吴晗（松坡中学），等等。

挣稿费也是一途。当时昆明地区报刊很多，联大也办了一些，如《国文月刊》《今日评论》《边疆人文》等等。但当时稿费低，多数人写稿又比较零碎。写稿较多的也有，如沈从文既写小说又写散文、随笔和评论，曾昭抡写了不少时事评论和杂文，王力的杂文也不少。陈铨写了好几个剧本。费孝通、潘光旦、罗常培、朱自清、冯至、李广田也写了一些。但在整个教授队伍里，这毕竟是少数，而且实际进益也有限。

再干什么呢？还是理工科老师应变能力强。有的承包工程，还有的开工厂（规模当然不会很大）。化学系高崇熙教授善种花，就种了一大片剑兰来卖。航空系主任王德荣和化工系主任谢明山研制"西曼"牌墨水卖，畅销昆明。另据说化学系有位教授开了个酒精厂还很发了一笔财呢。文科教授真是望尘莫及。

但文科与文科也不同。搞文科中的应用学科，如经济、法律，多少都还有些办法。有的挂牌做律师，如赵凤喈教授在南屏街开了个律师事务所，为人办一次离婚收费 2000 元，相当可以。[3] 也有插一脚到工商界的，有几位教授不定期参加金融界、工商界在"三牌坊"国货公司举行的"星五聚餐会"活动。[4] 比较起来就数搞人文学科的惨了，语言、文学、哲学、历史，一下子怎么转化为生产力？个别的当然也有办法，外文系助教杨西崑（二十世纪五六十年代任台湾"外交部"常务次长和中国国民党中央委员）就开了一家昆联社饭馆，常有本校师生在那里请客，生意还可以。但做生意得有资金，这可不是谁都有办法的。怎么办？那就卖字、刻图章吧。据吴晗回忆，当时在北门街"北门书屋"对面的一间房子，挂上了"三友金石书画社"的长匾卖字、卖画、刻图章。挂的字以云南大学胡小石教授（著名学者，古代文史研究专家，以书法及古器物鉴别为长）的为最多；画几乎全是张小楼先生（李公朴的岳父）和张曼筠女士（李公朴的夫人）的。[1]

闻一多刻图章的事在昆明广为人知，不少人家中至今珍藏有闻一多的作品。前些年老武成路还在的时候，我去福寿巷访闻一多旧居，找到居委会，一位老者对闻一多很崇敬，马上回家拿来一颗图章让我看，并说是在华山南路订的。这勾起了我童年的记忆。当年我家在正义路文庙街口开皮鞋店，我记得马市口有家文具店（国际照相馆对门）挂有"一多治印"的牌子（收件处），刻图章是晓得的，当时只是觉得"一多"两个字有趣，"一"是少怎么又"多"了，到底是多还是少？怪。年幼无知。

刻图章是专业。闻一多本来学的就是美术，又精于古文字，这下算用上了。但很辛苦。"一间房子是卧房，也是书房，也是会客室，客人坐在床上、板凳上，他在窗前迎着光，一面刻图章，一面和朋友谈话。"刻图章得占用很多时间。"当他在出席一个演讲会或座谈会、讨论会之后，不能不在深更半夜，还低着头做他的苦工。""图章来得多的时候，他叹气，因为这会妨害了他所献身的工作。图章来得少的时候，他着急，因为这些天的菜钱米钱又无着落了。"[2]

太太们有时也要上阵。清华校长梅贻琦的夫人联络别的几位夫人一起做"定胜糕"请金碧路冠生园代卖，文学院院长冯友兰的夫人在龙头村炸麻花卖给云大附中（曾疏散到龙头村）的学生，这些事都广为人知。还有些教授太太学绣花，绣些手绢、围巾卖给美国兵。

教授名气大，有些上层人士慕名请教授教家馆（今谓之家教）。据老作家马子华先生披露，龙云有个表弟叫龙秉灵，时任滇黔绥靖公署政训处副处长兼交通兵大队长，念过私塾，师范毕业，书法不错，对文艺也有兴趣。"有一

【1】吴晗：《闻一多的"手工业"》，见《吴晗文集》，北京出版社1988年版。

【2】吴晗：《闻一多的"手工业"》，见《吴晗文集》，北京出版社1988年版。

段时间，他重金礼聘西南联大的语言学家罗常培，讲授《论语》及其他古典文。"[1] 既是"重金礼聘"，多"重"不知道，但肯定比在中学兼课，或像闻一多那样刻图章强多了。

刘文典为人撰寿辞、墓铭，"云南各地军人旧官僚皆争聘"[2]，名声很大，其"灰色收入"绝非一般教授可比。但这种事比较敏感，同事间难免有些流言蜚语，真真假假，后人难辨。有次吴宓参加一次酒宴，几杯下肚就听一位曾在北大任教后任高教司司长的吴博士发起议论，说罗常培主持《大理县志》编辑事，得款近十万元。"又传典撰、炜写缪云台母墓铭，典得三十万元，炜得十万元，未知确否。"[3] "典"即刘文典，"炜"即云大教授胡光炜（字小石）。"未知确否"，即不能肯定。但我想，假定确有其事，数额怕没那么大。罗常培主编《大理县志》（确有其事）得款才"近十万元"，刘文典名气再大也不至于三倍于此，工作量的大小明摆在那儿。再说胡小石的书法虽然十分了得，"写"一下总不能和编一部县志等"量"齐观吧。

吴宓也有吴宓的办法，他为关麟征等写寿诗诔文也有些收入，另文提及，此不赘。此外也有些零星收入。他去昆明电台讲了 20 分钟的《〈红楼梦〉之文学价值》，得酬金 80 元[4]。当时一碗面 2 元。

吴宓也受过流言蜚语之苦。1943 年 9 月，有友人介绍他去大光明戏院（今星火影剧院）任英文秘书（译撰美国电影的说明书），月薪六千元，他当场就谢绝了。想不到两个月后的重庆《大公报》登出一则《昆明杂缀》，说昆明教授"兼营副业"，举的例就有"外语系教授吴雨僧（宓）则应大光明戏院之聘，担任影片翻译"。吴宓读了"颇为痛愤"，"甚为愤激悲苦"。[5] 至于南屏大戏院，其英文翻译是曾在西南联大任职的姚安人由稚吾，与吴宓也扯不上关系。吴宓日记中有许多去南屏买票看电影的记录，其中就有看《翠堤春晓》那一次（1942 年 7 月 8 日）。如做翻译还买票，怕不至于。

由于经济困难，学生打工比较普遍。除做家教、中小学兼课外，有的在报馆做编辑、记者，也有的同学在影院做服务员，在公交车上做售票员，做邮

【1】马子华：《国防剧社的诞生》，见《昆明历史资料》第 8 卷，第 207 页。

【2】钱穆：《八十忆双亲·师友杂忆》，岳麓书社 1986 年版，第 226 页。

【3】《吴宓日记》第 9 册，生活·读书·新知三联书店 1998 年版，第 289 页。

【4】《吴宓日记》第 8 册，生活·读书·新知三联书店 1998 年版，第 292 页。

【5】《吴宓日记》第 9 册，生活·读书·新知三联书店 1998 年版，第 110、150、188 页。

工，甚至打铁、挑水的都有，也有卖报的。做这些事收入很低。当然也有比较例外的，如外文系的一位同学人称白马王子，英语又说得流利，他在英国领事馆兼任英文秘书，那待遇就非一般人可比了。也有的不顾学业在滇缅路上跑生意，当时的说法叫"跑仰光"，但这种人很少。

与老师的情形类似，学生中也难免有流言蜚语。1944 年初，联大某个学生在昆明《扫荡报》副刊撰文，"谓联大女生，多与美兵狎近，每次价美金 20 元，名曰'国际路线'。因之，外语系中学生亦骤增多云云"。身为外文系教授的吴宓看了报纸十分气愤，联大怎么会有这种学生写这样的东西，他在日记中写道："何中国青年之粗犷卑劣一至于此！"【1】

吴宓虽然是个有争议的人物，但吴宓对教学之认真，舆论似无异议。早年曾任北大英文系主任的温源宁这样评吴宓，说他"对人间一切事物都过于一丝不苟"，"作为老师，除了缺乏感染力之外，吴先生可说是十全十美。他严守时刻，像一座钟，讲课勤勤恳恳，像个苦力"。【2】正因为"过于一丝不苟"，所以吴宓对外文系老师忙于创收而影响教学也颇有微词（日记里的微词），说他们忙于编印战地服务团英文日刊，"痛感联大外文系成为战地服务团之附庸"。老师们"又兼留美预备班教员，得薪俸极多。而在联大授课草草，课卷不阅，学生不获接见，系务完全废弛。即连日评阅新生考卷，亦仅轮流到场，匆匆即去"【3】。

忙于兼差而影响正常教学秩序，这是可以想象的，在某一段时间情况可能更突出一些。但我想这恐非外文系的常态，不然外文系怎么能培养出那么多优秀的人才。

【1】《吴宓日记》第 9 册，生活·读书·新知三联书店 1998 年版，第 186 页。

【2】转引自许渊冲《追忆逝水年华》，生活·读书·新知三联书店 1996 年版，第 80—81 页。

【3】《吴宓日记》第 9 册，生活·读书·新知三联书店 1998 年版，第 91 页。

《未央歌》里的昆明风土风情

在中国现代文学中，有关昆明风土风情的具体描绘并不很多。我阅读范围有限，印象中艾芜的小说《人生哲学的一课》（1932 年）写到一点，里面具体提到城隍庙街、劝业场和广聚街，都是抗战以前的老名字了。城隍庙街是武成路的第二段（自东而西），因那段路靠近城隍庙（其址即今五一电影院）而得名。另几段的旧名分别为土主庙街（华山小学，即土主庙原址）、武庙街（武成小学即武庙原址）和小西正街（靠小西门的一段），到 1938 年左右才统称武成路。劝业场，即正对今五一电影院的那段路，早年有职业学校、职业介绍所、实业改进会等，风味小吃店和茶楼也多。广聚街也是老名，也叫广马大街，艾芜小说里叫广马街，那一带两广人多，故名，20 世纪 30年代中期与敦义街（碧鸡坊至鸡鸣桥）合并才统称金碧路。不过在艾芜笔下，当年的昆明色调比较灰暗，文学的社会批判性使作家有意忽视城市风土风情的亮色。再后，女作家彭慧的《巧凤家妈》（1939 年）、李广田的《欢喜团》（1942 年）和刘澍德的《篱》（1947 年），这几篇小说的故事背景虽然也都在昆明（彭慧那篇的背景是官渡农村），但情形与艾芜大致相仿，几乎没有风土风情。倒是抗战时期冰心、老舍、沈从文、冯至、林徽因、施蛰存这些作家的诗文写得多些，而且文采丰赡，摇曳多姿。当然，写那一时期老昆明风土风情最鲜活耐读的还要数汪曾祺的散文，他的《翠湖心影》《昆明的雨》《跑警报》和《凤翥街》诸篇，娓娓而谈，一往情深。以昆明为背景的小说汪曾祺也写了若干篇，如《落魄》《职业》《求雨》《日规》等，里面说到大西门、小南门、文明新街（即文明街）、华山西路、逼死坡、文林街、近日楼、金碧路、凤翥街、白马庙等等。不过汪曾祺的这些小说与散文差不多，写法相近，内容也有重复，而且除个别篇章写于 20 世纪 40 年代外，绝大部分都属晚年（80 年代）之作，归不到一般所说的现代文学范畴里去，那要算当代文学了。

但现代文学里并非没有充分描写昆明风土风情的作品，有的，而且不是散文、游记，是小说，并且是篇幅六十多万字的长篇小说，这本书叫《未央歌》，作者叫鹿桥，即吴纳孙（1919—2002）。这是一部十足的校园文学作品，尽管作者是在离校之后才动笔的。作者1942年6月毕业于西南联大外文系，留校任助教。他在小说的《前奏曲》里说："在学生生活才结束了不久的时候，那种又像诗篇又像论文似的日子所留的印象已经渐渐地黯淡下来了。虽然仍是生活在同一个学校里，只因为是做了先生，不再是学生的缘故，已无力挽住这行将退尽的梦潮了。"说是这么说，但鹿桥还是将他的梦潮挽住了。稍后，他以助教身份去了重庆，在那恶劣的环境里更加怀念在联大、在昆明的岁月，于是萌生了写作的想法。《未央歌》共17章，前10章于1943年底在重庆写成，第二年他考取自费留美，年底从昆明离开祖国赴耶鲁大学深造，并在1945年夏写完小说的后7章（时年26岁）。但这部作品直到1959年才在香港自费出版，随即在台港两地引起轰动。1967年由台湾商务印书馆出版，至1980年普及本已达26版之多。[1]

由于历史的原因，这本书一直到1990年才在大陆（山东）出版，并且据我所知书出版后流播不广，读过的人大概并不很多。为了让更多的人对《未央歌》中有关昆明风土风情的描写略有所知，下面就从书中摘抄文字若干段，并稍加解说。

先说昆明的自然特点。沈从文的《云南看云》是篇有名的散文，他说"云南特点之一，就是天上的云变化得出奇。尤其是傍晚时候，云的颜色，云的形状，云的风度，实在动人"。但又说"外省人"到云南一年半载后就会习以为常，"除了只能从它变化上得到一点晴雨知识，就再也不会单纯地来欣赏它的美丽了"。鹿桥却例外，他在离开昆明后仍然存留着对昆明晚云的诗一般的记忆。他在小说开篇《楔子》里有一段这样描写昆明的黄昏：

> 夕阳倚着了西边碧鸡山巅了。天空一下变成了一个配色碟。这个画家的天才是多么雄厚而作风又是多么轻狂哟！他们这些快乐的王子们躺在地上，看见许许多多奇形怪状的云区在迅速地更换衣裳。

【1】据说鹿桥《市廛居》对本人生平叙述颇详，我未读到。本文有关鹿桥生平主要依据夏小芸《关于鹿桥》（《新文学史料》2002年2期），并参考西南联大校史、史料和鹿桥的老师吴宏先生的日记。

方才被山尖撕破了衣裙的白云，为了离山近，光变成了紫的。高高在天空中间的一小朵，倒像日光下一株金盏花。这两朵云之间洒开一片碎玉，整齐、小巧、圆滑、光润，如金色鲤鱼的鳞，平铺过去，一片直接到天边。金色的光线在其中闪烁着。天边上，横冲过来的是疾卷着、趋走着的龙蛇猛兽，正张牙舞爪炫耀它们的毛色。浓黑的大斑点，滚在金紫色的底子上。那些金色鱼鳞若是工笔细描的地方，这里则是写意大泼墨处了，靠近落日处的长条晚霞就把刺目的金针投到惊叹的眼睛里叫人俯首。慢慢地一切变暗，那些鱼鳞也变成金红色然后消失了。晚景可爱的晴空是一抹蔚蓝的天幕，均匀地圆整地盖了四周的景物。一切都呈现得模糊了。只有黛黑古老的城墙与墙根成行的大树，及天空沙哑飞叫着的鸦阵更显得清楚，成为镶在蓝天上的镂空黑纸剪影。高高飞着的白鹭比乌鸦还要醒目些，尤其在它们盘旋翻身展翅时向光的一面便是亮亮的一个白色三角形照耀得很。可是白鹭也渐渐少了，它们一只只投到老树枝上，一敛翼便与黑色枝叶隐在一起，找不见了。

"快乐的王子们"指躺在校园草坪上晒太阳的学生们。那是1938年联大师生刚从长沙来到昆明。"他们躺在自长沙带来的湖南青布棉大衣上。棉大衣吸了一下午的阳光正松松软软的好睡。他们一闭上眼，想起迢迢千里的路程，兴奋多变的时代，富壮向荣的年岁，便骄傲得如冬天太阳光下的流浪汉。"当时昆明的老城墙还在（例外的是南门城墙20世纪30年代初即已拆除，建成南屏街），其中一段还穿过联大新校舍南区（今云师大校门对面那一片地方及附中校园），为便于师生往来开了一个豁口，这就是《未央歌》里常提到的"城墙缺口"。文中写到的"古老的城墙"，主要指从大西门（今新建设电影院门前）到新校舍南区的那一段。

下面看鹿桥如何写昆明的雨。

小童（童孝贤）是生物系的学生，《未央歌》的两位男主人公之一。第七章有一段写小童"爱躺在床上听风，也爱听雨，尤其是夜晚的雨"。

　　昆明雨季的雨真是和游戏一样，跑过来惹你一下，等你发现了她，伸手去招呼她时，她又溜掉了。她是有几分女人性格的。像是年轻的女人。她又像醉汉。醉汉的作风是男子性格中少有的可爱的成分，而年轻女人正有着丰盛的这种成分。她是多么会闹！多么肆无忌惮地闹啊！她在晴明的白日忽然骤马似的赶到了，又像是没来由的一点排解不开的悲愁袭击了她，她就又像是跺着脚，又像是打着滚儿尽兴地大哭了一阵。……

忽然，你又发觉她已经收声止泪了。抬头找她时，除了一点泪痕外什么也看不出来了，青山绿水，鸟语花香。大哭过后的女孩子谁不知道是分外姣美？她在梳发，她在施脂。对了镜子快乐地笑着。偶尔回顾你一下，皓齿明眸，使你眼睛也明亮起来了。草木山林，路上的石板，溪里的波纹都又轻快明净了。田野便那么悄悄地寂静可爱，耳边只有轻轻的水滴的声音，从自己的衣服上，滴落在路上的碎叶上、细砂上。

到了雨季最高潮，那身段姿势就又不同了。她伏枕一哭就是一天，饭也不肯吃，觉也不肯睡！一天不尽兴，就是两天，两天还不尽兴，那么就再多哭一天。三天以上不断的雨水就比较少了。除非有时实在太委屈了，那就休息一下，梳洗一下，吃点精致的点心，再接着来上个把星期给你一点颜色看看！虽然说是这样，她也有时在早晚无人知晓时，偷偷休息一下。那时，那体贴的阳光，无倦无息地守候着的，便露出和煦的笑脸来劝慰一下。昆明是永远不愁没有好阳光的。但是这一切，窥穿了她心底秘密，就惹起了更难缠的大哭大号啦！她披头散发地闹将起来，又把阳光吓走。跑得远远儿地，连影子也不敢露，心上"别别"地跳！可怜的太阳。

这样一度大激动之后，她便感觉到疲倦了，她慢慢地哭得和缓了……

这时的雨景便如梦如画……

走在这样的雨中，慢慢地被清凉的雨水把烈火燥气消磨尽了之后就感觉出她的无微不至的体贴，无大不包的温柔来了。浸润在这一片无语的爱中时，昆明各处无名的热带丛草便疯狂地长高长大了。

说实话，我还未见过谁的作品如此精灵传神地写过昆明的雨。鹿桥还说

"看雨景要在白天"，"听雨要在深夜"。还说听雨"要分别落在卷心菜上的，滴在砂土上的雨，敲打在纸窗上的雨，打在芭蕉上的雨"。鹿桥入耶鲁大学专攻美术史，日后成为世界闻名的艺术史教授。鹿桥有艺术的听觉和视觉，早在昆明时他就能那样去看昆明的云、听昆明的雨，那样艺术地去感觉昆明的黄昏，看来不是偶然的。

《未央歌》里的民风民俗描写更是丰富。小说以西南联大在大西门外建新校舍为楔子，先写一段此前不知多少年前与大西门、凤翥街和三分寺（其址即龙翔街今军区干休所西南角）有关的一个传说，里面有凤翥街"赶街"的风光：

> 云南地方早饭上午九十点钟就吃了的，下一顿要到下午四五点钟才吃。他们吃了早饭，薛发（主人家的长工）跟先生（主人家从西郊沙朗请来的风水先生）到书房里挑了行李出来……说着走出大西门（今"新建设"一带）。这天正赶上街期，向北走上凤翥街，那里挑贩、驮马，真是挤得水泄不通。二人一边看街子上风光一面笑谈着从大街边上挨着往前走，薛发在后面跟着好容易挤到街北口，看见了去普吉、沙朗的石板正道（今建设路）。

这情形恐怕是清末民初的事了，到抗战时期，凤翥街不兴赶街了，街上主要是些饭馆、茶馆、杂货店和马帮住的车马店，汪曾祺那篇《凤翥街》写得十分生动具体有趣，几乎无人可及。

但鹿桥也是写民俗的高手，《未央歌》里写米线、饵𬂩如何如何就十分精彩，而且比汪曾祺早写三十来年。下面这段有点长，舍不得删，只好照抄。

> 只要是在云南省就不论哪个小县份、小乡村里都不难吃到三样用米粉做的食品。依本地土名叫来是："米线"，"饵𬂩"，"卷粉"。𬂩字读"块"。吃食店里都用这个"𬂩"字。"卷粉"读"剪粉"，这是方言的关系。三样东西的做法起初都差不多，先把白米淘净，煮一过，只要煮熟，不必煮烂，抟在一起，成了软软的一团。做米线时，只消把它从有筛孔的板中压过，那有平常粉丝泡开了那么

粗细的一条条白线，就是米线。不做成线，把它整个像做豆腐干那样压成砖样大一块整的，也差不多有砖那么硬的东西，就是"饵𫗄"。饵𫗄平时要泡在清水里，吃时再取出来切成片，或丝。不用时一定要泡在水里。切好的也至少要用湿布盖上，否则它失去水分就会干裂开来。卷粉是把已有米糊摊成薄薄一片有一个蒸笼那么大的一张饼，再蒸一下，然后卷成一卷。用时横着切下一截截的来。三种东西都可以有各种吃法，放的作料却差不多。有肉末的，叫川肉（注：应写为"㸆肉"），有焖鸡的就叫焖鸡，这两种吃法最多。比如川肉米线、焖鸡卷粉之类，都是有汤的。此外炸酱的，红烧羊肉的等等不一而足。饵𫗄因为是硬的，所以还有炒饵𫗄的方法，味道不让炒年糕。这些吃法全有很多辣椒在内。初来云南的沿海省份的人多半有点不习惯，但是用不了多久，他也会由了两腿走进随便一家小米线馆："来碗川肉米线！"一看大师傅用手抓作料就说："少放辣椒。"大师傅若听不清楚，小伙计帮忙喊："免红！""免红"就是免辣椒的意思，他就要抗议："要辣椒！"很自负地，又顺便绕上句："多青！宽汤！"那"宽汤"的意思就是说："只要汤多点，有辣椒也不怕！""青"是说青菜，这菜要看季节而定，春秋是豌豆尖，夏冬是菠菜，什么都没有时，韭菜是一定有的。云南青菜是四季皆多的，在冬季吃一碗鸡丝豌豆是一件平常的事。

今天不是有人要研究饮食文化，要研究滇味吗？这实在是绝好的文字。当时人说"免红""多青""宽汤"，多么有文化，如今这些昆明老话已被人们遗忘了，多亏鹿桥记了下来。

鹿桥还比较了米线、饵𫗄、卷粉的不同，说："三种吃法，原料差不多，故其不同之点实在是在感觉上。米线松软，滋味易入。卷粉稍有韧劲，卷成的卷儿煮开了便如宽面条儿。饵𫗄最难嚼，可是也就是爱吃它那股子硬劲，觉得这才有个嚼头儿。另有一种饵丝，做就的丝，细得很，偏有饵𫗄硬！是鹤庆地方名产，就比较难得要算珍品了。"此外还说到冰糖饵𫗄、牛奶饵𫗄的吃法。还说到大西门内的几家米线馆如何受学生欢迎，把文林街那家取绰号叫"米线大王"，靠府甬道路口那家叫"米线二王"，等等。

鹿桥在昆明只生活了四五年，不仅对米线、饵块的制作、烹调十分精到，而且对昆明的大街小巷，尤其是大西门、翠湖一带，十分熟悉。《未央歌》的人物绝大部分是联大学生，活动范围主要是校园，但也进城逛街、喝茶、买书、看电影，而且频繁。从大西门走文林街下西仓坡穿翠湖上华山西路去正义路，是学生们进城的基本路线。女生宿舍在文林街中段"昆中南院"，这里原是昆华中学（简称昆中）的南院，习称昆中南院（街对面的"昆中北院"也借联大使用）。男生约女生进城就先去女生宿舍门口警卫室，告诉周嫂（校工）找某小姐，然后周嫂就进去喊某小姐。有回小童约同系的师姐伍宝笙（小说的两位女主人公之一）进城，伍小姐出来了。书里写：

> 伍宝笙同小童一道（从南院）走出来。一路走着，一路计划都做些什么事，他们说好的两件事之外，伍宝笙想过光华街时看看商务印书馆有新书没有，生物系专门期刊阅览室是由她管的，她也管收集图书。她们从翠湖中间穿过去，到了翠湖东路的头儿上，上了青莲街的大坡，走完华山西路、南路，到了正义路。

青莲街即今翠湖宾馆与卢汉公馆之间的夹道，也是个坡。光华街一带，包括文明新街和甬道街（北口），是昆明当时的图书中心，内地许多大书店都在光华街开设分店，其中以商务印书馆和开明书店最有规模，另外还有世界书局和正中书局等。甬道街北口的万卷书局专门租卖旧书，文明街有家外文书店。商务印书馆位于光华街北廊（文庙直街以西），铺面相当气派，主要卖西方学术著作，联大师生购书商务是首选。开明书店在云瑞公园东侧（今滇剧团）。

再看第十五章伍宝笙去平政街天主教堂找蔺燕梅一节。蔺小姐是外文系的学生、校花，因受流言包围，精神痛苦，打算做修女。恰好教育部在联大征募学生到云南几个边区调查研究边民语言，并编制字典。蔺小姐背着最亲近的几个同学悄悄报了名，离开学校去平政街天主教堂，准备第二天乘教堂的车去文山县（今文山市）天主教堂一边学习一边工作。师姐伍宝笙知道后心急如焚，连夜冒雨赶去平政街劝阻小师妹。小说里这样写：

伍宝笙还没走出南院（女生宿舍）操场头发已经被水湿透，（略）她到了文林街上，只能看见路灯远远的，一盏一盏在街心里明亮，街上全没有一个行路人。（略）一路上全没有一处可以躲了雨走，她只得沿着街边的墙，不管脚下踏在什么垃圾上，往前一步高一步低地抢。文林街快到小吉坡的地方，路灯特别亮，照见小吉坡弄堂里还洁净些，她便半滑半跑地顺了小吉坡一口气冲到玉龙堆。

这里地势低了，水不但是自每一个坡上流下来，并且还从石板缝里冒上来，她两脚都没在水里，每一步踏下去都把水溅起来冰凉凉地打到膝盖那么高。她等于是蹚河那样到了青云街同丁字坡口。

青云街地势更低，一眼看去，汹汹涌涌，竟起了波涛，她便在大雨中不觉怔住了。呆了一下，她看只有决定不走青云街，就忙忙赶上了丁字坡。这坡口上完全没有灯，路又陡。（略）

…………

她爬完丁字坡，到了北门街，这里好走了，就咬紧了牙，不顾身上多冷，多痛，极快地赶到了圆通街口。她到了圆通街，心上好过了一点，前面不远便是平政街了。伍宝笙终于到了平政街了，一个落雷正打在街心，闪电里现出天主教堂那个金字黑木牌来，她便直奔过去。门是开着的，她便向里走。闪电之后，一条街的电灯全熄了，她只见教堂那五彩玻璃的长长窗子里，烛光十分明亮。

这正是晚祷的时候……

这些文字是鹿桥在美国写的，写昆明的街道居然写得这么熟、这么自如，不仅街道走向准确无误，连地势的高低都说得明明白白。还有那"一个落雷正打在街心"的一笔，把昆明的雷写绝了。

上面提到的玉龙堆（旧名，今翠湖北路从先生坡脚至云大校门一带）、青云街一带地势确实低，紧挨着的西仓坡、先生坡、小吉坡、贡院坡（从云大校门至文林街的 S 形路段，十年前拉直文林街时废弃）和丁字坡的雨水都往那里汇，鹿桥说水"自每一个坡上流下来"，太对了。

平政街与华山东路是一条直线，与圆通街垂直，那里的天主教堂很有名。

据《马可·波罗游记》记载，元代时云南即有天主教徒出现。另据有关文献资料，18世纪初法国教会开始委派云南（教区）主教，但未到任。1840年云南教区从四川教区划出，新派云南主教到任，设主教府于盐津县。1883年主教府迁到昆明平政街（其址在今云南省卫校），1935年再迁至太和街（今北京路中段）[1]。西南联大来昆时主教府虽然不在平政街了，但那里的教堂仍占重要地位。且其址距联大相对较近，小说安排此一情节也较为自然得当。

除以上关于昆明的自然状况和大街小巷的描写外，《未央歌》里的昆明方言词语也可注意。鹿桥祖籍福建福州，生于北京，在天津读的中小学。从这部小说的文字看，鹿桥的国语（普通话）相当纯熟，作品里的方言词语比重并不大，他一般只在写地方人士时用上一点以显乡土特色。让人觉得有趣的是，小说的叙述文字甚至"外省人"的言谈中也时不时地夹带一点昆明方言。比如叙述文字多次出现的"将将""样数""他两个"等方言词语。第二章写到男生宿舍的拥挤，说："每一幢长形茅草房子要住四十个人的。双层床密密地排在那儿将将一边可排十个。"这个"将将"是"刚刚"的方言读音，在南方不少地区，gāng与jiāng两音可互换，例如"豇豆"一词，有的地方说"江豆"，有的地方说"刚豆"。在上海一带，"江"字读音与"刚"同，亦可为证。再说"样数"，这也是昆明方言词，意为种类。第二章写到联大校门外路边每天清早的热闹景象："这里有许多卖早点的摊子，卖的东西样数也多。"又如"他两个"，这个方言词义同普通话的"他俩"。第七章写同学们为一个女同学的婚礼帮忙张罗，叙述文字中就有"小童便告诉她两个说他要在这里陪傅信禅"（傅是法律系学生），"她两个也看出了傅信禅神色不对"这样的话，写得很顺手。联大学生绝大部分是"外省人"，小说中这些学生说话时常夹杂点方言词，蔺燕梅一会儿说："才将这个不好。"（"才将"即"才刚"即"刚才"）一会又说"他两个"如何如何，说得很顺溜。这样的例子太多、太零碎，不再多举。

以上仅就《未央歌》里的昆明地方风土风情笔墨略做介绍，至于对这部小说的总体评价，大体说台港及海外评价较高，大陆较为低调。1999年，香港《亚洲周刊》与世界各地华人专家联合评选出"二十世纪中文小说一百强"，《未央歌》列第73位。香港作家司马长风（1922—1980）说自己在研读了近

【1】以上据云南省天主教教务委员会干部何品军的《云南天主教发展述略》，见《昆明文史资料选辑》第21辑。

百部小说之后，认为在战时、战后时期，巴金的"人间"三部曲（指《憩园》《第四病室》《寒夜》），沈从文的《长河》，无名氏的《无名书》和鹿桥的《未央歌》，构成了长篇小说的"四大巨峰"，还说这部《未央歌》"尤使人神往"，它既是一部"可歌的散文诗"，也是一部"巨篇史诗"。[1] 评价相当高。与鹿桥同年毕业于联大的大陆学者熊德基（1913—1987）则持保留态度，他在一篇遗稿中谈到对联大的认识时说，联大"绝不是如小说《未央歌》所反映的那种安乐窝或世外桃源。虽然小说中描绘的昆明风土人情，有其符合真实之处，但书中的人物在联大师生中只能代表极少数，并不具有典型意义。这部小说曾在台湾和海外青年学生中风靡一时，实际上没有写出那个时代的真实情况"[2]。

或许，这正是海内外视角之不同吧。

【1】司马长风：《中国新文学史》下卷，（香港）昭明出版社有限公司1983年版，第112—113页。

【2】熊德基：《我在联大从事党的地下工作的回忆》，见《云南文史资料选辑》第34辑（1988年版），第364—365页。

王力散文里的老昆明信息储存

王力是中国语言学大师，西南联大教授，他在昆明写过六十多篇散文，1949 年初编为《龙虫并雕斋琐语》在上海出版。王力解释，起初他用"龙"和"虫"表示两种不同的文体，前者指学术性论著，后者指非学术性文章。在昆明写的这些散文王力自己叫作小品文（即杂文）属于"虫"，也叫作"人话"。与此对应，他将那些学术论著称为"天书"。【1】

这些散文妙趣横生，无论是鞭挞时弊还是闲话家常，读着都觉有味，会获得启迪与美感。如今时过五六十年，这些能再现昆明当年生活风貌的文章又新生出一种意义，即信息储存价值，这一点也不应被忽视。

这些文章的覆盖面非常广，抗战时期昆明生活（主要是公教人员）的诸多方面，虽不好说包罗万象，却也差不多了。先说居住条件吧。王力在《住》里说："我虽没买过洋房，却住过洋房。"而且是带小花园的，房里有"连席梦思床在内"的整套家具。这说的是清华园的教授住宅。来到昆明就不能比了，"我由洋房而变为住半中西式的房子，再变为住土房子"。这个半中西式的房子指刚到昆明时住过的北后街 30 号。北后街在金碧路南廊的背后，那一带是随滇越铁路通车而繁盛起来的，两广人多，越南人也有一些，还有少量的西方人，所以那里的房子是半中西式的。到 1942 年，王力为避日机空袭而迁北郊龙头村【2】，住的是土房子。数十年后王力还记得，那"房子既小且陋，楼上楼下四间屋子，总面积不到二十平方米，真是所谓'斗室'。土墙有一大条裂缝，我日夜担心房子倒塌下来。所以我在这个农村斗室里写的小品就叫《瓮牖剩墨》"。（《龙虫并雕斋琐语·新序》）这房子我去看过，当然比当年更破旧了，主人已不用，在旁另建了两层新砖房。

【1】见张谷、王缉国《王力传》（广西教育出版社 1992 年版）第九章和王力的《〈生活导报〉和我》。

【2】实际是与龙头村紧邻的棕皮营，外省人往往将那一带统称为龙头村。王力租住的土房子是村民赵竹英家的老房子，门牌 43 号，这是陈立言先生发现的。2013 年左右已毁。

王力在棕皮营住了一年左右（他第一个儿子就是在这里出生的），1943年迁回市区，住在粤秀中学。该校原名粤秀学校（小学），是两广同乡会创办的，抗战爆发后增设中学部，聘王力为第二任校长，他是名教授又是广西人，很合适。校址在后新街两广同乡会（前些年的昆明市委大院北侧）。这一带的房子是比较好的，不但有半中西式的，洋房也不少。王力一家在学校里，住的似乎不是洋房，但他说："比龙头村那房子好多了。小院子里有一棵棕榈树，所以我在这所中学宿舍里写的小品就叫《棕榈轩詹言》。"这校址现在是盘龙一中，前几年我去过，王力的"棕榈轩"未见留下什么遗痕。

从乡下搬回城里后，王力写的那篇《灯》也很有意思，说足以代表三个时代的灯他都用过了。菜油灯代表闭关时代，煤油灯代表海通时代，电灯代表最新物质文明时代。王力说他广西老家是偏僻的县份，所以"直到廿三岁才有福看见电灯。直到抗战以前，我一直受着爱迪生的恩惠"。昆明有电灯倒不算晚，海口镇石龙坝水电站1912年建成，这是我国建立的第一座水电站，昆明市区也在这一年开始使用电灯。而在郊区就不一定都有电灯了，王力疏散去的那个棕皮营，刚去还没电灯，一下子退回到闭关时代的菜油灯，他说自己"万万料想不到此生还会归真返璞"。

煤油灯其实是有的，王力刚下乡还用，后来嫌煤油太贵了才改点菜油灯，"在无可奈何之中，勉强找一个点菜油灯的理由，聊以自慰。电灯哪里比得上菜油灯有诗意呢？"话是这么说，毕竟还是电灯好。"乡下住了一年多，忽然听见村里有装电灯的机会，我又欣喜欲狂。我住的房子距离电线木杆五十公尺，该用电线二百余码，计算装电灯的费用，是房租的百倍。我居然有勇气预支了几月的薪水以求取得这一种既不能吃又不能穿的东西。……每一到了黄昏，华灯初上，我简直快乐得像一个瞎了十年的人重见天日。"

龙头村、棕皮营距市区八九公里，不算远，而电灯的使用却比市区晚了三十一二年。这条史料很可贵，虽然是文学性的。

到1943年，"空袭渐疏"，王力一家又搬回城里，没想到菜油灯又派上用场。那灯原被王力"抛弃在屋角上，连睬也不去睬它了"，"不料太太惜物成性，又把它带到了城里来。当时我笑她小气，但是当天晚上我又不能不佩服她有备无患。原来我们搬到城里的第一天就遇着轮流停电，而且偏偏轮着我们所住的一区"。于是那菜油灯又变成"天之骄子"了。"这年头儿的照明，什么灯也都比不上菜油灯可靠。"又来了句黑色幽默。

再说昆明当时何以电力供应紧张，根本原因是内地迁来的机关、学校、工厂太多，昆明人口激增，但抗战时期美、英、法等国在滇机构众多也是重要原因。据昆明市档案处提供的材料，当时"美军在云南建立了大小一百多个军事机构和后勤服务部门，驻滇美军达五万人之多"，不说别的，仅美军在昆明的招待所就达 50 处之多。【1】在粤秀中学附近的就有巡津新村、盘龙新村和盘龙路三处美军招待所，这都是保证供应的用电大户。

王力的《公共汽车》也有史料价值。据《云南公路运输史》（第一册，人民交通出版社 1995 年版），1925 年云南省交通司从越南海防买汽车四辆，经滇越铁路运到昆明，此"为云南有汽车之始"。次年，向法国购买恒诺牌小轿车二辆。1929 年开办昆明市郊及昆明—安宁段客货运输，此"为云南开办汽车客货运输之始"。1934 年"试开昆明市内公共汽车"。1942 年 8 月 1 日，"昆明市区公共汽车开行"。而王力 1945 年写的这篇《公共汽车》恰好提供了又一佐证。文章一开头就说："最近因为迁居乡下，每星期须坐几次公共汽车。"文章说到等车费时让人头痛，禁不住来了几句骈文："月断天涯，但瞻吉普；望穿秋水，未见高轩。候车近日，有如张劭之灵；抱柱移时，竟效尾生之信。"【2】当年的汽车始发站在近日楼【3】，"候车近日"一语又提供了证据。但这段文字说的是由近日楼开往北郊（龙头村在北郊）的公共汽车，联大外文系吴宓教授的日记则提供了昆明市区当时已有公共汽车之证据。1942 年 12 月 11 日下午，吴与两友人去昆明大戏院（今"新昆明影城"）看美国片《罗宫春色》，约 7 时（黄昏），"宓偕琼由近日楼乘市立公共汽车（两人＄10）至西站"。【4】由近日楼至西站，这是昆明市区公交车最老的路线，今天的 1 路（东站至黄土坡）即由此延伸而来。吴宓这段记录有日期（1942 年 12 月），有乘车时间（下午 7 时，公交车尚未收班），还有票价：两人 10 元。这值多少？据吴宓四天前的日记"宓在庆云楼食破酥包子五枚（＄10）"，10 元可买 5 个破酥包子。

【1】据王淑杰《抗战时期美、英、法等国的驻滇机构》，见《昆明文史资料选辑》第 11 辑。
【2】此处"吉普"指车而非特指吉普车，这从文中"没有能力爬窗子的人们就从车门口蜂拥而上"即可看出。"高轩"亦指车。张劭乃汉代人，与范式要好，死后托梦给范式。发丧时张劭灵柩不往前走，等范式到了后灵柩才前进。尾生乃古之信士，与一女子相约在桥下相见，待之不至，抱桥柱而死。
【3】近日楼已毁，其址即近日公园北侧，而非前些年在东寺街东侧新造的假古董"近日楼"。
【4】《吴宓日记》第 8 册，生活·读书·新知三联书店 1998 年版，第 424 页。琼即联大生物系助教张尔琼小姐。

　　王力这篇《公共汽车》除说到等车费时外，还讲到买票的乱和上车的挤。"抢和乱是中国全社会的情形，公共汽车的卖票只是全社会的一个缩影。""有些特种人往往不先买票，就从车窗爬了进去。……没有能力爬窗子的人们就从汽车门口蜂拥而上，弄得乘客们没有法子下车。"这都是历史的剪影。如今昆明的公交车已有两百路之多，而且是"无人售票"，上下有序，两相对照，判若云泥。

　　王力还有篇《跳舞》也可一提。先说 20 世纪 20 年代上海逐渐流行跳舞（指交际舞），但社会上一直有争论。然后说昆明："近两年来，昆明的跳舞颇为盛行，于是跳舞成为社会讥评的对象。有些人根本反对国难期间的跳舞……另一派人并不反对中国人和中国人跳舞，他们只反对中国女子——尤其是大学女生和外国人跳舞。"认为"有伤国格"。这些看法显然与当时昆明"老美"多有关。这也是有价值的社会观念史料。

　　抗战爆发后昆明成为大后方重镇，舞厅日渐多了起来。据统计，从 1937—1949 年间，昆明东区共有舞厅 10 家，均为私营。开设最早的是和平舞厅（正义路），接着是百乐门舞厅（民生街）、商务酒店花园舞厅（巡津街）、皇后饭店舞厅（其址即今北京路市公安局），还有晓东街的咖啡舞厅、"华达"、"波士登"和护国路的"乐乡""金门""丽都"等，其中最大的是和平舞厅，可容纳舞客一百五十多人，内有歌女演唱和舞女表演"大腿舞"。[1]如果连西区（五华区）一起算，营业性舞厅当有二十家左右。崇仁街的庾园[2]内还有专为美军服务的"同盟联欢社"天天跳舞，等于舞厅，据说也放电影。

　　昆明市区西北角是文化教育区，未听说有专门的营业性舞厅，不过也有一点点。据汪曾祺的《泡茶馆》记载，大西门内有家茶馆兼舞厅："进大西门，是文林街，挨着城门口就是一家茶馆[3]。这是一家最无趣味的茶馆。茶馆墙上的镜框里装的是美国电影明星的照片，蓓蒂·黛维丝、奥丽薇·德·哈莱兰、克拉克·盖博、泰伦宝华……除了卖茶，还卖咖啡、可可。这家的特点是：进进出出的除了穿西服和麂皮夹克的比较有钱的男同学外，还有把头发卷成一根一根香肠似的女同学。有时到了星期六，还开舞会。茶馆的门关了，从

【1】据《昆明市盘龙区文化艺术志》，云南人民出版社 1994 年版，第 194 页。
【2】此庾园原为名宦庾氏兄弟的私宅。抗战时期此宅已成公产，作为云南省府招待所。庾氏在大观楼外另有庾家花园。
【3】位于今"新建设电影世界"东侧。

里面传出《蓝色的多瑙河》和《风流寡妇》舞曲，里面正在'嘣嚓嚓'。"到底是汪曾祺，写什么都生动传神。

拉回来还说汪曾祺的老师王力。

王力散文中的老昆明生活信息确实储存不少，以上说到的几篇不过举例罢了。例如："昆明骡马之多，可以比得上北平。乡下女子也会横坐在载货的鞍子上，让马蹄嘚嘚的声音伴着她们的歌声，这一点却是北平女子所不能及的。"（《骑马》）"昆明的小孩跟着外国人到处跑。"（《外国人》）等等。有的更是闻所未闻："今年西南联大一年级的作文卷子，先由教师指出错误或毛病，叫学生拿回去自己改一遍，再交给教师详细批改。学校刻了几个小印，印上有'层次不清'，'意思不明'，'文法错误'，'用字不当'，'别字'，'错字'等字样，所谓先由教师指出错误或毛病，就是把这些小印盖在错误或有语病的地方。这是一种尝试，效果如何，尚待事实的证明。"（《谈用字不当》，写于 1939 年）有关西南联大的文章我读过一些，这段逸闻却是头一回见到。

南屏大戏院

汪曾祺写什么都生动、传神，他那篇《泡茶馆》可算一篇写当年联大学生日常生活风貌的经典，里面有一段说凤翥街有家茶馆是绍兴老板开的，有位善吹口琴姓王的同学常去光顾，与老板熟。"他喝茶，可以欠账。不但喝茶可以欠账，我们有时想看电影而没有钱，就由这位口琴专家出面向绍兴老板借一点。绍兴老板每次都是欣然地打开钱柜，拿出我们需要的数目。于是我们欢欣鼓舞，兴高采烈，迈开大步，直奔南屏电影院。"

汪曾祺这篇回忆性散文写于 40 年后，一提及南屏还是那么有感情，一个"直奔"就把"南屏"的地位勾画出来了。

20 世纪 40 年代的昆明，最好的电影院（当时叫"大戏院"，性质同今所谓影剧院，但以放映电影为主）有三家，即晓东街的"南屏"、鼎新街的"大光明"（今"星火"）和南屏街的"昆明"（今"新昆明"）。三家影院以南屏为老大，硬件高档，从建筑设计、音响设施到座椅，水准都相当高，放映机、银幕、帘幔都是进口的，据说除无冷气外，其豪华程度堪与上海"大光明"媲美，在大后方绝对一流。我们小学生爱看美国的《人猿泰山》和《马革裹尸》之类，对大学生爱看的《翠堤春晓》《出水芙蓉》还不感兴趣。平时上学家里不准看电影，星期天上午就可以"直奔"看个半价票的"早场"。南屏的厕所好，楼厅的更佳，白瓷洁具全套冲洗，小便池里还放有"臭蛋"（樟脑丸），这等享受小学生平时哪里见过，所以即使毫无便意也要挤进去站一会儿呢。

已故龙显球先生 20 世纪 40 年代在昆明市政府教育局负责戏剧电影管理工作，对昆明的影剧院情况极为熟悉。据龙老的回忆，抗战以前昆明影院不多，设施陈旧，习俗落伍，到 20 世纪 20 年代女性看电影还只能看"午场"。武成路有个市立电影院（其址即后来的华山小学），规定男女观众分门进出，男的走武成路前门，女的走登华街（华山西路昆明市妇幼保健院南侧）后门。这还不算，银幕还横亘中间，男的看正面，女的看背面。[1]

　　进入20世纪30年代开始放映有声电影，但起初外国片子尚未配放幻灯字幕，由影院聘请译员现场口译大意（30年前北京人看"过路片"亦如此，不同的是译员用扩音器），但水平不高。后来搞了幻灯字幕，特请云南本省著名外语教育家柏西文精心翻译，一下上了档次，大为改观。到20世纪40年代初南屏、大光明崛起，昆明的电影放映才上了一个新台阶。中央大学外文系毕业的专家由稚吾受聘任南屏英文秘书，字幕译笔准确优美，大受欢迎。

　　南屏不光硬件一流，影片选择也压倒各大影院。有位老联大回忆："当时昆明市中心有个'南屏大戏院'，老板是位有进步思想的女士，戏院专门放映当时从英美进口的反映反法西斯斗争的影片和有思想的文艺片及历史题材的故事片。那时，一有好电影，联大同学便奔走相告。"[2]

　　上面提到的南屏女老板确实很有名，连我这个小学生都知道她叫刘太太，后来才晓得叫刘淑清女士，一位很有眼光的商界女强人。

　　刘淑清是四川简阳人，1904年生，成都华美女校（美国教会学校）毕业。丈夫是云南盐津人，云南陆军讲武堂毕业，滇军少将旅长，被人谋害早死，刘淑清领着一家老小来昆明闯荡，又开茶室又做小学教师（恩光小学）。站稳脚跟后逐步发展事业，一是开办西南大旅社（其址即今护国路盘龙区医院），二是集资兴建南屏大戏院，三是受富滇新银行行长缪云台的委托兴建安宁温泉宾馆。西南大旅社的设施虽然赶不上巡津街的几家外资酒店如商务酒店，但也相当可以，茅盾、巴金、曹禺等名作家，金焰、王人美等影星，来昆都在该处下榻。南屏和温泉宾馆在云南都开风气之先，有口皆碑。刘淑清的社会地位也逐渐上升，做了云南省参议会参议员，结识了许多上层人物，尤其是上层女性，如龙云夫人顾映秋、卢汉夫人龙泽清、梅贻琦夫人韩咏华，还有民主进步人士杨青田等等。[3]刘淑清还认识西南联大多位教授，曾以不同方式帮他们解决经济上的困难。有的联大贫困学生受过她的接济，有的课余在南屏当招待员以维持学业。[4]

【1】龙显球：《建国前昆明电影放映事业》，见《盘龙文史资料选辑》第4辑。
【2】严宝瑜：《电影〈一曲难忘〉对我的影响》，见《难忘联大岁月》，云南教育出版社1998年版，第184—185页。
【3】刘氏简介据刘自强的《刘淑清生平事略》，见《昆明文史资料选辑》第13辑。
【4】《刘淑清史料征集座谈会发言集锦》，见《昆明文史资料选辑》第13辑。

从"老联大"的回忆可以看出，南屏的基本观众是学生、知识分子及上层人士。1946 年 4 月，南屏上映波兰音乐家肖邦的传记片《一曲难忘》，在昆明知识分子中引起强烈反响。影片最后一段描述肖邦不顾自己患有肺结核的病体，在伦敦为资助反抗沙俄的波兰爱国流亡者做募捐演出。肖邦用金戈铁马般急骤的琴声奏出波罗涅兹舞曲，激动人心。由于接连紧张演出，肖邦筋疲力尽，口吐鲜血溅在洁白的琴键上。这样好的影片，联大同学奔走相告，没看过的几乎没有。连平时不怎么看电影的闻一多都看了三次。王瑶在《忆闻一多师》中写道：

> 闻先生平常不大喜欢看电影，今年四月底，在昆明晓东街碰着闻先生从南屏电影院看戏出来，他一见面就说："这部片子非常好，你可以看看，我已经看过三次了。"我当时有点奇怪，后来看了之后，才知道那片子是叙述一位波兰音乐家的故事。那位音乐家一生颠沛流离，历尽艰难困苦，但对工作的热忱和努力，绝未少懈，后来曲成演奏，受到人们的热烈欢迎，竟以奏曲时精力过于集中致命亡琴前，像这种鞠躬尽瘁地为了工作努力的精神，正是闻先生生平的精神。[1]

南屏还特意租来卓别林的名片《大独裁者》，举行盛大的首映招待会，连续放映二十多天，反响强烈。一些进步人士、文化名人也经常受刘太太的邀请去南屏看电影。在 20 世纪 40 年代中后期，一些有进步倾向的参议员多次在南屏的楼上会客室聚会。1946 年 7 月 11 日晚，李公朴与夫人张曼筠为找募捐场所去南屏联系，顺便看了场电影。散场后乘公共车回家，在青云街下车，刚走到学院坡（也叫大兴坡），李公朴即被尾随的特务枪击殒命，壮烈牺牲。

刘太太有三个女儿。长女刘自强女士也是联大学生，1943 年考上外文系，清华毕业后留学美国、法国，回国后任北大西语系教授。次女刘自鸣女士自北平国立艺专毕业后留法，专攻油画，归国后任职于北京市文联，后回滇任职于美协和画院，一级画家。但刘女士的画似与"时代精神"存在距离，近两年才好不容易出了两本画册。2000 年 9 月云南美术馆举办云南全省油画回

【1】闻黎明、侯菊坤编：《闻一多年谱长编》，湖北人民出版社 1994 年版，第 1011—1012 页。

顾展，曾做过几天客座美编的我前去参观，主要是想一睹刘女士原作之风采，可惜没有几幅，深为遗憾。这位老画家据说至今仍居于顺城街背后的一条陋巷里（补注：刘自鸣女士已于 2014 年病故）。画家有妹刘自勤女士，金陵女大肄业，后留美，芝加哥大学社会福利系毕业，是高级精神健康专家，定居于美国。她们的母亲 20 世纪 50 年代初归国，先后任云南省妇联、云南省政协常委，民建中央委员和第二、三届全国人大代表。1968 年去世。

老昆明的外国医生

　　五十多年前汪曾祺写过一篇散文叫《牙疼》，里面说到昆明武成路三一圣堂有个法国修女会看牙。"都说她治得很好，不敲钉锤，人还蛮可爱的；联大同学去，她喜欢跟你聊，聊得很有意思。多有人劝我一试，我除了这里不晓得有别的地方，颇想去看看那个修女去了。"但汪曾祺无幸见到那位修女，去过两次偏偏碰上礼拜天照例不应诊。第三次去更没门，人家修女回国了，换了另一个人在那里挂牌，这使汪曾祺和他的女友都惆怅，而且女友比他还甚，因为修女给她看过牙，她们认得。她一直想去看看修女，还想在她临走之前送她一件小礼物，如今人家走了，可做纪念的是修女给汪曾祺女友送过一本法文书简集。看来，与这法国修女熟识的联大学生不是一个两个。

　　三一圣堂是基督教堂，1903 年建成。当时外国传教士兼行医是常有的事，三一圣堂那位修女牙医算是一例。但这只能算"散兵游勇"。当年昆明有外国医院两家，里面也有中国医护人员，但外国医生相对集中。此二医院即法国医院和英国医院。法国医院创办于 1901 年，叫大法医院，地点在华山西路与登华街的交会处（其址即今昆明市妇幼保健院）。当时法国领事馆在青莲街（今翠湖宾馆北面），与医院离得近，法国人看病方便。1910 年滇越铁路通车后，法国领事馆迁往德胜桥东的尚义街，铁路管理人员（法国人和越南人）也住在火车站一带（即今塘双路铁路局那一片），所以法国医院就从华山西路迁至巡津街，更名甘美医院（法国医生莫利亚任院长），此即今昆明市第一人民医院前身。当年甘美医院的主楼今天还在使用，观其外貌，法国情调、风韵犹存。

　　英国医院要晚些，创建时间约在 1916 年，地点在万钟街的中华圣公会。万钟街是老名字，20 世纪 50 年代开辟东风西路时消失，大致位置即今中华小学那一带。当年的中华圣公会里面有座圣约翰堂今尚存（在汽车大厦背后）。到 1920 年扩大服务范围，英国医院从万钟街迁至金碧路与书林街的交会处，名惠滇医院（英国医生李惠莱、华德生先后任院长），此即今儿童医院之前身。据资料载，1944年冬有个女婴在此医院诞生，取名李滇惠，她就是日后成为一代歌后的李谷一。惠滇的门诊部面朝金碧路，小巧玲珑，气象虽不及甘美却也自有神韵。[1]前几年改造金碧路，我知道惠滇的老门面存日无多，站在同仁街口为惠滇留了一个影。

老昆明不光有外国医院，还有外国医校一所，名德国护士学校，地址在圆通街。在我印象中，德国与昆明似无多少关系，说不来怎么会冒出这么一所学校，还听说有过一个德国领事馆，馆址在金牛街对岸的临江里，不知确否。但这个德国护士学校倒是实实在在有过的，而且办得较早，何时撤走待考，其址后来成为外籍人士杜伦孟德的寓宅，抗战后期西南联大外文系罗伯特·温德教授曾一度寄寓于此。[2]20世纪30年代初钱锺书、杨绛两位先生在清华求学时，温德先生是他二位的老师。

除英、法医院和德国护校外，有的外国医生还在昆明开私人诊所，如日本医生伊藤，其牙科诊所在临江里；德国的麦泽医生，其诊所在翠湖东路。据有关资料，麦泽医生的服务对象主要是外籍人士及中国上层人士。相比之下，长春坊（今长春小学附近）的一家印度眼科诊所则比较平民化。记得1955年夏天我突患眼疾，害了个偷针眼，而我马上就要负笈入川，怕路上多有不便，就大着胆子进了这家印度诊所。医生与我们在印度电影里见到的一样，很英俊，助手是位中国女士，也漂亮。印度医生做得干净利索，收费稍高点，但还出得起。这个小手术我一直记得。数十年后我与记者向佑铭君相识，听他说到宝善街有家"印度马玉林眼科"，医术精，虽然收费高一点，求医者仍多，还有些郊区农民。我想，为我治过眼疾的那位印度医生肯定就是这位马玉林了，可能马氏先居长春坊，后迁宝善街吧。据向君说，马医生其实是巴基斯坦人，他来昆行医时印巴尚未分治，所以昆明就称他为印度马医生。他在昆明娶了一位美貌的太太，街坊邻居喊她马师母（想必就是我见到的那位女助手了）。这位马师母为马医生生过十个孩子，向君说"马老九"与他同岁。20世纪60年代初马玉林去世，诊所由马太太主持，直到"文化大革命"前夕举家返回巴基斯坦。

【1】关于两个外国医院，参考李建恩的《民国时期昆明的医院》和邓祖佑的《解放前云南西医药卫生简况》，均见《风雨忆当年》（云南美术出版社1997年版）中册。

【2】据《吴宓日记》（1943年），生活·读书·新知三联书店1998年版。

附记：此文在《春城晚报》发表后，杨光先生在同一晚报（2003年1月21日）发表《也谈"老昆明的外国医生"》指出拙文中的"不确之处"，主要是我将印度医生马玉林和他的儿子马小林混为一个人了。杨文说马玉林的诊所在宝善街北侧靠近晓东街处，他比中国妻子大二十来岁，新中国成立初期已经很老了，说不上英俊。马氏夫妇儿女众多，大女儿马丽娜当时是一名大学生。在今人民中路长春小学附近开诊所的是她的儿子马小林，那位漂亮女助手不是马师母，而是马师母的儿媳、马小林的妻子。这里据杨光先生的文章更正，并向杨先生表示谢意。

近日楼外"绿纱灯"

我读联大史料偏重教授（主要是文科）方面的，对联大学生的注意不够，但也读一点。偶然见到纪士孔先生写的《怀念施泽翰》[1]，不长，就读了。文中提到施泽翰去金碧路的妓院做社会调查，这内容在别的文章中尚未见到，觉得特别。

昆明从前也有妓女，这大家都知道，昆明话将这种女人骂作"烂尸"，或加个小字叫作"小烂尸"，再后还有些人以"小皮蛋"指称风尘女。据说"皮蛋"一词与法语妓女音同，未知确否？今新派人士把妓女叫作"性工作者"，字面上好看多了。记得20世纪50年代初读初中的时候就听一个家住金碧路德馨巷的同学说近日楼外"烂尸"多，还讲有一晚（1949年前）他爹领他过毡子街（今名南华街），有个"烂尸"朝他爹小声说了一句什么，他爹赶忙拖了他的手急步前行。宿舍里同学听了笑成一片。

这显然是私娼。

纪先生的文章说他与施泽翰都是凤庆县人，1942年同时考入西南联大师范学院，施喜欢教育心理学，更喜欢哲学、心理学，三年后就转入哲学心理学系。施不光博览群书，还注重社会调查，并且早就有调查妓院的想法，但一个人去不方便，便约了他和社会系的一个同学一块儿去。文章说："我们三人到了妓院门口，他为我们买了门票，我们便一起进去了。我们在走廊上一间房、一间房地往里看，施泽翰机灵地与她们交谈起来，她们说来妓院是被生活逼迫，在这里受尽了凌辱，染上病无钱治疗，她们中大多数人面黄肌瘦。通过走访，加深了我对社会现状的认识。"

后来我翻文史资料，见云南省公安厅史志办卢卫东、孙美蓉两位专家写的《云南禁娼史话》和林冲写的《民国初年禁娼的产物——公娼及其"规则"》[2]，内中关于昆明的史料最多，读了颇长见识。

【1】《难忘联大岁月》，云南教育出版社1998年版。
【2】均刊《昆明文史资料选辑》第24辑。拙文中引用材料出自此两文者不一一加注，特此说明，并致谢意。

娼妓这一行是很古老的了，各地皆然，发生的确切年代不可考。就昆明近代而言，娼妓多集中于金碧路两侧。路北是南教场兵营，由于清军军官、士兵有嫖娼之需要，故营门口一带妓女甚多。步入20世纪，昆明的娼业出现过两次浪潮，一是民国初年滇越铁路通车拉动商业的繁盛，一是抗日战争时期外来人口（包括外国人）的急剧增加。先说民国初年。据当时《云南游记》（作者谢彬）一书讲："昆明自滇越通车以后，输入西方物质文明，人民竟尚奢侈，以致生活程度日高一日……故私娼特别发达。"其时私娼多集中于褚裢巷（在报国街南段，今"仟村百货"背后，现为苏宁电器商场），鱼课司街（金马坊南面）一带。到了抗战时期，一方面是难民大量涌入，部分生活无着的妇女沦为妓女；另一方面驻滇军队、机关、工厂增多，加上美军进入，嫖客数量大大增加。娼妓也拉开了档次，有的学几句讨价还价的洋泾浜英语就上阵"走国际路线"，在旅店、酒楼公开拉客，甚至长期包房秘密卖淫；有的妓女（或舞女）陪美国兵乘吉普车招摇过市、洋洋自得。汪曾祺的一篇散文无意中留下了佐证。他说当时西南联大几个同学心血来潮，在黄土坡外的观音寺，借用原资料委员会一个废弃的汽油仓库，办了一所中学，他找不到工作也在那里教书。学校东面是坟地，到处都是蓝色的野菊花和报春花，还有一些矮柏树。汪曾祺说："这里后来成了美国兵开着吉普车带了妓女来野合的场所。每到月白风清的夜晚，就可以听到公路上不断有吉普车的声音。美国兵野合，好像是有几个集中的地方的，并不到处撒野。他们不知怎么看中了这个地方。他们扔下了好多保险套，白花花的，到处都是。"[1]

关于昆明的高级妓女，蒋介石的美国顾问拉铁摩尔的回忆录也留下了几笔。[2]至于一般土娼野妓，大都在夜幕降临后散布于大街小巷，电线杆旁，遇有男子经过，或用隐语暗示，或公开拉客。在僻静地区的民宅，还出现专门出租床铺的新兴行业"台基"，房主收取租金。嫖客多为军人、政府公教人员、过往商旅、工人及社会流氓。

令人惊奇的是昆明早就有官办或官督商办的"集园"（公娼）及鸨母开办的窑子（经官方注册登记的明娼），犹如今之所谓"红灯区"。不过昆明不是挂红灯，而是在门头悬挂绿纱灯或粉地绿书木牌，以为标志。这是当时官方

【1】汪曾祺：《观音寺》。

【2】见《联大校园的漫画风波》，此略。

"以娼止娼，以淫止淫"的禁娼政策。据《云南禁娼史话》讲，这政策的实施还有几起几落。

早的不说。民国初年军都督府指令巡警局，对私娼野妓加以"限制"，集中起来照相备案，按年龄、姿色分为上、中、下三等，发配到集园。上等集园在金碧路西段北侧的三益里（后来的昆华医院对面），中等集园在四川街（今宝善街最东一段，由宝尚桥至护国路），下等集园在福兴街（今晓东街南口对面，星火剧院背后）。集园由第一区警察署管理，集园内每房为一寮，按顺序编定门牌，门上注明妓女姓名，并张贴照片。早上6点开门，深夜1点关门。此外尚有"娼妓于一周内，须入浴室洗浴二次以上"，"娼妓凡经医士诊查，认定为患病，不堪接客或有传染毒疾者，勒令停业，送入医院医治。非俟健康回复后，不得开业"等规则。妓女外出须经警署批准，限四小时。

集园从一开始就遭舆论反对。三迤总商会向都督署呈文，指出："公娼乃海淫诲盗之具，伤风败俗之政。"有读者在《共和滇报》上撰文称："伤心哉，吾金马碧鸡名胜之区，竟一变而为野鸡害马秽乱之场！"在社会舆论压力下，唐继尧于1914年下令取消集园。

公娼取消，私娼更甚。1916年有商人艾济川上书省警察厅，公然振振有词，请求设立妓院，内称："娼寮文明，滇省独无。""行商坐贾，终岁旅居，既无明娼，必寻私娼甚至花柳自贱。""滇省南城外已开作商埠，现在时局又以输入外资为唯一宗旨，我不自营妓院，外人必接攘夺利。""妓院明开"，既便于医生检查梅毒，又可"年抽妓捐，补益警费"，云云。碍于公众压力，警厅虽未正式批准艾氏呈文，却决定恢复公娼，由官办改为官督商办，并让艾氏于1918年取得公娼承办权，集园地点仍在四川街。但这个艾氏集团只办了四年就倒闭了。

1922年昆明市政公所（即市政府）成立，云南省府指定市政公所主持再次恢复公娼，地址选在云津市场（今金碧广场东侧，昆明日报社旧址背后）。这回相当"规范"：由第一区警署管理，园内设管理事务所，警署派管理员一人总管，下设文书、财务、售票、管警、妓女指导、医士、门卫杂役等三十余人，妓女近百人。

抗战时期，由于经济、卫生状况恶化等原因，集园公娼大量逃亡。有的乘跑警报之机潜逃，有的利用请假外出之机一去不返。虽经补充，至1948年已仅剩 30 人。到次年初只好解散，公娼全部转为暗娼野妓。至此，"以娼止娼"政策宣告彻底失败。

读这一段历史，实在让人感慨系之。我发现那个商人艾济川实在是一位提倡"红灯区"的先行者，"现在时局又以输入外资为唯一宗旨，我不自营妓院，外人必接攘夺利"，不光理论先行，还颇有地方保护主义色彩。数十年后之今日又复闻"娼盛繁荣"一说，历史之循环确有其惊人的相似之处。

回过来说联大学生施泽翰。施等二人去"金碧路的妓院"做社会调查，据时间（20 世纪 40 年代初）推测，想必就是云津市场的集园了。我不知道半个多世纪前云南是否有人做过娼妓问题的调查和研究，说不定这位联大哲学心理学系的学生还是第一人呢。

施泽翰思想进步，1945 年初"民青"（先进青年地下组织民主青年同盟的简称）在滇池的一条船上召开第一次代表大会，他是 11 位代表之一[1]。联大结束后转入清华大学继续完成学业，20 世纪 50 年代初作为中央民族访问团成员回到昆明，之后去路南、澜沧、凉山等地做民族调查研究，1953 年调云南民族学院工作。想不到"反右"期间遭批判斗争，含冤溺死于学校背后的莲花池。

我不认识这位施先生，但知道他与我读中学时的许多老师是同一辈人，心理上感到亲切。施先生痴迷哲学，联大同学送他雅号"苏格拉底"，可惜这位"苏格拉底"才活了 36 岁。

【1】据洪德铭《抗战末期"民青"的建立、发展及其革命活动》，见《云南文史资料选辑》第 30 辑。

在昆明寻访名人旧居

20 世纪 90 年代初我开始寻访抗战时期一些名人在昆明的旧居，主要是西南联大的一些教授和作家。有些收获，也有些感受。

我住在大西门外，离当年联大教授及少数学生聚居的文林街、北门街和翠湖一带很近，寻访旧居倒也方便。路是不远，真做起来才晓得难。第一要有线索。线索有口头的和文字记载的。口头线索一般都很笼统、模糊，往往只提供一个方位，说不出门牌号码或位置特征。例外的情况也有。原云南教育学院党委书记毕婉女士早年家住敬节堂巷，1992 年一次闲谈中她告诉我，说蔡希陶、曾昭抡（化学家，曾国藩的侄曾孙）在她家住过几年。这使我兴奋。当时敬节堂巷还在（两三年后改建成新楼群），毕书记陪我去参观她家的老房子，又告诉我隔壁就是熊庆来家。这一回收获真大，后来我顺藤摸瓜又找到了朱培德（20 世纪 20 年代滇军总司令）老宅遗址，缪云台（富滇新银行行长，有"云南孔祥熙"之称）家的老房子和香港影星朱虹家的老房子（大诗人冯至在朱家住了五年）。

但更多的情况还是依靠书面线索。那一辈文化名人和他们的亲友、学生留下了不少当年的书信、日记、散文和后来写的回忆录，以及专家编撰的年谱、年表，其中常有关于旧居、遗迹的线索。但这些线索绝大部分"躲"在暗处，定向搜索很难，往往是在广泛的阅读、浏览中不期而遇，让人惊喜，当然，有的人物，比如闻一多，文字线索相对较多。闻一多在昆明市区共住过四处地方，其中两处（西仓坡和昆一中）广为人知，旧居位置可以找到，但老房子全无。另两处是武成路的福寿巷和平政街的节孝巷。节孝巷旧居的位置找了两次即可认定，即现今的昆明牙膏厂，但旧宅早已被毁。令人欣慰的是福寿巷旧居前些年还在。当年闻一多在给家人的信中不光记有门牌号码和房东姓氏，还绘有平面图，到居委会问一位老人就确认了，因为房东是昆明中医界极有名的姚家。

书面线索虽然白纸黑字比较可信，但毕竟时间过去了七十来年，有些街巷改了名，或房子重新编号换了门牌，加之公房、私房的变迁，现在的住户根本不知道当年的房主是谁，更不用说以前住过什么"外省人"了。比如"文林街20号"联大教授单身宿舍，沈从文刚到昆明时未带家眷住在那里，施蛰存、林徽因等作家常去谈天说地，像个文艺沙龙。可这个"20号"没法找，因为文林街与青云路多次变动辖界，门牌换来换去。又如"文化巷11号"，钱锺书、施蛰存、杨武之（数学家，杨振宁之父）等抗战初期同时在此住了一段时间，钱氏还将所住的房间叫作"冷屋"，他的散文集《写在人生边上》中的近半数文稿就是在那里写的。文化巷的巷名未变，而门牌却多次变更，好些老房子又被拆掉，找这个"11号"实在困难重重。没办法，只好找关系请西站派出所已退休的楚天祥先生帮忙。楚老专管户籍，情况极熟，告诉我11号老房早拆了，原址即今云师大宿舍楼的一角。我失望之余，请楚老领我看一所与11号相仿的老房子，楚老说派出所隔壁23号附3号与老11号一模一样。我又兴奋起来，参观这所"替身"房后与楚老在门口合影留念。

寻找靛花巷也费了些周折。多种文字材料提到青云街有条靛花巷，抗战初期中央研究院历史语言研究所和北大文科研究所先后驻此巷3号，语言学大师赵元任，国学大师陈寅恪、汤用彤和文学大师老舍都在里面住过。可我多次去青云街都未见哪条巷叫靛花巷，便不想再找，转去找北门街沈从文旧居。有史料说沈氏一家和他那美丽的小姨妹张充和曾住在北门街45号，那里原是蔡锷寓所，在唐继尧公馆对面，从小晒台上可以望见北城门上"望京楼"的匾额。民国初年倒袁名将、护国第四军军长黄毓成（斐章）将军的哲嗣黄清先生毕业于西南联大历史系，对护国运动史有精深研究。黄老是我读昆一中时的老师，1995年领我去北门街实地考察，指认蔡锷寓所，原来就在北门街与丁字坡的夹角内。找到沈从文一家住过的蔡锷寓所，又让我兴奋了一回。

想不到寻访靛花巷的事也有了转机。据张充和女士的文章说，她随姐夫沈从文一家住北门街寓所时，她住的那间房"窗前有一小路通山下，下边便是靛花巷"。张女士说的"小路"即丁字坡，下坡左转二十多米果然有条小巷，走进去看，住户不过三四家，与老舍在他的游记里说的"靛花巷是条只有两三人家的小巷"完全吻合，唯一不同的是巷名改了，叫"定花巷"。一想，显然是有些人将靛字误读作"定"，管地名的部门干脆将巷名改为定花巷了，这个

"靛"字弄得我煞费周章。

靛花巷找到了，但陈寅恪、老舍等大师住过的 3 号门牌老房子早拆了，令人遗憾。好在紧邻的 2 号老房子（云南省文化厅宿舍）当时（1995 年）还在，风貌、格局也与文字材料中的 3 号相仿（不同的是 3 号房是三层，2 号房仅二层。推想起来两房原系一座，三层的是正楼，两层的是偏楼），算是又找到一个可以凭吊的"替身"。

应该说，我的努力没有白费，成绩还是有的，敬节堂巷、靛花巷、福寿巷、北门街、兴隆街这些地方的名人旧居、遗迹总算找到不少，并在改造、拆除的前几年都拍了照。但个人的力量毕竟有限，我的察访速度远远跟不上旧城改造速度。比如梁思成、林徽因夫妇在巡津街的旧居，等我掌握了准确、可靠的线索，再去找时，老街已不复存在，在他们旧居的遗址上只见到两棵老树。只好将寻访的目标转向郊区。

为避日机轰炸，作家、教授们纷纷向郊区疏散，他们的聚居区主要是北郊龙头村一带、西郊大普吉一带和呈贡龙街、斗南村一带。而龙头村（包括棕皮营、司家营、麦地村、浪口村和落索坡等村落）是文科教授和作家最集中的地方，中研院史语所、中国营造学社（古建筑研究机构）、中央博物院筹备处、北平研究院和清华、北大的两个文科研究所都先后迁往那里。梁思成夫妇，李济、梁思永（两人均考古学大师）、傅斯年（史学家）、李方桂（语言学家）等住了两年，时间住得更长的还有：文学家闻一多、朱自清、浦江清、罗庸、陈梦家、光未然，哲学家冯友兰、金岳霖、汤用彤，史学家吴晗、顾颉刚、向达、罗尔纲，政治学家钱端升，语言学家王力、罗常培，音乐家赵沨、查阜西，等等。顶级人物如此密集，颇像一个文化"硅谷"。

郊区"改造"相对较慢，这为寻访旧居提供了较大的可能。但这些科研机构及文化人租用的房舍，相当一部分是当地的寺庙、祠堂及大户人家的住宅，经过土改、破"四旧"等运动，往往面目难辨，或房主几易其人，很难找到有历史文化记忆的老人。所幸虽几经周折，我还是在北郊三十四中肖琳女士的帮助下找到了瓦窑村的刘凤堂老先生。刘老退休前在龙泉镇文化站工作，花灯唱得好，对村镇地方文史也熟悉。虽然不很清楚校、院、所的具体名称和那些文人、学者的名字，但村子里来过些外省人，来过些"大学老师"的事，还是有些印象的。在刘老的帮助下，闻一多、朱自清的司家营旧居和麦地村桂家祠堂

（清华文研所古籍组租用的部分房舍），还有史语所和北大文研所一先一后的驻地响应寺遗址，都比较顺利地找到了。根据冯友兰回忆录提供的线索，这位联大文学院院长住过的旧庙也找到了。

进展令人欣慰，但"悬案"也越积越多，其中最伤脑筋的要算寻找梁思成、林徽因夫妇自建的"三间房"。此事已另文叙述，此略。

除龙头村片区外，晋宁县的安江村不能不去，抗战时期国立艺专（今中央美院和中国美院之前身）曾迁驻那里一两年。这里离昆明市区四五十公里，去一次不易，探访得准备充分些。我常去凤翥街买菜，与安江村来卖豆腐的农民杨龙学先生慢慢熟了，就向他了解些情况。据杨氏讲，村里老人大都晓得"艺专大学"的事，他介绍我去找老支书李成明同志。也真巧，老书记的父亲做过艺专烧水的校工，比他大七八岁的三姑奶（艺专师生叫她"李嫂"）还做过艺专的人体模工。那天我与太太去探访艺专旧址（很分散），老书记帮助不小，领我们去看了当年的学生宿舍和绘画教室，可惜潘天寿、常书鸿等艺术大师住过的房舍已难寻觅、确认，令人遗憾。

《吴宓与关麟征》里说到一个叫庚园的地方，在崇仁街，那是八十多年前昆明市市长庚恩锡与其兄庚恩旸（云南重九起义名将）的宅园。庚氏为云南省墨江县人，如今很红的台湾歌星庚澄庆乃庚家之后人。崇仁街一带我不是很熟悉，寻找、查证这个与吴宓有点关系的庚园也费了点力，这里就不多说了。

联大教授罗常培、吴晗、向达、陈梦家，云大教授顾颉刚等著名学者在昆明北郊龙头村一带的旧居我也找过，到2002年秋才找到吴晗的两处旧居，别的还没有结果。

后 记

　　这本《西南联大：昆明天上永远的云》，旧名"西南联大·昆明记忆"《文人与文坛》，2003 年出过，算旧版。本书是增补修订版，即新版。旧版文章共 83 篇，这次抽掉 2 篇旧文，换上 2 篇重写的，另增补 2 篇，合计 85 篇，使内容看着更充实、也更完整些。篇数变化不大，字数则有所增加。另是旧版配有图片，新版无，单靠文字说话。

　　本书属文史随笔一类。以前做现当代文学研究，对论文、评论并不陌生。如今转向西南联大研究，觉得是不是可以变变思路，换换写法，不必死守着论文模式不放。要写出西南联大之魂、之态，笔放开些许会更为相宜。那种一上来就是大视野、大文化、大碰撞的大话语，自有其存在的功能，自己不会，不会就不会，随笔吧，笔随意走，该文就文，该史就史，算是半文学半史学。

　　这些随笔虽说该文就文，但绝对排斥虚构，虽达不到文史资料的"三亲"（亲历、亲见、亲闻）要求，却也不是绝对的局外人。我的童年、少年恰与昆明的抗战时期重合，虽说少不更事，但当时的昆明景象，比如外省人（包括下江人，不限于联大师生）、摩登女郎、美国兵、学生逛书店、去南屏大戏院看好莱坞电影以及游行、街头宣传等等，都见过，甚至见惯了。少年记忆自是浅表，却也多少有些亲历、亲见、亲闻的成分。可以说，自己是昆明那一段历史的低层次的外围在场者。经过这二十多年对相关文字资料的梳理和研读，对当年旅居昆明的文化名人行踪的实地考察、考证，我的少年记忆激活了、充实了，许许多多的文字碎片和记忆碎片拼合起来，力求使七八十年前的一段史事呈现出一定的清晰度和现场感。这样，我就再次进入了那一段历史，以老者（而非少年）的目光，对当年的一街一巷、一房一舍，乃至一花一树，重新打量、思考、品味、感悟、评说。于是，我有可写的东西了。虽然里面写的不是我，但有我在，有我的乡土情怀，有我对那一段少年时光的一往情深。

　　至于题材，西南联大和昆明是两个关键词。基于学科的原因，西南联大是我的第一关注点。一方面，我历来都留意地域文化，二三十年前研究西部文学是这样，之后转到西南联大研究亦然。这二十来年，自己确实对昆明近代，尤其抗战前后昆明城市文化做过一些思考。毫无疑问，西南联大存在于昆明，是昆明最大、最亮的文化符号，应该大书特书。另一方面，讲西南联大这一段也不能孤立起来看。史地相关，时空难分。西南联大与昆明、与云南是互为背景的。有这个背景，从昆明的角度看西南联大，或是从西南联大的角度看昆明，才会有立体感和纵深感。升高些讲，是互文。所以，我在关注、研究西南联大史事的同时，对昆明的地方文化、市井生活以及风情民俗等等，也做过一些浮世绘式的扫描和研究。书里之所以既有"西南联大"也有"昆明"，缘此。

关于书名，朋友们说既是随笔不妨随意一点。想想也对。沈从文不是写过《云南看云》么？有了，就叫《西南联大：昆明天上永远的云》。

最后是致谢。这本《西南联大：昆明天上永远的云》得机会由云南人民出版社出版，甚感荣幸。在此，向刘大伟社长和赵石定总编辑致以特别的敬意，感谢两位对本书的认可。批评家周明全先生一直关注并推动本书的新版。作家海惠女士着力策划，并与文艺蓓女士一起为本书做责任编辑（初版编辑）。作家汤世杰先生十多年前即关注本书的写作，出版的事亦一再相助，并为本书写了第一篇序。批评家朱霄华先生对促成新版出力甚多，并为修订版作序。我与作家黎小鸣先生相识相交近二十五载，此次出版亦助力多多。对以上诸位的美意和襄助，在此一并表示谢忱。

2015 年夏于昆明大西门外